目錄

1——陰霾晨光中的路人 020
2——我是誰？ 024
3——馬涅小館 054
4——爺爺的那個年代 075
5——燒炭黨人小西蒙 119
6——轉戰情治單位 134
7——混入千人遠征軍 153
8——海格力斯號 183
9——巴黎 203
10——達拉·皮科拉的困惑 213
11——若利 215
12——布拉格之夜 236
13——達拉·皮科拉說他不是達拉·皮科拉 260
14——比亞里茨 261

是有這種或那種毛病」，然後，因為法國人永遠想當第一，就算比的是缺點也一樣，他們會立刻脫口說出類似「喔，不，說到這個，在法國，我們更糟」之類的話，然後卯起勁來痛罵法國人，一直到他恍然大悟，原來是你設下陷阱讓他跳為止。

他們不喜歡自己的同胞，就算他們佔盡了對方的便宜也一樣。沒有人比經營廉價小飯館的法國老闆更粗魯，每個看起來好像都很討厭客人（這大概是真的），一副很不希望客人上門的樣子（這一點，錯，因為法國人貪心得不得了）。他們總是在抱怨。試著問他們一些事情，得到的回答一定是：我怎麼知道。接著，只見他們嘟起雙唇，發出噗噗聲響，好像放屁。

他們心腸很壞，會因無聊而殺人。是歷史上唯一讓同胞忙著互砍頭顱，無暇顧及其他長達數年之久的民族。好在後來拿破崙將法國人與其他人種一分為二，成功地將同胞間的怒火轉移到其他種族的人民身上來摧毀歐洲。

他們以擁有一個他們自認為強大的國家而感到驕傲，卻老是做讓國家崩解的事：常常有事沒事，或稍有風吹草動，就在街頭堆起路障，在這方面，法國人是專家，沒人比得上，而且經常還搞不清楚是怎麼一回事的時候，就讓自己被最蠢的笨蛋拖上街頭了。法國人不太清楚他們想要什麼，倒是非常清楚地知道他們手上擁有的全不是他們想要的。而且，除了用唱歌來表達心聲之外，他們根本什麼都不會。

他們認為全世界的人都講法文。幾十年前就發生了一件事，那個著名的大天才，魯卡斯——偽造了三萬份簽名文件，他偷取老舊紙張，割下國立圖書館典藏的古老典籍封面，仿造各種字跡，雖然他仿造得沒有我好……卻賣了不知道多少冊的偽造古書，而且還是以天價賣給那個笨蛋沙斯勒[14]（據說他是偉大的數學家，也是科學研究院的院士，實際上，根本是個

一部關於偏執狂、偏見和偽造的懸疑小說，讓我們得以通往一個充滿城市街道、奇異軼事、美食菜單和陰險思想的世界，艾可在《玫瑰的名字》後最棒的小說！

——**獨立報**

這本書非常精采，或許稱得上是這幾年來艾可寫得最好的一部！艾可採用陰謀論為主軸，搭配十九世紀歐洲的狂熱政治激進主義——共濟會、義大利統一運動、巴黎公社，還有不得不提的誹謗文件《錫安長老議定書》的偽造始末。如果說這些陰謀全出自一人之手，那會是什麼樣子呢？已高居義大利暢銷書排行榜，令人愛不釋手！

——**哈芬登郵報**

想像一下，丹布朗加上一個博士學位，那就是艾可！

——**觀察家報**

關於背叛、恐怖主義、謀殺和美食的有趣故事，艾可在這本書裡最成功的技巧就是把令人戰慄的想法，也就是引發集體屠殺的騙局起源，成功和書中隨處可見的幽默結合在一起，換句話說，這部小說看起來是非常恐怖的，但看完之後，你會在濃厚的黑暗之下看見：艾可是文學世界中最樂觀的人之一。

——**每日電訊報**

成於一百五十年前的文獻，記錄匿名見證人目睹來自歐洲各地十二名猶太教拉比在布拉格墓園舉行的秘密集會，凸顯他們計畫性藉由高利貸、深入銀行體系進而左右媒體和政治，煽動無產階級，走向抗爭革命一途的企圖。之後這份文獻分別流入俄國和普魯士兩國，再之後……這部正名為《錫安長老議定書》的偽文獻對近代歷史的影響大家想必不陌生。

除了西莫尼尼外，幾乎書中所有人物都是真實的，可是一切卻充滿了不真實感。擅長以「我在這本書上看到記載另一本書曾提及……」手法抹去作者痕跡的艾可，這一回改讓主角西莫尼尼具有雙重人格，而一夕失憶的西莫尼尼又被迫透過另一個自己寫下的文字填補空白，藉以製造多重論點。主角的雙重人格，其實也反映了他身處的環境：小至國族認同問題、家族政治立場相左，大至國際間爾虞我詐。艾可最鍾情的陰謀論也跳脫單純的謀殺或尋找古代寶藏，走向了大歷史，開始「說教」：因為《錫安長老議定書》雖已被多方證實為偽文獻，卻依舊有人深信不疑。

艾可在與另一位義大利作家克勞狄歐．瑪格利斯（Claudio Magris）對談中說，如果有一個文本是胡謅的，不能用理性去反駁，就跟瘋子是無法反駁的一樣。歷史上不乏瘋狂理念或成見，無論你多努力以理性或事實予以駁斥都沒有用。很多所謂的歷史檔案，其實來自於謊言和八卦，但是與其振臂高呼發正義之聲撻伐，或許用反猶太偽文獻的相同架構來寫一部看似嚴肅的歷史小說，讓它流傳出去反而是更好的應對之道。此一觀點正呼應了他在《智慧女神魔法袋》的〈八卦是很嚴肅的〉文中所說：「一旦流言蜚語成為公開的話題，率先發難指責的人一公開表態，不論八卦是真是假，就等於認可了八卦的內容，同時也失去了繼續八卦下去的價值。」

這是艾可的第六部小說，他帶領我們爬的山顯然越來越高。令人垂涎的珍饈描述，紛至沓來的歷史人物，不確定自己是哪一個「我」的主角，敘事時間的跳躍切割，教讀者就這麼悶頭跟著他的呼吸和節奏走，是一大考驗。所以這一回艾可不等讀者發問，直接在文末以〈老學究的多餘解釋〉一文主動給大家喊話打氣，需要安全感的讀者可以先從這裡看起。相信自己平日爬山積累了良好體力和耐力的讀者，請不要猶豫，翻開下一頁吧，畢竟「讀者不應該期待敘述者告訴讀者說他將意外發現主角是書中先前提及的某個名字，因為（故事此刻才開始）在此之前，書中人物的名字一個都沒出現過，連敘述者都還不知道這位神秘的書寫者是誰，只能提議兩人一起發掘（與讀者一起），一起跟隨書寫者筆尖寫下的符號入內打探。」

註：〈《玫瑰的名字》註解〉（Postille al Nome dellarosa），一九八三年五月。《文人》月刊（Alfabeta）創辦於一九七九年，義大利文學評論、政治、文化論述月刊，至一九八八年停刊為止共出版一百一十四期。二〇一〇年七月復刊。

艾可給讀者的話——

他們就在我們之中……

親愛的讀者們，十九世紀充斥著多少神秘色彩的事件：導致希特勒下令屠殺猶太人的著名偽造文件《錫安長老議定書》、崔里弗斯事件，以及許多牽連廣達數國情治單位耐人尋味的情事、共濟會會所、耶穌會陰謀，還有其他各式各樣的史料情節。書中的人物——主角除外——都是真真實實出現過的人物，甚至書中主角的爺爺都是真人真事，他寫給巴輝埃爾教士的那封神祕書信，正是現代反猶太主義的濫觴。

本書唯一的虛構人物（儘管如此，其樣貌卻與我們認識的眾多人物有著似曾相識之感）概括承接了這一切，成為各種不同陰謀算計的主謀。在此同時，超乎想像的背景舞台一幕幕掀起驚奇高潮：堆死屍的排水溝、火山爆發時恰巧爆炸沉沒的船、遭手刃身亡的教士、黏假鬍子的士紳、參與黑彌撒的瘋狂撒旦信徒等等。書中附有插圖，就跟從前的連載小說一樣。這些插圖都是當時的文獻，或許這樣可以給想重溫舊時古老書冊的讀者們帶來些許懷舊之情。

這番話也是講給其他兩類不同讀者們聽的。首先是對這些真實歷史事件毫無所悉，且從未涉獵過十九世紀文學的讀者，因此他們興高采烈地全盤吞下丹．布朗，雖然認定變態無恥的內容純屬虛構，卻帶著殘虐的滿足感而欲罷不能，這樣的滿足感同樣適用我的主角身上，我希望我的主角是整個文學史上最無恥最惡毒的一個。另外，我的文章也針對那些知曉，最起碼懷疑過我所敘述的都是經過證實的史事的讀者，他們或許能由此領悟，心中暗忖就算時至今日，他依然不是安全無虞的，任何事都有可能發生，於是額頭冒出汗珠，害怕的四下張望，點亮家中所有燈火——再說，說不準此刻我們身邊正危機四伏呢。於是他有了這樣的念頭，誠如我所希望的：「他們就在我們之中……」

安伯托・艾可

由於「情節」實屬必要，而且歷史上的主要事件記載甚至都是由情節組成，
我們於是引入上百位公民被絞首示眾、兩名僧人慘遭活活燒死、彗星現蹤異象，
以及任何比上百場騎士比武競技更吸睛，
且素來能一舉將讀者的注意力轉移離開主要事件的情節。

（卡洛・譚卡[1]，《狗屋》[2]）

獻給皮卓

15——達拉・皮科拉還魂 280
16——布朗 285
17——公社的日子 289
18——議定書 315
19——歐斯曼・貝伊 327
20——俄國人？ 334
21——塔克西爾 341
22——十九世紀的魔鬼 361
23——妥善運用的十二年 396
24——彌撒夜 446
25——眞相大白 471
26——最後解決方案 482
27——日記中斷 503
老學究的多餘解釋 515
插畫出處 522

1——陰霾晨光中的路人

一八九七年三月，這名陰霾晨光中的路人正冒著極大的生命危險穿過莫伯特廣場，也就是盜匪宵小口中的莫伯（過去這裡曾是大學生的生活中心，遠在中世紀時期，該區匯聚了位在Vicus Stramineus亦即麥稈街[3]的藝術學院學生，後來這裡卻成了一幫鼓吹思想自由的門徒，譬如艾提安・都勒[4]，被處以極刑的刑場。那路人隨即踏進巴黎少數幾個有幸免於遭到奧斯曼男爵[5]開膛破肚的地方，深入臭氣沖天的蛛網般巷弄之中。碧葉河穿流其間[6]，將巷弄一切為二，在這區，河道才剛離開長久以來一直圈住它的大都會核心，任它挾帶啵啵作響的水泡和寄生蟲奔流匯入鄰近的塞納河。聖日耳曼大道從中切穿莫伯特廣場，恍如一道刀疤。從廣場為起點，又是另一叢窄小街巷糾結交錯，像是艾爾伯大師路、聖賽佛林路、加蘭德街、柴薪路、清貧聖朱利安街，一直延伸到雨榭路，這一帶到處可見陰森污陋的旅店，這些旅店的店東多半是以貪婪聞名的奧弗涅人[7]，住宿第一晚索價一法郎，續住每晚則是四十分錢（如果要床單，得外加二十蘇[8]）。

假如那人下一步預備轉進安珀斯路，也就是後來的梭東路，而在半路上，在偽裝成餐廳的妓院和一家小飯館中間停住腳步的話——這家小飯館提供兩蘇一客的晚餐，附劣質葡萄酒（就算在當時，這個價錢已經是非常便宜了，居住此區在附近索爾本大學就讀的學生幾乎人人負擔得起）——便能看見一條死胡同。當時這條死巷就叫莫伯特胡同，但是在一八六五年以前，這裡本來是叫安珀斯胡同，若時序再往前撥早個幾年，可以找到一家聲名狼藉的自由酒吧隱匿在此（自由酒吧是盜匪宵小圈的行話，意指不入流的小飯館，最破爛的小旅舍，經營者通常是進出監獄的常客，光顧的客人則多是被判入獄強迫勞動，刑期服滿剛出獄的囚犯)，自由酒吧狼藉的名聲能夠很可悲地，歷久不衰的原因還有一說：十八世紀的時候，曾有三位頗富盛名、精於下毒的女人窩藏在此煉毒，有一天，三個女人在蒸餾致命毒物時，吸入煉丹爐飄散出來的毒氣，因而窒息身亡。

死胡同走到底，是一家舊貨鋪，老舊斑剝的招牌上，寫著類似超值舊貨的字樣，一般路人走過這裡根本不會注意這間店的櫥窗——因為玻璃沾染一層厚厚的灰塵，光線幾乎完全透不過去，再者櫥窗是由多塊大小約二十公分見方的玻璃組合後，再用木頭窗框框住，因此店內陳列的商品，從外頭能看得見的少之又少。這片櫥窗隔壁，有一扇門，門永遠關著，門鈴的電線旁邊，掛著一塊小小的手寫板，上面寫著：店東暫時外出。

如果，雖說這種情況發生的機率非常低，萬一這扇門是開的，而你又走進店內，迎接你的是搖曳昏暗的燈光，寥寥無幾搖搖欲墜的幾排陳列架，外加幾張同樣不是很穩的桌子。架上、桌上堆滿商品，第一眼看上去，每一樣都好吸引人，但是經過仔細檢視，便會發現這些東西根本不可能成就公平誠信的商業交易，儘管這些品項標示的價格的確算得上是市場破盤價。好比說，一對會讓所有壁爐頓失價值的柴薪架；一座釉色脫落的景泰藍掛鐘；過去色澤或許很亮麗的刺繡抱枕；一些老舊花架，上頭裝飾的陶瓷小天使全都肢體殘缺；幾座說不上屬於什麼風格的單腳小圓桌，獨腳都彎了；一個花籃圖案的生鏽票夾；看不出用途的烙鐵盒子；印著中國畫的可怕漆製扇子；一條乍看像是琥珀的項鍊；兩隻小巧的奶白色拖鞋，釦環上鑲了滿滿的水晶鑽；一尊破損的拿破崙半身像；釘在龜裂玻璃框內的蝴蝶標本；罩在原本應該是光亮如新的玻璃燈罩下的各色大理石雕水果；幾顆椰子；老舊拙劣的花卉水彩畫畫冊；幾張裱了框的達蓋爾銀版攝影相片[9]

（這些相片在那個年代，連老東西都稱不上）——所以，倘若有個無賴瘋狂地迷上這些從經濟拮据的家庭裡搜刮來的老舊家具家飾當中的某一件，然後向那位惹人猜疑的老闆開口詢價的話，他得到的數字很可能連專門收購不值錢的破銅爛鐵的舊貨商裡最狡猾剝削的一個都會覺得，那價格真是低得太離譜了。

再假設，好吧，如果這位訪客因著某種通行特權，可以直接穿堂入室，鑽進隔開店舖和樓上的第二道門，便能瞥見搖搖晃晃的螺旋式階梯。螺旋梯是這種入口大門跟屋子正面牆廓等寬的巴黎建築（因此，歪斜的門密密麻麻的看似全連在一塊）的典型特徵。接著，他將踏進一間寬敞的起居室，這裡看起來與樓下那片店面，物品五花八門、隨意堆放的景象大相逕庭，這裡收藏的品項絕對屬於不同的價位：一張拿破崙帝國時代的三腳小圓桌，桌腳上鷹首昂立；一尊展翅人面獅身像置物櫃；一個十七世紀的古董衣櫥；還有桃花心木書架，裡頭擺了上百本書籍，清一色摩洛哥真皮精裝本；一張人們所謂的美國式書桌，就像寫字檯一樣配有圓筒式掀蓋和數不清的小抽屜。再來，如果他走到隔壁房間的話，會發現一張四柱豪華大床，鄉村風的擺飾架上擺著賽佛爾瓷器、一只土耳其水煙壺、一大塊橫切開大理石、一只水晶花瓶，房間最裡邊的牆上貼的是以神話故事為主題的彩繪護牆板，還掛著兩大幅畫了歷史和喜劇繆思女神的畫。此外，牆上還凌亂的掛著一件阿拉伯呢斗篷，幾件喀什米爾毛料的東方民族服裝，一個朝聖者用的古董水壺；還有一個臉盆架，上頭放了一個置物台，配有珍貴材質製成的盥洗用具。總之，這裡簡直是新奇珍貴精品的大集合，整體的展示或許稱不上具有精緻和諧的品味，但炫富的心態絕對少不了。

回到剛剛那間起居室，訪客將發現，唯一能讓死胡同的微弱路燈燈光滲進屋內的那扇窗戶，前面有一張桌子，桌前坐著一位中等身材的老人家，他身著晨袍，訪客的視線從他的肩頭滑下，這老人好像正忙著寫稍後我們將讀到的東西，敘述者也會不定時地將老人的文字稍加歸納刪減，免得讀者讀煩了。

讀者不應該期待敘述者告訴讀者說他將意外發現主角是書中先前提及的某個名字，因為（故事此刻才開始）在此之前，書中人物的名字一個都沒出現過，連敘述者都還不知道這位神秘的書寫者是誰，只能提議兩人一起發掘（與讀者一起），一起跟隨書寫者筆尖寫下的符號入內打探。

〔譯註〕

1. Carlo Tenca：一八一六—一八八三，義大利作家、政治家。
2. La ca 'dei cani：譚卡的一本歷史小說，背景是十四世紀的米蘭。
3. rue Fouarre：位於巴黎第五區，街道所在位置即最早的巴黎大學所在地，各院校原先集中莫伯特廣場（Place Maubert），後慢慢往麥稈街延伸，麥稈名稱的由來，是因為上課學生喜歡口咬麥稈而得名。
4. Etienne Dolet：一五〇九—一五四六，法國作家、詩人、哲學家，是當時思想自由的象徵，不見容於教會，最終以異端邪說被處以絞刑，屍體遭焚毀。一八八九年莫伯特廣場上豎起他的紀念銅像，一九四二年遭移除燒熔。
5. Baron Haussmann：一八〇九—一八九一，法國都市計畫建築設計師，當今巴黎的輻射狀街道網絡就是他的代表作。
6. La Bievre：塞納河支流。
7. Auvergne：法國中部區域。
8. sou：舊錢幣單位，一蘇等於現今的五分。
9. Daguerreotype：是法國巴黎一家歌劇院的首席布景畫家達蓋爾（Daguerre）於一八三九年發明的攝影技術，故以他的名字命名。

2——我是誰？

一八九七年三月二十四日

決定把一切訴諸文字時，我感到某種程度的不安，像是奉了一位德裔猶太人（還是奧地利裔？反正都一樣）的命令——不對，該死！應該說是在他的建議下——把自己的內心赤裸裸的攤在陽光下一樣。我是誰？毫無疑問地，與其問我這一生經歷了什麼，還不如問我的志趣為何比較有用，至今我仍深受此志趣之害。我喜歡誰？腦海裡從未浮現過摯愛的面孔。我知道我愛吃美食：光是聽見有人提起銀塔餐廳的名字，全身立刻興奮得起哆嗦。這算是愛嗎？

我恨誰呢？猶太人，答案想都不用想，然而，那個奧地利醫生（還是德國醫生？）說我並不厭惡這些該殺的猶太人，我也乖乖的聽信他。

猶太人，我的認知僅止於爺爺教我的：他說他們是典型的無神論者。在他們的觀念裡，認定所有利益都該在這個世間實現，等進了墳墓之後就什麼都沒了。因此他們的一切作為都是為了征服眼前的這個世界。

我小時候一直活在猶太人鬼魅般的陰影下。爺爺向我描繪了一雙雙窺探監視、迷惑你的眼睛，嚇得人臉色發白；惡毒虛偽的笑容；如鬣狗般往上翻，露出牙齒的嘴唇；深沉、狠毒，兇神惡煞般的目光；鼻梁和唇間兩條憎恨鐫刻加深的法令紋，看起來總是焦慮不安；他們的鼻子，像是某種南方候鳥的醜陋鳥喙……還有眼睛，喔，那眼睛，焦躁狂熱……眼珠子在烤麵包色澤的眼裡轉啊轉，顯示肝功能並不正常，這肝病是一千八百年長年累積下來的怨恨導致的內分泌失衡所致，而且隨著年齡增長，眼珠彷彿隱沒在成千條的皺紋當中，才不過二十郎當歲的年紀，卻已經活像垂暮老人般枯槁。當猶太人微笑的時候，發腫的眼皮半張，微微露出一條細縫，細得幾乎看不到，有人說，這是狡詐的跡證，我爺爺則說，那是淫蕩的表徵……等我長到夠大，懂得這些成人之事時，他提醒我，猶太人像西班牙人那樣虛榮自負，像克羅埃西亞人那樣無知，像地中海東岸地區的人那樣貪婪，像馬爾他人那樣忘恩負義，像吉普賽人那樣放肆無禮，像英國人那樣骯髒，像卡爾梅克人[10]那樣油膩髒污，像普魯士人那樣不可一世，更像來自義大利阿斯提那裡的人一樣的愛講別人壞話，除此之外，他們一個個還是姦夫淫婦，性慾一起，就像發情的動物一般，無法克制。這得歸咎於他們割包皮的傳統，包皮割了，他們更容易勃起，以猶太民族矮小的身型，對照他們那根半殘廢的陽具上頭海綿體的尺寸，這對比的確是異常的扭曲。

我，有好多年，每天晚上夢見猶太人。

還好我從來沒有跟猶太人打過交道，杜林猶太區的那個小婊子不算。當時我還是個孩子（而且我跟她講過的話不超過兩句），再來就是那個奧地利醫生了（也許他是德國人，還不都一樣）。

編註：此處維持原文書的編排方式，以不同字型區隔故事中的三名敘事者，此為主角西莫尼尼，以中明體表示。

……我，有好多年，每天晚上夢見猶太人……

德國人我倒是認識一些，我甚至還替他們工作過：他們是你所能想像到的最低等的人了。平均一個德國人排出的糞便量是一個法國人的兩倍之多。他們的腸胃功能出奇旺盛，因而損害了他們的大腦功能，這說明了他們在心靈層面的確較低等。早在蠻族入侵的那個時代，群群日耳曼人便在他們逃亡的路上，留下團團匪夷所思的超大量排泄物。因此，在過去的幾個世紀裡，法國旅人只要觀察沿途的糞便量是否異常之大，就能立刻知道他是否已經穿越了阿爾薩斯省的邊界。好像這還不算什麼似的：德國人還有典型的臭汗症，也就是說他們的汗水臭得不得了，且有證據顯示，德國人尿液裡的氮含量高達百分之二十，其他民族只有百分之十五。

狂飲啤酒，加上猛吞豬肉香腸，德國人的腸胃始終處在消化不良的狀態。某天晚上，我曾親眼目睹他們的醜態，發生在我此生唯一一次的慕尼黑之旅期間，地點是不再神聖肅穆，而且煙霧彌漫活像英國港口的某座教堂。當晚空氣裡飄浮著豬油和醃肉的腥臭味，而且他們還是雙雙成對的，他和她，單單只為自己解渴各自手裡緊握啤酒瓶。一群厚皮動物，鼻子貼著鼻子，沉浸在牲畜般的激情對話裡，猶如兩隻互嗅對方氣味的狗，伴著尖銳粗魯的陣陣狂笑，含混不清的咯咯笑語，臉上和四肢塗著半透明的持久油脂，就像是古羅馬競技場上競技士塗抹皮膚的油。

他們開口閉口都是Geist[11]，也就是精神[12]，只不過，從年輕時候起，他們的腦子就被高盧啤酒的酒精給弄傻了，這正說明了為什麼過了萊茵河之後的內陸，從來沒有出現過有讓人感興趣的藝術創作，除了描繪令人生厭、腦滿腸肥的可笑人物的幾幅畫作，以及聽了讓人無聊至死的幾首詩之外。他們的音樂當然不能不提：我指的不是那位曲風喧譁無度，宛如喪葬嗩吶的華格納，至今法國人還被他唬得一愣一愣的。反正，就我曾經聽過的那麼一丁點德國音樂來說，巴哈的曲子根本毫無和諧可言，冰冷得像冬夜，而貝多芬的交響樂則根本是一場粗俗的轟趴。

嗜飲啤酒使得德國人察覺不出自己野蠻粗魯，而，野蠻的極致表現就是他們不以身為德國人為恥。他們認真的看待像路德這樣一個貪圖口腹之慾，生活奢華的修士（我們可以娶修女嗎？），他們認真看待他的唯一理由是因為他殘害聖經，把福音書翻譯成他們的語言。是誰說他們濫用歐洲兩大麻藥，酒精和基督教義的？

他們自以為有深度，因為他們的語言語意空泛，不像法文那般精確清楚，所以德文向來講不清楚它想要表達的意思，以至於德國人從來搞不清自己想說什麼——於是，自以為是地把這份不確定感當成了思想深邃。跟德國人在一起，就像跟女人在一起一樣，你永遠無法探知他們內心深處的想法。很不幸地，閱讀這個語意不清的語文，我們必須緊張兮兮的搜尋動詞，因為動詞永遠不會待在它該出現的位置上，我爺爺在我很小的時候就強迫我學德文——這其實沒什麼好意外的，他是親奧地利派。所以我討厭這個語言，就像我討厭那位一邊拿著木棒打我手指，一邊教我德文的耶穌會教士一樣。

自從那個戈賓諾[13]發表了種族不平等的論調之後，好像舉凡任何人毀謗另一個民族時，就會被認定那是因為他認為自己的民族比較優越的緣故。我，我沒任何偏見。自從我歸化入法國籍之後（因為我母親的關係，我已經是半個法國人），我才明瞭我的新同胞有多懶惰，多愛騙人，多愛記仇，嫉妒心有多重，又有多麼自大，自大到認為只要不是法蘭西民族的人，都是蠻夷，更無法接受指責。同時，我還領悟到，若想讓法國人心甘情願地承認自己的民族血統有瑕疵，只要你開口說別的民族的壞話就行了，舉例來說，「我們波蘭人，我們就

大笨蛋）。受騙的不只他一個，他在研究院的一大票同事竟如此輕易地相信卡利古拉[15]、埃及豔后和凱撒大帝的書信都是用法文寫的，還有巴斯卡、牛頓和伽利略之間也用法文寫信聯絡，連小孩都知道那個世紀的學者之間書信往來用的都是拉丁文。因為法國的學術巨擘無法想像其他民族講的是其他語言，而不是古法文。更有甚者，一封偽造的巴斯卡信中還揭露，早在牛頓發現萬有引力的二十年前，他就已經先發現了，光這一點便足以讓這些被國家榮光吞噬的索爾本大學的老學究們老眼昏花。

也許他們的無知來自於他們的小氣吝嗇——這項全國上下皆有的惡習卻被錯當成美德，並且掛上節儉的美名。沒有別的國家能夠構思出一部以小氣鬼為主角的喜劇。更別提葛朗代老爹[16]了。

法國人的小氣，可以在滿是灰塵的公寓裡看到，地毯從來不換新，澡缸的年代可遠溯至先祖，狹窄空間寸土寸金的前提下，採用的木製迴旋梯，搖搖晃晃。來嫁接試試看，就像我們在植物上搞的那一套，一個法國人嫁接一個猶太人（如果可以的話，最好是德裔猶太人），您將看到我們搞出來的第三共和。

我入法國籍，原因無他，因為我無法忍受自己是義大利人。身為皮埃蒙人[17]（出於血緣），我覺得自己連滑稽版的高盧人都比不上，而且思想觀念比公雞更狹隘。任何一丁點新奇的事物都會讓皮埃蒙人神經緊繃，意料之外的未知更讓他們畏懼，想叫他們遷移到兩西西里王國[18]（反正，加里波底軍團裡，來自皮埃蒙的少之又少），只需要兩名利古里亞人[19]：一是像加里波底[20]這樣的狂熱分子，一是像馬志尼[21]這樣的巫師。更別提我被派到巴勒摩[22]後發現了什麼（這是什麼時候的事？我得從頭好好想想）。只有那個自大虛榮的大仲馬喜歡這地區的人，不用想也知道，一定是因為他們比法國人更崇拜他更欣賞他，法國人仍不容分辯地認定大仲馬是混血雜種。那不勒斯人和西西里島人，他們也都是混血的民族，這不是因為他們的母親水性楊花，而是世代繁殖下的結果，他們的血液裡混了靠不住的地中海東岸人種[23]、身上臭汗黏膩的阿拉伯人以及消亡的東哥德人[24]，他們承繼了這些混血祖先血統當中最差的部分，有撒拉森人[25]的懶散、施瓦本人[26]的殘暴、希臘人的優柔寡斷和清談的嗜好，甚至鑽牛角尖到吹毛求疵的地步。至於其他，只要看外國人瞪大眼睛，看那不勒斯年輕小夥子用手指捲起義大利麵往喉嚨裡頭塞得一副彷彿快要噎死的樣子，然後腐爛的番茄弄得到處狼藉一片，他們臉上那副不可置信的表情就能了然。我想我大概沒親眼見過，不過，我知道一定是這樣。

義大利人靠不住，愛說謊，不懷好意，又是叛徒，隨身佩戴匕首比腰掛長劍更自在，覺得帶毒藥比帶解藥好，喜歡從不法交易裡撈油水，只有在見風易幟的時刻才看得到他們團結一致——我親眼目睹過波旁王朝軍隊將領的遭遇，當時加里波底那批勇士和皮埃蒙將領才剛出現。

原因在於義大利人把教會當成行事的典範，唯一真正的政府。自從那位荒淫無道的末代羅馬皇帝被蠻族姦殺之後，義大利人就沒有真正的政府了，而基督教早已將這古老民族的驕傲磨耗殆盡。

教士……我是怎麼認識他們的呢？我隱約記得在爺爺家裡，好像是吧，閃躲的眼神、滿口的爛牙、濃重的口氣，還有妄想撫摸我脖子的汗濕手掌。我呸！他們鎮日無所事事，就跟強盜和小偷一樣屬於危險人物之流。想當教士或僧侶的人，除了想一生遊手好閒之外無他，而為確保該目標能夠維繫下去的條件，在於他們的人數。如果教士，好比說，是千中選一的，他們的工作將多得做不完，哪有辦法整天躺著，邊搔肚皮，邊大啖閹雞。而偏偏政府就在最無恥的那群教士裡面挑選最蠢的幾個任命他們為主教。

你一呱呱落地，他們立刻出現在你身邊，陰魂不散，為你受洗；上了學，學校裡也有他們的身影，如果你的父母篤信宗教，願意把你交託給他們的話，你接著將面臨初領聖體禮，讀經班和堅振禮[27]：你的結婚典禮上，教士會告訴你，進了洞房之後該怎麼做，第二天，他等著你前來告解，問你一夜大戰了幾回合，好讓告解窗口後頭的他也能興奮起來，跟著來一下。他們把性愛說得齷齪，自己卻是每天從道德敗壞的床上走下來，直接為天主奉飯奉茶，甚至連手都沒洗，之後再幹這些狗屁倒灶的事來羞辱祂。

他們嘴上不停的說，他們的國度不在這個塵世裡，能拿能偷的卻全都進了他們的口袋。文明絕對不可能臻至完美，除非最後一間教堂的最後一片石塊打中最後一個教士，世界才得以從這些敗類的手中獲得解放。

共產黨徒四處散播「宗教是人民的鴉片」的思想。此話不假，因為宗教有助於遏阻信徒免於受到誘惑，如果沒有宗教的話，將會有高出兩倍的人參與革命，當時，在公社統治下的日子，共產黨人的數量不夠多，才會沒多久就被一舉殲滅。後來，聽到這位奧地利醫生提到這個來自哥倫比亞的藥，古柯鹼，有什麼好處之後，我倒是覺得把宗教比喻成人民的古柯鹼更貼切，因為宗教，從過去到現在從來沒有改變，它把人類推向戰爭，屠殺異教徒。這個想法一體適用於基督徒、穆斯林和他們教派底下的偶像崇拜狂熱分子；早先，非洲的黑人算起來也不過是關起門來自己人互相殘殺，那些傳教士讓他們改信了基督，接著將他們變成殖民地的軍人，變成最適合被派到前線送死的替死鬼，還讓他們攻進城市裡，強暴白人婦女。人類除非有宗教的堅定信仰支撐，否則絕對沒辦法如此積極、徹底地作惡。

所有教士裡面最糟的當屬耶穌會教士了。我覺得我好像曾經設計整過他們幾回，說不定，是他們把我害得很慘，我還記不太起來。也可能是他們的酒肉弟兄，共濟會分子幹的。他們跟耶穌會教士一樣，只是腦袋更糊塗些。耶穌會起碼有他們自己的教義，而且知道如何去實踐，共濟會的教義太廣泛，多到讓人搞不清楚。爺爺曾經跟我說過共濟會的事。他們與猶太人合謀，將國王送上斷頭台。從他們衍生出燒炭黨，燒炭黨員其實就是比較白癡的共濟會員，因為，首先，他們蠢到讓自己成為射殺的目標，之後還因為製作炸彈的程序錯誤，炸彈爆炸，被抓砍頭。其餘的後來不是變成社會主義分子，就是共產黨員和公社社員。通通遭到槍決。幹得好，梯也爾[28]。

共濟會和耶穌會。要說嘛，耶穌會教士就是穿得像女人的共濟會員。

我討厭女人，雖然我對女人的所知不多。有好幾年的時間，各路匪類聚集的女子酒館一直縈繞我腦海，揮之不去。這些酒館比妓院還下流。最起碼，想開一間妓院就很不容易，因為鄰近的住戶會起來強力抗爭反對，相反地，酒館可在任何地方開張營業，因為酒館這名詞聽起來，只是讓人進去喝一杯的地方。只是，樓下的客人是在喝酒沒錯，但樓上可是個大淫窟。每間酒館各有主題，裡面的小姐還按照酒館的主題穿上不同的服裝，在這裡，你可以找到德國籍的服務小姐，那裡，法院對面，則看得到穿律師袍的俏ㄚ頭。再說，光看這些酒館的名字就夠嗆了，好比翹屁股、摩洛哥美女、十四片臀等等，位置都離索爾本大學不遠。這些酒館清一色幾乎都是德國人開的，這也算是消磨敗壞法國倫理道德的一種方法吧。第五和第六區之間，至少有六十間像這樣的酒館，而且每一間都大小通吃，連青澀少年也來者不拒。年輕小夥子來這兒，一開始是出於好奇，接著食髓知味，最後染上淋病——屢見不鮮。如果酒館位置緊鄰學校，中學生一出校門，個個貼著門縫窺探裡面的女人。我呢，我會上那

……耶穌會教士就是穿得像女人的共濟會員……

兒喝一杯，為的是從酒館內部觀察外面。透過門窗，觀察那些擠在門口，引領探頭往裡瞧的中學生。我的目的不僅是這些中學生。在這裡，還能聽到有哪些恩客上門，他們又有哪些怪癖，這些消息總有派上用場的一天。

我覺得最有趣的部分是，找出哪一桌是等著生意上門的皮條客，並按照不同的性質，分門別類。這些皮條客有些是靠自己老婆施惠過活的人夫，這類人穿著體面，永遠自成一個小圈子，一邊抽菸一邊打牌，酒館老闆或店裡女孩談到他們都以綠帽桌暗指：不過，在拉丁區，更多是被學校當掉的大學中輟生，總是一臉緊張兮兮，生怕進帳來源被搶走，所以他們通常人手一支匕首把玩著。最逍遙自在的莫過於匪徒和強盜了，他們來來去去，行蹤飄忽，因為他們必須小心防範仇家暗算，而且他們知道這裡的女孩不敢背叛他們，否則第二天一大早就能看見她們的屍體在碧葉河上載浮載沉。

也有出櫃的同志來此獵豔，男女皆有，只為縱情沉溺在最荒淫敗壞的色慾情流。他們常在法院或香榭麗舍大道一帶出沒，比出約定成俗的暗號手勢，引誘尋芳客人上前。也經常請同夥假扮警察突然衝進房間，出言威脅逮捕，嚇得身上僅穿著一條內褲的尋芳客只能一邊痛哭求饒，一邊把口袋裡的錢一把一把的全掏出來。

我走進這裡的妓院時，都會特別的小心，因為我知道隨時可能會發生不測。如果進門的客人看起來像隻肥羊，妓院老鴇會做個手勢，一名女孩則趨上前，慢慢地灌他迷湯，要他邀請其他的女孩一起到他那桌，並且吆喝著叫最貴的酒（但是她們為了避免喝醉，只喝超淡的茴香酒、黑醋栗汁或調色的清水，總之一定要客人當冤大頭）。接著她們會慫恿你玩牌，她們彼此自然會用暗號作弊，你肯定是輸家，然後你得掏錢請所有的女孩吃消夜，還得算上妓院老闆跟他的老婆呢。如果你試圖停止牌局，她們會提議別用錢當賭注了，改成你每贏一局，其中的一個女孩就脫掉一件衣服……於是隨著一件件蕾絲落地，令人作嘔的白皙皮肉慢慢裸露，浮腫的雙峰，棕黃的胳肢窩，散發陣陣令人不快的酸臭味……

我從來沒有上二樓。有人說女人不過是手淫的替代方案，只是手淫需要多花一點想像力。夜裡，當我回到家，總會夢見她們，我又不是木頭做的，再說，是她們挑逗我。

我讀過提梭醫師[29]的論述，我很清楚女人對身體不好，就算是離她們遠遠的自己幹也一樣。我們不知道激發獸性的酒精和精液是否算是同樣的東西，但可以確定的是，這兩種液體有著某種程度的相似性，況且人經過長時期的夜間污染，不僅會失去活力，身體也會日漸消瘦，臉色變白，記憶散失，視力退化，聲音變沙啞，夜裡被夢驚擾得不得安眠，眼睛疼痛，臉上出現紅斑，有些人還會咳出結塊的物質，感覺脈搏加速，喘不過氣，甚至快要昏倒，有些則抱怨便秘不順，或者體味愈來愈濃。最後導致雙眼失明。

這或許說得有點誇張了，我小時候滿臉青春痘，不過這好像是那個年紀的典型症候，或者，所有的男孩都體驗過這樣的歡愉感受，只是當中有些人做得太過火了，白天黑夜都握著不放。再說，現在我已經懂得拿捏分寸，只有從酒館回來的那些個夜裡，才會睡不安穩，我跟許多在街上一看見女人就勃起的人不一樣，我從來不會。工作保護了我，免於道德淪喪。

不過，幹嘛長篇大論的說教，反而忘了重組過去？八成是因為我除了需要知道我前天做了什麼之外，還需要弄清楚我內心是什麼樣的人。而弄清楚的方法就是，坦承的面對有一個內在的我的事實。有人說靈魂單純是人自己造就的，但假如我恨某個人，並在內心醞釀累積這份恨意，對啊，這不正表示的確有個內在的我存在著！哲學家怎麼說的？我恨故我在。

不久前，樓下的電鈴響了，我本來擔心是哪個笨蛋想進來買東西；結果，他立刻開口說，提梭叫他來的——我怎麼會選這句話當密語呢？他想要一份自立的遺囑，立書人是某個叫做本華的，遺囑的受益人則叫基佑（鐵定就是他）。他手上有前述這位本華先生使用，也許應該說生前使用的信紙，以及一份他的筆跡範本。我讓基佑先生上樓到我的書房，選了羽毛筆和適合的墨水之後，根本不需練習試寫，立刻揮毫寫就。完美無瑕。基佑好像很清楚我的收費標準，伸手奉上遺囑明訂的餽贈金的一定比例金額為酬勞。

原來這就是我賴以維生的執業？從無到創造出一份公證文件，到淬鍊出一封以假亂真的信函，到構思出不利他人的筆錄，編造一份檔案逼得人家毀人亡。藝術的力量……值得犒賞自己到英格蘭咖啡館一趟。

我的記憶應該已到了腦門邊上，可是，我怎麼覺得好像已經有幾百年沒聞過餐廳套餐的酒菜香了：女王御用蛋奶酥、威尼斯鯧魚排、焗烤比目魚、不列塔尼亞羊脊肉醬……開胃菜有，葡式嫩雞，或熱呼呼的鵪鶉肉醬、巴黎龍蝦，或乾脆全部都來；至於主菜嘛，我知道的有什麼呢？盧昂仔鴨或躺在麵包片上的嫩鵐雀[30]；甜點前的小菜嘛，西班牙燒茄子、一整支的大蘆筍、公主級什錦砂鍋……至於葡萄酒，我不確定，也許來一瓶瑪歌堡，要不然拉杜堡或拉菲堡也行，要看年份。最後，再來一球夾心冰淇淋。

美食總能讓我意猶未盡，比性更能讓我感到滿足——這也許是教士在我身上留下的印記。

我始終覺得我的頭腦裡有一團雲霧，讓我無法回頭看。帶著貝加瑪奇神父的衣服，逃學去喝璧瑟靈咖啡巧克力[31]的回憶片段為什麼會再次拂過腦海？我已經完全忘了貝加瑪奇神父這個人了。他是誰？我喜歡讓羽毛筆隨著本能自由發揮。據那位奧地利籍醫生的說法，我應該走到了一個我記憶裡真正痛苦的時刻，這說明了為什麼我會突然抹去這麼多的東西。

昨天，我以為是三月二十二日，我醒來的時候，好像非常清楚的知道我是誰：我是西莫尼尼上尉，六十七歲，但身體相當硬朗（我稍顯發福，恰好是大家認為一個好好先生該有的富態），我在法國時，為了紀念爺爺，給自己加上上尉的頭銜，語焉不詳的編造一些千人遠征[32]軍旅中立下的戰功，在法國這裡，加里波底獲得的評價比在義大利高，擁有某種程度的魅力。西蒙・西莫尼尼生於杜林，父親是土生土長的杜林人，母親則是法國人（精確的說是薩瓦人，不過她出生的時候，薩瓦地區已遭法國侵佔）。

我人還躺在床上，想著等會兒……我和俄國佬之間的問題（俄國佬？）：最好別讓人看見我出現在我喜歡的餐館裡。我可以親自下廚，給自己做點好吃的。忙幾個小時，為自己精心烹調幾道可口小菜，這能幫助我放鬆。例如，法佑[33]小羊肋排：至少四公分寬的厚片羊肋，想也知道這是兩人份的量，普通大小的洋蔥兩顆，五十公克的麵包心，七十五公克的刨絲起司，五十公克的奶油。將麵包心刨成細屑，與起司絲混合，接著洋蔥剝皮，切成細丁，取小平底鍋，加熱融化四十公克的奶油，同時取另一平底鍋，放入剩下的奶油，加入洋蔥丁文火拌炒，將一半的洋蔥丁鋪在烤盤上，接著是調味，在肉上撒鹽和黑胡椒後，放進烤盤，將剩下的洋蔥放在烤盤邊上，再鋪上混合好的麵包起司屑，成為洋蔥和肉排之上的第一層外皮，要確實把肉排壓到盤子的底部，接著把融化的奶油倒在第一層外皮上，用手壓實後，再鋪上第二層麵包起司屑，並適時加入融化的奶油將外皮捏出圓頂狀，最後再整個澆上白酒和高湯，湯汁量不超過肉排的一半高度。把所有的食材放進烤箱大約半小時，適時加入白酒和高湯保持肉排的濕潤。最後搭配素炒花椰菜裝盤。

這樣可以消磨掉一些時間，不過，料理的樂趣不必等到味蕾真正品嘗到成品，準備的工夫其實等於預先試菜，我就這樣躺在床上細細的在腦中琢磨這道料理的做法。傻蛋才需要在被窩底下摟個女人，或一個小男生來趕走寂寞。他們不知道垂涎欲滴的感覺比那話兒勃起更棒。

這些材料家裡幾乎都有，除了起司和肉。肉嘛，前些天，我本來想到莫伯特廣場的肉販那裡買，天知道為什麼，他們選在週二公休。距離兩百多公尺遠的聖日耳曼大道上，我知道還有另一家肉店，再說，一趟短短的散步有益健康。我穿上衣服，出門前對著洗臉台上的鏡子，仔細的黏上慣用的那對黑色八字鬍，以及下巴的那縷美髯。接著戴上假髮，拿起梳子微微沾了點水，梳出中分髮線。套上合腰禮服外套，把銀製懷錶塞進口袋，特意露出錶鏈，讓人一眼就看得見。為了表現出退休上尉的樣子，我喜歡在說話的時候，假裝漫不經心的把玩一只龜殼製的小盒子，裡頭裝著滿滿的菱形甘草糖。盒蓋內面有一個女人畫像，人長得醜但衣著光鮮亮麗，當然是上尉的某位已故親人。偶爾，我拈出一顆甘草糖放進嘴裡，並用舌頭將糖從口腔的一邊推到另一邊，這個動作可以放慢我講話的速度——聽你說話的人則會被你的嘴型動作吸引，進而比較不注意你講些什麼。難的是要表現出那種智商比一般人要稍微智障一點的模樣。

我走下樓，彎進街角，盡可能地別在酒館前逗留，那門前一大清早就已經傳出陣陣迷途女人含混的粗魯叫聲。

莫伯特廣場再也不是我剛到這裡時那個充斥奇蹟的廣場了，三十年前，這裡到處可見回收雪茄菸草的小販。劣等貨的來源不外乎菸斗底部和抽過的雪茄菸，高級貨則是來自上等香菸的菸屁股。劣等貨半斤一法郎二十分，高級貨則要一法郎五十分到六十分錢（儘管這個行業沒有賺頭，事實上，利潤極薄，因為這群辛勤的菸草回收工，為了換得幾杯黃湯下肚，往往一下就花掉大部分賺來的辛苦錢，到了夜裡，幾乎個個不知何處棲身）；收保護費的四處鑽動，他們懶懶地閒晃至少要到下午兩點，才跟許多經濟情況不錯的退休老人一樣，靠著牆抽菸打發白天的剩餘時間，等到日落西山後展開類似牧羊犬的行動；宵小強盜流竄，有的窘迫到彼此互相搶奪偷竊贓物，因為沒有任何有產階級的市民（除了幾個從圍欄之外的郊區過來逛大街的之外）膽敢穿越這片廣場。而我呢，如果我不邁著軍官的步伐，一邊拿著手上的手杖轉圈圈的話，我肯定是這群人眼中的肥羊——再說，這裡的扒手都認得我，有幾個遇見我時還會開口叫我上尉，跟我打招呼哩，他們認為在某種程度上，我與他們同屬一個叢林圈，野狼不會同類相殘——還有風華逝去的流鶯，如果她們還有點姿色的話，早就到女子酒館裡做生意去了，所以她們服務的對象只剩一些人渣垃圾、流氓無賴和罹患了傳染病，撿不動菸屁股的那群——不過，她們只要看到一位先生，穿著品味入時，兩撇八字鬍梳得高翹，立刻精神一振的靠過來，甚至伸手拉你的手臂，巴你巴得老近，以至於她們身上那股混合了發酸汗水的廉價香水味，想躲都躲不掉——那會是非常不愉快的經驗（我不想夜裡睡覺時夢見她們），所以，當我看見有流鶯靠近時，立刻用力甩起手杖，就像在我的四周築起一圈無法欺近的保護區，她們見狀立刻明白，因為她們早已習慣被人喝斥，再說，一根木棍，足以令她們敬畏忌憚。

最後，還會在這群人中閒晃遛達的就是警察局的佈樁了，他們在此收編線民，找報馬仔，或者打探走漏的珍貴風聲，好比正在籌劃中的非法勾當，當某人低聲跟另一個人交頭接耳時也許嗓門高了一些，卻滿心以為他們交談的內容融入整體的環境噪音中，沒人聽得見。

她進了屋，拿出塞在胸前的餐巾，打開，裡面包了二十來個聖體餅。

「達拉．皮科拉教士跟我說您對這個有興趣。」

我幾乎是機械式的立即答稱「當然」，並問要多少錢。「一個十法郎。」老太太說。

「您腦子有毛病啊。」我發揮生意人的本能，自然地反駁。

「您才腦子有毛病呢，您在搞黑彌撒不是。您或許以為花三天的時間，上二十間教堂，行禮如儀的完成領聖體禮，努力保持嘴巴乾燥，雙手掩面跪下，費力的把聖餅從嘴裡拿出來，小心的不讓餅受潮，然後放進我預藏在胸前的小包包裡，不讓教士還有旁邊的人看出來，這是簡單的事？還沒算上我褻瀆上帝的大罪，跟等著我的地獄呢。所以，如果您要，總共兩百法郎，否則我就找布朗教士[34]去。」

「布朗教士已經去世了，可見您有好一段時間沒去望彌撒領聖體了。」我幾近機械化的回答。何況，在我腦袋還是一團混亂的時候，我決定跟著本能走，不要想太多。

「算了，我要了。」我說，接著付了錢。我清楚的知道該把聖餅放進書桌上的聖龕中，等待信徒享用。例行的工作。

總而言之，所有的一切我都覺得很尋常、熟悉。然而，我感覺得到四周彌漫一股來自某樣陰邪東西的味道，我無法理解。

我上樓回到書房，注意到屋後邊有一道門，門被窗簾蓋住。我開門的時候其實心裡已經知道門後是一條走道，裡頭黑漆漆的伸手不見五指，必須拿燈才能進去。這條走道很像戲院裡賣小物品的商店，也像聖殿[35]那邊隨便一間舊貨舖店面後頭的貨倉。牆上掛著毫不相干的各式衣物，種田的、賣煤的、律師事務所跑腿的、掃煙囪的，另加兩套教士袍、一件外套和軍用長褲，這些衣服旁邊，還有互相搭配的各色假髮。十幾座擺假髮用的頭像整齊排列，放在木頭架子上，一個個整齊的套著假髮。走道的最裡邊，有一張梳妝台，類似演員化妝室裡的那種，檯面上擺滿了一罐罐的白粉和口紅、黑色和深藍色的眼線筆、兔毛刷、小粉撲、小刷子、髮梳。

走到某個地方，走道突然向右拐，到底後，出現另一扇門，門後的房間比我屋子裡的任何房間都來得明亮，窗外這條街可不像是莫伯特胡同這樣的死巷子，街上的陽光全灑進來了。事實上，當我走到房間的一扇窗前，底下正是艾爾伯大師路。

從這個房間，可循著一條小樓梯走到外面街上，就這樣而已。這是一間完全獨立的房間，類型介乎套房和公寓房間之間，房內家具樸實，色調暗沉，一張桌子、一張跪凳、一張床。廚房靠近上街的出口，樓梯間有廁所和洗手台。

一看就知道這是供教士臨時落腳的地方，既然兩間公寓相通，我跟這位教士可能滿熟的。儘管這一切發現好像有點熟悉，我卻覺得自己是第一次來到這個地方。

我踱到桌子旁，看見一札信函，信封上註明的收信人都是同一人：最崇敬的大主教，或尊貴的先生，達拉．皮科拉教士收。信的旁邊，還有幾張信紙，紙上的小楷字體優雅，幾乎可說是娟秀，跟我的字迥然不同。信件的內容，並不特別重要，有的感謝某人慨然捐贈，有的確認見面時間。最上頭的那封有點文意不甚連貫，書寫者好像在記錄一些重點，以便整理重組他正在思索的某些事情。我拿來讀了，花了點工夫才看懂：

一切顯得很不真實。彷彿我是在觀察自己的另一個人。留下書面紀錄，用來確認這些都是真的。

今天，三月二十二日。

長袍和假髮跑哪兒去了？

昨天晚上我做了什麼？我的腦袋像是一團迷霧

我連房間最裡面的那道門通往何處都記不起來。

我發現了一條走道（以前從來沒見過？），裡面掛著滿滿的衣服，還有假髮、乳液和化妝品，演員才用得上的東西。

掛鉤上垂吊著一件很棒的教士袍，而且在架子上，我不僅找到了一頂高級假髮，還有假睫毛。刷上腮紅，兩頰略帶粉色，我再度變身為我認為自己應該是的那個人，看起來蒼白，略帶不安。禁慾苦行者。就是我。我，是誰？

我知道我是達拉・皮科拉教士。我不知道的是，外界認識的達拉・皮科拉教士是怎樣的一個人。既然，我要變身成這個身分，還要加上偽裝，可見我不是他。

走道通往何處？好怕走到盡頭。

重讀上面的紀錄。如果說白紙黑字無從抵賴，那麼我經歷的全都是真的了。要相信這些紀錄。

難道有人對我下了春藥？布朗。他絕對幹得出來。還是那些耶穌會教士？共濟會員？我跟這夥人到底有什麼糾葛？

猶太人！對了，很有可能是他們。

我在這裡不安全。可能是有人趁夜裡摸黑潛入，竊取我的衣服，更糟的是，偷翻我的文件。這人肯定假裝成達拉・皮科拉教士在巴黎一帶四處招搖撞騙。

我得到奧特伊[36]去避一下風頭。一定是狄安娜，她，知道。誰是狄安娜？

達拉．皮科拉教士的紀錄到此為止，真奇怪，這樣一份攸關個人隱私的文件他竟然沒帶走，他肯定深受某種煎熬所苦。關於他，我能了解到的資料也僅止於此。

我回到莫伯特胡同的公寓，坐在工作桌前。達拉．皮科拉教士的人生和我的生命是如何產生交錯？

想當然，我也只能被迫推論出一個最顯而易見的假設。達拉．皮科拉教士和我是同一人，如此一來，一切都解釋得通了，兩間相通的公寓，還有我打扮成達拉．皮科拉回到西莫尼尼的公寓，在那裡我脫下教士袍和假髮，倒頭就睡。只是有一個小小的問題：如果西莫尼尼是達拉．皮科拉，為什麼我對達拉．皮科拉竟然毫無所悉，而且一點也不覺得自己會是那個對西莫尼尼同樣一無所悉的達拉．皮科拉呢——此外，為什麼我想弄清楚達拉．皮科拉在想什麼，有什麼感受，還得看了他留下的紀錄才知道？如果我同時是達拉．皮科拉，我人現在應該在奧特伊，躲在一間他非常熟悉，而我，西莫尼尼，卻完全陌生的房子裡才對。還有，誰是狄安娜？

除非，我有時候是西莫尼尼，一個忘記達拉．皮科拉的西莫尼尼，有時候又變成達拉．皮科拉，完全忘記有西莫尼尼這個人的達拉．皮科拉。這並不新鮮。是誰曾跟我說過雙重人格的案例？難道狄安娜有這個毛病？可是，狄安娜又是誰呀？

我想我必須有系統地進行推論。我知道我手邊有一本記錄行程的小冊子，我在裡頭找到幾條記載：

三月二十一日，彌撒

三月二十二日，塔克西爾[37]

三月二十三日，基佑約好製作本華遺囑

三月二十四日，屠蒙家[38]？

我幹嘛去望彌撒，我想我應該不是教徒。一個人如果是教徒，表示他信仰某些東西。我信仰什麼東西嗎？我沒有印象。所以我不是教徒。算了。有時候，去望彌撒的理由千百種，與信仰無關。

我比早上更加確定今天是三月二十三日星期三沒錯，先前我卻以為是星期二，今天基佑先生的確登門請我撰寫本華的遺囑。今天是二十三號，我卻誤以為是二十二號。二十二號當天發生了什麼事？塔克西爾又是誰？

接下來，週四我該去見屠蒙，現在已經不可能了。我怎麼能跑去找別人，我連我自己是誰都搞不清楚？我得躲一陣子，等思路釐清了再說。屠蒙……我心裡想，我當然知道他這號人物是誰；然而我只要開始想他的事，就好像喝了酒似的，腦袋一片混沌。

我對自己說，先來做些假設。首先：假設達拉．皮科拉另有其人，因為某些未知的理由，他經常出入我的公寓，我的公寓和他的公寓之間有一條多少可算是秘密的通道連接，三月二十二日晚上，他循著莫伯特胡同來到我家，把教士袍脫了扔在我這裡（為什麼？），然後回自己家睡覺，早上一覺醒來，全都忘光光了。就這樣，我在兩天後的早晨醒來，跟他一樣，什麼都不記得了。可是，如果真是這樣，二十二日星期二我做了哪些事，竟然會讓我一直昏睡到二十三號早上才醒來？而且，達拉．皮科拉為什麼得在我家脫掉教士袍後再回自己家——這是幾點的事？我突然心生恐懼，難道說上半夜他就躺在我的床上……天啊，女人確實讓我噁心，但是跟一個教士同床共枕更恐怖。我可是信守貞節觀念的人，不是變態……

或者，我和達拉·皮科拉，我們是同一個人。鑑於教士袍是在我的房間裡找到的，所以彌撒結束後（二十一號），我很可能是一身達拉·皮科拉的打扮，沿著莫伯特胡同回家（如果我必須去望彌撒，打扮成教士是比較能取信於人），進門後脫掉長袍和假髮，再回到教士的公寓裡睡覺（於是把教士袍忘在西莫尼尼家中）。第二天早上，也就是三月二十二日星期二，以達拉·皮科拉的身分起床的時候，不僅找不回記憶，連教士袍都不在床腳邊上。以達拉·皮科拉身分醒來的我已經失去記憶，大概是在走道裡找到另一件替換的教士袍，隨即在當天從容的逃到奧特伊，只是到了傍晚，我改變了心意，鼓起勇氣在深夜裡回到巴黎莫伯特胡同的公寓，脫下教士袍掛在臥房的衣架上，所以當我再次仍是毫無記憶的醒來時，是以西莫尼尼的身分，這時已經是星期三了，我才會一直以為是星期二。後來，我對自己說，記不得三月二十二號發生了什麼事的達拉·皮科拉，在失去記憶一整天後，又在二十三號變成了失憶的西莫尼尼醒來。就我從醫生那裡得到的知識來看，失憶沒啥大不了的……在文森鎮[39]開業的那個醫生叫什麼來著？

還有個小問題待解。我重讀了我的紀錄：如果事情真如我推測的這樣，二十三號的早上，西莫尼尼的臥房床上應該有兩件教士袍才對，二十一日夜裡他脫下來的那一件，加上二十二日夜裡脫下的一件。實際上，教士袍只有一件。

不對，我真笨。二十二日夜裡，達拉·皮科拉從奧特伊回來時，走的是艾爾伯大師路；他在那裡脫下教士袍，然後才走到莫伯特胡同這邊的公寓睡覺，第二天醒來（二十三號）變成西莫尼尼，所以衣架上只有一件教士袍。說真的，事情果真如我所想，二十三日早上，當我踏進達拉·皮科拉的公寓時，在他的臥室裡應該會找到他在二十二日夜裡脫下的教士袍才對。不過，他也很有可能把袍子拿到原先找到袍子的走道裡掛好了。只要檢查一下就清楚了。

點了燈，我略帶恐懼的踏進走道。如果達拉．皮科拉不是我，我心裡想，我可能會看見他出現在走廊的另一頭，而且很可能手上也拿著一盞燈……幸好，事實並非如此。而在走廊的盡頭，我找到了那件好好掛著的教士袍。

可是，可是……如果達拉．皮科拉從奧特伊回來了，脫下教士袍後，穿過走道直達我的公寓，並且毫不猶豫的倒在我的床上睡覺，那是因為在那時刻，他記得我，他知道睡在我身邊就跟睡在自己身邊一樣，由此可見我們是同一個人。因此，達拉．皮科拉上床時，清楚的知道他是西莫尼尼，然而到了第二天早上西莫尼尼醒時，卻不知道自己就是達拉．皮科拉。換句話說，達拉．皮科拉先是忘記了一切，然後又憶起了一切，於是他安心的小睡片刻，把失憶症移轉到西莫尼尼身上。

失憶……意謂著沒有記憶，這個詞彷彿給了我一個突破點，穿透這團被我遺忘的時光迷霧。我在馬涅小館曾和人聊過失憶這個話題，這已是十幾年前的事了。也是在那裡，我向布魯跟畢羅教授[40]討教過，還有杜莫里耶和那位奧地利醫生。

【譯註】

10. Kalmouk：分佈在西伯利亞南部和蒙古地區的一民族。

11. Geist：德文，黑格爾主要學說絕對精神，唯心主義的精髓，也就是精神。

12. Esprit：除了精神和心之外，也有萃取精華和酒精之意。

13. Joseph Gobineau：一八一六—一八八二，法國外交家、作家，最受注目的著作《人類種族不平等論》，提及「種族優劣是決定社會興衰，文化高低的因素。黑人和黃種人是低等種族，白種人，特別是亞利安族，是高等民族，而其中又以日耳曼人最優越……」

14. Michel Chasles：一七九三—一八八〇，法國數學家，是法國幾何學的代表人物。

15. Caligula：西元十二—四十一年，他繼承屋大維，成為羅馬帝國的第三任皇帝，也是帝國早期的典型暴君，好大喜功，荒淫無道，引起所有階層人民的怨恨，最後被刺身亡。

16. Pere Grandet：法國作家巴爾扎克巨著《人間喜劇》中最著名的一篇〈歐琴妮·葛朗岱〉（Eugenie Grandet）裡面的守財奴老爹。

17. Pietomont：位於義大利西北部的行政區，最大城市為杜林。此區在法國大革命時曾遭法國兼併。

18. Deux Siciles：一八一六—一八六一年，拿破崙統治結束，費南迪多獲得了義大利南部的那不勒斯王國和西西里島上的西西里王國為領地，兩地於是統一為一個王國稱為兩西西里王國，一九六一年被薩丁尼亞王國征服，國號取消。

19. Liguria：位於義大利西北部的濱海區，北鄰皮埃蒙。

20. Giuseppe Garibaldi：一八〇七—一八八二，義大利愛國志士與傑出軍人，獻身義大利統一運動，親自帶領軍士投入戰役被尊稱為義大利統一的寶劍，同時與薩丁尼亞王國的首相加富爾和創立青年義大利黨的馬志尼並稱為義大利建國三傑。

21. Guiseppe Mazzini：一八〇五—一八七二，義大利統一三傑之一，他曾加入秘密革命組織燒炭黨，一八三一年在馬賽創立青年義大利黨，他的信念是將義大利半島上的數個國家統一成為單一的共和國。他從未接受君主制，所以義大利統一之後，他仍繼續為建立共和制而努力。

22. Palerme：義大利西西里島首府。

23. Levantins：原意指太陽升起地區的人，亦即近東的民族，法文具有貶損之意。

24. Ostogoths：哥德人的一支，其帝國於四世紀時臻於鼎盛，後被東羅馬帝國徹底擊垮，此後便不復以一個民族存於世。

25. Sarrasins：源自阿拉伯文，意指東方人，西方文獻裡常用來泛指伊斯蘭教的阿拉伯帝國，特別在十一世紀末的十字軍東征之後，信仰基督教的歐洲人普遍用「撒拉森」來稱呼位於亞洲和北非的穆斯林。

26. Souabes：指過去居住在現今德國西南部、瑞士東部和阿爾薩斯這一帶的民族。

27. Confirmation：一稱覆手禮，是天主教三大入門聖禮之一（聖洗、聖體和堅振），領堅振需要先學習教義一段時間後舉行，由主教施行，覆手在已受洗的教徒頭上。

28. Marie Joseph Thiers：法國政治家，歷史學家。路易-菲利普在位時期的首相，第二帝國結束後，再度掌權，因鎮壓巴黎公社而知名。一八七一—一八七三年間擔任臨時總統，在國民議會發起不信任動議後，請辭下台。

29. Samuel August Tissot：一七二八—一七七九，瑞士名醫，在洛桑執業，名噪一時，上流貴族慕名前來，絡繹不絕，有王子公主御醫之稱，著有多篇論文，自慰研究是最著名的一篇。他以自己患者中的青年為基礎進行研究，推論出精液是人體必須的精油，大量流失的結果會造成人體衰弱、失明等病症，因此得出「流失一盎司的精子，比流失四十盎司的血還嚴重」的結論。

30. Ortolans sur canape：該食譜出現在大仲馬所著，一八七三年出版的《料理經典》（Grand livre de la cuisine）食譜書中，二十世紀末明令禁止捕殺鵐雀之後，該菜已成絕響。

31. Bicerin：義大利杜林的知名飲品，由義式濃縮咖啡、巧克力和牛奶調配而成，二〇〇一年經認證為皮埃蒙特區的傳統特產。一八五二年，因深獲大仲馬喜愛，而聲名大噪，據傳該飲料源自十七世紀的另一款飲料 Bavareisa，基本材料相同，只是 bicerin 材料分層疊放，不予混合。

32. Mille Garibaldiens：一八六〇年義大利只剩下四個政權，其中之一是兩西西里王國，因為暴政，四月間西西里島爆發反政府起義，被軍隊鎮壓。五月六日，加里波底集結了一千多名支持者，登陸西西里島的西岸，島上殘餘的起事者隨即加入，他們的軍隊所到之處都受到當地民眾的夾道歡迎，西西里島併入義大利王國。

33. Foyot：巴黎高級餐廳，位於國會大廈對面，有許多國會議員和官員光顧，後因街道擴建而拆除，留下許多美味經典食譜。

34. Joseph-Antoine Boullan：一八二四—一八九三，法國天主教教士，遭指控信奉邪教異端。

35. Temple：巴黎歷史上的一座中世紀堡壘，位於今日的巴黎第三區。十二世紀時聖殿騎士團在此建塔，做為其歐洲總部。法國大革命期間，做為羈押法國王室的監獄，後來聖殿成了保皇黨人的聖地，一八〇八年拿破崙下令拆除。

36. Auteuil：隸屬巴黎十六區，是巴黎最富裕的區塊之一。

37. Leo Taxil：一八五四—一九〇七，法國作家，以反教會、反天主教的言論聞名。

38. Edouard Drumont：一八四四—一九一七，法國新聞記者、作家，創立反猶太立場鮮明的《自由論壇報》（La Libre parole）。

39. Vincennes：位於巴黎東部近郊。

40. Bourru et Burot：法國醫學院教授，專研多重人格，最著名的案例是路易．密枚（Louis Vive），共呈現出六種不同人格，而且分別佔據他人生的一段時間，記憶也僅止於那段時間，但其中一個人格卻能記得路易一生中所有的重要事件，一八八八年，他們將治療的過程出版成冊，名為《人格變異》（Variation de la personalite）：透過催眠的方式，帶領路易的所有人格回顧一生的事件，記錄每個人格佔據的每個人生片段，最後還能以提及某一特定事件的方式喚出某個特定人格。

都得放大音量說話，所以稍稍訓練有素的人，耳朵總能攔截到一些有趣的事。耳聽八方並不一定是想探聽什麼特定的消息。重點是能聽到一些事，而別人卻以為你並不知道。

如果說文人藝術家老是圍著大桌子團團坐，那麼這些科學界的人應該可說是跟我一樣，屬於獨自吃飯的一群。話雖如此，坐在他們鄰桌幾次之後，彼此也認得了。我認識的第一個人是杜莫里耶醫生，一個十足討人厭的傢伙，他討人厭的程度已經到了讓人不免想問，一位心理醫師（他做的就是這一行），掛著這麼一張令人反胃的臉，怎麼讓病人相信他。那一張嫉妒貪婪的臉，自以為是病人永遠的支撐。事實上，他在文森鎮有一間專門治療精神病的小診所，不過，他內心知道得很清楚，他的診所永遠不可能闖出名號，也永遠不可能像名醫伯藍奇[45]的診所一樣賺大錢——雖然杜莫里耶語帶譏諷的壓低音量說過，三十年前，某個叫內瓦爾[46]的人曾待過伯藍奇的療養院（據他說，這人是個頗有聲望的詩人），接受聲名卓著的伯藍奇診所的治療，最後以自殺了結一生。

另外兩位常和我一起吃飯，並且和我建立起良好關係的是布魯醫生跟畢羅醫生，兩個怪人，看起來像對雙胞胎，總是一身黑，也幾乎老是那一身同樣剪裁的衣服，同樣的兩撇墨黑小鬍子，刮得光溜溜的下巴，衣領老是弄不挺整，這沒辦法，因為他們上巴黎來都是出差，他們在羅氏堡的醫學院教書，每個月來一趟巴黎，每次只待幾天，好隨時掌握夏科[47]的實驗進度。

「什麼，今天沒韭蔥！」有一天，布魯老大不高興的問。畢羅也義憤填膺的說：「沒韭蔥？」

服務生道歉時，鄰桌的我開口解圍：「不過，有很棒的菊苣喔。比起韭蔥，我個人更偏好菊苣。」接著，我微笑的哼起來：「每樣蔬菜／沐浴月光／嬉戲正酣／路人駐足流連。

……過去，人們判定這種現象是女性專有，起因是子宮功能不良……

……夏科選擇了催眠這個路子，昨天，催眠還只是梅斯默之流的蒙古大夫用來賺錢的主要伎倆哩……

取材自歷史和社會事件），一直說到一位已經通過科學驗證，名副其實的醫學先鋒，布來德醫師[49]。

「自此之後，」畢羅說，「好的磁氣治療師都循用比較簡單的方法。」

「而且比較有效，」布魯補充道。「在病患面前，擺盪一面金屬牌或一支鑰匙，同時告訴病患緊盯著看：大約一到三分鐘，病人的眼珠會跟著出現擺盪動作，脈搏開始變緩，眼皮垂下，臉上出現放鬆休息的神情，睡眠的時間可達二十分鐘之久。」

「不過我必須說，」畢羅修正說，「時間長短完全視病患而定，因為動物磁氣感應不是取決於神秘的氣（若套用梅斯默這個小丑的說法）的釋放，而是一種自我暗示的現象。那些印度教宗師只要專心一志的盯著自己的鼻尖，還有阿索斯山[50]的僧人把目光集中在肚臍上，都能達到同樣的效果。」

「我們啊，我們並不怎麼相信這類所謂的自我暗示之說，」畢羅加以說明，「儘管我們目前做的僅是驗證直覺說，其實，就是夏科過去，早在他偏向催眠說之前，自己提出的直覺之說。我們現在正在研究一個人格變異的案例，也就是說，病人某一天覺得自己是某人，第二天卻認為自己是另一個人，兩個人格彼此不知道對方的存在。去年，有個名叫路易的病人來我們醫院求診。」

「很有意思的案例，」布魯娓娓說來，「他出現麻痺、失憶、攣縮、肌肉抽筋、極度敏感、失聲、暴怒、皮膚發癢、出血、咳嗽、嘔吐、癲癇發作、緊張、夢遊、不由自主手足舞蹈的舞蹈症、語言退化等等症狀。」

「有時候以為自己是條狗，」畢羅補充，「或是蒸汽火車頭。還出現被迫害的妄想，視野變窄，味覺、嗅覺和聽覺的幻覺、假性結核病的肺充血、頭痛、胃痛、便秘、厭食、暴食、嗜睡、偷竊癖等症候……」

「總之，」布魯做出結論，「典型的案例。至於我們，與其求助於催眠，我們讓病患的右手臂夾一根鋼條，結果，就像施了魔法一樣，一個新的人格出現眼前。麻痺和失去知覺的現象從右側消失不見，轉移到左邊。」

「我們面前站的是另一個人，」畢羅加以解釋，「而且這一位一點都無法讓人聯想到片刻之前的那一位。他的其中一個人格滴酒不沾，而另一個甚至有酗酒的傾向。」

「要知道，」布魯說，「就算隔了一段距離，物質的磁力也能產生作用。例如，病人不知道我們在他坐的椅子底下放了一罐含酒精的物質。但處在睡眠狀態下的病人，會出現酒醉的各種徵象。」

「您了解我們的治療手法是如何維護病人心理的完整了，」畢羅做出結論。「催眠讓病患失去意識，相反地，用磁氣治療，對器官不會產生劇烈的精神震盪，而是讓神經叢漸進式的釋放電荷。」

這番談話，讓我確信布魯和畢羅這兩個混蛋，借用引發麻疹的東西來折磨可憐的精神錯亂病患，我的信念得到印證，因為我看到鄰桌的杜莫里耶醫生，數度揮舞手中的鑰匙。

「親愛的朋友，」兩天後他對我說，「無論是夏科還是羅氏堡的那對活寶，他們不去分析病人的過去，去思索有兩個意識意味著什麼，卻只關注病人對催眠和金屬條是否有反應。問題是許多病人在從一個人格換到另一個人格的轉換過程是瞬間完成的，方式、時間點，都無法預料。我們倒是可以來談談自我催眠。我的看法是，夏科和他的追隨者對阿薩姆醫生[51]和菲莉妲案的研究不夠透徹。我們對這些現象的了解還不夠多，記憶錯亂的成因有可能是大腦裡某個未知的部分血液供量減少所致，而血管急性收縮則可能是歇斯底里造成的。」

可是，身體哪部分的血流量過少才導致失憶呢？」

「是哪裡缺血呢？」

「問題就在這裡。您知道人的大腦有左右腦之分。所以病人可能有時用全部的半邊腦思考，有時只用部分的半邊腦而已，就這麼剛好，他用來思考的那部分缺少回憶的功能。恰巧我的診所就有一個案例，跟菲莉妲案非常類似。是一位二十剛出頭的年輕女孩，名叫狄安娜。」

說到這裡，杜莫里耶醫生暫停一會兒，彷彿顧忌什麼，怕會洩漏機密資料似的。

「兩年前，這位病患的親友帶她來找我治療，後來，那位親戚過世了，當然也就沒人替她支付每個月的費用了，我該怎麼辦，把病人趕出去，任她流落街頭？我對她的過去幾乎一無所知。據說，都是聽她說的，從青少年開始，她每隔五、六天，先是覺得情緒激動，然後兩邊太陽穴發疼，接著就好像睡著了。她所說的睡著，其實是歇斯底里症發作：當她醒來時，或者心情平靜下來時，她就變得跟先前判若兩人，總之，她其實是進入了阿薩姆醫生所謂的第二狀態。在我們定義為正常的狀態下，狄安娜的行為舉止活像秘教共濟會的信徒……千萬別誤會，我本身也是東方公所[52]的成員，換句話說，就是善良老百姓的一種團結互助工會，但是，您一定聽過他們有著與聖殿騎士傳統不同的『戒律』，以及偏好神秘學的怪異傾向，有些儀式（當然，都是些旁門左道，幸好）幾近撒旦崇拜。狄安娜，很不幸地，在我們必須定義為正常的狀態下，她自認是路西法[53]的門徒，或是類似這樣的角色。她滿嘴穢語，說的都是下流猥褻的事，還企圖勾引醫護人員，甚至勾引我，我很不想說，真的很難啟齒，何況她又是大家公認的美女。我認為，這種情況是因為她再度感應到青少年時期經歷過的某些創傷而引起，而她試圖逃避這部分的記憶，因此，才會有時候進入第二狀態。在這個狀態下，狄安娜搖身一變，成為一位溫柔，又極度天真的女孩，虔誠的基督徒，開口閉口都是要她的禱告經書，凡出門就是要去望彌撒。而，這種奇特的現象同樣發生在菲莉妲的身上，只是，陷入第二狀態中的狄安娜，也就是當她是貞節的狄安娜時，她清楚的記得她在正常狀態下是什麼樣子，而且非常生氣的問自己怎麼會變得那麼壞，然後穿上苦行者的修行苦衣懲罰自己，甚至說第二狀態才是她理智的狀態，稱她在正常狀態的時候飽受幻覺之苦。相反地，在正常狀態下的狄安娜完全不記得第二狀態下的她做過什麼。兩種狀態交替的間隔時間無法預測，有時候停留在某種狀態下可以長達數天之久。我很可能同意阿薩姆醫生所謂的完全夢遊症的說法。事實上，不僅夢遊者，還有藥物、大麻、顛茄、鴉片上癮的人，或者酗酒過度的人，清醒後都完全不記得自己做過什麼。」

我不知道為什麼他對狄安娜的病症敘述會如此深深地困擾我，但是我記得曾經跟杜莫里耶醫生說：

「我會找一位在處理這類可憐案子的舊識談談，他知道可以把這個無依無靠的孤女送到哪裡治療。我會請達拉．皮科拉教士跟你聯絡，他是德高望重的宗教人士，在宗教機構裡很有力量。」

所以，那時候，我跟杜莫里耶醫生談話的時候，至少我記得達拉．皮科拉這個名字。可是，為什麼我會這麼關心這位狄安娜呢？

我已經奮筆疾書好幾小時了，大拇指好痛，而且一直將就著在寫字檯上吃飯，簡單的麵包抹奶油和肉醬，加上幾杯拉杜堡葡萄酒提振精神。

我好想犒賞一下自己，誰知道，也許到波班-瓦榭餐廳大快朵頤，可是，只要我還沒弄清楚我是誰，我不能被人看到在附近出現。然而，我遲早得冒險去趟莫伯特廣場買吃的回家。

現下，別想這麼多了，繼續寫吧。

那些年裡（我覺得好像是一八八五或八六年），我在馬涅小館認識了我始終稱之為奧地利醫生的那個人。現在，我想起他的名字了，他叫佛洛依德（我想應該是這樣寫沒錯）。他是個醫生，年紀大約三十上下，他光顧馬涅小館的理由很簡單，大概也找不到更好的理由了，他來此跟夏科實習一段時間。他習慣坐靠邊的位子，一開始我們之間僅止於禮貌性的點頭示意。我推斷他生性多愁善感，微微有點侷促不安，害羞又渴望有人能聽他傾訴，好稍微卸下心頭的重重憂慮。有這麼兩、三次機會，他試圖找藉口與我攀談，我始終保持警戒。

雖然佛洛依德這個名字聽起來不像史坦納或羅森柏格那麼明確，可是我知道住在巴黎的有錢猶太人家都冠著德文名字，再說，一彎鷹鉤鼻也讓人起疑。有一天，我向杜莫里耶醫生請教這件事，他大手一揮，說：「我哪知道呢？反正，總而言之，我會跟他保持距離；德國人和猶太人搞在一起，我可不喜歡。」

「他不是奧地利人嗎？」我問。

「不都一樣，不是嗎？同個語言，連思考方式都一樣。我可忘不了普魯士軍在香榭麗舍大道的閱兵隊伍。」

「有人跟我說猶太人最常從事的行業是醫生，跟放高利貸不相上下。是啊，人最好永遠不需要借錢，也不要生病。」

「還是有基督徒當醫生。」杜莫里耶冷冷的笑著說。

我鬧了個笑話。

巴黎的知識分子當中，有人承認自己的某些好朋友是猶太裔，卻隱瞞他們對猶太人的厭惡之情。偽君子。我沒有猶太籍的朋友（上帝保佑），在我的一生當中，我對猶太人始終是敬鬼神而遠之。我也許是出於本能地避開他們，因為在猶太人（機緣湊巧地，跟德國人一樣）身上能聞到一股臭味（雨果也這麼說，即猶太體臭），這個味道能幫助他們，除了其他的身形外貌特徵之外，認出同種同胞，就像同性戀者辨識對方是不是同志一樣。我記得我爺爺說過，他們的體臭源自無節制的大啖蒜頭和洋蔥，加上羊肉和鵝肉，錯不了，而那些吃了讓他們性格變得暴躁易怒的黏稠糖漿更加重了這氣味。不過，說來說去應該還是種族的問題，敗壞的血脈，乾癟的身形。他們都是共產主義分子，看看馬克思和拉薩爾[54]就知道，這部分，我的耶穌會教士說對了，就這麼一次。

至於我，對猶太人的態度，一直是能避則避，因此我很注意人的姓氏。奧地利籍的猶太人，口袋深的，可以花錢買到高貴的姓氏，像是跟花卉、寶石或貴金屬同源的姓，比如希耳伯曼（Silbermann，銀）或高德絲坦（Goldstein，金）。比較窮的就只能取像龔思潘（Grunspan，醋酸銅）這樣的姓。在法國跟在義大利的猶太人雙雙採用城市或地名掩飾血統，好比拉凡納（Ravenna）、模典納（Modena）、皮卡（Picard）、佛拉蒙（Flamand），有時候也從法國大革命的曆法裡找靈感（佛蒙Froment、阿宛Avoine、羅里耶Laurier）——取得真對，你看弒殺路易十六的秘教工匠不就是他們的祖先。除了姓氏外，連名字也得留意，有時候，他們會繞個圈藏匿自己的猶太名字，例如莫里斯（Maurice）源自摩西（Moise），伊西朵（Isidore）源自以撒（Isaac），愛德華源自愛朗（Aaron），傑克（Jacques）則來自雅各（Jacob），亞豐斯（Alphonse）來自亞當（Adam）……

西格蒙（Sigmund）是猶太名字嗎？我直覺地認定，最好不要跟這位蒙古大夫走得太近。然而，有一天，佛洛依德伸手拿鹽時，打翻了鹽罐。我身為坐在隔壁桌的飯友，好歹也該表現出一些基本禮貌，所以我把我這邊的鹽罐遞給他，好心的提點說，在某些國家，把鹽撒出來可不是什麼好兆頭，而他，笑容可掬地說他不信這一套。從那天起，我們開始會交談幾句。他為自己的法文不好致歉，是講得太過文謅謅了，不過，都聽得懂就是了。他們因原罪被迫居無定所，所以必須適應學習所有的語言。我和氣的說：只要耳朵習慣就好。他則滿是感激的對我報以微笑。真討厭。

佛洛依德既是猶太人，自然也是個騙子。一直以來，我聽到的說法是，他們那一族只吃特定的食物，尤其是針對煮熟的東西。因此他們總集居在猶太區，可是佛洛依德卻津津有味的大啖馬涅小館推出的任何菜色，當然他也不覺得用餐時來杯啤酒有什麼不雅。

然而，一天晚上，他好像整個人豁出去似的，已經叫了兩杯啤酒，而用過甜點之後，又叫了第三杯，而且一邊緊張不安的抽著菸。他邊說話邊揮舞雙手，霎時，鹽罐二度翻倒。

「不是我笨手笨腳，」他不好意思的說，「我只是激動了點。我已經三天沒收到我未婚妻的信了。我雖不至於妄想她跟我一樣，幾乎每天一封信，只是這樣杳無音訊讓我覺得很不安。她身子骨弱，不能陪在她身旁我非常難過。再者，無論我做什麼，我都需要她的讚許和支持。我好希望她給我寫信，告訴我她對於我受邀到夏科家作客有什麼感想。因為，您知道嗎？西莫尼尼先生，幾天前，這位大人物竟然邀請我到他家吃晚飯。這不是每個年輕的客座實習生都碰得到的，更何況一個外國人。」

成了，我心裡想，又一個成功打進上流家庭開創事業的猶太新貴。而他為未婚妻的憂

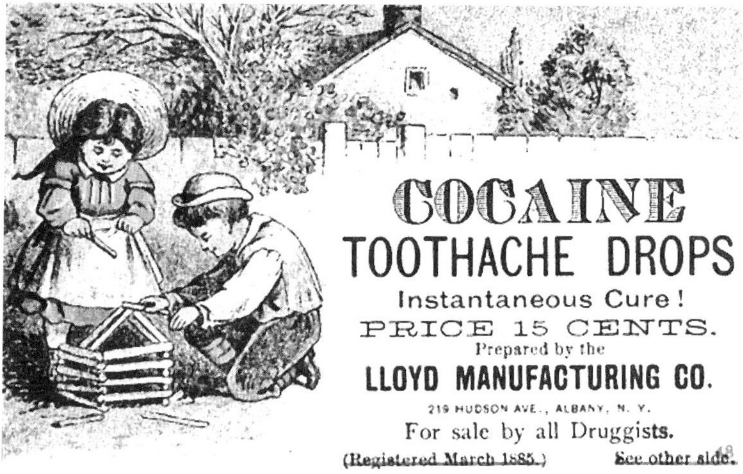

……拿含百分之四古柯鹼的水，用棉花團沾滿，
塞進蛀牙洞裡，劇烈的牙痛立刻獲得舒緩……

為自己有這樣的魅力，年輕時，不曾年少輕狂過，現在都三十郎當歲了，卻又長不大。有一段時間，我全心全意發憤讀書，充滿企圖心，但時間一天一天過去，我覺得好沮喪，因為大地之母就算是在大發慈悲的時刻，也不肯在我的身上刻下那份她不時賜與他人的天賦聰明。」

他突然打住，臉上是那種突然驚覺自己打開心房，將內心赤裸裸敞開的表情。我心想，小猶太在自怨自艾呢。我決定給他難堪。

「不是有人說古柯鹼跟刺激性慾的春藥一樣嗎？」我問。

佛洛依德臉紅了，「它的確有這個功效，至少我是這麼認為，只是……在這方面我沒有經驗。站在男人的立場來說，我對這種心癢難耐的感覺不是太敏銳。即便身為醫生，性愛這個題目並不特別吸引我。雖說在薩佩提耶醫院，對性愛方面的討論是多一些。夏科發現他的一名病患，奧古絲丁，在一次歇斯底里症發作極度激烈的情況下，透露出她的創傷肇因於她童年時期遭受性侵害。當然，我不否認引發歇斯底里症的創傷，有些的確和性愛有關。真的是夠了！我只是覺得把每件事都簡化成跟性有關係，真的太離譜了。不過，這應該是我小資產階級假正經的習性，讓我對這類問題敬而遠之吧。」

才不是，我在心裡說，不是因為你假正經，而是，你跟你那些包皮割掉的族人一樣，滿腦子都是性，只是你努力想忘掉罷了。我很想看看當你那雙髒手伸向你的瑪莎那裡時，你是否會朝她連番噴射猶太小小種子，是否會把她搞得筋疲力盡氣喘吁吁……

此時，佛洛依德還自顧自說個不停：「我的問題其實是我的古柯鹼用完了，所以再度為憂鬱所苦，有個醫生說過，我有膽汁外滲的毛病。以前，我都用梅克和捷赫公司的製劑，但是他們被迫停產，因為如今他們只能弄到劣質的原料。新鮮葉片只能在美洲加工，品質最精神疾病的人而言，問題不在於病人是怎麼失去感官意識，而在於是哪種情緒讓他失去了感官意識。」

「可是該怎麼樣才能知道是哪種情緒呢？」

「您瞧，親愛的朋友，當症狀呈現明顯的歇斯底里狀態時，就好比杜莫里耶醫生手邊的案例，既然藉由催眠能夠人為地激發出同樣的症狀，我們想必真的可以回本溯源，找出病人最初的創傷。不過，有些其他病人因為實在無法承受過去的某個事件，以致想把它從記憶中抹除，就像是把它放在腦中無人可及的區塊，深深的埋藏著，甚至連在催眠的狀態下都進不去。更何況，處在催眠狀態下的人，腦筋為什麼會比醒著的時候更敏銳呢？」

「可是誰又知道……」

「別跟我要明確肯定的答案，我剛剛跟您說的只是我的想法，還沒完全理出頭緒。有時候，我試圖去想，這麼深層的區塊，大概只有在作夢的時候才能企及。就連古人都說了，夢境是有寓意的。我懷疑，如果有病患在昏迷的時候，能夠說話，而且連續說上幾天幾夜，旁邊再加上一個懂得聽他說什麼的人，如果可能，他也說到了夢中的情景，他的最初創傷很可能就突然探出頭來，然後真相大白。英文所謂談話治療[55]。您一定有經驗，假如您對某人講述久遠前的事件，您在說的時候，當時的一些細節，已經完全忘掉的細節，或者該說，您以為您已經忘掉，其實，正好相反，它被保存在您大腦裡面某個專屬於它的秘密摺縫中。我認為記憶修復得愈鉅細靡遺，事件表露出來的機會愈大，不過，我說到哪兒啦，就算是再沒有意義的事，任何細枝末節都可能造成強烈的失常，而且作用強到讓人無法承受，以致於引發了……該怎麼說呢，一種Abtrennung、一種Beseitigung，我想不出確切的字彙，用英文的話，我會用removal，法文是怎麼說的，就是人的器官被割掉……割除嗎？對了，就是這個，德文的正確說法是Entfernung。」

看吧，小猶太露出真面目了，我心裡想。我想在那個時候，我已經通曉各式各樣不同的希伯來陰謀和這個民族處心積慮栽培孩子成為醫生和藥劑師以控制基督徒身心的計畫。假如我生病了，你希望我把自己交到你的手裡，把我所有的一切，甚至連我自己都不知道的部分都告訴你，這樣，你就能夠成為我靈魂的主宰了，是嗎？這比向耶穌會教士告解還糟，向教士告解，至少還有一面窗口保護我，而且我說的也不是真心話，相反的，說的都是那些大家都會做的事，以幾乎算是技術性的專業術語列舉，跟大家一樣，我偷過東西，跟人私通，讓我爸媽丟臉。還有，連你說的話都露出了狐狸尾巴，說什麼割除，好像在說你想為我的大腦行割禮……

就在這個時候，佛洛依德笑了起來，又點了一杯啤酒。

「不過，別把我說的全當真。這都是空想家在癡人說夢。回到奧地利後，我就要結婚了，為了維持家庭生計，我得開診所執業。到時候，我會好好的利用催眠術，就像夏科教我的那樣，我不會過問病人的夢境。我不是希臘先知女神。我在想杜莫里耶的那位病人如果服用一點古柯鹼，會不會好一點。」

這段對話聊到這裡結束了，在我記憶裡幾乎沒留下什麼痕跡。可是，現下，這一切都回來了，因為我很可能也處於狄安娜的那種精神狀況下，要不然，至少算是那種散失部分記憶的正常人狀態。事實上就算現在打聽到了佛洛依德人在哪裡，老實說，天塌下來我也不會跟任何人傾訴我這一生的故事，猶太人別想，善良的基督徒也不行。由於我從事的行業（哪一行？）之故，我必須揭發別人，從中獲得報酬，但是，不管開出多高的價錢，我絕不會透露自己的半點。話雖如此，我可以自己對自己說啊。我想起布魯（還是畢羅）曾經跟我說過，有些宗教的宗師只要雙眼盯著自己的肚臍，不靠外力，就能自我催眠。

就這樣，我決定寫日記，儘管是倒敘，讓我對我自己講述我的過去，慢慢地我一定能夠想起來，不管是最微不足道的細枝末節，還是大到引發創傷的（大家是怎麼說來著？）元素，替它們找到出口。我要自己獨力完成。我想靠自己一個人的力量治癒，不假那些治療瘋子的醫生之手。

在開始之前（確切的說，我已經開始了，就在昨天），為了讓自己的心智能夠進入催眠模式的必要狀態，我好想去蒙特哥街上的菲利普小館。心平氣和的坐著，慢條斯理的詳閱他們六點到午夜十二點之間的晚餐菜單，我很可能會點：克雷西胡蘿蔔濃湯、鮃魚佐刺山柑花蕾醬、牛裡脊和淋上肉汁的小牛舌；最後來一客馬拉斯加酸櫻桃冰淇淋，搭配各式糕點，外加兩瓶勃艮第陳釀。

此時，應該已過午夜了，這樣的話，我會考慮消夜菜單：給自己來一客清爽的甲魚湯（腦中迸出品嘗過的記憶滋味，美味啊，大仲馬請的——所以我認識大仲馬？），小洋蔥鮭魚佐爪哇黑胡椒朝鮮薊；最後再來一球蘭姆酒冰淇淋和英式香料蛋糕。若夜已深，則考慮享用晨間菜單上的極品，換言之，一碗洋蔥湯，跟此時此刻中央市場搬運工正品嘗的是一樣的，能跟他們混在一起真幸福。接著，為了準備迎接積極忙碌的一天早晨，少不了要來上一杯濃濃的咖啡，以及由干邑和櫻桃酒調製的餐後燒酒。

說真格的，我應該會感到肚子有點脹吧，不過，精神上卻是完全的放鬆。

可惜，我無法允許自己如是放縱。我喪失了記憶，我對自己說，如果你在餐廳裡碰到認識的人，你卻很可能認不出他是誰，該如何是好？

我也在想，如果有人找上店裡來，我是否該事先想好如何應付。那個要立本華遺囑的傢伙和兜售聖體餅的老太婆，我都應付得還算得體，不過，隨時都有可能出差錯。我在外頭放了一塊立牌，寫著「店東外出，停業一月」，不能讓人看出這一個月打何時起算，何時結束。反正不等我把事情搞得更清楚一些，除了偶爾因為採買必須用品而須出門之外，我得閉關在家。餓餓肚子對我來說也許是件好事也說不定，誰知道我現在會這樣不是因為我在飲食上不加節制，暴飲暴食造成的……什麼時候呢？是那個值得探究的二十一號晚上嗎？

再說，假設我必須重新檢視我的過去，我也許該盯著我的肚臍，就像布魯（還是畢羅？）說的一樣，開始努力回憶，不過，我的身材是符合年紀的中廣體型，挺著飽脹的肚皮，我應該得對著鏡子才能看得到肚臍。

相反地，打從昨天起，我卻坐在這個書桌前，不停的寫，心無旁騖，只偶爾停下，嚼點吃的，喝點酒。說到酒，這部分我倒是真的沒有節制。這間屋子的好處是，有一座很棒的酒窖。

【譯註】

41. Pierre Jules Theophile Gautier ：一八一一－一八七二，法國十九世紀重要詩人、小說家和文藝批評家，他的文藝評論普受當時文壇的重視。

42. carmina dant panem ：拉丁文，直譯：詩帶來麵包。

43. Marcellin Berthelot：一八二七—一九〇七，法國化學家、政治家。
44. Salpetriere：巴黎著名的教學醫院，位於十三區。
45. Esprit Blanche：一七九六—一八五二，法國心理醫生，當時許多名人都待過他的療養院，例如小說家莫泊桑生前的最後幾個月就是在那裡度過的。
46. Gerard de Nerval：一八〇八—一八五五，法國超現實派詩人，他一生貧病，受精神病所苦，最後自縊身亡。
47. Jean- Marie Charcot：一八二五—一八九三，法國神經學家、解剖病理學教授，在著名的薩佩提耶醫院工作長達三十三年之久，並於一八八二年在該院設立歐洲第一個神經科門診，他的研究大大推動了神經學和心理學的日後發展。
48. Franz Mesmer：一七三四—一八一五，德國醫生，應用催眠於醫學治療上，稱之「動物磁性學」（magnetisme animal）。
49. James Braid：一七九五—一八六〇，蘇格蘭醫生，是催眠術和催眠治療領域的重量級先鋒，被視為現代催眠學之父。
50. Athos：位於希臘北部馬其頓的一座半島山，被東正教視為聖山，山上二十座修道院仍遵循寺院集體生活制，入山需先申請，且嚴禁女性入山。
51. Etienne Eugene Azam：一八二二—一八九九，法國醫生，最為後世人知的當數他在心理學上的研究，尤以菲莉妲 X 案例最為人知，他名之為雙面人生。
52. Grand Orient de France：創立於一七七三年，是法國共濟會的一支會，特徵是不強迫入會者必須信仰天主。
53. Lucifer：出自《聖經》，通常指被逐出天堂的魔鬼或撒旦。
54. Ferdinand Lassalle：一八二五—一八六四，德國猶太人，法學家和社會主義運動分子。
55. Talking cure：是奧地利醫生布羅伊爾（Josef Breuer）治療歇斯底里症用的方法，以談話方式紓解病患的症狀，這種治療後來被佛洛依德採用，並從而發展出自由聯想法（Free Association）。

4——爺爺的那個年代

一八九七年三月二十六日

我的童年。杜林……波河過去有一座丘陵，我和媽媽在陽台上。後來媽媽不在那兒了，夕陽西下，爸爸坐在陽台上，對著丘陵，哭泣，爺爺說這是上帝的旨意。

我跟媽媽交談都用法文，跟皮埃蒙這裡所有出身良好的人一樣(到了巴黎這兒，我說話時，人們常會以為我的法文是在格洛諾伯學的，那裡的法文最純正，不像巴黎人那般嘮叨碎念)。從我小時候開始，就跟所有的皮埃蒙人一樣，覺得自己比較像是法國人，而非義大利人。因為這樣，我才覺得法國人令人難以忍受。

我的童年，爺爺的陪伴多過爸爸和媽媽。我恨我媽，因為她沒跟我說一聲就走了。我恨我爸，因為他沒能阻止她離家。我恨上帝，因為祂作了這樣的決定，我恨爺爺，因為他覺得上帝這樣的決定稀鬆平常。我爸長年出門在外——他說，他是為了建立義大利。結果，義大利擊垮了他。

爺爺，吉歐凡・巴提斯塔・西莫尼尼曾是薩瓦軍隊軍官，如果我記得沒錯的話，在拿破崙揮兵入侵的時候，他背棄了薩瓦軍，以來自佛羅倫斯的波旁氏族之名登記加入拿破崙軍團，當托斯卡尼也落入拿破崙自家人的統治時，他除役回到杜林，獨自悔恨痛苦。

他的鼻子如風乾橘皮，凹凸不平，當他站在我身旁時，我眼裡只看得到他的鼻子。我感到他的口水噴到我的臉上。他就是法國人口中所謂的封建舊貴族，緬懷過去王朝，絕不乖乖接受革命的苦果。他始終沒有換下身上的軍用及膝短褲——也還穿著漂亮的及膝襪——膝蓋下方用金色環扣縮緊褲管，擦得亮晶晶的皮鞋釦環也是金的。黑色背心、黑色上衣，加上黑色領帶，看上去有點教士的味道。若按照前朝的高貴時尚標準，可能還要建議他戴上一頂灰白假髮，但他沒戴，因為，他說，連像羅伯斯比這樣屠殺基督徒的偽漢子也都戴著一頂，灰白假髮。

我從來都不清楚他到底有沒有錢，不過，在美食方面，他向來是不吝花費。對於我的爺爺，還有我的童年，記憶中我印象最深刻的莫過於油炸鍋[56]：陶製砂鍋在火爐上滾沸，油在鍋裡嘶嘶怒吼，飄散鯷魚、大蒜和奶油的濃郁香氣，接著放入刺菜薊（有些人會先將刺菜薊用檸檬水浸泡一陣子——但是我爺爺不這麼做，他，用牛奶泡）、烤過的或生的青椒、綴葉甘藍的白嫩葉心、菊芋、幼嫩花椰菜——或是（不過，就像爺爺說的，窮人才吃這個）煮爛的青菜、洋蔥、甜菜、番薯或胡蘿蔔也行。吃對我來說是一種享受，爺爺看著我像小豬一樣，一天天胖起來（他慈愛地說）感到很是得意。

爺爺口沫橫飛地給我說他的大道理，口水噴得我滿臉都是：法國大革命，我的孩子，讓我們淪為無神論國家的奴隸，人們比之前更不平等，而且鬧得兄弟鬩牆，每個人都成了別人的該隱。過多的自由不是好事，擁有所需要的一切也不好。我們的父執輩生活得比較貧苦，卻過得更快樂，因為他們一直與大自然保持接觸。現代世界給了我們蒸汽，卻污染了鄉村，給了我們機器紡織業，卻剝奪了那麼多窮人的生計，而且布料的產量也不比從前多。只能靠自己掙錢過活的人不配擁有自由。他能擁有的那一丁點自由也應該由君主來保障。

不過，他最喜歡談的主題是巴輝埃爾教士[57]。我還記得小時候，家裡彷彿可以看到巴輝埃爾教士的身影，他好像就住在家裡，雖然說那時候他應該已經離開人世好一段時間了。

「你瞧，我的孩子，」我聽見爺爺對我說，「瘋狂的革命風潮狂掃全歐各國後，有一個聲音終於被聽見了，它揭露了革命其實是聖殿騎士策劃驅動反王權和神權的全球性陰謀下，最後的一波行動，或最新的一章，換言之，就是反王室，尤其是要反法國國王以及我們最神聖的教廷……這個聲音來自巴輝埃爾教士，他在上個世紀末，寫就《雅各賓主義歷史回憶錄》……」

「可是，爺爺，聖殿騎士跟這有什麼關係呢？」我接著問；其實這段故事我已經聽得熟到可以背下來了，我只是想讓爺爺高興，給他機會再講一次他最喜歡的題目。

「我的孩子，聖殿騎士曾經是勢力非常龐大的騎士團體，法國國王為了奪取他們的財產，摧毀他們，把一部分成員送上火刑場。不過，倖存的部眾重組後，成立了一個秘密組織，目的就是要報復法國國王。事實上，當斷頭台的利刃落在路易國王的頭上時，有個人衝上刑台，沒有人知道他的身分，他一把抓起那顆可憐的頭顱，高喊：『雅克．德．莫來[58]，我們替你報仇了！』莫來是聖殿騎士團的大團長，法王下令在巴黎西岱島[59]的最尖端，將他活活燒死。」

「這位莫來是什麼時候被燒死的？」

「一三一四年。」

「先讓我想一下，爺爺，那不就等於是在大革命前五百年發生的事。這五百年間，聖殿騎士是怎麼躲過眾人耳目的呢？」

但是，這些警察，光從他們誇張到不行的兇惡裝扮就馬上見光死。真正的流氓不會把自己打扮得像流氓。除了他們以外。

現在，廣場甚至有電車行經，卻變得陌生起來，雖說只要知道門路，當然還能找到對你有用的眼線，他們背倚牆角，站在艾伯特大師咖啡館門檻上，要不就是鄰近的巷弄裡。反正，總之，自從無論從哪個角度遠眺，都能看見那根削鉛筆機似的艾菲爾鐵塔後，巴黎已不復是從前的巴黎。

好了，我不是多愁善感的人，反正多得是地方可以找到替我跑腿的人。昨天早上，我需要買肉和起司，而莫伯特廣場那裡還有賣。

買完起司之後，我經過慣常買肉的肉店，我看見他們有開門做生意。

「你們怎麼星期二也開門？」我踏進店裡，開口問。

「今天是星期三啊，上尉。」他笑著回答。我怔了一下，開口道歉，說年紀大了，記性變差了。他呢，他回說我還很年輕，一大清早就起床，任誰都有一時回不過神來的時候，我，我選好我要的肉，爽快的付了錢，絕不討價還價——唯有這招能贏得攤商的尊重。

我走回家，一路上心裡納悶著今天是星期幾。我想起要摘下八字鬍和下巴的鬍鬚，這是我單獨一人時必然會做的動作，然後走進房間。一直到此刻，有樣東西出其不意地嚇了我一跳，它好像不應該在那裡：五斗櫃旁，衣架上，掛著一件長袍，無疑的那是一件宗教聖服，教士的長袍。走上前，我看見五斗櫃上方擺著一頂淺棕色的假髮，髮色幾近淡金。

我還在心裡思索，前些日子我到底曾讓哪些個無賴進屋過時，我突然想到我自己也變裝打扮，剛剛的八字鬍和鬍鬚就不是我臉上長的。既然，我這個人有時候會扮成生活優渥的善良公民，有時候也會扮教士囉？可是，我怎麼可能完全忘掉我的第二身分呢？還是說，基

3——馬涅小館

一八九七年三月二十五日，清晨

馬涅小館……我知道我愛美食，我也這麼記得，這間位在康德斯卡-朵分路上的餐廳，消費每人不超過十法郎，而且品質合乎價位。總不能每天都吃法佑吧。過去這幾年，很多人愛上馬涅小館，只是為了能遠遠欣賞早已名聞遐邇的作家文人，好比高提耶[41]和福樓拜，還有，絕對不能不提的，那位罹患了肺結核，被一個穿著長褲到處亂跑的瘋女人包養的波蘭鋼琴家。一天晚上，我溜進那裡張望了一下，隨即出來。那些藝術家，就算是從遠遠的地方看，還是讓人無法忍受，只見他們左顧右盼，一副急欲知道有沒有人認出他們來的樣子。

後來這批「大人物」離棄了馬涅小館，移師到魚市大道上的波班-瓦榭餐廳，那裡的食物更精緻，價錢更高貴，由此可見詩歌確可帶來麵包[42]。馬涅小館也可以說是淨化了，所以自一八八〇年代起，我去了好幾次。

我注意到一些科學界的人士也常去那兒，像是著名的化學家貝特洛[43]，還有許多薩佩提耶醫院[44]的醫生。嚴格說起來，醫院離這裡不近，不過，顯然這些醫生寧願散個步，走一小段路，穿過拉丁區，也不願就近到病患家屬常去用餐的簡陋小館。醫生之間的談話常讓人想引領細聽，因為話題總是繞著別人的病痛打轉，而且在馬涅小館裡，為了蓋過噪音，每個人慮緊張不正讓他猶太人性好漁色的天性露了餡嗎？夜裡，你想念她，對吧？你八成一邊想她，一邊搞自摸呢：你也一樣，你需要讀讀提梭。不過，我讓他繼續傾吐。

「受邀的賓客不乏上流社會人士，都德的公子、巴斯德的助理，史特勞斯醫師、學院的貝克教授以及義大利名畫家艾密里歐．多凡諾。這個晚宴花了我十四法郎：一條漢堡製的漂亮黑色領帶、一雙白手套、一件新襯衫，還有我這輩子的第一件燕尾服。另外，也是我這輩子頭一遭，我剪短了鬍子，弄成法國樣式。至於我害羞的性格，一點古柯鹼就能讓舌頭免於打結。」

「古柯鹼？不是毒品嗎？」

「任何東西，只要過量都是毒品，連酒也是。我研究這個奇妙的物質已經兩年了。您知道，古柯鹼是一種生物鹼，是從美洲原住民放進嘴裡咀嚼，用來防治安第斯高海拔環境的一種植物中萃取分離出來的。古柯鹼跟鴉片和酒精不一樣，它會讓人心情亢奮，卻不會造成任何副作用。古柯鹼也是非常好的止痛劑，主要應用在眼科，或用來治療哮喘，對酗酒和毒品成癮的治療也有成效，更是暈船、腹瀉的絕佳良藥，而且能像施了魔法似的，打消飢餓感、驅走睡意、疲倦，也是菸草的絕佳替代品，能治消化不良、胃脹氣、腸絞痛、胃痛、神經衰弱、脊椎發炎、乾草熱，還是治療肺癆的珍貴補品，還能減緩偏頭痛 ；拿含百分之四古柯鹼的水，用棉花團沾滿，塞進蛀牙洞裡，劇烈的牙痛立刻獲得舒緩。尤其對沮喪抑鬱的人更是一帖強心劑，能讓他們產生自信，放鬆心情，讓他們變得積極樂觀。」

現在，這位醫生拿起第四杯啤酒，明顯地處在哀傷的醉意中。他朝我靠過來，好像想把心裡的話都說出來的樣子。

「古柯鹼對我這樣的人來說最好不過了，我總是這麼對我親愛的瑪莎說，我從來不認

……他們認真的看待像路德這樣一個貪圖口腹之慾，生活奢華的修士（我們可以娶修女嗎？），他們認真看待他的唯一理由是因為他殘害聖經，把福音翻譯成他們的語言……

於某種理由（或許是為了躲避追緝），我才用八字鬍和山羊鬍偽裝，只是在偽裝的同一時間裡，我帶了個打扮成教士的變裝癖進門？如果這位假教士（如果他是真的教士，不會戴假髮）跟我住在同一屋簷下，他睡哪裡呢？我家只有一張床啊，還是說他不住在我家，因為某種原因，昨天夜裡到我家借住一宿，之後卸下偽裝，跑到天知道哪個地方，又去幹了天知道什麼好事？

我覺得腦筋一片空白，彷彿剎那間浮現了一些我應該要記得的東西，卻始終記不清楚。我的意思是某些屬於他人的記憶。我覺得他人的記憶，這詞形容得好。在那一瞬間，我感覺到彷彿有另一人從我的靈魂深處檢視我。某個人在檢視西莫尼尼，那一個突然之間無法認清自己到底是誰的西莫尼尼。

靜下來，好好想想，我對自己說。對一個以買賣舊貨來掩飾偽造文書業務，並選擇定居在巴黎最不被推薦的區域的人來說，提供庇護所給涉及不法情事的人士，機率當然相當的高。問題是我居然忘掉我掩護了誰，這一點不太尋常。

我覺得有必要回頭探尋自己的過去，而且毫無來由地，突然覺得我的房子變得好陌生，裡面一定藏有其他秘密。我開始探索我的屋子，彷彿這是別人的住所。我走出廚房，右手邊，打開門裡面是臥室，左邊則是客廳，擺著我慣常用的家具。我拉開書桌的抽屜，裡面放著我餬口的工具，羽毛筆、各色墨水、還算挺白的古舊紙張（也有黃的），多種尺寸大小；架上除了書之外，還有幾個盒子，裡頭放著我的文件，另外擺了一件胡桃木古董聖龕。我才剛想要好好回想一下這個東西有什麼用途時，樓下門鈴響了。我下樓想打發掉這位不速之客，是一位老太太，看來似乎認識我。她透過玻璃窗對我說：提梭叫她來的。我只好讓她進來，真不懂我怎麼會選這句話當密語。

／黃瓜／圍起圈圈跳舞／細捲鴨蔥／無聲的擺動……」

這兩位常和我一起用餐的好夥伴聽進去了，點了細捲鴨蔥。從那時侯起，一種知交間的慣例於焉成形，每個月兩天。

「您知道，西莫尼尼先生，」布魯對我說，「夏科醫生戮力鑽研歇斯底里症，這是精神官能症的一種表現形式，其表現形式呈現在各種不同的精神運動反應，感官反應和植物人般的靜態反應上。過去，人們判定這種現象是女性專有，起因是子宮功能不良，但是夏科直覺認為歇斯底里症是兩性均有的，出現的症候可能還包括了痲痺、癲癇、失明或重聽、呼吸窘迫、口吃和吞嚥困難等。」

「我的同事，」畢羅插話，「還沒跟你說夏科宣稱已經研發出一種能夠治療這些症候的方法。」

「我正要說呢，」布魯微微慍怒的答道。「夏科選擇了催眠這個路子，昨天，催眠還只是梅斯默[48]之流的蒙古大夫用來賺錢的主要伎倆哩。被催眠的病患，論理說應能喚醒導致他歇斯底里的傷痛過去，知道病根後，應該就能治癒。」

「病人都好了？」

「關鍵就在這兒，西莫尼尼先生，」畢羅說，「對我們來說，薩佩提耶醫院進行的研究，感覺上比較像是在劇院舞台上才會發生的事，反而不像精神科診間裡應當出現的事。先說好，別誤會，我不是質疑大師無可挑剔的診斷……」

「絕對不是質疑，」布魯再次強調。「而是，催眠這門技術本身就……」

布魯和畢羅向我解釋了各種不同的催眠方法，從某位法利亞教士的江湖術士使用的伎倆（聽到這個恍如出自大仲馬筆下人物的名字，我豎起耳朵，大家都知道，大仲馬的小說常好的是底特律帕克和戴維斯公司製造的，這種比較容易溶於水，而且色澤純白、氣味芳香。我之前帶了一些來，但是在這裡，巴黎，我不知道該找誰問。」

對於那些對莫伯特廣場和鄰近一帶什麼大小秘密均瞭若指掌的人來說，這個消息無異是一張保證能花天酒地的入場券。我認識一些人，只要你說出古柯鹼這個字眼，不僅僅是古柯鹼，無論是鑽石、獅子標本、大罈燒酒也好，第二天就能送到你手上，不用問他們是從那裡弄來的。在我看來，古柯鹼是毒品，我心想，能藉此毒死一個猶太人倒也不錯。於是，我對佛洛依德醫生說，只要幾天光景，我就能幫他弄到一大份他口中所謂的生物鹼。佛洛依德當然沒有懷疑取得的過程中間有什麼不法之處。您知道，我對他說，我們幹舊貨買賣這一行的，什麼三教九流的人都認識。

這些跟我的問題一點關係都沒有，只是在說明，後來，我們倆彼此有多信任對方，幾乎無話不談。佛洛依德話很多，也很有想法，或許是我弄錯了，他也許不是猶太人。事實是，跟他聊天比跟布魯跟畢羅兩個聊天更有意思，而且這兩位的實驗也走進我們的討論之中，然後一路延伸，聊到了杜莫里耶的那位病人。

「您覺得，」我問他，「布魯跟畢羅的磁鐵能治好這類的病患嗎？」

「親愛的朋友，」佛洛依德回答，「從我們診治的眾多案例中，可以看到我們太過於強調生理的症狀了，卻忘了病患如果身體出現疼痛，疼痛的起因很可能是心理層面的。再說，如果源頭來自心理層面，也就是說該治療的應該是病患的心理，不是身體。拿外傷型精神官能症來說，導致病人生病的並不是那個外傷，一般來說，這種外傷本身多是小傷，真正的成因反而是最早的心靈創傷。人遭遇劇烈情緒波動時，不是會昏倒嗎？所以，對那些研究

……家裡彷彿可以看到巴輝埃爾教士的身影，他好像就住在家裡，雖然說那時候他應該已經離開人世好一段時間了……

「他們滲透到各個教堂的古老石匠團體，而這些團體衍生出英國共濟會，這組織之所以取這個名字就是因為成員自認是free masons[60]，也就是自由石匠之意。」

「這些石匠為什麼要去搞革命？」

「巴輝埃爾看得清清楚楚，最早，聖殿騎士和共濟會成員都受到巴伐利亞光明會[61]的控制和洗腦！這可是個非常可怕的神秘組織，創立者名叫維索茲[62]，這個組織的成員只知道自己的直屬上級，對於其他更高階的領導人的身分和組織則一概不知，他們的目的不只限於消滅王權和神權，同時要建立一個沒有法律、沒有道德規範的社會，在這個社會裡，所有的財產都歸公有，包括自己的妻子，願上帝寬恕我，竟對一個孩子講這樣的事，可是我們一定要認清撒旦的陰謀。此外，跟巴伐利亞光明會（淵源非常非常深厚的還有那些否定信仰，並致力讓那本敗壞人心的《百科全書》[63]問世的人，我指的是伏爾泰、達朗伯特[64]和狄德羅[65]以及其他這些個無恥敗類。他們模仿光明會，在法國高喊啟蒙世紀，在德國大談解惑或釋疑，其實最後，還不是秘密結合起來，陰謀推翻王朝，也就是這些敗類促成了俱樂部的誕生，就是我們說的雅各賓黨，這名字紀念的就是雅克·德·莫來。好啦，在雅各賓黨的密謀下，爆發了法國大革命！」

「這位巴輝埃爾看得一清二楚……」

「他只是想不透一小撮基督教聖殿騎士是怎麼壯大，轉而成為與基督敵對的神秘組織。就這樣，像麵糰裡的發粉：如果少了發粉，麵糰不會發，不會脹大，就做不成麵包了。透過個人、命運，或是魔鬼，接種到原本聖潔的聖殿騎士和共濟會小團體身上，催化它們壯大，進而變成有史以來最邪惡的秘密組織的那個發粉是什麼呢？」

說到這裡，爺爺暫停了一下，雙手互握，好像是要讓自己更專心一些，接著面露微笑，神情狡詐地以精心算計同時凱旋自負的謙沖口吻宣佈：「第一個有勇氣說來的那個人是誰啊，是你的爺爺，我親愛的孩子。我有幸拜讀巴輝埃爾的書，讀完隨即毫不猶豫地給他寫了一封信。去，到裡邊，我的孩子，把那邊的那個盒子拿過來。」

我乖乖照做，爺爺掏出一直掛在脖子上的金鑰匙打開小盒子，從裡面拿出一張歷經四十年風霜，明顯泛黃的紙。「這就是我寄給巴輝埃爾那封信的原稿。」

再一次，我看著爺爺讀信，帶著戲劇化的抑揚頓挫。

「請接受，先生，來自一個我這樣無知的軍人的最誠摯的恭賀，因為您的大作可以當之無愧的稱之為上世紀最優秀的傑作。喔！您揭發了這些策劃鋪設反耶穌路徑的邪惡秘密組織的真面目，真是說得太好了，他們不只是基督教的死對頭，更是全世界信仰，所有社會、任何團體的頭號敵人。然而，有一個組織您只是輕輕的一筆帶過。毫無疑問地，您是故意這麼做的，因為這個組織名聲響亮，因此比較讓人覺得沒什麼好怕。可是，在我看來，若依照它擁有的巨大財富和在幾乎全歐洲各個王國都享有的保護來說，它是今日勢力最龐大的組織了。先生，您很清楚我指的是猶太秘密組織。它看起來好像跟其他秘密社團毫無干係，甚至彼此仇視；然而，事實並非如此。事實上，只要任何一個組織打出反基督的名號，猶太秘密組織就會偏袒它，收買它，保衛它。我們難道沒有親眼見證過，我們難道沒看過它花大筆金子和鈔票資助並指引現代的詭辯派、共濟會、雅各賓黨、光明會嗎？由此可見，猶太人聯合其他秘密組織成員，另組單一個體，不擇任何手段，一心就是想摧毀基督之名。先生，不要以為我這是危言聳聽。我揭露的事情都是我從猶太人嘴裡親口說出來的……」

「您是怎麼從猶太人的口裡聽到這些的呢？」

「當時我才二十出頭，在薩瓦軍隊裡還是青年軍官，拿破崙攻佔了薩丁尼亞島[66]諸國：

我軍在梅里西莫[67]潰敗，皮埃蒙被法國吞併。這是眼中沒有上帝的擁拿破崙派的大勝利，他們四下追捕我們這些保皇派人馬，然後處以絞刑。那時候，大家說不能再穿著制服到處亂跑，更有甚者，甚至有人叫我們乾脆不要出現在公共場所。我的父親是做生意的，他跟一個放高利貸的猶太人有生意往來，這個人欠了他什麼，我不知道，反正，就這樣，多虧了他居中協調，當時情況不穩定，我無法出城前去投靠佛羅倫斯的親戚，在那幾個禮拜的時間裡，他安排我藏身之處——價碼很高，這是當然——猶太區的一個小房間，當時，就位在我們公寓的後頭，介於聖菲利普路和羅新路之間。他雖滿心不願意我跟這個下流的敗類有任何牽扯，但是，那裡是唯一不會有人想要涉足的地方，猶太人離不開那裡，善良老百姓則敬而遠之。」

爺爺說到這裡，舉起雙手遮住雙眼，好像想隔開不忍卒睹的幻象——「所以，在等待風暴過去的這段時間裡，我一直住在那些個陰森油膩的地洞深處，有時候甚至八個人共用一間房，廚房、床和木桶。大夥因貧血而臉色蒼白，皮膚蠟黃，還隱約露出足以媲美賽佛瓷器的藍，只想著尋找最隱密的角落躲藏，而僅有的一根蠟燭是那裡唯一的光源。沒有半點血色，發黃的臉頰，明膠般的髮色，鬍子是一種難以形容的髒兮兮的紅褐色，原本黑色的時候，透著褪色禮服外套色澤……我受不了屋內的惡臭，所以常往那裡的五座院子跑。我記得清清楚楚，大庭院、牧師院、葡萄園院、酒館院和露台院，每座院子間，有恐怖陰森的封閉式走道相通，即黑暗門廊。現在連卡琳娜廣場都看得到猶太人了；更妙的是，由於薩瓦被迫屈服於強權之下，他們根本是無處不在了。不過，在當時，他們一個個全擠在不見天日的這類巷弄裡，被圈在這個油膩陰森的炭窩中，不是我沒膽（並非我害怕擁拿破崙派）……」

爺爺說到這裡，停住，拿手怕濕潤一下嘴唇，彷彿想擦去嘴裡一股難以忍受的味道：「我的性命竟是他們救的，多麼可恥啊。不過，如果說，我們基督徒鄙視他們，那也只能怪他們自己，他們對我們也不太友善，甚至可說討厭我們，就像他們也討厭其他人一樣，至今仍是如此。所以，我開始編故事，跟大家說我出生在利佛諾[68]的一戶猶太家庭，我很小的時候父母還在，很不幸地，他們替我受了洗，但是，在我的內心依舊保留著猶太靈魂。可是，我的這篇內心告白似乎絲毫沒有打動他們，因為——他們跟我說——跟我有相同遭遇的人太多了，聽得太多麻木了。儘管如此，我的這篇故事還是擄獲了一位住在露台院裡的老人家的信任，他就住在火爐邊上，負責烘焙未發酵的麵包。」

說到這段結識經過，爺爺興奮起來，他眼球骨碌的轉，雙手半空揮舞。一邊說一邊模仿他口中那個猶太人的模樣。總之，聽說這位默德凱原籍敘利亞，在大馬士革還牽扯上一樁見不得人的醜事。阿拉伯男孩在城裡失蹤，人們不會馬上聯想到猶太人身上，因為一般認為猶太人只用基督教男孩祭祀。然而，在某個臭水溝裡，有人發現了一具小小殘骸，看樣子像是受到千刀萬剮，然後被扔進研缽磨碎。犯罪的手法非常近似一般認定的猶太人手法，所以警察開始思考，復活節將近，他們需要基督徒的鮮血揉麵製作未發酵麵包，既然沒能抓到基督徒的孩子，就抓阿拉伯人的孩子，先讓他受洗了，再予以殺害。

「你知道，」爺爺說道，「一日受洗，終生有效，不管是什麼人替你受的洗，只要他是真心遵循神聖羅馬教廷的訓誡行洗禮就行。奸詐的猶太人頭腦動得快，看準這一點，而且更大言不慚的說『我依照基督徒的做法為你受洗，膜拜那個，我，我完全不信的偶像，不過，他，他卻篤信不疑的追隨祂。』就這樣，可憐的小殉難者起碼有機會上天堂，雖然他的信仰是魔鬼強迫挹注的。」

默德凱很快的引起旁人的懷疑。為了讓他招供，他們把他的雙手反綁在背後，在腳上綁上重物，先用滑輪將他整個人吊起來，再重重的摔在地上，一連十來次。接著還在他的鼻孔下放硫磺，再扔進冰水裡，他若抬起頭，立刻又被壓回水底，一直折磨到他說為止。換言之，為了停止嚴刑逼供，這個可憐人吐出了五個教友的名字，這些人其實跟這件事完全扯不上邊，但全被處以死刑，而他，雖然四肢脫臼，卻重獲自由，只是神志錯亂了，幾個好心人將他送上一艘開往熱那亞[69]的商船，否則他會被其他的猶太人亂石砸死。甚至有人說，他在船上受到一名天主教巴爾納伯會修士[70]的誘惑，被他說動接受洗禮，而他，其實是為了在下船之後能在薩丁尼亞諸國獲得幫助，才表面上答應受洗，內心其實對自己父執輩篤信的宗教始終忠誠不二。這時，他很可能已經是基督徒所謂的「遭迫害改信他教的猶太人」（marrane），只是，一到杜林，在猶太區找到庇護之後，他立刻否認自己曾改信基督，然而還是有很多人把他當成假猶太人看待，認為他心底還保有他改信的基督信仰——所以，我們可以這麼說，他算是「兩度遭迫害改信他教的猶太人」。不過，沒有人能證明這些自海外傳來的謠言真實與否，反正，出於對一個瘋子的憐憫之情，他們收留了他。多虧了大家的愛心，他才能活到現在。極其吝薄的愛心，被打發到這樣一個連在猶太區土生土長的猶太人都不敢住的鬼地方。

爺爺當時想，不管他在大馬士革幹了什麼事，老人家絕對沒有瘋，只是心底沸騰著一股對基督徒永遠無法澆熄的恨。在這棟沒有窗子的破屋裡，老人家伸出顫抖的手握著他的手腕，睜著在黑暗中閃亮的眼睛望著他，告訴他，從那時候開始，他一心一意只想報仇。老人跟他說猶太經典《塔木德》[71]記載了他們對基督人民懷抱著怎樣的仇恨，以及為了腐化基督徒，他們，猶太人，又是如何創立了共濟會，他還是會中身分需要保密的高階領導人，統理從那不勒斯一直到倫敦的各個支會，只是他必須躲藏，隱匿身分，與人隔絕，免得遭到四處追捕他的耶穌會教士暗殺。

他一邊說，一邊四下張望，好像任何一個黑暗角落都可能衝出手持匕首的耶穌會教士似的，接著大聲擤了鼻涕，為自己的悲慘境況掉幾滴淚，然後微微揚起嘴角，露出一心想報復的狡猾笑容，心滿意足的回味全世界都不知道他擁有恐怖龐大權力的這個事實。他輕拍西莫尼尼的手，繼續讓自己的想像力奔騰。他還告訴西莫尼尼，如果他願意，他們的秘密組織會很高興地歡迎他加入，而且會讓他進入最機密的共濟會會所。

老人家還偷偷告訴他，無論是神秘教派摩尼教的先知，馬內，還是那些用藥讓底下的殺手們亢奮後派他們出去暗殺基督教世界王公貴族的聲名狼藉的山中長者[72]，他們全都是猶太人。共濟會跟光明會的創始人也都是猶太人，而所有反基督的秘密組織，它們的起源都跟猶太人脫不了關係，事實上，這些秘密組織數量之多，遍及海內外，成員人數高達數百萬人，不分男女、不分國籍、不分階層、不分貧賤，其中包括了一大批神職人員，層級甚至高達樞機主教，還有，他們期待在不久的將來，擁有一個來自他們那個教派的教宗（嗯，我的爺爺在往後的幾年裡曾說過，自從像庇護九世[73]那樣曖昧可疑的人都能被拱上聖彼得的寶座之後，這事看起來並非遙不可及），還有他們為了取信於基督徒，經常把自己假扮成基督徒，拿著從某位貪污收賄的神職人員那裡買來的假受洗證書在各國行走，旅行。另外，他們希望，靠著金錢和詭計，從政府機關那裡取得戶籍身分，他們在許多國家早已行之有年，還說一旦他們取得了等同其他百姓的公民權利後，就立刻著手購買房屋和土地，更說他們藉由放高利貸剝光基督徒的皮，謀奪他們的不動產和財寶，他們許下心願，要在一個世紀內，成為世界的主宰，摧毀其他的秘密宗教組織，交由他們的組織統治，大量建造猶太教集會所，與基督教教堂相抗衡，同時要把剩餘的秘密組織收編，成為他們的奴僕。

「我告訴巴輝埃爾的就是這些，」爺爺下了總結。「也許，我說我秘密轉知他的這一切，全是從猶太人當中的一個口中聽來的，這話也許誇張了一點，但是我確信那位老人家告訴我的都是真的。所以我這麼寫了，如果你願意讓我念完的話。」

爺爺繼續念信：

「先生，這就是我親耳聽到的，關於猶太建國的陰謀計畫……因此若能有一支，像您手中握著的那一支一樣，強勁有力且德高望重的史筆，好能讓上面所提到的各個政府睜亮被蒙蔽的雙眼，教育它們，讓這個民族現出它卑劣的原形。我們的父執輩雖也遭遇他們的卑劣手段，但表現得比我們更圓滑更睿智，始終極盡心力的不讓他們越雷池一步。這也說明了，先生，我為什麼要以個人名義請您，懇請您，寬恕我，一個義大利人、一名士兵，當您在閱讀此信時，信上可能出現的各種錯誤。我以上帝之手祝福您，願您這些豐富了教會，如明燈般的文章能獲得最豐碩的報酬，同時願祂為您，從您文章的讀者那裡，贏得最高的讚譽和最深的敬意，我很榮幸能成為其中的一員，先生，您最謙卑最服從的僕人，吉歐凡．巴提斯塔．西莫尼尼敬上。」

每次一念到這裡，爺爺就把信紙放回盒子裡收好，我呢，我就會接著問：「巴輝埃爾教士，他怎麼說？」

「我沒那個榮幸收到回信。但是，我在羅馬教廷有幾位好朋友，我後來得知這個懦夫因為害怕這些事實廣為人知後，會引發屠殺猶太人的瘋狂風潮，所以沒有勇氣挑起事端，因為他認為，猶太人當中也有無辜的。此外，當時一些法國猶太人陰謀施壓，應該也對他造成了一些壓力，當時拿破崙決定接見來自耶路撒冷猶太法庭的代表，希望他們能支持他的野心

——所以應該有人暗示教士最好不要無端興風作浪。但是，在此同時，巴輝埃爾教士也不是沒有完全噤口，你看，他把我給他的那封信的原件寄給了教宗庇護七世[74]——還抄了幾份，分寄給多位主教。事情並沒有到這兒就結束，因為他還把信寄給了時任高盧首席主教的費施[75]樞機主教，他則把信呈給拿破崙。拿破崙也把信轉了出去，這次的收信人是巴黎警察總長。有人跟我說，巴黎警察向羅馬教廷展開偵查，先確認我為人是否可靠——結果，該死，我很可靠，樞機主教不能否認這一點！總之，巴輝埃爾扔出了石頭，然後收手藏在背後，他不想鬧出比他的書引起的喧騰漣漪更轟動的軒然大波，於是，表現出一副好像選擇保持緘默的樣子，其實已經把我揭露的事實傳遍大半個地球了。你要知道，巴輝埃爾一直在耶穌會教會的學校受教育，直到路易十五將他逐出法國為止，之後他接獲命令，轉當入世神父，直到庇護七世重新認可耶穌會為止[76]。然而，你知道的，我是虔誠的天主教徒，對每一位身著聖潔教袍的人都懷抱著最崇高的敬意，不過，這話是錯不了的，一日耶穌會教士，終生耶穌會教士，他嘴上說的是一套，做的卻是另一套，做的是這套，說法又是另一套，巴輝埃爾也不例外……」

爺爺冷笑幾聲，口水從僅存的幾顆牙齒的縫間噴出，似乎被自己恍如魔鬼附身似的放肆言論給逗樂了——「就這樣，我的小西蒙，」他下了結論，「我啊，老囉，沒有那個雄心壯志為那些講話沒人聽的群眾發聲了，如果他們不肯聽我說，將來就讓他們到永恆的天父面前好好解釋回答吧；不過，我要把見證的火把移交給你們了，年輕的一代。現在這些該遭天譴的猶太人，勢力變得愈來愈龐大，而我們膽小怕事的國王查爾斯-艾爾伯卻對他們愈來愈寬宏大量。他將來一定栽在他們這些陰謀造反的人手上……」

「他們在這裡，杜林，也陰謀造反？」我問。

爺爺環視四周，好像有人在偷聽他說話似的。此時，落日的陰影逐漸籠罩屋內——「這裡有，到處都有，」他說。「他們是受詛咒的民族，他們的法典《塔木德》記載，我是聽曾經看過的人說的，猶太人每天必須詛咒基督徒三次，並請求上天消滅並根除基督徒，還說若他們當中有人在懸崖邊遇見了基督徒的話，一定要將他推下去。你知道為什麼你名字叫小西蒙嗎？我希望你的父母親給你取這個名字，來紀念聖小西蒙，一個殉道的小孩，在那遙遠的十五世紀，在特倫托[77]那裡，他被猶太人擄走了，他們將他殺害，然後千刀萬剮，為的就是拿他的血來祭祀。」

「你如果不乖，還不快點睡覺的話，今天晚上可怕的默德凱就會來找你喔。」爺爺就是拿這樣的話嚇我。而我，我躺在屋頂下的房間裡，輾轉難眠，豎起耳朵聆聽老房子傳出的任何細微嘎吱聲響，差點兒以為是那個可怕的老人家踏上木板小樓梯的腳步聲，就要來抓我，把我帶到他的恐怖住處，逼我吃揉了殉道孩童鮮血的未發酵猶太麵包。我把泰瑞莎奶媽說給我聽的其他故事都混在一起了，泰瑞莎奶媽是家裡的老僕人，以前曾是我爸的奶媽，現在總拖著舊鞋在家裡四處走動，我聽見默德凱一邊流口水，滑不溜丟地，一邊喃喃的說，「哎呀呀，我好像聞到小基督徒的味道。」

我已經快滿十四歲了，有好幾次差點受不了誘惑，想闖進猶太區，現在那裡的區界已經超越古老邊界，變得模糊了，因為皮埃蒙正在研擬解除多項禁令。或許，當我在這個禁區的邊緣遊蕩的時候，曾跟幾個猶太人擦身而過也不一定，但是我聽說他們有許多人已經不再承繼民族延續了數百年的外貌特徵。爺爺就說他們會變裝，裝扮得就算與我們擦肩而過，我

…差點兒以為是那個可怕的老人家踏上木板小樓梯的腳步聲，就要來抓我，把我帶到他的恐怖住處，逼我吃揉了殉道孩童鮮血的未發酵猶太麵包……

們也看不出來。我總是在外圍閒晃，我遇見了一個黑髮女孩，她每天早晨提著一個用布巾蓋住的提籃，穿過卡琳娜廣場到附近的店裡。熱情的眼神，天鵝絨般的雙眸，棕色皮膚。她不可能是猶太人，爺爺口中的那些繁衍種馬，都長著一張猛禽般的臉，一雙陰狠的眼睛，不可能生出這樣的女孩來。然而，她只可能來自猶太區。

生平第一次，我正眼盯著泰瑞莎奶媽以外的女人看。我每天早晨，打那裡來回走了一遍又一遍，遠遠看著她，內心一陣陣悸動。見不著她的那些早晨，我就百無聊賴的在廣場上踱步，好像在找一條能讓我逃出這裡的路，然而我拒絕踏上任何一條，我還賴在那裡不願離開，爺爺卻在家裡等我，端坐餐桌前，怒氣沖沖，拿著抹布擦麵包屑。

一天早上，我大著膽子上前跟那女孩說話，我低垂雙眼，問她，可以幫她提籃子嗎？她，她卻盛氣凌人的用方言回答說，她自己能提得動。她沒稱呼我先生monssü，而是叫我小子gagnu。我再也沒回去找她，也沒再見過她。這個錫安女孩侮辱了我。是因為我胖嗎？結論，就在這裡，我跟夏娃後代的戰爭於焉展開。

小時候，爺爺不願讓我上本國的公立學校，因為他說，那些學校的老師不是燒炭黨人就是共和派。所以漫長的童年歲月，我都待在家裡，一個人，不無怨懟的看著，往往一看就是連續好幾小時，其他的男孩在河邊玩鬧，好像他們從我身上奪走了原本屬於我的某樣東西，而剩下的時間裡，我被關在一個專門讓我念書的房間裡，跟著一位耶穌會教士讀書，教士永遠都是爺爺挑的，隨著我年齡的增長更換，從圍繞在我身邊的那群骯髒的黑烏鴉裡面挑。我討厭那時候的老師，不僅是因為他教書時老用木條打我手指頭，同時也因為我爸，在我與他僅有的幾次漫無主題的閒聊當中，他慢慢的把他對教士的憎惡輸入我的腦袋。

「可是，我的老師不是一般教士，他們是耶穌會教士。」我說。

「更糟，」我爸反駁。「千萬不能相信耶穌會教士。你知道有一位聖潔的教士曾經寫過什麼嗎？（注意，我用的是教士一詞，不是大家說我已經加入的共濟會　、燒炭黨或撒旦的光明會等組織的成員。而是一名天使般善良的神職人員，吉歐貝提教士[78]）就是耶穌會騷擾、傷害、中傷、摧毀了那些天資聰穎、崇尚自由思想的人士，使他們失去公信力；就是耶穌會把善良有才的人從公職的職位上拉下來，改用可悲又邪惡的人取代　；就是耶穌會用盡各種方法，延緩　、阻礙、攪亂、削弱、腐化公私立教育，讓它們偏離正軌，在人與人之間　、家庭之間、各階層之間、各國之間、各個政府間和各個種族之間，散佈怨懟、懷疑、敵對、憎恨、爭端和明爭暗鬥；就是耶穌會削弱人的心智，用懶散箝制人的心和意念，用欲振乏力的紀律激怒年輕人，用虛偽屈從的倫理腐化中年人，打擊、冷卻、澆熄我們國家絕大多數人民心中本有的朋友之情、家庭天倫之情、父子相憐之情以及對國家的聖潔大愛……一牽涉到利益，世上再沒有比耶穌會更沒心沒肝（這是他說的）、更殘酷更無情的秘密組織了。義正辭嚴的違抗教會紀律和上級命令的耶穌教士，那張愛憐諂媚的臉孔、蜜裡調油的甜言蜜語、非比尋常的親切和藹的態度背後，有的卻是鐵石般的心腸，再聖潔再高貴的情感都無法打動他。他嚴格執行馬基維利[79]的訓誡，亦即當涉及國家利益時，不應存有正義或非正義的考量，亦不當有憐憫或殘忍之考量。因此打小時候開始一直到中學時期，他們所受的教育就沒有養成家庭之愛，朋友之愛，他們反而被教導著隨時要向上級舉發別人的錯處，就算是最親的伴侶也不能倖免，規範內心的一舉一動，要求絕對的服從，perinde ac cadaver（盲目的服從[80]）。吉歐貝提說，印度的Fasingari，也就是一般人稱的勒頸幫，他們用繩索或刀子宰殺敵人，待屍體冰冷，再獻祭天神，相對地，義大利的耶穌會則靠蛇蠍般的三寸不爛之舌和羽毛筆，終結人的靈魂。」

「其實，吉歐貝堤的某些想法也不是自個兒的，」我爸做出總結，「是從去年出版的一本小說，尤金．蘇[81]的《飄泊的猶太人》（Le Juif errant）當中擷取出來的，每每想到這裡，我都不禁想笑。」

我父親，是家族的不肖子。從爺爺的口中聽來，他是落入了燒炭黨人設下的圈套。但當父親委婉提及爺爺的觀念時，他僅是淡淡的壓低音量說別聽他的那些鬼話，但是，我不知道他是出於孝道，還是基於尊重父親的想法，或者是根本不想理我，他總是避免跟我談他自己的理想。我只需要稍稍豎起耳朵聽爺爺和他那批耶穌會教士談話，還有只要留意一下泰瑞莎奶媽和看門人說長道短，就能明白我爸是屬於那一派，他不僅支持革命和拿破崙，甚至還說要甩脫奧地利帝國、那不勒斯波旁王朝以及教宗對義大利的桎梏，讓義大利成為（若爺爺在場，這個詞絕對不能說）一個民族國家。

我的啟蒙老師是貝都索神父，一副尖嘴猴腮的狡猾模樣。貝都索神父是最早教我現代史的老師（爺爺教的都是過去的歷史）。

後來，有關燒炭黨活動的傳言開始傳開——我的消息來源是寄給我那老是不在家的父親，並且搶在爺爺拿去銷毀之前攔截留下的小道報紙——我記得我必須上拉丁文和德文課，教授的老師是貝加瑪奇神父，他跟爺爺的交情好到我們在家裡給他預備著一間專屬他的小房間，跟我的房間相隔不遠。貝加瑪奇神父……跟貝都索神父不同，他很年輕，儀表堂堂，波浪般的鬈髮，精緻的五官，言詞犀利引人入勝，而且，最起碼在家裡的時候，他總是鄭重其事的穿上漿燙筆挺的教士袍。我腦海裡出現他白皙的雙手，流線型修長的手指，和一般人認定的，對教會神職人員來說，稍嫌過長的指甲。

當他看我低頭念書時，他經常在我身後坐下，伸手撫摸我的頭，保護我，把虎視眈眈地威脅著涉世未深的年輕小夥子的諸多危險阻擋在外，他向我解釋燒炭黨人其實只是大災難來臨前的滑稽前奏而已，真正的大災難是共產主義。

「共產黨人，」他說，「到昨天為止，他們看起來好像沒什麼可怕的，現在，在那個馬許[82]（他好像是這樣念的）發佈了那篇宣言後，該是我們揭發他們真面目的時候了。你呢，你不知道芭貝特．茵特拉肯。她是維索茲的曾孫女，令人欽佩，人稱瑞士共產黨聖女。」

天知道貝加瑪奇神父為了什麼原因，好像特別擔心瑞士那邊的天主教和新教間的衝突，相較之下，那時候人們更關切米蘭或維也納的暴動。

「芭貝特出身非法走私集團，成長期間，包圍在她身旁的是一群敗類、搶案、掠奪和血腥暴力；她能聽到上帝之名的時候，只有在連串的褻瀆辱罵中。當時琉森爆發了小型武裝衝突，激進分子殺死幾個偏遠郡縣的天主教徒，他們就是在芭貝特的家鄉被刨出心臟，挖出眼珠。芭貝特一頭巴比倫王妃般的金色髮絲隨風飛舞，高貴優雅的外在，掩飾了她是秘密組織使者，也是建議施行這些神秘集團所有陰謀和詭計的惡魔的事實；她來無影去無蹤，行動快如閃電一如精靈，她能探知防護得滴水不露的秘密，能神不知鬼不覺的將外交快信掉包，卻不傷及封印，她像眼鏡蛇一般鑽進維也納、柏林甚至聖彼得堡等地專為最高階層保留的包廂，她偽造匯票，變更護照號碼，自小她就深得用毒之三昧；而且她知道如何下毒，恰如其分的完成她隸屬的秘密組織交代的命令。她看起來似乎已經被撒旦附身，她眼裡的亢奮和狂亂是如此的沸騰。」

我張大眼睛，試著不去聽，可是，到了夜裡，我夢見了芭貝特．茵特拉肯。半夢半醒之際，我極力想抹去這個金髮流洩肩頭的惡魔身影，那肩膀想當然耳一定是裸露的；我想抹去那香氣醉人的鬼魅精靈影像，如女罪人和兇猛悍婦般起伏不定，氣喘吁吁的酥胸，我伸手撫摸她，彷彿她是值得追尋的典範——換言之，光是用手指輕拂過她這樣的念頭閃過腦海之際，內心就感到一陣抽搐，有一股想變得跟她一樣的慾望，成為無處不在的秘密特務，隨意變更護照號碼，將臣服於她的男性受害者推向毀滅。

我的老師都喜歡美食，這個貪吃罪應該會一直跟著我，甚至到成年。我記得家中的筵席，就算稱不上歡樂，起碼是融洽，餐桌前，這些個好神父們討論著爺爺叫人準備的那鍋燉肉有多美味。

至少要用上半公斤的牛肉、一條牛尾、牛臀、香腸、小牛舌和小牛頭、新鮮臘腸、雞肉、一顆洋蔥、兩根胡蘿蔔、兩根芹菜梗、一把香菜。所有的材料全下去細火慢燉，燉煮的時間則依肉的種類而有不同。另外，就爺爺對這道菜的記憶，外加貝加瑪奇神父點頭如搗蒜的附和，燉肉剛盛入大碗，就得馬上抓起一撮粗鹽撒在肉上，然後澆上幾大匙的滾燙肉汁，才能提升香氣。配菜就簡單了，除了幾顆馬鈴薯；還有，最基本地，醬汁，調配如下：葡萄芥末醬、辣根醬、黑芥果芥末醬，不過，最要緊的是青醬（爺爺對這一味，絕不妥協）：一把香菜、四片鯷魚、小餐包軟軟的麵包心、一湯匙的刺山柑花蕾、一球蒜瓣、一顆水煮蛋蛋黃。把這些材料細細的研磨碎了，再加一匙橄欖油和醋。

這就是，我記憶中，童年和青少年時期的全部樂趣了。夫復何求？

……我張大眼睛，試著不去聽，可是，到了夜裡，
我夢見了芭貝特．茵特拉肯……

下午，天氣熱得讓人氣悶。我正在讀書。貝加瑪奇神父安靜的坐在我背後，他的手貼上我的脖子，低聲的對我說，對一個這麼乖巧的小男孩，心地這麼善良，願意遠離異性死敵的誘惑，他可以給予的不僅是如父親般的友情，還有成熟男人熱烈的愛。

從那時候開始，我再也不讓任何一個教士碰我。難道真的是風水輪流轉，輪到我化妝成達拉·皮科拉教士，染指其他男孩？

儘管如此，我快滿十八歲的時候，爺爺希望我成為律師（在皮埃蒙，舉凡學過法律的都叫律師），只好勉強同意讓我離開家去上大學。我頭一次體驗跟同齡年輕小夥子的相處之道，但為時已晚，我無法信任任何人。我不明白他們每每談到女孩的時候，那低聲的竊笑，彼此意有所指的眼神交換，而且他們還互相傳閱印著下流復刻畫的法文書。我寧可一個人安靜的看書。我爸從巴黎訂閱了《憲政報》[83]，報上連載蘇的《飄泊的猶太人》[84]，想當然耳我瘋狂的全吞下。從那裡，我得知邪惡的耶穌會是怎麼密謀策劃最陰狠惡毒的罪行，好奪取可憐善良老百姓的遺產，踐踏他們的權利。這份文學勾起我對耶穌會教士抱持的不信任態度的同時，也引領我品嘗連載文學的美：我在閣樓裡找到一箱我爸的書，顯然他成功的躲過爺爺的審查（連我也盡力想辦法瞞過爺爺這件孤獨的罪），好多個下午，我埋首書堆，眼睛都快看壞了，《巴黎的神秘》[85]、《三劍客》、《基度山恩仇錄》……

時序進入美妙一年，那就是一八四八年。每個大學生無不為了馬斯塔·費雷提[86]樞機主教入主教宗寶座而欣喜若狂，也就是庇護九世，兩年前，他特赦了所有的政治犯。該年度在米蘭地區發生的首批反奧地利行動中展開，當地老百姓停止抽菸，企圖讓帝國和皇家政府的財政出現危機。（看在我們杜林地區的同志眼裡，這些米蘭同志確有反抗軍英雄的氣魄，在官兵和警官朝他們吹出陣陣香氣撲鼻的雪茄煙圈的挑釁舉動下，依舊毫不動搖。）就在同一個月，兩西西里王國爆發了革命行動，費迪南多二世[87]承諾頒佈憲法。然而，二月在巴黎，人民揭竿起義，逼得路易－菲利普[88]退位，宣佈成立共和（終於，又一次！）——還廢除了死刑犯的死刑和奴役，並立法制定公投——三月，教宗不僅接受了憲法，還同意言論自由，他讓猶太區的猶太人從諸多恥辱的規矩和強制奴役中解放。同一時間，托斯塔尼大公也接受了憲法，而查爾斯－艾爾伯更在薩丁尼亞諸國頒佈了基本法[89]。最後是維也納、波西米亞和匈牙利的革命風潮，以及米蘭的五日暴動[90]，宣佈加入戰事的皮埃蒙軍隊將奧地利人逐出米蘭，獲得解放的米蘭被併入皮埃蒙。我的同志在私底下甚至談到一份共產黨員的宣言出現了，如此一來，欣喜若狂的不只是大學生而已了，連工人和貧窮低下階層通通歡欣鼓舞，他們全部深信，用最後一位國王的腸子，吊死最後一名教士的日子，指日可待了。

不是所有的消息都是好消息，因為查爾斯－艾爾伯吃了敗仗，老百姓把他當成米蘭人的叛徒，甚至更進一步成為全體愛國人民的叛徒；庇護九世因內閣的一位部長慘遭殺害，心生恐懼，逃到加埃塔[91]，尋求兩西西里國王的庇護，他說話不算話，原先挺自由派的態度出現大轉變；頒佈的多部憲法都被撤回……但是，此時此刻，加里波底黨人和擁馬志尼的愛國分子已經打到羅馬，次年年初，羅馬共和國憲法頒佈。

三月，家裡已經完全看不見我爸的蹤跡，泰瑞莎奶媽堅信他跟米蘭那幫叛亂分子合作，一直到將近十二月的時候，寄住家裡的一名耶穌會教士才帶了消息，父親已經加入馬志尼那一幫人，正快馬加鞭的要為羅馬共和國建立一支駐防軍。爺爺沮喪至極，不斷的對我叨念著可怕的遠景，硬把奇蹟的一年說成恐怖的一年。因為同樣在過去的幾個月裡，皮埃蒙政府查禁了耶穌會，搶光他們的財產，甚至，採行堅壁清野政策，一併查禁了一般咸認親耶穌會的組織，好比聖查爾斯修會、非常聖母瑪利亞修會和利古里修會[92]。

「我們已經進入反基督時代的前夕。」爺爺哀嘆，而且他很自然把每件事都歸咎為猶太人的陰謀操縱，但也只能眼睜睜地看著默德凱最悲哀的預言落實成真。

躲避人民怒火，上門尋求庇護的耶穌會教士，爺爺一律來者不拒，在此同時他們不知怎的以教區神父的身分重返了教會系統。一八四九年初，很多耶穌會教士偷偷逃出羅馬，來到這裡，帶來了那裡發生的殘酷消息。

帕奇神父，我讀完了《飄泊的猶太人》之後，我把他當成羅丹神父在真實世界的化身，這位變態的耶穌會教士，為了弘揚耶穌會，老是暗中搞鬼，犧牲所有道德原則，我會這麼聯想，無疑是因為他跟羅丹神父一樣，總是穿著一般老百姓的便服，隱藏他隸屬秘密宗教組織的事實。一般而言，他總是穿著磨損老舊的大衣，衣領上一層經年累月的污黃汗漬，而且沾滿頭皮屑，一條手絹權充領帶，呢絨料背心織線脫落，大大的皮鞋外頭總是黏著乾掉的污泥，大剌剌的踩上我們家的昂貴地毯，絲毫不覺得不好意思。一臉尖嘴猴腮樣，骨瘦如柴，臉色蒼白，灰白頭髮油膩膩的黏著太陽穴，烏龜似的雙眼，薄薄兩片青紫色的唇。

光是看見他坐在餐桌上，就已經夠讓人噁心了，他卻不知自制，拿著神聖佈道者的腔調和語彙，講些讓人背脊發涼的故事，定要讓在座的每一個人胃口盡失：「我的朋友，我的聲音顫抖，但是，這件事，我一定要告訴各位。病毒已經從巴黎開始往外擴散，因為路易-菲利普雖然絕對不是做聖體餅的料，卻是防堵無政府混亂狀態的一道堤防。這些日子，我親眼目睹了羅馬的百姓！那真的是羅馬的百姓嗎？還是衣衫襤褸的人偶，都是該上絞架的傢伙，為了換得一杯酒，就能否定天堂。不，根本不是老百姓，而是賤民，他們在羅馬已經跟義大利本國和外國城市裡最狠毒的社會敗類搞在一起了，他們是加里波底黨人和馬志尼的黨羽利用來犯下所有罪惡的盲目工具。你們不知道，那群共和派犯下的褻瀆罪有多十惡不赦。他們闖進教堂，摔破殉難者的骨灰罈，骨灰隨風飛散，還把罈子拿去當尿壺用。他把聖壇上的聖石拆下，在上面抹大便，拿匕首在聖母雕像上亂劃，還挖下聖人畫像的眼睛，再拿煤炭在畫上胡寫一些妓女之類的難聽髒話。一名神父因為說了共和國的壞話，結果被拖去撞馬車進出的門，再慘遭亂刀穿刺，他們還挖出他的眼珠，割掉他的舌頭，之後，開膛破肚，拉出腸子，纏繞他的脖子上，再勒死他。不要以為就算我們解放羅馬了（已經有人開始傳法國會派兵支援），馬志尼派就會瓦解。他們會從義大利的各個省區蜂擁而來，他們機巧奸詐，裝瘋賣傻演技一流，狠毒機敏，耐性十足，意志堅定。他們將在城裡最秘密的巢穴裡持續集結，利用圈套和虛偽染指內閣、警政、軍隊、艦隊和堡壘的機密。」

「我的兒子竟然跟他們是同路人。」爺爺身心崩潰，哭著說。

接著，他迎接一道滋味絕妙的巴洛羅紅酒燉牛肉上桌。「我的兒子永遠不會懂，」他說，「這道牛肩肉的美，它結合了洋蔥、胡蘿蔔、芹菜、鼠尾草、迷迭香、月桂葉、丁香花蕾、香草、刺柏子、鹽、黑胡椒、奶油、橄欖油，和必然要的，一瓶巴洛羅紅酒燉煮，再搭配著玉米粥或馬鈴薯泥一起吃。去，去搞什麼革命……生活的品味都沒了。你們想趕走教宗好去吃那個爛尼斯魚湯，就等著看我們逼加里波底這個魚販也去吃去……再也沒有宗教了。」

貝加瑪奇神父常常換上便服，離開時只說他要出門幾天——沒說為什麼也沒說怎麼

……一名神父因為說了共和國的壞話，結果被拖去撞馬車進出的門，再慘遭亂刀穿刺，他們還挖出他的眼珠，割掉他的舌頭……

了。那時候，我偷溜進他的房間，搜出他的教士袍，穿上，然後對著活動穿衣鏡得意洋洋地手舞足蹈。好像我是，願上天寬恕，一個女人；或者該說好像貝加瑪奇神父是個女人，而我在模仿他。假如他發現達拉．皮科拉教士就是我，這不正洩漏了我愛表演的偏好其來有自。

我在袍子的口袋裡找到一些錢（一定是神父忘在這裡的），所以我決定滿足自己的一點口腹之慾，順便到這城裡一些地方探險，那些地方我聽人盛讚過好幾次。於是，我一身這樣的穿著打扮——完全沒想到，在那個時候，這樣的舉動本身已是一種挑釁——走進巴隆區蜿蜒曲折的巷弄，當時帕拉薩廣場這一帶住的都是杜林最底層的人，也是招募那群可能危害城市治安的最最兇狠強盜入伍從軍的地方。可是，遇上節日慶典時，帕拉薩廣場的露天市場可是熱鬧非凡，人聲鼎沸，團團圍住各個攤位，眾家女僕成群結隊的走進肉舖，小孩一臉興奮的停在牛軋糖販跟前，饕客擠著要買雞鴨、野生山禽、香腸；餐廳裡座無虛席。我，我的道士袍滑過女人飛揚的裙襬，臉上擺出神職人員的一本正經，雙眼視線落在交握的雙手上，眼角卻偷瞄女人的頭臉，她們有的頭戴小巧女帽、有的是無邊軟帽、也有的罩著面紗和頭巾。我覺得自己被這來來往往的驛馬車、手推車，此起彼落的吆喝、喊叫、喧鬧景象搞得昏昏然，驚愕不已。

我激動不已，直驅當時杜林最具傳奇性的一個地方，再此之前，爺爺和我爸，儘管兩人背後的理由恰恰相反，卻是有志一同的努力將這波喧騰阻絕在我的生活之外。我打扮成耶穌會教士，淘氣地品嘗周遭因我的出現所引起的騷動，我踏進位於神慰教堂附近的壁瑟靈咖啡館，點一杯壁瑟靈咖啡巧克力，一只把手包覆金屬護套的咖啡杯，濃濃牛奶、巧克力、咖啡和別種香料的芬芳。我那時還不知道，幾年之後，我視之為英雄人物之一的大仲馬，會把壁瑟靈咖啡巧克力寫進書裡，不過，我僅有的這兩、三次外出經驗，以後沒了，我走進這塊神奇之境的那段時間裡，我已經獲悉一切有關這款美味飲料的所有知識。這項飲品源自巴法瑞莎咖啡，巴法瑞莎咖啡是將牛奶，咖啡和巧克力攪拌混合後再添加糖漿，而壁瑟靈咖啡巧克力則是將這三種材料保持在三層分明的狀態（而且永遠是熱飲），因此壁瑟靈咖啡巧克力有三種可供選擇，以咖啡和牛奶為主的bicerin pur e fiur，還有以咖啡和巧克力為主的pur e barba，以及，原則上，什麼都加一點的綜合口味'n poc 'd tut。

外搭的鐵框布棚下祥和的氛圍，棚子兩邊的廣告牌、小圓柱和鐵鑄柱頭，室內的鑲鏡細緻護壁板、大理石桌，櫃檯後面滿滿的瓶瓶罐罐，四十幾種糖衣杏仁散發杏仁香氣……我特別喜歡在星期天待在這裡觀察，因為這裡是守齋準備參加聖體禮的人們，走出神慰教堂後，尋找慰藉的去處——壁瑟靈咖啡巧克力在齋戒期間非常受歡迎，因為熱巧克力並不算是食物。虛偽。

除了品嘗咖啡巧克力的快樂之外，更讓我心滿意足的是，能以別人的身分出現：人們不知道我真實身分這件事，帶給我一種優越感。我有一個秘密。

之後，我被迫減少甚至最後中斷了這樣的冒險，因為我怕遇見同學。他們認識的我當然不是個偽君子，而是跟他們一樣，內心熊熊燃燒著燒炭黨人的火焰。

我和這群渴望看見國家崛起的有志之士，通常約在金螯蝦酒吧相聚。酒吧坐落在一條狹窄陰暗的小路上，在比馬路更幽暗的入口上方，掛著一塊招牌，是一隻金色的螯蝦圖案，寫著金螯蝦酒吧，好酒美食，環境舒適的字樣。踏進店內，首先進入眼簾的是一條走道，那裡也是廚房兼儲藏室。喝酒的客人被香腸和洋蔥的味道包圍，偶爾也有人玩猜拳遊戲，不過

……除了品嘗咖啡巧克力的快樂之外，更讓我心滿意足的是，能以別人的身分出現……

他們最常幹的還是高談闊論，謀劃一些沒有具體計畫的陰謀，天馬行空的想像一些即將爆發的起義行動，一個晚上就打發過去了。爺爺的美食料理已經把我養成老饕了，可是在金螯蝦，食物最多（如果我們食量很大的話）只能說是用來止飢而已。但是，我得維繫這份社交生活，逃避家裡的耶穌會成員，所以，跟幾個開心的朋友共享金螯蝦難吃的飯菜，也比關在家裡陰鬱的吃山珍海味要舒服些。

我們待到凌晨才離開酒吧，此時人人滿嘴大蒜臭味，而滿腔燃燒的愛國熱火也消失在舒服的濃霧大外套之中，正好避開街頭遊民投來的異樣眼光。有時候，我們會爬坡上波河的另一邊，從高處俯瞰，屋頂和屋塔彷彿在籠罩波河平原的層層霧海中飄蕩，而遠遠地，陽光照亮的蘇佩爾加大教堂[93]，猶如海中燈塔。

不過，我們這些大學生談的不只是即將誕生的民族國家，我們還討論女人，年紀也差不多了。大夥眼裡藏不住熱火輪流回味，目光凝結在某座窗口陽台，嘴角露出藏不住的笑容：下樓時握住的一隻手，一朵枯萎的花從彌撒福音書中翻落（愛吹牛的人說），趕忙趁著那纖纖玉指把花放進這神聖書頁中時沾染的香氣未散盡前拾起。我呢，我總是氣沖沖的離開，因而獲得品行聖潔、嚴格律己的馬志尼信徒之名聲。

除了那一次，一天晚上，我們這一群當中最安靜的一個說出了他在家中閣樓的大發現：是他那位吃喝玩樂一把罩、放蕩不羈的老爸嚴密地藏在最裡邊的皮箱裡的幾本當時在杜林被視為下流書刊的書（法文的），我們還不敢把它們攤放在金螯蝦酒吧的油汙桌上，他決定把書輪流借給我們每一個人，輪到我時，我沒能推託過去。

就這樣，深夜裡，我翻閱這些過去應是既珍稀又昂貴的書，真皮精裝，書脊的肋線很新，還有燙金拼貼圖案，鍍金書芯切口，封面印著金色小花飾紋，還有——有幾本——印著紋章圖案的。書名諸如《少女之夜》或《喔！老爺，如果被湯馬斯撞見！》此類，而我翻著翻著不禁微微顫抖，在這些書中發掘讓我汗涔涔從髮根沿著臉頰一路滑落到脖子的復刻畫：年輕女郎掀開裙襬，露出白得刺目的屁股，大方的讓色迷迷的男人摧殘擺弄——我不清楚是哪個攪得我心神不寧，是那渾圓放浪的翹臀，還是女孩臉上那抹微笑，幾乎像是處女般的純潔笑靨，卻毫無羞恥的把頭轉向她的摧花使者，那調皮的眼神，純潔的笑容，照亮了被夾在兩邊烏鴉般黑亮的髮髻當中的臉；此外，還有更恐怖的，三個女孩在一張沙發上，張開雙腿，露出本應保護周密的處女陰部，其中一個女孩抬高私處迎向一個頭髮凌亂的男人的右手，同一時間，那個男人插入她旁邊那個不知廉恥的女孩幹她，至於第三個女孩，男人撇開她裸露的陰部，冷靜精準地，伸出左手拉開她身上袒胸露乳的衣服，搓揉她的胸部。接著，我看見一張奇特的教士漫畫像，凹凸不平的橘皮臉，湊近一看，才發現畫像是由許多一絲不掛的男女以各種交纏姿勢的裸體像拼貼而成，其中亦嵌入碩大的陽具圖片，有許多成群落在教士的頸項部位，好像是想用他們的睪丸拼貼出蓬鬆的捲髮髮尾。

我不記得那個群魔亂舞的夜晚我是怎麼度過的，看著自己的性器以最恐怖的（以這個形容詞的神聖面來說，就像打雷，激起內心摻雜了對上天的驚奇感受，和犯下邪惡褻瀆罪行的畏懼感覺）姿態呈現在我眼前。我只記得我走出這趟暴風雨似的體驗時，低聲的反覆對自己說那句話，彷彿喃喃誦念一段短但虔敬的禱告辭，我已經記不得這句話出自哪位聖書作者，只記得，很多年以前，是貝都索神父要我背的：「外在之美僅止於表皮。事實上，如果男人看得見表皮底下有什麼，只要一眼，女人就會令他們作嘔：女性的美只是禍水、鮮血、體液、痛苦。想想看，是什麼藏在她們的鼻孔下、喉嚨裡、肚子中……而我們，我們不敢碰，就算輕輕用指尖滑過也不敢，是嘔吐穢物和糞便渣滓啊，所以我們怎麼可能把一袋垃圾擁入懷中呢？」

可能那個年紀的我還對上帝的正義深信不疑，所以我把那個群魔亂舞的夜晚和第二天發生的事視為上天的報復。我發現爺爺癱軟在他的扶手椅中，雙手捏著一張揉爛的紙，氣喘吁吁。我們叫了醫生，我撿起那封信，看到我父親在英勇保衛羅馬共和國的戰役中被法軍的子彈擊中，有生命危險，信中進一步詳述事情發生在一八四九年的六月，烏狄諾將軍[94]，奉路易-拿破崙之令，出兵馳援，逐出馬志尼和加里波底派人馬，光復了聖城。

爺爺逃過劫數，以他八十多歲的年紀來說實屬不易，但是接下來的日子，他把自己閉鎖在憤恨的沉默裡，沒有人知道他恨的是殺了他兒子的法國人，擁教宗派，還是恨自己的兒子不負責任，不自量力，竟然敢跟他們挑戰，抑或是帶壞了他兒子的那些愛國志士。有時候，他會不自覺的發出細細的長嘆，好像暗指猶太人才是這連串動搖義大利國本的事件的幕後主使者，就像五十年前法國被搞得翻天覆地一樣。

或許是為了追憶我的父親，我窩在閣樓那堆他留下的書中，一待就是長長的幾小時，另外我成功的攔截下郵差剛送達，但他再也讀不到的大仲馬小說，《約瑟·巴爾薩摩》。

這本出色的小說，眾所周知，講述的是卡里歐斯卓[95]的冒險故事，還有他如何密謀策劃讓皇后項鍊事件一石二鳥，大傷樞機主教羅寒的士氣和財力，同時讓皇后名譽受損，把整個宮廷荒謬絕倫的景況現形天下，本書影響之大，甚至導致很多人認為卡里歐斯卓式的騙術在敗壞君主制度的光環方面居功厥偉，甚至認定它營造出來的那種皇室威信全失的氣氛更導致一七八九年法國大革命的爆發。

大仲馬卻看得更深。他在卡里歐斯卓，也就是約瑟．巴爾薩摩的身上看到，精心策劃的不僅僅是一件詐騙而已，而是全球共濟會組織魅影幢幢的一宗政治陰謀。

一開始，我就深深地被吸引住了。場景：雷震山。萊茵河左岸，離沃姆斯[96]幾哩遠之處，晦暗的山脈綿延，皇座山、雄鷹峰、靈蛇嶺，還有最高的雷震山。一七七〇年五月六日（大約是那起命中注定的大革命爆發前二十年），此時太陽恰好沒入史特拉斯堡（Strasbourg）大教堂的尖塔後頭，教堂尖塔幾乎把燃燒似的火紅天空剖成兩半，一個來自梅茵茲[97]陌生人踏上山坡路，甚至把自己的馬扔在山裡某處。突然，一群蒙面歹徒出現，抓住了他，他們蒙住這人的眼睛，領他走出樹林，進入一塊林中空地，有三百個鬼魅人影等在那裡，個個身上套著幽靈似的白袍，腰佩長劍，開始連珠砲似的嚴厲審問來人。

你想幹嘛？想看見光明。你準備好立誓了嗎？接著是一連串的試煉上場，好比喝剛被殺死的叛徒的血、開槍、拿手槍抵住額頭以證明自己絕對服從，總之都是低下階級的共濟會儀式中常見的一些沒意義的無聊事，讀者都很清楚，連大仲馬也不能免俗的用上，終於這位旅人決定不再浪費時間，他倨傲的與會中兄弟說話，證明他確實對這一套禮儀和規矩瞭若指掌，叫他們結束他們與他之間的這場戲，因為他代表的是比他們全體更崇高的事物：他代表全球的共濟兄弟會，他是神權的主宰。

然後他開始點名分派任務，眾人在他的指示下分赴斯德哥爾摩、倫敦、紐約、蘇黎士、馬德里、華沙和亞洲各國的共濟會分會會所，當然這些人現在全都趕來雷震山了。世界各地的共濟會員聚集在此有什麼目的呢？那位陌生旅人於是開始說明：他要求大家祭出鐵腕，高舉火之刃和鑽石秤，將不潔之人逐出這片土地，也就是說，去動搖、去扳倒人類的兩大敵人，王權和神權（爺爺確實曾跟我說過，那個無恥的伏爾泰的格言是：打倒無恥）。陌生旅人接著提醒，就跟當時的頂尖巫師一樣，他已經活了上千個世代，他比摩西更老，當然也比亞述巴尼拔[98]老。現在他從遙遠的東方來，到此宣佈，時候到了。各民族將團結一致，組成龐大軍伍不停的朝光明走去，而法國正是這批軍伍的先發部隊。還說讓我們把這次行進的真正火炬交到他們手上，這次行動將席捲全世界，帶來嶄新的光明。法國雖仍受一個腐敗的老國王統治，不過他的壽命只剩短短幾年而已。儘管一名與會者——後來知道他就是那位高貴的面相大師，拉法泰[99]——曾試圖要世人留心他的兩位年輕繼承人（未來的路易十六和他的妻子瑪麗-安東尼）的面相確實在本質上是良善而且是樂善好施的，陌生旅人（各位讀者可能已經認出他是誰了：正是約瑟．巴爾薩摩，但在大仲馬的書裡，此刻他還未表明身分）卻提醒大家，高舉進步火炬前進時，不應該顯露惻隱之心，讓敵人有機可乘。不出二十年，法國王權將從地球表面抹除。

至此，各國會所的代表們開始紛紛發言提供人力和金錢，並決定以踐踏摧毀法蘭西百合[100]為口號，為共和派和共濟會理想的勝利而奮鬥。

我當時沒想過，策劃橫跨五大洲的陰謀來改變法國的憲政會議是否有點殺雞用牛刀。老實說，當時的皮埃蒙人認為法國就是全世界，當然囉，還得算上奧地利，或許還有在那很遙遠很遙遠地方的交趾支那[101]，除此之外，其他國家都不值一顧，有一個是例外，教廷國。看著大仲馬書中的佈局（帶著對這位偉大作家的滿滿敬意），我開始想，不知道古希臘吟遊詩人是否在講述一宗陰謀故事時就發現了，這麼說吧，這麼一個一體適用所有可能陰謀的全球通用模式。

讓我們忘掉雷震山、萊茵河左岸，那個時代——我對自己說。讓我們想想那些來自世界各地的陰謀分子，他們秘密組織的觸角已深入滲透各國，再讓我們把他們集合到一片森林空地、一個洞穴、一座城堡、一片墓園，或一方墓穴之中都可以，只要那裡算得上陰暗，讓我們叫他們其中一人發表演說，明白說出他們想要征服世界的詭計和決心……我，我從小就對那些一直生怕哪天突然又迸出哪個秘教敵人耍陰謀的人非常了解，像是我爺爺忌憚猶太人，共濟會忌憚耶穌會，耶穌會忌憚如我父親那樣的加里波底派，歐洲半數國家的國王忌憚燒炭黨，國王呢，被神父操縱，因而忌憚像我同學那樣的馬志尼派，半個世界的警察忌憚巴伐利亞光明會，諸如此類，天知道這世上還有多少人老想著自己一直受到陰謀威脅。好啦，這剛好出現了一個模式，讓大家按照自己的喜好，完成專屬他的陰謀論。

大仲馬果真對人性了解得非常透徹。人嚮往什麼呢？而且景況較悲慘，較不受命運眷顧的人更益發想要的是什麼呢？錢，而且是不費半分力氣就能得到的錢；權力（可以頤指氣使，欺凌侮辱自己的同胞，那有多爽啊）；報復，自己所受的半點委屈通通要討回來（每個人的一生中多少會受到一點委屈，不管多微不足道）。好啦，在《基度山恩仇錄》書中，大仲馬讓人見識了，取得大筆的財富是如何能給予人一份非凡的權力，然後讓敵人一個個受到報應。可是，人人都在問，為什麼我沒能受到上天的眷顧呢（或是沒有那種我心想要的眷顧），為什麼那些上天降下的恩賜都沒我的份呢，相反的，卻給了那些比我更不該得到的人呢？既然沒有人會想說自己之所以這麼倒楣，原因是自己有不足之處，所以一定得找出一個替罪羔羊。大仲馬讓所有人（個人或民族均同）失望了，他挑明了指出大家失敗的原因。所以，一定也有別的人聚在雷震山上，商議著計畫毀掉他……

仔細想想，大仲馬說的的確沒有半點虛假：他只是，套用我爺爺的說法，把巴輝埃爾教士揭露的真相以書面敘述方式呈現出來。換言之，他已經暗示我，如打算出售一些能算得上陰謀詭計的消息，無論如何都不該給買家任何第一手資料，反而應該僅僅並特意地給他一些他已經知道，或者是可以透過其他管道輕易得知的東西。一般人只相信他們已經確知的事，這正是全球陰謀通用模式之美。

時序進入一八五五年，我二十五歲，大學法律系畢業，但未來要做什麼，還是懵懵懂懂。我跟老同學經常見面，但對他們的革命熱情卻興趣缺缺，始終有種預感，雖是半信半疑，幾個月後他們將幻夢破滅：果然羅馬又被教宗奪回，原先力挺改革的教宗，庇護九世，變得比前幾任教宗更守舊；果然——運氣不好加上懦弱——盼著查爾斯-艾爾伯登高一呼，成為義大利統一英雄的希望幻滅了；果然，群情激動舉世震驚的社會主義運動風潮之後，法蘭西建立了帝國；現在，皮埃蒙的新政府，不去解放義大利也就罷了，還派軍到克里米亞打沒意義的仗……

甚至連塑造我性格，其影響遠遠超出教我的那些耶穌會教士的小說都沒得看了，因為，法國設立了一個大學高等委員會，裡面的委員，天知道是為了什麼，竟然有三名總主教和一位主教，他們頒佈了所謂的黎安塞修正案，規定舉凡刊登連載小說的報刊每一期需課五分錢的稅。對編輯事務不了解的人來說，這個消息沒什麼大不了的，但是我的同學和我馬上就明白這會造成多大的衝擊：這個稅懲罰性太高，法國報業勢必得放棄刊登連載小說；那些揭發社會黑暗的聲音，例如蘇和大仲馬，被迫永遠噤聲。

在此同時，爺爺的情況時好時壞，總是某些時候糟，有些時候又異常地清醒，清醒得能記下他周遭發生的大小事，他抱怨皮埃蒙政府，自從被像阿茲葛里歐[102]和加富爾[103]這類的共濟會成員把持之後，簡直變成了撒旦的集會所。

「你明白嗎，我的孩子，」他說，「那個西卡狄法案[104]廢除了所謂的神職人員特權。為什麼要廢除神聖場所的庇護權力？教堂擁有的權力也許比派出所還少呢？為什麼要廢除教會法庭，不讓它審判被控犯下一般罪行的宗教界人士？教堂難道沒有權力審判自己人？為什麼要廢除宗教對出版品的預先審查制？也許從今以後，每個人都能隨心所欲想說什麼就說什麼，毫無顧忌，不需遵守法律也不用管道德規範了？當我們的總主教佛朗索尼呼籲杜林的神職人員漠視這些措施時，竟然被當成罪犯逮捕，還被判了一年的徒刑！而現在，我們竟撤銷了托缽修會和靜修修會將近六千名修士的修士身分資格。國家將他們的財產霸為己有，說什麼用來支付教區神父那點微薄的薪俸，可是如果你把這些修會的財產集中起來，數字肯定比全王國所有的神父薪水加起來的總和還要高出十倍，我在說什麼，肯定一百倍以上，而政府一定會把這些錢花在公立學校上，然後教那些下層百姓根本用不到的東西，還有在猶太區鋪石板路！高喊漂亮的口號『一個自由的教廷在一個自由的國家』，這一切作為底下，唯一真正敢放膽，毫無忌憚地瀆職的就是國家。真正的自由應該是，人擁有追隨信奉上帝戒律的權利，看看最終到底他是值得上天堂或是下地獄。相反的，如今，人們把自由當作可以選擇宗教信仰和宗教主張的選擇權，看誰聽起來比較順耳，哪個優於哪個——國家根本不在乎你是共濟會員、基督徒、猶太人還是大特克島[105]的支持者。總而言之，大家不再在乎真相是什麼了。」

「所以我的兒子啊，」一天晚上爺爺意志消沉的哭著說，他已經分不清跟前這個人是我還是我爸，而且開始邊喘氣邊呻吟，「所以啊，我的兒子，拉特朗的議事司鐸[106]、聖基爾的正規司鐸、加爾默羅會修士[107]、查爾特勒修會修士、卡西諾丘陵[108]的本篤會修士、西篤會修士[109]、本篤會橄欖山教派修士、最小兄弟會兄弟、方濟會修院小兄弟會兄弟[110]、托缽修會小兄弟[111]、新教派修士、嘉布遣修會兄弟、聖瑪利亞隱修會修士、受難會修士[112]、多明我會修士[113]、哀憐聖母瑪利亞會修士[114]、聖母忠僕會修士[115]、奧拉托利會神父、然後是聖克萊爾會

……當我們的總主教佛朗索尼呼籲杜林的神職人員漠視這些措施時，竟然被當成罪犯逮捕，還被判了一年的徒刑！……

修女[116]、受難會修女、則勒斯定會修女[117]，即藍袍修女，還有聖約翰施洗者會修士，全都消失了。」

彷彿誦念玫瑰經似的，爺爺連珠砲般的列出這一長串名單，而且愈說愈激動，最後好像連喘氣都忘了，他叫人把紅酒燉野味送上桌，裡頭有醃肉、奶油、麵粉、香菜、半公升的巴孛拉紅酒[118]、剁成雞蛋般塊狀大小的野兔一隻，記得保留心和肝、小洋蔥、鹽、黑胡椒、香料和糖。

他似乎得到了安慰，可是就在某一瞬間，他睜大了雙眼，微微地打了個嗝，嚥下最後一口氣。

時鐘敲響半夜十二點，警告我已經伏首案頭太久了，寫著寫著，手幾乎沒停過。現在，不管我再怎麼費力地想，也想不出一丁點兒爺爺死後那些年的事。頭好昏。

【譯註】

56. bagna caoda：皮埃蒙地區的典型風味菜，吃法類似瑞士的起司鍋，鍋內加入橄欖油、鯷魚和大蒜炒香，再把各式蔬菜放進油鍋炸來吃。

57. Abbe Augustin Barruel：一七四一—一八二〇，法國耶穌會教士，他的著作《雅各賓主義歷史回憶錄》大肆抨擊光明會意圖推翻當權者，指出法國大革命乃出於他們的陰謀，不是人民的自發行動，並指光明會分子滲透共濟會、玫瑰十字會等宗教團體。

58. Jacques de Molay：生於一二四〇－一二五〇年間，卒於一三一四年三月，是聖殿騎士團的最後一任大團長。當時，法國忙著與英國開戰，幾次的十字軍東征更使得法國財政雪上加霜，法王菲利普四世覬覦騎士團的財寶，因而力主騎士團和十字軍融合，並想將主導權從義大利天主教會那裡轉移到法國，騎士團反對與十字軍融合，於是莫來被抓，罪名是「否定耶穌基督，踐踏十字架」，他在獄中被施以酷刑，被迫認罪，期間法國與教廷互相角力，最後彼此妥協，法王主導十字軍，騎士團命運則交由教廷決定，後來莫來在主教面前否認先前被迫承認的罪行，但在法王的強力要求下，莫來還是被處以火刑。相傳莫來死前非常平靜，隨侍說：莫來警告教宗和法王，一年之內，他們將在上帝面前承認自己的罪行。果然教宗和法王在莫來死後不到一年的時間內，相繼去世。

59. ile de la Cite：巴黎市中心區賽納河上的兩座島之一，巴黎聖母院就坐落在該島上，另一座是聖路易島。

60. Free masons：共濟會的字面意義就是石匠，有一說認為共濟會源起於建造巴別塔的石工匠職業工會，也有人認為是建造所羅門耶路撒冷神殿的石匠。古代共濟會是一個不對外公開的建築技藝石匠業協會。

61. Illumines de Baviere：啟蒙時期的一個德國秘密組織，由大學教授亞當．維索茲教士在一七七六年創立，目標是建立一個世界新秩序，因聲勢逐漸壯大，引起巴伐利亞當局的不滿，一七八五年遭禁。Illuminati 拉丁語原意是「受到啟示的人」，因提倡全球單一國，世界新秩序，後來常被描繪成陰謀論的幕後主使者。

62. Adam Weishaupt：一七四八－一八三〇，德國神學教授，猶太人，創立巴伐利亞光明會，光明會活動遭禁後，領導人物遭當局追捕，維索茲逃亡到現今德國中部的哥達王國，並在那裡終老一生。

63. Encyclopedie：一七五一－一七七二年間由法國幾位啟蒙運動思想家編撰的百科全書，主編狄德羅、副編達朗伯特，參與的主要人員有孟德斯鳩、伏爾泰、盧梭等著名人物，共十七卷正編，十一卷圖編。

64. Jean le Rond d'Alembert：一七一七－一七八三，法國物理學、數學和天文學家，無論在數學、力學、天文學、哲學、音樂和社會活動各領域都建樹良多。

65. Denis Diderot：一七一三－一七八四，法國哲學家、作家，最大的成就是編纂了《百科全書，或科學、藝術和工藝詳解辭典》，通稱《百科全書》。是現今百科全書的奠基者。

66. Sardaigne：位於義大利半島的西南方，地中海第二大島。

67. Millesimo：義大利西北瀕海區，利古里亞區的城市，該區北鄰皮埃蒙。

68. Livourne：義大利西北部海港，位於托斯卡尼區。

69. Genes：義大利北部利古亞區的港口城。

70. Barnabite，又稱聖保祿神修教會，是天主教教會的一支，一五三〇年由聖安東尼·薩加利司鐸在米蘭創立，效法聖保祿的精神，致力改革神職人員和教友的倫理生活。

71. Talmud，猶太教僅次於《塔納赫》（Tanakh）的文獻，源於西元前二世紀到西元五世紀間，記錄了猶太教的律法、條例和傳統。內容主要講述人生各階段的行為規範，和對人生價值觀的養成。

72. Vieux de la Montagne：穆斯林某些秘密教派給最高領導者的稱號，其中最有名的是以暗殺聞名於世的阿薩辛教派，

73. Pie IX：一七九二—一八七八，是明確有紀錄以來在位最久的教宗，任期從一八四六到一八七八年。

74. Pie VII：一七四二—一八二三，於一八〇〇—一八二三年間擔任教宗，被迫為拿破崙一世加冕，但登基大典時皇冠被拿破崙拿走，自行為自己和皇后加冕，庇護七世視之為奇恥大辱。一八〇九年拿破崙進攻維也納，併吞教宗國各邦，庇護七世大怒，宣佈革除拿破崙，拿破崙於是揮兵逮捕教宗，將他囚禁。直到拿破崙退位，才獲釋放。

75. Joseph Fesch：一七六三—一八三九，法國樞機主教，後拿破崙任命為高盧首席主教，夾在拿破崙和庇護七世之間，處境為難，極力緩和雙方衝突。

76. 耶穌會：一五三四年因應當時基督教新教的改革，德羅耀拉（Ignatus de Loyola）爵士在巴黎成立了耶穌會，目的是從內部改革教會，同時強調修會成員必須絕對服從教會，希望能由此獲得更靠近耶穌的地位。一五四〇年教宗保祿三世認可耶穌會是天主教的正式修會，後因各國會員的活動過於活躍，葡萄牙、法國和西班牙相繼下令驅逐和取締該會，一七七三年教宗克雷芒十四世宣佈取締耶穌會，到一八一四年庇護七世才予以恢復正式修會地位。

77. Trente：義大利東北大城。

78. Vincenzo Gioberti：一八〇一—一八五二，義大利哲學家，政治家，義大利統一運動的重要人物，在他出版的書中提出義大利諸國建立統一的聯邦，由教宗統轄的概念，當時致力義大利統一運動的人士深受影響，也頗獲當時教宗庇護九世的支持，甚至實施了一些自由主義的措施。

79. Niccolo Machiavel：一四六九—一五二七，義大利政治哲學家，著有《君主論》和《論李維》等書。

80. 拉丁文，字面意義是如行屍走肉，常被用來指神職人員的完美（盲目）服從的理想狀態。

81. Eugene Sue：一八〇四—一八五七，法國作家，以兩本連載小說《巴黎的神秘》（Les Mysteres de Paris）和《飄泊的猶太人》（Le Juif Errant）而名噪一時。

82. 應該是馬克思（Marx）才對，主角因當時年紀小，沒聽真切。

83. Le Constitutionnel：法國百日王朝時期成立的報紙，一直到一九一四年才停刊，中間幾度易手也數度改名，該報除了對當時的政治頗有影響外，亦連載許多著名文學作品。

84. Le Juif Errant：法國作家尤金．蘇的小說，從一八四二年六月二十五日到一八四五年八月二十六日間在報上連載，敘述一個受耶穌會壓迫終於自殺的新教徒後代，將財產轉託一個猶太家族監護保管，免得被耶穌會奪走，等待日後七位繼承人前來繼承之故事。書中描寫耶穌會用盡手段巧取豪奪的陰謀，並控訴宗教之不能容忍異己。

85. Les Mysteres de Paris：法國作家尤金．蘇的小說，從一八四二年六月十九日到一八四四年十月十五日間在報上連載，在當時獲得非常大的迴響，主人翁魯道夫出生良好，能說地方粗話，力大無窮，且精於格鬥之術，他對中下階層百姓具有悲天憫人之懷，書中描述他遇見的各階層各行業的小人物，他深入了解他們遭遇的問題，並分析問題彼此糾結的關聯性，對各階層的小人物描寫深刻細膩。

86. Mastai Ferretti：一七九二—一八七八，是有明確紀錄以來，在位最久的教宗，他在任期期間召開第一次梵蒂岡大公會議，確立教宗永無謬誤之教諭，這條教諭在一八七〇教皇國遭義大利軍隊入侵羅馬後廢除，教皇國領土縮小到只剩梵蒂岡，之後的歷任教宗一直避居於此，直到一九二九年墨索里尼和羅馬教廷樞機主教簽定合約，羅馬教廷才承認教皇國滅亡，由梵蒂岡城國取代之。

87. Ferdinand II：一八一〇—一八五九，兩西西里王國第三任國王，一八三〇—一八五九年在位期間義大利民族意識覺醒，多人主張義大利半島統一。早期統治頗多基礎建樹，後期因武裝鎮壓自由黨人暴亂，導致一八四八年爆發獨立革命，並以星火燎原之勢擴散全歐洲，隨後被迫頒佈憲法，期間內亂頻傳，隔年他下令軍隊解散議會，再度成為專制君主，因而迫使許多革命人士流亡海外，並監禁異議人士，他過世兩年後，兩西西里王國滅亡，併入新成立的義大利王國。

88. Louis-Philippe：一七七三—一八五〇，他在一八三〇年的七月革命後取得政權，到一八四八年的二月革命被推翻。接著法國成立第二共和。

89. Statut：查爾斯-艾爾伯於一八四八年三月頒佈，後來成為統一後的義大利王國憲法。

90. 五日暴動：一八四八年三月十八日到二十三日，起因是奧地利士兵無端殺害一名米蘭人，引發反奧地利在米蘭實行獨裁統治的暴動，可說是義大利獨立戰爭的序幕。

91. Gaeta：義大利中部濱海城，離那不勒斯八十公里。

92. Liguoristes：由 Alphonse de Liguori（一六九六—一七八七）創立的非常神聖贖罪會（Congregation du Tres Saint Redempteur）修士。

93. Basilique de Superga：位於義大利杜林，蘇佩爾加山山頂，多數薩瓦皇室成員安葬於此。

94. Nicolas Oudinot：一七九一—一八六三，法國將領。

95. Alessandro Guiseppe Cagliostro：一七四三—一七九五，義大利著名冒險家，真名約瑟·巴爾薩摩，一生用過許多不同名字，最為人知的就是卡里歐斯卓伯爵。真實生平所知不多，多是傳聞，他曾在歐洲多國遊歷，透過銷售煉金術粉末和各種騙術詐騙，他佯裝為一種新形式的共濟會的創立人，聲稱自己有能力創造奇蹟和預知未來，後來受教廷裁決所審判，監禁在教廷監獄，最後死於獄中。

96. Worms：德國古城，位於萊茵河左岸。

97. Mayence：德國古城，位於萊茵河左岸。

98. Assurbanipal：西元前六六九或六六八—六二七，亞述國王，在位期間亞述國的疆土到達崩潰前的顛峰。

99. Johann Kaspar Lavater：一七四一—一八〇一，瑞士詩人，面相師。

100. lilia pedibus destrue：拉丁文意指：踐踏摧毀百合。百合花是法國波旁王朝的標誌。

101. Cochinchine：法國在中南半島的殖民地分為三大區，北圻、中圻和南圻，交趾支那即南圻。

102. Massimo d'Azeglio：一七九八—一八六六，出生皮埃蒙貴族，義大利政治人物，也是小說家和畫家。

103. Camillo Benso Conte di Cavour：一八一〇—一八六一，義大利統一運動的領導人物，後來成為義大利王國的第一任首相。早期辦了一份名為《復興》的報紙，宣揚自由主義和民族團結，之後成為第一屆皮埃蒙議會議員，一八五五年派兵介入克里米亞戰爭，以爭取英法兩國的支持，果然在克里米亞擊敗俄國後，英法皆表示同意支持義大利統一，之後他先與拿破崙三世訂定密約，奠定義大利北部統一的基礎，隨後向奧地利挑釁，在法軍的協助下，擊敗奧地利。在勝利的激勵下，義大利中部邦國隨即舉行公投，加入統一行列。一八六一年，義大利王國宣告誕生，他亦於同年逝世，未能親眼看見義大利統一。

104. Lois de Siccardi：一八五〇年加富爾起草的法案，旨在削弱教會權力，廢除教會法庭。

105. Grand Turc：是位在加勒比海的克斯凱可群島（Turks and Caicos）中的最大島，目前仍是英國屬地。

106. Latran：羅馬市區內一區，區內某些建築物，例如拉特朗聖若望大殿和拉特朗宮，仍屬梵蒂岡所有。

107. Carmes：俗稱「聖衣會」是天主教隱修會之一，十二世紀義大利人貝托爾德（Bertold）創立於加爾默羅山，會規嚴格，守齋、苦行、靜默、與世隔絕，Chausse 和 Dechaux 都是此教派的分支。

108. Mont-Cassin：從羅馬綿延到那不勒斯的丘陵。

109. Cisterciens：一天主教隱修會，會規嚴格，平時禁止交談，俗稱「啞巴會」。他們會在黑色教士袍內穿白色會服，所以又稱白衣修士。創立者是法國的本篤會修士聖羅伯（Saint Robert），希望能過著比本篤會更寧靜，更遠離人世的克己生活。

110. Freres Mineurs Conventuels：天主教方濟會一支。

111. Mineurs de L'Observance：天主教托缽修士之一，會士穿灰色會服，故又稱「灰衣修士」，提倡清貧生活，會士互稱「小兄弟」。

112. Passionnistes：Congregation de la Passion de Jesus-Christ，一七二〇年由義大利傳教保羅・單奈（Paul Danei）創立的天主教修會，他看見耶穌顯靈，身上的黑色袍子寫著「耶穌受難」字樣（Passion de Jesus-Christ），故有此名。

113. Dominicains：天主教托缽修會的主要支派之一，為與方濟會的灰衣和加爾默羅會的白衣作區別，會士均披黑斗篷，故稱「黑衣修士」。於一二一五年西班牙教士多明哥（Domingo de Guzman）所創，注重講道與神哲學，特別提倡學術研究。

114. Mercedaires：一稱 Ordre de Ntotre Dame de la Merci，是法國修士諾拉思科創立，主要任務是贖回被異教徒海盜擄走，淪為奴隸的基督徒。

115. Servites de Marie：一二三三年在佛羅倫斯由七位年輕人創立，他們分屬該市的七個貴族家庭，據傳聖母顯靈叮囑他們苦修，後來更再次顯靈贈他們黑色會衣，故名為聖母忠僕會。

116. Clarisses：又稱貧窮修女會（ordre des pauvres dames），天主教方濟會下的一個女性修會，由修女聖克萊爾（Sainte Claire）創立。

117. Celestines：本篤會的一支，重隱修。

118. Barbera：義大利紅酒品牌，也是在皮埃蒙種植最廣的葡萄品種。

5——燒炭黨人小西蒙

一八九七年三月二十七日晚

請原諒我，西莫尼尼上尉，介入了您的私人日記，我忍不住看了。今天早上，我醒來時居然是躺在您的床上，不過，這不是我平常的行事作風。您應該很清楚我是（最起碼我認為我是）達拉．皮科拉教士。

我醒來時竟不是在自己的床上，而且在一間我完全陌生的公寓裡，我的道士袍不見蹤影，還有我的假髮。只有一副假鬍子在床邊。假鬍子？

幾天前，也曾發生過這樣的事，醒來時糊裡糊塗的不知道自己是誰，只不過那一次，發生的地點是我自己家裡，然而今天早上，卻是在別人家。那感覺好像眼睛眼屎沾粘，舌頭發疼，就像我把它咬破了似的。

我朝窗外看，發現這間公寓面對著莫伯特胡同，就在我住的艾爾伯大師路的轉角上。

我開始翻屋子。屋主似乎不是教會人士，而且顯然他戴假鬍子，所以（若有冒犯之處請

編註：此處維持原文書的編排方式，以不同字型區隔故事中的三名敘事者，此為達拉．皮科拉神父，以仿宋體表示。

原諒）品格方面有待商榷。我找到一間書房，裡面家具醒目，頗有炫耀之意；書房裡邊的一方簾子後，我找到了一扇小門，然後踏進了一條通道，裡面感覺像是戲院的後台，滿滿的服裝和假髮。幾天前，我在那裡面找到了一件道士袍，只是現在我踏著相反的方向，往我的住處走。

我看到桌上有幾條應該是我自己寫的備忘錄，根據您三月二十二日寫下的這份重整後的回憶錄來判斷，那天，就像今天早上一樣，我醒來時腦筋是一片空白。而且，我思忖著，那天我寫下的這最後一條備忘錄也就是關於奧特伊和狄安娜的那條，到底是什麼意思呢？狄安娜又是誰？

真奇怪。您懷疑我們兩人其實是同一個人。可是，您記得許多您過去發生的事，而我，我知道的卻非常少。您的日記內容可茲證明，您，對於我也是一無所悉，不過我剛剛卻發覺自己好像記得別的事，而且還不只一點點而已，我記得有關您的事——好像命運刻意安排似的——那些您好像怎麼都想不起來的片段。我是否該這麼說，如果我記得這麼多關於您的事，那麼我真的是您囉？

大概不是，我們兩個是不同的人，只是因某種神秘的原因，雙雙被捲入一個共同的人生中，我，我是神職人員，或許我對您的了解來自您這份理應被保密的告解內容。又或者，是我接替了佛洛依德醫生的位置，只是您記不起來了，想從您內心的最深處掏出您企圖永遠埋藏的過去？

不管怎樣，把您的注意力拉回到您爺爺過世後，您身上發生的事，這是我身為神職人員的義務，願上帝迎接他的靈魂永享恪守教規者應得的無上安息。當然，如果您覺得在此時您若離開人世，天主應該不會迎接您，讓您享有這份安息，因為我覺得您跟您的夥伴在一起時，您的舉措並非完全沒得挑剔，或許正因如此，您的心才拒絕再次憶及那些不光彩的過去。

事實上，達拉·皮科拉只給西莫尼尼補上相當零散的後續事件，以蠅頭小楷在日記邊邊上加註，他字跡跟西莫尼尼的大不相同；不過，多虧了這些微不足道的隱晦暗喻，它們好比衣架，吊掛起一串串影像和字句，讓它們重回西莫尼尼的腦海。敘述者試著歸納這批素材，也就是說加了一些必要的延展和補充，好讓這套刺激＋反應的遊戲更有條理，更試著不用矯情的衛道人士口吻強逼讀者認定教士在字裡行間，超乎尋常地強烈暗示，他的第二重人格誤入歧途。

看起來，不僅加爾默羅會被禁遭廢，甚至連他的爺爺過世，好像都沒有讓他感到特別難過。他當然對爺爺親愛有加，只是童年和青少年時期的他，形同被軟禁在一座彷彿特意為了消磨他志氣而打造的屋子裡。他的爺爺還有那群身穿黑色聖袍的家教，只讓他對這世界感到懷疑、憎惡和反感而已，除了陰沉的自戀之外，西蒙始終再也無法孕育其他情感，這份自戀漸漸地變成一種哲學信念般的安泰從容。

有許多德高望重的神職人員，以及舊王朝的上流貴族階層出席了喪禮。之後，年事已高的家族公證人雷布鄧高先生，約了他見面，那次會面，宣讀了遺囑，得知他的爺爺把所有的財產全留給他。只是公證人（臉上似有幸災樂禍之意）告訴他，因為老先生也留下不少的抵押貸款，加上幾件投資失利，他的財產已經近乎零，甚至連這棟屋子包含裡頭的家具，都必須盡快地送到債權人手上——他們，到現在一直沒有出面，那是基於對這位值得敬佩的紳士的尊重；不過，對於他的孫子，他們可不會留什麼情面。

「您瞧，親愛的主人，」公證人對他說，「這或許是新時代的趨勢，跟以前不一樣囉，就算是家世良好的公子爺兒，有時候，也得放下身段謀個出路。如果您願意屈尊，委屈自己接受這樣的安排，說起來的確是不太光彩，我可以在我的事務所安插一個職務給您，我這兒需要一個有點法律概念的年輕人。不過，我們打開天窗說亮話，我可能無法給您符合您學經歷的薪資；我能給您的這份微薄薪水應該足以讓您找個別的住處，打平您的基本開銷。」

西蒙當時第一個懷疑是，公證人謀奪了爺爺大部分的產業，爺爺卻真以為自己股票認購投資失誤因而虧損連連。可是，他沒有證據，而且他還要生活。於是，他想，跟在公證人身邊做事，有一天他或許有機會以牙還牙，從公證人那裡撈回他從他那裡不法取得的一切，絕對是這樣的沒錯。就這樣，他在巴巴胡路上的一間兩房公寓裡安頓下來，另外，上酒吧跟同學聚餐的間隔時間也拉長了，他開始跟著這個生性嚴厲、疑心病重的小氣鬼雷布鄧高工作。公證人的態度也隨即轉變，不再拿他當主子看，言語間不再畢恭畢敬，叫他的時候也直呼西莫尼尼，連個先生都懶得加了，這都是為了讓他了解誰才是老闆。不過，在事務所當了幾年低層書記員（按照慣例都這麼叫），他在法律事務方面贏得了一些聲譽，慢慢的，也贏得了老闆的信任，只是仍帶著猜忌。

他發覺雷布鄧高的主要工作跟一般公證人尋常的業務不盡相同，好比遺囑公證、捐贈公證、買賣公證以及其他的契約公證，反而多偏向證明一些根本不存在的捐贈、買賣、遺囑和契約。換句話說，只要付費合理，雷布鄧高公證人在偽造假的證明文件，必要時模仿他人簽名，還提供證人，而這些證人都是他在附近的小酒館裡招募來的。

「你我就挑明了說吧，親愛的西蒙，」公證人對他說明，而且稱呼直接從您換成了你。「我呢，我並沒有偽造文書，只是製作新本原件。原件遺失了，或者是因著尋常的小意外，壓根兒就沒有原始證件，但是原件是應該有也必須有的。如果我發出一張洗禮證書，原諒我舉這樣的例

……「你我就挑明了說吧，親愛的西蒙，」公證人對他說明，而且稱呼直接從您換成了你，我呢，我並沒有偽造文書，只是製作新本原件。原件遺失了，或者是因著尋常的小意外，壓根兒就沒有原始證件，但是原件是應該有也必須有的……

子，上頭註明你的母親是妓女，出生地是奧達倫戈皮科洛[119]（說著說著露出邪惡的笑容，好像很高興自己想到一個這麼羞辱人的假設），這才是偽造文書。我絕對不敢犯這樣的罪，因為我是個有榮譽感的人。但是，如果某個你的對手，我只是打個比方，覬覦你的遺產，而且你知道那個人絕對不是你父親也不是你母親的孩子，而是某個奧達倫戈皮科洛的高級交際花所出，那人卻叫人處理掉自己的洗禮證書，然後宣稱要分你的錢，這時你來找我弄出那張消失的證書，然後把那個無賴弄得糊裡糊塗的。所以我這可以算是幫忙澄清了真相，我會證明我們知道誰是真的，而你心裡也不必覺得愧疚。」

「是，可是您是怎麼做到的呢，您，怎麼知道這傢伙的真實出身？」

「這應該是你來告訴我啊！你才是探聽得最清楚的人。」

「您信得過我？」

「我一直很信任我的客人，因為我只服務有頭有臉的正直人士。」

「可是，萬一，客人騙了您呢？」

「那麼，有罪的人就是他了，不是我。再說，如果我開始認為客人在欺騙我了，那就是我停止執業的時候到了，這一行是建立在信任的基礎上的。」

西蒙仍未完全信服，他不相信有人能替雷布鄧高的工作冠上正直兩字，但是，自從他的觸角得以深入事務所的機密之後，他參與了文書偽造的業務，悵快的他的成就便超越了他的師傅。他發現自己擁有超群絕倫的書法天賦。

此外，像是為了給自己剛剛講的話開脫，又像是已經挖出了他合夥人的弱點似的，他偶爾會邀請西莫尼尼到類似坎比歐（加富爾是那兒的座上常客）這樣的豪華餐廳享用大餐，帶他見識金融家醬肉[120]的秘密：混雜了雞冠、小牛胸腺、小牛腦、小牛睪丸、牛裡脊、牛肝菌、半杯馬爾薩拉葡萄酒121、麵粉、鹽、油和奶油的一場交響樂。這所有材料再加上煉丹術士才知道的確切劑量的醋，讓味道帶點酸——然後，為了能恰如其分的品嘗這道菜，就跟菜名所顯示的一樣，客人必須穿戴禮服，或者憑個人喜好，長大衣也行。

可能是小西蒙，儘管有父執輩諄諄告誡，其實並沒有受過大義犧牲的故事或英雄事蹟的教育。但是那個晚上，他已經準備好誓死為雷布鄧高效力，最起碼直到雷布鄧高死的那一天止。再看看吧，要不然就是到自己的死期為止。

這段時間，他的薪水也調高了，雖說沒調多少——也是因為公證人老了好多，眼力也差，手不停發抖，短短的時間裡，西蒙成為他不可或缺的助手。不過，也因為這樣，他現在手頭更有餘裕了，他再也無法抗拒杜林地區比較有名的餐廳（啊，皮埃蒙方餃的美妙滋味，烤白肉餡、烤紅肉餡、水煮牛肉餡，水煮去骨雞肉、加了烤肉烹煮的縐葉包心菜、四顆全蛋、帕瑪森乾酪、肉荳蔻、鹽和黑胡椒，至於鍋底的燒肉肉汁，往裡頭加點奶油、蒜瓣一片、一小支迷迭香），去滿足已然成為他最深刻最物質化的慾望，年輕的西莫尼尼不該一身襤褸的出入這些地方；然而，他的機會愈來愈多，他的要求也跟著愈來愈多。

跟公證人共事的這段時間，西蒙發現公證人不僅幫私人客戶處理機密事務——也許是為了給自己留後路，怕萬一他那些不太能見光的業務傳到當局耳朵裡——他還給那些負責公共事務的人提供服務。他的說法是，因為有些時候，為了能合情合法的確定嫌犯的罪行，所以必須提交一些檔案證據給法官，說服他們相信警方的推斷完全合理並無牽強之處。就這樣，他跟一些身分不明的人有了往來。這些人不時會到事務所裡轉轉，套用公證人的用語，這些人是「局裡的大人」。這個「局」所指為何，就算不是高等文官也猜得出來：這裡說的可是專歸政府管的事務。

其中有一位是畢昂科騎士，有一天，他說西蒙製作某份文件的手法讓人無可駁斥，他感到非常滿意。這位大人應該是位小心謹慎的人，他在與某人接觸之前，應該會蒐集關於他的資料確認他值得信任，因為有一天他找西蒙私下談話，他問西蒙是否還偶爾上壁瑟靈咖啡館，而他就是叫他到那裡進行他所謂的私下會面。他對他說：

「親愛的師傅，我們都知道得很清楚，您的爺爺是忠貞擁護國王陛下的臣民，因此，您接受的都是正當合宜的教育。我們也知道您的父親為了我們也認定是對的事情而犧牲了生命，儘管他，該怎麼說呢，過分投入了。我們因此對您的忠誠度和合作的意願充滿信心，一方面也考慮到我們對您一直非常的寬容，說真的都這麼久了，您和公證人雷布鄧高做的那些個不大光彩的犯行，我們大可將您們治罪。我們知道您常跟那些同情馬志尼派、加里波底人馬和燒炭黨人的朋友、同伴和同學見面。這也沒什麼大不了，似乎整個青年世代都有這樣的傾向。然而，我們的問題是：我們不希望這些年輕人因為一時昏頭，莽撞行事，或者說，至少得等到有用和合理的時刻再動手。那個皮薩坎[122]的瘋狂舉動讓我們政府非常傷腦筋。幾個月前，他夥同另外二十四名陰謀煽動分子登上一艘船，揮舞著三色旗前往彭薩島[123]，致使三百個囚犯逃脫，接著啟錨開航前往薩普里[124]，滿心以為當地民眾會帶著武器在那裡等他。心地比較仁慈的說皮薩坎是個慷慨的人，比較有疑慮的則說他是個蠢蛋，事實上他是個傻瓜。他一心想解放的農民卻反過來宰了他跟他的同夥，所以您看，沒有認清事實，一味的自以為是反而會招來什麼樣的下場。」

「我明白，」西蒙說，「可是您跟我說這些做什麼呢？」

「是這樣的，如果我們必須阻止這些年輕人犯錯，最好的辦法就是以陰謀破壞政府機構為由讓他們到監獄裡待一陣子，等到往後真的需要勇氣十足的英雄出面時，再放他們出來。所以我們需要出其不意的，抓到他們進行陰謀煽動的明確行動，以現行犯予以逮捕。您一定知道他們信奉哪位領頭人。我們只要發一封來自他們領導人的短箋給他們，召集他們到某個明確的地點議事，並且要他們全副武裝前往，還要戴識別徽章、旗幟和別的小玩意。只要能給他們冠上攜帶武器的燒炭黨人的罪名就成了。到時候警察一擁而上，通通抓起來，就完事了。」

「可是，那個時候，如果我跟在他們身邊，我也會被抓，而如果我沒有出現，他們不就知道是我背叛他們了。」

「當然不是這樣，我的好先生，我們還沒無知到這個地步，您以為我們沒想到這一點。」

我們往後將會看到畢昂科想得很周到。不過，我們的西蒙也有過人的思想家天賦：仔細聽完他們向他建議的計畫之後，他暗自想出了一套全身而退的絕妙方法，並對畢昂科說他期望皇家能給他什麼樣的慷慨回報。

「您知道，騎士大人，公證人雷布鄧高早在找我跟他合作之前，便已經幹過多起違法事項。我只要挑出兩、三起有足夠文件證明的案子，而且不會牽連真正有權有勢的大人物，何不找個此時已經升天的苦主，然後透過您好心的居中牽成，把這所有的指控資料呈上公家司法單位。您將有足夠的資料，以多次偽造公家證明文件的罪名起訴公證人，然後讓他在裡頭蹲個合情合理的年限，這當然得順應造物主的安排，不過，鑑於老先生現在的身體狀況，肯定不會非常久。」

「然後呢？」

「然後，公證人一旦被送進監獄，我會提交一份他在逮捕前幾天才剛簽下的契約，這份契約裡註明了，我已付清一系列的到期支票，也就是說我已經買下了他的事務所，銀貨兩訖，所以我才是事務所的所有人。至於我假裝匯給他的錢打哪兒來，大家都會認為我從我爺爺那裡繼承了足夠的錢，唯一知道真相的人，就是雷布鄧高。」

「有意思，」畢昂科說。「不過，難保法官不去想您付給他的錢到哪兒去了。」

「雷布鄧高不信任銀行，東西通通放在事務所的保險箱裡，當然，我知道怎麼打開，因為他以為他只要轉過身背對著我就行了，好像他看不見我，我就看不見他在做什麼似的。不過，等執法人員想盡辦法打開保險箱時，他們將發現裡面是空的，這是當然。到時候我可以出面作證，證明雷布鄧高的保險箱是臨時送來的，裡面只有這麼一點錢，我也很驚訝，意外得足以讓人懷疑他放棄這裡的事業理由並不單純。而事實是，除了這個空的保險箱之外，他們還會發現壁爐裡殘留的文件灰燼，天知道那是什麼文件，還有辦公桌抽屜裡的一封來自那不勒斯某飯店的訂房確認函。到這個地步，勢態已經很明顯，雷布鄧高一定是發覺司法盯上他了，所以想腳底抹油，三十六計走為上策，到波旁王朝掌權的地方安享財富，他一定是把他的不法所得通通運到那裡去了。」

「可是，他在法官前面一定會否認，說他不知道有您說的這份契約……」

「天知道他還有多少事得否認，法官一定不會採信他的說辭。」

「這計畫可真是深思熟慮萬無一失。我欣賞您，師傅。比起雷布鄧高，您的反應更敏捷，更有企圖心，更果斷，怎麼說呢？更兼容並蓄。好，您把這群燒炭黨人好好的送到我們手上，然後我們再處理雷布鄧高。」

逮捕燒炭黨人的計畫看起來像是一場兒戲，何況這些狂熱分子真的跟大孩子沒兩樣，燒炭黨只有他們亢奮刺激的夢想。長久以來，他們一開始只是單純的想炫耀，大家都知道他們嘴裡透露的機密都得歸功於他們從英勇的父親那裡得來的消息。西蒙放出一些有關燒炭黨的無聊傳言，都是貝加瑪奇神父偷偷跟他說的。這位耶穌會教士一直提醒他提防那些偽裝成愛國志士的燒炭黨人、共濟會員、馬志尼派、共和派和猶太人的陰謀操縱，他們披著愛國的外衣，目的是為了躲過全球警察的眼線，扮成煤炭商，乃是打著商業交易的名義行秘密聚會之實。

所有的燒炭黨人都隸屬由四十位黨員組成的富商巨賈會[125]，其中大多數（說起來挺可怕的）

……所有的燒炭黨人都隸屬由四十位黨員組成的富商巨賈會，其中大多數（說起來挺可怕的）是羅馬貴族的菁英——此外，還有幾個猶太人，這是必然的……

是羅馬貴族的菁英——此外，還有幾個猶太人，這是必然的。他們的首領叫努比優，是個大領主，跟苦役監牢一樣，腐化敗壞到骨子裡了。他卻利用自己的名氣和財力，在羅馬坐穩了位子，沒有人會懷疑到他身上。在巴黎，布歐納洛堤[126]、拉法葉將軍[127]或聖西門[128]都來諮詢他的意見，跟求助德爾斐神諭[129]沒兩樣。慕尼黑一如德勒斯登，柏林一如維也納和聖彼得堡，各地主要的大盤商，夏乃爾、海曼、雅各比、邱德斯可、李爾凡、穆哈密耶夫、史特勞斯、帕拉凡西尼、崔斯坦、班姆、巴第亞尼、歐本海默、克勞斯以及卡洛留斯都來向他請示接下來該循的道路。努比優一直主宰這最高商業組織，直到一八四四年左右，有人讓他喝下托法娜仙液[130]身亡為止。別以為是我們耶穌會下的毒。我們懷疑是馬志尼靠著猶太人的幫助下的手，他一直希望，到現在還是一樣，希望能成為燒炭黨的領導者。現下，努比優的繼任者是皮科羅．狄格赫，他跟努比優一樣是猶太人，總是不停的四處奔走，給教會[131]製造敵人。富商巨賈會的組織和會址一直是個謎。從他們那裡接受指示和動力的會所成員對他們也一無所悉。組成的四十名成員也都不知道，他們奉命要傳遞或執行的命令是從何處來。有人說耶穌會教士是他們上級的奴隸。其實燒炭黨人才是一個躲著不讓人看見的藏鏡人的奴隸，或許是位偉大老者統治這個地下歐洲。

西蒙把努比優當成英雄，幾乎視之為芭貝特．茵特拉肯的男性翻版。並且借用貝加瑪奇神父為他講述的新哥德體裁史詩隱喻他，他的同學聽得一愣一愣，只是他略過了努比優已經升天的這個無關宏旨的小細節。

直到有一天，他拿出沒花他幾個錢就捏造出來的一封信，信中，努比優宣佈即將在皮埃蒙區境內揭竿起義，一個城接著一個城。西蒙領導的團隊負責一項危險刺激的任務。如果某天早晨他們能成功的在金鰲蝦酒吧集結，他們便能在那裡找到劍和槍枝，還有四輛裝滿舊家具和床墊的馬車。拿了這些後，他們得朝巴巴胡路路口前進，並在路口堆出一道防禦路障，阻止任何人進入城堡廣場。然後在那裡等待下一步的命令。

光是這樣就足以讓這二十幾名大學生激昂亢奮，他們在這虛構的早晨，齊聚在小酒館的院子裡，彎身探頭往被丟棄的木桶裡翻，果然找到了信上說的武器。此時他們環視四周，搜尋馬車和要給他們的家具，根本沒想到要先給槍裝子彈，五十多名警察一擁而上，拿槍瞄準他們。這群年輕人絲毫沒有反抗的餘地，只得乖乖投降，他們的武器被沒收，被帶出院子，面向大門兩邊的牆壁——「好了，小鬼，手舉高，安靜！」一名穿著便服的官員，鎖著眉頭大喊。

雖然表面上看起來這群陰謀造反分子被押回的隊伍像是隨機排列，實際上兩名警察特意將西蒙放在隊伍的最尾端，等隊伍抵達一條巷子的轉角邊上，其中一名警察開始清點人數逐一點名時，西蒙乘機離開，走向院子大門。就是這個時間點（事先講好的）。西蒙轉身跟離他最近的同學低聲說了幾句話。接著望了警察一眼，警察離他們都相當遠，於是兩個人，一個跳躍，越過轉角，拔腿狂奔。

「拿武器，他們逃跑了！」有人大叫。兩名逃犯拚了命的往前跑，耳中傳來警察跟著轉進巷子追來的腳步聲和吶喊。西蒙隱約聽見兩聲槍響：一發打中他的朋友，西蒙並不擔心槍子是否打中要害。他只要知道，根據協議，第二發子彈是對空發射的就好。

現在，他已經彎進另一條街，接著跑進另一條，再一條，此時他聽見追捕他的警察的吆喝聲遠遠地傳來，他們果然遵守命令，往另一條路追去。之後沒多久，他若無其事的如同一般老百姓一樣，穿過城堡廣場回家。至於他的同志，此時此刻正由警察押解入監。他逃掉了，由於他們是一大群人一起遭到逮捕，當下所有人立刻被安排背對執法人員，顯然不會有警察記得他的臉，所以他沒有必要離開杜林，而且可以立刻重拾工作，甚至前往探視安慰被捕友人的家屬。

現在只剩按照事先計畫好的辦法，剷除公證人雷布鄧高了。接著，一年後，在牢裡，老先生的心臟不管用了，然而西莫尼尼卻絲毫不覺得愧疚：他們扯平了，公證人給了他一份工作，他給他當了幾年的奴才使喚；公證人讓他的爺爺破產，現在換西蒙讓他破產。

這些就是達拉．皮科拉教士告訴西莫尼尼的事。同樣的，回憶了這麼許多事件之後，教士鐵定覺得很累了，證據是他對這本日記的貢獻到此戛然而止，就停在一句未完成的句子上，好像他手仍在寫的時候，人已陷入崩解的狀態。

［譯註］

119. Odalengo Piccolo：義大利城市，位於皮埃蒙區。
120. La financiere：用小牛胸腺、蘑菇等材料熬成。
121. Marsala：義大利西西里島的瑪薩拉出產的著名葡萄酒。
122. Carlo Pisacane：一八一八—一八五七，義大利革命派人物，反君主制的先驅。
123. Ponza：義大利龐帝諾群島中的最大島，位於第勒安尼海上。
124. Sapri：義大利南部薩來諾省最南端的海港。
125. Haute-Vente：即 les Instructions permanentes de la Haute-Vente，十九世紀由義大利燒炭黨編造出來的文件，揭露天主教會的滲透計畫。
126. Philippe Buonarroti：一七六一—一八三七，義大利作家、記者，提倡平等、烏托邦式的社會主義，共濟會成員，他活動的範圍多在法國。
127. La Fayette：一七五七—一八三四，法國軍事政治家，同時參與過美國和法國革命。

128. Saint-Simon：聖西門伯爵，原名 Claude Henri de Rouvroy，一七六〇—一八二五，法國早期的社會主義理論家，抨擊資本主義社會，致力設計近似烏托邦式的新社會制度，參加過北美獨立戰爭和法國大革命。

129. Oracle de Delphes：透過斐德爾神廟女祭司，傳達阿波羅神神諭，被認為能夠預見未來。自西元前八世紀起，神諭成為古希臘非常重要的信仰，因為在希臘神話中，德爾斐是世界的中心。

130. Acqua tofana：十七世紀義大利北部流行的一種美白化妝水，含有有毒物質亞砷酸，據說是南義大利一位名為托法娜的老太太利用火山礦物質調製出來的，由於當時的醫療水準難以分辨慢性病和慢性砷中毒，許多慢性長期毒殺親夫的案件都是以此水犯案，後來遭禁賣。

131. Calvaire：各各他山，羅馬統治耶路撒冷時城郊的一座山丘，據聖經記載，耶穌基督被釘死在十字架上，而十字架就立在各各他山，因此各各他山和十字架一直是耶穌受難的標誌。

6——轉戰情治單位

一八九七年三月二十八日

教士先生：

好奇怪，明明應該是私人的日記（照理只有寫日記的人才能看）竟然搖身成了情報交換站。這，我這不是在給您寫信了嗎？我幾乎能肯定哪一天您一定會來這裡讀它。

您知道太多關於我的事。是一位讓人寢食難安的目擊證人，而且極端嚴厲。是的，我承認，我對那群對燒炭黨懷有憧憬的同志，以及雷布鄧高的所作所為的確不合乎您平常念茲在茲的傳道規範。我們就直話直說吧：雷布鄧高是個人渣，而事後當我想起我所做的一切時，我覺得我做的只不過是對這些人渣該做的垃圾事。至於那些年輕人，他們是狂熱分子，而狂熱分子是世界的渣滓，正因有了他們，以及他們狂熱追求的理想原則，才會爆發戰爭和革命。而且我現在懂了，在這個世界上，狂熱分子怎麼抓都抓不完，倒不如想著如何從他們的狂熱當中獲利。

如果您不介意的話，我想繼續記錄我的回憶。我想起自己掌管已故公證人雷布鄧高事務所時的模樣，想起自己在跟著雷布鄧高做事的時候就已經能夠製作假公證文件，但是，我一點都不覺得驚訝，因為我到了這裡，在巴黎，做的還是這一行。

現在，畢昂科騎士也清楚的回到我的腦海裡了。有一天，他對我說：「您知道，師傅，耶穌會在薩丁尼亞諸國已經遭禁，不過大家都心知肚明，耶穌會的活動依舊沒有間斷，還打著假招牌四處招攬門徒。這個現象在所有耶穌會教士遭逐的國家皆時有聽聞。有人給我看了一幅刊載在外國報紙上的有趣漫畫：上面畫了幾個耶穌會教士，他們每年假意表示想返歸故國（當然都在邊界被擋了下來），其實真正的目的在於讓大家不去想他們的兄弟已經在那裡了，在那個國家，自由自在的，披著其他教會的會袍。因此他們仍然是無處不在，而我們必須知道他們人在哪裡。但是，我們也知道，自羅馬共和國時代起，有幾位耶穌會教士經常到您爺爺家作客。因此我們覺得您可能跟其中的某些人還保有聯繫，有鑑於此，我們想請您探探他們的心裡有什麼想法和目的，因為我們覺得耶穌會似乎正在法國重整旗鼓。法國發生的事其實就等於是在杜林發生一樣。」

說我還跟那些神父保持聯絡，這並非事實，不過我的確是知道，沒錯，許多關於耶穌會教士的事，而且消息來源可靠。這些年裡，尤金．蘇出版了他最後一部大作《人民的神秘》，本書正好在他過世前完成。當時他流亡到薩瓦的安西，因為他長時間與社會主義分子過從甚密，而且高調自負地反對路易-拿破崙取得政權後逕自宣佈成立帝國。由於黎安塞修正案的緣故，報紙不再刊登連載小說，蘇的最後遺作於是被分割成數小冊問世，而且每一冊都得經過多次嚴格的審查，其中包括皮埃蒙地區的，以致他費了好大一番工夫才蒐集齊全。我記得書中有兩個家族，一是高盧家，另一是法蘭克斯家，時間從史前時代一直延續到拿破崙三世，描述在這段漫長時序內發生的卑鄙下流事件，搞得我快要看不下去了。法蘭克斯家族是喪盡天良的支配者，而高盧一家似乎從維欽托利[132]時代開始就是社會主義理想分子；但是，如今，蘇跟所有的理想主義者一樣，心心念念茲在茲的只有一件事。

顯然，書中的最後幾部是他在流亡期間，隨著路易-拿破崙取得政權，加冕成為皇帝等事件發展一路寫就。為了讓路易-拿破崙的計畫顯得更讓人嫌惡，蘇用了個絕妙好點子：既然從大革命時代起，法蘭西共和的另一個大敵就是耶穌會，所以只要揭發耶穌會如何策動並引導路易-拿破崙奪取政權就行了。自一八三〇年的革命之後，耶穌會教士確實被驅逐出法國國境，但事實是，留下來的人更多，他們躲躲藏藏的活著，而且自路易-拿破崙開始爭權後，他們行事更是小心謹慎。而路易-拿破崙對為了維繫與教宗的良好關係，對他們則是睜一隻眼閉一隻眼。

因此，書中有一封羅丹神父（他曾在《飄泊的猶太人》一書出現）寫給耶穌會會長胡達安神父的長信，信中鉅細靡遺的描述了這項陰謀。書裡描述的最後高潮是在社會主義派和共和派發動政變但終無力回天時，而那封信的內容就像是要揭發路易-拿破崙後續將要採取的行動，這些在當時還屬於計畫階段。後來，當讀者讀到此段時，信中述及的所有一切均已成為事實，因此，也使得這封預言式長信變得更加震撼。

很自然地，我聯想到《約瑟．巴爾薩摩》的開頭：只要把雷震山換成一個充斥著更多這些狗娘養的神父的味道的場景，一座老修道院的地下墓穴，有何不可。而在那裡集會的不是共濟會會員，而是來自世界各地的羅耀拉[133]之子，再來，發表談話的人從巴爾薩摩換成羅丹：他舊時那套全球陰謀通用模式照樣適用於現在。

這個發現給了我一個好點子，我不只可以賣給畢昂科一些我四下隨意蒐集的流言蜚語，還可以是一份從耶穌會會眾那裡竊得的完整文件。我只要，這是當然，修改某些部分，刪除羅丹神父這個人物，有些人可能會記得他是小說裡面的角色，然後安排貝加瑪奇神父代之登場，他如今杳無音訊，但是在杜林，肯定有人聽說過他的事。此外，當蘇創作此書時，修會會長還是胡達安神父，聽說現在已經被一個貝契克斯神父取代了。

這文件看起來必須像是出自某位可靠的線民口述，而且是幾乎是一字不漏的抄錄本，該線民也不該以告密者的形象出現（因為大家都知道耶穌會會員絕不會出賣自己的修會），而是以類似爺爺的老朋友這樣的角色現身，私底下告訴他這些事，用以證明他的修會有多偉大，多堅不可摧。

我很想把猶太人也拖下水放進故事裡，當作是對爺爺的一種緬懷致敬；但是蘇沒有提到猶太人，我也想不出辦法讓他們搭上線，他們和耶穌會教士——再說，這些年來，在皮埃蒙，根本沒有多少人在意猶太人。另外，不要提供過多的資料，超出政府情治單位的負荷，他們只想要簡單明瞭的想法，非黑即白，非善即惡，而壞人，也該只有一個而已。

儘管如此，我並不想放過猶太人，我打算利用他們重建相關背景。這也算是暗示畢昂科對猶太人不能掉以輕心的一種方法。

我想著地點若選在巴黎，很可能遭到監控，在杜林更慘。我得召集我的耶穌會教士到一個比較隱密，連皮埃蒙的情報單位也不得其門而入，頂多只能探得一些傳說的地方。至於耶穌會教士，他們，到處都是，這些天主的八爪章魚，四下伸展他們貪婪的觸爪，連基督教國家也不放過。

要偽造文件一定得先蒐集資料，這是我往圖書館跑的原因。圖書館真是個迷人的地方：有時候，感覺像是置身在火車站的圓弧遮雨棚下，而翻閱有關異國之境的書籍，則彷彿悠遊遙遠海外。就這樣，我無意間在一本書上看見幾幅布拉格猶太墓園的復刻畫，很漂亮。墓園已經廢棄，狹窄的空間裡樹立了大約一萬兩千塊墓碑，底下的棺槨應該比這個數字更多，因為幾百年下來，許多墓位底下已經是墓穴層層堆疊。墓園廢棄後，有人重修整理了墳墓和墓碑，結果不知怎地搞得墓碑交錯層疊，朝四面八方傾斜（或許是猶太人自己隨意亂插墓碑，反正他們毫無美感和秩序的概念）。

這地方廢棄許久，很符合我的需求，而且不合禮法，也很合我意：耶穌會教士發了什麼神經，竟然決定在這樣一個猶太人視為神聖的地方集合議事？他們如何監控這塊被世人遺忘，而且或許可說是無人能進得來的地方？沒有答案，這反倒可以提升這個說法的可信度，因為，我琢磨著畢昂科一定會堅定的認為，若所有事件從頭到尾都能解釋得通，而且想著很有可能的話，這項說法就是假的。

身為大仲馬的忠實讀者，我很樂於把那天晚上和那場集會，搞得幽暗又恐怖。陰森的墓園裡，鐮刀似的殘月光線朦朧，耶穌會教士圍成半圓，因為頭戴骷髏的寬邊黑帽，從高處往下看，地上彷彿爬滿蟑螂——還有，我也很樂意描述貝契克斯神父向會眾宣佈人類敵人的黑暗企圖時，臉上那惡魔般的冷冷笑容（我父親的亡魂在高高的天上肯定滿心歡喜，我在說什麼呀，說不定他在地獄底層，馬志尼派和共和派多半會被上帝扔進那裡），接著是無恥的傳令使者登場，各自奔赴散佈全球各地的會所，傳遞他們的邪惡新計畫，宛如帶來厄運的黑烏鴉，展翅朝泛著魚肚白天光的天邊飛去，彷彿在替這個巫魔亂舞的半夜聚會畫押作見證。

不過，一定要弄得簡略又有重點，就像一份秘密報告該有的樣子，因為大家都知道警察不是文人，看個兩、三頁已經是極限了。

所以，我捏造出來的線民會說，那天夜裡，修會的各國代表齊聚布拉格，聆聽貝契克斯神父講話，貝契克斯神父在貝加瑪奇神父的陪同下現身，貝加瑪奇神父在連串的因緣際會下已經成為路易-拿破崙的顧問。

……還有，我也很樂意描述貝契克斯神父向會眾宣佈人類敵人的黑暗企圖時，臉上那惡魔般的冷冷笑容（我父親的亡魂在高高的天上肯定滿心歡喜，我在說什麼呀，說不定他在地獄底層，馬志尼派和共和派多半會被上帝扔進那裡）……

貝加瑪奇神父詳述修會奉路易-拿破崙・波拿巴下達之明確命令行事。

「我們應該讚美，」他說，「波拿巴的小聰明——假裝力挺革命教條糊弄革命分子，跟他的機敏——表態贊成讓這個無神論政府下台，借此篡了路易-菲利普之位，還有他對我方建議的忠誠，一八四八年，為了能順利當選共和總統，他在選民面前裝出忠貞共和派的模樣。我們也不應該忘掉他如何協助摧毀馬志尼的羅馬共和國以及力挺教宗再次坐上寶座。」

「拿破崙挺身（貝加瑪奇神父接著說）——為了徹底殲滅社會主義分子、革命黨、清談派、無神論人士以及所有呼籲爭取國家主權、自由思想以及宗教的、政治的和社會的自由的無恥理性主義者——提議解散議會，以陰謀反動的罪名逮捕人民代表，宣佈巴黎進入戒嚴，凡是在拒馬旁邊因持有武器而遭逮捕的人，不需經過審判立即槍決，還把最危險的分子送到圭亞那，廢除新聞和集會結社的自由，讓軍隊重駐碉堡，再從那裡開砲轟炸首都，將首都化為灰燼，不留半片石牆。這些作為讓神聖天主教、教皇國和羅馬教庭站上現代巴比倫的廢墟，大獲全勝。在此之後，他呼籲人民踴躍參與全民公投，把自己的總統任期延長十年，再把共和制改為新生的帝國——全民公投是抵制民主制度的唯一靈藥，因為它號召了仍舊對神父言聽計從的鄉下人民走出來。

最有趣的當屬貝加瑪奇神父的結尾部分，談到了皮埃蒙的政治。在此，我讓貝加瑪奇神父畫出修會的未來宏圖，當他還在撰寫這份演說講稿時，就已經差不多全部實現了。

「維托里奧-伊曼紐[134]這個意志力薄弱的國王，妄想坐上義大利王國的大位，他的總理加富爾還在一旁敲邊鼓，慫恿他抱持這個空想，兩人於是合謀不僅要將奧地利逐出半島，還意圖摧毀教宗的世俗權力。這兩人想尋求法國的支持，所以我們只要承諾願意出兵協助他們對抗奧地利，但交換條件是割讓出薩瓦和尼斯兩地，這樣就能簡單的拉他們踏進對俄戰爭的戰場。然後，法皇假意出兵幫助皮埃蒙軍，事實上——贏了幾場區域性小戰役之後——他開始和奧地利展開和談，根本不甩他們倆。法皇屬意建立一個由教宗統領的義大利邦聯，奧地利不僅能加入邦聯，還能保有它在義大利的剩餘財產。就這樣，全半島唯一的自由政府，皮埃蒙，仍然是法國的附庸，也附屬於羅馬，而且還受到佔領羅馬的法國軍隊，以及駐紮薩瓦的部隊的牽制。」

這份文件就這麼完成了。我不知道揭發拿破崙三世實為薩丁尼亞王朝敵人一事，會在皮埃蒙政府內造成多大程度的反感，不過，我已經直覺地感應到，而且往後的經驗也確認了我這個直覺，有這麼一份可以用來敲詐政府官員或散播恐慌甚至扭轉情勢的文件，姑且不管文件是否會立刻曝光，這東西對情報單位的人來說，始終是最方便有用的。

事實是，畢昂科聚精會神的讀完報告後，眼睛從頁面轉而向上，定定的盯著我，然後說這文件屬於極重要等級。他再次向我強調，情報員若想販售尚未曝光的第一手資料，裡頭的內容除了能在二手書攤上找到的東西外，其他都不該多說。

當時，畢昂科的文學素養也許不高，但對我卻是打聽得一清二楚，所以他臉罩黑霧的加上一句：「想當然，這一切都是您編出來的。」

「拜託！」我勃然大怒的說。但是他舉手阻止我繼續說下去：「算了，師傅。就算這份文件是您自編自纂的產物，對我和我的上級來說，卻很適合讓我們當成貨真價實的原件呈交給政府。您現在應該已經知道，這已是舉世皆知的事了[135]，我們的總理加富爾堅信，在他送卡絲堤里昂伯爵夫人[136]給拿破崙三世，迷得他神魂顛倒後，他已經穩穩抓住拿破崙三世了。無可否認，她的確很漂亮，法皇立刻拜倒在她的石榴裙下。不過，沒多久我們就清醒了，拿破崙對加富爾的要求並非照單全收，卡絲堤里昂伯爵夫人白白浪費了這麼許多媚功，她也許從中獲得了歡愉，但是我們總不能眼睜睜的看著國家大事全繫在一個女士心癢難耐的慾望上吧，雖然她的人品並不特別惹人猜疑詬病。咱們的國王陛下必須提防波拿巴，這點非常重要。過不了多久，我們推測，馬志尼或者加里波底，甚或有可能兩人聯手共同在那不勒斯王國組織一支遠征軍。如果機緣湊巧，這次遠征成功了，皮埃蒙將義不容辭的挺身干預，免得這些土地落入那群昏了頭的共和派手中，要達成這個目標，我們必須沿著靴子一路南下穿過教廷各邦國。所以我們得讓國王準備好，開始對教宗產生疑慮和怨恨，還有不要過分重視拿破崙三世的建議，這是達成目標的必要條件。就像您已經看穿的，親愛的師傅，政治，常常是由我們來作決策，我們這幫低下的國家公務員，比那些在人民眼裡，理當是治理國家的領導人更常……」

這份報告是我第一份真正認真去做的工作，我不再圈限自己，不再僅止於信手隨便給人草擬遺囑，而是建構一份錯綜複雜的政治文獻。靠著這份文獻，也許我對薩丁尼亞王國的政治也稍有貢獻。我記得我當時感到萬分的驕傲。

此時，時序進入決定性的一年：一八六〇年。對國家具有決定性，但對我個人來說，還不是，我只是照舊到酒吧聽大夥閒聊，在一旁冷眼追蹤事情的發展。直覺告訴我，我應該對政治事務更關心一點，我認為最有利可圖，最值得我去製造的消息，就是那些窮極無聊的人期待聽見的消息，不過，千萬要小心某些蹩腳記者的報導。

就這樣，我聽說了托斯塔尼大公國、摩德納公國、帕爾馬公國的人民將他們的王公趕下了台；愛米里亞-羅曼尼[137]教皇國代表團被發現其實是在教宗的控制下做事；民眾要求劃入薩丁尼亞王國；一八六〇年四月，巴勒摩爆發暴動，馬志尼寫信給叛軍首領們，加里波底將

……「那是大老爺會所，是耶穌會教士虛構出來的呀！」
「住嘴，您是共濟會會員，而且這個大家都知道！」……

趕往馳援，百姓私下在傳加里波底到處為他的軍團招募人馬，募集資金和武器，還說波旁王朝的海軍部隊已經進入西西里島水域，封鎖任何敵方軍團不讓越雷池一步。

「不過，您知道加富爾派了一名親信，叫拉法林那[138]的去監視加里波底的一舉一動嗎？」

「您在說什麼啊？總理已經同意了一樁一萬兩千支步槍的軍購案，這些槍正是要給加里波底的。」

「反正，武器被攔截了，攔截的人是誰呢？保王派的卡拉賓騎兵！」

「拜託您，饒了我吧！加富爾不但沒去攔阻，反而讓運送過程更順利。」

「說得是沒錯，只不過運送的不是加里波底等著要的恩非爾德優良步槍，而是老舊的蹩腳槍，我們的英雄們拿了，頂多只能打打雲雀罷了！」

「皇宮裡面的人通知我，別問我名字，拉法林那給了加里波底八千里拉和一千支步槍。」

「是的，不過，應該是三千才對，熱那亞總督拿了兩千。」

「為什麼是熱那亞？」

「因為您總不會以為加里波底是一路騎騾子到西西里的吧。他簽了一份合約，買下兩艘船，應該是要開往熱那亞或鄰近區域。您知道保證人是誰嗎？共濟會，全告訴您吧，是熱那亞地區的一個分會所。」

「那是大老爺[139]會所，是耶穌會教士虛構出來的呀！」

「住嘴，您是共濟會會員，而且這個大家都知道！」

「跳過這個。我有可靠的消息來源說簽約當時，在場見證的（說到這裡，聲音變成一縷氣息）是黎卡狄[140]律師以及尼格利．狄聖佛[141]朗特將軍……」

「這兩個小丑是誰？」

「您不知道？（聲音壓得非常非常低）他們是機密事務局的頭頭，講好聽一點叫政治監控局，這個單位說穿了就是議會議長的情報機構……他們倆位都是重量級人物，權力甚至高於首相，這下您知道他們是誰了，當然是共濟會員！」

「您認為他們可能既是機密事務局裡的人又是共濟會員，說不定，更有幫助。」

五月五日，眾所周知，加里波底帶著一千名志願軍，啟航前往西西里島。事實上，這千名志願軍中，來自皮埃蒙的不超過一打，也有外國人登船，而且，多得是律師、醫生、藥劑師、工程師和收入穩定的人。真正的老百姓少之又少。

五月十一日，加里波底的船在馬爾薩拉[142]登陸。波旁王朝的海軍，他們到底往哪邊看了？據說法國海軍被兩艘在港邊下錨的英國軍艦嚇得不敢輕舉妄動，該艦隊的官方說法是來保護英國僑民的財產，他們在馬爾薩拉經營當地著名的葡萄酒生意，生意興隆，生活優渥。說不定英國人來這裡的目的其實是為了支援加里波底？

總之，短短幾天之內，加里波底的千人遠征軍（現在，民間傳言都這麼稱呼它）就在卡拉塔非米[143]把波旁王朝黨人打得落花流水。多虧當地志願軍加入，他們的陣容才能壯大，加里波底接著搬出維托里奧-伊曼紐二世的名義，宣佈他為西西里的專制君主，到了月底，巴勒摩就被攻下了。

法國呢，法國怎麼說？法國似乎只是謹慎地在一旁觀察，不過有一個法國人，如今可是比加里波底更出名了，就是大文豪亞歷山大．大仲馬，他開著自己的船，艾瑪號，前去加入那批自由主義分子，他還帶了錢和武器過去。

在那不勒斯，可憐的兩西西里王國國王，法藍斯瓦二世生怕加里波底軍在各地戰無不克是因為他麾下將軍變節叛變之故，於是連忙特赦遭監禁的政治犯，還再度搬出被他廢除的一八四八年憲法；但為時已晚，各地叛亂已經成熟並已延燒到首都。

就在六月初，我收到一張畢昂科騎士捎來的便箋：他告訴我當天半夜，會有一輛驛馬車到我的事務所門口接我。怪怪的會面，但我隱隱嗅出這會很有趣，於是，夜半時分，我被盛夏暑氣（這時候，同時折磨全杜林的暑氣）逼得汗流浹背地站在門口等候。一輛車走近，車門緊閉，車窗蓋著布簾，車夫是個陌生面孔，他將帶我到某個地方——感覺上，那個地方似乎離市中心不遠，我甚至覺得同樣的幾條街我們繞了兩、三遍。

驛馬車停在一棟只算得上是一堆斷壁殘垣的老舊民宅內的破敗院子裡。我被人帶著鑽進一道低矮的門，踏上一條長長的走道，走道走到底出現了另一道小門通往一棟高級建築的入口，入口後是寬闊的階梯直上。不過，我們不走階梯，反而踏上藏在入口最裡邊的小樓梯，上面是一間四面披綴錦緞壁毯的辦公室，最裡邊的牆面上掛著國王的畫像，一張桌子蓋著綠毯，四人圍坐，其中一人是畢昂科騎士，他介紹其他在座的人士給我認識。沒有人伸出手，只是點頭示意。

「請坐，師傅。先生，在您右手邊的這位是尼格利．狄聖佛朗特將軍，左手邊這位是黎卡狄律師，正對面這位是波吉歐教授，瓦倫薩市議員。」

根據我從酒館裡眾人竊竊私語的傳言，我認得頭兩位是政治監控局的頭頭。（百姓都在傳很可能是他們協助加里波底人馬購買那兩條了不起的船。）至於第三位，我只聽說過他的名字：他是新聞從業人員，才三十歲就當上了法律系教授、議員，且一直以來都跟加富爾走得很近。他的臉色紅潤，細緻的八字鬍讓整張臉看起來更有型，杯底大的單片眼鏡，看上去根本是全天下最不可能傷害別人的那種人。不過，另外三人對他巴結奉承的模樣，印證了他對政府的影響力。

尼格利．狄聖佛朗特將軍率先開口：「親愛的師傅，我們很清楚您在蒐集情資這方面的能力，還有您在消化整理時的謹慎和老成持重的態度，因此我們想交代您一件非常棘手的任務，到新近被加里波底將軍攻下的地區去。別一副憂心忡忡的樣子，我們不是要叫您領軍突襲紅衫軍，而是為我們取得消息。此時，為了讓您明白政府感興趣的是什麼樣的情報，我們必須透露一些我絕對會列為國家機密的事情，屆時您將了解，從今天晚上開始，往後一直到任務結束，甚至到任務結束之後，您都必須展現出什麼樣戒懼謹慎的態度。此外還有，該怎麼說呢，就是保您個人的周全，這一點，我們非常在乎。」

這話說得比外交辭令更隱晦。狄聖佛朗特將軍非常在乎我的身體健康，藉由這話，提點我，如果我跟身旁的人透露半點等會兒我即將聽到的東西，無異是把自己的身體健康撥進嚴重危險的境地。不過，這一番開場白透露出，隨著任務的重要程度，我可以從中大撈一筆成分十足、叮噹響的金幣。因此，我恭恭敬敬的表示，確實聽明白了，敦促著狄聖佛朗特繼續往下說。

「目前情況，沒有人能比波吉歐議員解釋得更好了，再者，他的消息和期望都源自他非常親近的最高層。麻煩您了，教授……」

「是這樣的，師傅，」波吉歐開口說道，「在皮埃蒙找不到人比我更欽佩這個正直慷慨的男人，也就是加里波底將軍了。他在西西里島所做的一切，帶領一小批勇者，對抗全歐洲軍備最優良的軍隊之一，簡直像是奇蹟。」

這幾句開場已足以引導我去猜想，波吉歐是加里波底最可怕的敵手，但是我想我還是安靜地聽下去就好。

「只是，」波吉歐接著往下說，「加里波底確實在他征服的土地上以我國國君維托里奧-伊曼紐二世之名施行君主專政，然而，他的忠誠追隨者卻完全無法認同他的這項決策。馬志尼則如影隨形的跟著他，想壓過他，好讓南方的大規模暴動能開出共和之花。我們都見識了這位馬志尼先生驚人的說服力，他柔緩地將這股力量釋放至境外諸國，已經說服了許許多多沒頭腦的人慷慨赴義。將軍身邊最親近的合作夥伴當中，有兩個分別叫克里斯比[144]和尼科泰拉[145]，他們可是馬志尼的頭號服膺者，對那些無法分辨出哪些話是惡意中傷的人，譬如將軍，很容易造成不良的影響。好，我們說重點：加里波底很快就要重回莫西拿海峽[146]，登陸卡拉不里亞。這人是個極高明的戰略家，跟隨他的志願軍個個慷慨激昂，也有許多西西里島島民加入他們的行列，我們無法判定他們此舉是基於愛國心，還是投機的成分居多，再說很多波旁王朝的將軍已獲印證他們的指揮才能有多拙劣，拙劣到我們可以大膽推想他們的軍事效率是被秘密的呈貢獻金給削弱了。我們不需多言，您一定知道我們懷疑這些捐獻來自何方。當然不會是我們政府這邊。如今，西西里已經落入加里波底的手中，如果卡拉不里亞和那不勒斯也跟著淪陷，有馬志尼共和派撐腰的加里波底，將擁有一個九百萬人口的王國資源可供運用，再加上他在民間無可擋的魅力，他的勢力一定會比我國君主更強大。為了避免這樣的憾事發生，我國君主只有一個選擇：帶領我軍南下趕在加里波底登陸前抵達那不勒斯。途中必得通過幾個教皇邦國，所以死傷痛苦在所難免。這樣清楚了嗎？」

「清楚了。不過，我不明白我怎麼……」

「等一下。加里波底的軍人多數是受到愛國之情的激發，不過為了給他們一點教訓，說得更精準點，壓制他們，我們必須透過廣泛流傳的謠言和小報的文章，說軍團已受到備受爭議和貪瀆的害群之馬污染，因此需要皮埃蒙出兵掃蕩。」

「總之，」到目前為止一直沒開口的黎卡狄律師現在說話了，「不是要損害人民對加里波底軍團的信心，而是要削弱人民對緊接而來的革命政府的信心。加富爾伯爵派了拉法林那到西西里島，他是超愛國的西西里島民，之前他被迫流亡，所以他應該算是沾了加里波底的光。不過，在此同時，他這幾年來一直是我國政府的忠實合作夥伴，他創立了一個社團，義大利國家黨，支持兩西西里王國加入統一的義大利。拉法林那負責釐清某些傳言，而有些已經傳到我們耳裡的傳言相當令人擔心。據傳加里波底正在那裡組織一個政府，結果是有心無力，弄出一個所有政府的負面教材。很顯然地，加里波底將軍並沒有完全控制局勢，他的人品當然無庸置疑，然而他把管理國家的事務交託到誰的手上了呢？加富爾在等拉法林那提出完整的報告，羅列每一項疑似涉及貪污舞弊的弊案，不過，馬志尼派一定會用盡一切辦法壓下這些弊案，不讓那些人民知道，亦即那些最容易受喧騰一時的醜聞案影響的百姓層級。」

「而，無論是哪一起案件，本局對拉法林那的信任都僅到某個程度而已，」波吉歐接口道。「我們不想妄加批評，但天可憐見，他也是西西里島人，當然是個好人沒錯，但跟我們總是不一樣嘛，對不對？您將會收到一封拉法林那寫的推薦信，您可以仰賴他，但是您的行動享有完全的自由，您並不需局限在蒐集已建檔的文件資料而已，相反的，（就像您之前做過的）您可以自行發揮，補充建檔文件上缺少的資訊。」

「我要以什麼名義去呢，私人，還是公差？」

「跟以前一樣，我們全都設想好了，」畢昂科騎士微笑道。「大仲馬先生，您應該聽過這位知名作家的名字，他正打算開自己的船，艾瑪號，動身前往巴勒摩與加里波底會合。我們還沒搞清楚他要去那裡幹什麼，多半是單純地想寫本關於加里波底軍團的歷史小說吧，也許只是虛榮心作祟，想藉機炫耀他跟這位英雄的友誼。不管怎樣，我們知道大約兩天後，他的船就會在薩丁尼亞的阿爾扎凱納灣靠岸，也就是說在我們的地盤。您後天一大早出發前往熱那亞，搭我們的船去薩丁尼亞，帶著一份委派令去見大仲馬，這封派令是某個大仲馬欠了不少人情，而且信任的人簽署的。您將以波吉歐旗下報紙的記者身分現身，此行是專程到西西里採訪並頌揚大仲馬和加里波底的志業。如此一來，您便能被小說家接納成為身旁的人，跟著他到巴勒摩。跟著大仲馬一起到巴勒摩，可以賦予您一定的聲譽並免除掉您單獨前往必然受到的懷疑。到了那裡，您可以跟志願軍混在一起，同時也跟當地人接觸。您還有另一封信，是個德高望重的知名人士寫的，這樣您就能取信於一位加里波底麾下的年輕軍官，尼耶佛上尉[147]，加里波底應該已經任命他為後勤副將了。想想看，當加里波底搭乘前往馬爾薩拉的那兩艘軍艦，朗巴杜號和皮蒙特號一啟航離開，他們便會把九萬里拉的遠征基金當中的一萬四千里拉交給他。我們不清楚他們為什麼特別把行政工作交給尼耶佛上尉，據我們所知，他是一個文人，不過聽說他秉性清廉無可挑剔。能跟一位替報社寫文章，又是大文豪大仲馬朋友的人聊聊天，他一定會很高興。」

當晚剩餘的時間裡，他們交代了這項任務的技術性面向，以及報酬。第二天，事務所掛上無限期歇業的牌子後，我收拾了一些絕對必須的細軟，另外，轉念一想，我帶上了貝加瑪奇神父的教士袍，這件袍子被留在爺爺家裡，我趕在債權人登門搬空一切之前將它搶救出來。

【譯註】

132. Vercingetorix：約西元前八二—四六，高盧部落首領，領導高盧人反抗羅馬統治，最後失敗被押往羅馬囚禁，後遭處決。

133. Ignacio de Loyola：一四九一—一五五六，西班牙人，是天主教耶穌會的創辦人，他在羅馬天主教內進行改革，對抗馬丁．路德領導的宗教改革。

134. Victor-Emmanuel II：一八二〇—一八七八，是繼查理-艾伯特之後的薩丁尼亞-皮埃蒙國王（一八四九—一八六一），也是後來義大利統一後的第一個國王（一八六一—一八七八）。

135. urbi et orbi：拉丁人，字面意指城市（羅馬城，因其為教宗所在地）和世界，教宗為世人祈福的用語，轉而指世界各地之意。

136. Comtesse Castiglione，Virginia Oldoini：一八三七—一八九九，皮埃蒙貴族，間諜，拿破崙三世的情婦，有人說她是當世紀最美的女人。

137. Emilie-Romagne：義大利北部區域，由歷史上的兩個區愛米里亞和羅曼尼組成。

138. Giuseppe La Farina：一八一五—一八六三，義大利作家，曾擔任多間報社的編輯，義大利統一運動中頗具影響力的領導人物。

139. Mamamouchi：莫里埃戲劇《貴人迷》(Le Bourgeois Gentilhomme) 中虛構的土耳其爵位，後世常轉而用來諷刺當大官的人。

140. Ferdinando Riccardi：薩瓦王國代表，與皮埃蒙情報單位有聯繫。

141. Negri di Saint Front：一八〇四—一八八四，義大利政治人物，曾任皇家卡賓騎兵隊隊長，義大利王國議員。

142. Marsala：西西里島西部海港，該地區的葡萄酒非常有名。

143. Calatafimi：西西里島西北部城鎮，卡拉塔非米戰役，義大利統一建國史上一場重要戰役，加里波底率領的紅衫軍對抗由藍狄將軍指揮的那不勒斯軍隊，以寡敵眾，卻大獲全勝。

144. Francesco Crispi：一八一九—一九〇一，義大利著名政治人物，曾任義大利王國的國會議長、總理。原是在那不勒斯執業的律師，後參與一八四八年的西西里島叛亂活動，失敗後四處逃亡，最後在倫敦獲得庇護，後參與千人遠征西西里的準備行動，服膺馬志尼的思想。

145. Giovanni Nicotera：一八二八—一八九四，義大利政治人物，很早便加入馬志尼創的青年義大利黨，致力義大利的統一。

146. detroit de Messine：義大利西西里島和南部卡拉不里亞區之間的海峽，寬三至八公里。

147. Ippolitio Nievo：一八三一—一八六一，義大利軍官，小說家，著有《一個義大利人的懺悔》，死於一場地中海船難。

7——混入千人遠征軍

一八九七年三月二十九日

我不知道自己是否能順利回想起所有的事情，尤其是從一八六〇年六月到一八六一年三月這幾個月之間這趟西西里之旅的心路歷程。雖說，昨天夜裡，我在樓下店內的某個櫃子底層找到一些舊文件，都翻遍了，還是沒找到存放在捲筒內的一份檔案，那份檔案裡有我對這整起事件變遷興衰的記錄草稿，原本是想日後可以當參考資料做一份詳盡的報告，呈給杜林的委託人。裡面都是些不連貫的片段筆記，當然我只記下我認為值得留意的事項，或者是我想要如實報告的部分。我略去不提的部分有哪些，我不記得了。

六月六日，我登上艾瑪號。大仲馬非常熱情地歡迎我。他穿著淺栗色薄外套，外表看上去毫無疑問地就是混血兒的模樣[148]。橄欖色肌膚，唇線特出，厚厚的肉感唇型，頭上一層小捲毛宛如非洲野人。至於其他，犀利譏諷的眼神、真誠的笑容、生活富裕的圓胖體型……我記得有關他的眾多傳說當中的其中一個：巴黎有個紈袴子弟當著他的面，自以為機智的說起近來最當紅的理論，說是原始人類和劣等物種之間存在某種關聯。而他，他則回答：

「是的，先生，我的祖先是猴子。而您，往前回溯，您的也是！」

他介紹我認識船長波格藍、大副布來蒙、駕駛波狄馬它（像頭野豬似的全身長滿毛髮，頭上鬍子和頭髮糾結，整張臉好像只有眼白部分的毛髮有刮乾淨而已），還特別介紹了廚師波耶——從旁仔細觀察大仲馬，好像廚師才是整個船隊中最重要的人。大仲馬簡直跟從前的大領主沒兩樣，出門總跟著一群朝臣。

駕駛波狄馬它帶我到我的艙房，路上，他告訴我波耶的拿手好菜是蘆筍配小豆，很怪的菜，因為盤子裡，連一粒豆子的蹤影都看不到。

我們已經通過了卡普雷拉島[149]，加里波底不打仗時，會躲到這裡。

「您很快就能見到將軍了。」大仲馬對我說，一談到他，大仲馬臉上滿是敬佩的光輝。

「金黃的鬍子，湛藍的眼眸，活脫是李奧納多〈最後的晚餐〉畫裡的耶穌。舉手投足散發十足的優雅 ；聲音飄送無盡的溫暖。看上去，神態自若，從容不迫，但是只要在他面前提到義大利或是獨立等字眼，他就像是火山甦醒，噴出熔岩，四處延燒。他打鬥從來不帶武器；行動時，拿起手邊能摸到第一把刀，拔出，隨手扔掉刀鞘，衝向敵人。他只有一個弱點：他自認是滾球好手。」

沒多久，船上一陣混亂。水手準備收線拉起上鉤的大海龜，就像科西嘉島南方常見的那種龜。大仲馬興奮極了。

「有活幹了。首先得把烏龜翻過來讓牠四腳朝天，無知天真的牠會伸長脖子，趁著牠粗心犯下大錯之際，砍下牠的頭，喀嚓，接著拉住牠的尾巴，讓牠流血十二小時。血放完之後，再次讓牠四腳朝天，拿一把銳利的刀塞進龜殼和腹甲之間，千萬小心別刺穿了膽，否則

……「您很快就能見到將軍了。」大仲馬對我說，一談到他，大仲馬臉上滿是敬佩的光輝。「金黃的鬍子，湛藍的眼眸，活脫是李奧納多〈最後的晚餐〉畫裡的耶穌……」

就不能吃了，挖出內臟，我們只留下肝，肝裡頭透明的爛泥狀東西其實沒有用處，不過兩大葉肝臟看起來跟小牛腿肉很像，除了泛白的顏色像之外，連味道也像。最後割下腳、脖子和鰭狀足，把肉切成腰果般大小的小塊，將切好的肉塊沖洗乾淨，然後放進一個上好的大湯鍋裡，加入黑胡椒、丁香花蕾、胡蘿蔔、百里香和桂葉，全部用小火燉煮，至少三、四個小時跑不掉。燉煮的時候，我們拿出雞肉，用香菜、細香蔥和鯷魚調味後，也放進滾燙的大湯鍋內，接著過濾湯汁，在海龜湯裡添加三到四杯無甜味的馬德拉葡萄酒。萬一手邊沒有馬德拉葡萄酒，改用馬爾薩拉葡萄酒，外加一小杯的燒酒或蘭姆酒也行。不過，這是萬不得已的權宜之計。明天晚上就能品嘗到我們的海龜湯了。」

對一位如此深愛美食的人，我很有好感；儘管他的出身如此低劣。

（六月十三日）艾瑪號早在前天就抵達巴勒摩。市區街道上隨處可見紅衫軍來來去去，像極了番紅花田。儘管如此，許多加里波底志願軍還得碰運氣才能有制服穿，有武器拿：有些人只能穿便服，頭上戴了一頂插著羽毛的舊帽子。說真的，近來紅色布料缺貨，而且，現在這個顏色的襯衫貴得要命，或許因此許多一直等到首輪血腥戰役結束之後才加入加里波底的當地貴族子弟，比起那些從熱那亞一路跟來的志願軍更容易取得制服。畢昂科騎士給了我足夠在西西里生活的錢，我立刻給自己找了一件恰合我需要的二手制服，免得自己看起來像個剛下船的紈袴子弟。那件襯衫，因為洗了又洗的緣故，已經快變成粉紅色了，另外還買了幾條破舊的長褲；不過，單單那件襯衫就花了我十五法郎，同樣的錢在杜林我可以買到四件。

這裡，物價通通漲得離譜，雞蛋一顆四蘇，半斤麵包六蘇，半斤肉三十蘇。我不知道這是因為島上居民貧苦，所以佔領者拚命在搶稀有的資源，還是因為巴勒摩人斷定加里波底軍隊是天上掉下來的禮物，能從他們身上拿走多少就算多少。

兩大人物在參議院的會面（「就像在一八三〇年的巴黎市政廳！」大仲馬高興的說）非常戲劇化。這兩位，我不知道誰該榮膺最佳丑角。

「我親愛的大仲馬先生，我真想念您，」將軍對著向他道賀的大仲馬朗聲說：「請不要跟我道賀，不要跟我，而是要向這些人。他們都是巨人！」接著，他對身邊的人說：「立刻把宮裡最漂亮的房間給大仲馬先生。對一位給我帶信通知我有兩千五百名壯丁、一萬支步槍和兩艘火輪船將抵達的先生來說，任何要求都不為過。」

我滿懷著自從父親死後我對英雄人物便存有的戒心，凝視當前這位英雄。大仲馬把他描繪成阿波羅般的神人，但看在我的眼裡，他中等身材，髮色不是金黃色，而是淡黃，短短的O形腿，從他走路的姿態研判，很可能受風濕之苦。我看他頗為吃力的騎上馬背，還要兩名隨扈從旁協助。

黃昏時分，群眾聚集在皇宮下面，大聲吶喊「大仲馬萬歲，義大利萬歲！」作家顯然非常高興，但是我覺得加里波底很懂得這位朋友愛炫愛講排場，加上他需要作家承諾的槍枝，所以安排了這麼一場戲。我混入群眾，試圖了解他們彼此用那比非洲土話還難懂的方言談些什麼，儘管難懂，一段短短的談話還是進了我的耳朵：一人向另一人問這個大仲馬是誰，雖然他口號叫得震天價響，另一個回答，他是來自切爾克斯[150]的一位穿金帶銀的有錢王子，來這裡把他的錢獻給加里波底。

大仲馬介紹我認識了將軍身邊的幾個人，加里波底的副手，也就是恐怖的尼諾·畢克修[151]，宛如猛禽的銳利眼神閃電般的劈向我，我嚇得退避三舍。我必須找一間旅館，既可以容我來去自如，且沒人會注意到我。

現在，在西西里人的眼裡，我是加里波底派了；但在軍團眼裡，則是一個自由專欄作家。

我再度見到尼諾·畢克修，當時他騎馬經過市區。根據大夥的描述，軍團的真正軍事首領是他。加里波底樂得清閒，因為他永遠在思考明天要做什麼，專長在突擊和訓練跟隨他的人民，而畢克修想的是當下，他知道如何讓軍隊有秩序的前進。他騎馬踱過市區時，我聽見身旁一位加里波底的擁護者對他的夥伴說：「你看他那眼睛，目光投向哪裡，閃電就劈到哪裡。他的側面就像大刀，一揮能斬人。畢克修！連名字都讓人聯想到閃電的曲折形狀。」

一看便知，加里波底和他的副將們已經將這些志願軍催眠了。這很糟糕。為了各王國的利益和平靜，受萬人愛戴的將領都得斬立決。杜林的上司說得沒錯：不能讓加里波底神話流傳到北方，否則北邊各小國的臣民都將換上紅衫，到時候就是共和稱霸了。

（六月十五日）想跟當地居民攀談非常困難。唯一清楚確定的是，他們想從任何一個看起來像皮埃蒙人的身上撈錢，儘管，就像他們說的，志願軍裡的皮埃蒙人少之又少。我找到了一家小酒館，價錢不貴，既可飽餐，還能嚐嚐某些我根本發不出菜名裡頭那些音的當地食物。我差點被夾了母鼠肉的大圓麵包噎著，不過，配著這裡出產的好酒，我可以吞下不只一個。吃飯的時候，我跟兩名志願軍套上了交情，一個叫艾巴，來自利古里亞，二十出頭，另一個傢伙叫班狄，是利佛諾的記者，跟我差不多年紀。透過他們的描述，我重建了加里波底軍團登陸時的情況，以及他們的初期戰況。

「啊，要是你看到就好了，我親愛的西莫尼尼，」艾巴說。「馬爾薩拉登陸一役，精采萬分啊！總之，橫在我們眼前的有斯衡波利號和卡布列號兩艘波旁王朝的軍艦，我軍的朗巴杜號撞上礁石，尼諾・畢克修說與其讓整艘船完好如初的被他們俘虜，還不如在船腹撞出一個大洞，還有，必要時我們必須把和皮蒙特號也弄沉。我心想，真是浪費，不過，畢克修說得對，絕不能把兩艘船送給波旁王朝的人馬，再說那些英勇的受雇傭兵也這麼做，他們在啟航之後，放火燒船，於是他們被逼得只能勇往直前，拚命戰鬥，因為他們沒有退路了。皮蒙特號響起啟航的ｌａ笛音，斯衡波利號下令開砲，不過砲火都沒有擊中我們。停靠港口的一艘英國船，船上的指揮官登上斯衡波利號對船長說，陸地上有英國人民居住，萬一發生國際意外事件，他要負起所有的責任。你知道英國人在馬爾薩拉擁有龐大的經濟利益，他們做葡萄酒生意。波旁王朝的指揮官他才不管什麼國際意外事件，照樣下令繼續砲擊，只是砲彈仍然沒打中。後來波旁王朝的船艦終於成功的射了幾顆砲彈到遠征團的船上，除了一隻狗被炸成兩截之外，沒有任何人員傷亡。」

「所以英國人在幫你們？」

「這麼說吧，他們只是靜靜的橫在中間，妨礙波旁王朝的人。」

「可是，將軍和英國人之間有什麼關係呢？」

艾巴揮了一下手，好像在說像他這樣的步兵，只要聽命行事就好，其他的不要過問太多。「聽聽這一段，很精采喔。抵達市區之後，將軍下令佔領電報局，拔掉電線。我們派了一名尉官帶幾個人過去，電報局的職員看見他們過來，拔腿就跑。中尉踏進電報局，找到一份才剛發出去給特拉帕尼[152]軍事司令的急電：『兩艘飄揚著薩丁尼亞旗幟的蒸汽船剛入港，人馬下船。』就在此刻，傳來了回電。有位曾在熱那亞電報局工作過的志願軍翻譯了電文：『多少人馬，他們為什麼下船？』那位士官叫人傳送：『抱歉，有誤；是兩艘來自阿格里真托[153]的商船，滿載硫磺。』特拉帕尼回電：『您這個大白癡。』士官高高興興的收下評語，下令切斷電線，然後離開。」

「說實在的，」班狄插話了，「誠如艾巴所言，登陸確實如同一場熱鬧非凡的鬧劇；當我軍踏上海岸陸地時，波旁王朝軍隊軍艦發射的第一批砲彈和連串機槍子彈終於開始落下。我們都樂得很，這是真的。爆炸聲四起的當兒，出現了一位胖胖的修道士，年紀頗大不過身體還很硬朗，他高舉帽子，歡迎我們到來。有人高喊：『喂，教士，你幹嘛跑來這裡妨礙我們打他們？』但是加里波底舉起手，說：『小兄弟，您想幹什麼呢？您難道沒聽見子彈咻咻亂飛嗎？』修道士說：『我不怕子彈；我侍奉的是清貧者聖方濟[154]，我是義大利之子。』『所以您是站在人民這一邊？』將軍問。『跟人民同一陣線。跟人民同一陣線。』修道士回答。我們於是明白馬爾薩拉是我們的了。將軍派了克里斯比到收稅官的家，以義大利國王維托里奧-伊曼紐之名稽核所有的稅收款項，交由軍需總管阿色比簽收統管。當時義大利王國還沒成立呢，克里斯比簽署給收稅官的收據，可說是第一份稱維托里奧-伊曼紐為義大利國王的文件。」

我乘機問他：「可是，軍需總管不是尼耶佛上尉嗎？」

「尼耶佛上尉是阿色比的副手，」艾巴解釋。「年紀那麼輕，已經是那麼有名的作家。真正的詩人。頭上閃耀著天才的光芒。他總是單獨一人，遙望遠方，彷彿想用眼神撐開天際。我認為加里波底很快就會升他為少校了。」

班狄加油添醋的補充：「在卡拉塔非米的時候，玻賽堤召他上戰場，當時他因為分配軍士麵包而稍稍落在隊伍的後方，聽見後他立即衝進衝突人群，飛也似的朝敵人奔去，宛如一隻黑色大鳥，展開的外套下襬，立刻一顆子彈穿透……」

這番話已大大足以讓我對這個尼耶佛產生反感。他應該跟我年紀差不多，卻已自視是個名人了。詩人戰士。你對著敵人敞開外套，他們當然會打穿它，這招漂亮，以後還可以展示彈孔，只要彈孔不是打在你的胸膛上……

此時，艾巴和班狄開始描述卡拉塔非米戰役，一次奇蹟似的勝利，一方是一千名志願軍，另一方是裝備優良的二萬五千名波旁王朝軍隊。

「由加里波底領軍，」艾巴說，「他跨坐一匹奧斯曼帝國大宰相騎的棗紅色寶馬，鞍轡漂亮極了，鏤空雕刻馬鐙，紅色襯衫，匈牙利式軍帽。到了薩來米[155]，有當地志願軍加入我們。他們來自各地，有的騎馬，有的步行，都是百人以上的隊伍。顯然是詭計，山裡的居民居然全副武裝，他們個個一臉強盜樣，眼睛活像槍口。不過，領隊的都是那邊的鄉紳地主。薩來米很髒，街道看起來跟排水溝沒兩樣，倒是修士住的修道院都非常漂亮，指揮總部就設在那裡。這些日子，我們接獲的敵方情報混雜不一，有的說他們有四千人，又說不對，是一萬，兩萬，還有馬和大砲，他們駐紮高處修築防禦工事，不，不是在那裡，持續前進，撤退……然後，突然敵人出現了。他們大約五千人左右，但我軍又有人說，什麼啊，是一萬人。橫在他們和我們當中的是，荒蕪的平原。那不勒斯的輕裝步兵從高處下來。多麼沉穩，多麼自信，看得出他們訓練良好，不是像我們這樣的流浪漢。還有他們的軍號，多麼淒涼的樂聲！一直到下午一點半，才聽見第一聲槍響。是那不勒斯輕步兵率先發難，他們已經下到平地，躲進一排排的梨果仙人掌裡。『不要回擊，不要回擊！』我們的長官大叫；但是輕步兵發射的子彈從我們頭頂飛過，刺耳的聲音震耳欲聾，我們沒辦法安靜的待著，什麼都不做。一聲槍響，緊接著另一聲揚起，然後是將軍的號角吹起起床號，然後是行進的踏步聲。子彈如冰雹般從天而降，山丘被朝我們發射的大砲煙霧瀰漫成雲，我們踏過平原，敵人的首道攻擊線潰散，我轉身回頭看，看見加里波底步行走上山丘，未出鞘的長劍掛在右肩，他慢慢往前，所有行動都在他的眼底下。畢克修勒馬馳騁趕上他，以馬為盾護住加里波底，大聲對他說：『將軍，您是想死嗎？』而他，他回答：『還有什麼比為了我的國家犧牲，更死得其所呢？』說完，繼續向前邁進，毫不在意周遭的槍林彈雨。那時，我好害怕，好怕將軍是想說反正不可能贏了，不如壯烈犧牲。不過，馬路上的我軍大砲隨即轟隆聲大作。我覺得好像得到了千隻臂膀的支持。衝啊，衝啊，向前衝啊！耳邊只剩號角不斷傳送行進的軍樂。我們拿起刺刀突破第一道防禦工事，第二道，第三道，同時逐步逼近山丘頂端，波旁王朝軍隊被迫往高處撤退，重整隊伍，看起來兵力似乎增加了。眼前情勢似乎是還不到跟他們正面對決的時候，他們全都在山頂集結，而我們在半山腰，體力不支，身心俱疲。他們在山頂，我們在平地，有一陣子雙方就這樣懸著。偶爾，傳來一、兩聲槍響，波旁王朝士兵開始推大石塊，扔石頭，聽說有顆石頭還真打中了將軍。我看見仙人掌叢中有個年輕人，很帥，傷得很重，我方兩名同志撐著他。他懇求同志們可憐可憐那不勒斯步兵，因為他們也是義大利人。整片海岸被中槍倒下的士兵阻絕，卻聽不到一聲呻吟。山頂，不時傳來那不勒斯兵高喊『國王萬歲！』這時候，我軍的支援來了。我記得那個時候，你出現了，班狄，全身是傷，尤其是打進左胸上方的那顆子彈，我心想大概半個小時的光景，你就成仁了。可是，最後突擊時，你卻在那裡，在我們所有人的前面，你到底有幾條命啊？」

「沒事，」班狄說，「只是擦傷。」

「那些隨我們一起戰鬥的方濟會教士呢？其中一個，瘦瘦的而且髒兮兮，他拿了一把子彈和石頭，裝進喇叭口火槍裡，然後爬到高處，往下掃射。我還看見一個人大腿被擊中，他把子彈挖出來之後，又繼續攻擊。」

此時，艾巴轉而開始回想海軍上將港之役，「我的老天啊，西莫尼尼，荷馬史詩般的一天啊！在一群當地叛亂分子的協助下，我軍挺進巴勒摩碼頭。他們有人大叫『天啊！』然後那人原地轉身，身體左右搖晃了三、四次，好像喝醉似的，接著掉進水溝裡，兩棵楊柳樹底下，靠著一個已死的那不勒斯輕步兵；這肯定是我方遭遇的第一個崗哨站。而我耳邊還迴響著那個熱那亞人，就在那裡，槍林彈雨中，用方言朝我喊著：『貝藍狄，我們怎麼通過這裡？』隨即一槍打中他的前額，他倒下，腦袋開花。在海軍上將橋，橋面上、橋拱上、橋下和菜園，到處是刺刀殺戮。凌晨，我們掌握了橋的主控權，但遭遇來自某道牆後的砲兵隊強大的火力阻撓，而我軍左翼又遭到一騎兵支隊的攻擊，不過我軍強力還擊，被我軍逼退撤往鄉下。我們通過橋，在特密尼門的十字路口整隊集合，但是一艘軍艦仍從港口不停的發射大砲砲轟我軍，將我軍正前方的一道防禦工事給燒了。無所謂。此時鐘聲大作。我軍踏進巷弄，就在那一刻，我的天啊，那是什麼樣的景象！三個年紀很小的小女孩，雙手緊握鐵欄杆，整個人趴在欄杆上，就跟爬藤一樣，她們穿著白色的衣服，美極了，靜靜地盯著我們看。她們就像我們在教堂壁畫上看到的天使。您們是誰，她問我們，我們說我們是義大利人，然後我們問她們，她們是誰，她們回答她們是初學修女。喔，可憐的小女孩，我們說，

……在海軍上將橋、橋面上、橋拱上、橋下和菜園，到處是刺刀殺戮……

我們很高興能夠將她們從這個牢籠裡解救出來，讓她們快樂，她們開心的高喊：『聖羅莎莉萬歲！』我們則報以『義大利萬歲！』後來她們也跟著高喊『義大利萬歲！』用她們甜美的嗓音，就像念詩一樣，然後她們祝我們早日勝利凱旋。我們在巴勒摩又打了五天，雙方才簽署停戰協議，不過，修女，想都別想，有妓女，我們就該滿足了！」

這兩個熱血青年的話，我可以相信到什麼程度呢？他們年紀輕，這是他們有生以來的第一次武裝事件，而且早在此之前，他們就對將軍仰慕之至，以那種跟大仲馬一樣的小說家的方式景仰他，他們美化自己的記憶，麻雀也能變鳳凰。無疑的，他們在這些小型武裝衝突裡確實非常英勇的殺敵，但是加里波底在漫天烽火中（遠處的敵軍應該能清楚的看見他吧），從容漫步山坡，卻毫髮無傷，這會是偶然嗎？這些敵軍絲毫沒有表現出半點慷慨激昂，只是奉上司的命令開火，難道也是偶然？

我早就想過這些問題，因為我聽出了旅館老闆嘀咕的一些話，他應該在義大利半島的其他地區四處飄泊過，而且他說的語言幾乎難以聽懂，就是他建議我找佛臣納多・穆蘇梅西老爺聊聊，他是位公證人，而且據說，他什麼都知道，甚至曾在各種場合中表現出對這批新來者的疑慮。

我當然不能穿紅襯衫去接近他，於是我想到了我皮箱裡那件貝加瑪奇神父的教士袍。我梳整好頭髮，裝出足夠溫甜的嗓音，眼皮低垂，不聲不響的溜出旅館，沒人認出我。此舉其實兇險，因為謠言四起，有人正計畫把島上的耶穌會教士全驅逐出境。總之，我沒遭遇什麼不測。再說，以即將受到不公平待遇的受害者之姿，我應該可以獲得反對加里波底人士的信任。

我和佛臣納多老爺攀談的機會出現了，我意外的看見他在一間零售飲料店裡，當時他做完晨間彌撒，正慢慢的啜飲咖啡。地點在市中心，那裡還算高雅，佛臣納多老爺有點懶散失神，臉朝太陽，雙眼半瞇，幾天沒刮的鬍鬚，一身黑衣，在這樣的大熱天裡，還打了領帶，被尼古丁熏黃的手指夾著一根快熄滅的雪茄。我注意到在那裡，他們習慣在咖啡裡加一片檸檬皮。我希望他們對咖啡牛奶不會做同樣的事。

我往旁邊的桌子坐下，我不過開口抱怨天氣太熱，兩人就聊上了。我自我介紹，說是羅馬教廷派我來這裡了解當前的狀況，此舉果然讓穆蘇梅西放心的打開話匣子。

「高貴尊敬的神父，您想，一千個你叫我來我就來的烏合之眾，胡亂碰運氣的搞了一點武器在身上，登陸馬爾薩拉時有可能不損失個一兵一卒嗎？為什麼波旁王朝的軍艦，他們可是僅次於英國艦隊的第二大艦隊啊，只是隨意亂打一通，一個目標都沒命中呢？後來，在卡拉塔非米，同樣這一千個無業的流浪漢，外加幾名馬廄小廝，他們是被一些想在征服者面前表現一下的土財主踢著屁股強迫加入的，這些人跑去對抗全世界訓練最精良的軍隊之一（我不知道您是否聽過波旁王朝軍事學院是什麼樣的機構）——要我說的話——這一千個無業遊民就該化成灰了。就算他們只派了幾千人馬上戰場好了，其他人就留駐營區吧，兩萬五千軍馬怎麼樣都不可能被打得潰不成軍啊？是有金援入注，一車又一車的錢收買了馬爾薩拉那些船上的軍官。還有卡拉塔非米戰役的藍狄將軍，他在打完一天勝負未卜的仗之後，麾下本還有足夠數量的替換兵源可以殲滅這些志願軍人士，在這樣的情形下，他居然就在巴勒摩整軍撤退了。有人說他拿了一萬四千個杜卡托金幣的小費，您知道嗎？還有他的上司呢？十幾年前，為了一筆數目比這個小多了的錢，皮埃蒙人槍斃了拉莫里諾[156]將軍：並不是說我對皮埃蒙人有好感，只是，軍事方面的事務，他們懂得多。相反的，藍狄卻只遭到撤換而已，職務由藍薩[157]接替，我的看法是，他也早就被收買了。來看看那場被大家如此稱頌的巴勒摩攻陷記的真相……加里波底陣營是聲勢壯大了些，他從西西里的流氓無賴中招募了三千五百個早該上絞架的大壞蛋，不過，藍薩手上握有大約一萬六千名的大軍，我是這麼說的沒錯：一萬六千人。藍薩非但沒有利用人力上的優勢，反而將士兵分成小隊，再分別派出去打擊叛亂分子，志願軍會佔上風這是當然的。同時也有不少的巴勒摩叛徒收受賄賂，他們跑到屋頂上開槍。碼頭邊，波旁王朝的軍艦就這樣眼睜睜地看著皮埃蒙艦隊卸下要送給志願軍的槍枝；陸地上，我們讓加里波底打下維卡里亞監獄和苦役犯監獄，放出另外一千多個任何法律都不容的罪犯，讓他招募到他旗下。我不跟您說此時此刻那不勒斯怎麼了，我們可憐的君主被一群小人包圍，他們都收了謝禮，想盡辦法要讓君王腳下的土地崩陷……」

「可是，這些錢從哪裡來呢？」

「可敬的神父啊！我真的很驚訝，您在羅馬竟然知道得這麼少！當然是英國的共濟會啊！您看出其中的關聯了嗎？加里波底是共濟會的，馬志尼是共濟會的，馬志尼流亡到倫敦時跟英國的共濟會有接觸，加富爾是共濟會的，他還接收倫敦會所的指令，加里波底周圍的人清一色全是共濟會的。這個計畫不僅要摧毀兩西西里王國，還要給教宗致命的一擊，因為不容置疑的，得到兩西西里之後，維托里奧-伊曼紐也要拿下羅馬。您相信志願軍會帶著區區九萬里拉軍需款就出征，有這樣可歌可泣的軼史嗎？這些錢連航程期間給這群貪杯的大飯桶吃飽都不夠，看看他們怎麼吞光巴勒摩最後的存糧，搶光鄰近的鄉村就知道啦，您還相信這些鬼話嗎？其實，英國的共濟會資助了加里波底三百萬法國法郎，而且是用在地中海全區通用的皮阿斯特幣支付！」

「由誰來保管這些金子呢？」

「將軍身邊的共濟會親信，也就是那位尼耶佛上尉，一個還嚷著要媽媽的小夥子，還不到三十歲，也只能幹個管錢的差事，其他什麼也做不了。反正，這批魔鬼，他們花錢收買將領、海軍司令，任何您想要的人，卻害得農民餓肚子。農民本來期盼加里波底能把他們主人的地分出來給他們，結果將軍顯然必須跟有錢有勢的大領主聯盟。您等著瞧，那些在卡拉塔非米奮不顧身挨槍子的馬廄小廝們，等他們明白這個地方不會有任何改變時，他們肯定會拿著他們從死掉志願軍手上偷來的槍，掉轉槍頭朝志願軍開火。」

我脫掉教士袍，穿上紅衫到市區遛達，在某間教堂的樓梯上，跟一位教士卡梅洛神父談了兩句話。他說他二十七歲，不過外表看上去像是四十歲。他悄悄對我說，他想加入我們，但有件事讓他遲遲無法下定決心。我問他是什麼事，卡拉塔非米那裡也有教士加入。

「如果我確知您們做的是真正的偉大志業，我就會跟您走，」他對我說。「您們卻只知道告訴我一件事，那就是您們想要統一義大利，把大家變成一個國家的子民。可是，人民呢？不管國家是統一，還是分裂，如果人民生活痛苦就是痛苦；我不知道您們是否可以停止人民的苦難。」

「可是人民將擁有自由和學校。」我對他說。

「自由不能當麵包，學校也一樣。有了這些東西，對您們皮埃蒙人來說，也許就足夠了，但我們不同。」

「您們需要什麼呢？」

「不是打倒波旁王朝之戰，而是窮人要打倒那些讓他們餓肚子的人，這些人不僅存在宮廷裡，而是到處都是。」

「這麼說來，我們也要打倒您這樣受過剃髮禮的僧侶，您們在各地都有修道院和土地。」

「也要打倒我們；先打倒我們，再去打倒別人！只不過得手捧著福音書和十字架。好，我去。這個樣子，真的不夠。」

我在大學裡聽過那篇著名的共產黨宣言，就我聽到的來研判，這個教士應該是共產黨員。說真的，我真搞不懂這個西西里島。

大概是因為，打從我爺爺那個年代起，我就擺脫不了這個魂縈夢牽的念頭，於是我開門見山的問了，支持加里波底的陰謀計畫中是否也看得見猶太人的影子。照理說，任何陰謀計畫向來都有他們的份。我再次與穆蘇梅西碰頭，提出了我的問題。

「那還用說！」他對我說。「首先，就算不是每個共濟會員都是猶太人，但猶太人一定是共濟會的。加里波底的軍隊呢？我曾經因為好玩仔細的核對他們在馬爾薩拉徵召的志願軍名單，還用『勇者榮譽榜』之名發佈。我在裡頭發現了許多這樣的名字，尤金尼歐．拉瓦、吉歐賽．烏吉埃、以撒科．丹科納、山謬．馬什西、阿不拉莫 以撒科．艾波隆、摩西．馬達契，和一個哥倫布．多那托，可是已故亞伯拉罕的後人。你說說看，取這樣的名字人會是虔誠的基督徒。」

（六月十六日）手上握著介紹信，我見著這位尼耶佛上尉了。一個上流社會紈袴子弟，兩道細長八字鬍修剪得整齊，唇下一抹短短的小鬍子，夢想家的神情。我們談話的時候，看見他擺架子的一幕。一位志願軍走進來跟他說要請領一條什麼毯子，我也不是很清楚，他就像錙銖必較的會計似的，提醒來人，上星期他那團已經領走十條了。「您是拿來吃嗎，這些毯子？」他問。然後說：「如果你還想要吃，我送你到牢房裡吃。」該名志願軍敬了禮然後離開。

「您瞧瞧，我做的是什麼樣的工作啊？一定有人跟您說過，我是個文人。然而，我卻必須供給士兵的生活所需，發軍餉，打包，還要訂購兩萬件新制服，因為每天都有人從熱那亞、拉斯佩齊亞[158]和利佛諾來這裡志願加入。此外，還有一堆請願書，什麼伯爵和侯爵夫人想要每個月兩百杜卡托金幣的薪餉，他們以為加里波底是上帝的大天使。這裡，每個人都在等，等東西從天上掉下來，這裡跟我們家鄉不一樣，在我們那裡，你想要什麼東西，就要自己努力去掙。上面把錢交給我管，也許是因為我在帕多瓦[159]博士念的是民法和教會法兩法，抑或是因為他們知道我不會偷錢，不偷錢在這個島上可是個大美德，這裡，王公等同騙子。」

當然，他還演了一齣心無城府的浪漫詩人戲碼。我問他是否已經晉升為少校了，他回答他不清楚：「您知道，他對我說，這裡的情況有點亂。畢克修試圖以皮埃蒙的管理方式維持軍紀，像我們在皮內羅洛[160]那裡一樣，然而我們現在卻是一幫非正規軍。儘管如此，您果真要寫文章到杜林發表，隱去這些悲慘的面向吧。試著傳遞感染了這裡所有人的真實興奮和熱血。這裡，有人為了自己的信念，拿性命去賭。就讓其他人把這當成殖民地的一個冒險故事。巴勒摩的生活很有趣，這裡的康康舞跟威尼斯的很類似。我們，我們被當成英雄般的景仰，兩巴掌大的紅色上衣，七十分錢一把的大彎刀，看在許多表面裝清純貞節的漂亮女士眼裡，我們個個引人遐想。晚上，上劇院不僅有戲院陽台包廂可坐，這裡的冰淇淋也非常可口。」

「您跟我說您們必須負擔大筆開銷。但是您們從熱那亞只帶那麼一點錢，您是怎麼做的呢？您動用了您們在馬爾薩拉監管的那筆錢嗎？」

「那筆錢數目少得可憐。該這麼說，我們一攻進巴勒摩，將軍便派了克里斯比到兩西西里銀行提錢。」

「我聽說了，聽說是五百萬杜卡托金幣……」

話轉至此，詩人立刻搖身一變，成為將軍的親信。他兩眼望著天空，「喔，您知道的，傳聞可多得了。再說，無論如何，您都不當忘記還有來自全義大利愛國民眾的樂捐，我甚至可以說全歐洲——這一點，記得要寫進杜林的報紙裡。總之，最困難的部分是如何有條理的記帳，因為將來這裡會正式加入義大利王國，我得把帳記得合乎規範，多少支出，多少入帳，以便將來一毛不少的交還給陛下的政府。」

拿了英國共濟會的百萬資金，你要怎麼抵賴？我心想。還是說你們全都已經達成了協議，你、加里波底和加富爾，錢進來了，但誰都不許說？抑或是，錢在那兒，但是你毫無所悉，而且到現在都還不知道，難道你只是個傀儡，他們（是誰呢？）用來當掩護的小角色，你以為連戰皆捷真是上帝垂憐嗎？這個人還防著我。他的話中，我唯一能感到一絲真誠的時刻，只有在他提到這些禮拜以來，看著志願軍朝東岸前進，一路上勢如破竹，蓄勢待發等著橫越海峽進軍卡拉不里亞，然後攻下那不勒斯，而他，他卻被調到巴勒摩後方管帳，撙節開支，只能強忍滿肚子火，這番話裡的激憤遺憾。世上的確是有這樣的人，非但不感激命運為他安排了美味的冰淇淋和漂亮的女士，反而一心只想讓更多的子彈打穿自己身上的大衣。

我聽說這個世界上有十億人口。我不知道他們是怎麼計算出來的，但是，只要在巴勒摩市區繞繞，就能明白我們人類的數量的確太多了，路上的人已經是摩肩接踵了。而且大部分的人身上發臭。現在，糧食所剩無幾，如果我們人數繼續成長，後果如何，難以預料。因此需要人口大放血。當然，瘟疫、自殺、極刑處決死的人有之，也有一些人喜歡單挑決鬥或在樹林草原間橫衝直撞自尋死路。我聽說有些英國紳士會到海裡游泳，因此，淹死的也大有人在……但是，這些並不夠。戰爭是我們能夠想到的，最有效的，而且也是最自然的脫困方法，來遏阻人類倍數成長。我之前不是說過，上戰場，是上帝的旨意？不過，也得人類先有這個意思想打仗才行。如果每個人都躲起來，就沒有人會死在沙場了。那麼，還打什麼仗呢？因此，像尼耶佛、艾巴和班狄這樣帶著強烈的志願，在槍林彈雨中，奔付最前線的人是不可或缺的，為的是，能讓像我這樣的人過日子時少受些拂過心頭的人道精神的煎熬。

我拿著委派函登門拜訪拉法林那。

「如果您期待能從我這裡聽到什麼好消息，拿到杜林發表，」他對我說，「現在就可以停止幻想了。這裡，沒有政府。加里波底和畢克修以為帶領的是一批像他們那樣的熱那亞人，而不是像我這樣的西西里人。在一個沒施行徵兵制的國家，他們竟認真地想招募三萬人。許多市鎮爆發真正的暴動。他們頒佈命令，驅逐原本在市議會任職的所有保皇派職員，那批人可是唯一懂得讀寫的人。還有一天，某些專門打擊神職人員的傢伙建議一把火燒了市立圖書館，因為圖書館是耶穌會建的。還派一個從馬西勒普來的，名不見經傳的毛頭小夥子當巴勒摩總督。島內是一連串各式各樣的案件層出不窮，而且那些照理應該要維持秩序的人跟作奸犯科的經常是同一批人，因為那些惡性重大的強盜也在我軍收編之列。加里波底是個正直的好人，但是他無能，看不出大家在他鼻尖底下做了什麼：光一趟在巴勒摩省徵收馬匹的運送途中，就有兩百匹馬消失不見！任何人只要開口要求就能組織一個部隊，以至於有些部隊擁有軍樂團，和整個軍階序列上列名的各級軍官，底下卻，最多喔，只有四十到五十名的士兵！同一個工作卻交代給三或四個人去做！他們把整個西西里搞成法紀空城，沒有法院、沒有民法、沒刑法、沒商事法，因為他們辭退了大批司法人員，取而代之的是軍事委員會，由委員會負責審判所有案件，結果亂搞一通，簡直像回到匈奴統治的時代！克里斯比那夥人說加里波底不想要民事法庭，因為法官和律師都是人渣；他也不要議會，因為議員都只會舞文弄墨，不懂拿劍；他不要任何維安武力，因為人民應該擁有武器，要懂得自我防衛。我不知道他們說的是真還是假，不過如今我倒是真的連將軍的面都見不著了。」

七月七日，我得知拉法林那遭到逮捕，被遣送回杜林。是加里波底下的命令，顯然是克里斯比在一旁推波助瀾。加富爾眼線沒了。全都得靠我的報告了。

我不需要再假裝成教士去收集閒言碎語：小酒館裡人人都在談，有時候，還有志願軍自己抱怨每天生活平淡。我聽說，加里波底軍隊打進巴勒摩之後才加入軍旅的西西里人，有五十幾人跑了，有些還帶走了他分得的武器。都是些農民，熱血就像稻稈燃燒，來得急去得快，艾巴給他們這樣的評語。戰事議會先是判處他們死刑，然後又放任他們想去哪兒就去哪兒，但條件是一定得走得遠遠的。我試著釐清這些人內心的真實感受為何。籠罩整個西西里島的煙硝激情取決於一個事實，這裡是一塊遭上帝遺棄的土地，烈日炙烤，除了海水和長滿尖刺的稀少水果之外，沒有水資源。在這塊土地上，幾千年來，平靜無波，直到加里波底的人馬出現為止。並不是這裡的人選擇站在他這一邊，也不是他們還效忠加里波底正致力要推翻的國王，事實很簡單，他們就像喝醉似的，沉浸在終於有些不一樣的事情發生了的陶陶然中。每個人以自己的角度給予多樣的詮釋。或許這股追求新鮮感的風潮就像西羅科焚風[161]，將再度把所有人吹得昏昏欲睡後重歸於平靜。

（七月三十日）如今我和尼耶佛之間已經有了一點交情，他私下對我透露，加里波底收到維托里奧-伊曼紐寄來的一封正式信函，命他不得橫越莫西拿海峽。不過，這個命令附帶一張國王的私人短箋，短箋大意是說：首先，我以國王的身分寫了一封信給您，而現在，我建議您在給我的回信中寫著，您很想遵循我的忠告，但基於您對義大利的職責所在，您不能允許自己，在那不勒斯的人民召喚您前去解放他們時，不投身援助。國王在玩雙面手法，但，是為了扳倒誰呢？加富爾？還是加里波底本人，他先是命他不得回到大陸，之後又鼓勵他這麼做，一旦他這麼做了，國王就能藉口懲罰加里波底違抗軍令，率領皮埃蒙大軍進攻坎帕尼亞[162]？「將軍心無城府，很可能掉進圈套，」尼耶佛說。「我想隨侍在他身旁，可是我在這裡又有任務在身。」

我發現這個男人，不消說是極有教養的，活在對加里波底的仰慕之中。他沮喪消沉的時候，曾拿一本他剛收到的小書給我看，《加里波底軍之愛》，書在北方印刷，他沒能親自校對。

「我希望讀我這本書的讀者能認同我雖是個英雄，同時也有發傻犯錯的權利，他們為了凸顯我是個笨蛋，什麼都做盡了，竟放著一大串可恥的印刷錯誤不改。」

我快速瀏覽了這本專章頌揚加里波底的文集裡的其中一篇，我更加肯定，尼耶佛真是傻：

他眼裡有一抹我未知的東西
照亮心靈
彷彿能讓群眾折服
屈膝跪地
就算是在擁擠的廣場
我看見他彬彬有禮，和藹的
轉身面對年輕女孩
伸出手

這裡，每個人都為他癡狂，這個雙腳歪扭的矮小男人。

（八月十二日）我去找尼耶佛，求證現下傳得沸沸揚揚的傳言：加里波底大軍已經登陸卡拉不里亞海岸了。但是，我看見他時，他心情很糟，好像快哭了。有消息傳來，杜林方面私底下對他的管理方法議論紛紛。

「我通通都記在這兒，」說著他敲敲用紅布包得緊緊的一本本帳簿。「多少花費，就多少收據。如果真有人暗槓，根據我做的帳，立刻一目了然。等我把這些交給那些依法該呈交給他的人，就有人要人頭落地了。不過，絕不會是我的項上人頭。」

……他眼裡有一抹我未知的東西／照亮心靈／
彷彿能讓群眾折服／屈膝跪地……

（八月二十日）就算不是策略謀士，根據我收到的消息，我覺得我好像明白發生什麼事了。共濟會以金幣賄賂，或他們轉而支持薩瓦起事也好，此時某些那不勒斯的部長正密謀反皇。所以那不勒斯必須有人揭竿起義，好讓叛亂分子被迫跟皮埃蒙政府求助，那麼維托里奧-伊曼紐就能順理成章的揮兵南下。加里波底好像什麼都不知道；又或者他察覺了不對，所以加快行動。他想搶在維托里奧-伊曼紐之前到達那不勒斯。

我發現尼耶佛怒不可遏，揮舞著一封信，對我說：「您的朋友，大仲馬，總一副克羅伊斯[163]大商賈的樣子，現在反倒指我才是一方富賈！看看他寫了什麼東西給我，他還放肆的說他這是奉將軍之名！那不勒斯周圍，領波旁王朝薪餉的瑞士和巴伐利亞傭兵聞到了兵敗的味道，提出投誠條件，每人四個杜卡托金幣。他們總共五千人，通共要價兩萬杜卡托金幣，也就是九萬法郎。大仲馬一副基督山伯爵模樣，大領主似的隨便一頓飯就上千法郎的揮霍，居然沒那些錢。他說那不勒斯的愛國志士募集了三千法郎。不足的部分，他問我是否可以給他。他以為我上哪裡可以找到這些錢，我？」

他請我喝點東西。「您瞧，西莫尼尼，現在他們全都因為軍隊登陸而興奮不已，沒有人想過一場可恥的悲劇將永遠烙印在我遠征軍的歷史上。這件事發生在布朗特，鄰近卡塔尼亞[164]。居民一萬人，大多以務農和養羊維生，該區仍處於類似中世紀的封建制度下，所有的土地都是尼爾森爵士受封布朗特侯爵時的贈與，其他的則是代代傳承，掌握在極少數的幾戶收租地主手中，也就是當地人口中所謂的『老滑頭』。人民受剝削不說，還被當成牲畜般對待，他們不僅不能踏進主人的林子割野菜吃，要上田裡幹活穿過林子還得付通行費。當加里波底打到這裡時，這些人以為公平正義的時刻終於來臨了，土地應該歸還他們；他們自行籌組了一些個所謂的自由委員會，其中最孚眾望的是某個叫隆巴多的律師。只是，布朗特區是屬於英國人的，而英國人在馬爾薩拉幫了加里波底一把，所以我們該挺哪一邊呢？於是，當地人不再聽從隆巴多和其他自由派人士的話：他們根本什麼都聽不下去，發了狂似的滾起全民憤怒狂潮，一場大屠殺，屠殺老滑頭。他們的確做錯了，這點無庸置疑，而且造反分子裡還混雜了十惡不赦的惡棍，這點眾所皆知，他們造成的騷動震撼全島，這樣的社會敗類應該被關在牢裡才對，居然放任逍遙法外……可是，這一切之所以會發生，是因為我們的緣故，因為我們來了。在英國人的催促下，加里波底派了畢克修到布朗特，他碰巧不是那種凡事緩著來的人：他下令當地戒嚴，開始對人民採取嚴厲的報復制裁，他採信老滑頭的舉報，查出隆巴多律師是叛亂行動的主使者，大錯特錯，這是民眾的自發行動，根本沒有什麼主使者，但需得殺一儆百，隆巴多和其他四人遭到槍決，其中一個還是個可憐的瘋子，早在大屠殺之前，他就經常上街咒罵老滑頭，根本沒人把他當成一回事。除了為這事的殘酷感到悲哀之外，對我個人也影響至大。您了解嗎，西莫尼尼？一方面，這些行動的消息傳到杜林，我們成了舊地主的同路人，另一方面，有人私底下抱怨我剛剛跟您提到的事，錢沒有花在刀口上，無異用去九法[165]驗算：地主付我們錢槍斃窮人，而我們拿了這筆錢過逍遙的日子。可是您看看這裡，死了人卻沒錢進來。的確讓人覺得事有蹊蹺。」

（九月八日）加里波底進了那不勒斯，沒有遭遇任何阻力。他顯然感到活力充沛，因

……加里波底進了那不勒斯，沒有遭遇任何阻力……

為尼耶佛跟我說，加里波底請求維托里奧-伊曼紐削去加富爾的權力。在杜林的他們現在一定很需要我的報告，而且我深知這份報告必須盡可能的反加里波底。我得在共濟會的黃金金援上多加著墨，把加里波底描繪成一個不負責任的人，同時大力強調布朗特事件，羅列各種違法犯紀的罪行、偷竊、盜用公款、貪污和揮霍。我採用穆蘇梅西的說法，特別描寫了志願軍的惡形惡狀，跑到修道院大吃大喝，性侵年紀很小的小女孩（其實應該是見習修女，誇張歪曲一點，無傷大雅）。

還偽造了幾份徵收私人財產的徵收令。一封匿名線民的信，跟我說加里波底透過克里斯比和馬志尼一直有聯繫，而且他們計畫要在皮埃蒙建立共和國。總之，這是一份振奮人心的絕佳報告，定能把加里波底逼上絕路。穆蘇梅西還提供了另一個很棒的論點：加里波底人馬基本上就是一群外籍傭兵的組合。千人遠征的千人集中了法國、美國、英國、匈牙利人，甚至非洲的盜賊和各國的社會敗類，其中許多人在美洲就跟隨加里波底燒殺擄掠。只要聽聽他的軍官叫什麼名字就知道，屠拉、艾伯爾、屠科利、馬基亞羅西、科如達非、費耶西（穆蘇梅西盡可能的用喉嚨顫音咳出這些個姓氏，其實除了屠拉和艾伯爾之外，其他的，我根本沒聽穆蘇梅西說過）。此外，還有波蘭人、土耳其人、巴伐利亞人和一個名叫吳爾夫的德國人，他負責統領前不久還效忠波旁王朝的德國籍和瑞士籍逃兵。而英國政府則諭令阿爾及利亞和印度兵團隨時待命，供加里波底差遣。好一批義大利愛國志士啊！這一千人中，義大利人只佔半數。穆蘇梅西誇張了些，因為，我的四周圍只充斥著威尼斯腔、倫巴底腔、艾米利亞腔或托斯卡尼腔，至於印度人，我壓根兒沒見過，不過，報告裡我如此這般的特意強調這幫人有如種族大雜燴，我想也不會造成什麼損害。

想當然，報告裡也插了幾句暗示猶太人被逼與共濟會狼狽為奸的話。

我心裡盤算著這份報告必須盡可能快馬加鞭送抵杜林，而且絕不能落入口風不緊的人手中，我找到了一艘馬上就要返航回薩丁尼亞王國的皮埃蒙軍艦，而我也沒費多大勁兒就製作了一張官方文件，諭令船長送我到熱那亞。我的西西里之旅到此結束，我覺得有點遺憾無法看見那不勒斯的情勢如何發展，以及其後續，但是我來西西里可不是來玩的，也不是為了寫就磅礴的史詩。說真的，回想這整趟旅程，能讓我喜悅溢於言表的也只有起司煎蛋、一種蝸牛的料理，以及乳酪捲[166]，喔，乳酪捲……尼耶佛還承諾要帶我去嚐嚐某種叫a sammuriggbu的箭魚料理，可是我沒時間了，只能從菜名上去想像它的美味。

【譯註】

148. 大仲馬生於法屬加勒比亞海小島聖多明尼加（即今日的海地），父親是駐當地的法國軍官，母親是他的黑奴，因其黑白混血，終生受到種族歧視之困擾。

149. Caprera：第勒尼安海上的小島，位於薩丁尼亞島東北方。

150. Circasse：高加索北部地區。

151. Nino Bixio：一八二一—一八七三，義大利軍事和政治人物，致力義大利統一運動，千人遠征期間，他帶領的軍隊鎮壓布朗特（Bronte）的農民暴動，屠殺十六名平民，而引發非議。

152. Trapani：位於西西里島的西北角，是島上的重要漁港。

153. Girgenti（ou Agrigento）：位於西西里島南部海岸的中央，盛產橄欖油和硫磺礦。

154. saint Francois le pauvre：一一八二—一二二六，生於義大利，是聖方濟會，又稱「小兄弟會」的創辦者。提倡清貧、苦修並尊重大自然。

155. Salemi：位於西西里島西北特拉帕尼省（Trapani）的一個市鎮。

156. Gerolamo Ramorino：一七九二—一八四九，為自由奮戰的義大利軍事將領，一八四八年成為皮埃蒙軍隊的將軍，並協助馬志尼等多位革命分子規劃一八四八年的革命行動，但在對抗奧地利的戰爭中，收到命令阻斷奧軍過河，結果失敗，一八四九年以不服軍令的罪名被判死刑，同年處決。

157. Ferdinando Lanza：一七八五—一八六五，波旁王朝和兩西西里王國的軍事將領，接替朗狄後，他說服兩西西里國王強力砲轟巴勒摩市，造成重大的居民死傷，促使許多居民憤而加入加里波底陣營，最後被迫求和。

158. La Spezia：位於義大利西北臨海區利古里亞，義大利重要軍港和商港。

159. Padoue：位於義大利北部，波河平原上，距離威尼斯約四十公里。

160. Pinerolo：義大力度林省的市鎮。

161. Sirocco：南歐常見的焚風。

162. Campanie：義大利南部大區，首府為那不勒斯。

163. Cresus：西元前五九五—五四六，是中亞古國里底亞（Lydie）的末代國王，富甲一方。

164. Catane：位於西西里島東岸，島上第二大城。

165. Preuve par 9：去九法是一種驗算加、減、乘的運算方法，這個方法的應用可追溯到薩珊王朝（公元二二四—六五一年），當時伊斯蘭文化貿易鼎盛，為了因應商業上的需求，產生了去九法，但是這種方法有其缺失，無法看出多了一位數（也就是多了個0）的錯誤。

166. Cannoli：西西里島的一種糕點，是當地代表性的傳統甜點。

8 —— 海格力斯號

節選自一八九七年三月三十日、三十一日和四月一日的日記

敘述者覺得有點尷尬，必須記下西莫尼尼和他那位教士對質似的應答對話，但是，西莫尼尼三月三十日當天，針對西西里島最新發展情勢的回憶似乎並不完整，他的文章雜亂，充斥眾多被劃掉的句子，有些則被打了個╳，儘管如此，勉強還能看得下去——只是，讀來卻教人一身冷汗。三月三十一日，達拉·皮科拉教士在日記上參了一腳，彷彿想打開西莫尼尼上了雙層鎖的記憶之門，揭露他絕望地拒絕回想的片段。然後到了四月一日，經過一夜心焦，輾轉難眠後，西莫尼尼想到他想要剝了這隻老狐狸教士的皮，於是西莫尼尼憤怒的再次發聲，好像是要糾正他認為有過分誇大之嫌的部分，以及教士說教似的義憤言論。總之，敘述者因為不知道到底誰說的才是對的，所以自作主張的以他覺得應該是正確的方式重組這整起事件——針對他自己的敘述，敘述者當然願意負全責。

一回到杜林，西莫尼尼立刻找人把報告送給畢昂科騎士；第二天，他就收到通知，他們再次召他深夜密會，驛馬車會帶他到畢昂科、黎卡狄和尼格利·狄聖佛朗特前次等他的小客廳。

「西莫尼尼師傅，」畢昂科率先開口，「我不知道我們之間的交情是否夠深，深到能讓我直

話直說，但我必須說您是個笨蛋。」
「騎士大人，您怎麼可以這樣？」
「他當然可以，當然可以，」黎卡狄接著說，「他說的也是我們想說的。我個人還想補充一下，您是個危險的笨蛋，笨到我們開始想，放任他這樣帶著腦中已然成形的偏見，自由的在杜林亂晃，是不是明智之舉。」
「對不起，我可能弄錯了某些事，我不明白……」
「您是弄錯了，錯得離譜，全盤皆錯。難道您不明白，加里波底將軍將在短短的幾天之後（現在連門房都知道了）跟著我國軍隊進入教皇國嗎？我軍很可能在一個月內兵臨那不勒斯城下。到那時候，我們將推動交付全民公決，接下來兩西西里王國和它的領土將正式併入義大利王國。如果加里波底真如外傳是個務實的好人，他該會力抗那個腦袋燒壞了的狂熱分子馬志尼，他將會接受現實，不管他出於願意也好，被迫也罷，他必須把打下來的江山交給國王，然後他將成為光芒萬丈的愛國英雄。到時候，我們必得削弱加里波底目前大約六千人的軍團，讓他們裝備齊全蓄勢待發的四處亂晃總不好吧，願意的就收編入薩瓦軍隊，其他人則發放退伍金讓他們返鄉。這些小夥子，全都很英勇，都是英雄。可是您呢？給了這麼一份慘不忍睹的報告餵媒體，訴諸輿論，您竟告訴我們，即將加入我軍行列的加里波底軍，其實是一幫匪類，而且其中大多數還是外國人，他們還把西西里島洗劫一空？說加里波底不是全義大利認識的那個純潔英雄，而是一個用錢利誘敵人的匪徒？說他和馬志尼密謀合作要把義大利變成一個共和國？說什麼尼諾・畢克修在島內四處槍殺自由主義分子，屠殺牧羊人和農夫？您是不是頭腦有問題啊？」
「可是您們，先生，是您們要我……」
「我們可沒有要您詆毀加里波底以及跟他一起並肩作戰的勇敢義大利人啊。相反的，我們希望您能找到一些文件來證明這位大英雄周圍的共和派分子管理佔領區管理得有多差，好讓皮埃蒙的軍事干預能師出有名。」

「可是先生，您明明知道拉法林那……」

「拉法林那私下寫了一些信給加富爾伯爵，他當然不會拿出來到處張揚。再說，拉法林那是拉法林那，他看克里斯比特別不順眼。還有，那些關於共濟會黃金的鬼話又是哪來的？」

「大家都在傳。」

「大家？我們可沒有。再說，這些共濟會又是幹什麼的？您是共濟會的嗎？」

「我不是，但是……」

「所以別再節外生枝了。共濟會，就讓他們過他們的陽關道，我們過我們的獨木橋。」

西莫尼尼顯然沒弄清楚薩瓦政府裡全都是共濟會成員，其實他從小就圍著一群耶穌會教士跟前跟後，他早就該明白這一點。然而，黎卡狄已經拿著放大鏡挑剔猶太人那一段了，質問他是哪根筋有問題，硬要把猶太人塞進報告裡。

西莫尼尼囁嚅的說：「猶太人無處不在，千萬別相信……」

「我們相信什麼，不相信什麼，其實無關緊要，」聖佛朗特打斷他的話，「事實是，一方面，一個統一的義大利國將來需要猶太社會的支持，另一方面，一再的提醒善良的義大利天主教徒，加里波底那批如此純潔的英雄裡頭有猶太人完全沒有必要。總而言之，您惹下這麼多麻煩，早就足以送您到某個深山裡的舒適碉堡裡頭待個幾十年，好好享受享受新鮮空氣。很可惜，您對我們還有用。聽說尼耶佛上尉留在那邊，您願意稱他少校也行，還有他那堆帳本。我們不知道，第一，他的帳是否從過去到現在一直都記得清清楚楚，第二，他的這些帳如果流出去，是否有政治方面的利用價值。您，您告訴我們尼耶佛上尉打算把帳本交給我們，這樣很好，但是，在我們把帳本拿到手之前，他有可能會先拿去給別人看，這就壞了。因此，您將回到西西里島，仍然以波吉歐議員的特派員身分回去，繼續了解事件的最新驚人發展，您要像水蛭般的黏著尼耶佛上尉，設法讓這些帳本消失，煙消，灰滅，想辦法讓任何人都不要再提起它。該怎麼做，那是您的事，您可以使出任何手段——當然是在法律許可的範圍之內，而且您不可能期望我們會給您另一份委派令。畢昂科騎士會給您一份西西里銀行的保證函，讓您取得您需要的錢。」

到這裡，連達拉．皮科拉揭露的部分都變得相當片段，且空白缺漏頗多，彷彿回想起他的分身努力想遺忘的這一段往事，也讓他覺得很痛苦。

總之，西莫尼尼好像是九月底回到西西里，一直待到次年三月，期間他想盡辦法想找出尼耶佛的帳本，卻苦無進展，同時間畢昂科騎士每隔十五天就來一封快電，催問進度，字裡行間不無怒意。

問題是尼耶佛現在身與心的全副注意力都投注在這些天殺的帳裡。惡毒抹黑的謠言壓力愈來愈大，他也愈來愈忙於查帳、管帳、清點數千張收據，以確保他登錄的數字無誤，而且如今他那邊可威風了，因為加里波底本人也擔心怕弄出醜聞或惹人非議，所以加派了四名人手到他局裡，還在車馬出入的驛馬車門和階梯上加派了兩名衛兵，這樣大的陣仗，這麼說吧，想趁夜裡摸黑混進這棟建築裡找帳本，可說是門都沒有。

再說，尼耶佛言語間透露，他要交出去的這些帳可能會惹得某些人不高興；他因此擔心有人會來偷或竄改這些帳本，所以盡可能的把帳本藏在別人找不著的地方。這麼一來，西莫尼尼只好努力培養他和詩人之間的友誼，雙方如今已經以同伴間平輩的「你」互稱，希望最起碼能夠得知他到底想把這些該死的文件拿來做什麼。

他們相約一起度過許多夜晚，入秋的巴勒摩在秋老虎的暑氣中仍顯得無精打采，無一絲海風。他們偶爾一邊啜飲茴香酒加水，一邊看著酒慢慢混溶於水裡，恍如一團煙霧。或許是因為他覺得他跟西莫尼尼同是天涯淪落人，又或許是因為他自覺如困在島中的囚鳥，需要有人一起作作白日夢，尼耶佛慢慢的降低軍人刺蝟般的警戒心，開始向他傾訴心事。他提到一段他在米蘭放棄的戀情，一段不可能的愛，因為女方不僅是他堂兄的妻子，他堂兄還是他最要好的朋友。儘管如此，他卻沒辦法抽身，連他的其他戀情都逼得他深為憂鬱症所苦。

「我就是這樣，我命中注定如此。我永遠愛作夢、陰鬱、深沉、脾氣暴躁。現在我三十歲了，還在打仗，為的是把我的注意力從那個我不喜歡的世界裡移開。我扔下家裡待完成的一部偉大小說，還只是手稿而已。我很想看著它印成鉛字，我卻沒有辦法去做，因為我必須盯著這些骯髒的帳。如果我有野心，如果我渴望性愛歡愉……如果，最起碼，當個壞蛋也好……起碼像畢克修那樣。我卻什麼都不是。我始終像個小孩，日子是過一天算一天，我喜歡起義，讓我感動，喜歡空氣，讓我呼吸。我將求仁得仁……到時候一切就會了結了。」

西莫尼尼沒有出言安慰。他覺得他已經病入膏肓了。

十月初，沃爾圖諾河[167]戰役，加里波底擊退了波旁王朝的最後一道防線。只是，在此同時，查狄尼將軍[168]則在卡斯泰爾非達爾多[169]大敗教皇國軍隊，緊接著揮兵進攻隸屬波旁王朝的阿布魯佐[170]和莫里塞[171]。尼耶佛卻在巴勒摩大嘆玉在匣中。他知道遠在皮埃蒙指控他的人裡面有拉法林那的人馬，這表示現在拉法林那準備反咬任何與紅衫軍扯得上關係的人，無論關係是深是淺。

「好想乾脆拋開一切，」尼耶佛痛苦的說，「但是，這個緊要關頭，政府絕不能倒。」

十月二十六日，史上的大事發生了，加里波底跟維托里奧-伊曼紐在泰亞諾[172]見面。他幾乎把整個義大利南部都交給了他。此舉最起碼足以讓加里波底當上王國的參議員，尼耶佛說，可是，相反的，十一月初，加里波底在卡塞塔[173]集結了一萬四千名士兵和三百匹戰馬，等待國王駕臨校閱，結果國王失約了。

十一月七日，國王凱旋般得意洋洋地踏進那不勒斯，加里波底卻如謙遜的辛辛納圖斯[174]退居卡普雷拉島。「千古完人！」尼耶佛說，說著哭了，一副詩人靈魂上身模樣（這一點最令西莫尼尼抓狂）。

沒過幾天，加里波底軍解散，薩瓦正規軍歡迎兩萬志願軍加入，此外還有三千波旁王朝的軍官也投誠收編。

「這麼做是對的，」尼耶佛說，「他們都是義大利人，只不過，對我們寫下的壯麗史詩，下了個悲苦的結語。我不加入了，我打算再領六個月的軍餉，然後說再見。六個月的時間，把我的工作整理好交接完畢，希望能順利達成。」

這應該是一項大工程，因為當時是十一月底，而他一直忙到隔年七月底才勉強清完所有的帳。我估計約莫還需要再三個月的時間，說不定更久，才能告一段落。

十二月，維托里奧-伊曼紐親臨巴勒摩，尼耶佛對西莫尼尼說：「我是這裡的最後一個紅衫軍，被人當成野蠻休倫人[175]般對待。我得對拉法林那那幫人的抹黑鬼扯做出反擊。天啊，早知道會變成這樣，在熱那亞時，與其登船到這裡來做這種苦工，不如跳海淹死還比較快活。」

一直到現在，西莫尼尼始終沒有想出任何方法，可以拿到那些該死的帳本。十二月中旬，尼耶佛突然對他說他要回米蘭一趟，不會停留太久。帳本留在巴勒摩？還是被他帶走？無從得知。

尼耶佛離開了將近兩個月之久，西莫尼尼只能自己打發這段灰暗的時間（我不是個容易傷感的人，他想，但是在一個沒有白雪，極目所見都是梨果仙人掌的荒漠，這算哪門子的耶誕節？）。

他在巴勒摩鄰近區域走走逛逛。他買了一頭騾子，穿上貝加瑪奇神父的教士袍，走過一村又一村，希望能從神職人員和村民的閒聊中探得一些消息，不過最重要的是搜尋西西里的美食秘方。

他在城門外的一些偏僻旅店裡發現了許多便宜（但好吃極了）的鄉野珍味，好比白水煮：只要拿幾片麵包放進湯盤裡，加上很多很多的油和現磨黑胡椒調味，另外開火煮滾四分之三碗的鹽水，加入洋蔥丁、切片番茄和薄荷，燜煮二十分鐘，然後把這些湯汁澆在麵包上，放置兩分鐘，等麵包吸飽湯汁就好了，趁熱上桌。

鄰近巴蓋里亞城門，他找到了一間小餐館，灰暗的入邊上擺著幾張桌子，但在儘管實質隆冬也愜意的這片灰暗的空間裡，外表（當然身材也頗有份量）看起來很髒的老闆會做多道以內臟為食材的可口料理，例如包餡豬牛心、豬肉凍、牛犢胸腺以及各式各樣的豬牛肚。

他在那裡認識了兩個人，性格截然不同，一直到很後來他才靈光乍現將兩人集合在一個計畫裡出現。不過，先別妄加猜測。

第一個看起來像個可憐的瘋子。老闆說是看他可憐才收留他，供他吃住，儘管事實上他相當勝任店內的許多工作，幫上很多忙。大家都叫他布朗特，他似乎是布朗特大屠殺劫後餘生的倖存者。暴動的記憶一直深深影響著他，每每幾杯黃湯下肚，拳頭便朝桌面落下，以西西里方言大叫「地主們，當心您的土地，審判的時間將至，人民不會缺席的。」下面是原文，「Cappelli guaddativi, l'ura du giudizziu a'avvicina, populu non mancari all'appellu.」這是他的朋友努西歐・西拉多・佛文科在暴動之前高喊的話，他是畢克修後來下令槍斃的四人當中的一個。

他的文化知識並不高，腦中起碼有一個想法，如果他真有想法的話，而且這個念頭根深蒂固。他要殺尼諾・畢克修。

對西莫尼尼來說，布朗特只不過是個怪咖，幫他打發幾個無聊的冬夜而已。他立刻認定另一

……大家都叫他布朗特，他似乎是布朗特大屠殺劫後餘生的倖存者……

個傢伙比他更有意思，他全身毛茸茸，剛開始覺得他生性暴躁易怒，但是當他聽見西莫尼尼問店老闆幾道料理的食譜之後，開始與他們攀談，最後兩人一起成了這家店的常客。西莫尼尼向他說明如何料理皮埃蒙風味義大利方餃，而他則回贈西西里燉雜菜的秘方；西莫尼尼描述了阿爾巴當地的生肉料理，聽了讓他口水直流；他則傾囊相授杏仁餅的製作方法。

這位倪奴佐師傅的義大利文講得還可以，他甚至暗示自己曾經到過國外旅行。直到他表現出篤信當地神廟各尊聖母，並深深敬畏西莫尼尼這樣的尊貴神職人物後，他才向西莫尼尼和盤托出他的特殊背景：他曾是波旁王朝軍隊的火藥兵，但不是上火線殺敵的那種，而是以專門工匠身分看守管理一座離此地不遠的軍火庫。加里波底軍把波旁王朝的軍隊趕走之後，徵收了彈藥和火藥，因害怕這些火藥把整個防禦碉堡炸掉，所以他們讓倪奴佐繼續留任，看守這個地方，領軍需處的薪餉。倪奴佐就這樣留在這裡，無聊的等待命令，其實內心滿溢著對這群北方來的佔領者的怨懟，以及對國王的緬懷，一心夢想暴動和造反。

「如果我要的話，我有本事炸掉半個巴勒摩，當他恍然大悟原來西莫尼尼跟那些皮埃蒙人不屬於同一陣線時，他悄悄對他說。而且，對著西莫尼尼一臉的無法置信，說那些篡位叛徒一點兒都沒發覺在軍火庫底下有個地下墓穴，裡面存放著一桶一桶的火藥、手榴彈和其他的戰爭器械。眼看著一群群反抗義士開始在山裡組織集結，準備要讓從皮埃蒙來的侵略者寢食難安的日子裡，他一直好好的保管這些東西，以便迎接即將到來的起義之日。」

談起炸藥，他愈說愈起勁，整張臉亮了起來，扁平的五官和灰暗的眼珠頓時也變漂亮了。終於有一天他帶著西莫尼尼進入他的防禦碉堡，結果像是一趟地下墓穴探險，他將黑色顆粒狀的東西放在掌心上給西莫尼尼看。

「啊，至高無上的神父，」他說，「再也沒有比高品質的火藥更美的東西了。仔細看看它的色澤，板岩般的深灰，手指揉壓也不會粉碎。如果您手邊有一張紙，我可以把它放在紙上，然後點火，它會起火燃燒，紙卻不會燒起來。早先時候，我們是用七十五份的硝石，加上十二份的碳和十二份的硫磺調製，後來轉用我們稱之為英國配方的調製比例，也就是十五份的碳和十份的硫磺，結果害得我們打了敗仗，因為這樣做出來的手榴彈不會炸開。時至今日，我們這行的老手（唉，感謝上帝，我們人數不多）換掉了硝石，改用智利硝石，果然優劣立見。」

「有比較好嗎？」

「是最好的。您要知道，神父，炸藥每天推陳出新，能比別種炸藥造成更大傷害的那個就是贏家。之前國王身邊有一名軍官（我說的是正規軍），一副萬事通目中無人的樣子，他建議我用最新的發明，焦化甘油。他不知道這種東西只有在撞擊下才會出現反應，所以不容易引爆，因為你得待在那裡拿榔頭敲它，而頭一個被炸飛的人就是你。現在仔細聽我說，如果你真的想要炸飛某個人，最好的當然是早期的火藥了。這個，錯不了，場面一定驚人。」

倪奴佐師傅看起來興奮極了，彷彿世上再也找不出比這更美的東西了。此時，西莫尼尼對他這番心裡話並未特別留心。而是之後，一月時，他才把這番話徹底的思索了一遍。

的確，仔細研究了幾個可能取得遠征軍帳本的方法後，他心裡想：這批帳本或許留在巴勒摩這裡，就算不是，等尼耶佛從北方回來，帳本也會再度回到巴勒摩。之後，尼耶佛應該會帶著它們搭船返回杜林。所以，緊盯帳本窮追不捨一點用都沒有，因為，反正我永遠查不出秘密保險箱的所在，就算查出來了，也打不開。如果我查出來了，也打開了，這事到頭來一定會演變成一樁醜聞，尼耶佛將公開帳本失蹤的事，我在杜林的委託人一定會遭到指控。如果我突襲尼耶佛，從背後給他一刀，把他手上的帳本搶過來，這件事也一定無法像船過水無痕的給壓下去。像尼耶佛這樣的人，處理他的屍體總是件麻煩透頂的事。這些帳本必須消失無蹤，他們在杜林這樣告訴我。但是，要讓它們消失，尼耶佛勢必得跟著一起消失，而且消失的方式得讓世人因為注意他的消失（看起來必須像是一起非人為的意外）而忽略了帳本的消失。所以，可以放火燒了或者炸了軍需處官邸。太惹人注目了。這樣一來，只剩下一個辦法可以讓尼耶佛跟著他的帳本，還有所有隨他從巴勒摩走海路返回杜林的人和物通通消失。一起海上悲劇，五、六十人沉沒海底，誰會想到這一切只是為了除掉四堆廢紙？

這點子無疑只有富有想像力又大無畏的人才想得出來，看來西莫尼尼不僅長年紀，智慧也有所增長了；他已經不是那個時候跟四個大學同學玩玩小遊戲的西莫尼尼。他看盡戰爭百態，習慣了死亡，幸好死的是別人，而且極度不願在尼格利．狄聖佛朗特跟他說過的那座碉堡裡度過餘生。

當然，西莫尼尼這個計畫應該考慮了很長一段時間；其實他也沒別的事可做。這段時間裡，他跟倪奴佐師傅討教過，請他吃了幾頓豐盛的大餐。

「倪奴佐師傅，您一定在想我為什麼來這裡，讓我告訴您，我是奉神聖的教宗之命前來這裡，為的是重建我們君主領導的兩西西里王國。」

「神父，我就是您要的人，告訴我，我該怎麼做？」

「是這樣的。時間我還不知道，但是有一艘蒸汽船應該會從巴勒摩啟航，返回大陸。這艘船將載著一個保險箱，裡頭放的是永遠毀滅教宗權力，以及污衊我們國王的命令和計畫。這艘輪船必須在抵達杜林之前筆直的沉入海底，人和貨皆不得有機會獲救。」

「輕而易舉，神父。我們可以用美國人的最新發明，據說，他們正在做最後的調整。一種『木炭魚雷』，也就是做成木炭外型的炸彈。把這塊木炭藏在船用的礦石燃料堆裡，這魚雷一旦進入鍋爐內，燃燒到需要的溫度時，立即引發爆炸。」

「是很不錯。但是這截木炭，必須等到恰當的時機才能被扔進鍋爐內。船不能太早或太晚爆炸，也就是說不能在剛起錨的時候，或者拖到快入港時，否則可能被大家發現。船必須在中途引爆，躲開睽睽眾目。」

「這樣事情就比較棘手了。因為我們無法用錢收買燒鍋爐的工人，因為第一個死的就是他；我們需要計算出剛好那一鏟木炭被送進鍋爐的確切時間。想要知道這個，就算是善心女巫也愛莫能助……」

「所以呢？」

「所以，我親愛的神父，唯一的可行的辦法，還是得回歸到裝配了漂亮引線的小桶火藥。」

「可是，明明知道一會兒自己會被炸死，還有誰會願意上船點燃引線呢？」

「沒有人，除非他是個專家，像我們這樣的專家，感謝上帝，或者該哀嘆一聲，我們的數量非常之少。專家能確定引線需要的長度。以前，引線用的是裡頭塞了黑色火藥的麥稈，或者是浸泡過硫磺的導雷管，要不然就是沾滿硝石粉和柏油的繩子。用這些東西，你永遠無法知道需要多少時間才會砰的爆炸。不過，感謝上帝，這三十年間出現了一種緩慢燃燒的引線：不是我在吹牛，我在地下墓穴裡有幾公尺這樣的引線。」

「有了這個東西之後呢？」

「有了這個東西，便可以確定從點燃引線點開始一直到火燒著火藥所需的時間，這段時間視引線的長短而定，也就是由你決定。因此，如果火藥兵知道他點燃引線後，他該跑到船上的某個地點，那裡已經有人把小艇放入海中等著接應他，所以等船被炸得四分五裂時，他們已經離得遠遠了，一切不就太完美了，我在說什麼呢，根本是一大傑作！」

「倪奴佐師傅，這裡有個癥結點……我們想像一下，那天晚上海象不佳，小艇無法順利放下海。像您這樣的火藥專家願意冒這個險嗎？」

「當然不願意，神父。」

絕對不能開口叫倪奴佐師傅踏上這條幾乎可以確定是死路的不歸路。不過，一個頭腦沒他這麼清楚的人，說不定會點頭答應。

一月底，尼耶佛從米蘭趕到那不勒斯，在那裡停留了兩個多禮拜，也許是為了彙整文件。隨後，他接獲命令，要他返回巴勒摩，收齊所有帳本（由此可見，帳本還留在這裡），帶回杜林。

與西莫尼尼重相逢，場面充滿了溫馨兄弟情。尼耶佛敞開心房，鉅細靡遺的訴說他這次北方行的感觸。關於他那段不可能的愛，很不幸的，又或者該說是很幸運的，在這次短短的停留期間兩人重燃火花……西莫尼尼聽著，彷彿受到他朋友親身經歷的愛的悲歌所感染，眼睛變得濕潤，事實上，他心急的是想打探這批帳本要搭哪艘船回杜林。

尼耶佛終於說了。三月初，他將搭乘海格力斯號離開巴勒摩前往那不勒斯，再從那不勒斯轉往熱那亞。海格力斯號是一艘威風的英國製蒸汽船，配裝兩具蹼輪，十五名機組人員，載客量達數十人。這款船出廠歷史已經相當長，雖還算不上是值得留藏的珍品，但航行紀錄優良。自此，西莫尼尼便時時留意，盡可能的蒐集所有相關資料，他查出船長米歇爾．曼西諾下榻的旅店，也找機會跟船員攀談聊天，藉以了解該船的內部結構。

同時間，他再度端出一本正經的表情，披上道士袍，回到巴蓋里亞找布朗特私下商談。

「布朗特，」西莫尼尼對他說，「有一艘船正準備離開巴勒摩，載著尼諾．畢克修回那不勒斯。是時候了，該是我們這群悍衛君主的最後忠誠子民要他為他在你的家園的所作所為付出代價的時候了。而且是你，你有這個榮耀參與這次的行動。」

「告訴我，我該怎麼做。」

「這裡有一截引線，引線的長度是某個在這方面懂得比我多的人決定的。把引線纏繞在你的腰上。我們的人，西莫尼尼上尉，明裡，他是加里波底的軍官，不過暗裡，他是我們國王的忠實擁護者，他會叫人把一箱以軍事機密之名而受到層層保護的東西送上船，而且叮囑東西一定要擺在船的底艙，並且由他的親信二十四小時的在旁監看，這個人就是你。箱子裡頭當然是滿滿的火藥。西莫尼尼會跟你一起上船，這樣一來，等船行到某個緯度時，也就是可以望見斯特龍博利島的時候，你會接到命令，解下腰間引線，放妥，並點燃。在此同時，他則命人把小艇放到海上。引線的長度和結構正好可以你足夠的時間從貨艙底回到上頭然後趕到船尾，西莫尼尼會在那裡等你。在船爆炸之前，你們有充裕的時間逃離得遠遠的，而該死的畢克修則會跟著船一起爆炸。儘管如此，你，你不能看西莫尼尼，連一眼都不行，如果你看見他，也不能靠近他。倪奴佐會駕馬車載你到船邊，你在那裡會看到一個叫艾馬羅的水手，他會帶你進入貨艙，你在那裡乖乖的待著，等艾馬羅過來跟你說該動手了，你才開始行動。」

布朗特雙眼閃耀光芒，不過他也不全然是個沒腦袋的笨蛋：「萬一天氣不好怎麼辦？」他問。

「如果你在貨艙底覺得船有點搖晃，不要太擔心，小艇很大也很堅固，有一根桅杆和一張帆，而且陸地也不遠。再說，萬一西莫尼尼上尉覺得浪真的太高了，他也不會拿自己的生命冒險。你若沒有接到命令，那就等下次再解決畢克修了。但若你收到了命令，那是因為有比你更了解大海的人認定你們可以毫髮無傷的踏上斯特龍博利島。」

布朗特滿腔熱血，全心投入。與倪奴佐師傅花很長時間秘密沙盤推演，精心策劃這個魔鬼計畫的施行步驟。時候到了，西莫尼尼穿得一身彷彿要出席喪禮，完全符合人們對神出鬼沒的間諜和特務想像的樣子，帶著一張蓋滿各單位關防和印章的安全通行證求見曼西諾船長，證明他奉維托里奧-伊曼紐二世國王陛下之命，要將一只裝著極機密文件的小箱子送到那不勒斯。為了不引人注意，這個箱子必須混在其他的貨物中，同時必須堆疊在貨艙裡，並且由一個西莫尼尼的親信在一旁日夜監護。這事就交由艾馬羅水手接應，他經常為軍方出機密任務，是箇中老手了。至於其他，船長就不必費心了。船一抵達那不勒斯，就會有一名特種步兵隊的軍官來取箱子。

所以這個計畫非常單純，行動也不惹人注目，更不會讓尼耶佛起疑，他應該只會關心要如何保管好自己那只裝著帳本的小箱子。

海格力斯號預計下午一點鐘啟航開往那不勒斯，整段航程大約十五或十六小時；最佳爆炸時機是當船行經斯特龍博利島時，島上火山長年和緩噴發，夜裡常可看見火山噴出的火花，這樣一來，可說是神不不知鬼不覺，就算在清晨曙光中也沒人會發現。

西莫尼尼很早就跟艾馬羅搭上線，他看起來像是所有機組人員當中最容易被收買的一個。西莫尼尼大方的請他喝個痛快，同時給了他一些關鍵指示：他要在碼頭等布朗特然後將他還有他的小箱子安置在貨艙底層。至於其他，他跟他說，日落之後，當天邊出現斯特龍博利島的火光時，就要開始注意了。無須考慮海面風浪大小。這時候，你下到貨艙，走到那個男人身邊，對他說：「上尉要我通知你，時候到了。」你不必管他做什麼，或者他待會兒要做什麼，不過為了滿足你愛管閒事的欲望，我可以告訴你，他必須從箱子裡翻出一只玻璃瓶，那瓶裡頭有一封信，他得把瓶子從舷窗扔進海裡；有人開著船停留在附近，他會撈起瓶子，然後帶到斯特龍博利島。你呢，你只要回到你在船上的崗位就行了，然後忘掉這一切。那麼，複述一下你要對那男人說的話。

「上尉要我通知你，時候到了。」

「很好。」

出發的時刻，西莫尼尼站在碼頭邊上對著尼耶佛揮手。他們互道珍重，情摯感人：「我最親愛的朋友，」尼耶佛對他說，「這麼長的時間來，你一直陪在我身邊，我對你打開了我的內心最深處。我們可能再也沒有機會見面了。等我把帳交回杜林，我將即刻返回米蘭，在那裡……再說吧。我會想想我的書。永別了，我們抱一下吧，還有，義大利萬歲。」

「別了，我的伊波利多，我會永遠記得你的。」西莫尼尼對他說，他甚至還成功的擠出了幾滴眼淚，因為他非常投入在他的角色裡。

尼耶佛叫人從他的車上抬下一只沉重的小箱子，一路上眼睛沒有離開過合力把箱子抬上船的那幾個人。而就在他要踏上登船繩梯之前，他的兩個朋友，西莫尼尼並不認識，來勸他不要搭海格力斯號，他們認為這艘船安全上有疑慮，不如等第二天早上開航的艾勒崔科號，他們覺得這船比較穩當。西莫尼尼一時之間心緒紛亂，不過尼耶佛立刻聳聳肩說他的文件愈早送達愈好。沒多久，海格力斯號就駛離了港口水域。

若說接下來的幾個小時西莫尼尼始終喜形於色，那未免過譽了他的冷靜。相反的，他一整天一整夜，無時無刻不焦急的等，等著那場他永遠看不到的事件發生，就連他在爬巴勒摩市郊的拉依西角山時也一樣。算算時間，他想不用到晚上九點應該就全燒光了。他不確定布朗特是否按照指示確實執行，但是他想像著他這位水手，在斯特龍博利島的海域上，傳遞命令給布朗特，於是這個可悲的傢伙彎腰把引線塞進箱子裡，點燃引線，拔腿就跑，飛快地趕到船尾，卻沒看見半個人。他可能恍然大悟這是個圈套，然後發了瘋似的（他不就是個瘋子嗎？）奔回貨艙，希望來得及熄滅引線，太遲了，才跑到半路，他就被炸飛了。

……算算時間，他想不用到晚上九點應該就全都燒光了……

任務能夠圓滿達成，西莫尼尼覺得非常得意，所以他穿上神職人員的衣服，特地到巴蓋里亞的小餐館來一頓豐富的消夜犒賞自己。主菜有沙丁魚麵和老饕風味煮（風乾的魚乾以冷水浸泡兩天，使其軟化，然後切成條狀，一顆洋蔥、一根西洋芹、一個胡蘿蔔、一杯油、去皮番茄果肉、去核黑橄欖、松子、科林斯葡萄乾、西洋梨、去鹽的刺山柑花蕾、鹽和黑胡椒）。

接著，他想到了倪奴佐師傅……讓一個這麼危險的證人自在逍遙，著實不妥。他於是再度跨上騾背前往火藥庫。倪奴佐師傅人就在門口，抽著一支老菸斗，看見他咧嘴給了他一個燦爛的笑容歡迎他：「您想事情都辦妥了嗎，神父？」

「我想是的，您應該感到很光榮，倪奴佐師傅。」西莫尼尼說，說著把他攬入懷裡低聲說「國王萬歲」，就像這裡人常說的。他倒在他的懷裡，匕首在他的肚子上劃開長長兩大手掌長的口子。

既然從來沒有人會經過這裡，天知道屍體何時才會被發現。再說，就算果真那麼湊巧，警察或者隨便哪個人一路追到巴蓋里亞的小旅店，他也只能探知倪奴佐這幾個月來，晚上常跟一個看起來愛吃美食的神職人員在一起。不過，這位神職人員如今也將人間蒸發，因為西莫尼尼已經準備好起程返回大陸。至於布朗特，根本沒有人關心他的下落。

三月中，西莫尼尼回到杜林，等著跟他的委託人見面，因為該是他們結清酬金的時候了。某個午後，畢昂科騎士走進事務所，坐在他書桌前，開口道：

「西莫尼尼，您還真敢說從未失手過。」

「什麼，」西莫尼尼反嗆，「是您希望這些帳本消失，灰飛煙滅的。我倒要請您挑戰一下，看能不能把東西找回來！」

「是啊，不過尼耶佛少校也跟著灰飛煙滅了，這不在我們的預期之內。而且這艘消失的船，如今已成了街談巷議的熱門話題，我不知道我們是否有辦法止得住相關的臆測。要把這起事件跟國家機密撇清，肯定是樁苦差事。我們當然辦得到 ；不過，這整個環節中最弱的一環是您。遲早會有證人出現，當面指認您，說您在巴勒摩時，跟尼耶佛走得很近，而且，就那麼巧，您是受波吉歐的委派到那裡工作。波吉歐，加富爾，政府……天啊，我不敢想會有什麼樣的謠言傳出來。所以，您必須消失。」

「進碉堡？」西莫尼尼問。

「就算被送進了碉堡，他還是可能散播謠言。我們不想再重蹈鐵面人的鬧劇了。我們想到了另一個沒那麼戲劇化的方法。您在這裡，在杜林，沒戲唱了，所以拋開一切，隱姓埋名到國外去吧。去巴黎。初期的開銷，只需要我們當初答應給您的酬金的一半便足以因應。其實，是您妄想一次解決一切，結果反而是過猶不及。我們也不能假裝您到了巴黎之後，什麼苦頭和屈辱都不會遇到，能夠安穩的過長遠日子，所以我們會立刻引薦您拜會我們在當地的幾位同行，他們可能交代一些機密任務給您。這麼說好了，您將領另一個政府的薪餉。」

【譯註】

167. Volturno：義大利中部的河流，最後注入第勒尼安海。
168. Enrico Cialdini：一八一一—一八九二，義大利軍事政治人物，是義大利統一建國的重要領導人之一。
169. Castelfidardo：義大利中部安科納省的市鎮。
170. Abruzzes：現今義大利中部一區，首府阿奎拉。

171. Molise：義大利中部一區，首府坎波巴索。

172. Teano：義大利中南部坎帕尼亞區的市鎮。

173. Caserte：義大利中南部坎帕尼亞區的大城，有世界文化遺產，著名的卡塞塔宮。

174. Cicinnatus：古羅馬政治家，事蹟具傳奇色彩，據傳公元前四五八年，他被羅馬城人民推舉為執政官，去援救遭敵人圍困的羅馬軍隊，他在一天之內就打敗了敵軍，但他僅僅領導羅馬度過危機，危機一解除，他便辭官返鄉，僅僅當了十六天的統帥。

175. Huron：北美印第安一族，引申為粗魯沒有教養的人。

9——巴黎

一八九七年四月二日晚，深夜

自從我經營這本日記之後，我再也沒上過館子。今天晚上，我必須給自己打打氣，我決定去一個地方，在那裡，所有人都是醉醺醺的，就算我認不出對方是誰，而那傢伙他，他也一定醉得認不出我。這地方就是眼鏡神父夜總會，就在那裡，很近，英國街上，取這個店名的原因是因為入口處上方立著一個超大的夾鼻眼鏡，也不知道它在那兒多久了，更不知道為什麼它會在那兒。

除了吃飯，那裡還可以嚼嚼店老闆幾乎是半賣半送的幾塊起司，因為起司會讓你覺得渴。至於其他，可以喝酒，可以唱歌——更棒的是，由該店「藝人」獻唱，有苦艾酒菲菲、大聲公艾蒙、三腳仔加思東。前廳其實是一條長廊，有一半的空間被一片沿著牆壁的吧台，老闆、老闆娘和一個在顧客的咒罵和爆笑聲中睡得香甜的小孩所佔據。吧台對面，沿著牆面另有一層突出的檯面，給已經喝了不少的客人當作支撐。吧台後頭，一排架子上，擺著各式各樣你在巴黎可以找得到的劣質烈酒，琳琅滿目。不過，真正的常客會直接走到內廳，裡面兩張桌子坐著一圈醉鬼，睡死在鄰座客人的肩上。四周牆面滿是客人的塗鴉，清一色都是不堪入目的淫穢畫面。

今晚，我旁邊坐的是一位已經灌下N杯苦艾酒的女人。我覺得好像在哪裡見過她，她曾是某個畫報的插畫家，後來，慢慢的墮落。也許是因為她知道自己得了肺癆，來日無多吧；此刻，她毛遂自薦給這裡客人畫像，換一杯酒喝。只是，現在她的手抖得厲害。幸運的話，肺癆沒能要她的命，因為在病魔找上她之前，她說不定就摸黑失足跌落碧葉河，一命嗚呼。

我跟她交談了幾句（這十天來，我關在家裡深居簡出，以致就算是跟女人談談也能感到溫暖），每請她喝一杯，免不了自己也要來上一杯。

所以，現在我拿筆爬文，視力、頭腦朦朧一片：剛好是回想一點點壞事的理想狀態。

我只記得初到巴黎時，我很擔心害怕，這是自然（說實在的，等在我前面的是流亡人生啊），不過這個城市征服了我，我決定這裡就是我要度過餘生的地方。

我不知道我手邊僅有的錢得要維持多久的時間，所以我在碧葉河附近的一間旅館租了個房間。幸虧我還負擔得起單人房，像這樣的收容所，通常一間房間可以擠進十五個妓女，有些房間連面窗戶都沒有。家具都是撿別人搬家丟棄不要的，被褥爬滿臭蟲，一個小小的錊製洗臉盆就是沐浴設備，一只水桶權充尿壺，裡頭連張椅子都沒有，更別說香皂和毛巾了。牆上貼著告示，囑咐房客把鑰匙留在外面的鑰匙孔上，顯然是方便警察加快臨檢的速度，這事常有，他們衝進房間，一把抓住睡夢中人的頭髮，拿高燈籠細看這人的臉，認不得的，就放他們繼續睡，若是他們要找的人，而那人不巧剛好表現出抗拒模樣，那就先來結結實實的一頓打，然後一路拖著下樓。

至於三餐，我在小橋路發現了一家價格便宜的小餐館：店內所有的肉都是中央市場肉販當成垃圾丟掉的變質臭肉——肥的部分都變綠了，而瘦的部分則是黑的——凌晨他們把肉揀回來，稍稍清洗，然後撒上大把的鹽和黑胡椒，泡在醋裡，最後擺在院子的通風處，風乾四十八小時後就能賣給客人了。保證得痢疾，但價格親民。

依著我在杜林養成的習慣，還有在巴勒摩豐盛大餐的吃法，不消幾星期我肯定翹辮子，如果不是真如我所願的，很快的就從畢昂科騎士跟我提到那些人那裡領到了第一筆酬金的話。如今我已經可以負擔得起雨榭路上諾布洛餐館的消費了。那裡進門就是一間大廳，對著座古老中庭，要自己拿麵包進去。門邊上是收銀檯，由老闆娘和她的三個女兒坐鎮：她們在帳單上記下一道道奢華的菜餚，烤牛肉、起司、果醬，或者忙著分送搭配兩顆胡桃的燉煮西洋梨。收銀檯後面，則開放給那些至少點了半公升葡萄酒的客人，工匠、口袋空空的藝術家、文員。

走過收銀檯，來到廚房，這裡有一座壯觀的火爐，爐上滾著燉羊肉、兔肉或牛肉，青豆泥或小扁豆泥。這裡完全採自助式，你得自己拿餐盤、餐具，然後擠在廚房前的長長人龍裡排隊。就這樣，客人手上端著餐盤，一個接一個，推擠著往前，直到他成功的坐上那張巨大的餐桌為止。濃湯兩蘇，牛肉四蘇，從門口帶進來的麵包十分，所以四十分就打發了一餐。所有的食物我都覺得美味得不得了，此外，我還注意到，也有經濟狀況良好的客人上門，體驗與下層階級人擠人的興味。

再說，甚至早在我有能力踏進諾布洛餐館之前，初期那如煉獄般的幾個星期裡，我也從來沒有覺得白過：我認識了一些有用的人，熟悉了一個日後我必須如魚得水般習慣的生活環境。藉由聆聽街頭路人的閒話，我發現了巴黎的其他街衢，其他角落，好比拉波路，整條街都是廢五金店，除了供應工匠和一般家庭所需，也為一些比較不那麼光明正大的勾當提供所需，例如開鎖的鉤子或偽造的鑰匙，甚至那種能藏在外套袖子裡、刀刃可以自由伸縮的匕首。

我盡可能的少待在房間裡，尋一些口袋空空的巴黎人尋常會找的樂子：逛大街。直到此時，我才了解到巴黎比杜林大了不知凡幾。看著社會各階層的人從我身邊走過，帶給我無窮的快樂。路人中只有少數幾人有正事要辦，大多數都是到街上來看人的。穿戴品味脫俗合宜的巴黎仕女，就算本身的姿色不吸引人，她們的髮型也常引起我的注意。唉，同樣的人行道上也有一群巴黎女子，該怎麼說呢？總是一身不太合宜，想盡辦法打扮得更大膽、更前衛來牢牢吸住我們男性的目光。

妓女也一樣，雖說她們不像我馬上會在女性酒吧見識到的那些女人那般粗俗，而且她們專門服務經濟優渥的紳士，從她們媚惑受害者所使出的魔鬼伎倆就能看出她們是幹這一行的。後來，我的一個線民跟我說，不久以前大街上只看得到一身灰布衣裳的年輕女孩，都是沒啥頭腦的純樸女孩，沒有貞操觀念，卻不重利：她們不跟情夫要衣裳，要珠寶，事實是她們的情夫比她們還窮。後來，她們消失了蹤影，就像哈巴狗突然沒了蹤跡。緊接著出現了一批輕佻的漂亮女伶，也叫名妓，或女優，他們不比灰衣女郎機伶或有教養，卻一心只想要喀什米爾羊毛披肩或大荷葉邊的俗豔衣裳。我剛到巴黎的時候，這些輕佻女伶剛退燒，正要把位子讓給上流交際花：她們的情夫個個非常有錢，出手都是鑽石和高級馬車。這些上流交際花很少出現在大街上。這些茶花女自訂出的首要教條便是無情無義，不知感激，並且要懂得盡量剝削那些願意花大錢只為讓這些交際花出現在他們歌劇院包廂裡的沒用男人。多令人不齒的性別。

這段時間，我跟克來蒙 法勃·德·拉格朗日取得了聯繫。杜林的那批人給了我一個辦

……看著社會各階層的人從我身邊走過，帶給我無窮的快樂……

公室的住址。那是一間外表不起眼的建築，地址和街道名字，嗯，基於我在這一行打滾累積的戒心，恕我無法透漏露，儘管我是寫在一張應該是沒有任何人能讀到的紙上。我想他負責的單位是隸屬公共安全總署下的政治部門，但我從來沒搞清楚他是居權力金字塔的頂端還是底層。總之我要是遭人嚴刑逼供，也無法聯繫到該單位的其他人幫忙，總之我對這部情報機器根本是一無所知。事實上，我連拉格朗日在這棟樓裡有沒有辦公室都不知道：我寫了一封信寄到這個地址，告訴他我有一封畢昂科騎士的介紹信要給他。兩天後，我收到一封短箋，約我在聖母院前的廣場見面。他會在外套的扣眼上插一枝石竹花當作信物。自那次之後，拉格朗日約我見面的地點一次比一次匪夷所思，夜總會、教堂、公園，從來沒有重複過。

　　這段時間，拉格朗日剛好需要一份文件，我做了一份給他，完美得無可挑剔，他立刻給了我正面的評價，從那時候起，我開始替他工作，當他的「線民」，這裡的人都這麼稱呼之，非正式的說法。我每個月收入三百法郎，外加一百三十法郎的津貼（特殊案例，特別文件製作還有獎金）。帝國花不少錢養線民，當然比起薩丁尼亞王國是要多得多了。我還聽說這裡一年的警察預算就有七百萬法郎，政治情報局就花了兩百萬。有另一則謠傳言之鑿鑿地號稱有一千四百萬的預算，不過，其中一部分是用來支付皇帝巡幸時安排的夾道歡迎，監視馬志尼派的科西嘉憲兵隊，叫唆煽動分子和貨真價實的真正間諜活動。

　　跟著拉格朗日，我每年至少有五萬法郎的進帳，而且，透過他的介紹，我也建立了自己的私人客群，所以很快的我就有能力開設現在這間工作室了（換言之，舊貨舖只是掩護）。算一下，一份偽造的遺書，我開價高達一千法郎，而聖禮用的聖體餅，則索價一百，因為要取得大數量的聖體餅真的是不容易。這間工作室每個月只要能賣出四份遺囑和十個聖體餅，便能給我另外帶來五萬法郎的收入。而當時年收入加總達一萬法郎，就已經是巴黎人所謂的中產階級經濟優渥人士了。當然，我的收入並非一直那麼穩定，所以我的夢想是賺得一萬法郎的年金利息收入，而不是一萬法郎的收入，若以利率百分之三的國家債券（最穩當）來算，我必須累積三十萬法郎的本金才能達成目標。在那個時代，這個數目對上流社會的交際花來說，輕而易舉，但對一個名聲尚未打響的公證人來說，卻不是那麼回事。

只等機會來臨，我便能把自己從冷眼旁觀巴黎五光十色生活的觀眾角色，轉換為親身融入體驗巴黎樂趣的演員角色。我對舞台劇絲毫不感興趣，因為口吻誇張的朗誦十四行詩的恐怖悲劇，還有博物館的展覽廳只會讓我感到哀傷。不過，在我眼前展開的巴黎生活有更棒的選擇：餐廳。

我想放縱自己一試的首選——儘管所費不貲——是一間我在杜林時就聽人讚譽有加的大維富餐廳。餐廳位在皇宮的柱廊下，據說維多．雨果也是這裡的常客，他是專為這裡的羊胸燉白豆而來。另一間立刻吸引了我光顧的是英國咖啡館，它位於格拉蒙路和義大利人大道轉角。最早，這間餐廳的客層是馬車夫和僕役，現在全巴黎都成了它的座上客。我在這裡發現了安娜馬鈴薯派、波爾多螯蝦、家禽肉醬慕斯、櫻桃雲雀、龐巴杜小餡餅、狍鹿臀肉、園圃風味朝鮮薊心、香檳酒冰淇淋。單是列出這些菜名，我就覺得來這世上走一回是值得的。

除了餐廳之外，廊街也是讓我著迷的地方。我非常喜歡茹弗魯瓦廊街[176]，無疑是因為那裡有三家巴黎最好的餐廳，巴黎餐廳、羅榭餐廳以及茹弗魯瓦餐廳。時至今日，尤其是週六，全市的巴黎人好像約好似的，齊聚在這座水晶穹拱走廊內，無聊的紳士和仕女摩肩接踵，人潮未曾間斷，只是他們身上噴的香水對我來說，或許太濃了。

全景廊街[177]也許更讓我驚奇不已。那裡可以看到更尋常的百姓、中產階級和外來客。他們一看到古董店睜大眼睛的模樣，彷彿想把他們一輩子也買不起的古董吞下去。這裡還可以看到剛從工廠下班的年輕女工。如果真想要偷看裙底風光，喜歡這一味的人，最棒的選擇其實是茹弗魯瓦廊街上那些盛裝打扮的仕女，不過，想看工廠女工的那些中年尋芳客總是在廊街裡來來回回的走，目光隱藏在綠色的霧面眼鏡之後。當然並非所有的女工都有這個意思：她們穿著樸素的連身衣裙，頭戴網紗，腰間一件小巧的圍裙，衣著不具任何言外之音。她們的指尖才是觀察重點，如果指頭上沒有針扎過的孔洞、擦傷或輕微的燒燙傷痕跡，這表示這個女孩生活過得比較優渥，這全拜尾隨她們的尋芳客所賜。

這條廊街上，我盯上的不是女工，而是這群尋芳客（是誰說的，在有歌唱表演的咖啡廳裡，不看舞台卻老盯著地面的那個就是哲學家？），這些人很可能哪一天會成為我的客人或我的工具。有些人，我甚至一路跟著他們回家，他們八成只是回家親吻臃腫的老婆和半打小蘿蔔頭。我記下地址。誰知道，也許會有用。只要一封匿名信，我就能毀了他們。哪一天，如果有需要的話。

拉格朗日剛開始交付給我的任務，五花八門，我幾乎都忘光了。腦中只記得一個名字，布朗教士，不過，這應該算是比較晚近的任務吧，時間約莫是在戰爭前後（我只記得任務進行中爆發了一場戰爭，巴黎被鬧得天翻地覆）。

苦艾酒正在發揮威力，如果我朝蠟燭吹氣，燭火將閃出一朵烈燄。

……這條廊街上，我盯上的不是女工，而是這群尋芳客……

【譯註】

176. Passage Jouffroy：巴黎第九區的一條人行拱廊街，建於一八四五年，裡面有著名的巴黎蠟像館。

177. Passage des Panoramas：巴黎第二區的拱頂廊街，完成於一八八〇年。名字來自入口處上方裝的巴黎景觀全景圖，但該圖已毀壞。

10——達拉・皮科拉的困惑

一八九七年四月三日

親愛的西莫尼尼上尉：

今天早上醒來時，我發現我腦袋昏沉，嘴巴殘留一股奇怪的味道。願上帝寬恕，竟是苦艾酒的味道！我跟您保證當時我還沒拜讀您昨天夜裡寫的觀察心得。如果我沒喝過苦艾酒，我又怎麼知道您喝的是什麼呢？身為神職人員，我怎麼可能分辨得出這種禁飲品，也就是說我不應該認得這個味道才對？又或者，我根本沒喝，只是腦筋昏沉沉地信筆寫下自己醒來時嘴裡感覺到的味道而已，這麼說來，我是在讀過您的日記之後才寫這封信的，所以受到了您日記內容的暗示。事實上，若我從來沒喝過苦艾酒，我是如何判定口中的殘餘味道是苦艾酒呢？是您這本私人日記以外的某樣東西，它的味道引導我斷定這是苦艾酒。

喔，仁慈的耶穌，事實是，我在自己的床上醒來，一切看起來跟平常沒兩樣，好像過去這一整個月，我別的什麼都沒做，除了我知道我應該去過您的公寓，在那裡，也就是說，在這裡，我讀了幾頁您的日記，而在此之前我並不知道這本日記的存在。我在日記中讀到您提起布朗的事，腦海浮現一些東西，但很模糊，很混亂。

我於是朗聲複誦這個名字，大聲念了好幾次，腦裡轟然震動了一下，彷彿您之前提過的布魯跟畢羅醫生在我身體的某個部位放上了磁性金屬似的，還是說那位夏科醫生，他在我眼前擺動著，天知道什麼東西，一隻手指頭、一支鑰匙，一隻張開的手，讓我進入了意識清醒的催眠狀態。

一幅畫面浮現眼前，那是一個教士朝一名被魔鬼附身的女子嘴裡吐唾沫。

11 若利

節錄自一八九七年四月三日深夜的日記

達拉．皮科拉的日記紀錄突然中斷。或許他聽見了什麼聲音，也許樓下的門開了，他於是離開。您必須承認連敘述者都給弄糊塗了。達拉．皮科拉教士似乎只有在西莫尼尼需要良心發聲指控他粗心缺漏，帶他走回事實真相的時候才會醒來；至於其他，他似乎也記不得關於他自己的事。恕我直言不諱，如果這幾頁日記描述的不是真實發生過的事情的話，看起來真像是敘述者在交替運用遺忘快樂和記憶悲苦的文學手法。

一八六五年春天的某個早晨，拉格朗日約了西莫尼尼到盧森堡公園的某張長椅上見面，他拿出一本封面泛黃的舊書給他，根據出版日期，書是一八六四年十月在布魯塞爾發行的，沒有作者的名字，書名叫《馬基維利與孟德斯鳩地獄談話錄，或一個當代人看馬基維利在十九世紀的政治》。

「這個呢，」他說，「是一個叫莫里斯．若利[178]的傢伙寫的。我們現在知道他是何方神聖了，當初可費了我們不少工夫，趁他把這本在國外印刷的書帶進法國非法販售時追查出他的下落。嗯，這麼說也行，這件差事需要費點勁兒，不過不算難，因為不少私運政治文宣品的走私犯其實是我方的特務。您應該知道唯一能夠掌控秘密顛覆性組織的方法就是掌握該組織的領導核心，不然，最少也要把他們主謀的名字列入我方收買的名單內。別以為上帝會降下神啟助我揭發國家敵人的計畫。我們可以這麼說，這說法當然有點誇大，一個秘密組織若有十個門徒，其中三名是替我方工作的『報馬仔』，請原諒我用詞不雅，不過民間都這麼稱呼他們，六個是信仰堅定的蠢蛋，只有一個是危險人物。不過，我們偏離主題太遠了。此刻，若利人在聖貝拉吉監獄裡，我們會盡可能的讓他在那裡待久一點。我們感興趣的是：查明他是從哪兒得到這些資訊。」

「這本書到底說些什麼？」

「我得承認，我沒看過，厚達五百多頁——很差的選擇，因為抹黑毀謗文章的篇幅應該控制在半小時內可以讀完的頁數。我們有一位專研此領域的幹員叫拉夸，他呈了一份摘要上來。我把這碩果僅存的一本書送給您。您將看到書裡假想馬基維利與孟德斯鳩在幽冥國度對談，馬基維利是個理論派，他畫了一套權力的虛偽願景，聲援系列箝制媒體和言論自由的行動、立法議會，以及所有共和派一直嚷著要的東西完全合法。他分析得如此詳盡，如此貼近我們的時代，就算是最無知的讀者也能明白這篇文字的目的在毀謗我們的皇帝，指他癱瘓議院，要求人民延長總統任期為十年、把共和制改成帝國……」

「很抱歉，拉格朗日先生，我們既然敞開來說話了，而您也知道我對政府的忠誠……所以我不能不提醒，根據您剛剛說的，這位若利影射的都是皇帝真真確確做過的事，我看不出有什麼理由要追查若利從哪兒獲得資訊……」

「可是若利這本書嘲諷的內容不僅限於政府做過的事，還直截了當地暗喻了他未來的意圖，有些事若利不像是從局外觀察得出的，反而像是從內部看到的。您知道，每個部會，政府的每座府院，都有地鼠，潛伏的密探流出消息。通常，我們會留他們一條命，反過來透過他們向外散佈政府不會有意放出的消息，但是，有時候他們會變得很危險。我們必須查明是誰放的消息，更可怕的是，是誰教若利這麼寫。」

西莫尼尼心想，所有專制政府行事都循著同一套邏輯，只要認真讀讀真正的馬基維利思想就能明瞭拿破崙下一步會怎麼做；這番思索讓他內心的某種感覺開始具體成形，這感覺在拉格朗日簡述此書摘要的時候始終沒離開過：這位若利給他筆下的馬基維利-拿破崙一段跟他呈交給皮埃蒙情治單位的那份偽造文件裡筆下的耶穌會教士一模一樣的台詞。所以，很明顯的，若利跟西莫尼尼的資料來源是相同的，換言之，就是在《人民的神秘》一書中羅丹神父寫給胡達安神父的那封信。

「因此，」，拉格朗日接著說，「我們要以涉嫌與法國共和派勾結的逃亡馬志尼分子名義，將您移送聖貝拉吉監獄。監獄裡還關了個義大利人，叫嘉維埃里，這傢伙跟歐西尼[179]謀刺案有關。當然，您得找機會跟他攀關係，您是加里波底軍，又是燒炭黨員，天知道還有什麼。透過嘉維埃里去認識若利。這批被監禁的政治犯彼此惺惺相惜，避與各種族的流氓圈有牽扯。想辦法叫他開口，蹲苦牢很無聊的。」

「我要在那個監獄裡待多久？」擔心三餐問題的西莫尼尼問。

「這要看您了。您愈快探得消息，就能愈早出來。我們會通知預審法官，多虧了您的律師機敏，洗清了對您所有的指控。」

西莫尼尼還沒有坐牢的經驗。汗水和尿液四處橫流，加上難以下嚥的菜，一點都不舒服。感謝上帝，就跟其他經濟能力許可的囚犯一樣，西莫尼尼能每天收到一籃食物。

從放風天井回來，走進一間大房間，正中央是座暖爐，靠牆擺著一張張長板凳。那些收到外送食物的囚犯，通常會在這裡吃。有些人躬著身子蓋住籃子，伸長手臂不讓別人看見他們的糧食，有些則比較大方，不僅找好朋友分享，連碰巧坐在旁邊的人都有口福。西莫尼尼明白，那些慷慨大方的，一部分是進出監獄的慣犯，被教育成講義氣講團結的一群，另一部分則是政治犯。

杜林的年月，西西里島的經歷，還有頭幾年在巴黎最污穢的底層的生活體驗，西莫尼尼已經累積足夠的經驗能辨識出誰是天生的壞蛋。他不同意在他那個時代已經開始廣為流傳的觀點，說什麼罪犯都是些瘦小或駝背或兔唇或罹患淋巴結核病的人，還有更偏激的，好比維多克[180]，這人對罪犯議題略知一二（或許是因為他也是他們之中的一員），他說這種人都是○形腿；不過一些外型特徵確實有很多滿符合許多有色人種的典型特質，好比毛髮稀疏、腦容量狹小、腦門塌扁、額竇過凸，齒顎骨和顴骨突出巨大，下巴戽斗，眼眶歪斜，膚色暗黑，頭髮濃密鬈曲，大招風耳，齒列不正，而且缺乏愛心，縱情性慾和酒精，對痛苦的感覺遲鈍，沒有道德感，懶惰，莽撞，沒有遠見，虛榮自負，好賭，迷信。

更別提那些個每天跟在他背後只為了乞求一口他籃裡食物的人，臉上橫七豎八的深刻灰白傷疤，被劣質燒酒腐蝕的腫大嘴唇；鼻子被削去後殘留的軟骨，鼻孔的位置只剩兩個歪扭的洞，長長的手臂，粗短的手掌，體格粗壯，毛髮旺盛，甚至連手指頭都長……這樣的看法一直延續到西莫尼尼覺得必須重新修訂自己對於罪犯特徵的觀念為止。某個叫做歐雷斯特的傢伙，在西莫尼尼終於開口分他一份食物後，隨即表現得極為和藹可親，常黏著西莫尼尼如狗一般的忠心。

他的故事很簡單：只因為求愛不成，勒死了他心愛的女孩，目前正等候開庭審判。「我不知道她怎麼那麼可惡，」他說，「事實上，我是在向她求婚。而她，她竟然笑了。那樣子好像在笑我是個怪物。我很遺憾她離開人世了，但是，那個時候，一個有尊嚴的男人該怎麼做呢？再說，如果我有幸躲過斷頭台，蹲苦牢，想想也不會壞到哪裡去。聽說大鍋菜份量很充足。」

有一天，他手指著一個傢伙說：「他，錯不了，準是個壞蛋。他想殺皇帝。」

就這樣，西莫尼尼找出了嘉維埃里，開始接近他。

「您能征服西西里，得感謝我們的犧牲，」嘉維埃里對他說。他隨即進一步說明：「不是我個人的。他們找不出半點證據，除了我跟歐西尼有過幾次接觸以外。就這樣，歐西尼和皮埃利上了斷頭台，狄魯迪歐[181]被送到圭亞那，而我，如果順利的話，過不了多久就能出去。」

他們都知道歐西尼的事，義大利愛國志士，前往英國請盔甲匠約瑟・泰勒製作六枚炸彈（簡單的圓鐵桶用螺絲拴緊），裡頭裝填了一受撞擊即起爆的雷汞。一八五八年一月十四日晚間，在拿破崙三世前往戲院的路上，歐西尼和兩名同夥投擲了三枚炸彈，擊中皇帝的馬車，成果卻少得可憐：有一百五十七人受傷，其中八人傷重不治，而皇室成員全都安然度過劫難，毫髮無傷。

上斷頭台之前，歐西尼寫了一封血淚交織的信給皇帝，請他務必成全義大利的統一大業，很多人說這封信對日後拿破崙三世的決策多少有些影響。

「最早，應該是交由我來製造炸彈的，」嘉維埃里說，「跟我的一群朋友，不是我吹牛，他們都是炸藥魔術師。後來，歐西尼沒有信心，大家都知道，外國人總是比我們強，他又迷信這個英國人，這個英國人呢，他又獨鍾雷汞。在倫敦，雷汞可以在藥房買到，用來拍攝達蓋爾銀版相片，在這裡，法國，我們拿『中國糖果』的包裝紙沾染雷汞，當我們把紙捲展開時，砰！漂亮的小爆炸——旁觀者於是連串爆笑高呼這是怎麼辦到的！這種用起爆劑引爆的炸彈，如果沒有直接觸中目標，幾乎不會有什麼成效。用黑火藥的炸彈能產生更多的金屬碎片，殺傷力可達方圓十公尺之遠，相反的，雷汞炸彈引爆後立刻碎裂成粉屑，除非它落在你身上否則無法致命。在這種情形下，倒不如一顆手槍子彈，射哪兒就是哪兒。」

「還是有機會再來一次啊，」西莫尼尼大著膽子說，隨即補充說明：「我認識一些人，他們對

……就這樣，西莫尼尼找出了嘉維埃里，開始接近他……

好的火藥師傅能提供的服務很感興趣。」

敘述者不明白西莫尼尼為什麼要抛出這個餌。難道他已經想到什麼點子，還是說基於使命感，抑或是出自壞心眼，或早已洞察先機，反正先抛出誘餌再說，因為我們永遠不知道接下來事情會怎麼發展？總之，嘉維埃里也確實有了反應：「我們談談，」他說。「您跟我說您馬上就能出去，我應該也是。到時候，到雨榭路，羅萊特神父那裡找我。我們跟一批朋友幾乎天天晚上都在那裡見面，那個地方，警察已經放棄了，一來，因為每回來總是得逮捕所有的客人，然後全部關進牢裡，既費勁又費時，二來，因為那個地方，如果有哪個不長眼的傢伙闖進來了，不保證一定出得去。」

「好地方，」西莫尼尼笑著說，「我一定會去。不過，我說呀，聽說這片高牆裡好像有個叫若利的，寫了一些諷刺皇帝的東西。」

「他是個理想主義者，」嘉維埃里回答，「文章殺不了人。不過，也算得上是號勇敢的人物。我介紹您認識。」

若利身上的衣服還很乾淨，顯然他找到修剪鬍子的法子了，每當那些有辦法的人帶著食物籃走進暖爐房時，他總是起身離開獨自瑟縮的角落，走出房間，免得見著別人的幸運心裡頭苦。他看起來跟西莫尼尼差不多年紀，有著一雙先知灼見的熱切眼眸，只是蒙上了一層悲苦，他給人一種多重矛盾複雜交織的感覺。

「請跟我一道坐，」西莫尼尼對他說，「請接受這籃子裡的一些東西，對我來說，東西太多了。我一眼就看出您不屬於那幫社會敗類之流。」

若利露出微笑，表示無言的感謝，很高興的接受了一塊肉和一片麵包，不過言談僅止於空泛的場面話。西莫尼尼說：「幸好我姊姊沒把我忘了。她不是很有錢，但還顧得上我。」

「您很幸運，」若利說，「我啊，什麼人都沒有……」

破冰了。他們聊到加里波底成就的史業，法國人一路激昂亢奮的追蹤著。西莫尼尼暗示性的提到自己遇到的一些過節，先是與皮埃蒙政府，接著和法國政府，現在淪落到被控密謀叛國候審的境地。若利則說他進監獄的理由甚至連密謀都談不上，純粹是因為我窮極無聊。

「我們這些書讀得多的人，自以為是維持宇宙秩序的必要元素的想法，跟文盲偏執的迷信有什麼不同。想法不能改變世界。鮮少想法的人反而比較不容易犯錯，他們跟著大眾的腳步走，不妨礙任何人，他們的人生很成功，賺了大錢，站上好的職位，議員、受勳人士、享有盛名的文人、院士、新聞記者。能把自己的事業打理得這麼好，還能說他們笨嗎？笨的是我，竟異想天開的想跟風車對抗。」

第三回共餐時，若利仍遲遲不肯把話講明，西莫尼尼再度施壓試探，問他寫的危險書籍是哪一本。若利滔滔不絕地講起他的地獄對談，隨著他敘述內容概要，那些他公諸於世的醜事，憤慨之火也愈來愈旺，他逐一解釋，一一分析，分析得比他原先的抹黑內容更深入精闢。

「您抓到重點了嗎？利用公民投票成功地建立專制體制！這個可憐蟲把獨裁的牛肉端到人民面前，順利地完成了一次獨裁政變！他警告我們大家日後的民主將會是什麼樣。」

說得對極了，西莫尼尼心想，這個拿破崙是我們這時代的人，他看得透徹，懂得如何操縱人民讓他們抓狂。不過才七十多年前，光一想到能砍下一個國王的頭，便可讓群情激昂。拉格朗日大可認定若利背後有人指點，但事實擺在眼前，他的確只局限在分析一些在全球眾目睽睽底下搬演的事件，分析透徹到能夠點出暴君的虛偽作態。我反而比較想知道誰才是他筆下人物的正牌原型。

西莫尼尼於是含糊籠統的提到了蘇和羅丹神父的信；若利的臉立刻綻出微笑，臉色也稍稍變紅，他說對，他描述拿破崙醜惡詭計的創作靈感是來自蘇書中陰謀詭計的描寫方式，不同的是，他覺得把耶穌會提升到更古典的馬基維利主義會更有用。

「當我讀蘇的書時，我心想我終於找到了一把創作之鑰，創作出一本能撼動這個國家的書。真是瘋狂，書，他們沒收了，燒了，然後你就到了這裡，一副你什麼都沒做的樣子。而且我不認為蘇，他說的甚至比我還少，是被迫逃亡。」

西莫尼尼覺得自己擁有的某樣東西被奪走了。的確他也套用了蘇的書中有關於耶穌會的演說，但這事沒人知道，他打算私自保有這套陰謀論，往後再拿出來運用在其他的目的上。結果，若利剽竊了這套陰謀論述，並且，可以這麼說，將它攤在公眾領域。

他隨即平靜下來。若利的書被沒收，而他手中有少數還在私下流通的幾本中的一本；若利得在牢裡再待個幾年，那時西莫尼尼說不定已經完整地仿造他的文體，並把這項陰謀呈送出去了，誰知道呢？給加富爾，或是普魯士司法部。沒有人會察覺，連拉格朗日也不會，他頂多在這份新呈的文件內看見某些覺得可信的東西而已。每一個國家的情治單位只願相信他們曾經在別處聽過的事，而所有從未聽聞的新消息則一律斥為沒有根據的無稽之談。所以，鎮靜，他心緒恢復平靜，開始想知道若利說了些什麼，而且是別人不知道的，除了那個拉格朗日曾經提到的拉夸，唯一已知有勇氣讀完全本《對談錄》的人之外。所以，只要除掉拉夸便萬無一失。

現在，該是離開聖貝拉吉的時候了。他懷著兄弟般的誠摯之心與若利道別，若利很是感動，他說：「您說不定可以幫我個忙。我有個朋友，名叫蓋當，他可能還不知道我人在哪裡，不過他可能可以偶爾送一籃人吃的東西進來給我。這些可怕的湯已經害我胃灼熱，染上痢疾了。」

他告訴西莫尼尼，他能在玻能路上的一間書店裡找到蓋當，那是玻格小姐的店，傅立葉主義人士常在那裡聚會。就西莫尼尼所知，傅立葉主義是某種類型的社會主義，鼓吹人類全體大改革，但不主張革命，正因如此，才同時受到共產主義分子和保守派人士的鄙夷。不過，據傳玻格小姐的書店已經成為反對帝國的共和派人士的自由港，他們安安心心的在那裡聚會，因為警察認為傅立葉主義分子根本連隻蒼蠅都不會傷害。

一離開監獄，西莫尼尼立刻趕著向拉格朗日報告。中傷若利對他沒有半點好處，事實上，這位當代唐吉訶德幾乎讓他感到心酸。他說：

「拉格朗日先生，我們的目標純粹是個單純又天真的書呆子，妄想擁有一時的盛名，沒想到反而害了自己。我覺得，若不是您周邊的某個人叫唆煽動，他根本連想都沒想過要寫這種毀謗文章。而且，說出來，我覺得很遺憾，他的資料來源是，沒錯，那位據您說讀過那本書並且為您列出摘要的拉夸，他很可能，這麼說吧，早在書寫成之前，就已經讀過了。而且很可能還是由他親自負責把書送到布魯塞爾印刷。至於動機，別問我。」

「受某個外國情報單位的委派，或許是普魯士，為的是在法國製造混亂。我一點都不覺得驚訝。」

「您辦公室裡有普魯士的特務？我不敢相信。」

「普魯士的情報頭子，史堤柏，口袋裡有九百萬塔勒銀幣[182]，用以支付他們在法國境內的所有特務。謠傳他派了五千普魯士農民和九千奴僕到法國，安插在咖啡館、餐廳、有頭有臉的家庭等地當眼線。錯了。只有一小部分的間諜是普魯士人，連阿爾薩斯人都沒有，因為他們說話的腔調會暴露他們的身分，他們的間諜都是純正的法國人，為了錢幫他們做事。」

「您難道查不出這些叛徒的身分，逮捕他們嗎？」

「這麼做對我們沒有好處，反而會刺激他們逮捕我們的人。殺掉他們並無法擊垮他們，得靠傳播不實的情報，為了達成這個目的，雙面間諜正符合我們的需要。說到這裡，您剛剛呈報的有關拉夸的情資，我覺得好像是第一次聽說。天啊天啊，我們活在什麼樣的世界啊，根本不能相信任何人……得立刻把他解決掉。」

「可是如果您循法律途徑起訴他，他跟若利兩人絕對不會承認的。」

「替我們工作的人絕對不能出現在法院，請原諒，我現在說的是大原則，這個原則過去適用，將來也同樣適用在您身上。拉夸將葬身於一場意外。他的遺孀會領到合理的撫卹金。」

西莫尼尼略過了蓋當和玻能路的書店這兩件事沒提。他打算先予以保留，看看他能如何利用這群常一起聚會的人。再說，在聖貝拉吉待的這幾天已經把他累慘了。

他不再耽擱，立刻叫車載他到大奧古斯丁環河路上的拉貝胡斯餐廳，而且還不是像往常一樣待在供應生蠔和牛排的樓下，而是逕自上了二樓，踏進包廂，那裡你可以點菱　魚佐荷蘭醬汁、杜魯斯風味鍋燒飯、幼兔裡脊肉凍、香檳松露、威尼斯杏桃布丁、新鮮水果籃、蜜桃鳳梨水果泥。

去他的苦牢犯，管他是理想主義者還是殺人犯，去他們的，還有他們的大鍋湯。監獄也是蓋來讓好人可以放心大膽，不須冒任何危險上餐館的。

至此，西莫尼尼的記憶變得跟之前一樣，開始語無倫次，日記裡都是不連貫的片段。敘述者沒有辦法，只好採納達拉．皮科拉教士補充的段落。從這裡開始，這兩人彼此互補，相輔相成……

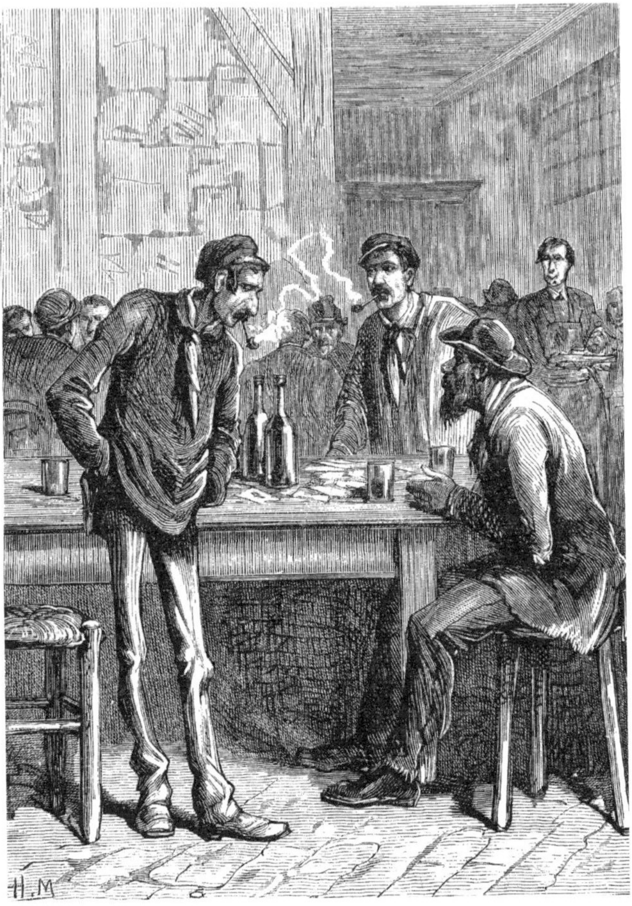

……圍坐在一桌看似認同他弒君理念的同志當中，他們幾乎清一色都是從義大利流亡的政治犯，也幾乎全是爆破專家……

總括來說，西莫尼尼覺得若要有資格自詡是皇家情治單位的眼線，他必須給拉格朗日更多的東西。警察線民要提供什麼樣的情資才能確實地讓人另眼相看？挖掘陰謀。也就是說，得先安排一項陰謀，才能夠揭發陰謀。

這個想法的靈感是嘉維埃里給他的。他到聖貝拉吉打探了一下，探得他何時出獄，他也還記得能在哪裡找到他，雨榭路，羅萊特神父。

這條街走到快要到盡頭的地方，人們沒入一棟入口是條裂縫的屋子裡——其實，不比同樣通向雨榭路的捕魚貓街[183]窄，路面如此之狹窄，沒人明白為什麼要開通這條街，因為路人得橫著身體螃蟹走路才能通過。走上階梯，然後是一條條石塊滲透沾粘油滑汁液的走道，和一扇扇低矮到難以了解人們是如何穿過它走進屋的門。通往三樓的門比較務實，走進去便置身在一間寬大的場地，應該至少打通了三到四間的老公寓，這裡就是招待處，也就是營業場所，即羅萊特神父夜總會，沒有人能說得出他是何方神聖，因為他可能在多年前就已經歸西了。

四周一桌桌擠滿了人，抽菸斗，或玩傭兵紙牌遊戲[184]，還有未老先衰的女孩，一個個臉色蒼白宛如窮苦人家小孩的玩具娃娃，一心只找酒未喝乾的客人，哀求著分杯羹。

西莫尼尼踏進夜總會的那個晚上，有場騷動：那一帶有人亂刀刺死了另一個人，據說血腥味弄得大家緊張兮兮。不知什麼時候，一個狂怒的瘋子帶著皮匠刀傷了一個女孩，推倒上前制止的老闆娘，開始發狂似的亂砍企圖擋住他去路的人，最後一名女服務生拿起水壺朝他後腦杓猛砸下去，終於制伏了他。然後，大家各自散去，各做各的，好像什麼事都沒發生似的。

西莫尼尼在這裡找到了嘉維埃里，圍坐在一桌看似認同他弒君理念的同志當中，他們幾乎清一色都是從義大利流亡的政治犯，也幾乎全是爆破專家，一群走火入魔的傢伙。當這桌人的酒精攝取量達到合理的比例時，大夥開始檢討之前那件偉大的刺殺行動的計畫者犯下的錯誤：卡督達[185]在拿破崙任首席執政時意圖刺殺他用的爆炸裝置裡頭混合了硝石和碎鐵，這種炸彈在老舊都會區的狹窄巷弄內大概有用，然而時至今日，卻不太管用（而且老實說，在那個時候都已經不太管用了）。為了刺殺路易-菲利普，費耶啟[186]用十八根火槍管製作了一個可以同時發射子彈的機器，結果一次是斃了十八個人，只是沒射中國王。

「問題是，」嘉維埃里說，「炸藥的組合成分。拿氯酸鉀來說：他們原本想用它跟硫和碳混合成一種火藥，結果只炸掉了他們拿來製作炸藥的窩。他們於是想這至少可用來製作火柴吧，但氯酸鹽和硫製作的火柴頭卻得浸泡在硫酸中才行點燃。還真方便。直到德國人發明了用磷做的火柴，劃一下就能點燃，而這已經是三十多年前的事了。」

「更別提，」另一個人說，「那個苦味酸。他們發現苦味酸只要跟氯酸鉀一同加熱，就能引發一連串爆炸，一個比一個砰得劇烈。炸死了一些實驗人員，這個想法於是遭到棄置。火棉可能比較好……」

「但不保證。」

應該要參考古老煉金術士的做法。他們發現了一種混合了硝酸和松節油的混合物，只要靜置一段時間就能自燃。早在一百年前就有人發現如果把加水稀釋的硫酸倒進硝酸中，就能起火，幾乎是屢試不爽。

「我啊，我比較認同木炸藥。混合硝酸和澱粉或木頭纖維……」

「你聽起來好像剛讀了維勒的書似的，他的書裡就是用木炸藥當燃料把航空器推上月球。今天，大夥常掛嘴邊的多半是硝基苯和硝基萘。要不然就是用硝酸處理紙張和厚紙板，取得硝胺，一種類似木炸藥的物質。」

「這些物質都不穩定。真的沒辦法的話，時下還值得認真考慮的是火棉；同樣的重量，它的爆炸威力是黑火藥的六倍。」

「可是它的效果不一定。」

他們就這樣聊了好幾個小時，結論總是回歸到質地佳又不摻假的黑火藥有多優，而西莫尼尼覺得自己彷彿回到西西里島，與倪奴佐對談。

請大夥喝了幾壺酒之後，便能輕鬆自如地激化這幫人對拿破崙三世的憎恨，拿破崙三世多半是反對薩瓦入侵羅馬的，如今羅馬被征服之日卻指日可待了。為了一統義大利的崇高理想，專制獨裁者必須得死。儘管西莫尼尼心想，對這些個酒鬼來說，義大利統一不統一其實並沒有那麼重要，還有，再說了，他們對能否漂亮地引爆幾顆炸彈更感興趣。而這種著魔似的狂熱分子正是他要找的人。

「歐西尼的暗殺計畫之所以以失敗收場，」西莫尼尼說明道，「不是因為他出了錯，而是因為炸彈做得太爛。現在，我們知道有人已經做好上斷頭台犧牲的準備，願意冒險在恰當的時機拋出炸彈，然而我們對於該選用哪種爆裂物有的卻只是一些模糊的概念，我跟我們的朋友嘉維埃里聊過，他堅定地告訴我，您們這裡能夠幫得上忙。」

「可是，您剛剛提到我們，這『我們』您心底想的是誰呢？」一名愛國志士問。

西莫尼尼刻意製造遲疑的印象，然後指出之前替他贏得杜林大學生信任的專屬人脈 ：他，他代表富商巨賈會，他是鬼魅般來無影去無蹤的努比優麾下的一名副官，沒有必要再多問，因為燒炭黨的組織結構就是每位黨員只認得自己直屬上司。問題的癥結在於，製造爆炸力沒有疑慮的新型炸彈不是一蹴可幾的事，不過，只要不氣餒地實驗再實驗，研究煉金術士或相近的方法，加上質地優良的混合物，和野外的實地試爆。他，他有辦法提供一塊安靜的地方，就在到雨榭路這裡，和充裕的經費資金。等這些炸彈製作完畢，小組成員就不必再管暗殺的事了，相反的，反而該先把宣告皇帝死亡並說明刺客採取暗殺行動目的何在的傳單，事先存放在這裡，等拿破崙被殺之後，小組立刻分頭到城裡各地廣發傳單，幾間大報的門房一定要放幾張。

「您們應該不會遭遇到阻礙，因為政府高層有人非常樂於見到暗殺成功，市政府那邊有我們的人，他叫拉夸。不過，我不敢保證他百分之百值得信任，另外，也不要試圖跟他聯繫，如果他知道您們的身分，他可能為了升遷，而向當局告發。您們一定知道這些雙面間諜都是什麼樣的人……」

大夥欣然接受協議，嘉維埃里的眼睛閃耀光芒。西莫尼尼拿出工作地點的鑰匙，以及一筆豐厚的款子當作首批採購經費。幾天後，他上門巡視這群陰謀分子的進度，他覺得在實驗方面，他們已經掌握了竅門；他這次來隨身帶了數百份的傳單，那是一位樂於相助的印刷工人幫忙印的，同時留了另一筆款子給他們，他呼喊：「義大利統一萬歲！不入羅馬誓不歸！」然後離開。

可是那天晚上，他走在聖賽佛林路上時，此時街上空無一人，他覺得好像聽到有人跟蹤他，然而，只要他一停下腳步，身後的跫音也跟著停止。他加快腳步，但背後傳來的聲響卻愈來愈逼近，此時他完全確定他不只是被人跟蹤而已，而是亦步亦趨的跟著。突然他聽見肩膀上方傳來上氣不接下氣的喘氣聲，接著被人狠狠的抓住，拽進正好在旁邊的沙朗布利耶死胡同裡（這條巷子比捕魚貓街更窄）；跟蹤他的人對這一帶似乎非常熟悉，選了這個時間點和這個絕佳的地點。西莫尼尼被壓制在牆面上，眼前只見一把刀的利刃掠過臉頰，閃閃發光。四周陰暗，他看不清施暴者的臉，但是一聽到他的聲音，那西西里島的口音，他立刻明白了：「六年了，我一直在找您，我親愛的神父，我終於找到了！」

是倪奴佐師傅的聲音，西莫尼尼確信自己在他肚子上插了兩刀後，丟棄在巴蓋里亞火藥庫的那個人。

「我活得好好的，因為有個悲天憫人的好心人在您走了之後打那兒經過，救了我。三個月，我在生與死之間掙扎了三個月，而且我的肚子上還有一條橫跨骨盆那麼長的刀疤……不過，我才剛下床，就立刻開始打聽您的下落。有誰見過像這樣、像那樣的神職人員……總之，在巴勒摩有人見過您在咖啡館跟穆蘇梅西交談，而且感覺上這人完全符合一位來自皮埃蒙的加里波底分子的模樣，也就是尼耶佛上尉的一位朋友……接著，我得知這位尼耶佛上尉在海上失蹤了，他的船好像燒掉了，而我，我非常清楚船是怎麼，還有為什麼燒掉的，以及幕後的主使者是誰。有了尼耶佛這條線，循線追查到皮埃蒙軍隊，然後從那裡追查到杜林，在那座冰冷的城市裡，我花了一年的時間挨家挨戶的問。終於，我查出這個加里波底分子的名字是西莫尼尼，他有一家公證事務所，但已經頂讓出去，只是在商討買賣時不經意的說出他將前往巴黎。我身無分文，所以別問我是怎麼來到巴黎的，反正，我來了，只是我沒想到這個城市竟然這麼大。我只好四處轉啊轉，苦尋您的蹤跡。只能在像這樣的街道晃蕩，然後拿刀抵住某些迷了路，但衣著光鮮的紳士的脖子。這樣的日子一天又一天，勉強過得去。而且，我總是在這一帶來來回回的轉。我想一個像您這樣的人，肯定經常流連聲名狼藉的自由酒吧，這裡的人都這麼叫，比較不太會去那些高級的名流場所……如果您不想這麼輕而易舉的被認出來的話，您應該留個漂亮的黑色落腮鬍的……」

也就是從那個時候起，西莫尼尼開始戴起中產階級常見的鬍鬚，而且，這段慘痛的過去逼得他不得不承認自己在湮滅身後留下的痕跡方面，做得太少了。

「反正，」倪奴佐做出結語，「我不必從頭到尾一一把我的事報告給您聽，我只要在您的肚子上捅出跟您在我肚子上一樣的口子就行了，只不過要捅得更實在些。這裡，入夜以後，沒有人會經過，跟在巴蓋里亞火藥庫一模一樣。」

月亮初升，現在，西莫尼尼已經看得到倪奴佐被打扁的鼻子，以及閃著精光的眼睛，邪惡的眼睛。

「倪奴佐，」他回過神後說，「您不知道我之所以會這麼做，全都是奉命行事，而且是來自非常非常高層的命令，來自至高神聖的威權，我只能拋開個人的情感，依令行事啊。我會來這裡，也是因為有令在身的關係，來這裡策劃捍衛君主和教廷的其他行動。」

西莫尼尼一邊喘著大氣一邊說，殘酷無情的利刃逐漸離開了他的臉頰。「您，您為了您的國君奉獻了一生，」他繼續說，「所以您一定能夠理解，這一切都是任務所在……請允許我這麼說，極其神聖的任務……為達成任務，儘管手段齷齪，也在所不惜。您了解嗎？」

倪奴佐師傅似乎還沒完全明白，但他的臉上已經清楚地寫著：報仇已經不是他唯一的目標了——「這些年來，我挨餓受凍，光是看著您死已經無法滿足我。我受夠了活在黑暗中的日子。自從我發現您的下落之後，我看著您上餐館，甚至是非常昂貴的餐廳。這樣好了，我留您一條命，交換每個月一筆足夠讓我過著跟您一樣的日子，甚至吃得比您更好，住得更舒服的款子。」

「倪奴佐師傅，我保證我每個月能給您更高的金額。現下我正在準備一項刺殺法國皇帝的暗殺行動，您還記得您的國王之所以失去寶座都是因為拿破崙私底下暗助加里波底的緣故。您對火藥知之甚詳，您應該跟這裡的英勇志士碰個面，他們都在雨榭路那兒忙著製作，說真的，那個稱之為終極殺器的東西。如果您能加入他們，不僅是參與了將來必能留名青史的行動，更能大顯您超凡絕俗的火藥專家身手——請牢記，這次暗殺行動有位階非常高的人士支持——事成之後，您得到的酬金夠您後半輩子吃穿不盡。」

他一聽到火藥，那腔從巴蓋里亞那晚開始醞釀的怒火瞬間全消，當他說：「那麼，我該怎麼做？」西莫尼尼感覺到對方抓住他的手腕。「很簡單，兩天後，大約六點鐘，您到這個地址，敲門，走進店內，然後說您是某位拉夸先生叫您過來的。那裡的朋友都會事先接到通知。但是，為了辨識身分，您必須在身上這件外套的扣眼上插一朵石竹花。我也會在大約七點的時候到那裡。帶著錢。」

「我會去，」倪奴佐說，「但是如果您想玩什麼花樣的話，要知道我現在已經知道您住哪兒了。」

第二天早上，西莫尼尼回去找嘉維埃里，警告他時間緊迫，要他們明天傍晚六點鐘全體在此集合。首先，他本人選派的一位來自西西里的火藥師傅也會來，來此確認工作的進度，他則在稍後趕到，接著拉夸先生也將親自蒞臨，為這整起計畫做擔保。

接著，他跑去找拉格朗日，告訴他，他獲悉一項暗殺皇帝的陰謀。他得知這群密謀分子明天六點要到雨榭路開會，將他們製作的炸藥交給委託人。

「但是，小心，」他說。「有一次，您推心置腹地告誡我，十個秘密組織成員中，有三個是我們的間諜，六個是蠢蛋，還有一個是真正的危險人物。好，在那邊，您只有一個間諜，那就是我，八個蠢蛋，而那個真正構成危險的人，他的外套扣眼上會別著一朵石竹。因為他對我個人造成了威脅，我希望他能直接去閻王殿報到，這個傢伙不能被逮捕，而是得當場擊斃。相信我，這是能讓整起事件安靜落幕的方法。如果那傢伙有機會開口，就算對象是您這邊的人，後果均將不堪設想。」

「我相信您，西莫尼尼，」拉格朗日先生說。「那個人一定會消失。」

倪奴佐六點到雨榭路，身上別著漂亮的小石竹花，嘉維埃里和其他人驕傲地展示他們的實驗製品，西莫尼尼半小時後出現，宣佈拉夸即將蒞臨，六點四十五分，公安武警突襲，西莫尼尼大喊有叛徒，隨即拔出手槍對準警察開槍，實際上是對空開火，武警立刻還擊，擊中倪奴佐的胸膛，不過，由於事情必須做得不落痕跡，他們還擊斃了另一名陰謀分子。倪奴佐在地面翻滾，嘴裡不三不四地以西西里語大聲咒罵，西莫尼尼則仍繼續假裝朝武警開槍，其實是朝倪奴佐身上補上一槍，送他歸天。

拉格朗日的人殺得嘉維埃里和他的同志措手不及，人贓俱獲。現場查獲了首批炸彈半成品以及詳細說明他們為什麼製造這些炸彈的一袋文宣品。緊迫盯人地盤查和詰問之下，嘉維埃里和他的同志報出了（他們認為）那位出賣了他們的神秘人物的名字，拉夸。又多了一個藉口讓拉格朗日決定讓此人從人間蒸發。據悉，警方的筆錄這樣寫著：拉夸參與了這次逮捕陰謀分子的行動，行動中遭到歹徒槍擊殉職。並且為了表彰他的功績還須獎章予以表揚。

至於那些陰謀分子，看來似乎是沒有必要一一送上法庭，把事情搞得沸沸揚揚。那些年裡，拉格朗日跟西莫尼尼說暗殺皇帝的謠言始終沒有斷過，他們猜測這些謠傳多數並非血氣方剛的青年之間的無稽空談而已，而是共和派特務有心散播的，用意在刺激這個世代的青年彼此競爭，務必讓世人知道刺殺拿破崙三世的性命已經成為一種流行。最後，這批陰謀分子全被送到圭亞那，讓他們在那裡染上瘧疾，自生自滅。

拯救了皇帝的命，報酬果然豐厚。如果說若利那件事帶給他一萬法郎的收益，這次立大功揭穿陰謀帶來了三萬的進帳。扣除房子租金和製造炸彈的材料費，這些花了他五千法郎，他淨賺三萬五千法郎，等於他期望存到的三十萬法郎資金的十分之一還多。

倪奴佐的下場，他很滿意，反而對嘉維埃里感到些許抱歉，嘉維埃里再怎麼說都是個老好人，而且非常信任他。不過，任誰想搞陰謀叛亂都是有風險的，而且一定不能相信任何人。

對這位拉夸則真的是非常的遺憾，畢竟，他從來沒有傷害過西莫尼尼。不過，他的遺孀將會得到一筆豐厚的撫卹金。

【譯註】

178. Maurice Joly：一八二九—一八七八，法國諷刺小說家，著名的作品《馬基維利與孟德斯鳩地獄談話錄》，流傳近百年的《錫安賢士議定書》據傳是根據該書改寫的。

179. Felice Orsini：一八一九—一八五八，義大利愛國革命分子，一八五八年一月十四日謀刺法皇拿破崙三世失敗，被送上斷頭台。

180. Eugene-Francois Vidocq：一七七五—一八五七，原本是個小偷，因熟悉犯罪知識，最後竟轉而成為警察，後來離開法國皇家警隊自立門戶，竟而成為法國第一位私家偵探。

181. Carlo Di Rudio：一八三二—一九一〇，義大利貴族，可能參與刺殺拿破崙三世的陰謀，後加入美國軍旅。

182. Thaler：日耳曼帝國時期的銀幣名。

183. Chat-qui-Peche：位於巴黎第五區，有人說它是巴黎最窄的街道，路寬只有一百八十公分，全長二十九公尺，連接雨榭路和聖米歇爾環河路。

184. Lansquenets：原意指十五世紀晚期到十六世紀法國雇用的其他歐洲國家（多為德國）的長槍傭兵，在文藝復興時期有萬用傭兵之稱，亦稱由他們引進的一種紙牌遊戲。

185. Georges Cadoudal：一七七一—一八〇四，法國大革命時期保皇黨將領。

186. Giuseppe Fieschi：一七九〇—一八三六，科西嘉人，一八三五年十二月十三日策劃刺殺路易-菲利普，被捕後跟兩名同夥一同被送上斷頭台。

12——布拉格之夜

一八九七年四月四日

現在，我該做的只剩接觸若利提過的那位蓋當。玻能路那家書店的老闆是位滿臉皺紋的老小姐，總是穿著寬鬆的黑色毛裙，頭戴近似小紅帽的那種兜帽，遮住大半張臉——幸好。

我在那裡馬上就遇見了蓋當，一個以嘲諷宏觀周遭世界，沒有任何信仰的人。我喜歡沒有宗教信仰的人。蓋當爽快地答應了若利的請求：他給他送了食物進去，甚至還塞了一點錢。之後，他又調侃了一番他不遺餘力大力襄助的這位朋友。幹嘛寫書，害自己鋃鐺入獄呢？反正會讀書的那些人已經是天生的死硬共和派，而支持專制獨裁的那些人，都是些目不視丁，獲上帝青睞得以參與公民投票的農人。

傅立葉主義分子呢？都是些好人，不過，傅立葉宣稱在一個重獲新生的世界裡，華沙將能種出柳橙，海水將變成檸檬汽水，人將長出尾巴，而亂倫和同性戀將被視為人類最自然不過的人性衝動，我們怎麼可能認真嚴肅的看待這樣的人？

「那麼，您為什麼還要跟他們往來呢？」我問。

「那是因為，」他回答，「他們是始終反對無恥的波拿巴施行專制獨裁的唯一正直好人。您看那位美麗的女士，」他說。「她叫茱麗葉．拉梅辛[187]，是當今達古伯爵夫人[188]沙龍裡最具影響力的女人之一，她拿她老公的錢，在里沃利街上開了一間她的個人沙龍。她非常迷人，很聰明，還是個才華洋溢的作家，無論如何，能受邀成為她沙龍的座上賓都是光榮的事。」

蓋當還指了另一個人要我看，他高大英俊，魅力十足，「他叫杜森乃爾[189]，《動物精神》一書的名作家。社會主義者，放蕩不羈的共和派，而且瘋狂地愛上了茱麗葉，而她根本連正眼都不看他一眼。不過，他是那裡面頭腦最清楚的一個。」

杜森乃爾和我聊到了正在毒害現代社會的資本主義。

「誰是資本家呢？猶太人，我們這時代的太上皇。上個世紀的革命斬斷了卡佩王朝，我們這個世紀的革命要斬的必是摩西王朝。我將就這個主題寫一本書。哪些人是猶太人呢？舉凡吸乾那些無力反抗之人、平民百姓的鮮血者都是。是基督徒，是共濟會員。當然還有以色列人。」

「可是，並非所有的基督徒都是猶太人。」我大膽提出質疑。

「猶太人就是基督徒的同義詞，就像英國人都是衛理公會教徒；德國人是虔信派教徒；還有瑞士人和荷蘭人，他們跟猶太人一樣，從同一本書中，也就是聖經裡面解讀上帝的旨意，那本書集亂倫、屠殺和野蠻戰爭於一爐，裡面的人利用背叛和欺瞞的手段來達成目的，國王派人暗殺丈夫，好得到他們的妻子，而這些自稱聖潔的妻子於是走上敵方將領的床，乘機砍掉他們的腦袋。克倫威爾[190]一邊砍下國王的腦袋，一邊朗誦聖經。馬爾薩斯[191]否定了窮人家小孩有生存的權利，他的學說充斥著聖經的無稽。這個種族將一生所有的時間都花在提醒自己曾淪為奴隸一事上，而且全不理會上天已降下雷霆怒火的明確跡證，執迷不悟地禮拜金牛犢[192]。凡自詡為社會主義信徒的人都該以打垮猶太人為主要目標。我不說共產主義分子，因為共產主義的創始人是猶太人。關鍵在於揭發金錢陰謀。為什麼在巴黎的餐廳，一顆蘋果要價比在諾曼第貴上一百倍？這當中有啃別人血肉為生的掠奪階層，也就是那些生意人，好比以前的腓尼基人和迦太基人，如今的英國人和猶太人。」

「所以，您的意思是，英國人和猶太人是一樣的？」

「差不多。您看過迪斯雷利[193]的小說《康寧斯比》[194]嗎？作者是英國政壇的重要人物，先祖為中世紀改信基督教義的西班牙籍猶太人，他勇氣可嘉地寫出猶太人正大步朝主宰全世界的目標前進的事實。當然，不是插在他的國會演講稿裡，而是透過他的小說。」

第二天，他就帶了一本迪斯雷利寫的書給他，他還在書裡的某段文字底下整段劃了線，「您見過歐洲爆發的大小風潮裡，有哪一次猶太人沒參與，而且是積極參與？首批耶穌會教士是猶太人！還有讓全東歐都嚇得臉色發白的俄國神秘外交圈呢，是誰領導的？猶太人啊！又是誰幾乎是全面性地獨佔了德國的教授席次呢？」

「要知道迪斯雷利不是那種專在背後說本族人民壞話的奸細。相反的，他是想藉此激發出族人的美德。他毫不忌諱地寫出俄國財政部長，岡坎伯爵[195]是立陶宛籍某位猶太人的子嗣，西班牙的部長曼迪薩巴[196]也一樣，他是阿拉貢省某個已改信基督的猶太人之子。在巴黎，也有位帝國元帥是法國籍猶太人的後裔，叫蘇爾特[197]，還有馬森納也是猶太人，馬森納轉譯為希伯來文就是馬納森……再說，德國境內醞釀爆發的革命，又是由誰贊助壯大的呢？是在猶太人的羽翼下。看看那個卡爾．馬克思和他的共產主義信徒現在的樣子就能明白。」

我不敢說杜森乃爾說得都對，不過他這連番猛烈批評，讓我了解到這些屬於最激進的革命派的想法，也給了我一些啟發……至於是否會有人願意花錢買反耶穌會的文件，我仍然存疑。或許共濟會會想要，不過我還沒跟那個圈子的人搭上線。耶穌會對反共濟會的文件也許會有點興趣，但是我覺得自己還沒有那個能力變造得出來。反拿破崙的？當然不可能賣給政府，至於共和派，他們倒是頗有潛力的市場，不過有用的東西都給蘇和若利講完了，這方面已經沒有太多可以著墨。反共和派？這邊也一樣，政府似乎已經掌握了一切有關他們的有用資料，至於傅立葉分子的資料，若呈交給拉格朗日，多半只會招來他的訕笑：不知道他已經派了多少眼線出入玻能路的書店了。

還有誰可茲利用？猶太人，老天。內心深處，我一直認定他們不過是爺爺夾纏不清的偏執念頭而已，然而，聽完杜森乃爾這番話後，我覺得反猶太的市場不僅可以含跨巴輝埃爾教士那邊的所有子民（他們的數目不容小覷），還可能擴及反革命派、共和派、社會主義分子的陣營。猶太人是教權聖壇的敵人，也是被他們吸乾剝淨的普羅大眾眼中的敵人，還有，根據各個政府的情資顯示，他們也是君主王權的敵人。一定得在猶太人這邊下點功夫。

我知道這個任務並不容易：當然某些特定的神職圈，我可能還可以再利用巴輝埃爾的論述從中挑撥，把猶太人描繪成共濟會和聖殿騎士的共犯，他們的目的就是引發法國大革命，不過，這個說法可能無法引起像杜森乃爾這樣的社會主義分子的興趣，得給他一些更明確的東西，像是猶太人之間的關係、資本的累積、英國的陰謀。

我開始後悔自己幹嘛這輩子打死也不願意結識猶太人。我發現我對我厭惡的目標，所知竟是如此之少——但對他們的憤恨卻是與日俱增。

我絞盡腦汁，不知從何下手，此時拉格朗日替我開了一條路。我們很清楚拉格朗日約見面的地點永遠最出乎人意料之外，這回，他約在拉雪日神父墓園。仔細想想，他的選擇是對的，我們被當成來此追尋已逝至親的家屬，或是探訪過往浪漫人物的遊人——此時此刻，我倆一本正經地繞著阿伯拉德[198]和哀綠綺思的墳頭來回晃蕩，這裡是藝術家、哲學家和熱戀中男女必訪的聖地，我們恍如在幽魂之中悠晃的幽魂。

「西莫尼尼，我想安排您跟迪米崔上校見面，我們這圈子的人只知道他叫這個名字。他在俄國皇家使館的第三部門工作。不消說，您如果到聖彼得堡去找這所謂的第三部門，所有人都只會吃驚的看著您，因為它不是組織上的正式單位，而是由一群負責監控革命團體興起成形的特務所組成，他們那邊，問題比我們這裡要嚴重得多。他們必須留心十二月黨人的餘孽、無政府主義者，現在又多了所謂的不滿現狀的解放後農民。幾年前，沙皇亞歷山大廢除了封建領地的強制奴隸制，只不過，現在有大約兩千萬的自由農民必須付一筆土地收益金給以前的領主，而這塊土地上的收成根本不足以讓他們溫飽，所以很多農民湧入城市尋找工作……」

「這位迪米崔上校找我幹什麼呢？」

「他正在蒐集一些資料，怎麼說呢……陷害污衊方面的，猶太人問題那方面的。猶太人，在俄國，人數比在我們這裡多得多。在鄉鎮裡，他們對農民來說是一大威脅，因為他們會讀會寫，尤其懂得算數。更別提大城市了，據推測，他們當中有很大部分的人加入了顛覆政府的秘密組織。我的俄國同行面臨了雙重問題：一方面，要提防猶太人，因為此時他們的確構成一大威脅；另一方面，要把農民的不滿情緒導向他們那邊。反正，迪米崔會跟您解釋清楚。至於我方呢，此事與我們無關。我國政府與居住法國的各猶太金融圈關係良好，所以若是把彼此關係弄僵了，對我們一點好處都沒有。我們嘛，我們只是想送個順水人情給俄國人。在我們這一行，大家都互相幫忙，所以我們慷慨地免費把您借給迪米崔上校，而您呢，西莫尼尼，您在官方紀錄上跟我們是完全沒有關係。我差一點忘了，在迪米崔來之前，我建議您多打聽打聽全球猶太聯盟，這個組織大約在六年前成立，就在這裡，在巴黎。成員都是醫生、媒體從業人員、法學家、生意人……巴黎的頂尖猶太裔人士。要我們說嘛，每個都傾向自由主義，當然也就比較偏向共和制，亦即不支持波拿巴。從外表來看，該組織高抬人權的大帽子，宣稱在幫助受宗教和各國迫害的人。除非有相反的證據出現，那些人都是高尚正直的公民，不過，他們那圈子，外人很難滲透進去，因為猶太人跟狗一樣，只要互相聞屁股就能認出彼此是不是自己人。儘管如此，我還是有辦法替您跟某個成功取得該聯盟秘書信任的人牽上線。他叫雅各・布拉夫曼[199]，是個改信東正教的猶太人，後來當上了明斯克神學院的希伯來語教授。他這次來巴黎停留的時間不長，肩負迪米崔上校還有他所屬的第三部門派給他的任務，他比較容易打入猶太聯盟，因為聯盟中的某些人認定他是自己的教友。他一定能夠告訴您一些有關那個組織的事。」

「很抱歉，拉格朗日先生。不過，如果這位布拉夫曼是迪米崔上校的線民，他能告訴我的消息，迪米崔應該早就知道了，同樣的事由我再複述一遍，完全沒有意義。」

「別那麼天真，西莫尼尼。當然有意義，這當然有意義。如果您呈報給迪米崔的都是他已經從布拉夫曼那裡知道的事，這在他的眼裡看來，您的消息來源還算可靠，因為再次確認了他已經知道的情報。」

布拉夫曼。根據爺爺的描繪，我預期自己將見到的人有一張如禿鷹似的側面，豐厚的嘴唇，下唇明顯突出，就像黑人那樣，眼窩凹陷，而且眼睛該是混濁不清，眼皮間的開縫比其他民族要窄，頭髮是波浪大捲或蓬鬆細捲，菜葉似的招風大耳……結果，相反的，我眼前的這位先生，一身修士裝扮，蓄著漂亮的銀白鬍子，兩道濃密蓬亂的眉毛，鼻孔冒出幾叢浮士德傳說裡的魔鬼般的毛髮，我曾經在俄國人或波蘭人臉上見過類似的特徵。

……我眼前的這位先生，一身修士裝扮，蓄著漂亮的銀白鬍子，兩道濃密蓬亂的眉毛，鼻孔冒出幾叢跟浮士德傳說裡的魔鬼般的毛髮，我曾經在俄國人或波蘭人臉上見過類似的特徵……

改教不僅能變化人的心靈，連臉部五官都能跟著改變，這就是明證。

這位仁兄對美食有特別的偏好，雖說他舉止樣態表現得像鄉下外地人，一副什麼都想嚐，通通都愛吃的模樣，而且也不懂得如何合宜地點份完整的套餐。我們約在位於蒙投葛伊路上的羅榭德岡卡餐廳晚餐，以往那裡是品嘗鮮美生蠔的首選。該餐廳停業了二十幾年，後來，換了新業主重新開張，菜雖然不比從前，但仍賣生蠔，對一個俄國籍的猶太人來說，這樣的等級已經夠好了。布拉夫曼只吃了幾打的貝隆河牡蠣，以及一碗淡水螯蝦濃湯。

「一個能夠存活四千年之久，生命力如此強韌的民族，必然在他的居住國內另行組織了一個獨一無二的政府，一個國家中的國家，而且它一直都在，各地都有，就算是千年流離失所的那段歲月也未曾中輟。而我呢，我發現了能證明這個國中之國真實存在的文件，一部法典，《喀哈爾》。」

「那是什麼？」

「一部可追溯到摩西時代的基本法，在猶太人滅國散居各地之後，它再也無法光明正大的施行，不過它化明為暗，屈尊隱沒至各猶太教會所。我發現了有關《喀哈爾》，明斯克區的《喀哈爾》，一七九四年到一八三〇年間的相關文獻。白紙黑字，每一條規章都鉅細靡遺。」

他展開一捲類似莎草紙的手稿，上頭密密麻麻地寫滿我看不懂的符號。

「每一個希伯來團體都受一部《喀哈爾》和一個自治法庭的管轄，我們稱之為審判屋。這裡就是一部《喀哈爾》，不過，想當然耳，每一部《喀哈爾》都是一樣的。內容詳述隸屬該團體的每個分子只能遵守團體內部法庭的約束，而非他們居住國的法庭規範，還規定該如何安排準備慶典，該如何宰殺牲畜以符合他們的特殊料理法之需，還說要把不潔和腐爛的部分賣給基督徒，每個猶太人該如何基於《喀哈爾》收買基督徒，並以高利貸為手段加以剝削，最後完全取得他的所有財產，這段期間其他的猶太人則沒有權力去壓榨該名基督徒……對下層階級缺少憐憫之心，只為有錢人榨乾窮人，根據《喀哈爾》，這些行為都不需撻伐，反而值得讚揚，只要是以色列子弟，怎麼利用這些手段都沒關係。有些人說，尤其是在俄國，猶太人都很窮：這是真的，有非常多的猶太人成了有錢猶太人所主導的秘密政府的受害者。我個人並不反猶太人，我身上留著猶太人的血，但是我反對一心想取代基督教義的猶太意識……我敬愛猶太人，被猶太人他們殺死的耶穌就是我的見證……」

布拉夫曼緩了口氣，開始點菜，他點了一道小山鶉裡脊肉凍冷盤。點完，話題馬上又回到那些文稿上，閃著精光的眼睛不住的打量，「全部是如假包換的真品，您懂嗎？證據就是紙張老舊，字體是書寫法律文件的公證人慣常用的制式字體，儘管簽署的日期不同，簽名卻出自同一人之手。」

所以，布拉夫曼雖然已經把文件翻譯成法文和德文了，但他從拉格朗日那裡得悉我有辦法偽造真實文件後，他於是想請我偽造一份看起來年代跟原文版本同樣久遠的法文版本。製造其他各國語言的版本出來非常重要，等於挑明了告訴俄國情治單位，歐洲各國非常看重這份《喀哈爾》的原始範本，而巴黎全球猶太聯盟尤其重視。

我提出疑問，我們要如何從這個已經在東歐銷聲匿跡的組織創造出來的文件裡頭找出證據，證明有這樣一份全球性的《喀哈爾》存在呢？布拉夫曼要我不用擔心這一點，他只是拿來當考證文獻用，以證明他所言不虛——至於其他，等他出書後，他的書便足以讓世人相信《喀哈爾》的真面目是一隻觸角延伸至全球文明世界的大章魚。

他的五官變得嚴厲，幾乎現出原本那副應該能揪出他猶太血統的鷹鉤鼻嘴臉，不管怎麼說他還是猶太人。

「激起《喀哈爾》精神的核心感覺就是主宰世界的畸形野心，還有永遠無法滿足的貪慾，想擁有非猶太人所擁有的財富，以及對耶穌基督和基督徒的仇恨。只要以色列一日不入耶穌之門，猶太民族居住的基督教國家，在他們的眼裡，將永遠是一方開放的公共湖泊，按照《喀哈爾》的說法，每一個猶太人都可以自由的在這裡釣魚。」

布拉夫曼被自己義憤填膺的指控搞得筋疲力竭，點了淋上濃稠醬汁的肥嫩小雞排，不過，這道菜並不合他胃口，他於是叫人幫他換了松露小雞排。之後，他從背心掏出一只銀製的舊式凸蒙懷錶，然後說：「我們真可憐，已經好晚了。法國餐廳的料理是無可挑剔，但是上菜速度實在太慢了。我還有約，必須先走了。西莫尼尼上尉，如果您有管道弄到這種紙和需要的墨水，請務必通知我。」

布拉夫曼正好品嘗完最後端上來的甜點，香草蛋奶酥。我原本以為猶太人，雖然他已經改了信仰，一定會要我買單。結果不然，布拉夫曼優雅地招招手，他，竟願意付這頓飯的飯錢，還一副無所謂，懶得核對餐點細目的模樣。俄國的情治單位顯然同意他報公帳，核銷他闊綽的開支。

我帶著些許迷惑回到家。一份有一百五十年歷史的文件，在明斯克出土，如此鉅細靡遺的規範著，好比說某個慶典，誰該受邀請，誰又不該來之類的，文件本身無法證明在巴黎或在柏林的大銀行家也受到這些行為規範的約束。最後，最重要的是：絕對、絕對不能用一份真實的或者半真實的文件為本，來編造文獻！萬一哪個地方的哪個人真的擁有這份文件怎麼辦，他有可能把文件找出來，然後指出哪些地方不盡如實……為了讓人信服，文件必須是無所本，從零到有，而且，萬一有本，也要盡可能的不亮出正本，而是靠民眾道聽塗說口耳相傳，不能讓人有機會追根究柢，找出任何真實存在的來源資料。就好比東方賢士朝聖傳說裡的賢士，只有在馬太福音中找得到兩句關於他們的經文，完全沒提到他們姓什麼叫什麼，也沒說他們總共多少人，更沒說他們到底是不是國王，故事的所有其他情節都是傳言和傳統。儘管如此，對老百姓來說，他們卻像約瑟和聖母瑪利亞一樣的真實，我還知道在某個地方還有人禮拜這些賢士的骨塚。要揭露的事件必須超乎想像，震撼人心，奇情夢幻，這樣，這些事件才會變得可信，能挑動群情。猶太人強迫同族同胞必須這樣或者那樣進行自家女兒的婚禮，跟一個香檳區的葡萄農有什麼關係？這算得上是證明猶太人想把手偷偷伸進他們口袋的證據嗎？

此時我才明白，我，我手中握著強有力的資料，或者應該說，我擁有一套足以讓人信服的背景框架——比這幾年來風靡全巴黎的古諾[200]歌劇《浮士德》更棒——只剩填入適合的內容。事實上，我腦中浮現的畫面是雷震山的修道院、約瑟×巴爾薩摩的計畫，還有在布拉格墓園裡集會的耶穌會教士。

這項希伯來人計畫征服全世界的陰謀該從哪裡開始呢？可不可以比照杜森乃爾向我暗示的那樣，從佔據黃金開始。征服世界，可喚起各王朝和政府的戒心；佔據黃金，可滿足社會主義派、無政府主義者和革命分子；摧毀基督教世界的神聖，可攪得教宗、主教和神父寢食難安。再攪和上一點擁波拿巴王朝人士的厚顏無恥，這一點若利已經評析得非常詳盡了，以及若利和我都從蘇的書中看到的耶穌會的偽善面目。

我再次走進圖書館，不過，這一次，是鑽入巴黎的圖書館，在這裡我找到的資料比在杜林的時候更多，而且我還發現了布拉格墓園的其他圖片。墓園早在中世紀就已經存在，經過數百年的時代變遷，由於墓園基地不得超出當初授權的範圍，因而出現墳墓重疊的現象，疊葬的情況嚴重到也許有高達十萬多人在此安息，林立的墓碑也因而變得愈來愈密集，幾乎是一個緊挨著一個，在接骨木樹蔭底下更顯陰暗，墓碑上沒有任何肖像好讓它變得高雅，因為猶太人害怕畫畫像。也許雕刻師受到這地方的迷惑，以誇張的手法創造出這片如迎風折腰的歐石南灌木叢般崢嶸的香菇田，也恍如缺了牙的女巫張開的血盆大口。不過，多虧了幾幅在月光底下看似比較有想像的浮雕畫，我立刻明白該如何利用這片猶太人安息的背景，佝僂背脊的猶太教拉比直如這些像是從石板路面上撬出的石板塊，一個個宛如遭遇大地震後的橫七八豎直立，全身密實地裹在大衣或兜帽披風中，泛灰的長髯和山羊鬍，聚精會神地商議著他們的陰謀，他們靠著歪斜的墓碑，歪著身軀，深夜裡組合出一幅駝背幽魂密林圖。正中央是羅拉比[201]的墳，這位猶太教拉比在十七世紀時，創造了一個能為所有猶太人完成復仇大業的怪物，戈倫魔怪[202]。

比大仲馬更引人入勝，比耶穌會更厲害。

當然，我筆下的文件內容應該以親身目擊恐怖夜會的某人，以見證人的說法來呈現，但證人因為怕被判死刑，所以身分無法曝光。他成功地趁著夜色溜進墓園，而且在集會宣佈開始之前，假扮成猶太拉比躲在應該是羅拉比墳墓的一堆亂石邊。鐘響十二點——彷彿是為了褻瀆該神聖會議似的，基督教堂的鐘塔遠遠地敲響，宣告猶太教會議開始——十二名裹著深色大衣的人出現，一個聲音彷彿自墓園深處的墳裡飄出，招呼這十二位成員，稱呼他們Rosche-Bathe-Abboth，亦即以色列十二部落長老，他們則一一回答他：「我們向您致敬，喔，受詛咒之子。」

背景設定完成。故事既是在雷震山揭開序幕，召喚他們到此的那個人接著發聲問：

「自從上次聚會之後，一百年過去了。你們來自何處，又是以什麼身分出席？」於是，與會人士輪流回答：來自阿姆斯特丹的猶大拉比、來自托雷多[203]的班傑明拉比、沃爾姆斯[204]的李維拉比、佩斯的曼納斯拉比、克拉科夫[205]的嘉德拉比、羅馬的希梅翁拉比、里斯本的賽布龍拉比、巴黎的盧本拉比、君士坦丁堡的丹恩拉比、倫敦的艾瑟拉比、柏林的以撒契拉比、布拉格的納波塔利拉比。接著那個聲音，換言之，也就是第十三位與會者，命在場的每一位報告他們管轄區域內的財產狀況，並且計算羅斯柴爾德家族和在世界各地做得有聲有色的以色列銀行家的財富。加總之後，得出定居歐洲的猶太人共計三百五十萬人，以每人擁有六十萬法郎的身家計，總計二十億法郎。第十三個聲音下了評論，要消滅兩億六千五百萬的基督徒，這些還不夠，不過，是足以開始展開行動了。

我還得好好想想他們的發言內容，不過，我已經規劃出結論了。第十三個聲音召喚羅拉比的靈魂，一道泛藍的光芒從墳底升起，逐漸轉強變得刺目，十二位與會者一同朝墳頭丟擲石塊，那道光慢慢的轉弱熄滅。十二人的身影也同時幾乎消失在不同的方位，被黑暗吞沒（一般慣常的說法），墓園再度回歸陰森頹廢的哀愁之中。

所以，結合了大仲馬、蘇、若利、杜森乃爾。除了我這份重纂文件的心靈指引巴輝埃爾教士的這一帖靈丹之外，我還缺一份來自虔誠天主教徒的觀點。這幾天，恰好，因為拉格朗日一直催促我加快腳步，盡速與猶太聯盟搭上線，他介紹我認識古格諾[206]。我聽說過這個人，他是擁護波旁王朝的正統派新聞從業人員，而且始終致力鑽研魔法、魔教儀式、秘密組織和共濟會直到今日。

「我們覺得，」拉格朗日說，「他好像快要完成一本關於猶太人和基督教徒被猶太化的書，我不知道我表達得是否夠清楚。跟他碰面聊聊可能有助於幫您收集一些能夠滿足我們那些俄國朋友需求的材料。而且，能更明確地知道他們正在搞什麼鬼對我們也很有幫助，因為我們不希望破壞我們政府、教廷和猶太金融圈之間的良好關係。您可以自稱是鑽研猶太事務的研究員，非常欣賞他的作品，藉此機會接近他。有個人能帶您滲入他的生活圈，一位名叫達拉．皮科拉的教士，他幫過我們不只一次了。」

「可是我不懂希伯來語。」我說。

「誰跟您說古格諾懂希伯來文的？恨某人，不見得要跟他說一樣的語言。」

現在（突然之間！），我記起我跟達拉．皮科拉教士的第一次會晤情況了。他好像就站在我面前一樣。我看著他，我知道他不是我的第二人格，或者是一般人比較常說的分身，因為他看起來起碼六十歲了，而且一副背都打不直的模樣，斜視又齙牙。當時，一眼看見他，我心裡想的是，簡直是鐘樓怪人加西莫多嘛。此外，他的法文帶著德國腔。我們的第一次會晤，我只記得達拉．皮科拉低聲告誡我，我們不只要提防猶太人，更要小心共濟會，因為說到底，他們的陰謀一直以來都是一致的。我贊同不要同時開兩條戰線的說法，所以我不留情面地駁斥了他的那番話，儘管如此，透過教士的一些暗示，我明白耶穌會對任何共濟會集會的情報都很感興趣，因為教廷已經計畫展開火力強大的反擊，準備對付四處蔓延的共濟會毒瘤。

「總之，」達拉．皮科拉說，「等哪一天您必須跟這些個圈子打交道的時候，跟我說一聲。我是巴黎會所的弟兄，在那裡我有熟人。」

「您，是一位教士，」我說，達拉．皮科拉微微一笑，「如果您知道有多少教士加入共濟會的話……」

這段時間裡，我見到了古格諾騎士。他是一位七旬老者，神志有些不清了，但仍執著固守著幾個根深蒂固的想法，而且汲汲想證明這世間確實存在著魔鬼、魔術師、巫師、通靈術士、梅斯默派催眠師、猶太人、崇拜偶像的狂熱教士，甚至那些支持有某種生命要素存在的「電氣師」。

長串喋喋不休，根本就是從人類的起源開始講古。我乖乖地聽著老人家針對摩西、巴黎人、猶太大公會[207]、猶太法典《塔木德》發表看法，不過，古格諾滔滔不絕的同時，也招待我品嘗絕佳的香醇干邑，還漫不經心地隨手將一整瓶酒放在他面前的三腳圓桌上，所以我勉強還忍受得住。

他揭露了猶太一族的女性生活悲慘的比例高出基督女信徒甚多（我心裡想，我們從福音書裡不就能很清楚的看到，耶穌每走一步，撞到的不都是女罪人？），接著他開始長篇大論為什麼在《塔木德》的道德觀裡，他人並不存在，法典沒有提到任何我們對他人該謹守的義務，這說明了為什麼猶太人可以無情無義地摧毀家庭、玷污年輕女孩、並且以放高利貸的手段，吸乾吃盡了他人之後，還能將他們的寡婦和長輩趕出門，事實上，法典還將他們的這等行為予以合理化。另外妓女，還有為非作歹的歹徒也一樣，猶太族群裡出這些人的比例比基督教徒高，「不過，您呢，您一定知道，在萊比錫受審的十二個案件裡面，有十一件是猶太人幹的？」古格諾故作驚奇地說，說著還露出詭譎的笑容。「老實說，在各各他山，要是有一個善良好人，就有兩個匪徒。一般而言，」他補充說明，「猶太人犯下的都是最惡性重大的罪行，好比詐騙、偽造、高利貸、惡性倒閉、走私、製造假鈔、盜用公款、商業詐欺，多到說不完。」

忍受了將近一個小時鉅細靡遺的高利貸分析後，終於進入最精采的部分，殘害嬰兒和吃人肉這兩件事。最後，好像是為了對照這些見不得天日的惡行似的，終於有了一件能在光天化日之下進行的機敏舉動，也就是他們在猶太金融界公開的罪惡伎倆，順便提到法國官員在反制和懲罰這些行為上的無能。

當古格諾提醒他，說得好像他自己也是猶太人似的，猶太人的聰明才智優於基督徒時，最有趣的部分來了，只是，我幾乎都用不上，他強調了我從杜森乃爾嘴裡聽來的迪斯雷利的精闢論述——我們可以看到篤信傅立葉主義的社會主義分子和保皇派的天主教徒，他們在猶太主義這方面至少是意見相通，彼此團結一致的——他們似乎對佝僂體弱又多病的古猶太人那套拉丁文聖經解釋均表反對；的確，猶太人從來不鍛鍊體魄，也不練習軍事技能（相反的，希臘人卻認同體育的價值，還舉辦競賽），古猶太人身體虛弱，而且體型都不壯碩，可是他們卻活得更久，而且生育能力超乎想像——這當然是他們那無法抑制的性飢渴延伸出來的結果——而且對許多疾病都具有免疫力，這些疾病卻能狠狠地擊垮其餘的人——結果，造就了他們成為這世上最危險的侵略者。

「請告訴我，為什麼猶太人幾乎總能逃過霍亂傳染病的大流行？」古格諾對我說，「儘管他們居住的地方是城裡衛生條件最差，而且是最有害健康的區域。拿一三八四年的鼠疫來說，當時的某位歷史學家曾說，基於某些未知的理由，各國的猶太人都未受到感染；佛拉卡斯托羅[208]跟我們說，唯有猶太一族逃過一五〇五年的傷寒大流行；達格揭露了猶太人是如何在一七三六年痢疾肆虐尼美根[209]時，唯一倖免於難；瓦烏希[210]證明了居住德國的猶太人完全看不見條蟲的蹤跡。您對這些有什麼看法？這怎麼可能，因為我們說的可是全世界最骯髒，而且只跟同族聯姻的人種啊？這完全違反了所有的自然法則。難道說是他們的飲食規範使然，我們還不太了解箇中究竟，抑或是行割禮之果？到底他們有什麼秘訣，讓他們比我們更強健，但從外表看起來卻又是比我們弱呢？要我說啊，這樣陰險狡詐又強大的敵手，我們該不擇任何手段的加以殲滅才行。您知道他們進入應許之地的時候，他們才不過區區六十萬人之譜，假設每個成年男性以四人計，換算得出總人口兩百五十萬。然而，到了索羅門時代，他們已經有一百三十萬名戰士，換言之，即五百萬人口，已經翻了一倍。如今呢？想要計算出總數有實際的困難，鑑於他們分散世界五大洲，不過，最保守的估計已達千萬。他們的人數不斷的增長、再增長……」

內心的激憤似乎搞得他筋疲力竭，看得我忍不住想給他一小杯他自己的干邑。不過，激動情緒隨即平復，情緒轉換得飛快，快到他馬上轉換了話題，開始聊起救世主降臨說和猶太人對舊約的傳統解釋（也就是說，準備闡述他那些有關魔法和撒旦的著作），我開始覺得醺醺然昏昏欲睡，不過我終究奇蹟似的站直身子，感謝他撥冗相見，然後告辭回家。

比需要的還要多，我心想：如果我把這些資料通通彙整，寫進要呈給像拉格朗日這樣的人的報告中的話，鐵定有被情治單位扔進監牢的風險，說不定會被囚禁在伊夫堡內，這是大仲馬的忠實小說迷會下的狠招。或許我太輕看古格諾的書了，因為，現在當我著手撰寫報告的時候，我想到《猶太人、猶太主義和基督教徒猶太化》一書是一八六九年出版的，書長近六百頁，滿滿的蠅頭小字，該書還榮獲教宗庇護九世的福佑，並且取得普世間的廣大迴響。不過，這卻正是現下我心中的感受，這些廣在各地發行且眾所皆知的東西，有毀謗文章，也有反猶太的大部頭巨著，在在告誡我，要謹慎選擇。

我的布拉格墓園裡，與會的拉比該發表一些容易懂的言論，攸關一般大眾的新論調，

……內心的激憤似乎搞得他筋疲力竭，看得我忍不住想給他一小杯他自己的干邑……

而非像殺嬰儀式這種已經講了好幾世紀之久的陳腔濫調，只要告誡教小孩不要靠近猶太社區就好，而且必須是一般百姓深信不疑的東西，就像大家都相信有巫婆一樣。

於是我在我的報告中加入了那個命運之夜留下的後續傷害。第十三個聲音率先發言：「我們的父執輩代代相傳，以色列上帝選民務必每一百年齊聚於西梅翁-班-朱胡答拉比的墳前一次。一千七百年前，全能上帝允諾亞伯拉罕卸下我民族背負的十字架。飽受踐踏，羞辱，無時無刻不受到強暴和死亡威脅的以色列子民，一路挺過來了：他們之所以分散全球各地，就是意味著全球當隸屬於他們所有。是我們的，早在亞倫[211]的時代起，金牛犢即屬於我們。」

「是的，」此時以撒契拉比說話了，「當我們成為世界所有黃金的唯一擁有者時，真正的權力將掌握在我們手中。」

「這是第十次集會，」第十三個聲音說，「經過千年無止盡的殘酷鬥爭之後，我們各個世代的以色列子民的代表，再次聚集墓園，站在西梅翁-班-朱胡答拉比的墓前。不過，前幾個世紀，我們的先祖都沒能取得夠多的黃金，也就是說沒有取得足夠的權力。在巴黎、倫敦、維也納、柏林、阿姆斯特丹、漢堡、羅馬、那不勒斯，以及所有羅斯柴爾德家族觸角所及之地，以色列子民都已經是當地的金融主宰……你，盧本拉比，你來說，你對巴黎的情況比較了解。」

「所有在位掌權的皇帝、君主和王公，」盧本拉比說話了，「全都債台高築，大把向我們舉債來養自己的軍隊，以鞏固他們岌岌可危的寶座。因此我們必須更進一步的簡化放款條件，不過為了確保我們出借給各國的資本沒有回收之虞，必須要求他們提供擔保品，這樣便能取得鐵路、森林、大型冶金廠和工業的經營管理權，還有其他不動產，別忘了還有稅收。」

「我們也別忘了農業，這一塊一直是所有國家的大金礦，」羅馬的希梅翁拉比發言。「很顯然，大地主這一塊我們還有待突破，不過，如果我們能成功的給政府施壓，逼大地主幫忙國家還債的話，土地取得將易如反掌。」

接著，來自阿姆斯特丹的猶大拉比開口了：「只是，在以色列的許多弟兄已經改變信仰，接受基督教洗禮……」

「無所謂！」第十三個聲音回答，「……受洗的人還是可以為我們所用。儘管他們身體接受了洗禮，他們的心和他們的靈魂依舊是效忠以色列的。從現在起到下一個世紀，將不再有以色列的孩童受洗成為基督徒，反而是許多基督徒爭相接受我們神聖律法的約束。」

「不過，首先，」李維拉比說，「我們必須視基督教為對我們威脅最大的敵人。必須在基督徒之間散播自由主義的思想、懷疑論的觀點，同時讓這個宗教的主事者沉淪墮落。」

「讓我們宣揚進步的論述，以塑造所有宗教一律平等的觀念，」曼納斯拉比接著說，「挺身站出來抗爭，刪除所有學校課程中有關基督教教義的課文。以色列人以其靈活的手腕和苦讀，必能輕而易舉地取得基督教學校的教授和老師席次。讓宗教教育就這樣地回歸家庭教育之中，而大部分的家庭，因父母沒有時間監督孩子這部分的學習進度，宗教精神必將逐步淡薄。」

現在輪到君士坦丁堡的丹恩拉比發言了：「特別是商業和投機事業的大權絕對不容從我們的手中溜走。一定要獨佔烈酒、奶油、麵包和葡萄酒的專賣權，有了這個，我們將成為所有農業生產的絕對主宰，基本上就是所有鄉村農畜牧業經濟的主宰。」

布拉格的納波塔利拉比則說：「還有司法系統和獄政體系也不能放過。在金融方面以色列人既然永遠是第一把交椅，有什麼理由當不上國民教育的主管呢？」

最後，托雷多的班傑明拉比說了：「我們不應該畫地自限，自立於社會的任何一門重要行業之外：哲學、醫學、法律、音樂、經濟，一言以蔽之，科學、藝術、文學的所有各類分科，這是一個巨大的戰場，我們必須拿出實力，展現才華。尤以醫學為當務之急！醫生能夠觸及一個家庭裡最隱晦的秘密，而且基督徒的生死也掌握在他的手中。我們應該鼓勵以色列人和基督徒結親：一丁點的不潔血脈不足以對上帝選民的我族造成危害，相對地，我們的子女卻能透過聯姻，與位高權重的基督教家族攀上關係。」

「總結本次會議的討論內容，」第十三個聲音說，「如果說黃金是奪取這個世界的第一要素，那麼第二要素就是媒體。各個國家的各大日報編輯部，都必由我們的人來主導。一旦我們成為媒體的絕對主宰，我們就能改變大眾對於榮譽、美德、正直的觀念，對家庭基石展開第一波攻勢。煽動大眾對現實社會問題的激憤，一定要掌控無產階級，讓我方的煽動分子滲透社會運動，要能做到當我們想要引發暴動時，就能鼓動人民揭竿起義，逼迫勞工走上抗爭，走上革命一途，而這種種悲慘事件必能一件一件地將我們朝唯一的目標推進：統治全世界，這是神老早就應允了我們的民族之父亞伯拉罕的承諾。到時候，我們的勢力將日益強大，宛如一棵神木，枝芽滿載著名曰財富、歡愉、幸福、權力的果實，以補償我們在漫長的十數世紀裡所遭遇的悲慘景況，這才是以色列民族的唯一命運。」

如果我記得沒錯，這篇以布拉格墓園為背景的報告在此結束。

東拼西湊彙整重組的工作結束後，我累癱了——也許是因為我發憤書寫的這幾個小時中間，為了提振精神和體力，還多灌了幾杯之故。儘管如此，從昨天開始，我卻一點胃口都沒有，而吃東西只徒增反胃噁心而已。人一清醒，就嘔吐。大概工作得太累了。又或者，吞噬了我的憎恨感已經堵上了我的喉嚨。隔了一段時間後，我重讀這篇關於布拉格墓園的文字，於是我明白了，從這回的編纂經驗裡，從我編造出這麼一篇如此絲絲入扣，教人不得不相信以色列人的陰謀是確有其事的證詞後，我明白了，打從我小時候開始，一直延續到青少年時期的這份厭惡感其實一直都是單純的（怎麼說呢？）想法而已，始終局限在腦袋裡的一個想法而已，就像是爺爺講授基督教經文的聲音一點一滴鑽進腦裡，而如今這個想法有了血肉，具體成形了，就在我成功地重現那夜巫魔般的聚會之後，我內心對猶太人陰險惡毒的恨和敵意出現了質變，從純粹抽象的概念，轉化成無可壓抑的深切志願。喔，是真的，見證了布拉格墓園的那一夜之後，老天啊，最起碼在讀了我對這起事件的見證文字後，便能明白為什麼我們不該再繼續隱忍，放任這個受詛咒的民族殘害我們的生命！

一讀再讀之後，我終於完全領悟，這就是我的使命。我一定要想盡一切辦法把它賣出去：但有一個條件，唯一的一個條件，他們得用大筆銀子來跟我買，只要有人相信它，就等於多了個人為它的內容背書……

至於今天晚上，我最好停筆了。憎恨（或者純粹只是我的記憶而已）混淆了我的思緒。我雙手顫抖。我該睡了，睡了，睡了。

【譯註】

187. Juliette Lamessine：一八三六—一九三六，法國女作家，女性沙龍主人，力主法國共和。拉梅辛是她第一任丈夫的姓氏，一八六七年夫死，近世以她從第二任丈夫姓氏的茱麗葉．亞當（Adam）較為世人所知。

188. Comtesse d'Agoult：一八〇五—一八七六，法國女作家，筆名丹尼爾．史坦（Daniel Stern），與鋼琴家李斯特的一段情堪稱轟轟烈烈。

189. Alphonse Toussenel：一八〇三—一八八五，法國作家，新聞記者，篤信傅立葉主義烏托邦的社會主義分子。

190. Oliver Cromwell：一五九九—一六五八，英國軍政領袖，曾推翻英王，短暫地將英國轉為共和聯邦制。是英國歷史上頗具爭議性的人物。

191. Thomas Robert Malthus：一七六六—一八三四，英國政治經濟學家，著名的《人口學原理》對後世影響深遠，他大膽預言：未來人口增長將超越食物的供給量。

192. Veau d'or：聖經記載，當摩西上西奈山領受十誡時，須離開以色列人四十晝夜，以色列人擔心他遲遲不歸，要求摩西的兄長，也是大祭司的亞倫為他們製造金牛犢神像。以色列人因而犯下崇拜他神偶之罪，等摩西回來後命令利末子孫斬殺三千百姓。

193. Benjamin Disraeli：一八〇四—一八八一，英國政治人物，作家，在政府任職長達四十年，曾兩度擔任首相，在保守黨的現代化過程中扮演重要的角色。

194. Coningsby：一九四四年出版的英國政治小說，據傳他是以羅斯柴爾德的生平為範本創造主角亨利．康寧斯比。羅斯柴爾德是德國猶太裔大金融家。

195. Georges Cancrin：一七七四—一八四五，俄國軍事和政治人物，在一八二三—一八四四年間出任俄國財政部長。

196. Juan Alvarez Mendizabal：一七九〇—一八五三，西班牙經濟學家和政治人物，在擔任西班牙財政部長時，厲行改革：廢除貴族頭銜、言論和出版自由以及沒收教堂資產等。

197. Nicolas Jean de Dieu Soult：一七六九—一八五一，法國軍事領袖，綽號「鐵手」，以英勇驍戰，深諳政治投機術而聞名，曾擔任過三次法國首相。

198. Pierre Abelardh：一〇七九—一一四二，法國著名的神學家和哲學家。年輕時一段戀情最讓人傳頌。他在巴黎擔任講師時，愛上了教士富爾貝爾的侄女，哀綠綺思（Heloise），兩人私奔，秘密結婚，不久哀綠綺思為了阿伯拉德的前途—若他結婚便無法當上神學院的院長—否認結婚，此舉引起她叔父的誤會，設計陷害阿伯拉德，最後兩人勞燕分飛，分赴不同的修道院當修女和修士，終老一生。一一六四年哀綠綺思過世，安葬在阿伯拉德之側。

199. Jakob Brafmann：生卒年月不詳，大約一八二五—一八七九間，俄籍猶太人，後改信基督教，曾在明斯克大學教授希伯來文，一八六九年出版的論文《Kniga Kahala》，講述某猶太最高議會計畫推翻各國政府之種種陰謀，對後來的反猶太思想影響甚巨。

200. Charles Gounod：一八一八—一八九三，法國作曲家，歌劇《浮士德》為其代表作。

201. Juda Löw：一五一二—一六〇九，生於波蘭，一五九七年被選為布拉格的大拉比，死後葬於布拉格猶太墓園。他的名字常與戈倫魔像的傳說連在一起

202. Golem：源於猶太教，用巫術灌注黏土製造的一種能自由行動的人偶，通常由拉比控制。

203. Tolede：西班牙古城，是世界文化遺產之一。

204. Worms：德國古城，位於萊茵河西岸，有尼伯龍根之城和路德之城的稱號。

205. Cracovie：波蘭舊都。

206. Gougenot des Mousseaux：一八〇五—一八七六，極具爭議性的法國作家、記者，主張教宗絕對權力說最力，是咸認的反共濟會、反猶太運動的先驅，有多部作品主題圍繞在魔法，揭發秘密宗教團體和共濟會的陰謀上。

207. Grand Sanhedrin：猶太公會（Sanhedrin）是古代以色列由七十一名猶太長老組成的立法議會和最高法庭。而大猶太公會是拿破崙所召集的猶太人會議，於一八〇七年正式召開，目的在回答貴族院提出的十二個有關猶太人問題，以便公會和貴族院按照這些回答，來確定猶太人在法國的未來地位。儘管大公會宣稱它擁有古代公會的立法權利，拿破崙反而在會後第二年下令限制猶太人的法律權利。

208. Jerome Frascato：一四七八（或一四八三）—一五五三，義大利醫生、哲學家和詩人。最著名的是他有關傳染疾病的擴散理論，以科學的方法研究傷寒、鼠疫、梅毒等的來源與傳播。

209. Nimegue：荷蘭東部，靠近德國邊陲的城市，是荷蘭歷史最悠久的城市。

210. Andrea Wawruch：一七七三（或一七七二）—一八四二，德國醫生，是貝多芬的主治醫生。

211. Aaron：舊約聖經人物，摩西的兄長。帶領以色列人拜金牛犢。

13——達拉・皮科拉說他不是達拉・皮科拉

一八九七年四月五日

今天早上我醒來時，躺在自己的床上，我下床換衣服，穿戴妥我的角色需要的最少變裝道具。接著，我過來讀到您的私人日記裡頭關於您跟達拉・皮科拉教士見面的那一段，您描述了他的模樣，年紀肯定比我大很多，更過分的是，他還是個駝子。於是我走到您臥室裡的那面鏡子前——我的臥室，依循修士的規範，不掛鏡子——而且我也不想自戀似的自我吹捧，但我還是忍不住要說，我五官端正，沒有斜視，更沒有齙牙。我講得一口漂亮的法語，或許帶一點義大利腔。

可是，這樣一來，假借我名字跟您見面的教士是誰呢？往事回顧到這裡，但我是誰呢？

一八九七年四月五日臨午

我醒得很晚，之後在我的日記裡看到了您留下的簡短紀錄。您真是早啊。天啊，教士先生——假如您哪一天（或哪一夜）讀到了這幾行文字的話。您真實的身分到底是什麼？為什麼偏偏到現在這個節骨眼我才想起來，我殺了您呢，而且是早在戰爭爆發之前的事！我怎麼可能跟一個魅影說話？

我殺了您？為什麼我現在能如此確定呢？我們試著好好回想一下。不過，在此之前，我得先吃點東西。真奇怪，昨天，我一想到食物就覺得噁心想吐，如今，我卻願意吞下我找得到的任何東西。如果我能自由自在地出門就好了，我得去看個醫生才行。

這篇布拉格墓園的報告完成後，我就準備好約迪米崔上校見面了。想到之前布拉夫曼盛情招待的法國大餐，於是我同樣約了他在羅榭德岡卡餐廳碰面，結果，迪米崔上校好像對美食並不感興趣，只隨便吃了幾口我點的菜。他的眼睛微微有些歪斜，兩顆小小銳利的瞳人，這雙眼睛讓我聯想到愛探人隱私的包打聽，雖說，還沒有人來探我隱私，而且我也從來沒遇過這種人（我討厭包打聽，就跟我討厭猶太人一樣）。迪米崔，在我看來，有一種獨特

……我求見拉格朗日……

的魔力，能讓對方如坐針氈。

他仔細地讀了我的報告，然後說：「非常有意思。多少？」

跟這樣的人打交道真的很愉快，我脫口說了一個數字，大概算得上是天價，五萬法郎，隨即接著解釋我花了多少錢給線民。

「太貴了，」迪米崔回答。「或許該說，對我來說，太貴了。嗯，也許有人能一起分攤這筆費用。我們跟普魯士情治單位的關係不錯，他們也有希伯來人的問題。我呢，我付你兩萬五，用黃金支付，同時允許您把這份文件賣給普魯士，由他們付您另外一半的款項。我負責通知他們。他們當然會想要正本，就像您給我的這一份一樣，不過，據我的朋友拉格朗日告訴我，您有複製正本的才華。會有個名叫施堤伯的人跟您聯絡。」

他的話到此為止。他彬彬有禮的拒絕了一杯干邑的邀請；起身，中規中矩地鞠了個躬，胸膛挺得筆直，頭猛地九十度垂直朝前點下，隨即離開。帳單，我結了。

我求見拉格朗日，他曾經跟我提過施堤伯，他是普魯士情報單位的最高首長。專長是海外情資收集，不過他也滲透秘密宗教組織和危及國家安定的活動。十幾年前，他真的很搶手，因為他蒐集了許多關於那個馬克思的資料，這個人不僅在德國製造麻煩，在英國也一樣。據說還是他手下的一名叫克羅斯的特務，他化名佛洛里成功潛入假扮成醫生的馬克思在倫敦的住所，取得了一份名單，上頭列出加入共產聯盟的所有人員名字。漂亮的一擊，他們一舉逮捕了眾多危險分子，拉格朗日做出結論。多此一舉的預防措施，我卻這麼認為：這麼容易就上鉤受騙，這些共產黨員大概都是些沒腦子的笨蛋，他們絕對成不了氣候。然而，拉格朗日卻說誰知道呢。預防重於懲戒，寧可在他們幹下犯行前予以重擊。

「一個好的諜報特務若還得介入處理已經發生的事，他就完蛋了。我們這一行，就是要在事情發生之前介入。我們目前正投注大筆金錢在整頓巴黎大街上的的亂象。其實需要做的並不多，數十個蹲過苦牢的囚犯跟一小隊的便衣警察，他們洗劫了三間餐廳，兩間妓院，作案時高唱〈馬賽曲〉，另外，還放火燒了兩座書報亭，然後穿著制服的我方人馬趕到，經過一場逼真的肉搏戰劇碼後，再把滋事分子全抓起來。」

「有什麼用意？」

「用意在升高擔心受怕的善良中產階級身上的壓力，說服所有百姓，必須施以鐵腕鎮壓。倘若我們要鎮壓的是真正的暴動，天知道是由誰策動的，我們絕不可能如此輕易地脫身。不過，言歸正傳，說到這個施堤伯，自從他當上普魯士秘密警察首長之後，他化裝成江湖郎中，踏遍東歐小鎮，記錄所見所聞，沿路建構線民資料網絡，然後有一天，普魯士軍隊沿著這條路線，一路從柏林攻進布拉格。他在法國這邊也開始依樣畫葫蘆，著眼於戰爭早晚總有一天會爆發，這是無可避免的。」

「這樣說來，我不是別去跟他接觸比較好？」

「不，只是眼睛要睜大一些，由我們的人來替他工作反而比較好。再說，您，您要告訴他的應該是一篇關於猶太人的故事，這事與我們的利益無涉。所以，您跟他合作，不會對我國政府造成任何傷害。」

一星期後，我收到施堤伯署名送來的車票。他問，請我前往慕尼黑找他的親信，一位高德契先生[213]，並把報告交給他，這樣是否會給我造成太大的困擾？的確會造成我的困擾，可是我又能怎麼樣呢，另一半酬金太誘人了。

我向拉格朗日請教，問他是否認識這位高德契。拉格朗日告訴我這人之前在郵局任職，而且確實為普魯士秘密警察做事，擔任煽動分子的角色。一八四八年的動亂結束後，為了讓民主派的領導人入罪，他偽造了假信，讓人誤以為該名領導人意圖刺殺國王。證據就是柏林有幾名法官，因為他們指出信函是偽造的，引發全民譁然，高德契被掃到颱風尾，被迫辭去郵局的職務。此外，這起事件也一舉抹煞了他在情報圈的信譽，在這個圈子裡，用變造的假文件沒有人會譴責你，但是如果事後人贓俱獲，被抓個正著的話，那就不可同日而語了。他轉而致力寫作，出了一些三流的歷史小說，筆名約翰．雷可利夫，一方面也持續與宣傳反猶太的《十字報》合作。情報組織仍然會利用他散佈一些有關希伯來世界的消息，不管消息是真是假。

儘管如此，他算得上是個有擔當的人，我心裡想，不過，拉格朗日跟我說過，這件事如果他們找他來幫忙的話，或許是因為他們並非那麼看重我的報告，所以才派一個半吊子來看看內容，心裡有個底之後再殺我滅口。

「不對，德國人很看重我這份報告，」我反駁。「他們非常看重，甚至願意出高價購買。」

「是誰答應您的？」拉格朗日問。我於是回答是迪米崔說的，他聽了臉上露出微笑，「他們是俄國人，西莫尼尼，這不就說明了一切嗎。一個俄國人允諾要德國人給您東西？不過，您還是跑一趟慕尼黑好了，我們也很好奇，想知道他們在搞什麼鬼。您一定要時時謹記，高德契是個無恥的惡棍。否則，他不會幹這行。」

並非拉格朗日對我好，而是，他八成也把某些高階官員歸在無恥之徒之流，所以也包括他自己在內。無論如何，只要他們錢給得大方，我是不會太在乎那些的。

我想我在前面的日記裡寫過我對慕尼黑這間大餐館殘存的印象，巴伐利亞人大群蜂擁著朝老闆前的長桌擠，一個緊挨著一個，大啖油滋滋的香腸，拿著跟臉盆一般大的啤酒杯猛灌，不分男女，女人比男人笑得嘴更開，更大聲，更狂野。確實是劣等民族，經過一段本來就已經非常累人的長途跋涉後，在這塊條頓族人的土地上僅僅才待了兩天，就已經讓我付出了代價。

高德契就約在這樣的一間餐館裡跟我見面，我必須承認，眼前這位德國間諜看起來就像是天生要在這種地方到處鑽到處刺探的人：一身浮誇庸俗的昂貴衣著蓋不住那副靠非常手段賺錢的狡詐外表。

操著一口破法文，他開門見山的問了幾個關於資料來源的問題，我游移閃躲，東拉西扯地扯一些過去我不該加入加里波底軍的不堪往事，試圖轉移話題，他顯得很高興很驚訝，他說，他正在寫一本以一八六〇年的義大利事件為藍本的書，就快要完成了，書名叫《比亞里茨》，書分成許多部，不過內容並不是全都發生在義大利，也有西西里島、西伯利亞、華沙，還有切合書名的比亞里茨[214]等地。他暢談他的書，言談間不無得意，還自誇這部堪稱歷史小說界的西斯汀教堂的巨著已經進入最後的潤飾階段。我看不出他研究的這些不同事件之間有何關聯，不過故事的主軸似乎圍繞著三股控制世界的鬼祟惡勢力，亦即共濟會、天主教會，特別是其中的耶穌會，以及已經滲透前述兩大勢力的猶太人，他們的目的在暗中連根破壞我基督教條頓民族的聖潔情操。

書從馬志尼派共濟會在義大利的陰謀展開，接著故事情節轉到華沙，當地的共濟會聯合虛無主義分子陰謀顛覆俄國，他們跟斯拉夫民族一樣都是有史以來最該遭天譴的一群，這兩族群大部分都是猶太人——重點是他們的招募方式，讓人聯想到巴伐利亞光明會和富商巨賈會的燒炭黨：每個會員要帶九個彼此不認識的人入會。這部分結束後，故事回到義大利，隨著皮埃蒙軍朝兩西西里島推進，在連串複雜交錯的攻擊，背叛，強暴貴族婦女，荒誕離譜的旅程，勇氣逼人的愛爾蘭正統派，劍客奇情故事，藏在馬尾巴底下的秘密信函；一個邪惡的卡拉契歐羅王子，也是燒炭黨員，強暴了一名年輕女孩（愛爾蘭人而且是正統派）；發現一只已氧化變綠的神啟金指環，蛇身纏繞造型，正中央嵌著牛血色珊瑚；拿破崙三世兒子的綁架未遂案；卡斯泰爾非達爾多[215]慘劇，效忠教宗的忠誠德國軍血流成河，並大力抨擊軟弱的羅馬帝國子民——高德契這幾個字說的是德文，大概是不想冒犯我，不過，我在學時期學過德文，保有一些概念足以讓我知道這些字意指天性懦弱的拉丁民族。講述到此，情節變得愈來愈錯綜複雜，而他卻連第一部都還沒講完。

高德契一路往下講，一雙微微近似豬玀的眼睛慢慢地耀出光彩，口沫橫飛，講到他覺得絕妙的新發現時，藏在鬍子底下的嘴也禁不住咧開，他似乎亟欲探知有關奇亞迪尼、拉馬莫拉[216]和其他皮埃蒙軍事將領的第一手流言傳聞，此外，當然還有加里波底那圈子的人和事。不過，他這一行，所有的消息都是金錢交易，所以我覺得免費提供義大利境內事件的相關有趣消息給他並不合算。再說，我手上有的資料，他最好不要大嘴巴到處講。

我心想這個人走岔路子了：千萬不要弄個面向千變萬化的威脅，威脅就該是單一面向，否則民眾會分不清。如果你想揭發猶太人的黑暗面，談猶太人就好，把愛爾蘭人、那不勒斯王公、皮埃蒙將領、波蘭愛國志士還有俄國的虛無主義分子放在一邊。燉肉鍋裡放太多蔬菜了。幹嘛如此分散火力？除了他的小說之外，高德契似乎滿腦子都是猶太人，這點對我有利，因為我剛才送到他手上的珍貴文件，主題就是猶太人。

他跟我說，他寫這本小說的目的不是為了錢，也不是寄望獲得俗世的虛名，而是為了讓德意志民族遠離猶太人的陷阱。

「我們必須回頭想想路德的話，他說猶太人生性醜惡、狠毒而且邪惡到骨子裡，數百年來，他們一直是我們的傷口和病源，時至今日他們依舊如此。他們是，這都是他說的喔，忘恩負義的毒蛇、陰毒、貪婪、愛記仇、殺人兇手、惡魔的後代，他們不敢在光天化日下為非作歹，卻在暗處傷人搞破壞。對付他們的唯一可能治療方法就是Scharfe Barmherzigheit——我理解的意思應該是粗暴的仁慈，不過我想路德的原意應該是，仁慈免了吧。我們該一把火燒了猶太教堂，燒不掉的就該用土把它埋起來，埋得深深的不讓任何人能挖出一塊石頭，還要摧毀他們的房子，把他們像流浪漢一樣趕到馬廄裡，從他們身上搜出通篇皆是謊言、詛咒和辱罵的猶太教經文，禁止他們再放高利貸，沒收他們所擁有的所有黃金、現鈔和珠寶，叫他們的年輕男子手拿斧頭和鋤頭，年輕女子手拿紗杆和紡錘，因為，」高德契冷笑著下了註解，「Arbeit macht frei，唯有勞動讓人自由。對路德來說，最後的解決方案就是把他們當成染上狂犬病的瘋狗，全趕出德國。」

「我們沒聽路德的話，」高德契做了結論，「至少到目前仍是如此。雖說，儘管早在遠古時代，非歐洲民族就被認定是醜陋的民族——看看黑人就知道了，就算到了今天，我們還是合理地認定他們只算得上是動物而已——當然目前還沒有定義出一套辨識優越民族的明確標準。今日我們已知最高級的人種是由我們白種人獨佔鰲頭，而白種人中最進化的族群典範當數日耳曼民族。只是，猶太人的存在一直以來隱藏著種族雜交的威脅。仔細看看希臘人的雕塑，五官線條多麼的純粹，身形多麼的優雅，人說美即是善，這絕非偶然；美的人也是勇敢的人，就像我們條頓神話中的偉大英雄。現在，想想看，這些阿波羅般的俊美人物外貌改變了，換上了閃族的五官，棕黑膚色，深色眼珠，鷹鉤鼻，討人厭的身材。等於是荷馬筆下的忒賽忒[217]的人物特徵側寫，低下卑劣的化身。基督教的傳奇故事，其實仍受到猶太教思想的毒害（說到底，這還是保羅定的調，一個亞裔猶太人，也就是今日我們說的土耳其人），讓我們相信所有種族皆來自亞當。錯，人類揮別了最初的動物狀態，便分道揚鑣。我們必須回到道路分岔的起點，也就是我民族真正的國家起源，不同於法蘭西啟蒙運動的那套世界主義的胡言譫語，什麼四海一家，平等，博愛！這是新時代的思維。如今我們在歐洲所謂的民族復興運動就是回歸民族最初的純淨。只是這個用語——和目標——只適用在日耳曼民族身上，回歸過去的美，這個概念若體現在義大利貴民族那位O形腿的加里波底、短腿國王和五短的加富爾身上，難怪只換來訕笑。因為羅馬人也是閃族。」

「羅馬人？」

「您沒讀過維吉爾[218]嗎？羅馬人的始祖是個特洛伊人，也就是亞洲人，這支閃族移民摧毀了古義大利民族的精神：看看克爾特人的遭遇：被羅馬化之後，他們變成了法蘭西人，也就是拉丁一族。唯有日耳曼民族成功地保持純粹，未受污染，擊潰羅馬強權。最後也成就了亞利安民族的優越和猶太族的低劣，於是拉丁民族命中注定跟著低劣，我們可以從各種藝術的卓越成就中看出端倪。無論是義大利或法國，均無能孕育出一個巴哈、一個莫札特、一個貝多芬或是一個華格納。」

高德契的長相真的一點都不像亞利安民族歌頌的英雄，相反的，如果硬要我說實話的話（為什麼我老是得說實話呢？），我覺得他反而有點像猶太人，一樣的貪圖口腹之慾，一樣的熱中情色肉慾。不過，話又說回來，我必須相信他，因為情治單位相信他，而要支付我剩下一半款項兩萬五千法郎的是該情治單位。

儘管如此，我還是忍不住小小的酸了他一下。我問他，是否認為自己的長相是足以比擬阿波羅的優越民族的典範。他惡狠狠地斜瞪著我，然後對我說，種族的歸屬區分不單是體型外貌的問題，最重要的是精神思維的層次。猶太人永遠是猶太人，就算，大自然偶然出錯，好比人偶爾會生出六根手指的小嬰兒，或者教出會乘法運算的女人一樣，猶太人也會生出金頭髮藍眼睛的小孩。而亞利安人永遠是亞利安人，就算他長了一頭棕髮，只要他能感受到他的民族精神。

我的問題澆熄了他的狂熱。他收斂狂態，拿出一方紅色方格的大手帕擦拭額頭的汗滴，開口跟我要文件，我們這次會面的主題。我把文件遞給他，聽他講了這麼多，我想他看了一定喜不自勝。如果他的政府想依照路德的指示，殲滅猶太人，那麼我這篇布拉格墓園的故事看起來就像是專門為了警告全普魯士看清猶太陰謀真相而寫的。他看得很慢，不時啜飲一口啤酒，好幾次蹙起眉頭，瞇起雙眼，眼睛幾乎變得跟蒙古人一樣只剩一條縫，終於他說出了結論：「我不知道這些資料對我們是否真的有用。內容是我們老早就已經知道的以色列陰謀詭計。當然，寫得是很好，如果這是偽造的，也是很棒的贗品。」

「很抱歉，高德契先生，我來這裡並不是為了兜售偽造的資料！」

「這一點我絕對相信，這是當然，不過，對於付我錢來這裡的那些人，我也有必須履行的義務。我還必須證明這份文件的真實性。我得把這幾張紙呈給施堤伯先生和他的部門。如果您願意，就把東西留在我這裡，您先回巴黎，幾個星期後，您就能收到回覆。」

「可是迪米崔上校跟我說這件事已經說定了……」

「沒定。還沒有。我跟您說了，把文件留在我這兒。」

「我們打開天窗說亮話，高德契先生。您手上拿的是一份古老文件的原件：原件，您了解嗎？它的價值當然取決於裡面所寫的內容，但它寫於布拉格，就在裡面描述的集會之後，它是原件的這個事實價值更高。我不能讓這份文件流向不明，最起碼在我收到他們答應我的報酬之前。」

「您的疑心太重了。好，成，再點一、兩杯啤酒，給我一點時間抄下這篇文章。您自己說的，裡面的資料就值那麼一點，如果我要騙您，我只要背起來就行了，因為我向您保證我可是有過目不忘的本領。但是，我想把文章呈交給施堤伯先生。所以，讓我抄下來。原件是跟著您一起來到這裡的，也會跟著您一起離開這間餐廳。」

沒辦法，沒有理由反對。我只能用幾條難吃的條頓族香腸來侮辱我的味蕾，我喝了很多啤酒，我必須說有時候德國啤酒喝起來跟法國啤酒一樣好喝。我等高德契從頭到尾抄完整篇文章。

我們冷冷地互道再見。高德契婉轉讓我明白這頓飯要各付各的，他甚至連我多喝的兩、三杯啤酒都要斤斤計較，然後承諾一個星期內一定給我消息，留下我一個人氣得七竅生煙，長途跋涉卻白忙一場，迪米崔事前答應要給我的報酬，非但連個塔勒銀幣[219]的影兒都沒見到，還得自掏腰包貼旅費。

真是大笨蛋，我對自己說，迪米崔早就知道施堤伯絕對不會認帳，卻用這招砍了我一半的價錢。拉格朗日說得沒錯，我不應該相信一個俄國人。或許我要的太多了，也許收了一半的錢，我就該滿足了。

我相信德國人那邊絕對不會再有任何回應，而，事實上，一晃眼幾個月過去了，我的確沒有收到任何消息。我向拉格朗日抱怨，他寬容的笑著對我說：「這是幹我們這一行的偶發風險，畢竟跟我們打交道的不是聖人。」

這件事我始終耿耿於懷。布拉格墓園的故事佈局編寫得太妙了，不能就這樣被埋沒在西伯利亞的土地上。我應該把它賣給耶穌會。事實上，最早指控猶太人的就是他們，還有最早點出他們對全世界圖謀不軌的就是巴輝埃爾教士這樣的耶穌會教士，再說我爺爺的信應該曾引起該會其他人士的注意才對。

跟耶穌會的唯一連結只可能是達拉．皮科拉教士了。是拉格朗日幫我跟他連上線的，所以我找拉格朗日幫忙。拉格朗日說他會讓教士知道我在找他。的確，過了一些時日，達拉．皮科拉來到我的店裡。我向他展示了，套句生意場上的用詞，我的貨，我覺得他相當感興趣。

「當然，」他對我說，「我必須檢查您的文件，然後才能跟會裡的人提，因為他們可不是那種不驗貨就胡亂瞎買的人。我希望您信任我，願意把東西放在我這邊幾天。我不會讓它離開我的雙手的。」

對一位端正肅穆的神職人員，我信任他。

一個星期後，達拉．皮科拉再度光臨小店。我請他上樓到我的辦公室，問他是否要喝些什麼，但是他的臉上完全不見友善。

「西莫尼尼，」他對我說，「您這回的確是把我當傻子耍了，還害我在耶穌會的神父前，背上偽造文書的騙子形象，就這樣一舉毀掉了我經年累月營造的關係人脈。」

「教士先生，我不明白您在說什麼……」

「不要再耍我了。您給我的這份文件，還說要保密哩（說著，他把我那份布拉格墓園的報告扔到桌上），我差一點就要開口出個天價，結果耶穌會的教士們，睜著眼睛看著我好像在看一個糊塗蟲一樣，然後和藹柔聲的告訴我，我這份極機密的資料已經在這本《比亞里茨》裡印成鉛字了，而且還是支撐全書的主軸，這是一本小說，是一個叫約翰．雷可利夫

……西莫尼尼，他對我說，您這回的確是把我當傻子耍了……

的人寫的。講的是同一回事，一字不差（他再朝桌上扔了一本書）。很顯然的，您懂德文，您看過這本剛上市的書。您在書裡看到這一段布拉格墓園夜會的故事，您愛不釋手，於是禁不住誘惑，企圖把這虛構的情節當成真實事件販售牟利。只是您犯了剽竊者的疏忽大忌，大著膽子打賭在萊茵河的另一邊，沒有人會讀德文……」

「聽我說，我以為……」

「沒什麼好以為的。我應該把這堆廢紙扔進垃圾堆，叫您滾才對，不過我這個人愛生氣又愛記仇。我警告您，我一定會讓您在情報單位的那些朋友知道您有幾兩重，還有，對於您提供的情報，能相信到哪種程度。我幹嘛事先跟您講這些？可不是出於情義——因為對於一個像您這樣的人渣，根本不必顧什麼情義——真正的原因是，如果情報單位決定您的所作所為應該值得叫人從背後給您一刀的話，您就能知道這是出自誰的建議。殺人報仇，如果被殺的人不知道殺人兇手是誰的話，豈不是完全失去報仇的意義了，是不是？」

全都清楚了，厚顏無恥的高德契（拉格朗日跟我說過，他用筆名雷可利夫寫連載小說）根本沒把我的報告轉給施堤伯：他發現我的報告主題切合他即將完成的小說，也能滿足他反猶太的怒火，他遂將這段真實歷史（至少他應該是這麼認為）佔為己有，變成小說的一部分——他的小說。拉格朗日還警告過我，這個無賴在偽造文書方面的才能過人，我竟然呆呆的踏進一個剽竊者設下的陷阱，我氣炸了。

怒火加上恐懼。當達拉．皮科拉說什麼從背後捅一刀的話時，也許他只是打個比方，不過，拉格朗日曾說得很清楚：在情報的世界裡，一旦有人變得多餘礙事時，就得讓他消失。另一個好理由是，一個合作夥伴在眾目睽睽之下失去信譽，因為他把奇幻虛構故事當成機密文件販售，而且差點讓情治單位成為耶穌會的笑柄，誰還會想留他在身邊做事？一定是一刀結果了，然後噗通，塞納河上載浮載沉。

這就是達拉．皮科拉教士叫我等的結果，跟他解釋事情的真相是沒用的，他沒有理由相信我，因為他不知道我在高德契完成這本書之前，曾經把文件交給高德契，相反的，他知道的是我是在高德契的書出版之後，才把文件交給他（達拉．皮科拉）。

我陷入了絕境。

除非能讓達拉．皮科拉閉上嘴。

幾乎是出於本能的反應。我的書桌上有一盞鑄鐵蠟燭台，很沉，我抓起燭台，將達拉．皮科拉逼上牆角。他張大眼睛，喘著大氣說：「您不會想殺我……」

「沒錯，很遺憾。」我回答。

我是真的覺得抱歉，不過，該做的還是得做。我用力砸下去。教士立刻倒下，突出的牙床流出鮮血。我望著眼前的屍體，卻一點都不覺得愧疚。這是他自找的。

只是得想辦法把這具不受歡迎的遺體弄走。

我買這間店面和樓上的公寓時，原屋主曾帶我到地窖，指著一個掀蓋門叫我看。

「您會看到幾級階梯，」他說，「剛開始，您可能沒有勇氣下去，因為裡面臭氣薰天，覺得自己好像就要昏倒了。不過，有時候，還是有需要的。您是外國人，肯定不曉得箇中緣由。從前，髒東西啊，我們都扔到街上，大夥甚至還定了規則，規定從自家窗戶拋灑自個兒的排泄物前一定要大喊『小心潑水囉！』但這實在太累人了，所以大夥改在夜裡清尿壺，誰要是在下頭經過算他倒楣。街道成了露天排水溝，最後水溝加了蓋，排水管也誕生了。現在，奧斯曼男爵終於為巴黎建造了完善的下水道系統，主要還是排水用，排泄物另有去處，當您馬桶底下的水管沒被堵住時，大小便會先排進一個坑裡，然後在夜裡被清運到垃圾場。儘管如此，我們就想啦，難道不該好好徹底地利用這套什麼都能排走的下水道系統，也就是說，乾脆讓廢水跟所有的垃圾通通都匯流到下水道總管去。因此，大概在十幾年前，政府發佈一道命令，強迫所有的屋主必須挖一條至少一百三十公分寬的地道，連結到污水排放管。您到下面就能看到，只是我們這條地道比較窄，也沒有符合法令規定的那般高。這無所謂啦。這種東西，都是鄰近大馬路上才要做，一個死胡同根本沒有人會注意。而且也從來沒有人上門檢查你們是否真的走下去把垃圾丟在規定的地方。如果您一想到要把這些糞便弄碎就覺得噁心的話，您就把髒東西扔進這幾段階梯底下，期待哪天下了雨，多一點水流過這裡，把東西捲走，帶到遠遠的。此外，這個往下水道的出入口還有別的好處。我們生活在巴黎每隔個十年、二十年就要來一場革命或暴動的時代裡，有一條通往地底的逃生通道絕對不是壞事。就跟每一位巴黎人一樣，您一定讀過前不久出版的小說《悲慘世界》吧，裡面的主角就是背著受傷的朋友逃到了下水道，您明白我的意思吧。」

雨果的小說，身為連載小說的忠實讀者，我非常清楚。我當然不想親身體驗一回，只是納悶，無法解釋他筆下的人物怎麼能在那底下走那麼長一段路。可能是在巴黎的其他地區，地下水道比較高比較寬，而莫伯特胡同底下的這條年代大概可回溯到好幾世紀前。光是把達拉．皮科拉的屍體從一樓店面弄到地底就已經是件大工程了，幸好這個瘦小的老頭背駝得夠厲害，也瘦得剛好勉強可以抬得動。不過，鑽進掀蓋門後，下樓梯這個部分，只好靠他自己滾下去了。然後，我順著樓梯下去，彎著腰把屍體拖到幾公尺遠的地方，免得屍體就在我家底下腐爛發臭。我一隻手抓住他的腳踝，另一隻手高舉著一盞燈——很不幸地，我沒有第三隻手可以掩住鼻子。

這是我生平頭一次，殺人後必須自己想辦法把屍體處理掉，因為我解決了尼耶佛和倪奴佐之後，善後的部分完全不用我操心（不過，倪奴佐那件事，我是應該要處理的，這樣至少我在西西里就會有第一次的善後經驗）。我現在才明白，殺人這件事最讓人惱怒的部份就是處理屍體，大概就是為了這個緣故，神父才會勸戒大家不要殺人，除非，在戰場上，不消說，屍體可以直接餵禿鷹。

我舉步維艱地拖著教士的屍體走了十幾公尺，一位神職人員被我拉著穿過堆積的糞便，這裡面不只有我的，天知道早在我之前還有哪些人，這事真不是開玩笑，而且還要向自己的被害者說出這一切，就更不好受了——天啊，我這是在寫些什麼啊？終於，踉踉蹌蹌地在一包包糞尿當中艱苦推進後，遠遠的出現一條條細細的光，這表示莫伯特胡同盡頭，應該有一個通往路面行道的人孔蓋。

如果說，一開始，我本來是計畫把屍體拖到污水總管，然後放它隨著比較豐沛的水流自生自滅的話，我改變心意了，後來我卻覺得誰知道水會把屍體沖到那兒，說不定會被沖進塞納河，到時候就會有人發現，然後鑑定出這具尊貴遺體的身分。考慮得對：現在，當我寫到這裡時，我剛聽說位於塞納河上游的克利希鎮的公共大型廢棄物集散場，最近六個月間，共發現了四千隻狗、五頭牛、二十隻綿羊、七隻山羊和七隻豬、八十隻雞、六十九隻貓、九百五十隻兔子、一隻猴子和一條大蟒蛇。這些統計數字沒有提及教士，不過，我本來可以讓這些數字更驚人的。把屍體扔在那裡，它一直待在那裡的機會很大。在牆和水道之間——這條水道當然比奧斯曼男爵建的要老舊許多——有一片狹窄的空間，我把屍體放在那兒。我心裡盤算了一下，這裡的疫氣加上濕氣，屍體腐爛的速度很快，之後它就只剩完全無法辨識的骨架。再加上，考量死巷的環境，我估計不會有人到這裡裝卸貨，因而，永遠不會有人走到這裡來。萬一，假設有人在此地發現了人體的殘骸，還得先找出殘骸是打哪兒來的：任誰都能從這個下水道出入口下來，把殘骸帶進來，扔在發現的地點。

我回到書房，翻開高德契的書，找到達拉．皮科拉標記的地方。我的德文已經忘得差不多了，還能勉強看懂這段情節，雖然理解上可能有些許誤差。可以確定的是，的確是抄自我的拉比在布拉格墓園發表的演說，只是高德契（頗具高潮迭起的戲劇化風格）對深夜的墓園景況描寫得更豐富，他介紹的第一位與會者是位銀行家，名叫羅森柏格，陪同出席的是個波蘭籍拉比，頭頂著帽子，太陽穴部位垂掛綹綹鬈髮，而且要進墓園還先得低聲對墓園的守衛說一個包含了七個音節的神祕暗語。

接著上場的是，在我原來的版本裡面安排的線民角色，由某個名叫拉薩利的人引入，那人承諾讓他參與這一場百年才得一見的盛會。這兩人黏上假鬍子，戴上寬邊高帽；接下來的情節發展跟我的敘述大致相符，連收尾都一樣，那道泛藍的光從墳底升起，拉比的身影逐漸拉遠，終被黑暗吞沒。

這個骯髒小人盜用了我簡明扼要的報告，就為了鋪陳這段戲劇張力十足的場景。他為了撈幾個塔勒銀幣，什麼都做得出來。真的，這人已經沒有任何信仰了。

完完全全變成了猶太人希望的樣子。

現在，我要睡了；我打破了要有節制地品嘗美食的習慣，我沒喝葡萄酒，只是灌了一缸子蘋果燒酒（它毫無節制地讓我頭昏腦脹——我懷疑我變成累犯了）。然而，既然看來我只有在陷入無夢的沉睡後，才會以達拉．皮科拉教士的身分醒來，現下，我很想知道我怎麼能以一個已經死的人的身分醒來，他的死，毫無疑問地是我造成的，並且親眼見證。

【譯註】

212. Wilhelm Stieber：一八一八—一八八二，俾斯麥執政時期的情報頭子。

213. Hermann Ottomar Friedrich Goedsche：一八一五—一八七八，德國著名的反猶太作家，筆名約翰·雷可利夫，他的短篇小說《比亞里茨》中，有一章名曰〈布拉格的猶太墓園裡〉敘述了猶太教拉比李奇霍（Reichhorn）發表的一篇演說，揭露猶太人計畫破壞歐洲文明的大陰謀，後來俄國將此章節單獨轉載發行，因而這篇演說可以視為《猶太人賢士議定書》的前身。

214. Biarritz：法國西南部沿海小鎮，早期以捕鯨為生，十八世紀以來，那裡的海灘吸引各國皇室成員，遂成為貴族皇室的度假療養中心。

215. Castelfidardo：義大利中部小鎮，一八六〇年九月十八日，皮埃蒙軍打著統一義大利的大旗，在此地擊敗教皇國軍隊。這場戰役因雙方軍力懸殊，皮埃蒙軍有近四萬人馬，而教皇國只有一萬，戰況血腥慘烈。教皇國軍隊由歐洲各國志願軍組成，來自法國和比利時的志願軍自成一軍團，該軍團即後來教廷國朱阿夫軍團的前身。

216. Alfonso La Marmora：一八〇四—一八七八，義大利政治軍事人物，統一運動主要人物之一。

217. Thersite：希臘神話人物，荷馬將他寫進史詩《依里亞德》，陪同希臘軍隊進攻特洛伊城，但被寫成廣受書中英雄鄙視的惡毒無恥，又愛挖苦人的角色，這些特點使得他成為荷馬筆下英勇戰士中的唯一特例。

218. Virgile：西元前七十—十九，古羅馬時代詩人，作品中尤以他的《埃涅阿斯紀》（Aneid）對後世影響最巨，咸認是古羅馬最偉大的詩人，他在文學史上最著名的影響是但丁的《神曲》，以但丁的保護者和老師的角色出現。

219. Thaler：日耳曼帝國時期的銀幣。

15——達拉・皮科拉還魂

一八九七年四月六日，凌晨

西莫尼尼上尉，我不知道我是否真的得在您（酗酒後，或昇華出竅後，如果您偏好這樣形容也行）睡了之後才能甦醒，才能讀您寫下的文字，就著凌晨曙光。

看了您的紀錄後，我告訴自己，也許，基於某些神秘未知的理由，您在說謊（雖說您是如此乾脆坦率地把您的一生攤在陽光下，儘管如此，我仍然認為您說的有些不是事實）。如果說有人能百分百地確定您沒有殺死我，這人當然非我莫屬。我想查證，於是我脫下身上的祭司袍，幾乎是一絲不掛的走下地窖，我找到了那片掀蓋式的門，掀開，一股惡臭撲鼻而來，嗆得我暈頭轉向。我問自己到底想證明什麼：如果那裡還殘留著少許您說是您丟棄的屍體殘骸，棄置至今應該已經超過二十五年了，又怎麼樣呢？我該下去，深入那片糞便狼藉之所，去確定那些骨骸不是我的嗎？請諒解，其實我已經知道了。所以我相信您說的是真的，您殺了一位達拉・皮科拉教士。

那麼，我是誰呢？不是您殺死的那位達拉・皮科拉（首先，他長得一點都不像我），可是這世上怎麼可能有兩位達拉・皮科拉教士？

事實的真相也許是我瘋了。我不敢走出家門。可是，我得出門採買，因為我的教士穿著打扮不禁止我到小餐館打牙祭。我吃得沒您豐盛——雖然，老實跟您說，我對美食的喜好不亞於您。

我突然好想自我了結算了，可是我知道自殺是魔鬼的誘惑。

再說，我幹嘛還要自殺，您不已經殺死我了嗎？根本是浪費時間。

四月七日

親愛的教士，夠了。

我想不起來我昨天做了什麼，早上卻看到您的留言。不要再折磨我了。您也一樣，記不起來了？那麼，就照我的做，盯著您的肚臍，定定地看一陣子，然後拿起筆開始寫，讓您的手代替您思索。為什麼應該是我，由我來回憶所有的往事，您卻只想起這麼一點點我想忘掉的？

我呢？此時此刻，其他的記憶片段卻突然來襲。我才剛殺掉達拉·皮科拉，就收到拉格朗日的一封短箋，這次他約我午夜到福斯騰堡廣場見面，深夜的福斯騰堡廣場頗為鬼魅森然。就像那些膽小鬼說的，因為我剛殺了人，所以才心裡有鬼，而且我怕拉格朗日已經接獲消息了。顯然，不是這麼回事，他找我談另一件事。

「西莫尼尼上尉，」他說，「我們需要您盯一個怪傢伙，一位神職人員……怎麼說呢……撒旦的信徒。」

「我要去哪兒找他，地獄嗎？」

「別開玩笑了。我說的是一個叫布朗[220]的教士，幾年前他認識了一個在蘇瓦松[221]新城-聖湯馬斯修道院的雜務修女，阿黛拉．史瓦利耶。有些關於她的神秘傳言四處流傳，說她失明的雙眼治好了，不僅如此，還說她能預知未來；一些信徒開始蜂擁而至擠爆修道院，弄得她上面的人很煩惱，主教就把她送走，離蘇瓦松遠遠的，可是不知怎麼回事，我們的阿黛拉選了布朗當她的靈修神父，可見上帝巧手安排，物以類聚。就這樣，他們決定成立一個協會，贖救靈魂，也就是說，除了全心全意誠心向上帝禱告之外，還有各種不同的肉體贖罪方式，說可以抵消世間罪人對祂的冒犯褻瀆之罪。」

「我覺得這沒什麼不對啊。」

「如果他們沒有宣稱為了從罪惡中獲得救贖，所以必須犯罪，進而作惡的話，他們說人類因為亞當和莉莉斯[222]，以及夏娃和薩麥爾[223]這兩對姦夫淫婦的惡行而墮落（別問我這些人是誰，因為我的神父只跟我說過亞當和夏娃而已），反正，總歸一句，需要做一些曖昧的行為，據說教士，還有剛剛那位小姐以及許許多多相信他們的信徒非常熱中這樣的集會，怎麼說呢？帶點神怪狂亂色彩，會中信徒淫亂雜交。此外，也有謠言直指這位仁慈的教士偷偷地解決了他和阿黛拉非法姦情產下的結晶。您可能跟我說，這些事警察局應該比我們更關心吧，如果不是因為此案日積月累，累積了成堆出身良好的婦女涉案，其中有高級官員配偶，甚至還有一位是部長夫人的話，您說的確實沒有錯，而且布朗還從這些信仰虔誠的婦女身上騙了不少錢。這個案子發展到目前的地步，已經轉變成一個國家事件，而我們，我們得接手處理了。這兩人遭人檢舉，依詐欺和妨害風化罪被判三年有期徒刑，六四年年底刑期屆滿。教士出獄後，我們沒再看過他，以為他洗心革面改過自新了。最近，教義部[224]鑑於他多次表示真心懺悔，赦免了他的罪，他現在重回巴黎，又開始老調重彈，說什麼我不入地獄誰入地獄，把自己犯罪的事實說成修補抵消他人罪愆的藉口，如果大家都這樣想的話，事態將擴大成為政治事件，不僅僅是宗教事件而已了，您瞭解了嗎？更何況，教廷也再度對此事表示關切，巴黎大主教剛剛下令，禁止布朗主持聖禮彌撒——我覺得也該是時候了。被禁之後，布朗竟然轉而跟另一個滿口邪端異說的宗教騙子搭上線，這人叫閩塔斯[225]。拿去，所有關於這個人的資料，至少是我們掌握到的資料，都在這個小檔案裡，現在由您負責監控他，再向我們報告他暗地裡搞什麼鬼。」

「我又不是找神父懺悔然後讓他蹂躪的虔誠婦女，我要怎麼接近他呢？」

「我怎麼知道？把自己打扮成修士，有何不可？我好像聽說過，您甚至連加里波底軍隊的軍官，還是什麼類似這樣的人物，都能扮得惟妙惟肖。」

這些就是我剛剛想起來的。不過，跟您，我親愛的教士，一點關係都沒有。

【譯註】

220. Joseph-Anton Boullan：一八二四—一八九三，法國羅馬天主教修士，被控信奉撒旦經教廷法庭審理後，予以幽禁，病死於幽禁期間，死後獲教廷赦免，另曾因詐欺被判刑三年。他與修女阿黛拉·史瓦利耶（Adele Chevalier）違反教規生兒育女，打著「以罪解放他人之罪」的口號，行縱慾騙色之實，並成立「靈魂補救協會」專為魔鬼附身的修女驅魔，而常用的方法就是服用糞便和雜交。

221. Soissons：法國古鎮，位於法國東北部埃納河畔。

222. Lilith：是猶太教拉比文學中，指她是亞當的第一任妻子，是由上帝用泥土所造，因不滿上帝而離開伊甸園。亦有記載說她是撒旦的情人。

223. Samael：在猶太法典中，他是一位天使長，有著控告者、誘惑者和破壞者的形象，可說是善惡兼具。據猶太教傳說，他以蛇為幌子，引誘夏娃，而且在莉莉斯離開亞當後，把她當作自己的妻子。

224. Saint Office：即Congregatio pro Doctrina Fidei：是羅馬教廷九聖部中歷史最悠久的一個，也是最重要的一個，負責檢視天主教學說，幾乎可說是天主教法庭。

225. Pierre-Michel-Eugene Vintras：一八〇七—一八七五，原先只是紙板廠的工人，一八三九年自稱聖蹟降臨，他是以利亞先知轉世。他最為世人熟知的事蹟是用鮮血來做聖體餅，行膜拜魔鬼之儀式。

16——布朗

四月八日

西莫尼尼上尉，今晚，看了您那段令人不快的文字之後，我決定仿效您，開始爬文，我不需盯著自己的肚臍，只是任由我的身體走，而它幾乎是自動自發地透過我的手，自行決定憶起我的靈魂已經遺忘的往事。您那位佛洛依德醫生果然不是笨蛋。

布朗……我腦中重現自己跟他並肩漫步的畫面，地點就在巴黎郊區的一座本堂神父住宅前。抑或是在賽佛呢？我記得他當時跟我說：「修補違抗天主意旨的罪愆代表著我們把罪一肩扛下的意思。犯罪也許是一份神秘的重擔，盡可能的犯下最邪惡的罪行，來把惡魔宣稱人類必須擔負的卑鄙罪孽悉數扛下，把這份重擔從我們最虛弱的弟兄身上除下，基本上，他們沒有能力祛除身上那股奴役他們的邪惡力量。您看過德國最新發明的捕蠅紙嗎？糕餅店用的，他們把一段布條浸泡在不要的糖蜜中，然後把布條掛在擺放糕點的櫥窗玻璃上。蒼蠅受糖蜜的吸引，然後被濃稠的糖蜜黏住，困在布條上，最後不是餓死，就是等您把黏滿成團蠕動蟲子的布條扔進運河，活活淹死。就是這樣，虔誠的贖罪者必須跟這片捕蠅紙一樣：把所有齷齪邪佞往自己身上攬，然後才能成為淨化所有罪惡的熔爐。」

我看見他在教堂的祭壇上，他應該正在「淨化」一位篤信天主的女罪人，如今被惡魔附身的她蜷曲著身子躺在地上，破口大罵，句句不堪入耳，而且高呼魔鬼之名：「亞匕戈[226]、阿布拉克薩斯、阿得米勒契、哈拜利、梅爾克、斯托拉、齊柏斯……」

布朗套上紫色祭司聖袍，外披紅色法衣，俯身朝那位女子說了一些像是驅魔咒語之類的話，但是（如果我沒聽錯的話）話中的意思卻是完全相反的：「Crux sacra non sit mihi lux, sed fraco sit mihi dux, veni Satana, veni!」（來，撒旦，來！）接著他朝那位找他懺悔的女信徒嘴裡連吐了三次唾沫，接著他掀起聖袍，對著聖體盒撒尿，再把裝了尿的聖體盒送到可憐的女信徒面前。現在，他從一個盆裡（用雙手！）掏出顯然是源自糞便的物質，將被魔鬼附身女子的胸前衣物扒開，便往她的胸部塗抹。

女子在地板上扭動，喘氣，呻吟，聲息慢慢變弱，直到她陷入幾乎是被催眠的熟睡狀態。

布朗走進教堂的聖器室，簡單地洗洗手。然後跟我一起步出教堂，來到教堂前的廣場，他好像完成了一項艱鉅義務似的嘆了一口氣。他說：「完成了。」

我記得我跟他說了，派我來的人，希望舉行一次必須有聖體餅的儀式，而且他希望他的身分不要曝光。

布朗冷冷的笑著：「黑彌撒嗎？如果由神父主祭，聖體餅也是由他加持祝聖，就算教廷已經撤銷他的神職也一樣。」

我進一步說明：「我想我剛剛說的那位委託人想要的就是一場由神父主持的黑彌撒。您知道某些會所採用匕首刺穿聖體餅的儀式來封印誓言。」

「我明白了。有人曾跟我提過，有個人他在莫伯特廣場邊上開了一間古物舖子，也兼做

……您知道某些會所採用匕首刺穿聖體餅的儀式來封印誓言……

些聖體餅買賣。您可以找他問問。」

難道就是在這樣的機緣巧合下，我們倆有了交集？

［譯註］

226. 這裡列舉的惡魔名字出自《地獄辭典》（dictionnaire infernal），是法國作家科蘭·德·布蘭西（Collin de Plancy）所著，他並非惡魔學家，但本書的出版（一八一八年第一版問世）引起當時人們對惡魔的興趣。書中描寫地獄和人間有相同的結構，惡魔各司其職。

17——公社的日子

一八九七年四月九日

一八六九年九月，我殺了達拉．皮科拉。十月，拉格朗日發一封短箋約我見面，這次會面的地點約在塞納河河堤。

這就是記憶調皮搗蛋的地方。這當兒，說不定有一些極其重要的事正逐漸淡出我的記憶，而我卻清楚地記得那天晚上我內心的激動，在皇家橋附近，我停下腳步，一束突然出現的光讓我久久不能自已。我站在《法蘭西帝國公報》新總部的工地前，為了趕工程進度，工地夜裡接電點燈。在堆疊林立的樑柱之中，一個極強的耀眼光源將光線集中投注在一群水泥工匠身上。沒有言語能形容這道逼退周圍黑暗的光，如恆星般明亮的光芒所造就出來的魔幻效果。

電燈……這些年間，就連傻子也能感覺得到自己被未來的願景給團團包圍了。埃及開了一條運河連結地中海和紅海，以後到亞洲，再也不必繞經非洲（許多優良誠信的海運公司因此受害）；世界博覽會在此隆重開幕，博覽會的建築讓大家看清奧斯曼男爵對巴黎市容的破壞不過才剛開始；美國人建造的一條由東到西橫越大陸的鐵路眼看著即將竣工，再說，因為他們剛剛解放了黑奴，這群爛泥巴似的賤民侵入擴散全境，將美國搞成混血的泥濘沼澤，他們比猶太人還恐怖。美國南北戰爭期間，發明了潛水艇，從此水手不一定死於溺斃，但可以肯定的是一定是在水底缺氧窒息而死；你我父執輩那一代的香醇雪茄即將被一條條會導致肺病的香菸取代，一根一分鐘就燒光，完全失去了吞雲吐霧的樂趣；我們的士兵很久以前就開始吃金屬罐頭裡頭的變質肉。聽說在美國發明了一種大型的、完全密封的機艙，利用簡單的水利活塞便可以把人送上大廈最高的幾個樓層——而我們已經聽說了，這些活塞星期六晚上斷裂，導致民眾受困在這個鐵盒子裡長達兩個晚上，沒有空氣，更別說水和食物了，以至於星期一他們被發現時，已經全數罹難。

民眾興高采烈，因為生活變得更便利，有人開始研究發明遠距離通話的機器，另一批人則在搞寫字機器，不用羽毛筆。這樣下去，哪一天，還會需要偽造文獻原件嗎？

人們貼著香水櫥窗，櫥窗廣告大肆誇耀龜乳對滋潤肌膚的神奇功效，金雞納樹對頭髮的再生能力，還有加了香蕉油的龐巴杜乳霜、可可脂、帕爾馬紫羅蘭香味的稻米粉，全都是為了讓最淫蕩的女人更富吸引力的發明，不過，現在，準備得另外想辦法養活自己的縫紉女工也成了它們的愛用者，因為許多時裝訂製工坊已經引進縫紉機，取代了她們的位置。

新時代裡唯一一項有意思的發明當屬那個用陶瓷燒出來的玩意，可以讓人坐著便便。

然而，連我也沒看出這萬眾奔騰的表相竟敲響了帝國的喪鐘。在世界博覽會的舞台上，艾爾佛德·克虜伯[227]展示了一座規模之大前所未見的大砲，五十噸，每次發射可裝載一百斤的火藥。法皇深深為之著迷，還頒贈騎士獎章嘉獎，不過，當克虜伯把武器清冊和價目表呈給法皇時，他其實盤算要把東西賣給歐洲所有國家，而心中早已預設了偏好的軍火商供應商的法國高階指揮官說服了法皇駁回交易。普魯士國王，他，顯然是買下了。

此時，拿破崙已經不像以前那般的思考縝密：他的腎結石弄得他吃不好也睡不好，更別提騎馬遠行了；他信任保守派還有他的妻子，這些人堅信法國軍隊仍然是全世界最優良的精銳部隊，實際上，當時官兵人數最多只有十萬人之譜，可惜我們後來才知道，相對的，普魯士卻有高達四十萬兵員；施堤伯呈給柏林的報告上寫著，法國人認為最新型的步槍，事實上，已經是該進博物館的古董了。另外，施堤伯還提到法國人佈下的情報網比不上他們的，言下之意頗為自豪。

不過，我們言歸正傳。我來到約定的地點，看到了拉格朗日。

「西莫尼尼上尉，」他省略了寒暄客套，開口就問，「您對達拉．皮科拉教士了解多少？」

「一點都不了解。為什麼這麼問？」

「他失蹤了，剛好就在他為我們出點小任務的時候。我認為最後一個見到他的人，就是您：您託我找他，我叫他去找您。後來呢？」

「後來，我把我之前給俄國人的那份報告交給他，請他轉給一些神職圈的人看看。」

「西莫尼尼，一個月之前，我收到教士給我的短箋，大意跟您剛剛說的大同小異，除了一句：『我必須見您，愈快愈好，我有些有趣的事情，關於您那位西莫尼尼的，要向您報告。』從這封信的語氣來看，他想對我說的那件關於您的事，應該不是讚美。所以，您和教士之間到底發生了什麼事？」

「我不懂您想要說什麼。或許他認為我自作主張，把為您們（他以為如此）創造出來的文件拿來向他兜售是我濫權。很顯然的，他不知道我們之間的默契。他對我什麼都沒說。

我也沒再見過他，我還在想我的提議到底有沒有成呢。」

拉格朗日定定地盯著我看了好一陣子，然後說：「這事以後再說。」說完他就走了。

沒有什麼好再說的。從那時候起，拉格朗日將緊緊地盯著我，如果他真的對某些明確的事實起了疑心，令人不寒而慄的那把刀照樣會捅上我的背，就算我已經殺了教士滅口也一樣。

我採取了幾項安全預防措施。我找了拉普路上的一位刀械匠，想找一柄機關枴杖。他有現成的，但做工很粗糙。我於是想到我曾經從某間枴杖店的櫥窗前經過，那間店剛好就在我最喜歡的茹弗魯瓦廊街上，我在那裡找到了一件珍品，象牙製的手把呈一條蛇的形狀，杖身是烏木材質，高雅非凡——而且堅固。手把的設計並非特別適合支撐身體，如果萬一真的一條腿受了傷的話，因為它稍微斜了一點，以至於手把部分變得比較垂直，而非橫向平行；不過，一旦要拿它當劍使時，這樣的手把設計卻相當順手。

萬一你碰見人拿手槍對著你時，機關枴杖是絕妙的反制武器：你假裝很害怕，往後退，然後舉起枴杖對著他，手最好不停地顫抖。等對方開始笑，然後一把抓住枴杖想把它丟開時，此舉等於是幫你拉開劍鞘，現出鋒利的劍刃，他瞬間愣住，不明白手上抓的是什麼，你用力一刺，快如閃電，再一劈，幾乎是不費吹灰之力，就在他臉上劃開一道口子，從太陽穴到下巴之間，再斜刀一劃，如果可以的話順便割掉他半邊鼻子，就算你沒弄瞎他的眼，從額頭流下的血也會模糊他的視線。總之，出奇制勝，到這個地步，對手等於已經被殲滅了。

假設對方是個三腳貓的角色，比如過一天算一天的小偷，你撿起枴杖就可以走了，留下他一條小命，劃花他的臉就罷了。如果對方比較陰險狡詐，臉上那一劍後，順勢借力揮臂，轉身橫刀劃破他的喉嚨，這樣也解決了他日後煩惱臉上有疤的難題。

這還沒算上，當你拄著這樣一根楞杖在街上漫步時，那一副莊重廉正的模樣——這根楞杖不便宜，不過值得這個價，而在某些情況下，的確不需要看價錢。

一天晚上，在回家的路上，我看見拉格朗日站在店門口。

我微微搖動手上的楞杖，不過，我立刻想到情治單位不可能叫一個像他這樣的人物來解決我這樣的角色，於是我靜下心聽他說明來意。

「很漂亮。」他說。

「什麼？」

「您的機關手杖。這種手柄設計，這根手杖不可能沒有機關。您在害怕什麼人嗎？」

「應該是由您來告訴我，我是否該感到害怕吧，拉格朗日先生。」

「您害怕我們，我們，我知道因為您知道我們已經開始懷疑您了。現在，請讓我長話短說。普法戰爭眼看著即將爆發，而好朋友施堤伯已經派特務滲入全巴黎各角落。」

「您認識他們嗎？」

「不是全認識，這正是要您加入的原因。當您把那篇關於猶太人的報告送給施堤伯的時候，他把您看作是單獨的個體，怎麼說呢？可以收買的……好，他有個手下到了巴黎，就那個高德契，我覺得您好像見過他。我們認為他會來找您。招募您加入，成為普魯士在巴黎的間諜。」

「背叛我的國家？」

「別惺惺作態了，這裡根本不是您的國家。不過，如果您覺得很困惑的話，就當作您是為了法國才這麼做。然後把我們給您的假情報送到普魯士。」

「好像並不複雜……」

「正好相反，這非常危險。如果您在巴黎的身分曝光了，我們必須假裝不認識您。因此，您可能被槍斃。如果普魯士人發現您是雙面間諜，他們也會殺掉您，當然手段可能沒那麼合法。所以，您這回要蹚的渾水——這麼說吧——有百分之五十的機率讓您喪命。」

「如果我拒絕呢？」

「您有百分之九十九的機率命喪於此。」

「為什麼不是百分之百？」

「因為這根機關手杖。不過，不要太倚賴它。」

「我很清楚我在貴單位有一些知心的朋友，我很感謝您來找我。好，我接受，這完全是出於我自己的決定，也是基於對祖國的愛。」

「您是個英雄，西莫尼尼上尉。請靜候我的指示。」

一星期後，高德契現身店內，全身臭汗淋漓比之前更甚。要抑制住當場勒斃他的欲望真的非常困難，不過，我還是強忍住了。

「您應該知道我把您當作剽竊和偽造文件的小偷。」我對他說。

「彼此彼此，」德國人滿臉堆笑。「您不要以為我沒發現您那篇布拉格墓園的文章出處，是來自剛剛出獄的若利的作品？就算沒有您，我自己也能寫得出來；您只是給了我一條捷徑。」

「您難道不知道，高德契先生，身為一個在法國境內活動的外國人，我只要把您的名字交給我認識的人，您的命就再也不值分文？」

「您難道不知道，您的命也同樣不值錢，一旦我被逮捕，我只要招出您的名字……所以，扯平了。我想把我書裡的那個章節當成真實事件賣給可靠的買家。鑑於今後我們必須一起合作，錢嘛，我們二一添作五，平分。」

戰爭爆發前幾天，高德契帶我到聖母院隔壁屋子的屋頂上，那裡有一個小老頭兒養了許多籠鴿子。

「這裡真是放鴿子飛的好地方，因為教堂四周有數百隻鴿子，沒有人會朝牠們多看一眼。每次您蒐羅到有用的情報時，就寫封短信，這老頭會放一隻鴿子走。同樣的，您每天早上過來這裡一趟，看看是否有給您的指示。簡單，對不對？」

「不過，你們對什麼樣的資料有興趣呢？」

「我們還不知道我們想了解巴黎的什麼。目前，我們能掌控的是前線地區。不過，如果我們打贏了，我們遲早會對巴黎感興趣。所以，我們想要知道軍隊的動向，皇室出席或離城的行程、巴黎市民的情緒，總之，什麼都好，這就看您的判斷囉。地圖對我們很有用，您一定想問，我們怎麼把地圖牢牢的綁在鴿子的脖子上。跟我到樓下。」

底下那層樓，有另一個人，這是一間相片沖洗室，裡頭還有個小房間，裡面有一整面牆漆成白色，配備了一種市面上我們稱之為神奇燈籠的投影機，可以將畫面打在牆壁或大塊布面上。

「這位先生會記下您提供的消息，不管消息有多大，或有多少頁，他都能全部照下來，縮小在一張膠棉上，然後讓鴿子送出去。等消息送達之後，他們再利用投影技術把影像放大打在牆面上。如果您收到的指示訊息太長，這裡也能運用相同的程序解密。不過，這裡的空氣對普魯士人來說，不夠清新健康，我今晚就離開巴黎。我們就藉由小白鴿翅膀底下的小紙條互傳信息，像一對戀人一樣。」

……等消息送達之後，他們再利用投影技術把影像放大打在牆面上……

這個講法讓我直翻白眼，可是我就是這麼一腳踏進了詛咒，這一切全都只是因為我殺了一個教士。那麼，那些把人成千成百地送上黃泉路的軍事將領們又怎麼說？

後來戰爭開打了。拉格朗日偶爾會捎來一些消息命我傳到敵營，不過，就像高德契說的，普魯士對巴黎一點興趣都沒有，而此刻，他們想要知道的是法國有多少人馬在阿爾薩斯、聖普里瓦、玻蒙和色當。

一直到圍城之前，大家還是高高興興地在巴黎生活。九月，所有表演廳決定關閉，共體前線官兵的艱苦，甚至把在劇場執勤的消防員也送到上述戰場的前線；可是一個月才剛過了沒多久，法蘭西喜劇院又取得許可開始演出，以支持撫慰殉國戰士家屬，儘管他們的座位是經濟票，沒暖氣而且沒煤氣燈，只有蠟燭照明，之後安畢居劇院、聖馬丁門劇場、夏德雷劇院和雅典劇場也推出了幾場表演。

於是，九月隨著色當慘劇而來的苦日子開始了。拿破崙淪為敵人的階下囚，帝國垮台，法國全境進入動盪不安的狀態，幾乎（幾乎是即刻）進入了革命的狀態。接著宣佈成立共和，然而就算是共和派陣營裡，就我所了解，就有兩大派互相較勁：其一想要利用此次戰敗的機會發動一場社會革命；另一方則準備與普魯士和談，免得被迫放棄改革——據說——這些改革措施的最終目標是建立一種純粹簡單的共產制度。

九月中旬，普魯士軍隊已經逼近巴黎各大城門；他們佔據了所有原本設計來保衛巴黎的碉堡，並且開始砲轟巴黎城。圍城五個月，備極艱辛，期間最恐怖的敵人由飢餓拔得頭籌。

我對政治操作，還有城裡各處綿延不斷的排隊人龍所知不多，而且這一切對我來說，

……九月中旬，普魯士軍隊已經逼近巴黎各大城門；他們佔據了所有原本設計來保衛巴黎的碉堡，並且開始砲轟巴黎城……

其實無關緊要，再說，在這樣的非常時期，我估計最好不要沒事四處閒晃比較好。不過，說到食物，這就跟我有關了，每天我這區的批發商會通知我，讓我了解往後的日子會是什麼景況。起初，出門到盧森堡之類的公園走走，大家可能會說巴黎已經淪為牲畜圈欄，因為在城內四處可撿到羊啊牛的。可是，十月一開始，就開始盛傳只剩下兩萬五千頭牛和十萬隻綿羊了，要養活一個大都會的人口，這些根本不夠塞牙縫。

事實上，慢慢的，上百戶人家被迫開始炸金魚，改吃馬肉，除了軍隊徵召去的馬匹外，其餘無一倖免，一桶馬鈴薯要價三十法郎，而玻西耶糕餅師傅賣的一盒小扁豆要二十五法郎。再也看不見半隻兔子的蹤影，而肉舖也開始大方的先是展示相當肥美的貓肉，然後換上狗肉，接著宰殺植物園內所有的熱帶動物，耶誕夜針對那些還有錢可以揮霍的客人，瓦心餐廳推出了豐盛的耶誕套餐，有清燉象肉湯、英式烤駱駝肉、燜袋鼠肉、黑胡椒熊肋排、松露羚羊肉醬，以及貓和幼鼠肉拼盤——因為，此時，不僅屋頂上看不見麻雀，連老鼠都從臭水溝裡絕跡了。

說到駱駝，其實味道還不錯，但是老鼠就差了。就算是圍城時期，走私和囤積居奇仍相當猖獗，我還記得一碗令我回味無窮的湯（當然是天價），不是在大餐館吃到的，而是位在幾乎算是郊區的一間小飯館，那裡，跟著幾個特權人士（並非全來自巴黎最上流的社會，在目前的情況下，階級差別早就被拋諸腦後了），我品嘗了野雉，和頂新鮮的鵝肝醬。

一月，和德國簽訂停戰協議，三月讓步同意讓德國象徵性的佔領首都——看到他們頭戴鉚釘頭盔在香榭麗舍大道上大閱兵，我必須說連我都覺得相當屈辱。之後，他們駐紮在城的東北方，西南方則扔給法國政府去管，也就是橫跨了伊芙利碉堡、蒙魯日、旺夫、伊西等地，此外還有防禦工事十分堅固的瓦勒里安山碉堡，以這裡為基地（普魯士軍已經試驗過了），可以輕輕鬆鬆地砲轟首都的西半部。

普魯士人丟下巴黎這個爛攤子，梯也爾[228]領導的法國政府拿回管轄權，國民自衛隊卻已經難以控制，實際上他們已經把公開認購買進的大砲暗槓起來，藏在蒙馬特，梯也爾派勒龔[229]將軍奪回大砲，他馬上就命人朝國民自衛隊和老百姓開槍，結果他手下的士兵反而和叛軍聯成一氣，勒龔反遭自己的人馬俘虜。在此同時，有人在我不知道哪個地方認出了另一名將領，湯馬斯，一八四八年的鎮壓行動讓他在民眾心中留下了不是太好的回憶。更糟的是，他當時穿著便服，無庸置疑，他已經不管他人的死活準備閃了，但是大家都說他是監視公社分子的間諜。他被帶到勒龔被關的地方，兩人同遭槍決。

梯也爾帶著政府全體官員退到凡爾賽，三月底，巴黎宣佈成立公社。現在，換法國政府（在凡爾賽）圍困巴黎，並從瓦勒里安山堡壘轟炸巴黎了，普魯士反做壁上觀，甚至對穿越封鎖線的百姓表現得相當寬容，所以巴黎的第二次圍城時期，比起第一次圍城，食物供給相對充裕：也就是說自己的同胞想餓死我們，敵人反而間接的供給食物。於是，相較於法國政府官員，這群吃酸白菜配香腸的粗人，德國人，最後，竟在人民口耳相傳的低語中，成了勇敢的基督信徒。

當法國政府宣佈退守凡爾賽時，我接到高德契給我的信，告訴我普魯士人對巴黎發生的事沒興趣了，所以鴿子籠和沖洗室都要撤了。不過，同一天，拉格朗日也來找我，他好像猜出高德契來信的內容。

「親愛的西莫尼尼，」他對我說，「您該替我們辦辦您為普魯士人做的事啊，隨時報告最新動向。我已經逮捕了兩個跟您共事的可憐蟲。鴿子也回到牠們尋常回去的窩，只不過沖洗室的設備現在變成我們的了。我們，為了快速傳送軍事情報，我們建立了一條線路，連接伊西碉堡和一棟隸屬我們的頂樓，也在聖母院附近。您以後就從那裡發送消息給我們。」

「『以後發送消息給我們。』給誰啊？您以前，怎麼說呢？是皇家警察的一員，您應該跟著您的皇帝一塊兒消失才是。可是我怎麼覺得恰好相反，您現在竟像是以梯也爾政府的代表身分跟我說話……」

「西莫尼尼上尉，就算政府更迭變換，我永遠屬於留下的那一群。現在，我跟著我的政府去了凡爾賽，因為，假設我滯留在此，多半會落到像勒龔和湯馬斯那樣的下場。這些暴民槍斃人倒是不眨眼。不過，這筆帳，我們一定會找他們討回來的。等我們想知道些什麼比較明確的消息時，您將收到更詳細的命令。」

明確的消息……說得倒輕巧，這個城市的每個地點都有不同的事件上演，國家自衛隊各小分隊川流巡邏，槍桿插花，血紅旗幟；同樣的區域裡，上流社會的中產階級家庭則關上門躲在家裡，等著合法政府歸來；公社選出來的代表，無論是媒體報導還是市場的流言蜚語，沒有人搞得清楚哪些代表是站在哪一邊的；有工人，有醫生，有新聞記者，有溫和的共和派和憤怒激進的社會主義分子，甚至還有貨真價實的雅各賓黨成員，他們夢想的不僅是回歸到八九年的公社制度，而是九三年的恐怖統治。儘管如此，市街上一般百姓的氣氛依舊是非常歡樂的。如果這些人不是穿著制服的話，還以為自己置身在一場盛大的民間慶典活動呢。在杜林，當兵的都愛耍所謂的帥，在這裡，他們就愛現；軍官趾高氣揚地在女孩面前逛大街，活像一隻隻孔雀。

今天我突然想到，我應該有，藏在我的那些古貨之中，一個存放當年剪報的大盒子才對，現在應該可以幫助我回想起那些單靠我自己的記憶無法想起的過去。裡頭囊括了各大思潮的媒體，《號召報》[230]、《人民覺醒報》、《馬賽報》、《紅帽報》[231]、《自由巴黎報》、《人民監督報》等其他報刊。誰會看這些東西，我不知道，大概只有寫報導的人吧。我呢，我全部買回家，看看裡面有沒有拉格朗日會感興趣的事件或評論。

情況有多混亂，一天，我碰上一場不明就裡的遊行，從同樣不明就裡就走上街頭的群眾隊伍裡認出了莫里斯．若利，我這才明白情況有多混亂。他花了好一陣子才認出我，因為我蓄了一臉鬍子，他後來才想起有我這麼一個人，像是燒炭黨員或類似的定位，因此他認定我是站在公社這一邊的。對他來說，我是和他共同經歷了一段波折的患難之交，為人親切大方，於是他抓住我的手，帶我到他家裡（位在伏爾泰河堤大道，一間非常簡陋的公寓），對著一小杯柑曼怡[232]，聽他娓娓道來。

「西莫尼尼，」他對我說，「色當一役後，我參加了首波共和派的活動，我走上街頭要求繼續作戰，可是，後來我才了解這群騷動分子要的太多了。革命公社拯救了法國，免於被敵人入侵，可是，歷史上，有些奇蹟不會出現兩次。革命，並不是我們發出行政命令就能引發的，革命起於民眾的肚子。這二十年來，國家深為士氣低迷的壞疽所苦，發憤圖強，絕非短短兩天就能做到。法蘭西只有閹割掉自己頂尖子民的這等能耐而已。我蹲了兩年苦牢，因為我發言反波拿巴，等我被放出來時，我找不到一位編輯願意出版我的新書。您會跟我說：當時帝國還在。可是，帝國垮了，現在這個共和政府卻因為十月底我參加了一場和平佔領市政府的活動而起訴我。好，我無罪開釋了，因為他們沒辦法給我冠上任何暴力罪名，這就是他們給這些挺身對抗帝國，反對屈辱停火協議的人的回報。現在，有人說整個巴黎已經陷入對公社烏托邦懷抱的憧憬美夢中，可是，您不知道有多少男人想盡辦法要離開這個城市，閃避當兵的義務。盛傳他們即將宣佈十八歲到四十歲之間的所有男性必須強制入伍，可是您瞧瞧，有多少厚顏無恥的年輕男子在街上亂晃，而且是在連國家自衛隊都不敢踏進的區。想為革命大業犧牲的人，少之又少。真是可悲啊！」

在我看來，若利是個無可救藥的理想主義分子，永遠不滿現狀，雖然我必須說，真的，他的確沒遇過什麼好事。儘管如此，強制入伍這件事著實讓我感到憂心，我於是適時地染白了鬍鬚和頭髮。現在，我看起來就像六十好幾的老人。

我在廣場和市集看見許多人，他們和若利不同，他們對一條又一條的新法是大聲叫好，好比，取消在圍城時期，房東要求房租起漲的漲價部分，還有歸還，在同一時期，工人到當舖典當的掙錢器具，發給為國犧牲的國民自衛隊的配偶和兒子補償津貼，展延應收款項的到款期限。也就是讓公社財庫益發空虛，且便宜了惡棍的所有美好措施。

在此同時（只要在莫伯特廣場和這一帶的酒吧小館子聽聽他們密謀幹些什麼勾當就能知道），雖然這些惡棍對廢除斷頭台的法令鼓掌叫好（這是當然），他們卻群起反對廢除娼妓，此舉讓該區的從業人員因而失業露宿街頭。也因此巴黎的所有娼妓全都轉移陣地，移居凡爾賽。我真不知道那些國家自衛隊的英勇士兵該上哪兒平息慾火。

為了牢牢抓住有產階級，以下是反教會的相關法令，好比政教分離、沒收教會財產——有關逮捕教士和僧侶的傳言，更是謠傳已久甚囂塵上。

四月中，凡爾賽軍的先發部隊突圍，進入巴黎西北區域納伊一帶，凡遭逮捕的聯邦派一律槍斃。他們從瓦勒里安山炮擊凱旋門。幾天後，我親眼目睹了此次圍城最匪夷所思的一幕：共濟會組織大遊行。我不認為共濟會會員會是公社派，可是，他們就在我眼前，手執布條，腰繫入會會員的白色皮圍裙，走上街頭要求凡爾賽政府協商停火，讓受傷的民眾能撤出遭砲轟的鄉鎮。他們一路走到凱旋門，那個時候，對手為順應這次活動，沒有任何砲彈從天而降，因為大家都曉得，共濟會大部分的弟兄都跟著正統政府派退守凡爾賽。不過，總之，就算常言道同類不相殘，就算凡爾賽那邊的共濟會費盡心力取得一天的停火，兩方達成的協議也僅此而已，巴黎市的共濟會支持公社。

如果說，在這段公社統治的日子裡，發生在地面上的其他事情，我都記不得了，那是因為我鑽入了地底，踏遍地底的巴黎。拉格朗日送了一封信給我，通知我軍方高層想要什麼樣的資料。他異想天開的認為巴黎的下水道系統貫穿切割整座巴黎城，這該是小說家最喜歡的題材，可是，這座城市，一直到城市封鎖線，甚至超過封鎖線外的地區，在下水道網絡的底下，還交織著錯綜複雜的石灰石採礦坑、白堊礦採礦坑和年代久遠的地下墓穴。有些相當著名，有些則不為人知。軍方知道有些地底通道連接市中心區和市郊外環的碉堡，當普魯士打進來時，他們匆忙地堵住多處地道出入口，防止敵人發動奇襲，可是，普魯士根本沒有這樣的打算，就算他們有機會這麼做時，也沒想過要踏進這蛛網般密佈的地道，他們怕進去後再也走不出來，怕在地雷區迷路。

事實上，對這些礦坑和地下墓穴有研究的人少之又少，其中多是走私販子，帶著走私商品利用這座迷宮，從海關人員的眼皮子底下，穿過封鎖線，同時躲避警方的搜查。我的任務就是盡可能地多找一些這類的無賴諮詢，幫我定出這些地下水道的路線方位。

我記得接到這紙命令時，我忍不住回傳了一句：「難道軍方手上沒有詳細的地圖嗎？」拉格朗日的回覆是：「不要問蠢問題。戰爭初期，我國參謀部自信滿滿必定凱旋，所以只發下德國的地圖，法國地圖付之闕如。」

在美食和美酒供應匱乏的年歲裡，到自由酒吧很容易釣上舊識，我在哪裡給他們弄來一隻雞和品質一流的酒。而他們，不僅僅是嘴上說說而已，他們還叫人帶我親自領受幾趟超乎想像的地底走透透之旅。重點是要有高效能的燈，然後，為了記住何時右轉何時左轉，你得記下沿途以各種形式出現的連串記號，好比斷頭台的側寫草圖、一片古老的水溝蓋板、一幅小鬼的碳筆素描、一個名字，或許是某位再也走不出這地方的人，這樣就行了。行經枯骨堆時千萬不能驚慌，因為只要跟著正確的頭骨序列走，一定能通到某個小階梯，從那裡可以走到某位熱情市民的居家地下室，再來就能返回地面看見天上星星了。

這些地方，再接下來的年月裡，有些我們可能有機會一探究竟，有些一直到當時，則都只是線民口中的描述而已。

總之，從三月底到五月底，我已經累積了一定程度的資訊，畫出幾條可能行進的路線圖，寄給拉格朗日。後來，我發現我傳送的資料其實沒有多大用處，因為凡爾賽那邊的人馬不需要鑽進地底，他們現在已經突破了巴黎的重重圍籬。凡爾賽現下擁有五個軍團的兵力，士兵訓練精良而且思想教育灌輸正確，他們只有一個想法，我們很快就會知道那是什麼：不要俘虜，被逮的每一個聯邦派分子絕不留活口。他們甚至決定，而且我還親眼看見了該命令的執行情況，若遭俘的人數超過十人時，不用行刑隊改用機關槍掃射。他們把戴上臂章的支持者[233]、苦役犯，總之，類似這樣的人通通收編入伍，讓他們別上三色臂章，他們比正規軍更狠更殘酷。

五月二十一日星期日，下午兩點，八千人興高采烈地前往杜樂麗公園，參加專為國民自衛隊的遺孀和孤兒所舉辦的演奏會，當時還沒有人知道可憐的孤兒寡母人數即將在短短時間內暴增。的確（不過後來大家都知道了），四點半，演奏會還沒結束，凡爾賽軍已經從聖克魯德門攻入巴黎，旋即佔領奧特伊和帕西，而且槍斃了所有被俘的國家自衛隊士兵。事後，有人說，到了晚上七點，城裡已經至少集結了兩萬凡爾賽軍，而公社的領導，天知道他們在幹什麼。這說明了要造反，先得要有良好的軍事教育，但當你受到了良好的軍事教育，你不會造反，反而會選擇站在當權者那一方，這就是我看不出有任何理由該造反（我指的是合乎邏輯的理由）的原因。

星期一早上，凡爾賽的人馬在凱旋門部署大砲，居然還有人下令公社分子放棄整合聯手展開大規模的反擊，反而命令他們在各自佔領的地盤上堆置路障。果真如此，聯邦領導階層的愚蠢無知又將獲得大放異彩的機會。

路障如雨後春筍般四處林立，一部分群眾顯然非常熱情積極的加入，甚至在向來對公社沒有好感的地區也一樣，好比歌劇院或聖日耳曼一帶，國民自衛隊把高雅的女士趕出她們的家，慫恿她們把最珍貴的家具搬到街上堆成路障。他們拉了一條線橫過街道，標示出設立路障的點，於是人人或搬一塊從石板路上撬下來的石板，或一個沙包，堆放在這裡；有人從窗戶扔下椅子、櫃子、沙發椅或床墊，有時候的確得到了屋主的許可，有時候屋主則是含著淚，蜷縮在空蕩蕩的公寓裡頭最裡邊的房間。

一位軍官指著他忙碌的手下，對我說：

「您也來幫忙，公民，我們是為了捍衛您的自由而慷慨赴義！」

我裝出一副忙上忙下的樣子，跑去撿一張落在街道那頭的凳子，然後彎進街角。

其實巴黎人，至少自本世紀以來，好像都滿喜歡堆路障，儘管這些路障遭逢第一波來襲的砲彈便瞬間肢解四散，而且他們好像常為了一點小事就堆路障：堆疊路障讓人覺得自己像英雄，不過我倒很想知道這些拚命把路障堆得高高的人當中，有多少會堅持到最後的關頭。他們一定跟我打著一樣的算盤；屆時留下來與路障共生死的，必然是當場被槍斃的頭號笨蛋。

唯有從高空熱氣球俯瞰才能明白巴黎現下的狀況。有些謠言直指軍事學校被佔領了，學校裡存放著國民自衛隊的備用大砲，也有人盛傳克利希廣場雙方激烈駁火，更有人說德國允許凡爾賽軍隊從北邊進入。星期二，蒙馬特被征服，四十名男性、三名女性、四個小孩被帶到先前公社分子槍斃勒龔和湯馬斯的地方，他們被喝令跪下，輪到他們成槍下亡魂。

星期三，我看見許多公共建築火焰沖天，像是杜樂麗公園；有人說是公社分子放的火，目的是為了阻止凡爾賽軍的行進，甚至還有人說有雅各賓黨的女性成員、女魔頭、汽油縱火犯，手拿一桶汽油大街小巷四處縱火；有人信誓旦旦的宣稱是凡爾賽軍的砲彈引起的；最後也有人指控擁護波拿巴王朝的老舊派想趁機湮滅對他們不利的文件——看到這些景象，一開始我心裡想，如果我是拉格朗日的話，我就會這麼做，接著我想到一個好的情報特務會把資料藏起來，絕對不是湮滅，因為資料存著總是有拿來勒索他人的好處。

我懷抱著極端的躊躇之心，以及生怕自己走進兩軍交火線內的疑懼，最後一次踏進鴿子籠，我在那裡找到拉格朗日的一道指示。他告訴我再也不需要靠鴿子傳遞訊息了，他給了我一個靠近羅浮宮的地址，羅浮宮已經被佔領，只要說出通行密語就能通過凡爾賽軍的檢查哨。

就在此時，我得知凡爾賽軍已經抵達蒙帕納斯，於是我想起上一次我到蒙帕納斯時，是在一家小酒店的地下室，我們從那裡鑽進一條地道，地道沿著達薩絲路直通社爾詩-密第路，最後通向一間廢棄商店的地下室，商店坐落在紅十字會前面十字路口上的一棟建築內，公社分子在這個路口的守備仍固若金湯。有鑑於，到目前為止，我的地底通道研究遲遲尚未派上用場，而且我得讓大家知道我並非坐領乾薪，於是我去找拉格朗日。

從西岱島出發到羅浮宮附近，一路上沒有阻難，但是在聖日耳曼-歐瑟華後頭，我目睹了一幕景象，我必須承認，我稍稍震了一下。一個男人跟一個女人帶著一個小孩打從這裡經過，他們看起來完全不像是從某個遭受攻擊的路障點逃出來的樣子；而此時，一小撮戴著臂章的醉漢，顯然是在慶祝拿下羅浮宮，他們想把男人從女人的手上拉開，女人哭著緊緊抓住男人不放，那些戴臂章的便把他們三人全推到牆邊，亂槍打死。

我只找正規軍佔領的地方走，碰見他們，我說出密語，然後被帶到一個房間，裡面有幾個人正在一張巴黎大地圖上插彩色圖釘。我沒看到拉格朗日，於是開口表明要見他。一位大約年屆不惑的先生轉過身，一張再平常不過的大眾臉（我的意思是，我很想描述他的輪廓，卻找不出任何特出鮮明的五官特徵），他沒有伸出手，只是禮貌性跟我打了招呼。

「我想，是西莫尼尼上尉，是吧。我，我叫艾布特尼。從今以後，過去您跟拉格朗日先生的所有合作事項，所有的，今後都將向我報告。您知道，國家的情報單位必須更換新血，尤其是在戰爭的末期。拉格朗日先生光榮退休了，這是他應得的，遠離這令人不快的混亂。」

現在不是提出疑問的時刻。我向他匯報了從達薩絲路通向紅十字會的這段地道路線，艾布特尼說對紅十字會採取行動會很有用，因為，根據他手上的情報顯示，有分屬多批軍團的眾多公社分子聚集在那裡，等著凡爾賽政府軍從南邊揮入。於是他命我到我已經給了他地址的那間小酒館，等一批臂章志願軍。

……一位大約年屆不惑的先生轉過身，一張再平常不過的大眾臉……
「我想，是西莫尼尼上尉，是吧。我，我叫艾布特尼……」

我盤算著安步當車，慢慢地穿過塞納河前往蒙帕納斯，好讓艾布特尼派的人有時間趕在我之前抵達那裡，就在這當兒，當時我還在塞納河右岸，我看見人行道上有大約二十幾個排列整齊的屍體，被槍斃的。他們應該剛死不久，而且看起來各個社會階級年齡層都有。有個年輕人被蓋上無產階級的烙印，嘴巴微微張開，他旁邊躺著一個中年的中產階級紳士，鬈鬈的頭髮，一對修剪整齊的八字鬍，雙手合十交握，放在幾乎不見縐摺的禮服外套上；一個長著一張藝術家臉孔的傢伙旁邊是另一具五官幾乎完全無法辨識的屍體，左眼的位置只剩一個黑洞，一條毛巾圍著頭，好像是某個好心人，或者是某個講究秩序的暴力分子，想把這張天知道吃了多少顆子彈的碎臉集中堆回。還有一個女人，也許她生前非常漂亮。

屍體暴露在五月底的陽光下，四周嗡嗡飛舞著被這場盛宴吸引而來的當季首批蒼蠅。這些人看似是為了殺雞儆猴隨機被強行抓來槍斃的，而且整齊的排放在人行道上，空出道路空間好讓此刻正拖著大砲行經這裡的一團凡爾賽軍通過。這群亡者的臉孔上，真正讓我震驚的是，此刻下筆要寫出來的當兒，我仍然感到些許不自在，他們臉上無所謂的麻木神情，好像睡著似的接受了他們的共同命運。

走到這排屍體的盡頭，我驚異的望著最後一位就地正法者的五官，他躺的位置跟其他人隔得稍微遠一些，好像是後來才加入隊伍。部分的臉孔被凝結的血塊覆蓋，但是我清清楚楚地認出他是拉格朗日。情治單位已經開始汰換新血了。

我不是心思敏銳細膩的娘娘腔，我甚至有能耐拖著一個教士的屍體鑽進下水道，但是眼前的景象仍然擾亂了我的心。不是因為我同情他，而是因為他讓我不免有兔死狐悲之嘆。從這裡到蒙帕納斯的路上，只要碰見某個人，指認我是拉格朗日的手下，一切就完了，最妙的是，這人可能是凡爾賽士兵，也可能是公社分子，他們雙方都有理由懷疑我，這個年頭，讓人起疑等同就地槍決。

盤算著哪些地方的建築看得到火苗竄出，公社分子還躲在那裡的機會不大，而凡爾賽軍也還沒將該區納入控制範圍，我於是冒險穿過塞納河，沿著巴克路一路走到紅十字會前十字路口的地面。到了那裡，我就能立刻鑽進廢棄商店，剩下的路程就借道地底。

我很怕紅十字會那裡的系列路障阻擋我的去路，使我無法進入目標建築，還好情況並非如此。帶著武器的軍團在幾間民宅的門檻上枯等，等候命令；人人口耳相傳，散播著互相矛盾的消息，大家根本搞不清楚凡爾賽軍會從哪邊打來，大夥聽信街頭謠傳不停變換防禦的路口，小型路障拆了又堆，堆了又拆，搞得大家筋疲力竭。有批比較精銳的國民自衛隊分隊即將增援此地，這個屬於中產階級區的居民大多試著去說服這些帶著武器的士兵不要再逞英雄，做無謂的犧牲，他們說凡爾賽那些人再怎麼說總歸是自己的同胞，尤其多是共和派，再說梯也爾也許下了承諾，答應特赦所有投降的公社分子……

我看見我的目標建築樓下的馬車出入口大門虛掩，我側身溜進去，然後把門關好，我下樓走進商店，再下樓進入地下室，毫無差池地來到了蒙帕納斯。我在那裡看見三十來個帶臂章的志願軍，他們跟著我沿著我剛才走來的路線，反過來走回去；一抵達商店，這些人隨即上樓，準備挾制樓上的公寓住戶，結果，只見穿著光鮮體面的住戶臉上一個個鬆了一口氣的表情，迎接他們進屋，還告訴他們哪些窗子是樓下路口的最佳制高點。此時，一位軍官從飛龍街快馬馳騁而至，發佈警戒令。該命令當然是要求官兵事先做好準備，對抗可能來自賽佛街或社爾詩-密第路的攻擊，在這兩條街轉角處的公社士兵現在正忙著撬開路面石板，堆築新的路障。

臂章志願軍在他們佔領的公寓內選定窗子，準備就定位，此時，我認定留在這樣一個遲早會有公社軍隊的槍子飛來的地方著實不妥，我於是下樓，樓下還是鬧烘烘的忙和著。我知道樓上窗戶發射下來的子彈會朝那個方向，所以我隱身老鴿舍街的街角，萬一危險，方便逃跑。

為了堆疊路障，大多的公社士兵放下手上的武器，擺成一堆，所以，當子彈從上面的窗戶瞄準他們飛過來時，的確讓他們措手不及，驚慌了好一陣子。等他們恢復鎮靜，卻仍搞不清楚子彈是從哪兒來的，他們舉槍設定一般人的身高高度朝格內勒路和富爾路的路口方向瞄準，以致於我被迫往後退，生怕老鴿舍街也受到火線的波及。後來，終於有人發現敵人躲在高處開槍，交叉路口和窗子間的來回交火於焉展開，只不過凡爾賽兵看得清楚瞄準的目標，而且是朝一群人開槍，而公社士兵卻還在摸索著該瞄準哪些窗戶。總之，一舉殲滅是易如反掌，此時的交叉路口，怒罵叛賊之聲此起彼落。叛賊，永遠是這個亙古不變的老詞：當你潰敗時，你永遠會替自己的無能找一個代罪羔羊。叛你個大頭賊啦，我心裡想，是你們不曉得該怎麼打仗，真是一齣拙劣蹩腳的革命戲碼……

最後終於有人找出那棟被凡爾賽兵佔據的屋子，殘餘的倖存者試圖撞開馬車出入口的門。我想臂章志願兵那時候應該早已經下樓，潛入地道裡了，而公社分子只會看到空蕩蕩的屋子，不過，我決定此地不宜久留，不再等著看事件如何發展了。所以到後來，我才知道事情的後續，當時果真如我所料，凡爾賽軍，大批的，正要從社爾詩-密第路底下衝出，所以固守紅十字會的最後那些公社士兵應該是全盤瓦解了。

我繞經狹小巷弄，避開傳來槍砲劈啪聲響的方位，回到我家的胡同。一路上，兩邊的牆面都是剛糊上的海報，公共安全委員會呼籲公民堅持奮戰到最後一刻。（「堆起路障！敵人已是困獸之鬥。不要猶豫！」）

我在莫伯特廣場的一間酒吧裡聽到最新的消息：七百名公社分子在聖傑克路槍決，盧森堡軍火庫爆炸；公社分子為了報復，從赫格特監獄拉出幾名人質槍斃了，其中一個是巴黎總主教。槍斃總主教是個轉捩點，再也無法回頭了。為了讓情況回歸正常，不來一次徹底的全市浴血是不行了。

只是，正當大夥在跟我講述這些事情的當兒，幾個女人走進店裡，換來店內顧客歡欣鼓舞的尖叫歡迎。是回酒吧重操舊業的那些女人！凡爾賽軍帶著公社下令禁娼而離開的妓女，一道回來了，而且讓她們開始在城裡四處招搖，好像是為了顯示一切正逐漸恢復常軌。我沒辦法跟這群人渣在一起攪和。他們把公社唯一的一項善良作為化為烏有。

接下來的幾天，公社隨著拉雪日神父墓園的最後一場刺刀肉搏戰走入了歷史。據說，有一百四十七名倖存者被俘，當場悉數就地正法。

就這樣，他們學到了教訓，不要多管閒事。

［譯註］

227. Alfred Krupp：一八一二—一八八七，普魯士著名鋼鐵和軍火商，是當時最大的軍火商，有「加農炮之王」之稱。

228. Marie Joseph Thiers：一七九七—一八七七，法國政治家，路易．菲利普時期的首相，第二帝國滅亡後，再度掌權，鎮壓巴黎公社，一八七一到一八七三年間先擔任國家首領，受任臨時總統。

229. Claude Lecomte：一八一七—一八七一，奉命奪回國民自衛隊藏在蒙馬特和巴黎各地的大砲，但士兵反而與國民自衛隊親如兄弟，勒龔被人從馬上拉下，後遭處決。

230. Le Rappel：一八六九年第二帝國垮台後創刊，一九三三年停刊。在第三共和時期，該報偏屬激進共和派。

231. Le Bonnet Rouge：一九一三—一九二二，極左派諷刺刊物，初期每週出刊一次，第二年後改為日報。

232. Grand Marnier：一譯「金萬利」，是一種將苦橙皮蒸餾後混合干邑釀製的酒，酒精濃度百分之四十，一般常作開胃酒，也可以用來作甜點。

233. Brassardiers：一八七一年五月二十二—二十八日，是巴黎公社統治的最終章，稱血腥週。凡爾賽政府軍攻入巴黎，當時支持政府的巴黎市民繫上臂章，利用他們的地域關係，協助凡爾賽軍掃除公社分子。

18 議定書

節錄一八九七年四月十日和十一日的日記

戰爭結束的有利環境下，西莫尼尼重拾舊日的工作。很幸運地，死了這麼多人，許多遺產繼承的問題亟待解決，大量人民為國捐軀，且是英年早逝，無論最後是躺在路障上頭或正面靠著路障，沒有人想過要預立遺囑，於是西莫尼尼的工作多得接不完——報酬也收不完。多美好的和平，尤其是經過了犧牲祭品的淨化過程之後。

他的日記內容多半在記錄往後這幾年間他經手的日常公證事務，其中也透露他的唯一願望，就算在這段期間他也始終沒有放棄，就是重闢窗口兜售他那篇布拉格墓園的文件。他不清楚高德契在這段時間裡做了什麼，但是他一定要搶在他前頭，捷足先登。說也奇怪，在這段公社統治的日子裡，幾乎是自始至終，猶太人彷彿平空消失了。他們這群從頭到腳徹頭徹尾的陰謀家，難不成躲在幕後操縱公社，或者隱身在凡爾賽偷偷累積資本，準備在戰後大顯身手？其間，他們和共濟會同一陣線，巴黎的共濟會向公社靠攏，公社槍斃了一位總主教，這事猶太人肯定脫不了關係。他們連小孩都殺了，總主教算什麼……

正當他循著這條脈絡思索時，一八七六年的某一天，他聽見有人在樓下按門鈴，門口站著一位身穿教士袍的老先生。西莫尼尼最先以為是平常會上門兜售聖體餅的那位膜拜撒旦的教士，仔細觀察後才發現，來人頭髮濃密，雖然髮色花白，鬈曲的波浪弧度依舊，他隨即認出，儘管相隔欲逾三十年，那人是貝加瑪奇神父。

耶穌會神父反而比較無法相信，站在他面前的這個人就是西蒙尼諾，他認識的那個少年小西蒙，更何況他一臉大鬍子（和平之後，變回黑色了，稍稍帶點花白，就像四十歲的男人該有的毛色）。接著，他雙眼閃亮，咧開嘴笑著說：「可不是，你是西蒙尼諾，真的是你，我的孩子？你怎麼還讓我站在門外？」

他笑了，不過，如果不願過於膽大妄為，逕自形容這笑容有如老虎不懷好意的笑，至少可以比作貓般狡猾的笑。西莫尼尼請他上樓，問道：「您是怎麼找到我的？」

「呃，嗯，我的孩子，」貝加瑪奇神父說，「你難道不知道我們，我們耶穌會，道行高過魔鬼嗎？就算皮埃蒙將我們逐出了杜林，我仍然與各個圈子維持著良好的聯繫管道，所以我知道，你最早是替一個公證人工作，偽造遺囑，這段跳過，只是你曾交給皮埃蒙情治單位一份報告，還把我寫進報告裡，我的身分還是拿破崙三世的顧問哩，出席布拉格墓園的集會，陰謀破壞法國和薩丁尼亞王國。編得漂亮，我不會這麼說，因為我發覺你全抄襲那個反宗教大病毒，蘇。我開始打探你的下落，只是有人告訴我，你跟著加里波底到了西西里，然後又有人說你已經離開義大利了。尼格利．狄聖佛朗特將軍跟會裡一直維持著禮貌性的往來，他給了我方向，前進巴黎，而巴黎的我會弟兄跟皇家情報單位裡的人交情匪淺。我就這樣知道了你跟俄國人搭上了線，而你那篇關於我會弟兄在布拉格墓園的報告，搖身一變，換成了猶太人當主角。只是，在此同時，我知道你在監視一個叫若利的人，透過秘密管道，我終於拿到一本他寫的書，這本書躺在某位名叫拉夸的人的辦公桌裡，此人在一次與一批搞火藥的燒炭黨人的戰鬥中因公殉職，我看得出，其實若利也是抄襲自蘇，而你，你則是拙劣地剽竊了若利的文章。德國的弟兄通知我，有個名叫高德契的作家曾描述過一場會議，地點還是在布拉格墓園，猶太人在那裡發表的言論跟你寫給俄國人的那篇報告內容大同小異。只不過，我呢，我很清楚，我們耶穌會教士上場的那篇是你的，而且出現的時間比高德契的那本三流小說要早上好幾年。」

「終於有人還我公道了！」

「讓我說完。後來，戰爭爆發，緊接著是圍城和公社統治的日子，巴黎變得不適合一個像我這樣穿教士袍的人居住。我之所以決定回來找尋你的下落，是因為幾年前一篇同樣以猶太人在布拉格墓園集會為主題的故事在聖彼得堡印刷成冊開始流傳。大家以為這篇文章是從一部取材自真實事件的小說中擷取出來的，來源出處就是高德契的那部。然而，就在今年，一篇內容大同小異的文章出現在莫斯科的宣傳文宣上。總之，那邊，或者如果你喜歡的話，也可說那上面，有人正在策劃一樁與猶太人有關的國家事件。猶太人形成了一股威脅勢力。當然，對我們來說，他們也是一大威脅，因為共濟會也躲進了這個猶太聯盟的羽翼之下，教宗陛下如今已下定決心，要與教廷的所有敵人全面開戰。就這樣，正好，你回來了，你，西蒙尼諾，你也該為玩弄我跟皮埃蒙人於股掌之上而做一點補償了。你這樣抹黑毀謗耶穌會，你欠他們。」

魔鬼，這些耶穌會教士比艾布特尼，比拉格朗日，還有狄聖佛朗特將軍更厲害，他們總是能把所有人的底細摸得清清楚楚，他們不需要秘密情報單位，因為他們本身就是秘密組織；全世界各個角落都有他們的弟兄，而且對巴別塔倒塌後出現的各種語言傳頌之事都知之甚詳。

公社垮台後，全法國人，包含反教會人士，都成了超級虔誠的教徒。甚至還有人提議在蒙馬特建一座神廟，為這起藐視上帝的悲劇公開贖過。總之，四處籠罩一股宗教的贖罪氛圍，既然如此，不如乾脆來好好贖過，「好，神父，」他於是回答，「說說看您要我做什麼？」

「我們要繼續朝你的路線走。首先，鑑於高德契是以自己的名義出售這篇拉比的發言報告，那麼，一方面我們必須創造出另一套內容更豐富更撼動人心的版本，一方面也要讓高德契知難而退，不再繼續散播他的版本。」

「我該怎麼做才能反制那個剽竊的人渣？」

「我會通知我們在德國的弟兄，請他們嚴密監視這位仁兄，必要的話，除掉他。據我們對他這個人的調查了解，這個人有很多把柄可供人勒索。你呢？你現在該好好思考的是，如何潤飾修改拉比的發言內容，把它變成另一份文件，用詞更明確，而且最好能搭上現今的政治事件。參考一下若利的那篇攻訐短文。一定要特意強調，怎麼說呢，希伯來人不擇手段的面目，還有他們破壞各國的陰謀計畫。」

貝加瑪奇神父還補充說，為了讓拉比的發言內容更有說服力，巴輝埃爾教士之前揭露的內幕很值得放上去，尤其是他爺爺寄給巴輝埃爾教士的那封信。也許西莫尼尼手裡還有一份副件，可以拿來權充當初寄給巴輝埃爾的正本？

他在衣櫥的最深處找到那份副本，放在一個他以前的小盒子裡，他和貝加瑪奇神父也對這份如此重要的文件談妥了價碼。耶穌會教士並不大方，但他看得出來自己沒得選擇，只能配合。剛好一八七八年七月號的《當代雜誌》刊登了一篇克利費神父的回憶錄，他是巴輝埃爾的知交，還有大批西莫尼尼從別的地方得來的資料，以及他爺爺的那封信。「布拉格墓園那一幕晚一點再上，」貝加瑪奇神父說。「某些爆炸性的情報，如果一下子全抖出來，往往起頭的震撼印象消失後，民眾就全忘光了。相反的，一定要一滴一滴慢慢的揭露，每一波新的爆料將重新喚醒民眾對前一波消息的記憶。」

……貝加瑪奇神父還補充說，為了讓拉比的發言內容更有說服力，巴輝埃爾教士之前揭露的內幕很值得放上去，尤其是他爺爺寄給巴輝埃爾教士的那封信……

西莫尼尼埋頭爬文，對於爺爺那封信能重見天日，他無疑地相當得意，而且，還有一股突如其來的道德感，讓他深信自己這樣做是在回報一份珍貴的遺贈。

他文思泉湧，孜孜不倦的補充拉比的發言內容。他重讀若利的文章，比起第一次讀後的感覺，他看到這位引發爭論的文人，的確比較不受蘇的想法框架局限，若利給他那位不擇手段的暴君拿破崙冠上其他多項罪名，而這些罪名看起來恰好像是為猶太人量身訂做的。

在蒐集這些資料的同時，西莫尼尼發現資料內容太豐富又太廣泛了：一篇能震撼天主教人士的拉比演講稿必須不厭其煩的反覆指控他們意圖淪喪道德，甚至取材古格諾有關猶太民族的健康優越論，或是布拉夫曼所謂的透過放高利貸剝削基督徒的亙古原則。有別於共和派專注在媒體逐遭壟斷而感到憂心忡忡，那些始終對銀行（公眾輿論早將它們視為猶太人的專屬資產）敬而遠之的企業家和小額存款戶，對國際猶太復國主義的經濟陰謀更加敏感。

因此，有一個想法逐漸在他的腦中成形，他不知道的是，這個想法是非常希伯來化而且非常符合猶太人對舊約的傳統釋義的。他不該只準備單一的布拉格墓園故事，一份拉比的演講稿，而是好幾份講稿，一份針對教士讀者群，另一份則針對社會主義人士撰寫，一份是給俄羅斯人看的，另一份則寫給法國人。而且，不應該預先寫妥全篇，而是要像製造單頁的紙張一樣，分別寫成單張，再以不同排序方式混搭，創造出各種不同的演講稿——這樣一來，就能賣給各式各樣的買主，並且根據每位買主的需求，安排創造出符合他們需求的演講內容。總之，以經驗豐富的公證人為例，這就好比按照規定，公文化地記錄各類客戶的證詞、筆錄或自白，以便在日後分別提供給律師供每每迥異的緣由辯護——他開始稱這批在此大前提下寫出來的筆記為議定書——而且蓄意不讓貝加瑪奇神父得知全部的內容，因為神父能接觸到的只有宗教意味比較明顯的篇章。

西莫尼尼以一段相當值得玩味的話，為他這些年的工作做了總結：一八七八年年底，當他得知高德契失蹤的消息時，真的大大地鬆了一口氣，大概是被每天把自己灌得愈來愈腫脹的啤酒噎死的，還有可憐的若利——永遠是那麼地絕望沮喪——竟朝自己的腦袋開了一槍。願他靈魂得到安息，他真的不是個壞人。

一定是因為想起了這位親愛的故友，我們的日記所有者喝得過量了。寫著寫著，字跡變得潦草，最後停在這頁上。也就是說他睡著了。

第二天，西莫尼尼一直睡到傍晚才醒，他在日記裡發現一條達拉．皮科拉教士那天早上插入的話，他不知怎地進了他的工作室，看到了他的另一人格所寫的東西，進而一副道貌岸然地覺得非得補充說明一下不行。

補充什麼呢？補充說明我們的上尉聽到高德契和若利兩人的死訊時，應該不會太驚訝才是，就算他沒有想盡辦法去遺忘這一段，想必也不願意記起來。

《當代雜誌》刊登了他爺爺的信之後，西莫尼尼收到了高德契寄來的信，法文文法雖然頗有可議之處，但是文意卻相當清楚。「親愛的上尉，」——他在信上說——「我想《當代雜誌》上刊載的資料應該是道開胃小菜而已，後頭還有其他準備接力刊登的吧，我們都知道這份文件的一部分所有權屬於我所有，我甚至有證據（手上就有一本《比亞里茨》）證明我是全本的作者，而您，您什麼都沒有，您甚至無法證明曾經在文章上加個標點符號之類的芝麻綠豆的合著行為，因此，首先，我要您暫緩一切，然後跟我見個面，為什麼不找個公證人一起來呢（不過不能找像您這樣的貨色），來斷定布拉格墓園這篇文章的所有權誰屬。如果您不照做，我就會公開發佈消息說您是個騙子。然後，我將照會某位若利先生，他還不知道您盜用了他的文學創作。如果您沒忘記若利先生的職業是律師的話，您就能了解這件事將會給您帶來嚴重的困擾。」

西莫尼尼著了慌，立刻聯絡貝加瑪奇神父，神父告訴他：「你，你負責若利，我們呢，我們負責高德契。」

正當他六神無主，不知道該如何對付若利時，西莫尼尼收到貝加瑪奇神父的短信：信裡告訴他，可憐的高德契先生安詳地在自家床上嚥下最後一口氣，他邀他為他的靈魂祈禱安息，儘管他是個該死的基督徒。

現在，西莫尼尼完全明白何謂負責若利了。有些工作他不喜歡，而且再怎麼說，都是他虧欠若利，但是，他絕對不能因為良心過意不去而壞了他跟貝加瑪奇神父的合作大計，況且我們才剛剛看到西莫尼尼計畫今後要如何大大地利用若利的文章，同時又希望能免於遭到原創者的抗議抱怨。

為了這個原因，他再度前往拉普路，而且他還買了一把手槍，體積夠小剛好能隨身攜帶，火力小但相對的也比較安靜。他記得若利的住址，找到了那間公寓，雖然狹小，裡頭鋪著漂亮的地毯，牆上掛著美麗的掛毯，正好隔絕了大部分的聲響。總之，最好在早上動手，趁著從皇家橋和巴克路過來的車輛和迷你公車，沿著塞納河來回奔馳的尖峰時段，好好利用樓下熙來攘往的交通噪音。

他按了律師家門的門鈴，律師驚訝的迎他入內，不過馬上給來客奉上一杯咖啡。若利滔滔不絕地說起最近的倒楣事。看報紙的讀者，從古至今都一樣，大多都是偽君子（當然包含讀者和編輯），他呢，他雖然嚴拒暴力還有革命造反這類驚世駭俗的想法，卻自始至終都是公社的支持者。他覺得發聲對抗這位決定參選共和總統的格雷維[234]的政治野心是對的，格雷維就自掏腰包印製海報和招牌抹黑他。他被人指控是陰謀破壞共和的波拿巴派，甘必大[235]語帶不屑的說他「為錢出賣自己，素行不良前科累累的文壇之恥」，愛德蒙．阿部[236]直指他抄襲。總之，半數的法國媒體發了狂似的群起攻訐他，只有《費加洛報》還願意刊登他的公告，其他的報刊對他為己辯論的讀者投書一律婉拒。

仔細想想，其實若利打贏了這場仗，因為格雷維已經放棄競選了，不過他是那種對現狀永遠不滿，而且正義一定要伸張到底的人。下戰書單挑了兩名指控抹黑他的傢伙之後，他一口氣按鈴聲告了十名記者，罪名是拒絕刊登、誹謗和公然侮辱。

「我一肩扛下自己的所有辯護工作，而且我向您保證，西莫尼尼，我檢舉了媒體噤聲不敢報的所有醜聞，除了我們剛剛談過的那些之外。而且您知道我跟那幫子無賴（我把法官納入其中）說了什麼嗎？各位先生，我，過去我無懼帝國威權，現在，對您們這干仿效威權統治卑鄙伎倆的人，我只有嘲笑。當他們想要剝奪我的發言權時，我說：『各位先生，帝國以挑起仇恨、藐視政府和對君皇大不敬等罪名起訴我——但，連專制凱撒大帝的法官都讓我發言了。現在，我請求共和的法官給予我在帝國時期即享有的同等自由！』」

「結果呢？」

「我贏啦，所有的媒體，除了兩家以外，全都被判了刑。」

「那麼，是什麼讓您還覺得難受呢？」

「全部的一切。對方的辯護律師，滿口讚美完我的作品之後，說我的未來前途都被我無節制的放肆熱情給毀了，無可逃避的失敗將如影隨形的跟著我，那是對我自負驕傲的懲罰。我攻擊了這方，又攻擊了那方，我卻沒成為議員，也沒當上部長。或許我在文壇上的成就會高於政壇的作為。可是，連這話都說得不對，因為我寫的東西早已被遺忘，我贏得訴訟後，所有重量級的沙龍都不歡迎我了。我打贏了很多戰役，然而我卻是個失敗者。有時候，內心好像有什麼東西碎了，再也沒有精力，沒有意志。有人說日子總得過下去，可是，長久下來終免不了自殺一途的日子，

……有時候，內心好像有什麼東西碎了，再也沒有精力，沒有意志。有人說日子總得過下去，可是，長久下來終免不了自殺一途的日子，難熬啊……

難熬啊。」

西莫尼尼認為他即將要做的事極其聖潔。可免於這個可憐人做出極端的事，總之是可恥的事，他的最終失敗。眼看著他即將完成一部漂亮的傑作。而且，除掉一個危險的證人。

他請他快速地瀏覽某份文件，希望能聽聽他的意見。說著，遞出相當厚的一疊紙給他，都是舊報紙，不過，他大概需要好幾秒鐘的時間才能明白這到底是怎麼回事，而若利安坐扶手椅上，全副注意力都放在滑上他雙手的那疊紙。

當對方準備展讀，目瞪口呆之際，西莫尼尼從容地繞到他身後，槍口抵上他的頭，扣扳機。若利應聲倒下，細細的鮮血從太陽穴上的洞口汩汩流出，雙臂晃盪。把槍放在他手上倒很容易。很幸運的，這起事件之後的六、七年，才發明一種能夠從兇器上採到指紋的神奇白粉，摸過兇器的手指便無所遁形。他找若利算清總帳的時候，最風行的理論還是某位貝笛永先生[237]的人體量測論，立論的依據在測量嫌犯的骨架和其他骨骼的大小。誰能想像得到若利不是自殺身亡。

西莫尼尼取回那包報紙，洗淨那兩只他們用過的咖啡杯，公寓維持原本整齊的狀態。兩天後，這是他後來才知道的，公寓門房一直沒見到房客出入，於是通報了聖湯馬斯達甘區的派出所。他們撞開門，發現了屍體。報上登了短短一篇報導，裡面提到手槍落在地上。顯然，西莫尼尼並沒有把槍穩穩的塞進對方的手裡，不過，這無傷大雅。相反的，幸運的是，他的桌上找到了分別要寄給他母親、姊妹和兄弟的信……信中雖然沒有明言提到自殺的事，但全都充滿了深沉而高貴的消極基調。這些信看似專為此事而寫。誰知道這個可憐人是否真有自殺的意圖，倘若他真有此意，西莫尼尼豈不是白忙一場。

這不是達拉・皮科拉頭一次向他的同居室友揭露一些他大概只有在聽人告解的時候能聽來的事情，也是住在這裡的室友不願憶及的事。西莫尼尼為此稍稍感到不快，還在達拉・皮科拉寫的那頁日記底端，留下兩、三句惱怒的話。

你們的敘述者迫不及待地想往下看的這本日記裡面，肯定，百分之百處處是驚奇，或許哪一天值得當成一部小說出版。

【譯註】

234. Jules Grevy：一八二三—一八九一，法蘭西第三共和總統，一八八七年因其女婿被捲入政治醜聞而被迫下台。

235. Leon Gambetta：一八三八—一八八二，法國共和派政治家，曾任法國總理兼外交部長，一八八二年遇刺身亡。

236. Edmond About：一八二八—一八八五，法國作家，文評，法蘭西學院院士。

237. Alphonse Bertillon：一八五三—一九一四，法國犯罪學家。

一八九七年四月十一日晚

親愛的教士，我，我費了很大的勁兒來重組我的過去，而您，您卻動不動就來打斷，活像愛賣弄學問的家庭教師，每踱個方步就來提醒我拼字拼錯了……您害我分心。擾亂我。好，行，我可能真的採取了極端的方法，殺了若利，可是，為了達成目標，使出一些不該耍的下流手段也是情有可原。請學學貝加瑪奇神父的政治智慧和冷靜，並請控制一下您那病態的失禮言行……

若利和高德契既然對我已經不構成威脅了，我於是可以專心撰寫我的新版布拉格議定書（我是這樣稱呼它們的）。而且我必須構思一些新的橋段，因為舊版的布拉格墓園場景幾乎已經成為玄秘小說的通用背景。繼我爺爺的信之後，《當代雜誌》在間隔了數年之後，刊登了拉比的演講稿，並把它視為出自英國外交官，約翰·雷可利夫爵士筆下的真實文獻刊載。既然高德契用約翰·雷可利夫爵士的筆名出版他的小說，文章內容的出處自然無庸置疑了。後來，我已經懶得再統計墓園的故事被多少不同的作家引用了多少次：正當我走筆至此時，我想起來了，近來好像有那麼一個叫做普納德的傢伙，出版了一本書，書名叫《我們當代的猶太人》，書中引用了拉比的演講稿，只是發言的那位拉比名字變成了約翰・雷可利夫。天啊，我們活在怎樣一個造假虛構的世界啊？

總之，我一直在蒐集新的資料彙編我的議定書，當然也不排除將來有刻印成書的可能，我一直在想——達拉・皮科拉教士的慘案除外——我的潛在客戶層不像是成天往圖書館裡鑽的人。

一天，貝加瑪奇神父跟我說：「某位魯托斯坦斯基[239]出了一本關於《塔木德》和猶太人的俄文書。我會想辦法弄一本，請會裡的弟兄翻譯。不過，不如先來說說，另一個我要打聽的人：你聽過歐斯曼・貝伊這個人嗎？」

「土耳其人嗎？」

「也許是賽爾維亞人，不過他以德文寫作。他寫了一本小書描述猶太人征服全球，已經翻譯成多國語言，不過，我認為他應該需要更多的資料，因為對他來說，反猶太運動就是他生命的意義。有人說俄國政治警察給了他四百盧布，叫他來巴黎徹底了解全球猶太聯盟的底細，如果我記得沒錯，你從你的朋友布拉夫曼那裡聽說過一些關於聯盟的事。」

「老實說，非常少。」

「那麼，就自己杜撰，你給這位貝伊一點資料，然後叫他也給你一些資料當作回報。」

「我怎麼聯絡他？」

「他會來跟你聯絡。」

我幾乎已經不再替艾布特尼做事了，只是偶爾跟他互通一下訊息而已。我們約在聖母院的正門口見面，我向他打聽歐斯曼・貝伊這人的相關資料。看來全世界半數的警察都認得他。

「他八成是希伯來裔，就像布拉夫曼和其他恨自己的民族恨得牙癢癢的人一樣。他的故事可精采呢，他自稱米林傑或米林根，後來又改名基布里德利-薩德，前不久他還自稱是阿爾巴尼亞人。他因為一些不太正大光明的事件遭多國政府驅逐出境，基本上都是些詐騙案件；他也因為其他案件被判了數個月的徒刑。他專攻猶太人問題，因為他看出這裡邊有不少的利益可圖。他在米蘭，我也不知道是怎麼回事，曾公開收回他先前對猶太人的所有看法，接著在瑞士卻出版了新一波反猶太的抹黑文章，他甚至跑到埃及，挨家挨戶地推銷自己的文章。不過，他在俄國之後，才算真正的成功了，他在那裡開始撰寫有關猶太人屠殺基督教孩童的故事。現在，他則致力研究猶太聯盟，這也是我們希望他能遠離我國的原因。我跟您說過好幾次，我們不希望跟這些人開戰，做口舌之爭，這對我們沒有半點好處，至少目前沒有。」

「可是他就要來巴黎了，還是說他已經到了。」

「我看得出來，您現在的消息比我們還靈光。嗯，如果您願意看緊他，我們會，一如以往地，非常感激您。」

於是我有了兩個好理由非見見這位歐斯曼·貝伊不可了，一方面向他兜售我手上所有關於猶太人的資料，另一方面向艾布特尼匯報他的一舉一動。一星期後，歐斯曼·貝伊出現了，他往我店門口底下塞了一張紙條，上面是瑪黑區[240]一家供餐宿舍的地址。

我想他會是個美食主義者，我計畫請他上大維富餐廳品嘗馬倫哥燉雞[241]和雞肉蛋黃醬。雙方幾番短信往返，他拒絕了我所有的邀請建議，最後約好當晚就在莫伯特廣場和艾爾伯大師路的轉角見面。屆時，我會看到一輛馬車朝我的方向走過來，而我得走上前，好讓他辨識我的身分。

當馬車停在廣場轉角時，一張臉伸出車門，一張在我這一街區入夜後我絕不願意碰見的臉：蓬亂的長髮，鷹鉤鼻，猛禽的銳利眼睛、土灰色臉龐、軟骨功表演者似的瘦削身形，尤其左眼不時的抽搐，看了讓人惱火。

「晚安，西莫尼尼上尉，」他不假思索地對我說，而後又補上：「在巴黎，連牆都長耳朵，常言道隔牆有耳。所以，能夠安安心心說話的唯一方法就是，在城裡遛達。馬車夫根本聽不見我們在裡頭說什麼，就算聲音傳得到他那兒，他耳朵也聾得厲害。」

就這樣，我們的第一次交談便是在這夜幕低垂的巴黎市街上進行，天空飄下的毛毛細雨滲透四周彌漫的濃霧，然後緩緩的蓋上石板路面。馬車夫彷彿受命直驅最荒蕪人煙之區最晦暗的街道。其實到嘉布遣大道上我們就能放心說話了，顯然歐斯曼·貝伊喜歡戲劇化的場面。

「巴黎彷彿一座空城，您看路上的行人，」歐斯曼·貝伊微笑著對我說，那抹笑容照亮了他的臉，宛如蠟燭照亮了一顆骷髏頭。（臉龐彷彿遭人百般蹂躪過的這個男人，有著一口漂亮的牙齒。）「人們如幽靈飄移，大概是眼看著天即將破曉，急著趕回墓穴吧。」

有點太矯情囉，「我欣賞這個風格，這讓我想起彭松·德泰哈[242]最棒的作品，不過我們該談點更具體的東西，好比說，您有什麼可以告訴我的，關於某位西波利特·魯托斯坦斯基先生？」

「他是個騙子，也是間諜。天主教神父，被削了神職，退回凡塵俗世，因為他做了一些，該怎麼說呢，跟小男孩有點那個的事情——這樣的事已經算是非常糟的，因為，老天，我們都知道人很脆弱，但你既是個神父，你就有義務堅持一定程度的尊嚴。而他接下來，竟然跑去改信了東正教，當僧侶……我如今對神聖俄羅斯也有了足夠的了解，可以大聲地說這些修道院，由於它們與世隔絕，裡面的老人和修女之間自然孕育出一種心意相通的情感……該怎麼說才好呢？友愛的情誼。不過，我不是陰謀家，別人的事我沒興趣。我只知道您說的魯托斯坦斯基從俄國政府那裡領了一大車的錢，讓他到處講猶太人用生人活祭，已經講得快爛掉的，謀殺基督徒孩童當牲禮血祭的陳腔濫調。說得好像他，他對待兒童有比較好似的。總之，有人在傳他好像曾跟一些希伯來團體接觸，他宣稱只要給一定的金額，就願意否認他先前發表過的一切說法。您可以想想猶太人是否願意花大錢。不，他不是個可以信賴的傢伙。」

他隨即補上一句：「啊，差點兒忘了。他還染上了梅毒。」

有人曾經告訴我，偉大的說故事者往往把自己包裝成筆下的人物。

接下來，歐斯曼．貝伊非常有耐心的聆聽我想告訴他的事，聽到我對布拉格墓園那幕，如田園抒情詩般的描述，他理解似的笑了，接著開口問我：「西莫尼尼上尉，這些，是的，聽起來很有文學氣息，就像您剛剛給我下的評斷一樣。我只想找出猶太聯盟和共濟會勾結的明確證據，如果可以的話，別再翻舊帳，而是要往前預測未來。猶太聯盟勢力龐大，他們正朝全世界撒下黃金網，要搜刮所有的東西以及所有的人。像聯盟這般強大的勢力團體，幾百年來一直都存在著，甚至早在羅馬帝國創立之前就有了。這正是他們能夠成功的原因，他們已經有長達三千年的歷史了。想想看，他們是怎麼透過一個像梯也爾這樣的猶太人來操控法國的。」

「梯也爾是猶太人？」

「誰不是呢？他們在我們的四周，在我們的背後，他們掌握我們的存款，指揮我們的軍隊，影響教廷和各國政府。我買通了一個在聯盟工作的員工（法國人沒一個不貪污的），所以我手中有他們寄給俄羅斯鄰近各國的希伯來議會的信件複本。這些議會沿著國界一路繁衍，雖然警察嚴密監控邊界的幹道，往返聯繫他們之間的特務卻穿過田野、沼地，或走水路。舉世獨一的連結網。我向沙皇報告了他們的陰謀，拯救了神聖俄羅斯。我一個人喔。我愛好和平，我希望世界充滿了愛，世上再也沒有人需要知道暴力一詞的意義。如果那些撒錢支持大砲軍火商的猶太人全數消失在這個世界上，我們必能提早百年迎接幸福。」

「所以？」

「所以，總有一天，一定走向這個合理的唯一解決辦法，最終解決方案：殲滅所有的猶太人。小孩也不放過？小孩也不放過。是的，我知道，這聽起來像是希律王的口吻，但是，當我們要面對的是如此邪惡的一顆種子時，除了斬草之外，還得除根。如果你不想看到蚊子，殺孑孓啊。瞄準猶太聯盟只不過是過程中的一環。聯盟也一樣，唯有殲滅了整個種族才能真正的消滅它。」

巴黎荒涼之旅接近尾聲的時候，歐斯曼．貝伊提出了一項建議。

「上尉，您這給我的東西少得可憐。您不得不承認我給了您許多關於聯盟的有趣消息，過不了多久我就能有徹底的全盤了解。不過，我想跟您訂個約：我呢，我可以從聯盟內部監控猶太人，但共濟會，我沒辦法。我來自俄羅斯，秘教人士，又是東正教徒，在這個城裡的知識圈和經濟圈沒有特殊人脈，我沒有辦法混進共濟會內部。那些人會挑像您這樣，背心口袋裡插著老式懷錶的人。打進他們的圈子，對您來說應該不難。有人跟我說您自稱曾參與加里波底的一項行動，他不是共濟會會員，誰才是呢？所以，您給我共濟會的消息，我呢？我給您聯盟的。」

「光口頭約定嗎？」

「紳士之間，哪需要白紙黑字呢。」

［譯註］

238. Osman Bey：是評論作家米林傑的筆名，他曾發表多篇有關陰謀的理論，生卒年不詳，他的著作《猶太人征服世界》（The world conquest of the jews）轟動一時，到一八七五年為止，已經發行了七版。

239. Hippolytus Lutostansky：一八三五－一九一五，波蘭天主教神父，後改信東正教，大肆抨擊塔木德（Talmud）和全球猶太聯盟（Alliance Israelite Universelle），更直指共濟會實被猶太人控制。

240. Marais：巴黎舊區，橫跨現今的第三和第四區，十九世紀末和二十世紀上半，有許多來自東歐的猶太人在此建立家園，二戰巴黎淪陷後成為納粹攻擊目標。

241. Poulet Marengo：據傳一八〇〇年拿破崙贏得馬倫戈一役後，御廚所創，故名。

242. Ponson du Terrail：一八二九－一八七一，法國通俗小說作家，作品在當時極受歡迎，尤以連載小說為主，二十年間出版了兩百多部小說。

243. Herode：西元前七十四－四，羅馬帝國派往猶太行省耶路撒冷的代理王，以殘暴聞名，下令殺死自己的三個兒子。

20——俄國人？

一八九七年四月十二日，早上九點

親愛的教士，我們絕對是兩個不同的人。我有證據。

今天早上——大概八點吧——我醒了（在自己的床上，沒錯），身上還穿著睡衣，走進辦公室，此時我隱約看到一抹黑色的身影往樓下竄。我快速的瞥一眼，立刻發現有人弄亂了我的文件，我抓起機關枴杖，很幸運地，枴杖就在我手邊，跟著下樓到店裡。我看到黑影宛如帶來凶兆的烏鴉閃出門，上了街，我跟在他後頭——也許真的是運氣太差，也許是那位不速之客早已計畫了逃跑路線——我撞上一張不該擋在那裡的凳子，跌倒了。

手拿去了鞘的枴杖，我一跛一跛的快速蹭回胡同：狼狽的左右查看，沒有半個人影。潛入我家的訪客逃了。可是，我敢發誓，那是您不會錯。一切是如此的真實，所以我立刻走到您的公寓，您的床是空的。

四月十二日，中午

西莫尼尼上尉：

我才起床（從自己的床上起來的），立刻針對您上面的留言作出回應。我向您發誓，今天早上我不可能出現在您家裡，因為我在睡覺。而且我一起床，大概十一點左右，馬上被眼前的一個男人身影嚇了一大跳，那一定是您了，他看見我，馬上鑽進那條滿是化妝衣飾的通道逃走，連身上的睡衣都沒換下。我追著您走進您的公寓，看見您像鬼魅似的奔下樓，穿過您那髒亂的小店，衝出大門。當我踏進莫伯特胡同時，也撞上了一張凳子，那個男人已跑得不見蹤影。不過，是您，錯不了，我可以發誓，請跟我說我的猜測對嗎，求求您……

四月十二日，中午剛過

親愛的教士：

我到底怎麼了？很明顯地，我情況很糟，就像有時候我失去意識昏倒了，恢復意識後又發現我的日記因您的介入而不同了。我們是同一個人嗎？以一般常識和邏輯理性為基礎，您好好地思考一下：如果我們碰見不速之客的時間是相同的，一方是您，另一方是我，這樣的推想當然無懈可擊。可是，我們的遭遇卻分別發生在不同的時刻。錯不了：如果我進了我家，看見有人逃走，我當然可以認定對方絕對不是我；但是，若要肯定地說對方是您，除了今天早上這間屋裡只有我們兩人在的這個事實之外，證據確是不足。

如果說這裡只有我們兩個人，矛盾的地方來了。早上八點您過來我這兒翻東西，然後我跟著追出去。之後，十一點，換我到您家裡翻您的東西，然後換我被您追。可是，為什麼我們兩人都記得不速之客溜進自家的時間，卻不記得我們，自己，溜進對方家的時間呢？

當然，我們很可能忘了，或者存心想忘，或者因為某種原因裝傻不說。不過，就我來說，我真的，百分百誠實的，知道我沒有任何隱瞞。何況，若說兩個不同的人居然同時間，有志一同地隱瞞對方某些事情，拜託喔，我覺得未免有些不合情理，就算是蒙德賓[244]也編不出這樣離奇的劇情。

更誇張的推測是，裡面的角色其實有三人。一位神秘的先生在天矇矇亮的時候偷溜進我家，我呢，我以為那人是您。十一點時，這個神秘客溜進您家，而您以為他是我。這聽起來有那麼不可思議嗎？想想這天地間有多少間諜啊？

這個說法完全不能確認我們是分別兩個不同的人。同一個人，以西莫尼尼的人格，可能記得八點時有神秘客闖進家裡，然後他失去記憶，再以達拉·皮科拉的人格起來，記得十一點有神秘客出現。

因此，這整個故事絲毫沒有釐清我們的身分問題。搞出一個可以隨意闖入我們家的第三人，與我們夾纏不清，只會讓我們兩人的生活變得更複雜（就算我們倆其實是同一個人，也一樣）。

如果不是三個人，而是四個呢？神秘客一號八點溜進我家，而神秘客二號在十一點溜進您家。神秘客一號和二號之間又是什麼關係？

不過，說真的，您真的百分百確定跟著神秘客追出去的是您，不是我？您必須承認，這是個好問題。

無論如何，我警告您，我手上有機關柺杖。我只要在家裡瞥見另一道身影，我絕對不會多看第二眼，我會立即揮劍劈過去！反正對方不可能是我，我不可能殺掉自己。我可能殺死神秘客（一號或二號）。不過，也很有可能殺死您。所以，請好自為之。

四月十二日，晚

您的話讀來確實一語驚醒夢中人，讓我感到不安。而且恍若一場夢似的，戰鬥醫生 245（他是誰啊？）的影像拂過我的腦海：在奧特伊時，他略帶酒意的塞了一把小手槍給我，說：「我很怕，我們回不了頭了，共濟會要我們死，出門時最好隨身帶著武器。」我嚇到了，被那把槍嚇到的成分比共濟會發出的死亡威脅令還大，因為我知道（什麼原因呢？）跟共濟會，我可以談交易。第二天我把槍塞進公寓的抽屜裡，就在這裡，艾爾伯大師路上。

今天下午，您嚇到我了，我於是打開抽屜。此時，內心浮現出詭異的印象，彷彿我這動作先前曾經做過，這是第二回了，不過，我隨即打起精神，趕走夢境。快六點的時候，我小心翼翼地朝擺滿衣飾的通道前進，前進您的公寓。我看見一條身影從對向朝我走來，一個男人拱著背緩步前行，手上只拿了一小根蠟燭；您，很可能就是您，天啊，可是我昏頭了；我開了槍，而他，他倒臥我的腳下，一動也不動。

他死了，一槍，命中心臟。這可是我第一次開槍，希望也是我此生的最後一次。真可怕。

我翻了他的口袋：幾封用俄文寫的信。接著，我端詳他的臉，高高的顴骨，眼睛略顯卡爾梅克人種的斜視，還有他那一頭幾近白色的金髮。絕對是斯拉夫人。他想要對我怎麼樣？

我無法讓屍體這樣留在家裡，我把他搬進您家的地下室，我打開通往下水道的通道，這次我有勇氣走下去了，費了好大一番工夫才將屍體搬運下小樓梯，冒著被屍臭窒息的危險，我扛著屍體走到那個我認為應該只看得到另一個達拉·皮科拉的一堆白骨的地方。然而，卻發現了兩件出乎意料的事。第一，這些水氣和地底的黴菌，以領先我們當代的科學、化學等，創造奇蹟似的反應，讓那具應該是我的骸骨歷經數十年還能保存完整，當然已經只剩下

……他死了，一槍，命中心臟……

一副骨架了，但是還留有幾處類似皮革材質的破爛皮肉，變成了木乃伊，但基本還看得出人形。第二，在這位推定為達拉·皮科拉的仁兄旁邊，我發現了另外兩具屍骸，一位是身披教士袍的男性，另一位則是幾近半裸的女性，兩具屍體都已開始腐敗，但是我覺得我好像認得其中的一個，而且那個人是我非常熟識的人。是這兩具屍骸當中的哪一具，讓我內心如遭暴風席捲，腦海不斷湧入難以解釋的影像？我不知道，也不想知道。總之，我們兩人的故事遠比這個要複雜得多。

現在，千萬別跟我說，您也一樣，您也遭遇到類似的情事。我承受不了如此機緣湊巧的命運遊戲。

四月十二日，深夜

親愛的教士，我不是四處閒晃找目標下毒手的人——起碼，不會毫無緣由的無差別殺人。但是，我下去下水道巡視了一遍，我已經好幾年沒踏進那裡了。老天，的確有四具屍體在那裡。一具是我棄置在那兒的，那已經是幾百年前的事了；另一具，就是您今天晚上放的，可是另外兩具呢？

誰會跑進我的下水道，丟棄屍體？俄國人？俄國人找我幹嘛——還是說他找的是您——找我們倆？

喔，到底是怎麼一回事！

【譯註】

244. Xavier de Montepin：一八二三—一九〇二，法國通俗小說家。

245. Docteur Bataille：Leo Taxil 和 Charles Hacks 以此筆名發表他們合著的反共濟會小說《十九世紀的魔鬼》（Le Diable au XIX siècle）。

21——塔克西爾

節錄自一八九七年四月十三日的日記

西莫尼尼絞盡腦汁想釐清是誰闖進他家——還有達拉．皮科拉家。他開始回想，自一八八〇年代初，他便經常出入茱麗葉．亞當的沙龍（他在玻能路的書店遇見她的時候，她還是拉梅辛夫人），他在那裡認識了茱麗安娜．狄米崔凡納．葛藍卡[246]，透過她的介紹，跟拉奇科夫斯基[247]拉上線。如果有人偷偷闖入他家（或達拉．皮科拉家），毫無疑問的，肯定是替那兩個他現在隱約記得的人做事，那兩人好像是跟他追蹤同批寶藏的敵手。

可是，從那時候到現在，已經十五年了，這十五年發生了這麼多的事。俄國人是從什麼時候開始跟蹤他的？

抑或是共濟會？他很可能做了某些事讓他們大為光火，或許他們闖入他家，是想找出他手上對他們不利的文件。那些年裡，他曾多方設法打進共濟會的圈子，好完成歐斯曼．貝伊的要求，另一方面也是因為貝加瑪奇神父窮追不捨的施壓，因為，在羅馬，他們已經準備對共濟會（以及啟發了他們的猶太人）展開正面攻擊：他們需要新的資訊——他們手邊有的資訊少得可憐，以致《天主教文明》，耶穌會發行的雜誌，只得再次刊登西莫尼尼祖父給巴輝埃爾的信，這封信早在三年前就已經上過《當代雜誌》了。

他回憶如下：那時候，他心裡盤算著，如果他真的信守約定，混進了某間共濟會會所，在某種程度上，他勢必得受到會裡服從上命的規範，他也許得出席一些集會，同時不得拒絕給予會裡弟兄一些協助。這些都將削減他行動的自由。此外，更不能排除該會所為了決定是否讓他入會，事先還會調查他的背景，過去和現在，這事可是萬萬不可。或許最合適的辦法還是威脅利誘某個共濟會會員，當他的線民供他利用。這位偽造過這麼多份假遺囑，而且經手的財產金額亦頗為可觀的公證人，鐵定曾經見過兩或三個共濟會高層。

再說，根本不需要明目張膽的勒索。這幾年來，西莫尼尼決定要從告密者變身為國際特務，這決定的確給他帶來了一些好處，不過卻不足以滿足他的野心。身為特務，他被迫從事幾乎見不得光的活動，但是，隨著年齡的增長，他愈來愈覺得需要豐富且受尊敬的社交生活。因此，他萌生了新的志願：不當真的間諜，但要讓大家以為他是間諜，負責各式各樣不同的計畫，多樣到讓大家無從猜測他在替誰蒐集情報，也不知道他到底已經擁有多少的資料。

被人認為是個間諜，帶來的收益非常豐厚，因為大家都會找上門，想從他那裡挖一些他們認為價值連城的機密，登門求見者均手握重金，想從他身上挖出某些秘聞。加上探詢者不願身分曝光，他們會藉口找他辦理公證事務，然後支付高得嚇人的公證費用，卻不見他們眉頭皺一下，小心，他們不僅願意為微不足道的公證業務付出高價，而且壓根兒拿不到任何情報。他們只是認定他已經被收買了，然後耐心地等候他呈送新消息過去。

敘述者認為西莫尼尼跑在新時代的尖端：事實上，隨著自由媒體的普及，傳播系統的創新，從電報到現在無遠弗屆的收音機，可以說機密情報是愈來愈少了，這個趨勢將造就秘密特務這一行的危機。最好是手上沒有任何機密，但要讓大家相信你有。就像靠租金或專利權利金過活：你可以閒閒的蹺著二郎腿，讓別人宣揚他們從你的嘴裡得到了哪些個驚天動地的大機密，你的名聲自然日漸鞏固，錢自然不費半點工夫的也就自己送上門了。

該接觸哪個傢伙呢，沒人直接明言勒索他，卻害怕有人想勒索他的人？他腦子裡出現的第一個名字是塔克西爾。他記得他是在一次幫他偽造信件（誰寄來的？寫給誰的？）時認識他的，當時他跟他提到相當多有關他加入法藍西榮耀之友聖殿團會所的事。塔克西爾是我要的人嗎？為求謹慎，他求見艾布特尼打聽這個人。他的新任顧問，行事與拉格朗日大相逕庭，相約的見面地點始終如一……永遠是聖母院主殿走道的盡頭。

西莫尼尼問他情報單位對塔克西爾這個人有什麼了解。艾布特尼笑了：「平常都是我們向您要情報，不是我們給情報。不過，這次，我就順您的意吧。這個名字我是有點印象，不過跟情報單位無關，是警察單位的事。幾天內我會再讓人捎信給您。」

這星期結束前，報告送來了，內容毫無疑問的，非常有意思。報告寫著馬利·約瑟·嘉布烈安東·約剛-帕傑，又名里奧·塔克西爾，一八五四年生於馬賽，曾在耶穌會興辦的學校就讀，日後果然不出所料，他在約莫十八歲時開始與反教會的報章合作。他在馬賽時經常與下層階級的婦女往來，其中一位妓女後來因為殺害妓院老鴇被判十二年勞役，還有一位則是以企圖謀殺情夫的罪名被逮。警察或許對他太嚴苛了，竟連見過幾回的舊識都列在他的檔案裡，這一點很奇怪，因為據悉塔克西爾也替司法部門做過事，提供一些他經常走動的共和派圈子裡的消息。

不過，也有可能警察不齒他這種人，因為有一回他遭人檢舉為名為閨閣蜜糖實為春藥的東西做廣告。一八七三年，還是在馬賽，他假冒漁夫之名多次投書當地報紙，謊報碼頭泊船口有大白鯊現蹤，因此引發民眾恐慌。後來，他因發表反宗教的文章被判有罪，逃往日內瓦。他到了日內瓦後，又散佈謠言，稱日內瓦湖底下有一座古羅馬時代的沉城遺跡，吸引大批觀光遊客前來。他因為散佈不實的偏頗言論而被驅逐出瑞士，之後他先落腳蒙貝里耶，然後轉往巴黎，他在巴黎的學府路開了一間專賣反教會書籍的書店。最近才剛加入某共濟會會所，沒多久又因生活不檢點被踢了出來。聽說現在他的反教會行動已經不像先前那樣獲利豐厚了，所以債台高築。

現在，關於塔克西爾的事，西莫尼尼通通想起來了。他出版過一系列的作品，內容不僅反教會，根本就是反宗教，例如《耶穌的生平》，透過極其放肆的版畫插圖戲謔之（譬如在聖母瑪利亞和聖靈之間的關係大作文章）。他還寫了一本風格晦暗的小說，《耶穌會教士之子》，該書只證明了一件事，作者是多麼的混蛋 ；事實上，翻開第一頁，只印了獻給加里波底的字樣（「我愛之如父」），到這裡，沒啥可議之處，但是，在書名頁上宣告內有一篇加里波底寫的「引言」。引言名為〈反教會思想〉，通篇充斥令人髮指的謾罵（當有神父出現在我面前時，尤其是耶穌會的神父，他身上的那股氣息，本質上散發出來的醜惡，就強烈到讓我不寒而慄，甚至反胃想吐。），但該引言完全沒有提到它本來該推介的書——因此，顯然，只有天知道塔克西爾是打哪兒找到這段號稱是加里波底的文字，還拿來當作專為他的書所寫的引言。

跟這樣的人打交道，西莫尼尼可不願受到牽連。他決定自稱公證人傅尼耶。戴上美美的假髮，髮色難以定義，接近栗棕，髮線側分，梳理整齊，再貼上兩條同髮色的鬢腳，讓臉型看起來更瘦削，之後抹上適合的面霜讓臉色變白。他在鏡子前，努力的在他這張臉上拉出一抹略帶遲鈍的微笑，以凸顯嘴裡的兩顆金牙——多虧了牙科的傑出精密技術，得以讓他在原本的門牙上套上金牙套。此外，這道牙科小傑作影響了他的發聲，進而，改變了他的聲音。

於是他透過氣壓傳送郵件系統[248]寄了一封急件到學府路的地址，收信人註明他的名字，信中

LA VIE DE JÉSUS
65
LES NOCES DE CANA
ésus, qui avait le gosier altéré comme les autres, éprouva alors le besoin
de faire jouer les ficelles de sa toute-puissance. (Chap. XIX.)

……《耶穌的生平》，透過極其放肆的版畫插圖戲謔之（譬如在聖母瑪麗亞和聖靈之間的關係大作文章……

邀請他第二天到里琪咖啡館一晤。這裡是介紹自己的好地方，因為許多名人都來過這裡，該餐廳的招牌菜，里琪式鯧魚和山鷸料理一端出來，平常愛說大話的暴發戶也無法抗拒。

里奧・塔克西爾有張腦滿腸肥的胖臉，兩撇小鬍子令人印象深刻，後縮的髮線讓寬闊的額頭更顯寬廣，不時伸手擦拭上頭的汗滴，高雅氣派的樣子顯得過於造作，他嗓門很大，滿口難以忍受的馬賽腔。

他不明白眼前這位公證人傅尼耶為了什麼要找他，不過，他慢慢地開始自吹自擂，說自己是好奇的人性觀察家，跟在這些時代被冠上「哲學家」名號的許多小說家一樣，對反教會的激辯和一些獨特的經歷非常感興趣。因此，滿嘴食物的他興奮的開始說起當年勇：「我在馬賽散佈鯊魚的故事，那時候所有的海水浴場，從卡達隆區一直到普拉多海灘，有好幾個星期，沙灘上不見任何人影，市長說鯊魚一定是尾隨一條往海裡傾倒腐爛燻肉殘餘的船，一路從科西嘉島跟上來的，市議會要求派一個步槍團，登上拖掛船前往獵殺，後來真的派了一百名步槍手，在艾斯皮旺[249]將軍的帶領下出發了！日內瓦大湖那件事嗎？歐洲各地的特派員全都到齊了！大夥都在傳，沉沒的古城建於高盧戰記[250]時期，當時的大湖湖面非常狹窄，以致隆河流經大湖時，湖水和河水各自壁壘分明。當地的船家靠著載遊客到湖中心，倒是賺了一筆，還有人把油倒進湖裡，好看得更清楚。有位著名的波蘭籍考古學家寄了一篇文章回祖國，上面寫著他隱約看見湖底有個十字路，還有一座騎馬英雄雕像！群眾的最大特徵就是無論你說什麼他們都相信。再說了，若少了全球人民的信仰，教廷怎麼可能屹立近兩千年之久？」

西莫尼尼問了一些有關法藍西榮耀之友聖殿團的事。

「要加入會所很難嗎？」他問。

「只要經濟條件好，願意付高得嚇人的入會費就行了。此外還得願意奉行弟兄要彼此保護的會規。至於道德品行方面，嘴上倒是爭先恐後的滿嘴仁義道德，才不過是去年的事，會裡祭典儀式學院的講師竟然是穌榭達丹路上一間妓院的老闆，而巴黎三十三智囊團當中有一位原來是間諜，該說是情報機關的首長才對，其實還不都一樣，一個叫艾布特尼的傢伙。」

「該怎麼做才能入會呢？」

「這是有一定儀式的！您要是知道的話！我不知道他們是否真心信仰那位他們老是掛在嘴邊的偉大的宇宙造物者，不過，他們對自己那套禮拜儀式倒是看得非常重。您要是知道我在被認可以學徒的身分入會之前，必須做什麼的話！」

說到這裡，塔克西爾開始長篇大論的說了一堆讓人頂上毛髮豎立的事。

西莫尼尼無法確定塔克西爾，這個口才便給的大騙子，是不是在編故事。他問他是否覺得方才洩漏了身為門徒理當守口如瓶的事情，是否覺得他描述這整套儀式的方式稍微有點粗俗不雅。塔克西爾肆無忌憚的回答：「啊，您知道的，我已經沒有任何義務了。那群混蛋把我趕出來了。」

聽起來，他好像不知怎地跟一家位在蒙貝里耶的新發刊報紙《共和南方報》搞在一起，該報在發刊的首期上刊載了許多不同重量級人物給該報的支持和鼓勵函，包括維多・雨果與路易・布朗克[251]。後來，突然，所有這些所謂寄函鼓勵支持的人士同時也寄了信函鼓勵立場偏共濟會的其他報章，而且矢口否認自己曾經發函鼓勵《共和南方報》，他們義憤填膺的表示抗議該報擅自引用他們的名字。緊接著是多次的會所內訴訟，塔克西爾的辯辭始終一貫，一，當庭展示那些信函的正本；二，以德高望重但腦力逐漸退化的耆者老者之說法，解釋雨果的行為——結果，這番辱及共濟會和這位國家之光的言論無法讓人苟同，還連帶損及了他的第一個論點。

於是，西莫尼尼當下想起他是西莫尼尼時假造的那封雨果的信，還有布朗克的信。顯然塔克西爾已經完全忘了這回事；他如此慣於說謊，甚至連自己都騙，他說到那些信時，兩眼閃爍堅定確信的眼神，就好像那些信的確是真的一樣。而且，就算他模模糊糊隱約記起有一個叫做西莫尼尼的公證人，也不會跟眼前的這位傳尼耶公證人聯想在一起。

重點是塔克西爾對會所裡先前的同志們一直懷恨在心。

西莫尼尼立刻了解到，只要刺激塔克西爾滔滔不絕的說下去，他可能獲知一些能夠吸引歐斯曼．貝伊的資料。不過，在他熱切地轉著這些念頭的同時，另一個想法也慢慢綻放，一開始還只是個大概的印象，稚嫩的直覺，後來演變成了所有細節都考慮周密的完美計畫。

第一次見面時，塔克西爾表現出一副很懂得美食的樣子，所以再次見面，我們這位冒牌公證人便邀請他上拉度神父餐廳餐敘了，那是一家位在克利希城門邊上的小館子，可以吃到美味的炒雞肉料理，還有更廣為人知的康城牛雜——更別提它那酒窖了——他趁咀嚼的空檔，開口問他，如果說，他願意支付他一筆相當的報酬，他是否願意寫一本前共濟會會員的回憶錄出版。聽到有報酬，塔克西爾對於出書的想法表現出比較高的意願。西莫尼尼跟他約好下次見面的時間後，立刻去找貝加瑪奇神父。

「聽我說，神父，」他對他說。「我們手上掌握了一個立場極端強硬的反教會分子，而他先前的那些反教會的書籍已經不像從前那樣的有利可圖。此外，他還是個對共濟會圈子瞭若指掌的專家，也對他們恨之入骨。所以只要塔克西爾改信天主教，全盤否定他先前的反宗教言論，然後開始戳爆共濟會圈子的所有秘密，那麼你們，耶穌會，你們就能延攬一位完美的宣傳打手入你們麾下。」

「可是，一個人怎麼會隨隨便便，只因為你，你一個人要他改信仰他就去改呢？」

「依我看，跟塔克西爾打交道的關鍵在於錢。只要投其所好，滿足他樂於散播假消息，跟喜歡跌破眾人眼鏡，出其不意來個一百八十度大轉變的癖好，再加上讓他看到自己有機會登上報紙頭版的話——那個希臘人叫什麼來著，那個行為極端到放火燒掉亞底米神廟[252]神廟，只為了讓人人都喊得出他的名字的那個？」

「黑若斯達特斯。當然，話是不錯，」貝加瑪奇神父陷入思考。接著他又說：「再說，上帝的道路無窮無盡……」

「要他這樣公開的改換信仰，我們能給多少？」

「從前是這麼說的，真心誠意的改換信仰不該沾染銅臭，是為了天主的更大榮耀[253]，我們就別再裝模作樣了。話雖如此，但不可高出五萬法郎。他會說金額太少，不過，你要讓他知道，這樣做一方面他贖回了自己的靈魂，這可是無價的，另一方面，如果他將來要寫反共濟會的毀謗文章，我們的傳播系統將可供他利用，也就是說發行量以十萬冊計數。」

西莫尼尼無法保證事情能順利發展，所以他做了事先的防範措施，他跑去找艾布特尼，跟他說耶穌會正積極策動說服塔克西爾反共濟會。

「感謝天主，」艾布特尼說：「終於有這麼一次，我們和耶穌會的意見一致了。您看看，西莫尼尼，讓我以位居會中要職的身分，而不像東方公所那幫卑劣下流人物，跟您說說這獨一無二的，真正的共濟會組織，我們入世在俗，擁護共和，當然還反教會，但是不是反宗教，因為共濟會承認有這麼一位偉大的宇宙造物者的存在——只是每個人可以自由想像祂的樣子，可以像是基督徒的上帝，也可以是某種不具具體人物形象的宇宙力量。會內出現像塔克西爾這樣的敗類，雖然已經被我們驅逐出會，仍讓我們感到顏面無光。再說，我們倒是不介意一個叛徒這樣大放厥詞到處說共濟會的壞話，他已經誇張到再也沒有人會相信他。我們正等著看梵蒂岡展開反擊，我在想，教宗肯定不會輕易放過他。共濟會內部已經被各式各樣的懺悔告解文章搞得烏煙瘴氣，一個像拉貢[254]這樣的作家，這已經是好多年前事了，條列了七十五種不同的共濟會組織、五十二項禮拜儀式、三十四個會所，其中二十六個跨性別和一千四百種典禮階級。我們還可以聊聊艾柯和聖殿騎士共濟會，艾爾登禮拜儀式、斯威登堡禮拜儀式、曼非斯和密斯哈伊禮拜儀式，這都是卡里歐斯卓這個人渣和騙子一手編造出來的，之後是維索茲的不知名的高層、膜拜撒旦的信徒、魔王派信徒，如果您稱之帕拉狄會會眾[255]也可以，連我，我都快被搞瘋了。尤其是那些膜拜撒旦的儀式，對我們的名聲破壞最烈。說到這裡，連德高望重的弟兄也得負一些責任，他們的動機或許是單純的基於藝術美學，卻渾然不知已然對我們造成了傷害。普魯東[256]才剛加入共濟會不久，但他在四十年前曾寫下一段給路西法的祈禱文，『來吧！撒旦，來吧，修士和君王中傷之對象，讓我擁抱你，讓我將你緊緊的擁入懷中！』義大利人拉皮薩狄[257]創作的《路西法》，其實骨子裡還是那套老掉牙的普羅米修斯神話，拉皮薩狄甚至還不是共濟會的人，結果加里波底那樣的共濟會會員卻把他捧上了天，所以現在反而成了崇拜路西法的那批共濟會會員的福音書了。庇護九世從來沒有斷過在共濟會留下的每一步腳印中尋找魔鬼蹤跡的念頭，許久之前，既微微偏向共和又微微傾向君主制的詩人卡爾杜奇[258]，誇張愛說大話，唉，偏偏他也是有名望的共濟會會員，他寫了一首撒旦的禮讚，誇張到甚至說鐵路是撒旦發明的。後來，卡爾杜奇說撒旦只是個比喻，然而，結果已然造成，在世人的眼中，撒旦膜拜再一次被看作共濟會會員的主要娛樂活動。總之，對一個早已被削去會員資格的無恥騎牆派，而且他被逐出共濟會已經是眾所周知的事，這人準備撰寫一連串抹黑文章，猛烈毀謗我們，會裡倒是樂見其成。若梵蒂岡把他歸入淫書作者之流，說不定反而會削弱梵蒂岡自己的力量。指控某人謀殺，可能有人會相信，指控某人跟吉爾・德來斯[259]一樣，殺小孩煮了當晚餐和消夜吃，絕對沒有人會當真。把反共濟會的行動矮化成一齣連續劇，您就能把他醜化成一個四處兜售新聞的狗仔。是啊，我們是需要一些人把我們埋進爛泥巴裡。」

由此可見艾布特尼的腦筋略勝一籌，權謀狡詐更勝前任的拉格朗日。當下，他無法確定東方公所願意投資多少在這件事上，不過，幾天後，他出現了，「十萬法郎。不過，一定得給我來一大串的下流髒話。」

總結下來，西莫尼尼手上共握有十五萬法郎的資金可以購買下流髒話。假設他承諾塔克西爾大量印刷他的作品，然後提議給他七萬五千法郎的酬勞，以他目前經濟拮据的狀況，他很可能馬上就答應。剩下的七萬五千法郎就留在西莫尼尼的口袋裡。百分之五十的佣金，真不賴。

他該以什麼人的名義向塔克西爾提出合作條件呢？梵蒂岡？公證人傅尼耶看起來不像是教廷派來的全權代表。必要時，他可以跟他說有個像貝加瑪奇這樣的神父會來拜訪他；說真的，神父不就是專門來勸人改信天主，聽信眾告解自己命運多舛的過去的嗎。

說到命運多舛的過去，西莫尼尼是否該相信貝加瑪奇神父呢？他不能讓塔克西爾落入耶穌會的掌控。有多少每本書只賣了一百本的無神論作家，一旦跪倒祭壇底下，然後公開分享他們改信天主的經驗談後，作品的銷售量激增到兩、三千本。說實在的，仔細想想，反教會分子主要分佈在大城市的共和派分子之中，而夢想回到舊時美好時光，懷念國王和神職人員的反共和派[260]散居鄉間，就算扣除目不識丁的文盲（反正，神父會讀給他們聽），他們有一大批，跟魔鬼一樣。把貝加瑪奇神父排除在外的話，他可以向塔克西爾建議新一波的誹謗文宣合作計畫：他應該會願意私下與他簽一紙字據，明定雙方合作，未來他所有著作所得酬勞的百分之十或二十歸合作對象所有。

一八八四年，塔克西爾給了虔誠的天主教徒的心最後一擊，他出版了《庇護九世戀愛史》一書，批判早已仙逝的教宗。同年，現任教宗，良十三世[261]發予各區主教的〈人類〉通諭[262]，該篇是「對共濟會奉行之哲學的相對主義和精神進行批判」。同樣這位教宗再發〈論社會主義〉通諭[263]，「大力撻伐」社會主義和共產主義造成的恐怖錯誤，這次直接瞄準共濟會組織的整體教義，揭露他們控制信徒，強迫信徒從事各種罪行的秘密，因為「這持續不斷的騙局，不願顯露出真面目的不良居心，頑強逼迫人們，宛如將他們視為卑劣的孤島居民一樣，追尋別人的旨意以及他們不甚了解的目標，還有把他們當作盲目的器具任意濫用在每項行動中的無恥行徑，也不管該行動卑劣與否，甚至往他們殺人的右手上塞武器，藉此讓自己從罪行中全身而退，凡此種種都是人性深惡痛絕的過分行為。」當然，這還沒算上他們教義中的自然主義和相對主義，把人類的理性當作評判所有事物的唯一依據。如此之狂妄自大，引發的後遺症到處可見：教宗的俗世權力遭剝奪，計畫消滅教廷，婚姻只成了一紙民法契約、青少年教育不再託付給教會，而由非教會老師教導，青少年被灌輸「人人皆享有同樣權利，且生來完全平等；每個人都是天生的獨立個體；沒有人有權命令他人；凡欲人們服從任何非發自內心，而是來自外界威權的意志者，皆屬專制。」以致對共濟會會員來說，「所有民事權利與義務的起源在於人民，或在於國家」，而國家只可能奉行無神論。

很明顯的，一旦「對上帝的敬畏隨著信守神聖律法的信念消失了，王公的威權將遭踐踏，叛亂的淫蕩行為將獲解放並合法化，克制人民熱血激情的關卡將全部卸除，迷失，遠離所有懲罰，所有節制，隨之而來的當然就是革命，全球崩解……這正是許多共產主義和社會主義機構堅定不移的目標和顯而易見的志業：這些企圖，秘密組織共濟會沒有理由聲稱全不知情。」

一定要盡早「爆出」塔克西爾改信天主的消息。

西莫尼尼的日記到這裡開始顯得語焉不詳。我們的主人翁好像記不得塔克西爾如何改了教，又是由誰執禮。他的記憶彷彿跳了一格，所以他只記得塔克西爾在短短的幾年內，成了天主教的反共濟會使者。這個馬賽人，在教宗以最隆重的祝福儀式[264]宣佈他重回教廷懷抱後，先是出版了《三點弟兄》（三點就是共濟會內部的第三十三位階），和《共濟會的神秘》（內容包含了召喚撒旦的插畫和驚悚的恐怖儀式插畫，戲劇效果十足），旋即又出了《共濟會姊妹》，描寫女性會所（在當時仍不為人知）——第二年，發行了《共濟會揭密》，然後又出了《共濟會之法國》。

初期幾本，光是一場入會儀式的描寫場面便足以讓讀者不寒而慄。塔克西爾收到通知在晚間八點抵達共濟會會所，由一位門房弟兄領他進去。八點半，他發現自己被關在禁閉室內，那是個四面牆壁皆漆成黑色的小房間，牆面還凸出幾顆死人骷髏頭，外加兩根交叉的脛骨，此外還刻有如果你純粹是出於好奇心之驅使而來到這裡的話，快滾之類的話。煤氣燈的小小火焰，出乎意料之外地突然變小，一面假牆沿著藏在牆裡的滑槽滑動，這位會外仁兄瞥見一條地底通道，隱約閃著陰森的燈火。一顆剛被砍下的人頭，放在一塊鐵砧上，底下是幾塊血跡斑斑的布片，而當塔克西爾害怕得往後退的當兒，一個彷彿來自牆裡的聲音對他大喊：「發抖吧，不信神的傢伙！你眼前是一個洩漏了我會機密，違背了誓約的弟兄的頭顱！」

這當然是事先佈置好的場景，塔克西爾觀察說，那個頭應該是某個躲在地洞下的弟兄的，而

……這個馬賽人先是出版了《三點弟兄》（三點就是共濟會的最高位階，第三十三位階），和《共濟會的神秘》（內容包含了召喚撒旦的插畫和驚悚的恐怖儀式插畫，戲劇效果十足）……

鐵砧剛好遮住洞口；陰森的燈火則是用浸泡過樟腦醑的廢麻料，加上廚房用的大粒粗鹽燃燒製造出來的效果，這種混合材料就是市集上常見的魔術師稱之為「煉獄表演」的材料；當這種混合物燃燒時，會產生泛綠色的火焰，給假的斬首人頭灑下一種陰森死亡的色澤。至於其他的入會儀式，他聽說過有種房間牆壁貼滿霧面鏡子，當煤氣燈燈嘴的火焰熄滅的瞬間，一紙魔幻燈籠隨即點亮，召喚張牙舞爪的幽靈，以及戴著面具的人，他們團團圍住一個被綑綁，全身刀傷無數的人。這些全是為了說明會所用什麼樣卑鄙的手段讓天性敏銳的入會候選生產生強烈的感受。

這關過了之後，將由一個所謂的恐怖弟兄為這位教外人士整裝，脫去他的帽子，右腳的鞋和右半身的衣物，將他右腳的長褲捲上過膝的高度，並露出他心臟那邊的手臂和胸膛，蒙住他的雙眼，叫他原地轉幾圈，然後再讓他接著上上下下的走遍各個不同的樓梯之後，將他帶進失足廳。門打開後，由一位司職弟兄，拿出用尖銳的大彈簧組成的樂器，模擬巨大門鎖的聲響。入會候選生於是被引導進入一間房間，司職弟兄在那裡以長劍的劍尖抵住他赤裸的胸膛，然後會所長老開口問：「教外之人，您覺得胸膛上有什麼？眼睛上又是什麼？」候選弟兄必須回答：「一條厚厚的布條蒙住我的眼，我覺得胸口上有利刃抵著。」會長說：「先生，如果，很不幸的，您淪為您現在想加入的組織的叛徒的話，這永遠高舉的鐵器，是為了懲罰違背誓約之人，象徵撕裂心臟的悔恨；而這蒙住您雙眼的布條則象徵了被激情所控並沉浸在無知和迷信之中的人之盲目。」

接著，有人上前抓住這個欲入會者，再讓他原地轉圈，等他覺得頭暈眼花時，把他推到一扇由好幾層的糊牆紙黏出來的屏風，就像馬戲團裡馬表演跳圈用的紙圈。聽到帶入地窖的命令，這個可憐人立即被人用力推向這座紙糊屏風，紙應聲破裂，他則摔進屏風另一邊地面擺著的床墊上。

……聽到帶入地窖的命令，這個可憐人立即被人用力推向這座紙糊屏風，紙應聲破裂，他則摔進屏風另一邊地面擺著的床墊上……

更別提無窮盡階梯了，事實上那是座戽斗水車，可憐的人眼睛被蒙住，踩了一階之後，永遠有另一階等著他踩上去，水車梯永遠朝下轉，所以眼睛被蒙住的人始終停在同一高度。

總之，他們甚至假裝讓入會候選生誤以為自己血流不止，還慘遭燒紅烙鐵烙印。關於血流不止的這個假象，是由一位外科醫生弟兄拉住他的手臂，拿一根牙籤稍稍用力戳，然後另一名弟兄則想辦法讓一股涓涓細流的溫水流過候選生滲血的部位，讓他相信這是他的血汩汩地流。而燒紅的烙鐵印，則是由一名司職弟兄拿一塊乾燥的亞麻布在身體的赤裸部分摩擦，再放上一塊冰，或是剛熄滅的蠟燭燒融部分，或是一只在杯內燒紙後變熱的玻璃杯杯底。最後，由長老告訴入會候選生會內弟兄互相辨識的暗號和密語。

現在，西莫尼尼是以讀者的身分，記得塔克西爾這個人，而非推動他的那隻手。儘管如此，他還記得，塔克西爾出版的每一本新書，在發行之前，他（當然早已知道內容）會先當成驚世大消息向歐斯曼．貝伊匯報。

那次匯報之後，歐斯曼．貝伊也確實婉轉地提醒他，上次他所揭露的消息隨後全出現在塔克西爾的書上，西莫尼尼以那是當然，因為塔克西爾是他的線民來解釋，還說，如果塔克西爾在給了他這些關於共濟會的秘密資訊之後，想把資訊印成書多撈點錢，這並不是他的錯，輕鬆蒙混過關。必要的時候，我們當然也可以付點錢給他，叫他不要把他的親身經歷公諸於世——說到這裡，西莫尼尼以相當具有說服力的神情望著歐斯曼．貝伊。但是歐斯曼回答花錢要一個多嘴的人閉嘴等於是拿錢往窗外扔。塔克西爾憑什麼得對自己才揭露的秘密守口如瓶呢？而，歐斯曼好像也覺得自己懷疑得有理，從來沒有給西莫尼尼任何他打聽到的關於猶太聯盟的資料，做為回報。

因此，西莫尼尼不再提供任何消息給他。但問題是，他寫下他內心的疑惑：為什麼我記得我曾給過歐斯曼．貝伊一些從塔克西爾那裡得來的消息，卻完全記不得自己跟塔克西爾有過接觸呢？

問得好。如果他全都記得的話，他肯定不會將他正在努力回想的往事變成白紙黑字的紀錄。這是什麼樣的故事啊！

留下這句睿智的評論後，西莫尼尼上床睡覺，醒來時，他以為今天是第二天，他整個人浸澤在一夜惡夢和胃功能失調而流下的汗水裡。雖然如此，當他坐在書桌前時，他才驚覺他不是在第二天醒來，而是兩天後才醒來。那麼說，他不僅是一夜輾轉反側而已，而是兩夜，怎麼也擺脫不掉的達拉．皮科拉教士，不僅不滿足於在他地盤底下的下水道裡拋棄屍體，現在還大搖大擺地在他的日記上胡說些他顯然完全不知情的事。

［譯註］

246. Juliana Dimitrievna Glinka：一八四四—一九一八，出生於俄國顯赫家族，篤信神秘教派。

247. Piotr Ratchkovski：一八五三—一九一〇，帝俄時期秘密警察，一八五五年三月到一九〇二年十一月間擔任巴黎辦公室的首長。

248. Poste pneumatique：利用不同強弱的氣壓，把放在管子裡的郵件發送至各地的系統。一八六六年巴黎已經有相當完整的氣壓管網絡，氣壓發送郵件一直運行到一九八四年因電話和傳真的通行才棄置不用。

249. Henri Espivent de la Villesboisnet：一八一三—一九〇八，法國軍事政治人物，出身法國貴族世家。

250. De bello Gallico：指凱撒從西元前五十八年到五十年間擔任高盧行省省長的那些年間。

251. Louis Blanc：一八一一—一八八二，法國歷史學者，曾當選第三共和議員，政治主張屬極左派。

252. Temple de Diane d'Ephese：亞底米神廟供奉月亮女神黛安娜，聖經翻成亞底米，是古代七大奇蹟之一，西元前三百五十六年被黑若斯達特斯（Erostrate）焚毀，據傳他只是想在歷史留名而放火燒廟。

253. ad majorem Dei gloriam：拉丁文，是耶穌會的箴言，意為「為了天主的更大榮耀」，常見縮寫AMDG。

254. Jean-Marie Ragon：一七八一—一八六二，法國東方會所會員，後創立著名的巴黎會所摯友（Les Vrais Amis），出版多部有關共濟會的書籍，還擔任過法國第一份共濟會會刊的編輯，在當時被視為最博學的共濟會成員。

255. Palladiens：一八九一年塔克西爾宣稱發現帕拉狄秘教，是奉行魔鬼撒旦真實存在的有神論撒旦教之一支，而後狄安娜．沃漢在一八九五年出版了《前帕拉狄秘教教徒懺悔錄》，一八九七年四月十九日，塔克西爾宣佈將召開記者會，並聲言狄安娜將現身當面指控共濟會，結果當天只有他自己出席，大談共濟會的邪惡，並公開感謝天主教廷對他的支持。

256. Pierre-Joseph Proudhon：一八〇九—一八六五，法國經濟學家 、社會學家、哲學家，首位自稱無政府主義者的人，曾當選法國國會議員，最有名的名句：「財產即竊盜」。

257. Mario Rapisardi：一八四四—一九一二，義大利詩人，支持義大利統一運動。

258. Giosue Carducci：一八三五—一九〇七，義大利詩人，一九〇六年獲諾貝爾文學獎殊榮，反宗教的鮮明立場在他的詩作《撒旦頌》（Inno a Satana）中表露無遺。

259. Gilles de Rais：一四〇四—一四四〇，英法百年戰爭時的法國元帥，也是著名的黑魔法巫師，鑽研煉金術，期望以血來發現點金術的秘密，因而將上百名兒童折磨致死，也有人說超過兩百，後遭法庭判處死刑。

260. Sanfedismo：一七九九年那不勒斯被法國軍隊佔領，那不勒斯國王費迪南四世逃亡，法軍宣佈改制為帕德農貝共和國（Republique Parthenopeenne），魯佛（Ruffo）紅衣主教於是號召支持教廷的農民發起的反共和行動，共和只維持短短六個月。

261. Leon XIII：一八一〇—一九〇三，一八七八年庇護九世薨，接任教宗。

262. Humanum Genus：拉丁文，是教宗良十三世於一八八四年發佈的一道通諭，主旨在抨擊共濟會奉行的相對主義。

263. Quod Apostolici Mineris：教宗良十三世（Leon XIII）於一七八七年發佈的第二道通諭，主要在抨擊社會主義、共產主義和虛無主義。

264. urbi et orbi：urbi：意指城市（羅馬城），orbi即世界，教宗是羅馬城的主教也是全球天主教會的普世領導，他以這個身分給予的祝福是所有祝福儀式中最隆重的一種。

22

一八九七年四月十四日

親愛的西莫尼尼上尉：

又一次，當您感到困惑的時候，卻是我記憶最清晰的時節。

我覺得今天我先是見了艾布特尼，然後是貝加瑪奇神父。我是以您的名義前往，目的是收取我必須（也許會）支付給里奧．塔克西爾的酬金。隨後，再以公證人傅尼耶的身分去找里奧．塔克西爾。

「先生，」我對他說，「我不願拿我的衣服做旋旗邀您重新承認這位您向來不屑的耶穌基督，再說您就算下了地獄，對我來說也無關痛癢。我來這裡不是來承諾您將獲得永生的。我來這裡的目的是為了跟您說，系列揭發共濟會罪行的出版物擄獲了正統思想派的民眾，而且我可以大聲地說人數相當龐大。當然您一定想像不到，獲得全體修道院，各地方教區和所有總主教教區支持的書獲利有多可觀，我指的不僅是法國而已，長此以往，全球市場指日可待。為了證明我此行的目的不是為了勸您改信天主，而是要幫您賺錢，接下來我要提出我小小的要求。您只要簽了這份文件，確保您將來版稅收入中的百分之二十歸我（應該說是我所代表的虔誠修會）所有，那麼我就引薦您跟一位比您更了解共濟會秘密的人士見面。

我想，西莫尼尼上尉，我們雙方已經達成協議，從里奧．塔克西爾那邊抽取的百分之二十版稅佣金，由我們兩人平分。接著，我孤注一擲，向他提出另一個條件：

「另外還有七萬五千法郎要給您：不要問我錢的來源，當然我這一身衣服多少已給您提供了一點想法。這七萬五千法郎，基於信任，在您開始工作之前就會給您，只要您明天公開發佈您改信天主的消息。這七萬五千法郎，聽清楚囉，七萬五千，沒有任何抽成，因為您的合作夥伴，我和我的委託人，都是視錢為魔鬼糞土的人。仔細想想：有七萬五千。」

這景象彷彿就在我眼前，就好像端詳一張達蓋爾銀版攝影相片一樣清晰。

我立刻有種感覺，塔克西爾似乎對這七萬五千法郎以及未來可能的版稅收入（雖說這堆錢擺上桌，的確讓他眼睛一亮）不是那麼的動心，反而是要讓他一百八十度大轉變，從一個頑強的反教會角色，一夕成為狂熱的天主教徒更讓他心動。他好像在預先品味這事將帶給他人的震撼，以及地方小報上關於他的新聞報導。這比捏造日內瓦大湖底下有古羅馬城更棒。

他笑了，開心的笑了，而且已經著手計畫未來的將出版的書，包括在書中加入插畫的想法。

「喔，」他說，「我已經可以看見整篇完整的論述，比小說更奇幻，描述共濟會的神秘事蹟。封面是展翼的巴風特[265]和一顆人頭，可讓大家立刻聯想到聖殿騎士的撒旦膜拜儀式……天殺的（請原諒我的這個感嘆詞，教士先生），這將是頭條新聞。這樣一來，儘管我的書裡說的淨是些邪說異端，一旦成為天主教徒，有信仰的人士，然後跟神職人員保持良好關係，其實會是件相當有尊嚴的事，對我的家人來說也是，還有我的鄰居，他們看我的那個樣子，總像是我把我們的天主耶穌釘上十字架似的。可是，告訴我，誰能幫我？」

「我會介紹您跟一位先知見面，當他處在催眠狀態時，能說出帕拉狄會禮拜儀式當中不可思議的事物。」

＊＊＊

這位先知應該就是狄安娜・沃漢。我好像非常了解她。我記得一天早上，我去了文森鎮，好像我一直都知道杜莫里耶醫生診所住址似的。診所是一棟空間不大的獨棟屋子，有一個小花園，小但精緻，幾個病患坐在那裡，第一眼看上去個個神情安詳的沐浴和煦日光，但他們只是木然的渾然不知其他人的存在。

我向杜莫里耶醫生介紹自己，順帶提醒了您曾跟他提起過我。我含混的提到一個信仰虔誠的女教徒組織，專門照顧收容有精神障礙的年輕女性，他聽到這裡，我覺得他好像心中卸下了一塊大石頭似的。

「我必須事先警告您，」他說，「狄安娜今天的狀態是處在我歸類為正常的狀態下。西莫尼尼上尉應該已經跟您說過她的事了；為了避免我們雙方發生誤會，在這狀態下，我們的狄安娜是淫蕩的，她自以為隸屬某個神秘的共濟會秘教組織。為了不驚嚇到她，我會介紹您是共濟會的弟兄……希望這樣做對一位教會人士來說，不會覺得太不舒服……」

他帶我到一個房間，裡面陳設簡單，只有衣櫥和床，還有一張蓋著白布的扶手椅，上面坐著一位五官端正精緻的女性，黃銅色亮麗輕柔的頭髮攏起盤在頭上，高倨桀驁的眼神，小巧優美的唇。雙唇立刻向上噘起，一臉戲謔，「杜莫里耶醫生想把我扔進教廷母親的懷抱中嗎？」她問。

「不是的，狄安娜，」杜莫里耶對她說，「雖然穿著這一身衣服，這位教士是位弟兄。」

「哪個教會的？」她立刻問。

我巧妙閃避：「我只能跟您說，」我謹慎地壓低聲音說，「您大概知道為什麼……」

反應合乎預期：「我明白，」狄安娜說。「是查爾斯頓的大會長派您來的。我很高興您能夠向他轉述我這版本的事實經過。會議在尼維十字路舉行，也就是團結一心會的會所所在地，您一定知道的。我必須以聖殿夫人的身分入會，我的出現是為了，一方面要以極其謙遜的心崇拜唯一的良善真主，路西法，一方面要痛恨邪惡的阿多奈[266]，天主教徒的天父。我滿懷熱忱地走向，相信我，巴風特的祭壇，而蘇菲亞・薩佛就在那裡等著我，她開始問我一些關於帕拉狄會教義的問題，然後，始終是謙遜的，我回答了：聖殿夫人需要盡什麼義務？憎恨耶穌，詛咒阿多奈，膜拜路西法。大會長希望的不就是這個嗎？」狄安娜抓住我的手問。

「當然，是這樣沒錯。」我虛應故事的說。

「於是我朗讀禮儀祈禱文，請降臨，降臨，喔，偉大的路西法，喔，修士和君主的偉大抨擊者！當全體與會人士舉起匕首，高呼：『Nekam Adonai, Nekam!』（希伯來文：報仇，阿多奈，報仇）時，我激動得全身發抖。可是當我踏上祭壇的那一刻，蘇菲亞・薩佛端來聖盤，就是我在宗教用品店櫥窗看過的那種，當我心裡想在這個地方，這個可怕的羅馬教資產跑來這裡幹什麼時，女大會長向我解釋，因為耶穌背叛了真主，他在大博爾山[267]上跟阿多奈訂下居心叵測的約定，還破壞萬物的秩序，將麵包變成他自己的身體，我們有責任刺殺這個褻瀆神明的聖體餅，因為有了它，修士每天都將重蹈耶穌叛教的覆轍。請告訴我，先生，是大會長希望將這個程序納入會儀式的嗎？」

「這輪不到我來說。不如您來告訴我您做了什麼比較好。」

「我當然拒絕這麼做了。用刀刺聖體餅不就等於承認這餅真的是基督的身體了嗎？而一個帕拉狄會會員應該拒絕相信這個謊言。刺殺聖體餅是信仰天主教的教徒們認定的天主教儀式！」

「我想您說得對，」我說。「我會把您的意思轉呈給大會長。」

「感謝您，弟兄。」狄安娜說，說著親了我的手。後來，幾乎是漫不經心的，她開始解開馬甲上半部的釦子，露出雪白純淨的半邊肩膀，以邀請上前的神情望著我。突然，她整個人癱倒在椅子上，彷彿抽搐一般，杜莫里耶醫生大叫護士，然後他們兩人將女孩抬上床。醫生說：「通常，她若出現這樣的發作症狀，表示她將變換狀態。她還沒失去意識，現在只是下顎和舌頭痙攣而已。只要輕輕的在卵巢部位施壓……」

不久，下顎開始放鬆，偏斜向左，嘴巴也變得歪斜張大，大到連舌頭根部都能得看見，舌頭捲成半圓，看不見舌尖，病人看起來好想把舌頭吞下去的樣子。舌頭接著也放鬆了，突然的拉長，露出一節在嘴巴外頭，接著快速縮進去又吐出來，接連吞吐好幾次，就像蛇吐信一樣。最後，舌頭和下巴終於回復到正常狀態，病人吐出了幾個字：「舌頭……擦破舌顎了……耳朵有點怪怪的……」

短暫休息後，病人再次出現下顎和舌頭痙攣的症狀，再次按壓卵巢部位後，症狀舒緩，但沒多久病人呼吸變得沉重，嘴巴吐出斷斷續續的字眼，目光稍顯專注固定了，但眼珠往上吊，全身緊繃僵硬；雙手繃得緊緊的卻不斷轉圈，手腕擦過脊柱兩側，下肢拉直伸長……

「雙足內翻成馬蹄形，」杜莫里耶醫生指出，「這是癲癇階段，正常的，您等一下將見識到小丑階段……」

臉部逐漸充血變紅，嘴巴張開，不時突然閉合，同時從嘴裡流出形似大泡泡的白色唾沫。此時，病人發出尖叫和類似「喔！喔！」的呻吟，臉部的肌肉抽緊，眼皮反覆垂下張

……病人彷彿成了軟骨功特技演員，身體弓成圓拱狀，
全身只靠頸椎和雙足支撐……

開，病人彷彿成了軟骨功的特技演員，身體弓成圓拱狀，全身只靠頸椎和雙足支撐。

短短的幾秒鐘時間，我們親眼目睹了宛如木偶的恐怖馬戲團表演，表演者彷彿失去了全部的重量，接著病人摔落床上，開始出現杜莫里耶醫生稱之為「激情的」狀態，首先幾乎可說是威脅，她好像用力想推開攻擊她的人，接著宛如淘氣的小女孩，對人拋起媚眼。隨即伸出舌頭做出淫穢的動作，像個招攬客人的流鶯般露出滿臉淫蕩神情後，她擺出求愛的姿勢，水汪汪的眼神，伸長雙臂，雙手互握，嘴唇噘起像是乞討一個吻，最後她的眼睛翻白，眼眶內幾乎只見眼白，然後突然像是陷入性愛高潮的昏厥狀態：「喔，我的好天主，」她沙啞著嗓子說，「喔，摯愛的蛇，神聖的虫奎蛇……我是你的埃及豔后……這裡，爬上我的胸膛……讓我哺育你……喔，我的愛，進來我這裡，體內，全部……」

「狄安娜看見她的聖蛇鑽進她體內，有些人則看見聖心跟她們做愛。看見一個男性生殖器的形狀，或威權的男性形象或是讓她童年蒙上陰影的那個人，」杜莫里耶對我說，「有時候她發作起來跟歇斯底里症的病人幾乎一樣。也許您曾經在貝爾南看過聖泰瑞莎雕像[268]的複製品，您就不會覺得這個可憐的女人跟她有什麼不同了。一個神秘主義分子其實就是在遇見醫生之前先碰到懺悔神父的歇斯底里症患者。」

在我們說話的同時，狄安娜改換成耶穌受難的姿勢，也進入新的狀態，她開始使勁在床上翻滾，同時對著某個人口出威脅，飆髒話，還宣告驚人恐怖的天啓。

「讓她休息吧，」杜莫里耶說，「醒來的時候，她將處在第二個狀態，她會想起她跟您說過的那恐怖事情，然後自責不已。您應該對您那些虔誠的女信徒說如果日後碰到這類的發作症狀，不要害怕，只要抓住她，塞條手帕到她的嘴裡免得她咬破舌頭就好了，還有讓她喝幾滴藥水也會讓她好過一些，我會給您一點帶過去。」

他又補充說：「重點是得讓她與人群隔絕。我不想讓她繼續住這兒，這裡不是監獄，是療養院，病人來來去去，而且就治療上來說，讓他們彼此交談很有用，而且也是不可或缺的，這樣他們才能感覺到自己過著平靜正常的生活。我這裡的房客不是瘋子，他們都是神經容易緊張的人。狄安娜發作時的症狀可能會驚嚇到其他病人，而且當她處在『壞女孩』狀態時，常常會吐露一些真心話，姑且不管它是真是假，那些話已經讓所有人感到不安。我希望您那邊的虔誠女信徒有辦法將她隔離。」

這次會面我留下的印象是，醫生希望擺脫狄安娜，而且他幾乎是把她當成囚犯對待。他擔心她跟別人接觸，不過他更擔心的是有人會認真看待她說的話。因此，為了防範未然，他立刻說白了，她這是著魔發瘋。

***

幾天前，我在奧特伊租了間房子。不是什麼了不得的地方，但還滿溫馨的。踏進屋內，映入眼簾的就是中產階級家庭的典型客廳陳設，棕紅色沙發，烏特勒支[269]製的老舊絨布椅套，紅色錦緞門帘，壁爐上方擺了一個列柱式座鐘，壁爐左右兩側有玻璃鐘罩罩著的花瓶，一張半圓貼牆桌緊貼著一面鏡子和鋪著光可鑑人的磁磚地面。客廳旁邊就是我給狄安娜安排的臥室：牆面掛著閃爍珍珠灰波紋光的壁毯，地板則鋪上大朵薔薇花圖案的厚地毯，床上的帳子和窗簾選的是相同材質的布料，紫色的寬幅橫條紋花樣，恰好打破室內的單調感。床的上方掛著一幅彩色石印畫，畫中是一對戀愛中的年輕牧羊人，貼壁桌上擺著一座鑲嵌人造寶石的鐘，桌緣兩側則是一對豐腴的戀人各捧一束百合花花束造型的枝狀燭台。

樓上有兩間臥室。一間保留給一位耳朵半聾，而且有點酗酒傾向的老婦人，她的優點是她不是本地人，而且只要能賺到一點錢，她什麼都肯做。我怎麼都想不起來是誰推薦她來這兒的，不過我覺得，當家裡沒人時，她是照顧狄安娜的理想人選，而且在有需要時，也就是當狄安娜病情發作時，她懂得如何安撫她的情緒。

此外，當我執筆寫到這裡時，我這才想到那個老婦人應該有一個月沒我的消息了。我大概留了足夠的生活費給她，可是能維持多久呢？我得趕去奧特伊一趟，可是我發覺我想不起那裡的地址：奧特伊的哪裡？跑遍整個區挨家挨户的詢問是否有個罹患歇斯底里症，且有著雙重人格的帕拉狄會女信徒住在這裡，恰當嗎？

***

四月，塔克西爾公開宣佈他改信天主教，而到了十一月，他的第一本書《三點弟兄》出版了，大膽揭露共濟會的驚人內幕。同一時間，我帶他去看了狄安娜。我沒有隱瞞她的雙重狀態情況，我還得跟他解釋她在膽小畏縮的女孩狀態時，對我們沒有用處，反而是肆無忌憚的帕拉狄會女信徒的身分對我們很有用。我徹底研究了這個年輕女孩，而且掌握了她狀態轉換時的情況，用杜莫里耶開的藥水得以讓轉換過程變得和緩。但我也體認到，等待她發作會讓人感到不耐煩，發作時間無跡可循，所以我們必須找出方法，讓狄安娜能適時變換狀態：事實上，據說夏科醫生主持的歇斯底里症病人研究，實驗的目的就是這個。

我沒有夏科的磁力，於是我上圖書館找到幾篇比較偏傳統派的研究論文，例如《老教士（這話一點不假）法利亞意識清醒的睡眠狀態成因》。我從這本書和其他幾篇文章中得到靈感，決定用自己的膝蓋將女孩的膝蓋夾在中間，再用兩隻手指捻起她的兩隻大拇指，然後眼睛緊緊盯著她的眼睛，這樣至少持續五分鐘，然後我收回雙手，兩手改放在她的肩膀上，再順著她的手臂一路往下滑，一直滑到指尖，這個動作重複五到六次，然後我高舉雙手放在她的頭上，再往下，擺在她的臉蛋前面，距離大約五或六公分遠，然後一路往下走到胃的部位，指尖貼在她的肋骨底下，最後再沿著身體曲線持續往下遊走，一直到膝蓋，甚至走到腳尖。

我意識到女孩的廉恥心，因為對「好女孩」狄安娜來說，這一連串動作侵犯意味太過濃厚，一開始她放聲大叫，好像（願上帝寬恕我）我覬覦她的童真似的，不過這套動作的效果非常明確，所以她幾乎是馬上安靜下來，然後重返她的第一狀態。要她回到第二狀態比較簡單，因為「壞女孩」狄安娜表現得似乎相當享受肌膚接觸，甚至搔首弄姿，發出低沉的呻吟，意圖拉長我擺弄她的時間；幸好片刻之後，她終於不得不臣服於催眠的效果之下，這個壞壞狄安娜陷入昏睡，否則我可能會遭遇到難題，不是得拉長令我倒足胃口的肌膚接觸，要不就得制住她那噁心的淫蕩行徑。

＊＊＊

我相信任何一個男性都會同意，狄安娜散發一種特殊的魅力，至少，我，有這一身衣著和我一生的志願能確保我遠離性愛的戕害，我這麼認為；然而塔克西爾卻擺明了胃口奇大。

杜莫里耶醫生把病人交給我的時候，同時交給我一只小皮箱，裡面裝滿了相當高雅的衣

……當閩塔斯祈禱時，人輕輕飄離地面，信眾驚呼連連……

服，這皮箱是狄安娜入院時跟著帶過來的——這表示她的原生家庭環境應該不錯。到了我先前告訴她塔克西爾要來拜訪的那天，她特意妝點，明顯的想賣弄風情。雖然，無論她處在哪個狀態中，看起來都好像一副心不在焉的樣子，其實她對這些女性在意的小細節非常講究。

塔克西爾立刻被她迷住了（「漂亮的小東西。」他舔著嘴唇低聲對我說），之後，當他仿效我那一套引導催眠的程序時，儘管很明顯的病人早已經睡著了，他仍試圖延長撫摸的時間，我只能怯怯的出聲：「我覺得現在已經夠了。」

我懷疑如果我讓他跟在第一狀態下的狄安娜兩人單獨在一塊的話，他一定會萌生其他邪念，而她，她也會順從他的意思。因此，我們跟這個年輕女孩對談的時候，我總是想辦法弄成三人行。有時候更好，四人同行。因為，為了激發撒旦信徒，路西法信徒的狄安娜（和她那路西法般的善變情緒）回想起更多和更有精力，我覺得應該讓她也認識一下布朗教士。

＊＊＊

布朗。自從巴黎大主教停止了他的職務之後，教士去了里昂，重回闥塔斯創立的加爾默羅團，此人號稱能看見異象，總穿著一襲寬大白袍主持禮拜儀式，白袍上大大的紅色倒十字跟一頂象徵印度陽具崇拜的冠冕。當闥塔斯祈禱時，人輕輕飄離地面，信眾驚呼連連。他的禮拜儀式進行時，總是擺著鮮血淋漓的聖體餅，也有人謠傳說他們行同性交媾，任命妓女擔任神職，還有藉由感官縱慾來換取靈魂救贖，總之，毫無疑問的，這些也全都是布朗偏愛的調調。所以，闥塔斯死後，他便自稱是他的繼任者。

他至少每個月來巴黎一趟。能夠以魔鬼學的角度（以便用最好的方式為她驅魔——他這麼說，其實我早就知道他是怎麼驅魔的）來研究一個像狄安娜這樣的尤物，他喜出望外。年過六十的他，精力依舊旺盛，眼神充滿著，我不得不承認，磁力。

布朗聆聽狄安娜訴說她的心路歷程——塔克西爾畢恭畢敬地記錄重點——不過，他看起來似乎有其他企圖，有時他貼近女孩耳朵低聲呢喃，狀似言語挑動，或許是給她一些我們聽不清楚內容的忠告。儘管如此，他對我們有用處，因為在他即將揭露的共濟會神秘膜拜禮儀中，肯定有刺聖體餅這一節和各式各樣的黑彌撒：這方面，布朗是權威。塔克西爾記下各種魔鬼膜拜禮的筆記，隨著他撰寫的抨擊文章逐一問世，他的共濟會弟兄動不動就舉辦這些儀式的消息也就跟著散播開了。

***

書一本接一本地出，塔克西爾知道的那點兒關於共濟的內幕逐漸枯竭。新的點子都是從「壞女孩」狄安娜口中聽來的，她從催眠狀態中現身，大眼圓睜，訴說也許是她自己親身參與的場景，或者只是她在美國時聽人說的，又或者純粹出自她的想像。故事懸疑離奇，我必須說，雖然我已經算小有經驗（我敢這麼認定），我聽了仍然深深感到震懾。比如說，有一天，她提到她的敵手蘇菲・華爾德的入會儀式，如果您喜歡的話，或稱蘇菲亞・薩佛也未嘗不可：我們不清楚她是否明白整場儀式傷風敗俗的程度，但依照她當時敘述時的口吻，可以肯定她絕非想祈求赦免，反倒是語帶興奮，慶幸自己何其有幸能參與其中。

「是她的父，」狄安娜緩緩道來，「讓她睡了，然後在她的唇上印下燒紅的烙鐵……祂必須確保所有外來的陷阱都近不了她的身。她的脖子掛了條項鍊，一條盤捲的蛇……現在，她的父取下項鍊，打開藤籃，從裡面拿出一條活生生的蛇，放在她的肚子上……牠好美，好像跳舞似的爬行，滑上蘇菲亞的脖子，照著項鍊的樣子，纏繞脖子一圈……此刻，牠繼續爬上臉，吐出蛇信，朝著嘴唇嘶嘶作響的親吻她。牠是多麼……華麗燦爛地……黏滑……這時，蘇菲亞醒了，她口吐白沫，但站起來，穩穩的站著，像雕像般僵硬，她的父解開她的馬甲，露出她的乳房！現在，他用一跟小棍子在她的胸前假裝寫下一個問題，字母在她的肌膚上浮現，紅通通的，而原本好像睡著的蛇，醒了，發出嘶嘶的聲音，舞動蛇尾寫出答案，這一切全都是在蘇菲亞赤裸的身軀上進行。」

「妳是怎麼知道這些事的，狄安娜？」我問她。

「我在美國的時候就知道了……我父親領我認識帕拉狄會教義。接著我來到巴黎，或許是有人希望我離遠一點……我在巴黎遇見了蘇菲亞‧薩佛。她一直都是我的敵手。當我不願意照她的意思去做時，她就把我送到杜莫里耶醫生那裡，跟他說我瘋了。」

***

我回頭去找杜莫里耶醫生，探尋狄安娜的來歷，「您一定要了解，醫生，如果我們不知道這名年輕女孩來自哪裡，父母是誰，會裡根本無從幫助她。」

杜莫里耶注視著我，彷彿我是一堵牆，「我已經告訴過您了，我什麼都不知道。她是由一名親戚送過來的，那位親戚也死了。親戚的住址？說出來，您也許會覺得奇怪，住址沒了。大約一年前，我的辦公室發生火災，許多文件付之一炬。我對她的過去一無所悉。」

「可是她來自美國，對嗎？」

「也許吧，可是她卻說得一口道地的法文，沒有任何口音。請告訴您會裡的虔誠修女們不要問太多問題，因為那女孩不可能從她目前的精神狀態中逃脫，回到人群中生活。所以溫柔和善的對待她，就讓她這個樣子安靜的過完一生——因為讓我告訴您，像這樣歇斯底里症已到末期的病人，餘下的日子不多了。說不準哪一天，引發子宮嚴重發炎，醫生也束手無策。」

我敢說他在說謊，他八成也是帕拉狄會教（東方公所，我的天），所以他才會活生生地把組織的敵人監禁起來。不過，這只是我的想像而已。跟杜莫里耶再談下去，只是浪費時間。

我問了狄安娜，第一狀態和第二狀態下的她，我都問過。她好像什麼都不記得了。她的脖子上掛著一條細細的金鍊子，鍊子上穿著一個徽章：上頭是一個女人的畫像，跟她長得很像。我發現這個徽章是中空的可以打開，我很久以前就要求她打開讓我看看裡面有什麼，但是她語帶恐懼、粗聲粗氣的嚴正拒絕我：「這是我媽媽給我的！」她只是反覆地這麼回答我。

***

從塔克西爾掀起第一波反共濟會宣傳戰起，距今應該四年了。天主教世界的反應超乎我們的預期：一八八七年，塔克西爾獲樞機主教郎波拉[270]召見，在教宗良十三世住處密談。他的戰役正式於法有據，媒體輿論的大勝利指日可待，以及經濟上的。

我記得收到一封短信，時間可回溯到這個時期，文句簡明扼要，但文意清楚明白：「最受尊崇的教士，我覺得事情的發展已經超出我們當初的原意：可否請您，不管用什麼方式，務必採取必要的措施？艾布特尼」

無法回頭了。我這麼說並不是因為作者的版稅收入讓人振奮的源源入帳，而是因為大眾全體的壓力以及跟天主教世界的聯盟關係。塔克西爾如今成了反撒旦主義的大英雄，他當然不願意放棄這個稱號。

同時我也收到來自貝加瑪奇神父的幾份短信：「似乎進行的很順利。可是，猶太人呢？」

想當然耳，貝加瑪奇神父建議我們借塔克西爾的嘴，除了揭發共濟會的醜聞，也可以說點猶太人的秘辛。關於這方面，不管是塔克西爾還是狄安娜都從未提及。狄安娜嘛，我可以理解，大概她來的美洲地方，那裡的猶太人口比我們這裡少，所以這方面的問題她覺得陌生。反之，共濟會裡處處充斥著猶太人，我於是刺探了一下塔克西爾。

「我怎麼知道？」他回答。「我從來沒碰過猶太籍的共濟會會員，或者該說我不知道他們是不是猶太人。我從來沒在會所裡看過猶太拉比就是了。」

「他們不會穿成拉比的樣子去。不過，我知道，透過某位消息非常靈通的耶穌會神父莫林[271]大人，他可不是一般的神職人員，而是總主教，他計畫在他即將出版的一本書中證明共濟會的禮拜儀式源自猶太對舊約的傳統解釋，是猶太舊約導致共濟會淪入魔鬼崇拜異端……」

「所以呢，莫林大人愛怎麼說就怎麼說：我們只要專注一條戰線就好了。」

塔克西爾三緘其口的態度，我一直覺得奇怪（難道他是猶太人？我心想），直到我發現他從事新聞工作和經營書店的期間，他惹了很多麻煩，官司打不完，有些告他誹謗，有些告

……這本大部頭的巨著名之為《十九世紀的魔鬼》，
封面是大幅冷笑的路西法圖像，蝙蝠的翅膀，龍的尾巴……

他妨礙風化，以致他必須繳交相當高額的罰金。所以，他欠了幾家猶太高利貸行很多錢，到現在還沒還清。（另外他從新近發展的反共濟會活動中賺到的那筆不容小覷的小財，也因為胡亂花，揮霍掉了。）因此他怕這些猶太人，他們截至目前仍安安靜靜地不動聲色，他怕他們會因為覺得遭到攻擊而以欠款為由送他進監獄。

儘管如此，真的都是錢的問題嗎？塔克西爾是個人渣沒錯，但怎麼說還是有感情的：例如他非常愛他的家人。因此，他自有理由同情曾經遭受多次迫害的猶太人。他還說，儘管猶太人被當成二等公民對待，歷任教宗都將他們集聚在一個區裡來保護他們。

這些年，他被沖昏頭了：自以為是正統天主教思想，和反共濟會的使者，於是他決定投身政治。我想不通他打什麼主意，但是他成了巴黎某區的市議會議員候選人，還跟屠蒙這個深受教廷那幫人信任的重量級新聞從業人員爆發了激烈的反猶太和反共濟會論戰，對方開始影射塔克西爾是個投機分子——「影射」當然是委婉的說法。

一八八九年，塔克西爾發表了一篇抨擊抹黑屠蒙的文章，因為不知從何下手（他和屠蒙都反共濟會），所以指稱他患有猶太恐懼症，把他說得像是某種精神錯亂。之後更大放厥詞，大肆批評俄國沙皇對猶太人的殺戮暴行。

屠蒙天生是打筆戰的料，他寫了另一篇抨擊文章還擊，文中諷刺這位自詡為教廷勇士的先生，人前跟主教和樞機主教擁抱，接受他們的恭賀，然而在短短幾年前他才罵過教宗、修士和僧侶有多卑鄙下流等等，連耶穌和聖母瑪利亞也沒放過。這還不是最糟的。

我曾去過幾次塔克西爾家，找他談事情，他家樓下不久前是反教會書店的店址，我們討論時，他的妻子經常跑過來在他的耳邊私語，打斷我們。後來我才明白，有不少不知懺悔的反教會人士還會來這裡尋找反天主教的書刊，而如今已是天主教超級信徒的塔克西爾店內還有大批書籍存貨，數量多到全數銷毀他會心疼的地步，所以，妻子在明，他在暗，兩人戒慎恐懼的繼續維持這條財路。我從來不曾妄想他是真心改信天主：他信奉的唯一思想原則就是錢沒臭味[272]。

只是，居蒙也注意到了，他於是猛烈攻擊這位馬賽人，不僅說他跟猶太人之間有勾結，還直指他是還不知懺悔的反教會分子。這些抨擊已經足以讓最謹慎求證的讀者們嚴重懷疑我們這位先生的誠信。

一定要還擊。

「塔克西爾，」我對他說，「我不想知道您為什麼不願親上火線，在猶太人的問題方面表態反對，但難道我們不能找其他人上台代打，讓他出面處理這件事嗎？」

「只要不直接牽連到我就行，」塔克西爾回答。接著他說：「事實上，我的爆料已經不能滿足大家了，甚至連狄安娜說的那些離奇到難以置信的故事也沒用了。我們養大了群眾的胃口，也許他們讀我的書不再是為了認識十字架的敵人如何陰謀操縱，而是純粹基於看故事的熱情，就像那些情節高潮迭起的小說，帶領著讀者轉而支持罪犯。」

***

戰鬥醫生就這樣誕生了。

塔克西爾找到了一位老朋友，或許是重逢，一位隨船醫生，遊歷過許多異國風情的熱帶國家，四處沒事找事似的探尋各式小規模的秘教團體主持的神廟，尤其是在冒險題材的小說方面涉獵甚廣。這麼說吧，像是布森納[273]的書或是賈柯里歐[274]那些連篇奇幻的報導，例如

《世界各地的通靈術》，或《神秘國度之旅》之類的。從虛構的世界裡尋找新主角，這個想法，我完全同意（而且，根據您的私人日記記載，我知道您也同樣從大仲馬和蘇的書裡找靈感）：大家愛看發生在地上的、海底的冒險故事，或推理偵探小說，單純的只是為了閱讀的樂趣，因此很容易就忘了故事的內容，而當有人讓他們誤以為他們在書裡看過的情節是真的時，他們只會模模糊糊地想起的確曾在哪裡聽人說過這事，也益發確定這事是真的。

塔克西爾找來的人是查爾．哈克斯[275]，他是剖腹產專科醫生，也出版過一些關於商船的書籍，不過他說故事的才能遲遲未有開發。他外表展現著某種極端菁英主義睥睨一切的模樣，但看得出來他口袋空空。據他說，如果我沒有會錯意的話，他正準備出版一本基本理論，抨擊所有宗教還有等同「十字架歇斯底里症」的基督教教義，當他聽完塔克西爾的提議時，他表示已經準備好寫上千頁文字對抗魔鬼的崇拜者，推崇教廷的榮耀並捍衛教廷。

我想起一八九二年間我們著手進行一部共二十四卷的龐大巨作，大約花了三十個月的時間分卷發行，這本大部頭的巨著名之為《十九世紀的魔鬼》，封面是大幅冷笑的路西法圖像，蝙蝠的翅膀，龍的尾巴，副標題寫著〈神秘通靈術、膜拜路西法的共濟會、帕拉狄會教義大公開、通靈妖術和惡魔召喚法術以及現代撒旦主義、玄秘磁氣學、膜拜路西法的靈媒、世紀末猶太舊約詳解、潛伏狀態的邪魔附身、反基督教的先驅〉。全都掛名戰鬥醫生出版。

按照上述的計畫細項，可知本書的內容了無新意，沒有東西是沒在別處出現過的：無論是塔克西爾還是戰鬥醫生，他們敘述的內容全都剽竊自前人的文獻。他們把非法的宗教膜拜、魔鬼現蹤、恐怖祭禮、聖殿團獻祭巴風特的禮拜儀式重現等等怪力亂神之說綜合攪拌熔於一爐。連插畫都是從其他講述玄秘學的書裡盜來的，其實那些書也是互相盜用別人的插圖。只有共濟會大會長的畫像是從未曝光過的圖像，這些人物畫像有點類似懸賞海報，就像美國草原上逍遙法外的江洋大盜，亟待緝捕到案，生死不拘。

***

我們瘋狂的工作：戰鬥哈克斯在呑下大量的苦艾酒後，向塔克西爾大談他想像中的巨作，塔克西爾逐字錄下，加以潤飾，要不然就是由戰鬥負責描述有關醫學、毒物學，和他確實親眼看過的城市風貌及異國慶典儀式等細節，此時，塔克西爾則細細編織加工狄安娜的最新囈語。

戰鬥開始回憶，例如直布羅陀巨岩[276]，他描述石身如海綿般多孔，爬滿水道、孔洞、地底洞穴，而所有秘密宗教團體都在這些洞穴裡舉行膜拜儀典，這些團體都是最蔑視基督的教派，還有印度秘教中的共濟會無賴，阿斯魔太[277]顯靈等，而塔克西爾則開始著手描繪蘇菲亞・薩佛的模樣。他看了科蘭・德・布蘭西[278]的《地獄辭典》，覺得蘇菲亞應該統領六千六百六十六個惡魔軍團，每個軍團編制六千六百六十六名惡魔。雖然戰鬥先生現在醉得一塌糊塗，他還是算了一下，得出結論：一共是四千四百四十三萬五千五百五十三個惡魔和妖女。我們加以驗算，驚訝的發現他算對了，他手心重重地拍上桌面，大聲說：「你們看看，我根本沒醉！」說著，甚至得意得在桌子底下翻滾。

想像模擬出一間共濟會設在那不勒斯的毒物試驗所是件令人激動的工程，他們在那裡研製毒藥以消滅會所的敵人。戰鬥的精心設計首推沒有任何化學基礎原理支撐的那個他命名為嗎那[279]的東西：往裝著滿滿蝰蛇的玻璃罐裡扔進一隻癩蛤蟆，並僅以毒菇餵食，然後再加入毛地黃和毒芹，之後不再餵食，讓裡面的動物活活餓死，然後在這些動物屍體上灑霧化的水晶和大戟屬植物粉霧，接著把所有的材料通通放進一個蒸餾器當中，慢慢的以文火吸收水氣，再把動物的骨灰跟不能再燃燒的粉塵分開的過程中，我們同時獲得兩種，而非單一一種毒物：一是液態，一是粉狀，兩種的致命效力完全相同。

「我已經想像得到這幾頁能讓多少主教興奮得手舞足蹈了。」塔克西爾一邊伸手搔胯下癢，一邊冷笑，他心滿意足時總會出現這個動作。他這麼說是有道理的，因為每次新一卷的《魔鬼》出刊，他總會收到某位高階神職人員的來函，感謝他敢於揭露黑暗，打開了眾多信徒的眼。

有時候，我們會向狄安娜求助。也只有她能夠創造出查爾斯頓的大會長的神秘盒子這種玩意，那是一個小盒子，全世界只有七個：掀開盒蓋，可以看到一個銀製的揚聲器，就像打獵號角的喇叭，只是體積小一點；盒子左側連結銀線捲成的電纜，固定在機器的一邊，另一邊則連接一個能塞進耳朵裡的東西，這樣便能聽到從其他六個盒子中任何一個傳遞過來的人聲。右側，有一隻朱紅色的癩蛤蟆，開開的嘴巴會吐出小小的火焰，好像是為了確保通話連線未中斷用，另有七個黃金小人偶，代表帕拉狄會的七樞德，亦即共濟會領導中七位身分地位最高的長老。

所以，大會長只要推一下底座上的小人偶，便能通知他在柏林或者那不勒斯的同僚；假設對方此時恰巧不在神秘盒子前，他也能感受到一股熱風拂過臉頰，然後他喃喃低語著類似「我一小時後會在」的話，而大會長那邊的癩蛤蟆則朗聲宣告「一小時後」。

一開始，我們心中還疑惑這樣的事情難道不會有點太過匪夷所思了，雖說早在幾年前就有個名叫穆齊[280]的人拿著他發明的電氣通話器，也就是如今我們統稱的電話，申請專利。不過，這玩意還只是有錢人的玩意，我們的讀者不一定會認得，像神秘盒子這樣超凡的奇想恰能體現這東西的發明靈感絕對來自惡魔。

我們的聚會有時候在塔克西爾家，有時候則在奧特伊；其他時候，我們也冒險到戰鬥的狗窩工作，不過他屋內瀰漫的那股混雜的臭味（劣質酒、沒洗乾淨的衣物以及過期數星期之久的酸臭食物）讓我們決定以後盡量避免在此地會晤。

＊＊＊

該如何塑造派克將軍這個人物，讓我們傷透了腦筋，他是全球共濟會的大會長，坐鎮查爾斯頓的總指揮，掌握全人類的命運。不過，天下文章一大抄，再沒有比已經發表過的東西更能號稱是首度揭露的了。

《魔鬼》才剛出刊，莫林大人，路易港（天知道那鬼地方在哪兒？）總主教那本萬眾期待的巨著也剛好發行，《共濟會撒旦會所》；而講得一口蹩腳英文的戰鬥醫生在旅途中找到了一本一八七三年在芝加哥出版的書，《秘密結社》，作者是約翰・菲爾普斯[281]將軍，他是許多共濟會會所公告的敵人。我們坐享其成，只要照這幾本書裡寫的東西照本宣科，便順利的刻劃出這位德高望重的長老形象，全球帕拉狄會的大祭司，當然順理成章的也是三K黨的創始人，也參與了導致林肯遭暗殺的陰謀。

我們決定給在查爾斯頓坐鎮指揮最高議會的大會長們冠上五花八門的頭銜，好比弟兄統領、至尊司令、總會所的司職大師、秘密大師、十全大師、至親秘書、院長和判官、九人遴選的大師、十五人遴選的智者、終極篩選的騎士、十二族酋長、偉大的建築大師、聖拱艾柯分會遴選的大老、十全無上的共濟會員、東方或佩劍騎士、耶路撒冷王子、東方和西方騎士、玫瑰十字至高王子、大族長、代表所有會所的永恆崇高大師、諾亞七律[282]普魯士騎士、克萊總會長、黎巴嫩和聖幕王子、銅蛇騎士、神廟至高司鐸、太陽騎士、信徒王子、聖安德烈．艾柯會的大分會長、選中的偉人、至聖騎士[283]、完美入教者、檢察裁決總司令官、皇家秘聞會的真知至高王子、三十三級、聖帕拉狄會保守派的位階極高權力極重的總司令大會長、全球共濟會至高教宗。

之後我們引用了他的一封來函，信裡大肆抨擊某些義大利和西班牙地區的弟兄「因為對修士們的上帝之合理怨恨而改變信念」，轉而榮顯名為撒旦的祂的敵人——冒牌司鐸捏造出來的生物，在會所裡絕對不能提到這個名字。我們就這樣抨擊了日內瓦一間會所的活動，他們在一次公開活動中展示一束火焰，火焰上頭出現了「榮顯撒旦！」的字樣，不過後來我們發現我們抨擊屬於反撒旦主義言論（基督教的迷信），相反的共濟會的信仰應該是純粹的路西法教義。亦即修士，跟他們對魔鬼的信仰，創造了撒旦和撒旦門徒，女巫、巫師、施妖法的術士和黑魔法，反觀路西法信徒崇信光明魔法，就像他們的遠古先賢，聖殿騎士一樣。黑魔法是阿多奈信徒的魔法，祂是基督徒崇拜的邪惡天神，祂將偽善幻化為聖念，把罪惡說成美德，謊言說成真實，荒謬的信念轉換成神學，循此邏輯而發的行為一一見證了殘酷、忘恩背義、憎恨人類、野蠻和拒絕科學。反之，路西法是善心天神，堅持對抗阿多奈，一如光明對抗黑暗。

布朗嘗試為我們解釋各種不同教派間的微小差異，他們崇拜的對象，就我們來說，一律都概括統稱為魔鬼：有些教派認為路西法是墜落的天使，但如今已經悔改，所以很可能成為未來的彌賽亞救世主。女性教派中，有七個認為路西法是女性、具有正面形象，對抗壞的男性天主。其他人則直接將他歸入，是的，受上帝詛咒的撒旦之流的魔鬼，不過，他們認為基督對人類做得不夠，所以轉而膜拜上帝的敵人——這些人才是真正的撒旦信徒，他們舉行黑彌撒等儀式。有些撒旦信徒只因為自己喜歡惡意捉弄人，對黑魔法和妖術有獨特癖好才加入，另一些人則是真的想把撒旦主義變成貨真價實的宗教信仰。這批人當中，有些像是藝文社團的創辦人，好比約瑟方・貝拉當[284]，比較糟一點的則像是鑽研毒物的史坦尼斯拉斯・德瓜伊塔[285]。後來就有了帕拉狄會教徒。一種只有極少數人能入會的組織，成員包括了像馬志尼這樣的燒炭黨人；還有人說加里波底能征服西西里全得歸功於帕拉狄會這批反上帝和反君王制的信徒呢。

我問他怎麼會指控像德瓜伊塔和貝拉當這樣的人膜拜撒旦和施行黑魔法呢？反之在巴黎，坊間一般老百姓卻指他才是撒旦的信徒。

「呃，嗯，」他對我說，「在神秘的玄學世界裡，善與惡之間的界線非常模糊，某些人眼中的善，在其他人眼裡看來卻是惡。有時候，甚至是流傳久遠的故事，故事中的神仙教母和巫婆之間的差別僅在於年齡和美醜而已。」

「可是，他們是怎麼弄的，施這些法？」

「據說查爾斯頓的大會長曾經跟住在巴爾的摩的某個叫戈格斯[286]的人有過聯繫，他是共濟會艾柯分會底下分裂出去的某個分會的會長。在當時，他買通了替他洗衣服的女傭，取得一條他的手帕。他把手帕浸在加了鹽的水裡，每次加鹽，就喃喃念咒：『Safrapim melanchtebo rostromouk elias phtig.』。然後用玉蘭樹樹枝生火，小火將手帕烘乾；接著一連三個星期，在每個星期六的早晨，說一遍摩洛[287]祈禱文，伸長雙臂，摺好的手帕放在張開的雙手之上，彷彿獻祭給魔鬼的牲禮。第三個星期六，薄暮時分，點燃酒精燒掉手帕，把燒剩的灰燼放進一只銅盤裡，擺上一整夜，第二天早上，把這盤灰和了蠟，揉捏出一個娃娃人形，小嬰兒。這種妖術叫做巫毒娃娃。他把巫毒娃娃壓在水晶球底下，水晶球連接著打氣筒，用打氣筒把球內的空氣吸光，讓裡面成真空狀態。走到這個地步，你的對手已經開始感到一陣陣劇痛，卻找不出劇痛的成因。)」

「所以他被弄死了？」

「這不是重點，或許他壓根兒就沒想要取他的命。重點是，這種法術可以遠距遙控，而德瓜伊塔和教會此時就是用這個妖法對付我。」

他不願再跟我說更多了，而在一旁靜聽的狄安娜則以崇拜的眼神望著他。

***

我找了個適當的時機，對戰鬥施壓，終於有了一整個章節專題描寫共濟會秘密組織裡的猶太人了，文中追溯至十八世紀的神秘玄學人士，並揭露有多達五十萬名的猶太籍共濟會成員，以不公開的方式，與各個正式的共濟會會所形成聯邦並存，所以他們的會所都沒有掛上名號，只用數字代碼。

我們沒有浪費時間。我發覺，特別是在這幾年之間，某些報章雜誌開始採用一個很美的名詞，反猶太主義。我們也加入這個「正式」的行列，對猶太民族與生俱來的不信任感竟然轉化成一股思想潮流，就像基督教義和理想主義一樣。

集合討論的時候，狄安娜也在場，每當我們為這些猶太人的會所取名字時，她一連說了好幾次「麥基塞德，麥基塞德[288]」。她想起什麼了？她接著說：「當會裡長老開會時，猶太人共濟會的徽章……脖子上一條銀鍊子，黃金金牌墜子……象徵十誡石板……摩西十誡……」

這個點子很棒，所以在我們筆下，猶太人聚集在麥基塞德神廟互比辨識身分的暗號，互通密語，行禮和宣誓，他們必須，這無庸贅述，冠上猶太味道十足的姓氏，例如葛拉金・卡伊辛、賈凡・阿巴登、巴馬契・巴米拉赫、阿多奈・貝戈・卡果。在這些會所裡，除了威脅要對付神聖的羅馬教廷和這個沒完沒了的阿多奈之外，想當然，沒別的了。

就這樣，塔克西爾（在戰鬥的掩護下）一方面滿足了教廷委託人的要求，一方面又不至於激怒他的猶太人債主。雖然說，現在的他，應該有能力可以還清債務了：算一算，頭五年裡，塔克西爾賺進了三十萬法郎的版稅（淨收入），其中，當然，有六萬進了我的口袋。

***

即將邁入一八九四年時，我覺得報章好像一個勁兒，沒完沒了地猛報導一位軍中上尉的事。有個叫屈里弗斯的涉嫌販賣軍事情報給普魯士大使館。無巧不巧，這個叛國賊就是個猶太人。屠蒙立刻緊咬不放，好像有幾卷《魔鬼》應該也貢獻了不少妙不可言的大揭秘。不過，塔克西爾說最好別蹚這類軍事間諜事件的渾水比較好。

我一直到後來才明白他直覺的想法為何，渲染希伯來人對共濟會的貢獻是一回事，不過跟屈里弗斯窮攪和意味著，將暗示（或者揭發）屈里弗斯不僅僅是猶太人而已，他還是共濟會會員，這麼做太冒險了，因為（自從共濟會以特殊的方式在軍中擴大勢力後）許多負責審理屈里弗斯案的高級將領是共濟會成員。

……我們給狄安娜弄了一張比較有女人味的畫像……

＊＊＊

再說，我們還有其他的叛徒可追，根本不缺——從大眾的角度來看，我們手上握有的牌比屠蒙手上的更好。

《魔鬼》首卷問世的大約一年後，塔克西爾對我們說：「仔細想想，《魔鬼》裡刊登的東西全是戰鬥醫生的作品，但我們為什麼得相信他呢？我們需要一位改信天主的帕拉狄會女教徒來揭發該會裡頭最不為人所知的秘密。再說，也沒見過哪一本精采的小說裡頭是沒有女人的？蘇菲亞・薩佛被我們安排在負面的光環下出場，所以就算她改教了，也無法勾起天主教讀者的同情。我們需要的是第一眼看上去就會讓人覺得她是善良可親的人，就算她還是撒旦信徒也無所謂，她的臉彷彿像是被即將改教的興奮之情照亮了一般，一個天真的帕拉狄會信徒，受到共濟會的陷阱箝制，之後慢慢地從這個桎梏中被解救，重回他們祖先的信仰懷抱中。」

「狄安娜，」我於是說。「狄安娜簡直可說是改信天主的女罪人的活範本，何況她已經可以依要求，視情況適時地以第一或第二狀態出現。」

於是，狄安娜躍上了《魔鬼》第八十九卷的版面。

狄安娜由戰鬥介紹出場，但為了讓她的現身說法更具說服力，她立刻寫了一封信給戰鬥，對他說她對於他介紹她的方式感到不太滿意，甚至批評了放在期刊上那張她的畫像，那張畫像完全是循《魔鬼》的風格畫出來的。我得說那張畫像稍微陽剛了點兒，於是我們給狄安娜弄了一張比較有女人味的畫像，宣稱是由某畫家親自到她位在巴黎的住所替她畫的。

狄安娜的首篇專訪給了《自由和重生的帕拉狄會》雜誌，該雜誌自詡為帕拉狄會分裂派的發言人，宣稱鼓足了勇氣決定鉅細靡遺的描繪為路西法獻祭的儀式，以及儀式中常用的褻瀆宗教言論。此舉對仍在傳教的帕拉狄會造成的恐慌顯而易見，因為馬上有位叫穆斯岱的議事司鐸在他的《天主教雜誌》中直指狄安娜所屬的帕拉狄會分裂派根本就是改信天主的異教徒們的候傳室。狄安娜予以反擊，她寄了兩張百元大鈔給穆斯岱請他救助窮人。穆斯岱轉而呼籲他的讀者齊聲為狄安娜的改教祝禱祈福。

我發誓穆斯岱這個人，絕非我們捏造出來，或者付錢叫他這麼做的，但是他好像根本是照著我們寫好的劇本安排走。而，他的雜誌旁邊，就擺著承繼格勒諾伯總主教，法瓦大人思想的《宗教週》。

好像是一八九五年六月吧，狄安娜改信了天主，而且在短短的六個月之間，仍然是分卷的方式，出版了《前帕拉狄會女教徒回憶錄》。凡訂閱《重生的帕拉狄會》的讀者（該期刊當然已經停止發行）可以改訂《回憶錄》或者退費。我依稀記得，除了幾個宗教狂熱分子之外，讀者大多接受了這次的立場轉向。事實上，改信天主後的狄安娜依舊跟以前那個有罪的狄安娜一樣，口裡總是喃喃訴說著同樣天馬行空匪夷所思的故事，而大眾就愛這一味——這也是塔克西爾的大原則：無論是八卦庇護九世和女僕搞曖昧，或者崇拜撒旦的某共濟會支會大搞同性性交其實都一樣。人們要的只是沒報過的新鮮事，如此而已。

而狄安娜總能應許我們這樣的新鮮事：「我寫作的目的是為了讓大家知道共濟會三角權力圈裡頭發生的事，還有我已經在自己能力許可的範圍內，盡力阻止它發生，那些事我始終鄙視，而哪些又是我認為是良善的。民眾自有公評……」

太棒了，狄安娜。我們創造了一則神話。她呢，她毫無所悉，她活在我們給她下的，能讓她平靜的藥物所造成的渾噩喜悅之中，乖乖地順應我們的（天啊，不，是他們的）愛撫。

***

眼前再度浮現振奮喧騰的時刻。神職人員、家庭婦女、懺悔的罪人，人人都把所有的關愛和熱心都灌注在天使般的狄安娜身上。《朝聖者》一書敘述一位名叫露意絲的女人，病得非常嚴重，她獲選在狄安娜的護佑下，前往露德[289]朝聖，而奇蹟發生了，她竟然痊癒了。發行量最大的天主教報紙《十字報》報導：「我們剛剛讀完《前帕拉狄會女教徒回憶錄》，亦即沃漢甫問世的大作，我們仍處在無法言喻的激動情緒中，顯現在這些衷心奉獻於她的人身上的上帝恩典是多麼的令人讚歎……」某位拉薩赫齊大人，反共濟會同盟中央委員會的教廷代表，命人在羅馬的聖心教堂為狄安娜的改信天主舉辦感恩三日祈禱會歡慶；以及一曲獻給狄安娜的聖女貞德頌（只不過旋律用的是塔克西爾的某個朋友不知道為哪個蘇丹王或哈里發譜的輕歌劇詠嘆調），不僅羅馬議會的反共濟會活動演奏過此曲，更曾多次在多座教堂內被人頌唱。

再一次，這一切彷彿又像是我們一手策劃捏造出來，要助狄安娜，儘管她年紀尚輕，成為人人喜愛的，沐浴聖潔氣息的神奇里修[290]女孩。還有聖嬰聖容聖女德蘭[291]在獲得一本改教後的狄安娜所寫的回憶錄之後，深深為狄安娜的遭遇感動不已，於是把她轉化成劇本的角色，寫進她為同修女教友所寫的一部舞台劇小品《人類的勝利》裡頭，該角色甚至是聖女貞德的投射。而且，她還穿上奧爾良女孩[292]的戲服拍照，然後把相片寄給狄安娜。

當狄安娜的回憶錄被翻成好幾國的語言時，路西多．帕羅奇[293]代理樞機主教祝賀她改信天主之舉，並稱之為「恩典的奇妙勝利」；教廷秘書凡契諾．薩狄大人則寫著上帝恩准狄安娜加入這支邪佞秘教組織，為的就是要讓她在日後能予以一舉殲滅；還有《天主教文明》[294]對狄安娜・沃漢予以肯定，說她「受到召喚，從黑暗走出聖潔光明，現在她以自身的經歷出版成書為教廷效力，作品無論是在精準度和效用上均可說舉世無出其右者。」

＊＊＊

我看著布朗跑奧特伊跑得更勤快。他跟狄安娜之間是什麼樣的關係呢？有幾次，我臨時起意回去，發現他們倆抱在一起，而且狄安娜眼望天花板，一副飄飄欲仙的模樣。她八成進入了她的第二狀態，剛剛告解結束，正沉浸在淨化的喜悅中。塔克西爾和她的關係更啟人疑竇。同樣是我出其不意的返回那裡時，我看見她躺在沙發上，衣衫凌亂，四肢交纏著臉色青紫的塔克西爾。好極了，我心裡想，總得有人滿足「壞女孩」狄安娜的肉慾衝動，我希望那個人不是我。這些已足以造成和女人有關的性聯想，還是跟一個瘋女人呢。

當我跟「好女孩」狄安娜在一起時，她會羞怯的將頭靠在我的肩膀上，哭著懇求我的寬恕。我臉頰感受到的暖意，和一股股懺悔煎熬的氣息總讓我忍不住微微顫抖——為此，我立刻抽身離開，鼓勵狄安娜到某幅聖徒畫像前跪下祈禱寬恕。

＊＊＊

帕拉狄會圈子裡（這教會真的存在嗎？眾多匿名信似乎證明了它的確存在，再說，三人便成虎），有人放話威脅叛徒狄安娜，說要她好看。而在這段期間所發生的事，有些我完全想不起來。我指的是：布朗教士之死。我只模模糊糊的記得他在狄安娜身旁，雖然這是最近幾年新近發生的事。

我用腦過度了，我需要休息。

［譯註］

265. Baphomet：著名的惡魔，一般的形象是：山羊頭，額頭刻著五芒星，兩角中間有火把，女性的胸部，腹部有蛇杖。

266. Adonai：希伯來文，即我的主，古猶太人不敢妄稱神之名，所以改以 Adonai 稱之。

267. Tabor：以色列加利利區最著名的聖山，是聖經記載耶穌榮顯聖容的地方

268. Sainte Therese：是義大利雕刻大師貝尼尼（Bernini）的著名作品之一，原作放在羅馬的勝利之后聖母院中（Santa Maria della Vittoria），作品呈現聖泰瑞莎升天的一幕，天使用劍刺穿她的心，使得她陷入痛苦和狂喜的恍惚狀態。

269. Utrecht：位於荷蘭中央地區的城市。

270. Mariano Rampolla del Tindaro：一八四三—一九一三，義大利樞機主教，為教宗良十三世的教廷國務卿。

271. Leo Meurin：一八二五—一八九五，德國籍耶穌會神父，曾任孟買總主教，路易港（模里西斯）總主教。

272. non olet：拉丁諺語，意指不需在意錢的來路，錢就是錢。典出羅馬皇帝維斯帕先（Vespasien）要徵收小便稅，他的兒子對此頗有微辭，他便對兒子說：Pecunia non olet（錢沒臭味）。

273. Louis Henri Boussenard：一八四七—一九一〇，法國冒險小說作家，當時名噪一時，如今只在東歐和俄國等地的書店還能看得到他的書。

274. Louis Jacolliot：一八三七—一八九〇，法國律師，曾任法官，曾旅居亞洲多國，寫下許多關於印度文化的文章。

275. Charles Hacks：法國隨船醫生，以戰鬥醫生為筆名與塔克西爾合著《十九世紀的魔鬼》而聞名，該書於一八九二到一八九五年間共出了兩百四十卷。

276. Rocher de Gibraltar：位於伊比利半島南端，高四百二十六公尺的巨型岩石，一直被認為是希臘神話中的海格力斯之柱之一。

277. Asmodee：出現在猶太經典塔木德中的惡魔，通常被描繪成有三顆頭的形象現身——一個女人頭，一個牛頭和一個羊頭——傳說是代表色慾的魔王。

278. Collin de Plancy：一七九四或一七九三—一八八一，法國作家，著有許多關於神秘教派和奇幻魔鬼的作品。

279. Manne：聖經中古以色列人在曠野四十年間獲得的神賜食糧。

280. Antonio Meucci：一八〇八—一八八九，義大利發明家，他發明的電氣通話器被視為電話的前身。

281. John Phelps：一八一三—一八八五，美國內戰時期北軍將軍，退伍後，致力反奴隸制，反共濟會。

282. Noachides：諾亞七律，猶太傳統律法，據傳是耶和華親自傳予諾亞子孫的戒律。

283. Kadosch：天主的聖名之一，指天主是至聖的。

284. Josephin Peladan：一八五八—一九一八，法國作家、神秘玄學家。

285. Stanislas de Guaita：一八六一—一八九七，法國詩人，神秘玄學家，與約瑟方·貝拉當（Josephin Peladan）共同創立了玫瑰十字卡巴拉會（Ordre kabbalistique de la Rose-Croix）。

286. William Gorgas：一八五四—一九二〇，美國軍醫，對黃熱病和瘧疾的防治有卓越貢獻。

287. Moloch：一位遠古中亞神明，文獻中提及時，通常伴隨火燒兒童的獻祭，盛行於遠古的地中海東南岸地區。

288. Melchisedech：根據舊約《創世記》的記載，麥基塞德是撒冷王，是至高天神的祭司。

289. Lourdes：法國南部上庇里牛斯省的小鎮，是法國最大的天主教朝聖地。

290. Lisieux：法國諾曼地區城市。

291. Sœur Therese de l'enfant Jesus et de la Sainte Face：一八七三—一八九七，法國修女，出生虔誠的天主教家庭，十五歲便決心加入聖衣會當修女，可惜未達法定入會的年齡，在一次前往羅馬朝聖的途中，巧遇教宗良十三世，教宗被其誠心打動，特准她不足齡加入聖衣會，並賜名聖嬰聖容耶穌聖德蘭修女。雖然她在世只短短二十四年，卻全心靈修奉獻，死後獲封「傳教主保」。

292. Pucelle d'Orleans：聖女貞德的別名。

293. Lucido Parocchi：一八三三—一九〇三，義大利羅馬天主教樞機主教，曾任教義部秘書，相當於宗教法庭。

294. La Civilta cattolica：耶穌會在羅馬發行的期刊，是羅馬歷史最久遠的天主教刊物之一。

23——妥善運用的十二年

節錄自一八九七年四月十五日和十六日的日記

到這個階段，不僅達拉．皮科拉寫的日記內容，跟西莫尼尼寫的彼此交疊，而且是以在我看來相當憤怒的口吻敘述，有時候，明明兩人說的是同一件事，可是敘述的角度卻完全相反，而西莫尼尼自己寫的內容開始變得斷斷續續，好像要他與教士相抗衡，回想起這些不同事件、人物以及他在這同一段年月裡出入的交往圈，對他來說困難重重似的。西莫尼尼回溯的這些事件，它們發生的時間（常常是混淆的，冠上首先字樣的事件，極有可能是後來才發生）大概是從他跟塔克西爾所謂的改教事件開始一直到一八九六或九七年。至少有十二年之久，日記裡是連串疾筆潦草的筆記，有些可以算是速記了，好像他很怕把腦中乍然出現的浮光掠影給洩漏了，而這些筆記交錯穿插了許多更加累贅冗長的對話、想法和戲劇化事件的摘要敘述。因此，鑑於敘述者沒有那根平衡敘事的螺絲釘，而且寫日記的人看來似乎也同樣缺乏的情況下，敘述者不敢逾越分寸，過分刪修，僅僅將他們回憶的紀錄分切成不同的小段，這樣看起來事情好像是一件一件依序發生，彼此毫無交集的樣子，但實際上，根據各種可能顯示，這些事件是同時交錯發生的——由此可以大膽推斷西莫尼尼在跟拉奇科夫斯基會晤之後，同樣在當天下午又與嘉維埃里見了面。不過，就像大家說的，反正，無所謂了啦……

西莫尼尼記得他是如何，在他成功的把塔克西爾推上改教的正軌上之後（那為什麼，後來，變成達拉・皮科拉，這麼說吧，接手這事了呢？他不清楚）下定決心——既然不能直接加入共濟會——開始往立場多少是偏向共和派的圈子走動，他認為那裡面肯定有成堆的共濟會會員。多虧了他在玻能路那家書店結識的幾位舊識，尤其是杜森乃爾，他經常受邀到那位茱麗葉・拉梅辛，如今已經成為亞當夫人的沙龍作客，她的丈夫是左派共和黨議員，也是土地銀行的創始人，後來當選終身參議員。因此，那座先是坐落在魚市大道，後來遷移到馬瑟柏大道的亞當宅邸少不了有錢、政治高層和文化的點綴，那裡不僅女主人已是小有名氣的作家（甚至出版了《加里波底》的一生），還有中央級的政治人物，像是甘必大、梯也爾和克里蒙梭，更有普魯東、福樓拜、莫泊桑、屠格涅夫等文士。西莫尼尼也是在那裡跟維多・雨果有過幾面之緣，就在他過世前不久，他人幾乎已變得像一尊紀念銅像，歲月不饒人，當時雨果深受議員職務和腦中風後遺症所苦。

西莫尼尼並不習慣往那些場所裡跑。他大概就是在這些年裡，在馬涅小館認識了佛洛依德醫生（如同他三月二十五日的日記所寫的一樣），當醫生對他說他為了要去夏科家作客，被迫去買燕尾服和漂亮領帶時，他忍不住笑了。現在，輪到西莫尼尼也得去買禮服和領帶了，不僅如此，他還到全巴黎最棒的（也是口風最緊的）假髮工坊，買了一副全新的漂亮鬍子。儘管他年輕時讀了點書，不致讓他顯得一點文化都沒有，而且他定居巴黎的這幾年，也沒荒廢了閱讀，但要他切中要題，眉飛色舞，侃侃而談，加入主題五花八門，偶爾又深入專業，且能跟沙龍的要角們一樣發表跟得上時代潮流的討論，他仍覺得不太自在。因此，他總是安靜的、專心一意的聽著，也僅就和西西里遠征軍有關的武裝事件發言，加里波底在法國，仍然，套句賽馬場上的術語，牌價相當高。

他驚異極了。他已經作好心理準備，知道會聽到擁共和的言論，這是當然，而且在當時也算不了什麼大事，但他卻聽到了根本可以算是革命的反動言論；相反的，茱麗葉·亞當卻很喜歡被顯然與沙皇那幫人有聯繫的俄國人包圍；她跟她的朋友杜森乃爾一樣仇視英國，她發行的《新雜誌》採用像里昂·都德這個被貼上反動標籤的作家的文章，儘管一般都認為他的父親阿豐斯是表裡如一的民主派——不過，亞當夫人同時歡迎父子倆的態度，贏得一片讚揚。

反猶太論戰從何處掀起，誰經常慷慨激昂發表評論，也還不是很清楚。從社會主義分子對猶太人資本主義的憎惡下手，這其中的代表人物首推頗富盛名的杜森乃爾，要不然就從茱麗安娜·葛藍卡四處宣揚的反猶太玄秘主義上下工夫，她與俄國的玄秘教派非常親近，她記得自己很小的時候就被帶去參加巴西康多母波教[295]的獻祭儀式，那時候她父親在那裡當外交官，而且據說她父親跟當時巴黎玄秘術占卜大師布拉瓦茨基夫人[296]的關係匪淺（大家私底下議論紛紛）？

茱麗葉·亞當對希伯來世界的猜忌並非完全看不出來，西莫尼尼出席了一場公開朗讀晚會，當晚朗誦的是俄國作家杜斯妥也夫斯基的幾段作品，內容明顯出自那位布拉夫曼，在與西莫尼尼的一次會面時，向他揭露的關於那部偉大的《喀哈爾》的秘辛。

「杜斯妥也夫斯基告訴我們，在歷經多次失去國土和政治上的獨立之後，他們的律法，幾乎已經成為他們一致的信仰，為了永遠存活下去，永遠要比以前更團結，這些生命力過人，韌性

1re Année. — N° 25 | Paris et Départements, le Numéro : 10 Centimes. | Samedi 30 Décembre 1893

LA LIBRE PAROLE

ILLUSTRÉE

La France aux Français !

RÉDACTION 14 Boulevard Montmartre | Directeur : EDOUARD DRUMONT | ADMINISTRATION 14, boulevard Montmartre

……現在他們掌控了金融，更是貸款大亨。
因此，社會主義不得不反猶太……

非比尋常且充滿鬥志的猶太人，永遠無法抗拒在既有國家之上建立另一個國，一個國上之國的想法，這是他們自始至終懷抱的理想，他們在遭受最嚴厲的迫害的那些時日裡，無論他們身處何方，始終堅持離群索居或是與同居一地的他族人民保持距離，堅決不與他族混居，且堅守一條基本戒律：『就算顛沛流離，天涯各一方，沒有關係，要有信念：所有應許終將實現，在等待應許實現的這段時間，好好地活著，鄙夷一切，團結，剝削賺錢，然後等待，等待……』」

「這位杜斯妥也夫斯基遣詞用句出神入化，」杜森乃爾評論道。「你們看他一開始是怎麼公開主張理解、包容憐憫，請容我這麼形容，甚至要尊重猶太人的：『難不成我也是猶太人的敵人？難道我永遠沒有辦法成為這個悲慘民族的敵人嗎？相反的，基於人道情感和司法正義的需要，出於人道精神和基督信念的要求，我必須真心的說出並寫下必須要由猶太人承擔的這些……』漂亮的鋪陳。接著，他開始陳述這個悲慘的民族是怎麼念茲在茲，一心想摧毀基督教世界。很棒的轉折。但非創新，因為你們可能沒有讀過馬克思的共產黨宣言。該文一開頭就充滿絕佳的戲劇張力，『鬼魅出沒整個歐洲』，接著開門見山地給了我們一段從古羅馬延續至今的階級鬥爭史，把中產階級描述成革命階級的專章讀來更是讓人倒抽一口氣。馬克思讓我們看清這股無可抑制的新力量已經散佈全球，就像聖經創世記開篇裡造物者上帝的氣息。這篇鼓動人心的文章（我跟您們保證，全篇處處是驚喜）末了，幕後強權終於登場，中產階級勝利催生的強權：即資本主義孕育誕生了親手葬送它的掘墓人，無產階級。他們信誓旦旦的宣告：『如今，我們要摧毀並奪取你們所擁有的一切。』妙啊。杜斯妥也夫斯基也是如此這般的炮製猶太人，他先是包容理解歷史上猶太人因為面臨生死關頭而被迫使出陰謀詭計，轉而揭發他們是必須消滅的敵人。杜斯妥也夫斯基是個真正的社會主義信徒。」

「他不是社會主義信徒，」茱麗安娜．葛藍卡笑著說。「他是有遠見的智者，所以他說真話。你們都看到他是怎麼一步步推演出這個最明白又合乎邏輯的駁斥論點，也就是說，就算數百年來的確有一個國中之國的存在事實，這也是迫害所造成的，而，只要猶太人能跟本國人一樣，在法律上是平等的，這個國中之國終將解散瓦解。錯了，杜斯妥也夫斯基這麼警告我們！就算猶太人獲得了跟其他公民同樣的權利，他們也絕對不會放棄這個目中無人的想法，也就是，彌賽亞終將降臨，帶著祂的長劍，所有的民族將臣服其下。這就是為什麼猶太人只愛從事一種行業，黃金交易和珠寶買賣；如此一來，等彌賽亞降臨時，他們不會對居住的土地戀戀不捨，他們可以輕易的帶走擁有的一切家當，當——套用杜斯妥也夫斯基詩歌般的表達方式——天邊曙光閃耀，被選中的民族將帶走鼓和鈸和風笛和錢和老家的所有聖物。」

「在法國，我們對他們太過寬容了，」杜森乃爾做出結論。「現在他們掌控了金融，更是貸款大亨。因此，社會主義不得不反猶太……假如哪一天猶太人在法國大獲全勝，而來自英吉利海峽對岸的資本主義新原則也恰好在那時候蓬勃發展，這絕對不是偶然。」

「您把太多事情都給簡單化了，杜森乃爾先生，」葛藍卡說。「在俄國，受到您剛剛大力讚揚的馬克思所提出的革命思想毒害的民眾當中，就有許多是猶太人。他們，無處不在。」

說著，她轉頭對著客廳的窗子，彷彿他們手執匕首就在街頭轉角等著她。西莫尼尼則是童年時代的恐懼再度浮現，他想到默德凱，深夜裡，爬樓梯的身影。

替秘密警察[297]工作

西莫尼尼立刻在葛藍卡身上找到了一位潛在客戶。一開始他只是坐在她身旁的位子低調的獻般勤——還頗費了一番心力。我們這位男人對女性魅力的判斷力的確不佳，不過，他還是看得出她有副愛探人隱私的嘴臉，兩隻過於接近鼻梁山根的眼睛，相反的，茱麗葉·亞當儘管已經不復是二十年前他認識的她，舉手投足依舊一派端莊淑女，丰姿綽約。

儘管如此，西莫尼尼跟那位葛藍卡並沒有太多瓜葛，應該說他多半只是在聽她滔滔不絕的說，對夫人異想天開的描繪她在烏茲堡[298]看見一位喜馬拉亞山宗師顯靈的幻象，該宗師並導引她領略我也搞不太清楚是哪門子的上天啟示，我只能裝出一副很感興趣的樣子。她倒不失是一個能在自身既有的玄秘色彩框架下加注反猶太題材的人物。再說，坊間謠傳茱麗安娜·葛藍卡是奧茲伊夫斯基將軍的姪女，他是俄國秘密警察單位裡頗有分量的人物，因為他的關係，她在某種程度上也可以說是秘密警察——帝國的情報單位——的人。她以這樣的身分（是獨立作業，還是合作或相互競爭，沒人搞得清楚是以哪一種身分）搭上了負責所有國外偵查業務的新任主管彼得·拉徹可夫斯基[299]。左派報紙《激進報》大膽質疑葛藍卡專門靠蒐集流放在外的俄國恐怖分子的活動情報來養活自己——意思就是，她不僅僅經常參與亞當家的沙龍聚會，還出入一些西莫尼尼不知道的其他圈子。

布拉格墓園的情節設定需要按照葛藍卡的偏好品味稍加修改雕琢，刪掉有關經濟計畫的冗長發言，拉比的發言重點必須多少與彌賽亞降世有關。

從古格諾那兒和當代其他文學作品中撈了點資料後，西莫尼尼任自己的想像力飛馳，拉比們把上帝許諾的彌賽亞再臨當作以色列君王降臨，他背負天命，將掃除禁錮好人的所有極不公平對待。關於這一點，他在布拉格墓園的故事裡加入了至少兩頁有關彌賽亞救世主的魔幻文字，類似：「帶著撒旦的強權和恐怖，凱旋歸來的以色列王朝我們這個未獲重生的世界邁進；源自錫安血脈的君主，反基督之王，將坐上宇宙強權的寶座。」然而，想到任何一點與共和體制沾上邊的思想都會讓擁沙皇派嚇得面色青紫，他於是加油添醋的建構了一套人民公投的共和機制，讓猶太人有機會，靠著花錢買票贏得多數決的方式立法，訂出對有利於達成他們目標的法律。這些愚蠢的老好人，墓園裡的拉比說，他們，他們認為自己在共和體制下比在專制獨裁的統治下，能享有更多的自由，事實上，完全相反，專制統治下，是由賢能之人治國，而自由體制內卻是庶民治國，猶太人的間諜輕易地就能將這些平庸庶民送上斷頭台。共和制如何能跟一個看似應該不會引起任何疑義的世界之君共存呢：拿破崙三世的例子還活生生的在眼前，證明共和確實能創造獨裁皇帝。

不過，回想爺爺的往事時，西莫尼尼有了一個想法，以關於世界各地玄秘宗教組織的運作方式，或者說大概可能的運作管理的方式為題寫一篇長長的概要介紹，來充實拉比們的談話內容。奇怪的是，葛藍卡始終沒弄通這些論點跟杜斯妥也夫斯基的論點是一樣的——或許她老早就懂了也說不定，正因如此，她才會這麼高興，有一篇古老文獻能夠印證杜斯妥也夫斯基的文章內容，也同時證明他的說法的真實無誤。

於是布拉格墓園的故事裡就誕生了猶太神學家啟發十字軍東征的片段，好讓耶路撒冷重新贏回它身為世界中心的尊嚴，也得感謝（這方面，西莫尼尼知道他有很豐富的參考資料可以抄）無法不被提及的聖殿騎士團。可惜十字軍為了殲滅阿拉伯人卻葬身海底，可惜聖殿騎士沒能完成他們計畫中的陰狠目標，否則這陰謀可能早在幾百年前就得逞了。

循著這條線下來，布拉格的拉比們將一一回顧人文主義、法國大革命和美國獨立戰爭，在摧毀基督教義原則，以及在破壞人民對君主的敬意這兩方面，做出了多大的貢獻，這些同時也是為了替猶太人征服全世界做準備。當然，為了實踐這項計畫，猶太人必須建構出一副受人敬重的外殼，即共濟會。

西莫尼尼巧手新編了老巴輝埃爾教士的故事，而葛藍卡和她的俄國委託人顯然沒聽過這故事，實際上，葛藍卡把報告寄給了奧茲伊夫斯基將軍，將軍認為這報告來得正是時候，便從報告裡摘錄出兩段文字：一篇比較短，大致是原先那篇布拉格墓園的正版情節，然後刊登在那邊的某些雜誌——卻忘了（或者硬拗群眾已經忘了這篇東西，要不就是假裝不知道）其中一篇拉比發言內容節錄自高德契的書，而這書十年前就已經在聖彼得堡發行了，而且在接下來的幾年裡，還在西奧多·弗里契[300]的《反猶太主義-教義問答》出現過；另一篇則以小冊子的方式發行，改名為《猶太人的秘密》，奧茲伊夫斯基親自寫了一篇序，讓小書看起來更高貴，他在序中寫著，這篇文字終於首次得以重見天日，接著闡述共濟會和希伯來主義之間的深遠關係，兩者皆是虛無主義的使者（在當時的俄國，這是最嚴厲的指控了）。

不消說，奧茲伊夫斯基給了西莫尼尼一筆相當合理的報酬，而葛藍卡恰巧也正（羞怯又令人生畏地）提出以自己的身體來當報酬，以酬謝他讓這次的行動如此成功——西莫尼尼特意顫抖著雙手，發出處男般的畏怯嘆息，好讓她明白他的命運跟那位數十年來一直被斯湯達爾的書迷拿來說三道四的奧大為·德馬利維[301]一樣，藉此逃過了恐怖的一劫。

從那時候起，葛藍卡對西莫尼尼就失去了興趣。然而，有一天，他踏進和平咖啡館想吃一頓簡單的串燒午餐（燒烤牛排和腰花），他看見她跟一位看起來相當粗俗的發福中產階級男子同桌吃飯，而且兩人好像在討論什麼，顯得非常激動。他停下腳步打招呼，葛藍卡只得介紹拉奇科夫斯基給他認識，拉奇科夫斯基饒富興味的望著他。

當時，西莫尼尼還摸不清對方這審視的目光所為何來，不過，後來當他聽見店門的門鈴響，看見拉奇科夫斯基親自上門時，他漸漸的明白了。他臉上帶了燦爛的微笑，目中無人的走到店裡面，找到往樓上的樓梯，自作主張的上樓進他的書房，選了書桌旁邊的一張低矮躺椅，舒服的坐下。

「饒了我吧，」他說，「我們直接談生意。」

拉奇科夫斯基有著俄國人典型的金髮，只是跟年逾三十的男人一樣，開始轉灰白了，他嘴唇豐厚性感，鼻梁高挺，斯拉夫魔鬼般的眉毛，發自內心的殘酷笑容以及蜜裡調油的聲調。說他像隻獅子，更像獵豹，西莫尼尼這麼寫著——他心想半夜裡被歐斯曼．貝伊叫出去，在塞納河河堤大道見面，或是一大清早被拉奇科夫斯基叫進格內勒路的俄國大使館到他的辦公室裡見面，哪個比較不那麼讓人不安？他斷然地說：歐斯曼．貝伊。

「所以，西莫尼尼上尉，」拉奇科夫斯基開口說，「您大概不知道，在您們西方連拼字都拼錯的Okhrana（秘密警察）單位，也就是俄國移民不屑的Okhranka（保衛部），到底是什麼。」

「我聽人暗地裡說過。」

「用不著躲在暗地裡，全都能攤在陽光下。它的全名是Okrannié otdelenia，是保安部的意思，是隸屬在內政部之下的專屬情報單位。一八八一年，沙皇亞歷山大二世遇刺身亡後設立，目的是保護皇家成員。不過，慢慢的，它也必須處理虛無主義恐佈分子的威脅，並成立各種不同的監視單位，甚至擴展到流亡分子和移民眾多的外國地區。所以我才會在這裡，為了保護我的國家的利益。全都攤在陽光下了。躲在暗處的是恐怖分子。明白了嗎？」

「明白了。可是為什麼找我？」

「我們照順序來。您不需要怕，跟我您大可暢所欲言，假如您剛好有關於恐怖集團的什麼情報的話。我知道您向法國情報單位告密捉拿危險的反波拿巴派的那段過去，人只能舉發朋友，或者，最起碼有往來的熟人。我算不上謙謙君子。我也一樣，我過去也跟俄國的恐怖分子打過交道，那已經是非常久遠的事了，不過，因為這個，我才能在反恐單位裡闖出一番名堂，只有在顛覆破壞集團裡起步的人才能夠有效率地達成任務。要有效的為法律服務，一定得先違法。這裡，在法國，您也看到了，那位維多克就是最好的例子，不先蹲過苦牢，怎麼當得上警察頭子。要小心提防的反倒是那些，該怎麼說呢，太過乾淨的警察。那些都是紈袴子弟。不過，我們言歸正傳。近來我們發覺恐怖分子圈裡有些猶太籍的知識分子非常活躍。我受沙皇皇宮裡的某些人之託，正在想辦法指證那些暗中破壞俄國人民善良本質，甚至威脅到俄國人民生命的人，就是猶太人。您往後一定會聽說我是威特部長[302]部長的親信，部長素有自由派之名，他不會用心聽我講這些事。不過，要知道，我們不需要伺候當前的老闆，而是要做好準備，伺候接任的那位。我長話短說了，我不想浪費時間。我看過您交給葛藍卡夫人的東西了，我認為絕大部分只適合扔進垃圾桶。這很正常，您選擇用舊貨舖作掩護，也就是說，您經手的舊貨比新品更貴。不過，幾年前，您透過《當代雜誌》曝光了一份話題性十足的文件，您說是從您爺爺那裡得來的，但如果您說您只有這些沒別的了，我倒是會很驚訝。有人甚至說您知道很多很多的事情（這裡，西莫尼尼享受到了他這樁計畫附帶的利息，意圖讓自己看起來不只是個間諜而已）。因此，我想從您這裡，得到符合您名聲的資料。我懂得區分良莠。我會付錢。不過，如果東西不好，我是會很不爽的。清楚了嗎？」

「可是，您到底想要哪方面的東西呢？」

「我如果知道，我錢要給的人就不是您了。我的底下有人能做漂亮的文件，但前提是我得提供內容。我沒辦法對一個善良的俄羅斯老百姓說，猶太人在等彌賽亞，這種事沒有任何一個農民和領主會有興趣。如果說猶太人在等彌賽亞這件事關乎他們口袋裡的錢，這樣的說法能解釋得通的話。」

「可是，您為什麼會特別針對猶太人呢？」

1re Année. — N° 23 | Paris et Départements, le Numéro : 10 Centimes. | Samedi 16 Décembre 1893

LA LIBRE PAROLE

ILLUSTRÉE

La France aux Français !

RÉDACTION
14 Boulevard Montmartre

Directeur : EDOUARD DRUMONT

ADMINISTRATION
14, boulevard Montmartre

SI NOUS LES LAISSONS FAIRE ....

……西莫尼尼開始出入，先是屠蒙創立的反猶太聯盟，
然後是他旗下《自由論壇報》的編輯部……

「因為俄國有猶太人。如果我生在土耳其，我就會針對亞美尼亞人了。」

「所以您的意思是，猶太人，像是——也許您認識他——歐斯曼．貝伊這樣的人，必須被消滅。」

「歐斯曼．貝伊是宗教狂熱分子，再說他也是個猶太人。對他，最好是敬鬼神而遠之。我呢，我並不想消滅猶太人，我敢說猶太人是我最好的同盟。我感興趣的是俄國人民的道德秩序，而且我不希望（或者該說，我希望取悅的那批人不希望）人民將不滿投注到沙皇身上。所以，他們需要一個敵人。何必捨近求遠跑到，我怎麼知道，蒙古或韃靼那邊找敵人，就像先前的君主專制政府那樣，這是沒用的。能被辨識得出來，能讓人害怕的敵人，一定是已經出現在自家家裡，或者甚至登堂入室的人。所以猶太人是最佳的人選。神聖上帝把他們送上門了，為何不用，上帝啊，讓我們祈禱世界上永遠有幾個猶太人可以讓人害怕或讓人憎恨。有敵人才能給予人民希望。有人說愛國主義是人渣的最後庇護所：沒有道德操守的人總是裹著橫幅標語，雜種總是宣稱自己血統純淨。國家認同是那些一無所有的人們所能擁有的最後資源。然而，認同的感情建立在憎恨之上，還有對那些跟自己不同的人的仇視心態上。要把這份憎恨孕育成一股民間激情。敵人是人民的朋友。一定要有個人民能憎恨的人，人民對於自己的悲慘境遇才能找得出解釋。恨才是真正的主要情感，愛是反常的狀態。為此，耶穌才慘遭殺害：他鼓吹違反自然的精神。我們不會愛一個人愛一輩子，這個不可能達到的期盼催生了通姦、弒母、背叛朋友……相反的，我們卻可以恨一個人恨一輩子。只要那個人一直在那裡，煽風點火加油添醋地燒旺我們內心的仇恨。仇恨讓人心燃燒。」

這番話讓西莫尼尼久久無法釋懷。拉奇科夫斯基看起來不像在開玩笑，如果他交不出第一手資料給他的話，他就會「不爽」。現下，他手上的資源還沒用盡，正好相反，他已經為他的議定書統整匯集了多頁文字，但他總覺得還需要一些什麼東西，不僅僅是一些切合葛藍卡那幫人胃口的反基督事件就好，而是一些更貼近時事的東西。總之，他不想廉價兜售他那篇修訂後的布拉格墓園，反而打定主意要抬高價碼。所以，他等。

他把這件事跟貝加瑪奇神父說了，他也整天催著西莫尼尼要反共濟會的資料。

「看看這本書，」耶穌會教士對他說。「這是愛德華·屠蒙的《猶太法蘭西》。厚達數百頁。終於有個人，很顯然的，知道的比你多。」

西莫尼尼翻了翻，「這跟老古格諾十五年前寫的東西根本是如出一轍！」

「那又如何？大家都在搶這本書，顯然他的讀者不知道有古格諾這個人。你以為你的俄國客戶讀過屠蒙的東西嗎？你，難道不是資源回收大師？去挖挖坊間都流傳些什麼，或哪個圈子裡大家都在幹什麼。」

跟屠蒙搭上線有如反掌之易。在亞當家的沙龍，西莫尼尼贏得了阿豐斯·都德的好感；都德邀請他到他位在香波塞的自宅，加入他們的晚間聚會，當亞當沙龍沒有聚會的時候，一干人便改在這裡相聚，交由茱莉亞·都德優雅的接待，與會的人像是龔固爾兄弟、皮埃爾·絡帝[303]、艾彌·左拉、弗德力克·米斯特拉爾[304]，恰恰還有因為《猶太法蘭西》一書開始小有名氣的屠蒙。接下來的幾年，西莫尼尼開始出入，先是屠蒙創立的反猶太聯盟[305]，然後是他旗下《自由論壇報》的編輯部。

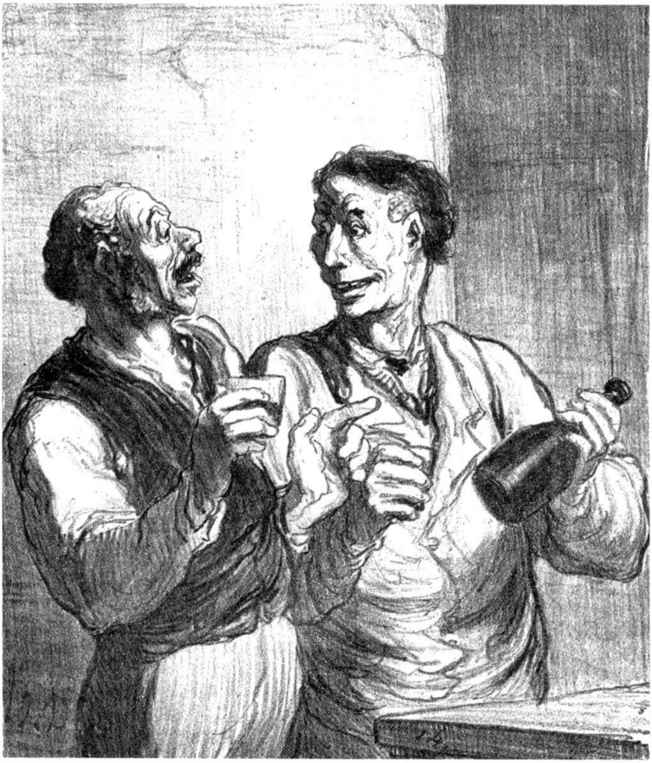

……「酒，」有人說，「是猶太人和共濟會散播的，
從他們傳統的毒藥托法娜仙液加以精煉而成……」

屠蒙一頭獅子鬃毛的頭髮和大片黑色落腮鬍，鷹鉤鼻和熱力四射的眼睛，活生生一副猶太先知的模樣（仔細看看當下流行的名人肖像集便知）；事實上，他主張的反猶太主義確實帶點先知、彌賽亞的味道，好像是全能上帝特別派他臨凡殲滅這些上帝選民似的。屠蒙的反猶太仇恨思想深深吸引了西莫尼尼。他憎恨猶太人，該怎麼說呢，是出於熱血，出於上帝的選定，出於虔誠的信仰——出於一股超越所有情慾衝動的激情。屠蒙不像杜森乃爾那樣從哲學和政治學的角度來反猶太，也不像古格諾那樣從神學理論來反猶太，他是從情色的觀點來反猶太。

只要聽聽他在編輯部進行的冗長又無聊的會議時說了什麼就能了解。

「我非常樂意為德波特教士這本講述猶太民族血腥秘聞的書寫序。這本書敘述的不僅是中世紀時期的宗教祭典。直到今日，那些經營沙龍聚會的猶太籍聖潔貴族夫人仍然會在招待賓客享用的小菜或甜點裡加入基督徒孩童的鮮血。」

不只如此而已，「猶太人唯利是圖、貪婪、愛耍詭計，難捉摸、狡猾，反之，我們亞利安人熱情、有英雄氣概、有騎士精神，不計較名利、坦誠、相信別人甚至到了天真的地步。猶太人是這片土地的過客，他們只重今生；您曾經在聖經裡看過有關來世的暗示嗎？亞利安人始終熱中於靈修昇華，他是一個理想之子。基督天主高高在九霄雲天之上；希伯來人則有時出現在山間，有時則處在荊棘叢中，從來不曾出現在更高的地方。猶太人是批發商，亞利安人則是農夫、詩人、僧侶，當然還有軍人，因為他們無懼死亡。猶太人不具任何創造天賦，您曾見過猶太音樂家、畫家、詩人嗎？見過有哪個猶太人在科學研究上有什麼突破嗎？亞利安人是發明家，猶太人則予以利用剝削。」

他引述華格納的文字：「無法想像一個猶太人演繹一個古代的或現代的角色時，無論角色是英雄人物或是戀愛中的男女，我們不會不由自主的感受到他們演繹時產生的荒謬滑稽的震撼感。令我們最感厭惡的莫過於猶太人典型的特有說話腔調。我們的耳朵在接收這個民族語言的尖銳聲響、口哨聲和喊叫時離奇地常受到傷害。說起來，我們憎惡的希伯來民族天性當中，這項他們天生最不足之處很自然地表現在歌唱領域上，歌唱是個人情感最澎湃最真實的表現。我們在任何其他藝術領域裡，很容易找到頗具才華的猶太人，但少見歌唱人才，好像他們的民族天性裡根本就都具備這項才能。」

「那麼，」有人納悶的問，「他們在音樂舞台上人才濟濟，又該如何解釋呢？羅西尼、梅耶貝爾[306]、孟德爾頌、吉蒂塔・帕斯塔[307]，一票猶太人……」

「這大概是因為音樂是上乘藝術的說法是不正確的吧，」另一個人提出意見。「不是有個德國哲學家說音樂無法與繪畫和文學相比擬，因為不想聽的人會被它騷擾？如果有人在你附近彈奏你不喜歡的旋律，你也只能被迫去聽，就好像有人從口袋掏出一條手帕，散發出令你作嘔的香水味一樣。亞利安人的榮耀是文學，今日遭逢危機。相反的，適合軟弱的還有生病的人，訴求感覺的藝術，也就是音樂，卻獨擅勝場。猶太人是，緊追在鱷魚之後，所有動物之中最迷音樂的動物，猶太人都是音樂家。鋼琴家、小提琴家、大提琴家，全是猶太人。」

「說得對，不過都只是偉大作曲家的演繹者和寄生蟲，」屠蒙反駁道。「您剛剛提到的梅耶貝爾和孟德爾頌都是二流的音樂家，而德利伯[308]和奧芬巴哈就不是猶太人。」

於是乎，一場大辯論展開了，爭論猶太人是不是音樂門外漢，還是說基本上音樂根本就是猶太藝術，總之大夥意見分歧。當建造艾菲爾鐵塔的構想問世時，反猶太聯盟內部已經是砲聲隆隆，更別提當它竣工之時，群情激憤達到了頂點：德國猶太人的作品，竟想跟聖心教堂分庭抗禮。德畢耶[309]無疑的是圈子裡抨擊猶太人最力的一位，他從猶太人寫作跟一般常人不同為基點，指證該民族低劣：「單這個巴比倫式建築的形狀就證明了他們的大腦構造和我們的不同……」

談話主題接著轉到了酗酒的問題，這是當時法國人的最痛。有人說，在巴黎，一年可以喝掉一千四百一十萬公升的酒！

「酒，」有人說，「是猶太人和共濟會散播的，從他們傳統的毒藥托法娜仙液加以精煉而成。現在，他們製造出一種看起來很像水的毒藥，裡面含有鴉片和西班牙蒼蠅，該藥吃了會讓人變得麻木和癡呆，然後步入死亡。他們把這種毒藥加進含酒精飲料裡，讓人慢性自殺。」

「還有縱情聲色呢？杜森乃爾(偶爾，就算是社會主義分子也會說實話)曾寫過一段文章，說豬肉是恬不知恥地沉溺於淫穢行徑和無恥醜聞的猶太人的象徵。另一方面，《塔木德》記載著夢見糞便是個好兆頭。舉凡所有淫穢猥褻的刊物都是猶太人編輯發行的。走一趟色情報紙刊物市集可頌街看看。(猶太人的)攤子是一個接一個，淨是荒淫無恥的畫面，有跟小女孩性交的僧侶，鞭打全身只靠頭髮遮掩的赤裸婦女的修士，無恥的勃起場面，喝醉的雜務修士尋歡作樂。民眾笑著經過，甚至還有帶著小孩的一家人！真是，請原諒我的用詞，屁眼的大勝利。議事司鐸雞姦，豬玀神父叫人抽打修女屁股……」

另一個常見的討論議題是以色列人浪跡天涯。

「猶太人四處流浪，但他們不是為了逃離什麼東西，而是為了到新的土地壓榨剝削，」屠蒙說。「亞利安人也四處行走，他們發現美洲，未知的大陸，猶太人等亞利安人發現了新大陸後，再前往掏金。仔細看看那些寓言故事。猶太人一向缺乏足夠的想像力，沒能構思出美麗的寓言，但是他們的閃族兄弟阿拉伯人，卻有《天方夜譚》傳頌四方，敘述有人發現了一羊皮袋的黃金，一個地洞，地洞裡有一批江洋大盜搶來的鑽石，還有一個裡頭躲著善良精靈的瓶子——總之，一切都是從天上掉下來的。相反的，亞利安人的寓言故事卻是，有人想奪取聖杯，凡事都得靠犧牲奮戰贏回來。」

「儘管如此，」屠蒙的一位朋友說，「猶太人還是成功的從所有敵手的手中存活下來了……」

「話是不錯，」屠蒙幾乎是不快的回嗆，「是不可能殲滅他們。其他的所有民族，當他們遷移到另一個環境中時，往往無法適應氣候的變遷、新式的食物，而日益衰弱。他們卻完全相反，隨著不停的遷徙卻日益壯大，完全跟蟲沒兩樣。」

「他們就像流浪的吉普賽人，從來不生病。就算他們吃動物屍體過活也一樣。也許是吃人肉的習俗幫了他們，他們還為此綁架小孩……」

「但是，不是說吃人肉就一定能延年益壽，您看看非洲的黑人：他們吃人肉，卻跟村裡的蒼蠅一樣大批大批的倒下死亡。」

「那麼該怎麼解釋猶太人對疾病的免疫力呢？猶太人的平均壽命是五十三歲，相對的基督徒只有三十七歲。這個現象從中世紀開始就有人觀察到了：他們對流行病的免疫力似乎比基督徒要來得強。好像他們體內長存著某種流行性病毒，讓他們得以抵禦平常的普通流行病。」

西莫尼尼強調古格諾已經研究過這個議題，不過屠蒙的這個小圈圈毫不在意討論的議題是否了無新意，反而比較在意事情的真假。

「好，」屠蒙說，「就算他們比我們更有抵抗力，能免於身體受疾病感染，卻比我們更易罹患精神心理的疾病。終生在交易、投機和陰謀當中打滾，神經系統必然會產生質變。在義大利，每兩百四十八個猶太人中就有一個精神錯亂患者，而天主教徒則是每七百七十八人當中才有一個。夏科醫生針對俄羅斯的猶太人做了一項非常有意思的研究，從中得知原因在於猶太人很窮，相對的，法國的猶太人很有錢，他們花大錢躲進伯藍奇醫生[310]的療養院，神不知鬼不覺。您知道莎拉·伯恩哈特[311]在自己的房間裡放著一副白色的棺材嗎？」

「他們的生育率是我們的兩倍。他們在全世界的人口數量已經超過四百萬。」

「《出埃及記》裡面就已經提到，以色列子民像莊稼收成一樣，結實纍纍，他們的勢力非常龐大，而且遍佈全球。」

「現在，他們就在這裡。他們從過去就一直在這裡，雖然有段時候我們甚至不曾懷疑他們在這裡。馬拉特[312]是何許人呢？他的真實名字是馬拉。來自一個被西班牙驅逐出境的猶太家族，他為了隱藏自己的猶太血統，改信基督。馬拉特：深受痲瘋病所苦，死得難看，一個有被害妄想，然後是殺人妄想的精神病，典型的猶太人，將大批基督徒送上斷頭台來報復他們。看看他那幅掛在卡納瓦雷博物館的肖像畫，一眼就能看出他神情恍惚，神經有問題，跟羅柏斯比和其他的雅各賓黨人一樣，不對稱的兩邊臉頰明白地指出他的腦部失衡。」

「革命是猶太人精心策劃搞出來的，我們都心知肚明。但是，拿破崙，他憎恨教宗，憎恨他的同盟共濟會，他是猶太人嗎？」

「聽說，連迪斯雷利也說過，巴利阿里群島和科西嘉島都是被西班牙驅逐的猶太人的避難所：之後他們被迫改信天主教，換上他們主人的姓氏，例如歐西尼和波拿巴。」

舉凡所有的團體，皆有一個討厭鬼，老愛在最不恰當的時刻問最不該問的問題。下面就是這麼一個不懷好意的問題：「那麼，耶穌呢？他是猶太人，但卻英年早逝，他毫不在乎金錢，一心嚮往天國……」

回答來自傑克·德畢耶：「各位先生，耶穌是猶太人的說法全是猶太人自己四處散佈的傳說，如同聖保羅和四位福音傳道者。事實上，耶穌是克爾特族人，跟我們法國人一樣，我們很晚才被拉丁民族征服。早在被拉丁民族割據之前，克爾特民族是屢戰屢勝的長勝軍；你們難道沒聽說來自希臘的加拉太人[313]嗎？加利利這個名字就是當時在那裡殖民的高盧一族叫開的。另外，處女生子的傳說也是一則克爾特族和德洛伊教神話[314]。耶穌，只要看過我們現存的所有畫像就能一目了然，清一色金髮，藍眼珠。祂倡議破除舊俗，破除迷信，破除猶太惡行，這跟猶太人等待彌賽亞的論調完全相反，祂說祂的國度不是來自這個世界。猶太人篤信一神論，耶穌卻拋出三位一體的說法，這是從克爾特多神論信仰獲得的啟發。因此他們才殺了祂。指控祂有罪的該亞法[315]是猶太人，背叛祂的猶大是猶太人，否定祂的彼得是猶太人……」

屠蒙創立《自由論壇報》的同一年，也許是他運氣奇佳，或者是出於他的新聞直覺，他切中民意，猛追巴拿馬運河醜聞。

「簡單，」在他準備掀開媒體大戰之前，他向西莫尼尼解釋。「費迪南．德雷賽布[316]，也就是開通了蘇伊士運河的那個人，如今銜命要開通巴拿馬地峽。投資金額估計高達六億法郎，德雷賽布設立一家有限公司。一八八一年破土，工程一開始便困難重重，德雷賽布需要更多的資金，於是公開發行股票認購。但是他把募集來的資金的一部分用來賄賂記者，要他們封口，免得陸續遭逢的難題曝光，好比到了一八八七年他才剛挖通了一半不到的地峽，卻已經花了四億法郎。德雷賽布像艾菲爾求援，就是蓋了那座可怕的鐵塔的猶太人，之後他繼續募集資金用來賄賂媒體和各政府部會。就這樣，四年前，運河公司倒閉了，八萬五千位認購了股票的善良法國老百姓頓時血本無歸。」

「這已經不是新聞了。」

「沒錯，不過現在我要凸顯的是哪些人掐住了德雷賽布的喉嚨，是那些猶太籍金融家，其中包括傑克・德雷納克男爵[317]（他的男爵爵位還是普魯士封的！）明天出刊的《自由論壇報》肯定會造成轟動。」

的確造成了轟動，還把一干記者、政府官員和已經卸任的部長等，全都捲進了醜聞，德雷納克自殺，某些重要人士被關進大牢，德雷賽布因刑事追溯期過了而逃過一劫，艾菲爾也勉強自保。屠蒙以打擊貪腐的捍衛者之姿大獲全勝，最重要的是他為自己的反猶太活動提出了具體的論證。

數枚炸彈

早在有機會接近屠蒙之前，艾布特尼似乎召見過西莫尼尼，地點一如往常，在聖母院的中殿。

「西莫尼尼上尉，」他對他說，「幾年前，我曾派您在這個塔克西爾身上下工夫，要他搞個直逼馬戲表演的反共濟會宣傳戰，荒謬可笑到產生反效果重擊最暴戾的反共濟會人士。那個以您的名字向我保證事情全在掌控中的人，就是讓我花了不少銀子的達拉・皮科拉教士。可是，現在，我覺得這個塔克西爾似乎太過分了。因為教士是您派來的，所以請您向他施壓，還有塔克西爾。」

這一段，西莫尼尼坦承自己的腦裡的確是一片空白：他隱約知道達拉・皮科拉教士理應負責處理塔克西爾的事，但是他不記得曾經派他去做了什麼。他只記得曾經跟艾布特尼說他對這件事有興趣。接著，他對他說，目前他對猶太人的事依舊很感興趣，而且已經準備好要打進屠蒙的圈子了。他驚訝的發現艾布特尼有多支持這個小團體。西莫尼尼不禁反問，他是否真的反覆對他耳提面命的說過，政府一點都不想跟反猶太活動扯上邊？

「局勢變了，上尉。」艾布特尼回答他。「您瞧，不久之前，猶太人，不是一些個住在猶太區的窮鬼，就像在俄國和羅馬的那些，就是像在我們這裡的大銀行家。貧窮的猶太人靠高利貸或賣藥維生，而那些賺大錢的猶太人則貸款給皇公貴族，也借錢給國王打仗，讓他債台高築。照這個路線走下去，猶太人始終會是站在當權者的那一邊，而且本身不涉政治。他們雖然對金融有興趣，卻無意於工業。後來，有些事情開始走調了，我們也是很晚才察覺到。大革命之後，國家的資金需求量高出猶太人所能支援，猶太人於是逐漸失去了他們在信用貸款方面的獨佔局面。在此同時，慢慢的，我們也是才剛發現而已，大革命帶來了，至少在我們國家是這樣，所有公民一律平等的概念。當然，居住在猶太區的窮鬼一直是被排除在外的。猶太人晉升為有產階級，有資本家那樣的產業龐大的有產階級，也有小康的有產階級、各行各業的小資本家庭以及國家機器和軍隊造就的有產階層。您知道今日有多少軍官是猶太人嗎？絕對比您想的高出許多。而且不僅僅只有軍隊淪陷而已：猶太人逐漸滲透了搞顛覆的無政府主義和共產主義圈。如果說，以前那些貴族革命分子是既反猶太人也反資本主義，而猶太人，事實上，始終與當權政府同一陣線的話，今日的潮流所趨則是當個猶太反對分子。我們這些革命分子三句不離的那個馬克思是誰？一個口袋空空的資產階級，靠貴族妻子帶過來的嫁妝過活。我們不能忘記，好比說，整個高等教育已落在他們的手中，從法國的中學一直到高等教育專科學院，此外巴黎所有的劇院也都已經在他們的掌握之中了，還有一部分的報章媒體，看看《辯論報》，不就是大型金融集團的官方傳聲筒。」

西莫尼尼還不太明白，既然現在猶太籍的有產階級已經攻城掠地、登堂入室了，艾布特尼幹嘛去招惹他們。關於這個疑問，艾布特尼只是揮揮手。

「我還不知道。我們只是應該提高警覺。問題在於弄清楚我們是否能夠信任這批新類型的猶太人。請注意，我現在想的可不是時下到處流傳的什麼以色列人陰謀征服全世界的胡說八道！這些有產的猶太人在因為不被與他們出身同源的族人認同，所以常常覺得羞愧，但是，同時他們也不是可靠的公民，因為他們前不久才成為完完全全的法國人，明天很可能就會背叛我們，跟普魯士籍的有產階級猶太人連成一氣，有何不可？德國人入侵的時候，多數的間諜都是來自阿爾薩斯的猶太人。」

告辭的時候，艾布特尼加了一句：「順帶提一下。拉格朗日在的時候，您曾跟某個叫嘉維埃里的人有點過節。是您叫人將他逮捕的。」

「是的，他是雨榭路上一幫恐怖分子的頭子。他們好像都被送去圭亞那了，還是鄰近一帶。」

「嘉維埃里除外。他最近逃出來了，而且有人指稱在巴黎看到過他。」

「有人能從魔鬼島逃出來？」

「任何地方都有可能逃得出來，只要有那個膽識。」

「您為什麼不逮捕他？」

「因為這時候，我們正好需要一個高明的炸彈專家。我們已經鎖定了他出沒的地點：他在克里昂古爾撿破爛。您何不去找他回來呢？」

要在巴黎找撿破爛的人並不難。雖然他們散居城裡各地。不久前他們的活動範圍僅止於穆福塔路和聖梅達路之間。現在，至少艾布特尼找出的那些拾荒者都在克里昂古爾城門一帶活動，他們群聚在一處簡陋的木棚區，荊棘叢搭建的屋頂，也不知道為什麼，在這塊令人作嘔的土地上，遇上風和日麗的美好季節，向日葵也長得出花來。

在這個偏僻角落，有間人稱濕腳丫的餐廳，因為顧客得在街上排隊等著進去，進去之後，只要一蘇就能拿起一把大叉子往凹凸不平的大湯鍋裡插，裡頭東西隨你插，運氣好插上一塊肉，差的話也許一塊胡蘿蔔——插完，走人。

這群撿破爛的也有屬於他們的旅店，附家具，但也沒多少東西，一張床、一張桌子、兩張脫線的草編椅。牆上是聖人畫像或從垃圾桶裡揀回來的老舊復刻畫。一小片破鏡子，主日梳裝時必備。拾荒者主要在這裡篩選他們撿拾的東西：骨頭、瓷器、玻璃杯、舊緞帶、絲綢裁下的切邊。一天從早晨六點開始，一直到晚上七點，七點後如果市警（或者該說條子，如今大家都這麼叫）發現還有人在工作，他們會開罰單。

西莫尼尼去嘉維埃里應該出沒的地方找他。最後在一家廉價的小酒館裡找到他，那裡不僅賣葡萄酒，還賣聽說好像下了毒的苦艾酒（這話說得好像普通的苦艾酒還不夠毒似的），裡面的人指了指一個人。西莫尼尼還記得當初他認識嘉維埃里的時候，自己的臉上沒有鬍子，因此他扯下鬍子。一晃二十多年過去了，不過他覺得嘉維埃里應該還能認出他來。教人認不出來的反而是嘉維埃里。

他臉色蒼白，皺紋滿面，還有長長的鬍子。繫著泛黃的領帶，說是繩索還比較貼切，套著油膩髒污的脖子，露出的一截脖子異常細瘦。頭上戴著一頂破破爛爛的帽子，身上是泛綠的外套，裡面的背心衣角捲翹，腳上的鞋子沾滿爛泥，彷彿多年未曾清洗過，鞋帶黏住皮面結成泥團，可是，這些拾荒的人沒有一個多睬嘉維埃里一眼，因為沒有一個人穿得比他體面。

西莫尼尼表明身分，期待對方表現出重逢的誠摯喜悅。然而，嘉維埃里望著他，眼神冷峻。

「您還有膽再出現在我的面前，上尉？」看著西莫尼尼一臉不安之情，他接著說：「您真以為我是笨蛋嗎？我看得清清楚楚，那天，警察破門而入，他們朝我們開槍，然後您朝著那位您派來當間諜的可憐傢伙補了一槍。後來，我們這些僥倖沒死的都被送上同一條帆船，去了圭亞那，但您卻不在船上。在圭亞那無所事事閒閒的混了十五年，我們都變聰明了，；您計畫我們這起暗殺陰謀，為的是在日後檢舉我們。這一行報酬應當很豐厚。」

「所以呢？您想報仇嗎？您已經不成人形了，就算您的猜測正確，警方應該也會採信我的說詞，我只要通知相關人士，您就得回圭亞那。」

「您行行好，上尉。待在圭亞那的那幾年已經讓我變聰明。參與陰謀，就該有碰見內鬼的打算。就像玩官兵捉強盜。再說，您了解，有人說隨著時代變遷，原本的革命分子搖身一變全成了捍衛君主寶座和宗教祭壇的有力人士。王位和祭壇，我根本不在乎，反正，為偉大理想奮鬥的時代，對我來說，已經是過去式了。在這個自負矯情的第三共和時代，連想找個該殺的暴君都不知該往哪裡找。我依然只擅長做一件事：製造炸彈。您今天來找我，意味著您想要炸彈。可以，只要您肯付錢。您看到了，我住在什麼樣的地方。只要能讓我換個住所和餐館就行了。我該送誰去見閻王呢？跟當初那些革命分子一樣，我變了，誰肯出錢，我就替誰賣命。這行業，您應該相當了解。」

「我想您替我弄炸彈，嘉維埃里，我還不確定要哪一種的，也還不知道地點。時候到了，我們再談。錢的事，我可以向您保證沒有問題，還有您的紀錄也可以一筆勾銷，另外還有新的身分證件。」

嘉維埃里清楚表明，誰付得錢多就替誰效勞，西莫尼尼於是當下塞給他夠他一個月不必出門撿破爛的生活費用。再沒有什麼東西比監牢更能讓人學乖，乖乖聽命於人了。

……然而，裡邊兩間內室卻不見任何流浪漢，反倒是有不少掛滿庸俗飾品、上了年紀的娼妓，以及年僅十四歲，卻已經是滿臉輕蔑不屑的雛妓，發黑的眼眶，結核病的蒼白症狀，再來就是橫行這一帶的匪徒，手上戴著搶眼的假寶石戒指，身上的外套比前廳那些破衣要好得多……

嘉維埃里該做什麼事，許久之後艾布特尼才告訴西莫尼尼。一八九三年十二月，一個無政府主義分子，奧古斯特・法揚[318]，在國民議會扔了一枚爆裂物（裡頭包滿了鐵釘），他高喊：「資產階級去死！無政府萬歲！」象徵意味濃厚的舉動，「如果我想殺人，我在炸彈裡裝填的會是大顆子彈。」法揚受審時說：「我當然不會說謊，給你們機會高高興興的砍掉我的頭。」不過，問題不在這裡：情報單位擔心這類的舉動看在人民眼裡變成英雄行徑，引人效尤。

「有壞的律師，」艾布特尼向西莫尼尼解釋，「為恐怖行為和擾亂社會的案件辯護，另類鼓勵這類行徑，而他們則舒舒服服的待在他們的俱樂部和餐廳裡，暢談詩詞，暢飲香檳。您看看那個蹩腳的窮酸小文人，羅蘭・泰拉德[319]（由於他也入主了國會殿堂，故而享有公眾輿論上的雙重影響力），他針對法揚的行為，寫了：『有人受害算什麼，只問舉動高貴與否？』站在國家的立場，像泰拉德這樣的人，比法揚這類的人更危險，因為想讓他們人頭落地更難。一定要給這些從來不用付貨物稅的知識分子一個公開的教訓。」

這個教訓就交由西莫尼尼來籌劃，還有嘉維埃里。幾星期後，就在街角，泰拉德走進法佑餐廳準備享用昂貴大餐時，炸彈爆炸了，泰拉德失去了一隻眼睛（嘉維埃里真是個天才，炸彈的設計恰好不讓被害人死亡，只是讓他受傷，得到應得的教訓）。政府底下的報社見機不可失，接連發表社論，好比「怎麼樣啊，泰拉德先生，這個舉動高貴嗎？」之流。政府的一記漂亮出擊，對嘉維埃里和西莫尼尼來說也是。而泰拉德不僅在這次事件當中丟了一隻眼睛，還丟掉了名聲。

最志得意滿的當數嘉維埃里了，西莫尼尼則認為，能夠讓一個在不幸的機緣巧合之下，人生和聲譽不幸地被剝奪的人重拾新的人生和聲譽，真好。

在這幾年裡，艾布特尼還交付了其他任務給西莫尼尼。巴拿馬運河醜聞已經無法再吸引公眾注意了，因為一直沒有新的消息出現，時間一久，民眾自然也就厭煩了，而屠蒙現在對這起事件也沒了興趣，不過，還有別的事件持續吹拂輿論之火，而且政府顯然對這把（今日我們是怎麼說來著？）復燃的火焰感到憂心忡忡。一定要想辦法把公眾的注意力從這起過時新聞留下的蕩漾餘波中轉移開，所以艾布特尼要西莫尼尼策劃幾起漂亮的騷動，好佔據小道報紙的頭條版面。

策劃騷動並不簡單，西莫尼尼說，艾布特尼建議他朝最會吵嚷的那群人中下手，也就是，大學生。讓大學生起個頭，然後派幾名製造社會衝突的職業騷動分子加入，是最恰當的做法。

西莫尼尼跟大學生沒什麼接觸，不過他立刻想到學生通常對有革命理想傾向的人比較感興趣，若是無政府主義分子，更好。誰最了解無政府派的各個層面呢？而且是基於職責所在，必須滲透敵方圈子，然後檢舉他們的呢：當然，拉奇科夫斯基。他於是跟拉奇科夫斯基聯繫，拉奇科夫斯基想表示友好地堆滿笑容，露出滿口豺狼般利牙，開口問他有何貴幹。

「我只是想要幾個大學生，能夠遵照命令製造騷動而已。」

「簡單，」俄國人說，「走一趟紅城堡就得了。」

紅城堡顯然是拉丁區那些窮學生聚集的地方，位於加朗路上。外牆漆得像斷頭台般血紅，大門在一座中庭裡邊，前腳才剛踏進去，一股混雜了油脂、霉味、滾了又滾的熱湯的臭味立刻嗆入鼻腔，讓人無法呼吸，經年累月下來，已在四周滿是油漬的牆上留下觸摸得到的痕跡。這真是令人費解，因為來這個地方，得自己帶吃的來，這裡只供應葡萄酒和盤子。夾雜著菸草雲霧和瓦斯噴嘴排放的廢氣彌漫的有害雲霧中，隱約可見葡萄串似的成掛流浪漢昏昏欲睡，或三或四人，圍坐桌子的每一邊，一個挨著一個的肩膀。

然而，裡邊兩間內室卻不見任何流浪漢，反倒是有不少掛滿庸俗飾品、上了年紀的娼妓，以及年僅十四歲，卻已經是滿臉輕蔑不屑的雛妓，發黑的眼眶，結核病的蒼白症狀，再來就是橫行這一帶的匪徒，手上戴著搶眼的假寶石戒指，身上的外套比前廳那些破衣要好得多。這片骯污惡臭的混亂環境中，也有穿著精緻的女士和一身晚宴服的盛裝男士穿梭其中，因為到紅城堡一遊已經成為一個不能錯失的感官景點了：深夜，劇院下戲後，豪華轎車開始湧入，全巴黎都來這裡體驗下層社會的紙醉金迷，這裡大部分的酒多半是老闆免費奉送，還有免費的苦艾酒可喝，以便把他們弄醉當成資產階級有錢人家的餘興節目，而同樣的苦艾酒，這些有錢人可得付上雙倍的價錢。

到了紅城堡，西莫尼尼按照拉奇科夫斯基的指示，找一個名叫法洛伊的傢伙，他專門從事嬰兒胚胎買賣。這男人年歲已長，每天晚上都會來紅城堡鬼混，把白天從各家醫院找來的胎兒和胚胎轉賣給醫學院學生賺來的錢拿來買酒精濃度高達百分之八十的燒酒喝。他渾身散發酒精、腐肉的臭味，這身味道使得他雖然處在紅城堡籠罩的酸臭中，仍然沒有人願意靠近他；不過，聽人說，他在學生圈內有不少熟人，尤其是那些已經當了很多年的職業學生，他們對任何東西的興趣都比對研究胚胎要高，而且一有機會就準備大鬧一番。

然而，機緣湊巧地在那個時候，正好有一個老道學讓拉丁區的年輕學子們義憤填膺，他就是貝朗傑[320]上議員，議員剛剛提出一項法案，希望立法遏阻妨害風化的歪風，因為第一個深受風化歪風之害的就是（這是他說的）學生族群，學生立刻給他冠上假道學神父的戲稱。導火線是某個名叫莎拉·布朗的女人的攝影展，畫面中她半裸著身子，活色生香（大概是汗濕的關係，西莫尼尼不安的顫抖）在巴黎年度舞會[321]上搔首弄姿，吸引目光。

小心，千萬不可剝奪了學生們單純的偷窺樂趣。法洛伊招募的那群人已經計畫好，最起碼要找一個晚上去上議員家的窗戶底下叫嚷一陣。現在只要打聽出他們何時要過去，然後讓其他摩拳擦掌等著想大幹一架的人在一旁待命就行。只不過小小一筆錢，法洛伊什麼都料想妥當了。西莫尼尼只剩通知艾布特尼時間和日期。

於是，學生才剛聚集喧嚷，一團士兵，也許是警察，就馬上趕到現場。任何地方都一樣，再沒有比警察更能激化學生好戰精神的東西了，於是石塊飛舞，特別是吼叫震天，不過，一名士兵發射了一枚煙霧彈想模糊現場的視線，結果卻打進了一名湊巧打那裡經過的可憐路人的眼睛。就這樣，不可或缺的死亡被害人有了。我們可以想像得到接下來的發展，雙方隨即對峙，一場真正的反動行動開始了。到了這個地步，法洛伊雇來參與鬥毆的擾亂分子正式加入戰局。學生攔下一輛公共馬車，客客氣氣的請求車上的乘客下車，鬆脫拉車的馬匹，翻倒車身權充防禦路障，不過，其他的狂熱暴徒馬上採取行動，放火燒車。沒多久，原先只是叫叫嚷嚷的抗議活動變成了騷動，之後騷動孕育了革命的種子。各大報的頭版將會有好一陣子不缺新聞了，巴拿馬醜聞，再見。

清單

一八九四年是西莫尼尼賺最多的一年。其實大半是機緣巧合，雖說是機緣巧合，總也是要有人在旁邊推一把才行。

這段時間，屠蒙對軍隊裡有太多猶太人的事愈來愈憂心憤怒。

「沒人出面，」他煩躁的說，「因為如果我們說祖國的潛在叛徒就在這裡，潛伏在政府機構中最榮耀的一環裡，對周遭的人說軍事部會被為數眾多的猶太人（他特意凸出嘴唇發音，說『這些猶大人，這些猶大人』，好像怒氣沖沖的準備跟整個可恥的以色列民族大幹一場）污染了，這的確會打擊到軍隊的士氣，但是總得要有個人出面把真相說出來呀。您知道現在猶太人怎麼做，好讓自己看起來人模人樣的嗎？投身軍旅，或者以藝術家或同性戀的身分出入貴族沙龍。啊，那些公爵夫人已經厭倦跟那些老派的紳士，或身家良好的議事司鐸搞七捻三了，她們對新鮮、有異國風情和恐怖殘酷的事物，興頭是怎麼也澆不熄的，她們放任那些擦粉又噴廣藿香香水，皮膚嫩得像女人的傢伙誘惑自己。不過，就讓善良的社會沉淪墮落吧，我一點都不在乎，侯爵夫人到處跟不同的路易私通也沒什麼大不了，然而，如果我們讓軍隊淪陷了，那就是法國文明的衰亡了。我個人堅信大多數的猶太籍軍官屬於普魯士間諜網，但是我沒有證據，證據啊。」

給我找出來！他對報社的編輯吼道。

在《自由論壇報》的編輯室，西莫尼尼認識了艾司特海茲指揮官：從頭到腳十足的花花公子，滿嘴不停的炫耀自己的貴族血統，在維也納接受的教育，還不時提到過去發生的和將來可能的決鬥，大家都知道他債台高築，當他一副拘謹的樣子靠近時，編輯室的人都避之惟恐不及，因為他們已經預知這位常常開口向人借錢的公子哥兒有什麼請求，而借給艾司特海茲的錢，眾所周知，等於肉包子打狗。他略顯嬌柔，一條絹繡手帕不停輕點口角，有些人因此說他罹患了肺結核。他的軍旅生涯也不同於常人，先是一八八六年出兵義大利的騎兵隊軍官，接著投身教廷國朱阿夫軍團[322]，後來加入外籍兵團投入一八七〇年的戰爭。大家私底下傳言，他跟軍方的反間諜組織有關係，不過，顯然這些功績沒有人會別在制服上。屠蒙很看重他，他大概是想保住這麼一位在軍隊的眼線。

一天，艾司特海茲邀請西莫尼尼到時尚牛排館用餐。他點了一客軟嫩小羊排佐生菜，在研究完酒單後，開門見山地說明來意：「西莫尼尼上尉，我們的朋友，屠蒙，苦苦追尋的證據，他是永遠也找不出來的。關鍵不在於追查軍隊裡是否有原籍猶太的普魯士間諜滲透。老天，這個世界到處都是間諜，多一個少一個根本沒什麼可大驚小怪的。在政治上，最重要的是要能明確指出他

Le Judaïsme, voilà l'ennemi . .
Edouard Drumont

……接下來，就交由屠蒙這樣的人把事情公諸於世……

們的確存在。您一定同意，要逮住某個間諜或陰謀分子，其實不需要找證據，最方便最省錢的方法就是製造證據，如果可能的話，弄個間諜本人出來。所以為了國家的利益，我們必須選出一位猶太籍軍官，因為他本身有某項弱點而足以引發大眾遐想質疑，然後告訴大家他把重要情資轉給普魯士大使館。」

「您說我們，這話是什麼意思？」

「我是以法國情報單位統計處的代表身分說話，該處的指揮官是山德赫中校。您或許知道這個處，名字看似平淡無奇，其實是專門負責德國事務：剛開始，該處主要業務側重在德國境內的活動，內容五花八門，有報章報導，官員出差報告、警察、派駐邊境兩邊的我方特務傳來的報告等等，目的在於盡可能的多方了解他們的軍方組織，他們有多少輕步兵師，部隊人數達多少數量，總之，什麼都蒐集。不過，近來，情報單位決定，我們也該去了解了解德國人在我國境內到底幹些什麼。有些人反對讓情報和反情報單位合併，不過這兩個單位的活動確實是緊密相連的。從德國大使館蒐集資訊，因為大使館是外國領土，所以業務隸屬情報單位；不過，我們到大使館要蒐集的卻是有關我國的資料，所以從資料的屬性來看，又是隸屬反情報單位的職責。反正，大使館那邊有一位負責清潔打掃的巴斯臣女士是我們的人，她假裝目不識丁，實際上她甚至看得懂德文。她的工作內容包含每天清理大使館的字紙簍，也就是說把普魯士人（您知道他們有多遲鈍）認為應該銷毀的字條和檔案偷偷傳出來給我們。所以我要說的是，偽造一份文件，揭露我國某位軍官洩漏法國軍隊的極機密資料。到時候，我們假設文件的作者應該是個有辦法拿到機密資料的人，然後再揭發他的真面目。所以，我們需要一張字條，短短的明細清單，就說是清單吧。這就是我們來找您的原因，我們打聽到，您在這方面是箇中翹楚。」

西莫尼尼也不問情治單位的特務是怎麼知道他有這項本事。想必是艾布特尼說的。他謙謝了他的讚美，然後說：「我想您是要我仿造某個既定人選的筆跡吧。」

「我們已經挑選出最佳的候選人了。一位來自阿爾薩斯省，這是當然的，名叫崔里弗斯的軍官，目前在本處實習。他娶了個很有錢的老婆，平時總是一副愛勾引女人的風流樣，所以他的同事想要挺他都難，就算他是基督徒，他們的立場也不會有所鬆動。絕對沒有人會站在他那邊。他是最佳的犧牲人選了。一旦取得了清單之後，我們會在內部先行調查，確認上面是崔里弗斯的筆跡。接下來，就交由屠蒙這樣的人把事情公諸於世，揭發這個危險的猶太人，挽救法國軍方的榮譽，軍方也會明快的揪出這個叛徒並將他繩之以法。清楚了嗎？」

再清楚不過了。十月初，西莫尼尼見了山德赫中校。土灰色的臉龐，毫無特出之處。正是適合間諜和反間諜單位頭子職務的完美外型。

「這是崔里弗斯的筆跡樣本，這個則是您要謄寫的文字內容，」山德赫一邊對他說，一邊遞出兩張紙。「您應該已經知道，這便條是要送交大使館武官馮史瓦茲科彭，通知他一二〇型大砲的液壓制動器即將送達，以及其他相關細節。德國人覬覦的就是這個。」

「加上一些技術性的詳細資料不是比較好？」西莫尼尼問。「看起來更具殺傷力。」

「我希望您能了解，」山德赫說，「醜聞一旦曝光，這份清單就會公諸於世。我們不能讓技術性資料淪為媒體報導的公共議題題材。事實上，西莫尼尼上尉，為了讓您安心，我為您準備了一間房間，裡面有書寫所需必要工具。紙、羽毛筆和墨水等辦公室常用的文具。我要的是精心製作的成品，所以慢慢來，多練習幾遍，務求筆跡分毫不差。」

西莫尼尼遵命照做了。薄薄的書寫紙上，短短三十幾行文字，正面十八行，背面十二行。西莫尼尼細心的將第一頁的行距留得比第二頁的寬一些，第二頁的字跡則稍顯倉卒潦草，因為人在激動不安時寫信往往如此，剛開始寫時是放鬆的，後來則愈見倉卒。儘管如此，他還考慮到這樣的一份文件被扔進垃圾桶時，想必已經是撕掉的，所以統計處拿到手的文件應該是撕碎的碎片，後來重新黏合的，所以字母之間最好也預留一點空間，以利黏合之用；不過，字母間也不能離得太開免得與筆跡樣本不符。

總之，他交出了漂亮的成績單。

山德赫隨後把這張清單呈給戰事部長梅希耶將軍[323]，同時下令調查進出該處的所有軍官。最後，他最親信的同志告知他，文件上的筆跡是崔里弗斯的，十月十五日崔里弗斯遭到逮捕。這件事被狡猾的壓下，足足兩個禮拜媒體一無所悉，然而一貫地先讓人透露些許風聲出來以搔起新聞記者的好奇心，然後私底下傳遞出一個名字，剛開始還礙於機密的大印虛與委蛇，最後終於不得不承認嫌犯正是崔里弗斯上尉。

一獲得山德赫的授權，艾司特海茲立刻告訴屠蒙，屠蒙揮舞著司令官捎來的訊息，跑過編輯室，一路大喊「證據，證據，證據來了！」

十一月一日的《自由論壇報》斗大的標題寫著：「叛國。猶太籍軍官A・崔里弗斯遭逮捕。」宣傳大戰於焉展開，怒火延燒法國全境。

然而，就在那天早上，當我們在編輯部舉杯慶祝這大快人心的轉折時，西莫尼尼看見了艾司特海茲捎來崔里弗斯被捕消息的那封信。信就放在屠蒙的辦公桌上，頁面洒水痕跡斑斑，但還是看得出上面的內容。花了一個多小時仿造崔里弗斯筆跡的西莫尼尼，看著眼底下的信，一切真相大白，他費盡心力練習仿造的筆跡跟艾司特海茲的完全一模一樣。這種事，沒有人比仿造者更敏感了。

Le Petit Journal

Le Petit Journal
CHAQUE JOUR 5 CENTIMES
Le Supplément illustré
CHAQUE SEMAINE 5 CENTIMES

SUPPLÉMENT ILLUSTRÉ
Huit pages : CINQ centimes

ABONNEMENTS

PARIS	1 fr.	2 fr.	5 fr 50
DÉPARTEMENTS	1 fr.	2 fr.	4 fr.
ÉTRANGER	1 50	2 50	5 fr.

Sixième année | DIMANCHE 13 JANVIER 1895 | Numéro 217

LE TRAITRE
Dégradation d'Alfred Dreyfus

……一名頭戴羽飾軍帽、身材魁梧的憲兵軍官走到上尉身邊，摘掉他身上的軍銜飾紋、徽章、隸屬軍號，然後抽出他的佩劍，往膝蓋一折，隨即將兩截斷刃扔到叛賊的腳邊……

這是怎麼一回事？難道山德赫給我的不是崔里弗斯的字跡樣本，而是艾司特海茲的？可能嗎？詭異，費解，卻證據確鑿。他弄錯了嗎？蓄意的？若真如此，為什麼呢？還是說，山德赫自己被下屬騙了，拿了錯的樣本來？假設山德赫是真心誠意的，只是被騙了，一定要通知他樣本被掉包的事。但是，萬一山德赫本來就不懷好意，讓他知道他已經看穿他的詭計，太危險了。通知艾司特海茲？可是，如果山德赫是故意把樣本掉包，計畫毀掉艾司特海茲，西莫尼尼若提點了被害目標，豈不是讓自己淪為全情報單位的追殺對象。什麼都不說？萬一哪一天情報單位把掉包的責任往他身上推，怎麼辦？

這個錯誤不是西莫尼尼的責任，他決心要弄清楚，尤其是，這麼說吧，他特別堅持自己仿造的偽造文件必須是真的。他決定冒險，他登門求見山德赫，山德赫或許是怕他上門勒索，起先並不太願意見他。

後來當西莫尼尼把事情真相（這起由謊言織就的案件裡唯一的真相）告訴他後，山德赫的臉色變得比往常更土灰，似乎不願相信。

「中校，」西莫尼尼說，「您手上一定保留有清單的攝影本。請您再去找一份崔里弗斯的筆跡樣本，和一份艾司特海茲的樣本來，三份一起比對。」

山德赫吩咐下去，不久他的辦公桌上多了三張紙，西莫尼尼指出證據：「請看，例如，這個地方。拼字裡出現ｓｓ的字，好比地址（addresse）或有意思的（interessant）這兩個辭，艾司特海茲的手稿顯示第一個ｓ比較小，第二個比較大，而且從來不連在一起。這是我今天早上才發現的，因為我在仿造清單時，格外費了心去摹寫這種書寫方式。現在，請看看崔里弗斯的字跡，這筆跡我是頭一次見到：兩個ｓｓ，第一個比較大，第二個比較小，而且總是連在一起，太不可思議了。您要我繼續往下說嗎？」

「不用了，已經夠了，我不明白怎麼會發生這種混亂的狀況，我會展開調查。現在的問題是，這份文件已經送到梅希耶將軍手上，他很可能還會找份崔里弗斯的手稿來比對，不過，他不是筆跡比對專家，而且兩份文件還是有不少的共通點在。只要沒有人提點他，也找一份艾司特海茲的筆跡範本進行比對就行了。不過，我想不出有什麼理由能讓他想到艾司特海茲的份上——如果您不說的話。請想辦法忘掉這件事，拜託您，也請別再到我們的辦公室來了。我們將合宜地調整您的酬勞。」

此後，西莫尼尼也不再需要求助機密情報單位以了解事件發展的動向，崔里弗斯事件佔據了所有報紙的版面。參謀總部裡，也有小心謹慎的人，要求提出明確確鑿的證據，證明這份清單是出自崔里弗斯之手。山德赫於是請來了一位著名的筆跡比對專家貝提庸[324]，他指出，的確，清單的筆跡跟崔里弗斯的不盡完全相同，不過，這裡擺明了是一起預謀的自行仿造案：崔里弗斯變動了（只是部分變動）他的筆跡，意欲誤導他人以為這封信不是他寫的。除了這些大可予以忽略的細節之外，可以認定這份文件確實出自崔里弗斯之手。

自此《自由論壇報》每天發佈輿論轟炸，甚至大膽質疑這起事件將因為崔里弗斯是猶太人所以會被壓下降溫，還說猶太人包庇他。軍隊裡有四萬名軍官，屠蒙寫著，梅希耶怎麼能放心將國防機密文件交託給一名來自阿爾薩斯、四海飄流的猶太人？梅希耶是自由派，屠蒙和標榜國家主義的媒體，已經有頗長一段時間不斷的對他施壓，指控他同情猶太主義。他不能被人誤指為包庇一個猶太叛徒。所以他不僅沒有考慮壓下案子，反而表現得非常積極。

屠蒙撂下重話：「以往長久以來，猶太人對軍隊興趣缺缺，軍隊也得以保持純粹的法蘭西血統。現在，他們已經滲透進國家軍隊，他們將成為法國的主宰，羅斯柴爾德透過他們傳遞動員計畫……你們將明白其目的為何。」

群情激憤臻至頂點。龍騎兵兵團[325]上尉克里彌-佛艾[326]寫信給屠蒙，說他這樣做簡直是侮辱所有的猶太籍軍官，並要求他道歉。兩人於是約定決鬥，大概嫌局面還不夠混亂吧，克里彌-佛艾選了誰當證人？艾司特海茲……《自由論壇報》編輯部的同仁莫瑞斯侯爵接著也對克里彌-佛艾下了決鬥戰帖，不過上尉的上司禁止他再次決鬥，並且禁止他離開軍營，結果代他出征的梅耶上尉被刀刺傷，肺部穿孔，傷重不治。激辯排山倒海，反對宗教戰爭死而復生……西莫尼尼滿心歡喜，想著眼下喧騰不歇的論戰肇因，竟是一個摹寫員僅花一個小時的工作成果。

十二月，戰事委員會召開會議，在此同時，另一份文件出現了，是一封義大利武官帕尼薩狄寫給德國人的信，上頭指名「這個人渣D」答應說要賣他一些防禦堡壘的位置圖。D是崔里弗斯（Dreyfus）嗎？沒有人懷疑，只是許多年之後，我們這才發現D指的是某個名叫杜搏（Dubois）的部裡職員，他以一條十法郎的價錢兜售情報。太遲了，十二月二十二日，崔里弗斯被判有罪，一月初，他遭裁處降級回到軍事學校。二月，就被送到惡魔島[327]了。

西莫尼尼去看了降級儀式，他在日記裡記下了他記憶中極富戲劇性的一幕：操場四周軍隊排列整齊，崔里弗斯步入會場，他必須在一排排英勇的戰士間走將近一公里的路程，經過的兵士臉上雖然面無表情，但掩不住對他的不屑輕蔑，達哈斯將軍抽出軍刀，軍樂響起，全副戎裝的崔里弗斯朝將軍方向前進，將軍身後有四名砲兵護衛，由一名士官指揮。達哈斯宣讀降級判決書，一名頭戴羽飾軍帽、身材魁梧的憲兵軍官走到上尉身邊，摘掉他身上的軍銜飾紋、徽章、隸屬軍號，然後抽出他的佩劍，往膝蓋一折，隨即將兩截斷刃扔到叛賊的腳邊。

崔里弗斯看上去神情木然，大部分的媒體將之解讀為叛國心虛的表徵。在他被去除軍銜時，西莫尼尼覺得好像聽見他喊著「我是清白的」，但叫聲相當節制，完全沒有影響到立正的姿勢。

總之，西莫尼尼很諷刺地觀察到，這個小猶太一心想維護身為法國軍官的尊嚴（已被篡奪），以至於他表現出來的神態根本無法讓人會去質疑他的上司的決定——好像，因為他們已經決定了他是叛國賊，所以他只得接受這個事實，不容一絲懷疑。或許在那一刻，他真實地察覺到了他叛國的事實，而他對自身清白的抗辯，對他來說，僅僅只是整個典禮過程中必備的一步驟而已。

上面是西莫尼尼認為他記得的印象，然而，在某個大紙箱裡，他找到了一位名叫布利松的人寫的一篇文章，該文章刊登在典禮結束後第二天的《法蘭西共和報》上，內容與西莫尼尼的記憶大相逕庭：

「當將軍對著他的臉罵他不忠不仁不義之時，他舉起手高喊：『法國萬歲，我是清白的！』

這名低階軍官盡了自己的義務。別滿制服的金色軍徽散落地面，甚至連紅色臂章都被拿走了，更別提他佩戴的武器。他身上的騎兵制服短外套恢復原本的全黑，軍帽也突然變得黯淡，崔里弗斯彷彿已經換上了苦役犯囚服似的……他不停的喊：『我是清白的！』鐵欄杆外的圍觀群眾，僅能勉強看見他的身影，鼓譟著怒罵詛咒，吹著刺耳的口哨。崔里弗斯聽到這些咒罵，更是怒不可遏。

當他經過一群軍官前時，他聽出了有人說：『滾吧，猶大！』崔里弗斯怒容滿面的轉身，堅定依舊的說：『我是清白的，我是清白的！』

現在，我們已經看不清他的表情五官了。我們目不轉睛的盯著他看了一會兒，希望能在他身上看出什麼是最終的大白真相，或這個截至目前為止，唯有法官能貼身親見的這個人的靈魂映像，努力地想看穿這個人內心最隱密的皺摺。但是他的面容只看得到憤怒，炙熱臻至頂點的怒火。他噘著嘴，露出恐怖的冷笑，眼睛佈滿血絲。我們明白了，這個罪犯的神情能如此之堅定，步履能如此之莊嚴，那是因為他等於是被這片怒氣沖天的激憤群情鞭笞了……

這個男人內心包藏著什麼？他是基於什麼理由用這樣的抗議方式，帶著絕望的一點氣力，表達自己的清白？或許他希望混淆輿論視聽，為他的案子帶來一絲疑惑，給審判他的法官撒上忠誠度的質疑種子？我們不禁要想，這個想法炫亮如閃電：如果他無罪，這是怎樣恐怖的酷刑啊！」

西莫尼尼沒有表現出絲毫的懊悔，因為他認定崔里弗斯有罪，因為他已經給自己這樣定罪了。當然，這篇文章和他記憶中的場景有所不同，正說明了這個事件在全國引發了多大的騷動，每個人隨著事情的發展自成一套看法。

然而，實際上，不論崔里弗斯因此去見鬼去了，還是去了冠上魔鬼名號的島上。都已經不干他的事了。

酬勞神不知鬼不覺地適時送抵他的手上，金額比他期待的遠遠高出許多。

監視塔克西爾

這一切如火如荼的展開時，西莫尼尼清楚地記得他並未因此忽略了塔克西爾正在搞什麼。特別是因為屠蒙圈子裡有很多人常常提起他，剛開始大家都以一種好玩的懷疑眼光看待它，後來卻演變成不可置信的氣憤。屠蒙自認是反共濟會，反猶太，嚴肅的天主教徒——有他個人的獨特方式——他無法忍受他要捍衛的理想竟由一個人渣來維護。塔克西爾是個人渣，這個感覺早已深植屠蒙的心底，而且他在自己的書《猶太法蘭西》裡就已經抨擊過他，書裡宣稱所有反教會的書都是猶太籍出版商出版的。而這些年裡，他們之間的關係更因為政治方面的因素而日益敗壞。

我們從達拉．皮科拉教士那裡知道他們倆曾在巴黎市某次市議會議員選舉中同為競選對手，在同一選區。為此，他們之間的戰爭浮出了檯面。

塔克西爾寫了〈屠蒙先生，心理研究〉一文，語帶嘲諷地抨擊對手超乎尋常的反猶太情結，佐以觀察論點：偏社會派和革命派的媒體比天主教人士，更像反猶太的典型代表。屠蒙則以〈一個反猶太分子的遺囑〉回擊，質疑塔克西爾的改教動機不單純，提醒大眾他玷污神聖事的事實，高聲詰問他不願與希伯來世界為敵的，令人不得不擔憂的反戰態度。

如果我們好好想想，同樣是在一八九二年裡誕生的揭發巴拿馬運河醜聞的政治辯論報《自由論壇報》以及實在難登大雅之堂的期刊《十九世紀的魔鬼》，兩者相較之下，我們其實不難理解為什麼屠蒙的報紙編輯部對塔克西爾的嘲諷始終有增無減，且冷冷地笑看接下來陸續落在塔克西爾身上的不幸。

屠蒙觀察得出，一些塔克西爾從來沒有期望獲得的支持，比那些對他的批評抨擊帶給他更多的傷害。以神秘的狄安娜一案為例，就有十幾個身分背景不明的投機人士爭相出面誇口自己與這位女士交情匪淺，實際上狄安娜多半從來沒見過他們。

其中有位多明尼科．馬吉歐塔[328]，他寫了一本《第三十三級大師，艾德里安諾．勒米[329]，共濟會最高會長回憶錄》，他寄了一本給狄安娜，公開支持她的反抗義舉。這個馬吉歐塔在他的信中自稱是佛羅倫斯市薩馮納羅拉會所的秘書、帕米市吉歐丹諾．布魯諾會所長老、至高至大總檢察長、經認可古艾柯分會禮儀三十三級大師、埃及曼菲斯儀典[330]至高王子（九十五級）、卡拉不里亞暨西西里地區密斯拉伊會所檢察長、大溪地國家東方公所榮譽會員、那不勒斯聯邦宗教議會常務理事、三卡拉不里亞地區共濟會會所總檢察長、密斯拉伊市或巴黎埃及東方共濟會永久大師、全球共濟會防衛騎士分會指揮官、最高宗教議會永久榮譽會員暨巴勒摩市義大利聯邦將軍、那不勒斯地區中央大督政府永久檢察長暨最高代表，以及改革後的新帕拉狄會會員。他在共濟會內部應該算是位高權重，但他卻說他剛剛脫離了共濟會。屠蒙說他改信天主教是因為他被排除在共濟會的神秘最高領導階層之外，位子反而給了艾德里安諾・勒米，讓他希望落空。

馬吉歐塔指稱這位神秘低調的艾德里安諾・勒米最早是個扒手，直到他在馬賽偽造了一份法龔內&那不勒斯公司的信用憑證，同時從他的一個醫生朋友的太太那裡，趁她在廚房準備花草茶的時候，偷走一包珍珠和三百法郎的黃金。之後他入獄服刑，刑滿後搭上船前往君士坦丁堡，他在那裡替一位猶太籍的老蔬果商工作，他跟老闆說他決定要拋棄自己的信仰，接受割禮。於是他在猶太人的協助下，在共濟會內一路爬升。

所以，馬吉歐塔做出結論，「受詛咒的猶大後裔，普世人類惡行的起源，動員了自身所有的影響力要讓他們的人，而且是他們之中最歹毒那一個，登上共濟會全球至高行政機構。」

這些指控非常順教廷那幫人的耳，馬吉歐塔一八九五年出版的《帕拉狄主義，共濟會三角統治階級的撒旦-路西法膜拜》，開頁就是來自格勒諾伯、蒙多班、艾克斯、利莫日 、芒德、塔倫泰茲、帕米耶、歐藍、安西 等地主教的讚許信函，以及耶路撒冷長老，路多維科・皮艾維也來信鼓勵。

問題出在馬吉歐塔揭露的消息牽涉了半數以上的義大利政治人物，尤其是克里斯比，加里波底的前副官，當時位居王國總理高位。隨便你要出版販售多少關於共濟會古怪神秘儀式的新消息，基本上都不致惹上什麼麻煩，不過，如果你觸及共濟會和政治權力之間關係活絡這一點，你很可能會惹惱了某些超會記仇的人。

塔克西爾應該很清楚這一點才對，可是他卻大動作地想接收馬吉歐塔正逐漸退讓給他的地盤，於是就有了以狄安娜之名出版的《三十三級大師克里斯比》一書問世，將近四百頁的書裡交雜了許多著名的事件，例如克里斯比被捲入的羅曼納銀行醜聞[331]，他與哈拜利魔鬼之間的契約，以及他出席帕拉狄會某個會議的爆料，會議中，永遠不缺席的蘇菲・華爾德宣佈她已懷有一女嬰，而她的女兒將接續孕育反基督的猶太救世主。

「歌舞鬧劇的橋段，」屠蒙怒不可抑的說。「要搞政治鬥爭也不是這樣搞法。」

然而，這段歌舞鬧劇卻深得梵蒂岡之心，如此一來，屠蒙更是氣得快要抓狂。梵蒂岡跟克里斯比有筆帳要算，他在羅馬廣場上立了在教會壓迫下犧牲的吉歐丹諾・布魯諾[332]的紀念碑，揭幕的那一天，教宗良十三世一整天都在聖彼得的雕像腳下念贖罪禱文。可以想像教宗在讀這些抨擊克里斯比的文章時有多高興：他吩咐他的秘書，薩狄大人，除了給狄安娜捎來慣常的「教廷福禱」之外，還特意熱烈表達感謝之意，並鼓勵她持續致力發表值得讚許的作品，勇於揭發這「不公不義的神秘教派」的真面目。而該教派的不公不義形象具體地呈現在狄安娜的書裡，書中呈現了哈拜利三頭，一是貓頭，一時蛇頭，人身和一頭火焰般長髮的形象——雖然狄安娜以科學的嚴謹態度強調，說她從來沒見過哈拜利以這樣的形象現身（在她祈禱恩寵時，他是以一縷飄然銀白鬍子、風度翩翩的老者模樣出現，僅此而已）。

「他們根本不理會事情的真相為何！一個剛到法國的美國女子，」屠蒙忿忿不平的說，「怎麼可能知道這麼多義大利的政壇機密？當然，群眾對這些一點都不在意，所以狄安娜才會大賣，可是貴為教宗，教宗難道不怕被指控，聽信怪力亂神的無聊言論！一定要捍衛教會對抗教會自身的弱點！」

首波質疑到底有沒有狄安娜這個人的言論就這樣登上了，想也知道，《自由論壇報》的版面。隨即一些公開偏向教會的出版社，例如《未來與宇宙》跟著加入論戰。其他的天主教圈則絞盡腦汁，甚至到了匪夷所思的地步，來證明狄安娜確有其人：《聖母薔薇》雜誌刊登了聖皮耶市律師同業公會理事長羅堤耶的證詞，他指證歷歷地強調曾看過狄安娜跟塔克西爾、戰鬥和替她畫肖像的畫家在一起，不過那是許久以前的事了，那時狄安娜還是帕拉狄教徒。儘管如此，她飛快地改信天主後想必讓她的臉頰更加煥發光彩，因為作者筆下的她是這樣的：「她芳齡二十九，氣質優雅出眾，身材比一般女孩高挑，開朗坦白真誠的神情，眼中閃爍著一種體現決斷和指揮若定的智慧光芒。她穿著高雅有品味，不矯揉造作，沒有時下大多數外國女富婆慣見的那股可笑的穿金戴銀俗氣勁……出奇的眼眸，時而如海水湛藍，時而流金般光燦。」有人奉上一杯查爾特勒修道院釀製的甜酒給她，她基於對一切帶有教會色彩東西的憎惡，她拒絕了。她只喝干邑。

一八九六年九月，塔克西爾到在特倫托的馬格納帕爾斯展覽館規劃一場盛大的反共濟會大會。然而，就是從那個時候開始，德國天主教團體的批評和質疑聲浪逐漸擴大。有位包姆卡登神父要求提出狄安娜的出生證明，以及她宣示棄絕原本信仰時，在場作證的修士的證詞。塔克西爾宣稱他手中握有證據，卻從來沒拿出來。

一位名叫卡尼爾[333]的教士在特倫托舉辦的大會結束之後一個月，發文《法國人民報》上，直言懷疑塔克西爾只是一場共濟會的騙局；另一位巴利神父[334]則透過頗具影響力的《十字報》同樣表達了敬而遠之的態度；還有《科隆人民報》提醒讀者戰鬥哈克斯在《魔鬼》剛發行沒多久的那一年，他還出言不遜地褻瀆上帝和其他聖人之名。議事司鐸穆斯岱、《天主教文明》雜誌力挺的立場始終一貫，而帕羅奇樞機主教的一位秘書也加入了戰局為狄安娜辯護，他寫著：「為了讓她更堅強，以抵擋這次欺人太甚、毫無忌憚地質疑她這個人存在與否的抹黑風暴。」

屠蒙與各個圈子的關係匪淺，本身也具備記者的靈敏嗅覺；西莫尼尼不明白他是怎麼做到的，反正他成功地揪出了戰鬥哈克斯的底細，或許他碰巧在他發酒瘋的時候遇見他，而他發起酒瘋時，總是一次比一次地更加憂鬱與懊悔；接著，整齣戲的高潮轉折登場了：哈克斯先是在《科隆人民報》，然後是《自由論壇報》承認自己犯的錯。他天真的寫著：「當教宗發佈《人類》通諭時，我當時想這可好了，又有東西可以拿來利用這些信仰堅定到匪夷所思程度的愚昧天主教徒來賺錢了。只要找個朱勒・凡爾納這樣的科幻小說家給這些匪徒為非作歹的事蹟套上恐怖精采的故事表相就成了。我曾經是這個凡爾納，事情就是這樣……我把離奇的場景搬到富有異國情調的背景，信心滿滿的以為沒有人會去查證……而天主教徒也照單全收了。這幫人傻到，就算今天我跟他們說是我把他們騙得團團轉，他們也不會相信。」

羅堤耶在《聖母薔薇》雜誌上發表了一篇文章說，也許他弄錯了，先前他見到的女子不是狄安娜・沃漢；最後耶穌會人士也首度發文抨擊，該文刊登在非常嚴謹的雜誌《研究月刊》[335]上，作者是某位玻達里耶神父。好像這些還不夠似的，各大報接力報導諾特羅普大人，也就是查爾斯頓的主教（即共濟會會長中的大會長，派克應該居住的地方），親自前往羅馬謁見教宗良十三世，親口保證他城市裡的共濟會會眾都是善良的老百姓，而且他們的禮拜堂絕對看不到任何撒旦的雕像。

屠蒙大獲全勝。塔克西爾被打趴了，反共濟會和反猶太人的鬥爭大業終於不再掌握在這群跳梁小丑的手上了。

［譯註］

295. Candomble：一種源自非洲，卻深入巴西的宗教儀式，可說是巴西最大的玄秘教派，教徒在宰殺牲畜獻祭時，會被神明附身。

296. Helena Blavatsky：一八三一—一八九一，烏克蘭神秘學學者，創立通神協會，以研究神秘主義與精神力量為主。

297. Okhrana：正式名稱應該是「公共安全與秩序保衛部」，簡稱「保衛部」，即俄羅斯帝國時代的秘密警察單位，創立於一八八〇年。

298. Wurzburg：德國巴伐利亞區城市。

299. Piotr Ratchkovski：一八五三—一九一〇，保衛部位於巴黎的駐外辦公室頭子，他在一八八五—一九〇二年間擔任此職務。

300. Theodore Fritsch：一八五二—一九三三，德國反猶太作家，堅信德意志民族是最優秀的民族。

301. Octave de Malivert：斯湯達爾小說《阿曼絲》（Armance）裡的主角，年輕的奧大為深愛阿曼絲，阿曼絲也愛他，但他內心深埋著一個秘密，後文暗示他是性無能。

302. Serge Witte：一八四九—一九一五，帝俄時期的政治人物，是俄羅斯帝國工業化的重要策制定者，也是《十月宣言》的起草者。

303. Pierre Loti：一八五〇—一九二三，法國小說家，著有《冰島漁夫》、《菊夫人》等書，作品極富異國情調。

304. Frederic Mistral：一八三〇—一九一四，法國詩人，與西班牙劇作家艾切加萊（Echergaray）共同獲頒一九〇四年的諾貝爾文學獎。

305. Ligue antisemitique：屠蒙的《猶太法蘭西》》造成轟動後，他於一八八九年創立該聯盟。

306. Giacomo Meyerbeer：一七九一—一八六四，德國猶太裔音樂家。

307. Giuditta Pasta：一七九七—一八六五，義大利女高音。

308. Leo Delibes：一八三六—一八九一，法國音樂家。

309. Jacques de Biez：一八五二—一九一五，法國藝術評論家，《法蘭西共和報》（la Republique Francaise）編輯部秘書，反猶太聯盟成員。

310. Esprit Blanche：一七九六—一八五二，法國心理醫生。

311. Sarah Bernhardt：一八四四—一九二三，法國十九世紀最知名的女演員。

312. Jean-Paul Marat：一七四三—一七九三，法國大革命的重要政論家，曾當選國民公會代表，後遭刺殺，陳屍浴缸，死狀淒慘。

313. Galates：遠古時代克爾特人的一支，遷移到今日小亞細亞一代，該地區因此命名加拉太。

314. Druidique：古代高盧人信仰的教派。

315. Caiphe：迫害耶穌的猶太大祭司。

316. Ferdinand de Lesseps：一八〇五—一八九四，法國外交官，實業家，蘇伊士運河即由他主持開鑿，他因此名利雙收。但在擔任巴拿馬運河公司總經理時，因工程困難重重，加上經營不善，資金周轉不靈，導致公司破產，法國損失慘重，投資人血本無歸，使得他晚節不保。

317. Jacques de Reinach：一八四〇—一八九二，原籍德國的猶太人後歸化法國，銀行家，捲入巴拿馬運河開發醜聞，最後自殺身亡。

318. Auguste Vaillant：一八六一—一八九四，法國無政府主義人士，最後死於斷頭台。

319. Laurent Tailhade：一八五四—一九一九，法國詩人、政論家，提倡無政府主義，並且公開支持法揚的行為。

320. Rene Beranger：一八三〇—一九一五，法國律師，政治人物。

321. Bal des Quat'z Arts：巴黎年度舞會，一八九二年第一次舉辦，一九六六年是最後一次。

322. Zouaves：最早是由阿爾及利亞人組成的法國輕步兵團，一八四一年後全由法國人組成。一八六一年教廷仿其形式，招募外國軍士組成軍團，一八六七年以降，軍團採自願兵制，成員多為法國人、比利時人和荷蘭人。

323. Auguste Mercier：一八三三—一九二一，法國軍士將領，一八九三年擔任法國戰事部長，任內發生了轟動全法的崔里弗斯事件。

324. Alphonse Bertillon：一八五三—一九一四，法國警察，犯罪學專家，一八七〇年成立第一所警署鑑識實驗室。

325. Dragons：是最早的一種騎馬步兵，出現於十七世紀後期，十八世紀後演變成輕騎兵。

326. Andre Cremieu-Foa：一八五七—一八九二，法國猶太籍軍官，他因寫信給屠蒙要求道歉，後與屠蒙決鬥事件而知名。

327. Ile du Diable：法屬圭亞那外海的小島，一八五二年起，法國在此建立流放重刑犯的監獄，一九五二年才正式關閉。

328. Domenico Margiotta：義大利人，生卒年不詳，自稱反共濟會的前共濟會成員。

329. Adriano Lemmi：一八二二－一九〇六，義大利統一運動的政治人物，也是銀行家。一八六三年馬志尼策劃米蘭暴動失敗後，勒米逃亡國外。馬吉歐塔出書揭露他是義大利東方公會大會長，強烈抨擊他膜拜撒旦。

330. Misraim：是希伯來文，指埃及這片土地，而 memphis-Misraim 是一種共濟會的儀式。由 Misraim 和 Memphis 兩種儀式融合為一。

331. Banc Romana：一八九三年義大利六家貨幣發行銀行當中的一家，羅曼納銀行破產，爆發政商勾結貪瀆醜聞，當時的總理克里斯比亦受到牽連，威望受損。

332. Giordano Bruno：一五四八－一六〇〇，文藝復興時期的義大利思想家，因勇敢捍衛哥白尼的太陽中心說，而遭到羅馬宗教裁判所判定傳揚異端邪說，最後被燒死在羅馬鮮花廣場，他因而被視為捍衛真理的殉道者。

333. Theodore Garnier：生卒年不詳，法國神職人員，是十九世紀末基督教民主主義的大將。

334. Vincent de Paul Bailly：一八三二－一九一二，法國神職人員，創立《十字報》（La Croix）和《朝聖者週刊》（le Pelerin）。

335. Etudes：一八五八年由耶穌會所創立的法國天主教月刊，至今仍在發行。

24——彌撒夜

一八九七年四月十七日

親愛的上尉：

您新寫完的頁面裡統整了數量驚人的事件，毫無疑問的，當您經歷這些事件的當兒，我也歷經了別的事件。想必您已經知道（勢必如此，鑑於塔克西爾和戰鬥的事鬧得沸沸揚揚，想不知道也難）我發生了什麼事，或許您記得的比我這邊想盡辦法回想起來的片段還要多。

如果現在是一八九七年四月，表示我跟塔克西爾和狄安娜合作這勾當已經持續十二年之久了，這段期間，有太多事發生。例如，我們是什麼時候讓布朗消失不見的？

應該是我們剛開始發行《魔鬼》的時候，不到一年的時間裡。一天晚上，布朗來奧特伊找我們，他心緒慌亂，不停的拿手帕擦唇角累積的白色唾沫泡泡。

「我死定了，」他說，「他們四處追殺我。」

戰鬥醫生認為一杯烈酒能讓他恢復元氣，布朗沒有拒絕，接著斷斷續續地為我們講述一段匯集了魔法和巫術的故事。

他曾經對我們說過，他與史坦尼斯拉斯·德瓜伊塔以及他所屬的玫瑰十字卡巴拉會之間關係惡劣，還有那個約瑟方·貝拉當，後來，他在德瓜伊塔的分裂思想驅動下另創了玫瑰十字天主會——想當然這些都是《魔鬼》曾經處置過的人物。就我個人而言，平心而論貝拉當底下的玫瑰教派信徒和閩塔斯秘教，也就是布朗當上了大祭司的教派，其實沒什麼差別。他們全披著印滿晦澀難解符號的祭司披風四處晃來晃去，沒人搞得懂他們是站在仁慈上帝這邊，還是挺邪惡魔鬼，不過，也許正是因為如此，布朗才跟貝拉當那個圈子鬧到劍拔弩張的地步。他們爭奪同一個地盤，引誘的同為迷失的靈魂。

德瓜伊塔的忠實朋友咸認為他是高雅有禮（他是侯爵）的紳士，喜歡蒐集充斥密密麻麻五芒星符號的魔法書、呂勒[336]和帕拉塞爾斯[337]的著作，還有他的老師艾法斯．勒維[338]留下的有關黑白魔法的手稿，以及其他各種介紹罕見徽章標誌的書籍。據說，他鎮日待在位於崔丹路上的一棟小公寓裡，在那裡他只接見研究神秘學的同好，而且有時候一待就是好幾個星期足不出戶。不過，也有另一種說法，說他就是在這裡，在房間裡，對抗一個被困在衣櫥裡的惡靈，醉醺醺灌飽了酒和嗎啡的他，朝自己幻想出來的影子猛擊。

他經常接觸路數不正的圈子，從他的論文題目論魔鬼科學就能得到證明，文中揭露布朗涉及什麼路西法、路西法教陰謀，或撒旦、撒旦教陰謀，惡魔或魔鬼陰謀等等，用辭不一而足，總之將他刻劃成一個「把通姦行徑提升為禮拜儀式」的變態。

兩人恩怨其來有自，從一八八七年起，德瓜伊塔和他身邊的人便召開了一個「入教法庭」判決布朗有罪。這算是道德批判嗎？布朗一直以來堅持說那是人身攻擊，而且說他無時無刻都感覺得到德瓜伊塔和其他人，雖然相隔遙遠，利用妖魔法術製造出無體無形的氣流標槍攻擊他、毆打他、傷害他。

眼前的布朗覺得自己陷入了絕境。

「每天晚上，當我要入睡的時候，我總覺得有人在打我，拳頭，或反手一個耳光——這

……在房間裡，對抗一個被困在衣櫥裡的惡靈，醉醺醺灌飽了酒和嗎啡的他，朝自己幻想出來的影子猛擊……

不是因為我感覺出了毛病而出現的幻想，相信我，因為，那個時刻，我的貓也激動得彷彿被電擊似的。我知道德瓜伊塔用蠟捏了一個人偶，然後用針刺它，而我也有被針刺的痛苦感覺。我也曾想辦法對他下咒，讓他失明，可是德瓜伊塔看穿了這個陷阱，在妖術作法這方面，他的法力比我高強，於是他再次對我下咒。我的視線變得模糊，而且得使勁費力才能喘得過氣，我不知道我還能活多少小時。」

我們無法確定他跟我們說的到底是不是真的，不過，這不是重點。這個可憐蟲真的覺得非常難受。結果塔克西爾突然靈光一閃——「您乾脆裝死好了，」他說，「透過您信得過的人，發出消息讓大家知道您在巴黎出差的時候死了，別再回里昂了，在這裡找個藏身之所，剪掉鬍子，刮乾淨，變成另一個人。跟狄安娜一樣，一覺醒來，就是另一個人的身分，只是，跟狄安娜不同的是，您就保持這個身分，一直保持下去。直到德瓜伊塔和秘教組織相信您真的死了，停止對您的折磨為止。」

「如果離開了里昂，我要靠什麼生活呢？」

「您就住這兒，我們家，奧特伊，至少等這陣子風頭過去了，您的對手現出真面目了再說。說真的，狄安娜愈來愈需要別人幫忙，您天天待在這裡，比單純的當個訪客，對我們來說更有幫助。」

「不過，」塔克西爾補充說，「如果您有值得信任的朋友，在您詐死之前先給他們一些信，內容強調您有預感即將消失，同時清楚地指名德瓜伊塔和貝拉當涉有重嫌，好讓您那些哀痛莫名的信眾對殺死您的兇手大加撻伐。」

於是就這麼說定了。唯一知道這個聲東擊西詭計的人是狄珀太太，布朗的助理、女信徒和親信（八成還有別的關係），她跟她在巴黎的朋友詳述了布朗臨死前的狀況，感人肺腑，

……他無時無刻都感覺得到德瓜伊塔和其他人，雖然相隔遙遠，利用妖魔法術製造出無體無形的氣流標槍攻擊他、毆打他、傷害他 ……

我不知道她是怎麼騙過那幫里昂的信眾的，或許叫人埋了一具空棺材。這事結束後沒多久，布朗的一個朋友，也是在布朗死後敢站出來捍衛他名聲的一位時下相當受歡迎的作家于斯曼[339]，便聘她到他家裡當管家——而且我很確定當我人不在奧特伊時，某些夜裡，她會來這裡會會她的老相好。

記者朱勒・布瓦[340]一聽到他的死訊，立即在《吉爾・布拉斯》[341]雜誌發文圍剿德瓜伊塔，指他暗施妖法，並將布朗的死歸咎於他；至於《費加洛報》則刊登了于斯曼的一篇專訪，鉅細靡遺地解釋德瓜伊塔如何下咒施法。布瓦仍是透過《吉爾・布拉斯》雜誌，再度發文指控，要求法醫解剖，看看死者的肝臟是否留有遭德瓜伊塔施法召來的無形針刺的傷痕，同時呼籲展開司法調查。

德瓜伊塔也藉由《吉爾・布拉斯》反擊，他調侃自己的致命法力（「嗯，好吧，的確，我會施魔法操縱最最微妙神奇的毒藥，我會把它們化成氣體，然後導引這些有毒的氣體飄至數百里之外的遙遠地方，鑽進那些我覺得討厭的傢伙的鼻孔，我是下個世紀的吉爾・德來斯」。），然後下戰書單挑于斯曼和布瓦決鬥。

戰鬥在局外笑看兩方，無論是這一邊或是另一邊，徒具神奇魔法，卻無人能傷了對方一根寒毛，不過，土魯斯的一家報紙卻暗指真有人求助於邪教妖術：一架載送布瓦前去決鬥的馬車，一匹馬無緣無故的暴斃，替換的馬也跟著突然倒下，馬車翻覆，布瓦渾身青紫擦傷的出現在決鬥場。更妙的是，據說後來一顆子彈，在一股超自然力量的作用下，卡在他的手槍槍管中。

布朗的朋友也向八卦小報透露，貝拉當的玫瑰十字會教眾在聖母院舉辦了一場彌撒，然而，儀式進行到舉揚聖體這個步驟時，他們兇惡的朝祭壇方向揮舞匕首。天知道是真是假。

對《魔鬼》來說，這可是引人入勝的新聞，比起讀者習以為常的其他平常消息，這條新聞可說是可信度高多了。唯獨必須連帶著扯上布朗，而且是毫不客氣的予以質疑。

「您已經死了，」戰鬥對他說，「人們對這位亡者有什麼看法，您應該不再在意了才是。再說，萬一您哪一天必須重出江湖時，我們會在您的四周創造出萬丈神秘光環，到時候一定對您只有好處沒有壞處。所以您別擔心我們會寫些什麼，我們寫的人不是您，而是那個叫布朗的人，而他現在已經不在這個人世間了。」

布朗接受了，或許，在他自戀的狂想裡，戰鬥對他主持的玄秘儀式不斷加注的那些天馬行空的想像情節，他讀來也津津有味。然而，事實上，之後似乎只有狄安娜一人能黏得住他。他心懷鬼胎的跟著狄安娜，跟上跟下，我幾乎快要為她感到擔心了，因為她被布朗天花亂墜的謊話騙得如醉如癡，彷彿她活得還不夠脫離現實似的。

***

您鉅細靡遺的敘述了後來發生在我們身上的事。天主教世界一分為二，一部分懷疑狄安娜．沃漢是否真有其人。哈克斯的背叛，塔克西爾建立的城堡崩塌。現在我們被一群死對頭的信眾，還有一堆群起仿效狄安娜的人，好比您先前提過的馬吉歐塔之流的信徒追著喊打。我們知道我們這一局是賭得太大了些，長著三顆頭的魔鬼和義大利政府首長同赴宴會的確是讓人無法置信。

我跟貝加瑪奇神父沒見幾次面就已經完全相信，就算《天主教文明》的羅馬耶穌會始終支持相信狄安娜，可是如今法國耶穌會（從您引用的玻達里耶神父的文章可見一斑）卻堅決要與她做一了斷，埋葬此事。我另外跟艾布特尼也才短短地談了一會兒，他便讓我認定現在連共濟會都希望能盡快結束這場鬧劇。對天主教徒來說，他們希望這事能悄悄地落幕，別再讓教廷蒙羞；至於共濟會，相反的，他們要求一份明明白白的公開否認書，茲以證明這幾年來塔克西爾發表的反共濟會文宣全是卑劣歹毒的污衊。

於是，有一天我同時收到了兩封短信，一封來自貝加瑪奇神父，他說：「我同意給塔克西爾五萬法郎，叫他給整件事畫下休止符。以耶穌基督之名，親如手足的，貝加瑪奇。」另一封則是艾布特尼寫來的：「那麼，做個了結吧。如果塔克西爾公開坦承所有的一切都是他捏造的，我們可以給他十萬法郎。」

我的兩大後勤資源已經表態，現在就等行動開始了——當然是在我的委託人答應給的錢入袋之後。

哈克斯變節反而助了我一臂之力。我只要說動塔克西爾改教就成了，認真考究起來，或許該說是二度改教。一如這項計畫規劃之初，我手上又有了十五萬法郎的資金，給塔克西爾七萬五千就夠了，因為我握有比錢更具有說服力的籌碼。

「塔克西爾，我們已經失去了哈克斯，讓狄安娜出來面對大眾實有困難，我會想法子讓她消失。不過，我煩惱的是您：據我蒐集到的傳言顯示，共濟會已經決定跟您切割，您自己的書也寫過他們的報復有多血腥。先前，天主教那邊的公眾輿論可能是站在您這邊的，但是現在，您也看到耶穌會慢慢地撒手不管了。眼下有個可遇不可求的機會：某個會所，別問我是哪個，因為事屬極機密，願意出七萬五千法郎，如果您可以公開宣佈您騙了所有的人。您和共濟會將取得雙贏的優勢：此舉不僅洗刷了您對共濟會的胡亂指控，同時讓當時那些趁火打劫，加入圍攻行列的天主教人士名譽掃地。至於您，有了這場高潮大戲打響廣告，肯定能讓您接下來的作品賣得比之前的都好，反正以前的書在天主教世界的銷售量已經是每況愈下了。您需要重新開拓反教會和反共濟會的群眾市場。這對您有利。」

也不需怎麼多費唇舌：塔克西爾是個丑角，一想到又能表演新的鬧劇，雙眼頓時發亮。

「聽我說，親愛的教士，我呢，我去租一個場地，然後發新聞稿宣佈狄安娜·沃漢即將公開現身的日期，同時當天她將出面公佈一張阿斯魔太魔王的照片，還是路西法親口准許她拍攝的！這麼辦吧，在海報上寫著前來參加的民眾將可參加抽獎，獎品是一台價值四百法郎的打字機，反正最後也沒必要真的抽出得獎人，因為我上場後就會宣佈根本沒有狄安娜這個人——如果沒有這個人，沒有打字機也是很正常的。我已經可以想見那個場面了：我一定會登上各大報的頭條。太棒了。給我一點時間籌劃，（如果不太麻煩的話）請從那筆七萬五千法郎的款項裡，幫我預支一點錢當作開銷……」

第二天，塔克西爾找到場地了，就在地理學會，但是一直要到復活節週一才有空。我記得我這麼說了：「還得等將近一個月呢。這段期間，您不要四處亂晃，免得引人非議。我呢，則利用這段時間想想該怎麼處置狄安娜。」

塔克西爾遲疑了一下，嘴唇微微顫抖，唇上的鬍鬚一動一動的：「您不會是要……除掉狄安娜吧。」

「胡說什麼啊，」我回答，「別忘了我可是神職人員。我會把她送回到我帶她出來的地方。」

想到要失去狄安娜了，我覺得塔克西爾似乎有點茫然失措，不過，相較於他對狄安娜現在或以往的情愫，害怕共濟會報復的恐懼似乎更勝一籌。他比人渣還不如，根本是個懦夫。如果我跟他說，沒錯，我的確意圖除掉狄安娜，他會有什麼反應？八成會因為害怕共濟會報復，也只能接受而已。只希望不需要由他，他，來下手。

復活節週一落在四月十九日那天。所以，如果我跟塔克西爾告辭的那天，我說過還要等一個月的話，這事應當是發生在三月十九或二十號。今天是四月十七日。一步步重組最近十年來所發生的事件的同時，我這才發現其實我們等待的時間比一個月多一點。假如這本日記照理說應該是能夠幫助我，就像幫助您一樣，找出我內心不安的源頭，然而到現在為止事實並非如此。或許關鍵事件就發生在這等待的最後四個星期裡。

現在，我好像很怕再多想起一些什麼來了。

四月十八日，清晨

塔克西爾怒氣沖沖的在屋子裡來回踱步，緊張激動得不得了，狄安娜卻完全不明白這是怎麼回事。期間，雙重人格不停地轉換的她，張大眼睛望著我們低語會談，唯有當某個人名或地名突然恍似一道微弱的閃電劃過她腦海時，她才感覺稍稍清醒。

她的情況愈來愈接近植物人的狀態，唯一剩下的動物性表徵，只有一路來愈見高漲的性慾，她的目標分別鎖定塔克西爾、跟我們同在一陣營時候的戰鬥，當然還有布朗，以及我——雖然我想盡辦法不讓她有任何藉口靠近。

狄安娜加入我們陣營時才二十剛出頭，如今她已經超過三十五歲了。儘管如此，塔克西爾說，說話時嘴角的笑容愈來愈淫穢，她愈是成熟，就愈是吸引人，就像一個年逾三十的女人更引人無限遐想。說真的，她松柏般強韌的生命力有時為她的目光平添了一抹神秘的媚惑感。

不過，這些，都是些敗壞風俗的行為，我在這方面完全是門外漢。上帝啊，為什麼我要多花篇幅形容這個女人的肉體表相？她只不過是遭我們利用的可憐工具而已啊。

＊＊＊

我曾說狄安娜不清楚我們在做什麼。也許我錯了：三月時，大概是因為她一直沒見著塔克西爾還有戰鬥，她變得激動起來。她歇斯底里症發作，魔鬼（她說的）殘酷地附著在她身上，傷害她，咬她，扭折她的腳，打她的臉——她還指著眼睛周圍的青紫瘀痕要我看。她的掌心開始出現類似烙印的傷痕。她問自己，為什麼那些惡靈要這麼嚴厲的對付她，更何況她還是一個篤信路西法的帕拉狄會教徒，她緊緊抓住我的衣服，像是尋求協助。

我想到布朗，遇到這種神鬼方面的問題，他比我懂得如何應付。事實上，我才剛叫他過來，狄安娜立刻抓住他的手臂，全身開始打顫。布朗雙手擺在她的後頸部，溫柔的對她說話，安撫她，然後朝她的嘴裡吐唾沫。

「誰讓妳以為，我的孩子（他對她說），殘暴虐待妳的是妳的天主路西法？妳難道沒有想過，正是因為輕蔑妳篤信的帕拉狄教信仰所以給妳的懲罰，你的敵人是那個敵人，也就是基督徒稱之耶穌基督者，或者是他們尊為聖人當中的一個？」

「教士先生，」狄安娜心慌意亂的說，「我之所以加入帕拉狄教會，那是因為我不承認無能的基督具有任何神力，在這個大原則下，有一天，我拒絕拿刀刺聖體餅，因為我覺得承認一塊麵糰裡面有聖體存在實在太瘋狂了。」

「這一點，妳錯了，我的孩子。妳瞧這就是基督徒的做法，他們相信他們的基督有無上權力，但並未因此相信魔鬼並不存在；更妙的是，他們還很害怕魔鬼施詭計，仇視和引誘他們。所以，我們必須這麼做：如果我們相信我們的天主路西法具有神力，那是因為我們認為他的敵人阿多奈，把他說成是基督之流的有何不可，存在於人們心中，透過人的劣行現身。所以妳必須服從，以虔誠的路西法信徒允許的唯一方式，去踐踏敵人的形象。」

「什麼方式？」

「黑彌撒。妳永遠無法獲得您的天主，路西法的庇佑，如果沒有透過黑彌撒明白地表示妳對基督徒天主的深惡痛絕的話。」

狄安娜好像被說動了，布朗問我是否能帶她去參加一場撒旦忠實信徒的集會，希望能說服她，無論是撒旦信條，路西法信條，還是帕拉狄教教義其實都殊途同歸，目標同是淨化心靈。

我並不喜歡讓狄安娜出門，但是她真的需要放鬆喘息。

***

我發現布朗教士跟狄安娜在談心。他對她說：

「昨天，妳還喜歡嗎？」

昨天，發生什麼事了？

教士接著說：「嗯，剛好明天晚上，我得在帕西一間改做俗用的教堂主持另一場莊嚴的彌撒。會是很棒的一個夜晚，在三月二十一日春分這天，一個富含玄秘意義的日子。不過，如果妳願意過來，我必須先給妳做些精神方面的準備，現在，單獨的，懺悔。」

我離開，讓布朗跟她單獨在一起，大約過了一個多小時的時間。終於他叫我了，同時告訴我，狄安娜明天要去帕西的那間教堂，但是她希望我能陪她去。

「是的，教士先生，」狄安娜兩眼閃著超乎尋常的光燦，雙頰緋紅的對我說，「是的，求求您。」

我該拒絕的，但是好奇心戰勝了我，再說我也不想讓布朗認為我是個道貌岸然的偽君子。

＊＊＊

我邊寫邊抖，我的手彷彿自動在頁面上遊走，已經不是回憶了，這是再次身歷其境，彷彿我筆下訴說的情景，此時此刻，正在重演……

那是三月二十一日的晚上。您，上尉，您的日記是三月二十四日開始寫的，您說我可能是二十二日早上失去記憶，所以，若真的發生了什麼事，那一定是二十一日晚上發生的。

我試圖回想起一切，但，真的非常困難，我好怕自己發燒了，我的額頭發燙。

到奧特伊接了狄安娜之後，我給馬車夫一個地址。車夫斜眼睨視我，好像覺得我這個客人非常可疑，儘管我穿著神職人員的道袍，還答應給他一筆豐厚的小費，他一句話也沒說，默默地駕車出發。馬車離市中心愈來愈遠，鑽進市區外環，道路也愈來愈暗，最後車夫轉進一條小路，兩邊淨是廢棄的破房子，終於馬車停在一個死胡同裡，一座外牆簡直可說是廢墟的老舊教堂前。

我們下了車，車夫好像急著要走，我才剛付完車資，伸手到口袋準備掏幾塊法郎零錢時，他大聲的說「不用了，教士先生，還是謝了！」說著連小費都沒拿，就急急忙忙地走了。

「好冷，我好怕。」狄安娜一邊說一邊緊緊的挨著我。我縮了一下，不過就在這個時候，因為她一直沒有伸出手，我感覺到她的手臂底下夾了一些東西，此刻我才發覺她的穿著相當奇怪：她全身從頭到腳都包在連帽大衣底下，在一片黑暗中，很容易被誤認是位僧侶，那種從本世紀初開始便流行的哥德式小說中，從隱修院地下通道盡頭突然冒出來的那種修士。我從來沒讀過這類小說，但是我還是得說，我壓根兒沒想過要檢查她離開杜莫里耶醫生的療養院時，帶在身上的小皮箱裡頭她的所有財產。

教堂的小門虛掩。我們踏上唯一的中殿，室內的光亮僅來自祭壇上一排大蠟燭，和圍繞著小小半圓形後殿豎立的一支支冒著火焰的桅杆，祭壇恍如一座皇冠。一塊黑布蓋著祭台，類似葬禮用的黑布。祭台上方，既非耶穌受難十字架，也不是其他的聖像，反而是一具羊形魔鬼雕像，勃起的生殖器，尺寸大到不成比例，長至少三十公分。蠟燭也不是一般常見的白色或象牙色，而是黑色。正中央的聖體龕裡可以看見三個骷髏頭。

「布朗教士跟我提過，」狄安娜低聲對我說，「那是東方三賢士的遺骸，真的三賢士，戴歐本、曼塞和薩依。他們得到警告，說將有一顆流星隕落，於是他們離開巴勒斯坦，不想目睹見證基督的誕生。」

一隊少男少女面對著祭壇，男在右，女在左，排成半圓形。少男少女年紀如此青澀，幾乎分不出他們的性別，這片溫柔的半圓祭壇彷佛變成了優雅的兩性人之鄉，人人頭上戴著枯萎的玫瑰花環，益發模糊了他們的性別差異，若非男孩全身赤裸，彼此露出鬆軟的生殖器，而女孩套了一件幾近透明的短祭袍，圍著瘦小的胸部和剛發育的骨盆線條，其實什麼都遮不了。他們個個俊逸秀美，儘管臉上透出的邪氣更勝天真，這一點鐵定更能為他們的魅力加分——我必須承認（真是弔詭，我，一個教士，竟向您懺悔，上尉！）那時候當我面對一位成熟女性，通常的感受是，我不會說是恐怖，但最起碼是一種害怕的感覺，反之我覺得這來自未成年青澀肉體的吸引力真的難以擺脫。

這些怪異的唱詩班少男少女依序繞過祭壇，拿取小香爐分給祭典助手，接著其中幾個往桅杆走過去，點燃澆上樹脂的小樹枝，然後過去把香爐的火撥旺，弄出一陣濃煙和一股嗆鼻的異國藥味。其他的赤裸少年則分派小酒杯，其中一位也遞了一杯給我。「喝吧，教士先生。」一個男孩，眼神挑逗意味濃厚的對我說，「有助於讓心靈進入儀式的狀態。」

我喝了，眼下，看到的，感覺到的，都恍如霧裡看花一般。

布朗進來了。他身上披著一件白色短披風，披風上頭印著一顆紅色的行星，十字架倒插其上。十字架長短臂的交叉部分，有一隻黑羊的圖像，靠著後腳直立，羊角朝前高舉。教士的第一個動作，不知是出於無意或是巧合，竟像是色情的媚惑，短披風展開，露出尺寸比例驚人的生殖器，我永遠也想不到一個像布朗這樣軟趴趴的教士身上竟然會長出這樣的東西，而且還是勃起的，顯然是因為教士之前吞了什麼藥的緣故。他雙腳套著黑色褲襪，但幾乎是完全透明的，就像賽勒絲特・莫佳朵[342]在馬比爾舞廳[343]跳康康舞時穿的那種（唉，如今已躍上《大八卦》和其他週刊的版面，甚至連教士和神父身上都看得見了，不論他們是心甘情願，還是心不甘情不願）。

主祭者轉身背對信眾，開始念拉丁祈禱文，與底下的少男少女一唱一和。

「In nomine Astaroth et Asnidei et Beelzebuth.Intoibo ad altare Satanae.— Qui laetificat cupidatem nostram.」

「Lucifer omnipotents, emitte tenebram tuam et affige inimicos nostros.」

「Ostende nobism, Domine Satanas, potentiam tuam, et exaudi luxuriam meam.」

「Et blasphemia mea ad te veniat.」

接著布朗從他的衣服底下抽出一支十字架，放在自己腳邊，接連踩了好幾腳：「喔，十字架，我要踩碎你，以紀念殿堂的先師們並為之報仇。我要踩碎你，因為你是偽天主耶穌基督所用的偽聖具。」

此時，狄安娜毫無預警的，彷彿突然受到聖啓（不過，這一定是布朗趁昨天她懺悔時，授意她做的），穿過中殿和兩旁的信徒，抬頭挺胸的走到祭壇邊。之後，她轉身面對信徒（該說是不信神的叛徒才對），莊嚴的鬆脫兜帽，大衣順勢滑落，令人目眩神迷的胴體一覽無遺。我找不出字來形容，西莫尼尼上尉，但是這一切恍如歷歷在目，她一絲不掛宛如伊西絲女神[344]，只有臉上罩著一層黑色羅紗。

生平第一次看到女人按捺不住的狂暴胴體，我全身好像被一種嗚咽低泣攫獲。平常總是規規矩矩地捲成髮髻的紅金秀髮，自然流洩，恬不知恥地搔揉她完美誘人的翹臀。異教徒雕像般的姿態，挺立纖細的脖子，如纖巧的柱子屹立大理石般雪白肩頭上，而她的乳房（我是第一次看見女人的胸脯）傲然挺立猶如魔鬼般驕傲。雙峰之間，唯一不帶任何情慾意念的長物就是狄安娜從不離身的鍊墜。

狄安娜轉身，擺著妖嬌柔滑的身段踏上通向祭壇的三級台階，接著，在主祭人的協助下躺下，頭軟軟地枕著銀白流蘇晃漾的絨布枕頭，任由一頭秀髮滑落桌沿，微微凸起的小腹，雙腿張開，通往女性身穴的黃銅色私處一覽無遺，她的身軀閃閃發亮，魅影幢幢，反射著蠟燭的泛紅燈火。我的上帝，我不知該用什麼字眼來形容眼前的景象，就像我天生對女性肉體的厭惡，以及女性所帶給我的恐懼全都融化了，只容一種全新的感受取而代之，彷彿一種從未嚐過的瓊漿透過血管流遍全身……

布朗在狄安娜的胸上放了一只象牙雕的小陰莖，肚子上鋪了一塊刺繡，再擺上一個深色石頭製的聖杯。

他從聖杯中拿出一塊聖體餅，當然不是被祝聖過的，您，西莫尼尼上尉拿來牟利的那種，而是布朗即將在狄安娜的肚子上予以祝聖的餅，雖說如今布朗或許已遭教會驅逐，總歸是神聖羅馬教廷欽點名正言順的神父。

他說：「Suscipe, Domine Satanas, hanc hostiam, quam ego indignis famulus tuus offero tibi. Amen.」

說完，他捻起聖體餅，往地面甩兩次，再往天空舉兩回，然後往左往右依樣畫葫蘆。然後他拿著聖體餅對信眾說：「從南方，我召喚撒旦的恩澤，從東方，我召喚利為雅堂[345]恩澤，願大開地獄之門，讓深淵之井的守門神能在這些名字的呼喚下，朝我而來。而在地獄中的我們的父，願您的名受詛咒，您的統治被摧毀，您的旨意遭恥笑，在人間如同地獄！願魔獸之名受到讚美！」

少男少女齊聲高喊：「六六六！」

魔獸的數目。

現在輪到布朗大喊：「願名為不幸的路西法受到讚美。喔！罪惡、違反自然之愛、亂倫善行、神壇雞姦的主宰，撒旦，我們愛戴的是你啊！而你，耶穌，我強迫你化身為這塊聖體餅，讓我們讓你重溫你的磨難，再次用那些把你釘死在十字架上的鐵釘來折磨你，用朗基努斯[346]的長矛刺穿你！」

「六六六！」孩子們反覆高喊。

布朗高舉聖體餅，宣告：「最初，是肉體，而這肉體追隨路西法左右，於是這肉體便成路西法。它最初即追隨路西法：一切都是它造就的，若沒有它，現今存於世間的一切均不會有。這肉體自成三位一體中的第二位，聖言，居我們之間，黑暗中，我們望見路西法獨生女散放的珍珠般乳白光澤，還有尖叫、憤怒和慾望。」

他讓手中的聖體餅滑過狄安娜的腹部，然後塞進她的陰道，取出後，朝教堂中殿高高舉起，並大聲的嘶吼著：「拿去吃吧！」

兩名少年拜倒他面前，掀開他身上的短披風，親吻他勃起的生殖器。接著整團少男少女衝到他腳邊，男孩子開始自慰，女孩則一個接一個扯下薄紗，互相擁抱翻滾並扯著喉嚨發出愉悅的尖叫。空氣中還瀰漫著別的氣味，充斥著愈來愈讓人無法忍受的暴力氛圍，而所有的助手，先是發出渴望的嘆息，然後愈來愈亢奮，變成淫蕩的號叫，他們褪去身上的衣服，開始找人交媾，無分性別或年齡，我在這片迷霧中看見高齡七旬的悍婦，鶴髮雞皮，乳房癟縮猶如兩片沙拉菜葉，皮包骨的兩隻腿，在地上打滾，而一名青少年飢不擇食地狂亂吸吮那應是外陰的部位。

我只是全身不停打顫，我環視四周，想要弄清楚如何才能逃出這間妓院，這片空間充斥的有害氣息已經達到飽和的狀態，我蜷縮在一角，像是被罩在一片濃密的雲層之中，先前喝下的那杯東西肯定有毒，我無法集中精神思考，現在眼前的一切彷彿籠罩在一片泛紅的濃霧之下。濃霧中，我瞥見了狄安娜，仍是一絲不掛，臉上的輕紗已經不見，她走下祭壇，此時發狂的信眾，一邊持續進行他們瘋狂的淫蕩行徑，一邊使勁的往旁邊靠，好讓出一條路給她。她朝我走過來。

生怕自己也墮落到跟這幫信眾同等的狂亂猥褻，我直往後退，直到一根柱子擋住了我的去路，狄安娜走到我身後，嬌喘吁吁，我的上帝啊，我手上的筆在搖晃，我的思緒蕩漾，因厭惡自己而淚水盈眶（現在一如當時），甚至沒有辦法叫出聲，因為某樣不屬於我的東西侵入了我的嘴裡，我發覺自己滾倒在地上，四周的氣味讓我頭昏腦脹，這具企圖與我結合而的軀體，給我帶來一陣類似瀕死前的狂喜，激動指數可比薩佩提耶醫院的歇斯底里病患，我撫摸（我用我的雙手觸摸，好像我真的想要似的）這具陌生的血肉之軀，我帶著外科醫生的尖銳好奇心，穿透她的創傷，祈禱這位命運掌舵者放我一馬，我咬她來保護自己，她卻叫著對我說再來，我勉強把癱軟垂掛一側的頭往後拉，腦裡卻想起提梭醫生的話，我知道我這次的迷失將導致身體削瘦，臉色恍如將死之人般土灰，視茫茫，輾轉難眠，喉嚨沙啞，眼球刺痛，顏面浮現有毒紅斑，嘔出燒灼物質，心跳加速——最後是梅毒，失明。

而，就在我眼前什麼都看不到的時候，突然，我感受到了我這一生中撕裂般最痛楚，且無法形容的感覺，彷彿全身血管的血液一股腦的從我挺直僵硬到幾乎要抽筋的四肢、鼻子、耳朵、手指頭、甚至肛門的某個傷口裡噴出，救命啊救命，我想我明白所有活人怕得一心想遠離它的死亡是什麼了，就算人是違反自然的本能，正倍數繁衍它的子嗣……

我已經無法下筆，這已經不是在回想，而是二度體驗，這段歷程是難以忍受的煎熬，我好想再一次地把一切都忘掉……

***

好像昏厥之後，我恢復了意識，甦醒時發現布朗就在我身邊，他手握狄安娜的手，狄安

……「媽媽，」她聲調空洞的喃喃自語，「媽媽是猶太人……她信奉阿多奈……」

娜身上已經重新穿上大衣。布朗告訴我門口有一輛車等著：我得帶狄安娜回家，因為她已經累壞了。她渾身打著哆嗦，喃喃自語著一些我聽不懂的話。

布朗表現得超乎尋常的熱心助人，起先我以為他想尋求原諒——說到底，是他把我拖進這次噁心的事件中。反正，當我說他可以走了，我會照顧狄安娜時，他堅持要陪我們一起走，還提醒我，他也住在奧特伊。他彷彿在吃醋。我心存挑釁，於是對他說我不回奧特伊，而是要去別的地方，我要帶狄安娜去一個可靠的朋友的住處。

他臉色霎時變白，好像我搶走了屬於他的某樣獵物似的。

「無所謂，」他說，「我也去，狄安娜需要幫忙。」

上了馬車後，我沒多想就說了艾爾伯大師路的地址，好像我決定了，從那一晚開始，狄安娜必須從奧特伊消失。布朗茫然的看著我，嘴上卻沒說什麼，他踏上車，抓住狄安娜的手握著。

一路無語，我讓他們進我的公寓，我把狄安娜翻上床，抓住她的手腕，在我倆無聲地經歷過這一切之後，第一次開口對她說話。我怒吼：「為什麼，為什麼？」

布朗試圖制止，但是我使勁的推他撞牆，看著他從牆面慢慢滑落地板——於是，直到那當下我才知道這個惡魔有多脆弱，多無力，相較之下，我像是海格力斯。

狄安娜焦躁不安起來，大衣鬆開露出胸脯，我無法忍受自己再次看見她的肌膚，我試著想幫她蓋住，我的手碰觸到她胸前那塊鍊墜的鍊子，這瞬間的拉扯，鍊子斷了，鍊墜落在我的手上，狄安娜奮力想要拿回去，我躲到房間的角落，打開這只小聖物盒。

金黃色的一幅圖，毫無疑問地，是十誡的馬賽克拼貼畫的複製品，還有用希伯來文寫的一些東西。

「這是什麼意思？」我靠近狄安娜問她，她躺在床上，雙眼圓睜，「你母親肖像後頭的那些符號是什麼意思？」

「媽媽，」她聲調空洞的喃喃自語，「媽媽是猶太人……她信奉阿多奈……」

原來如此。跟我發生關係的不僅僅是魔鬼一族的女人，還是一個猶太女人——因為他們的血統，我知道得很清楚，是透過母親傳遞給下一代的，所以，如果萬一這次交合，我的種子在這個不潔的肚裡著了床，我就會生下一個猶太人。

「妳不能這樣對待我！」我大喊，說著衝到這個妓女面前，勒住她的脖子，她死命掙扎，我更加使勁用力，布朗回過神，衝過來，我一腳踢中他的下體，再次擺脫了他，看著他暈倒在角落，我再次衝向狄安娜（喔，我真的失去了理智！），慢慢的，她的眼睛彷彿跳脫出眼眶，舌頭伸出，無力地垂下，我聽見她呼出最後一絲氣息，接著她的身體癱軟，一動也不動。

我收拾起自己，開始思索自己這番行為的嚴重性。布朗在角落裡呻吟，像極了去勢的公雞。我試著振作，笑著說：「這樣也好，我永遠不會是猶太人的父親。」

我收拾起自己，心想我一定得把這個女人的屍體弄到地下室，污水坑裡，讓她永遠消失——如今那裡似乎比您的布拉格墓園更加歡迎人光臨，上尉。但是，那裡很黑，我得拿盞燈，穿過走道先到您家，走下樓到店裡，然後再從那裡到下水道。我需要布朗的協助，此時他一面如同惡魔般惡狠狠地盯著我，一面努力的想站起來。

此刻，我也明白了我不能讓親眼目睹我犯罪的目擊證人離開這間屋子。我想起戰鬥給我的那把手槍，我拉開藏槍的抽屜，拿槍指著布朗，他仍然目不轉睛的瞪著我，一臉的不能置信。

「很遺憾，教士，」我對他說，「如果您想救自己的命，就幫我處理掉這具柔軟的軀體。」

「好，好。」他說，彷彿處在情慾高潮中。狄安娜在驚嚇中死了，舌頭伸出，眼睛突出，這樣的狄安娜，在布朗眼中，大體跟為了滿足自己情慾而蹂躪我的之前那個赤裸的狄安娜一樣的令人垂涎。

再說，當時我的頭腦也不見得澄明。一切彷彿在夢中，我先用大衣捲起狄安娜，接著遞給布朗一盞點亮的燈，我一把抓住死者的腳，拖著她穿過走道到您家，然後順著螺旋階梯到樓下店面，再從那兒往下一路到下水道，每步下一個階梯，屍體的頭就跟著敲出陰森的一響，最後終於把她安頓在（另一個）達拉・皮科拉的殘骸旁邊。

我覺得布朗好像瘋了。他笑著說：

「都是死人。或許我待在這下面比在外頭那個有德瓜伊塔等著我的世界更好……我能留下來陪狄安娜嗎？」

「這有什麼問題呢，教士，我求之不得。」

我掏出手槍，射擊，正中眉心。

布朗歪斜倒地，整個人幾乎是跌在狄安娜的腿上。我得彎下腰，抬起他，把他放在她的身旁。現在他們倆就像一對殉情的戀人。

***

以上就是直到此刻，在我再次陷入失憶之前，透過敘述，焦躁地，回想起的事情經過。

圈圈連結起來了。現在，我明白了。現在，在四月十八日，復活節週日的清晨，我寫下的關於三月二十一日深夜所發生的一切，給我以為是達拉·皮科拉教士的那個人……

【譯註】

336. Raymond Lulle：一二三二—一三一五，馬約卡王國的神學家、傳教士、小說家和詩人，以傳教為終生使命，他的作品深具神秘色彩和異國風情，一三四九年馬約卡王國被伊比利半島的阿拉貢王國吞併。一八五七年被教宗追封為位階僅次於聖人的真福者。

337. Paracelse：大約一四九三—一五四一，瑞士醫生、煉金術士，他最大的成就在於將醫學與煉金術結合，成為今日的醫療化學，他認為煉金術的真正目的並非煉成黃金，而是製造有益人體健康的醫藥品。

338. Elphas Levi：一八一〇—一八七五，專研神秘玄學的著名法國神職人員，著有多本這方面的書籍。

339. Joris-Karl Huysmans：一八四八—一九〇七，法國作家、藝文評論家，被譽為象徵主義的先驅。著名的作品《逆流》（A rebours）非常特別，整部書專注在主人翁身上，以類似清單表列的方式敘述他的愛好和憎惡，幾乎毫無情節可言。日後王爾德等作家均從中獲得靈感啟發。

340. Jules Bois：一八六八—一九四三，法國作家、記者，對奧秘玄學非常感興趣。

341. Gil Blas：屠蒙創立的文學雜誌，以勒薩吉（Alain-Rene Lesage）的一本硬漢小說名稱為名，以連載的方式刊登許多作家的文學作品。

342. Celeste Mogador：一八二四—一九〇九，法國著名舞孃，與音樂家比才交情匪淺。

343. Bal Mabille：一八三〇年在巴黎創立的露天舞廳，是最早出現康康舞表演的地方，盛極一時，一八七〇年巴黎圍城時期遭到炸彈轟炸，一八七五年歇業。

344. Isis：古埃及的母性與生育之神。

345. Leviathan：希伯來聖經中的一種怪物，形象原形源自鱷魚和鯨，力量強大足以與撒旦相提並論，聖經的《以賽亞書》中形容為曲行的蛇，後世引申為海中的大海怪，多為大海蛇的形態。

346. Longin：公元一世紀的羅馬士兵，傳說耶穌受刑後，為確定他是否已死，受命用長矛戳刺耶穌的側腹，後因該長矛沾上了耶穌的鮮血，被基督教視為聖物。

25——眞相大白

節錄一八九七年四月十八日到十九日的日記

到這裡，從西莫尼尼肩膀上偷瞄達拉·皮科拉留下的字句的人應該會看到文章中斷，彷彿此時他的手已經拿不住羽毛筆，他的身軀癱軟滑下地面，任由筆自由發揮似的塗鴉。長長的一段塗鴉，看不出任何意思，最後還超出紙張的頁面範圍，弄髒了書桌的綠色桌墊。而後，下一頁紙上出現的文字好像又變成西莫尼尼上尉提筆寫的。

那位身上穿著教士道袍、頭戴達拉·皮科拉假髮的先生現在已經沒有絲毫懷疑，確認自己就是西莫尼尼。他立刻看見書桌上翻開的日記，最後幾頁爬滿了狂亂的字跡，逐漸變得無法辨識，是出自那位人稱達拉·皮科拉教士之手：他逐句往下讀，滲出一身冷汗，心跳加速，讀著讀著，他也想起來了，一直到教士的敘述結束，他（教士）或者他（西莫尼尼）都，不……昏了過去。

他意識一恢復，腦中的迷霧逐漸散去，一切都變得清晰。身體逐漸恢復的當兒，他也明白了，知道他跟達拉·皮科拉其實是同一個人；昨晚達拉·皮科拉記起來的一切，如今他也全想起來了，總之，他想起自己穿上達拉·皮科拉教士的衣服（不是被他殺死的齙牙修士，而是他塑造誕生並且親自演繹達數年之久的那個）經歷的黑彌撒恐怖之夜。

接下來，發生了什麼事？大概在跟狄安娜拉扯的時候，她碰巧扯下了他的假髮，而在把可憐的狄安娜拖進下水道時，他很可能必須脫掉身上的教士袍，之後，大概在盛怒之下，他出自本能的回到艾爾伯大師路上自己的房間，在那裡睡到三月二十二日早上，醒來後完全交代不出他的衣服跑哪兒去了。

與狄安娜的肌膚之親，石破天驚的可恥血統揭密，以及她恍若進行儀式般的死亡一事，這一切已經超出他的承受界線，因此在這同一個夜裡，他失去了記憶，或者該說他們倆一起失憶了，西莫尼尼和達拉．皮科拉，一整個月裡，這兩個人格不斷的交替出現。或許就跟狄安娜的遭遇一樣，藉由一次發作，癲癇發作、昏厥，誰知道，他便從一個狀態轉換到另一個狀態，只是每次他以不同人格身分醒來，以為自己只是睡了一覺而已，以致完全無法理解到底發生了什麼事。

佛洛依德醫生的治療很有效（雖然他可能永遠都不知道他的方法有用）。西莫尼尼透過與另一個自己對話的方式，慢慢的，彷彿睡著一般，從他麻木的大腦記憶中，艱辛地抽絲剝繭，終於成功的觸及關鍵點，找出了那件讓他陷入失憶狀態，使他心靈嚴重受創的事件，那件事使他人格分裂為二，每個人格都只記得部分的過去，而他，或對方，儘管對方其實一直都是他自己，均無法完整的重組過去發生的一切，每個人格都試圖隱瞞對方，不讓對方知道記憶遭刪去的那個不堪回首的，恐怖的原因為何。

回想起一切後，很合理的，西莫尼尼覺得精疲力竭，而為了確定他真的獲得新生，他闔上日記本，決定踏出屋外，如今他已經知道自己是誰了，無須畏懼遇見任何人。他覺得自己需要徹底的休息，不過，這一天，他還不想用美食犒賞自己，因為他的五官感覺已經經歷太多的磨難。他反而自覺像底比斯的隱修修士，需要懲罰自己。於是他去了福利克多小館，只要十三蘇，吃得雖然很糟，但價格合理。

回到家，他匆匆將最後回憶起的幾個細節記在紙上。已經沒有任何理由繼續寫日記，一開始寫日記的目的就是為了回想起如今他已經全都知道的過去，不過，現在寫日記變成他的一種習慣了。先前他假設有另一個人達拉．皮科拉的存在，一個多月的時間裡，他一直幻想著有另一個人在跟他對談，在對談之間，他才察覺自己從小到大有多麼的孤單。或許（敘述者大膽假設）他之所以人格分裂，僅僅是想要有個人可以說說話而已。

此刻，該是認清另一個人實際上並不存在的時候了，甚至連這本日記都是一個人自己與自己的對談錄。然而他很習慣唱這種獨角戲，而且決定繼續這樣下去。並不是因為他特別自戀，而是他對其他人的憎惡感迫使他必須繼續忍受。

他安排達拉．皮科拉上場之時——他自己扮演的那個，在他殺死了真正的達拉．皮科拉之後——正逢拉格朗日要他處理布朗。他認為很多事情，由一個神職人員出面要比一般俗世凡人較不易啟人疑竇。再說，讓一個他親手自世上消除的人重新問世也不失是件爽快的事。

他幾乎沒花什麼錢就買下莫伯特胡同的店面和住家，當時他沒有立刻就使用那間從艾爾伯大師路進出的房間，他比較希望自家的住址能設在胡同這邊，以便掌握商店出入的人。達拉．皮科拉出場後，他買了一些廉價家具佈置那間房間，將房間設定成他的幽靈教士的幽靈居所。

達拉．皮科拉的角色不僅有益於他搜羅撒旦信徒和神秘教徒圈的大小事，還能在人將死之時，應死者近親（或遠房親戚）之邀，守在死者床前，而這些親人都將是西莫尼尼偽造的遺囑的受益人——好處是，萬一有人質疑這份文件來歷不明，至少有個教廷的人可出面作證，發誓這份遺囑的內容與死者臨死前在他耳邊說的最後遺言內容相符。到了塔克西爾事件登場，達拉．皮科拉的角色益發舉足輕重，在這段超過十年的時間裡，他幾乎可說是一肩挑起全部庶務。

頂著達拉．皮科拉的身分，西莫尼尼也接近過貝加瑪奇神父和艾布特尼，因為他的偽裝非常的高明。達拉．皮科拉沒有鬍子，髮色淡金，眉毛濃密，特別是他戴著一副藍色鏡片的眼鏡，遮住他的眼神。好像這一切偽裝還不夠似的，他天才的突發奇想，自創獨樹一格的筆跡，更小巧，近似娟秀；他還調整自己的聲音。說真的，當他化身達拉．皮科拉時，除了說話聲調和寫字筆跡不同之外，與西莫尼尼的思考方式也迥然不同，是完完全全地投入這個角色當中。

只可惜現在達拉．皮科拉必須下台一鞠躬了（好像所有冠上這個名字的教士終會面臨到這樣的命運），不過，西莫尼尼必須擺脫掉這整起事件，不僅是因為他將刪除那些導致他心靈受創的可恥事件的記憶，也因為復活節星期一那天，塔克西爾將遵照他的許諾，公開發誓棄絕信仰，最後也因為狄安娜如今已消失人世間，最好能將整起陰謀的一切蛛絲馬跡一一掩埋，免得萬一有人起疑，問一些不該問的。

他只剩這個星期日和第二天早上可茲運用。他再次套上達拉．皮科拉的衣服，準備和塔克西爾見面，塔克西爾在這近一個月的時間裡幾乎三天兩頭就往奧特伊跑，卻始終找不到他們，不見他，也不見狄安娜，只有那個老太婆叨念著她什麼都不知道，他開始擔心他們遭共濟會那幫人綁架了。

他回稱杜莫里耶醫生終於給了他狄安娜真正的家人位在查爾斯頓的地址，而他也想了辦法把她送上開往美國的船。恰好夠塔克西爾及時籌備安排一切，準備公開他的騙局。我從答應給他的七萬五千裡頭預支了五千法郎給他，然後兩人約好明天下午在地理學會碰頭。

隨即，他依舊以達拉・皮科拉的身分前往奧特伊。看家的老太太大吃一驚，因為她也一樣，有將近一個月的時間沒看見他，或狄安娜了，她不知道該跟可憐的塔克西爾先生說些什麼，因為他來了好多次。他跟老太太講了同樣的一套說辭，狄安娜找到她的家人，回美國去了。他大方的給了她一大筆資遣費，封住了老婦人的口，她當天下午就收拾了衣物離開。

當晚，西莫尼尼燒掉了與過去這些年的計畫有關的所有文件和線索，再晚些，他把狄安娜的所有衣服和紗裙全扔進一只箱子裡，送給嘉維埃里。一個拾荒者從不過問手上得來的東西來自何處。第二天早上，他到房東家，藉口臨時有項任務要到遠處出差，他解了約，甚至二話不說，一口氣付了接下來六個月的租金。房東跟著他回到租屋處，檢查家具和牆壁並確認屋況良好，然後拿回鑰匙，上了兩道門鎖。

現在只要「殺死」（二度）達拉・皮科拉就行了。其實不需花什麼工夫。西莫尼尼脫下教士的裝扮，把袍子放在走道裡，成了，達拉・皮科拉從地球表面上消失了。小心起見，他還把公寓內的跪凳和聖書都搬進店裡，當作商品賣給不太可能會上門的業餘古董愛好者，就這樣他又重新有了一個可供另一個可能化身利用的臨時居所。

除了在塔克西爾和戰鬥兩人的記憶裡，這整起事件已經是春夢了無痕了。戰鬥在背叛了我們之後，理當不敢再露面 ；至於塔克西爾，他的部分今天下午就能了結。

四月十九日下午，西莫尼尼穿著平常的服裝上路，準備好好欣賞塔克西爾主演的龜縮秀。除了達拉・皮科拉，塔克西爾只知道有個自稱公證人的傅尼耶，沒鬍子，栗棕髮色，嘴裡鑲了兩顆金牙。塔克西爾只看過西莫尼尼一次長鬍子時的模樣，那時候他來找他偽造雨果和布朗克的信，不過，那已經是十五年前的事了，他八成早就忘掉那個仿造者的臉長什麼樣了。為確保一切萬無一失，西莫尼尼黏了白鬍子，戴上錄色鏡片的眼鏡，讓人看了以為是學會的會員，這樣他就能輕鬆自在的坐在後排，盡情享受這場表演。

所有報紙都大幅報導了這件事。會場擠得水洩不通：好奇的人，狄安娜、沃漢的忠實信徒、共濟會員、新聞記者，甚至還有來自總主教和教廷大使的代表團。

塔克西爾演說鏗鏘有力，滔滔不絕，不愧是法國南方人。所有在場人士一心期待狄安娜現身，等著塔克西爾明確的保證過去這十五年來他出版的所有東西都是真的，結果出乎大家意料之外的，塔克西爾以他和天主教記者之間的論戰做為開場白，將自己即將公開的秘密主軸引導到「諺語說得好：與其哭，不如笑。」這句話上，他開始敘述自己對神秘事物的癖好（我既為馬賽孩子，絕非浪得虛名，他在一片哄堂大笑中說）。為了說服在場聽眾，他的確深諳操縱人心之奸術，他開始口沫橫飛地講起他自導自演的馬賽鯊魚事件，以及日內瓦湖湖底古城事件。然而沒有任何東西比他的人生更奧秘了。於是接著他娓娓的訴說他表面上改信天主教一事，以及他如何哄騙那些前來確認他的確誠心懺悔的告解神父和心靈導師。

其實，演說從一開場就不斷的被迫中斷：先是幾次哄堂大笑，接著是到後來愈來愈怒不可抑的各方修士的激烈反駁。某些甚至直接站起來當場走人，還有一些人氣得抓起椅子想讓塔克西爾就地正法。總之，現場一片混亂，不過塔克西爾的聲音還是相當清楚，他繼續說他是如何在教宗發佈《人類》通諭後，為了討好教廷，所以決定詆毀共濟會。可是，說真的，他又說，共濟會應該要感謝我才對，因為我那些關於會中儀式的書跟他們確定要破除過時做法的決心並不相違背，這些過時的做法已經成了所有尋求進步的共濟會友人的笑柄。至於天主教徒，我從改信天主教之初，便務求讓他們之中許多人堅決的相信宇宙的偉大建築師——共濟會的最高主宰——就是魔鬼。很好，剩下我只要誇張的渲染這個信念就行了。

混亂鼓譟持續著。當塔克西爾引述他和良十三世之間的對話時（教宗問「我的孩子，您想要什麼？」塔克西爾回答「聖父，死在您的腳邊，將是此刻我最崇高的喜樂！」），現場的尖叫連成一片：「對良十三世有點敬意，您沒有權利說他的名諱！」還有人怒吼：「我們呢，我們竟然來聽這些渾話？太放肆了！」也有人說：「喔……該死的騙子！喔！無恥的下流胚！」而大多數的現場觀眾只是在一旁冷眼笑看這一切。

「就這樣，」塔克西爾接著說，「我灌溉了當代路西法主義的大樹，我介紹了這一套從頭到尾全是我憑空杜撰的帕拉狄會儀式。」

接著，他開始敘述他是如何找來一個酗酒的老朋友化身成為戰鬥醫生，又如何創造出蘇菲亞．華爾德，或是薩佛的角色，最後和盤托出舉凡以狄安娜．沃漢名字出版的書都出自他的筆下。

他說狄安娜只是名新教徒，打字員，美國一家打字機公司的代表，聰明的女性，與神靈相通，她純樸優雅，就是一般的新教徒。

他開始拿魔法魔鬼這一套來吸引她，她中計入迷了，於是成了他的共謀。她迷上了這些無恥勾當，跟主教和樞機主教通信，還收到教宗私人秘書的來函，教導梵蒂岡認清路西法的陰謀詭計……

……他說狄安娜只是名新教徒，打字員，美國一家打字機公司的代表，聰明的女性，與神靈相通，她純樸優雅，就是一般的新教徒……

「可是，」塔克西爾接著往下說，「我們也看到了共濟會那幫人相信了我們的虛擬鬼話。當狄安娜揭發艾德里安諾．勒米被查爾斯頓大會長任命為下任的路西法會至高祭司時，某些義大利共濟會員，其中有些還是國會議員，全都非常嚴肅地看待這條消息，並且出面抗議，因為勒米沒有知會他們，於是他們分別在西西里、那不勒斯和佛羅倫斯設立了三個獨立的帕拉狄會最高議會，並提名沃漢小姐為榮譽委員。可悲的知名人士馬吉歐塔在文章中提過他認識沃漢小姐，其實是我跟他說過要安排他們見面，只是一直沒有成功，而他竟假稱，或者真的以為自己還記得她。連眾家編輯都被瞞過了，不過他們也沒什麼好抱怨的，反正我答應會給他們足以與《天方夜譚》相抗衡的作品。

「各位先生，」他繼續說，「當我們發現自己被人耍了，此時最好的做法就是跟在場的人士一起一笑置之。卡尼爾教士先生（他說這話是意有所指，指的就是批評攻訐他最力的對手之一，此人正好就在會場），您一股腦把全盤怒氣全發洩出來，只會讓人更加取笑您而已。」

「您這個無恥之徒！」卡尼爾一邊揮舞枴杖一邊大叫，他的朋友則忙著制止他。

「除此之外，」塔克西爾還不住嘴，他如天使般慈愛的說，「我們不能苛責那些信徒，對在入教儀式中現身的魔鬼信以為真的信徒。虔誠的基督徒或許不相信是撒旦帶耶穌基督本人登上山頂，讓耶穌在那裡俯瞰地球所有的國度……可是假如地球是圓的，他怎麼可能讓耶穌望盡所有的國家呢？」

「說得好！」有一些人大聲叫好。

「最起碼他沒有褻瀆神明。」另一些人高喊。

「各位先生，」現在塔克西爾要收尾了，「我承認我犯下了一條殘害幼兒的罪：此刻，帕拉狄會教義已死，因為他的父親親手謀殺了它。」

眼下，滿場喧鬧沸騰臻至了頂點。卡尼爾教士站到椅子上，企圖發表談話，訓斥在場觀眾；但他的聲音淹沒在某些人的冷笑和另外一些人的威脅恐嚇之中。塔克西爾一直站在講台上，眼神堅定的望著底下吵鬧不休的群眾。這是他的榮耀時刻。如果他想獲加冕，被尊稱為玄秘主義之王，那麼他的目的達到了。

他驕傲地盯著那些揮舞著拳頭和枴杖從他眼前一一走過的人，他們對著他喊「您一點都不覺得羞恥嗎？」滿臉的無法理解。他有什麼地方需要覺得羞恥呢？事實上，全世界的人都在談論他了啊？

最開心的當屬西莫尼尼了，只要一想到接下來的幾天塔克西爾會有什麼遭遇，就覺得有趣極了。

這個馬賽人四處尋找達拉．皮科拉想跟他要錢。可是，他不知該上哪兒找他。如果他去奧特伊，那裡只剩一棟空屋，興許已經有別人住進去了。他絕對不會知道達拉．皮科拉還有一個位在艾爾伯大師路的居所。他不知上哪裡找傅尼耶公證人，他絕對想不到多年前那個替他偽造雨果來函的人跟傅尼耶有什麼關聯。布朗人間蒸發。他從來不知道艾布特尼跟他的事有關，只約莫知道這人是共濟會的大老，而他也一直不知道有貝加瑪奇神父這號人物。總之，塔克西爾根本不知道該向誰討西莫尼尼答應給他的報酬，所以說，西莫尼尼暗槓下的不只一半而已，而是全部（很可惜，得扣除預支的五千法郎）。

想到這個可悲的老狐狸在巴黎街上四處亂晃，尋找一個根本不存在的教士和公證人，還有屍體躺在沒有人知道的下水道中的帕拉狄會女教徒和撒旦信徒，跟那個就算腦子清醒時也無法給他任何資訊的戰鬥，以及最後落進不該落入的口袋裡的大包法郎，真是太有趣了。天主教徒對他棄之如敝屣，共濟會自然也有理由懷疑他可能會再來一次一百八十度的立場大逆轉，而且他大概應該還欠印刷工人不少債務，現在正急得額頭冒汗，焦頭爛額。
不過，西莫尼尼心裡想，這個馬賽地痞，他活該。

26——最後解決方案

一八九八年十一月十日

我甩掉塔克西爾、狄安娜，還有最重要的，達拉．皮科拉已經一年半之久了。就算我真的生了病，也已經痊癒了。多虧了自我催眠術，或者該說佛洛依德醫生。然而，最近幾個月，我卻陷入了焦慮。如果我是信徒，我會說我覺得悔恨，身心煎熬。但為什麼悔恨，又是為誰煎熬呢？

我耍了塔克西爾的那天晚上，得意洋洋，心安理得的慶祝了一番。唯一的遺憾就是無法與別人分享我勝利的喜悅，不過我已經很習慣自己一人獨樂樂了。我去了外鄉人常去的波班-瓦榭餐廳，就像以前的馬涅小館。塔克西爾破產帶給我的收益夠我揮霍。領班認出了我，重要的是，我認得他了。他站在我桌邊為我介紹了法西里翁沙拉，這道菜是亞歷山大．仲馬的作品獲得廣大迴響後的創意發明——是他兒子小仲馬才對，老天，我真的老了。先滾水煮馬鈴薯，將煮熟的馬鈴薯切片，趁著馬鈴薯溫熱的時候調味，鹽、胡椒、橄欖油和奧爾良醋，外加半杯白酒，可以的話最好是伊肯堡酒莊出品，然後撒上細碎的香草。同時，將頂級淡菜以葡萄酒奶油醬汁燴煮（先僅拌入三分之一的馬鈴薯）以及一支西洋芹。然後把所有的材料全拌在一起，最後撒上一層以香檳酒燜煮的松露薄片。全部靜置一旁，等兩小時，放涼了再上桌，這是道冷菜。

然而，我的內心並不平靜，我覺得有必要再度借助日記來釐清我的心理狀態，就好像我還在接受佛洛依德醫生的治療一樣。

只是讓我焦慮的事情陸續發生，我一直處在缺乏安全感的狀態下。首先，我仍然非常苦惱，很想弄清楚躺在下水道裡的那個俄國人是誰。他，也許有兩個也說不定，四月十二日，他們到過這裡，這個屋裡。其中一個是否曾再回來？有好幾回，我怎麼都找不到想要的某些東西——不是什麼值錢的東西，像是一支羽毛筆、一包紙——卻在我發誓絕對不會把東西放在那裡的地方找到它們。有人來過這裡，他翻過我的東西，移動它們，他找到了嗎？找什麼？

俄國人，也就是說拉奇科夫斯基，不過那人神鬼莫測。他來找過我兩次，都是為了跟我要第一手資料，他認定我從爺爺那兒承繼了一些尚未問世的資料，我支吾搪塞，一方面因為我還沒有編出能令人滿意的文獻，另一方面則是想吊吊他胃口。

他最後一次上門時對我說，他的耐性已經磨光了。他堅持要知道是不是價碼方面的問題。我並不貪心，我對他說，我爺爺的確留了一些文獻給我，而且是布拉格墓園深夜會議的完整彙編，只是東西不在我手邊，我得離開巴黎，出城去拿。拉奇科夫斯基說去吧。隨後他以非常隱晦地方式暗示我可能會被捲進崔里弗斯事件的餘波中。他，他知道些什麼？

事實上，崔里弗斯被送上惡魔島之後，事件並沒有因此而塵埃落定。相反的，那些大聲疾呼他是無辜受害者的人，也就是後來所謂的聲援崔里弗斯人士，開始四處放話，而各種筆跡鑑定專家也動員起來，討論質疑貝提庸的專業能力。

這一切全都是自一八九五年年底開始的，事件當時的指揮官山德赫已經離開情治單位

（據說他罹患了慢性癱瘓這類的疾病），職務被某個名叫皮卡特[347]的人取代。這位皮卡特立刻露出一副愛四處探聽的嘴臉，表面上繼續調查崔里弗斯事件，儘管他早在數月之前心底就已經有了結論。於是去年的三月間，他發現了，又是在大使館的字紙簍裡，一張德國武官準備發給艾司特海茲的電報草稿。內容倒沒有什麼不對，只是，為什麼這名德國武官非得要跟一個法國軍官聯繫呢？皮卡特於是進一步嚴密監視艾司特海茲，他還找到了一份他的筆跡範本，發現軍官的筆跡和崔里弗斯事件那張清冊的字跡很像。

我之所以知道這些，是因為有人走漏了消息給《自由論壇報》，所以，對這個扒糞的傢伙，竟想把已經幸運圓滿完結的事件重新拿出來調查討論，屠蒙非常的不爽。

「我知道他跑到波德非[348]和龔斯[349]將軍面前揭發事實，感謝老天爺，他們並沒有多加注意。我國將領的精神可沒有問題。」

接近十一月時，我在編輯部遇到了艾司特海茲，他非常緊張，還求我跟他私底下談一談。他跟某個叫亨利的軍官一起來我家找我。

「西莫尼尼，有人私底下在傳那張清冊是我寫的。您真的是按照崔里弗斯的信或短箋仿造的，對吧？」

「當然。範本是山德赫提供的。」

「我知道，可是山德赫那天為什麼沒有叫我進去呢？是因為不想讓我看見崔里弗斯的筆跡嗎？」

「人家叫我做什麼我就做什麼。」

「我知道，我知道。其實，幫我解決這個謎題對您也是有好處的。因為如果你被某個我看不出目的的奸計利用了，有人可能會覺得應該除掉您，一個這麼危險的證人。所以您的處境堪憂。」

我真的不該捲進軍方事件裡。我覺得很不安。之後艾司特海茲向我說明了他希望我怎麼做。他給了我一封義大利大使館專員帕尼薩狄的信當範本要我仿寫，信裡帕尼薩狄跟德國武官討論崔里弗斯事件的合作狀況。

「亨利軍官，」他最後說，「會負責找到這份文件，然後轉呈給龔斯將軍。」

我完成了我的工作，艾司特海茲給了我一千法郎，我不清楚後來發生了什麼事，不過，一八九六年底，皮卡特被調到突尼西亞第四步槍兵團。

儘管如此，就在我忙著擺脫塔克西爾的當兒，皮卡特好像出動了一些朋友，事情變得棘手了。這當然是半官方的消息，不知透過什麼管道，洩漏給媒體：聲援崔里弗斯的媒體（並不多）把消息提供給某些人，相對的反崔里弗斯的媒體則宣稱這是抹黑。寄給皮卡特的氣壓郵件全消失了，大家由此推論德國人寄給艾司特海茲的那封可悲又有名的氣壓郵件就是皮卡特寫的。就我所了解，整件事是艾司特海茲和亨利一手搞出來的。漂亮的草地網球賽，根本不需要捏造不實的指控，因為你只要把對手拍給你的球反拍彈回去就行了。可是，仁慈的上帝，間諜活動（和反間）這類事情交由軍方去辦的確是太沉重了；像拉格朗日和艾布特尼這樣的專業人士絕對不會搞出這樣的混亂局面，不過，這類前一天被塞進情報單位，第二天卻只能到突尼西亞第四步兵團混的人，或是從原本誓言效忠教廷的朱阿夫兵團轉而又投效外籍軍團的人，對他們能有什麼期待呢？

這最後一次的佈局其實並沒有多大效果，上面針對艾司特海茲展開了調查。萬一艾司特海茲為了洗刷所有嫌疑，說出清冊是我寫的，怎麼辦？

***

一年間，我夜夜難眠。夜裡，我總是聽見屋裡傳出聲響，我很想下床到樓下店裡，但我好怕在那裡碰見俄國人。

***

那一年的一月，經過一次不對外公開的審訊後，艾司特海茲洗清了所有指控和嫌疑。皮卡特被罰碉堡拘禁六十天以為懲戒。然而，聲援崔里弗斯的那幫人還不死心地死纏爛打，有一個非常粗俗的作家，左拉發表了一篇義憤填膺的文章（〈我控訴⋯⋯！〉），不入流的文人和所謂的科學界人士全加入論戰，要求更審。普魯斯特、法郎士[350]、索爾[351]、莫內、雷納德[352]、杜爾凱姆[353]，這些人是打哪兒冒出來的啊？這個普魯斯特，據說是個二十五歲的娘娘腔，寫的東西，上天保佑啊，據說尚未出版；還有那個莫內，是個三流畫家，我曾經看過他畫的一、兩幅畫，這個傢伙好像是眼睛糊滿了眼屎來看世界的。軍事法庭的判決，這些文人或畫家幹嘛跑來參一腳？喔，可憐的法國，屠蒙感慨得好。如果這些所謂的「知識分子」，套用敗訴律師克里蒙梭的話，專注心力在自己能力能及的那幾件事兒上就完了⋯⋯

倒是左拉的審判開鑼了，他被判一年徒刑，大快人心。法國還是有司法正義的，屠蒙說，他五月當選了阿爾及爾的議員，所以下議會將會出現一大幫子的反猶太勢力了，這批人將有助於捍衛反崔里弗斯的論點。

一切似乎愈來愈順利；七月，皮卡特被判刑八個月。左拉逃往倫敦；此時，某位個名叫基涅的上尉出面作證，指稱帕尼薩狄指控崔里弗斯的那封信是偽造的，我想如今已經沒有人能再重起調查了。我不清楚他如何證明他的說辭，因為我偽造的東西完美無瑕。總之，上面的高層聽進去了，既然那封信是亨利軍官發現和散播出去的，街談巷議開始圍繞這位「偽亨利」轉。八月底，亨利被逼得走投無路，只好招認，判發監瓦勒里安山，第二天他用刮鬍刀割喉自盡。我說得沒錯吧，某些事情是不能交給軍方的。是不是？一個有叛國嫌疑而被逮捕的人，他們居然還留一把刮鬍刀給他？

「亨利不是自殺。他是被殺然後弄成自殺的樣子！」屠蒙怒氣沖沖的肯定。「參謀總部裡的猶太人還是太多了！我們打算發起公開募捐，為亨利打官司，替他平反！」

可是，四、五天後，艾司特海茲逃往比利時，再轉往英國。此舉無異承認是畏罪潛逃。問題是他怎麼不把過錯推到我身上。

***

我內心如是煎熬的這段時間裡，有一天夜裡，我再次聽見屋內傳來聲響。第二天早上，我發現店內以及地窖都被翻得亂七八糟，通往下水道那道小樓梯的門，開著。

正當我心底盤算著該不該仿效艾司特海茲溜之大吉時，拉奇科夫斯基按了店門口的電鈴。他甚至不想費事上樓，一屁股就往一張等著出售的椅子上坐下去，一副看誰敢開口要它的模樣，隨即開口：

「如果我通知安全部門，略去其中一具是我四處找尋的手下這一段，告訴他們這裡的地窖底下躺著四具屍體，您怎麼說？我已經等得不耐煩了。我給您兩天的時間，去把您之前

……「參謀總部裡的猶太人還是太多了！」……

跟我說的那些議定書拿過來，我就把我在底下看到的一切都給忘了。我覺得這是個公平誠實的交易。」

不管拉奇科夫斯基是否已經知道我藏在下水道的所有秘密，我都已經不覺意外了。反正遲早我非得給他一些東西才行，倒不如想辦法從他提出的交易裡謀求其他的利益。我於是大著膽子回答：「您可以幫我解決我和軍方之間的一問題……」

他笑了：「您怕被發現那張清冊是您的傑作嗎？」

說真的，什麼都難逃這個人的法眼。他雙手抱拳，像是試圖彙整出他等一下要解釋給我聽的想法。

「您或許沒有完全了解這起事件，才會生怕有人把您牽連進去。放心吧。基於國家安全的理由，這張清冊必須被當成真的，這是全法國的需要。」

「為什麼？」

「因為法國砲兵正積極研發最先進的武器，七五釐米砲，所以必須讓德國人一直認為法國還在研發一二〇釐米大砲。目的是要讓德國人知道，有個間諜正打算販售一二〇釐米大砲的機密，並且要讓他們相信此舉對法國傷害極大。您頭腦清楚，想必會這麼想，德國人應該會說：『喔，該死，如果這張清冊是真的，在我們把它扔進字紙簍之前，該深入去了解一下！』如此一來，他們應該會看清事實，吞掉這張紙才對。可是，他們卻落進了圈套，因為情報單位裡的人，彼此從來不互通消息，永遠在猜想鄰桌的同僚是不是雙重間諜，他們可能輪流指控彼此：『什麼？有這麼重要的消息進來，竟然連大使館武官都不知道，而該名武官似乎就是收件人；要不然就是，他知道有這件事，卻絕口不提？』想想看，一場互相猜忌的大風暴，那邊就有人要掉腦袋了。所以一定要讓所有人都相信清冊是真的。這就是為什麼他們十萬火急的想盡快把崔里弗斯送到惡魔島的原因，不讓他有機會為自己辯護，說他不可能是洩漏一二〇釐米大砲的間諜，因為如果他真是間諜的話，洩漏的機密應該是七五釐米砲才對。據傳甚至有人直接找上他，拿槍指著他的臉，要他自殺謝罪免得顏面盡失。如此一來，也可免掉公開審判存在的可能風險。但是，崔里弗斯脾氣很硬，他堅持要捍衛自己的清白，因為他深知自己無罪。一名軍官永遠都不該有自己的想法。再說，我認為這個無賴對七五釐米砲的事也一無所知，很難想像這類事情會被送到實習生的桌上。不過，凡事總是小心點好。懂嗎？倘若有人得知這份清冊是您的傑作，全盤佈局就化為烏有了，而德國人將明白一二〇釐米大砲只是個幌子——這些德國佬，理解力慢，沒錯，卻不是完全盲目。您會說，老實說，不僅是德國情治單位，連法國這邊也一樣，都是由一幫胡搞瞎搞的人操縱。這是裡所當然的，除了替秘密警察工作的人，如您所見，效率稍稍高一些之外，而且他們在兩邊都埋有眼線。」

「艾司特海茲嗎？」

「我們的花花公子是個雙面間諜，他假裝為大使館的那批人監視山德赫，實際上，在那段時間裡，他是替山德赫監視大使館裡的德國人。他費盡心思計畫了崔里弗斯這起案子，但是山德赫明白現在他就快完蛋了，德國人開始懷疑他了。山德赫心知肚明，知道他給您的是艾司特海茲的筆跡樣本。目的在指控崔里弗斯的同時，萬一事情出了狀況，他還是有機會把洩漏清冊的責任推給艾司特海茲。等艾司特海茲明白自己陷入了什麼樣的圈套中時，當然已經太遲了。」

「那麼，他為什麼不乾脆把我抖出來呢？」

「因為他們會拆穿他的真實身分，到時候他不是陳屍運河裡，就是得在監獄裡度過餘生了。相反的，這個樣子，他還能有一份不錯的采邑在倫敦逍遙自在，讓情治單位花錢養他。不論是繼續讓大眾認為是崔里弗斯幹的，抑或決定讓艾司特海茲當個叛徒，清冊都得是真的才行。絕對沒有人會把責任推到像您這樣仿作假文件的人身上。這一點，您可以高枕無憂了。相反的，我呢，我卻可以利用地底下的那些屍體給您製造些麻煩。所以，把對我有用的資料給我搬出來。明天我手下的一名年輕人，名叫果羅明斯基[354]的會來您這裡。您不需要弄出完整的原始文獻，因為文獻必須用俄文書寫，這就交由他來辦。您只要想辦法提供他新的資料，真實而且能讓人信服的材料，充實強化一下您那篇如今已經是像常用拉丁語彙一樣家喻戶曉的布拉格墓園。我的意思是：把揭秘文件的來源設定在那座墓園裡舉辦的會議，我覺得真的不錯，不過會議的時代背景不能交代得太清楚，您應該處理一些日前的議題，而不是類似中世紀的玄秘傳說。」

我得好好花點腦筋了。

***

我有整整兩天兩夜的時間彙整我和屠蒙交往的這十幾年間蒐集的上百條筆記和簡報。我不認為我該用這些資料，因為《自由論壇報》都刊登過了，不過，這些東西對俄國人來說，大概算是未曝光的材料吧。問題是挑選。拉奇科夫斯基和果羅明斯基感興趣的絕對不是猶太人根本是音樂白癡，或者他們愛四處探險之類的。比較吸引人的應該是他們圖謀奪取善良百姓財產之類的。

我再確認了哪些已經被我拿來用過，當作拉比先前發言的內容。猶太人計畫佔領鐵路、礦產、森林、稅收管理、大片土地財產，他們的目標鎖定司法、監獄、國民教育，他們希望滲入哲學、政治、科學和藝術界，尤其是醫學領域，因為醫生比神父更有機會走入一般家庭。必須挖宗教的牆角，散播自由思想，把教義課從學校課程綱要中刪除，獨佔酒類販售，控制媒體。老天，他們還覬覦什麼呢？

顯然，我不能再利用這些題材。拉奇科夫斯基應該只看過我拿給葛藍卡的那個版本裡面的拉比發言內容，那個版本的主題局限在宗教和啟示錄。不過，可以確定的是，我得給我先前的文章添些新意。

我認真仔細的檢視了一般讀者可能會有興趣的所有主題。以看來超過半世紀之久的工整字跡，謄寫在一張泛黃得恰到好處的紙上：於是，爺爺遺留給我的文件有了，就好像一份真的會議記錄，像是在那個猶太區，他年輕時曾住過的那地方，真的召開了以色列民族會議似的，會議記錄內容轉譯自拉比們在布拉格墓園集會後留下的議定書。

第二天，當果羅明斯基踏進店內時，我很驚訝拉奇科夫斯基竟然會把這麼重要的任務交付給一個文弱又近視的年輕莊稼漢，他的穿著極不體面，一臉班上最後一名的呆樣。後來，交談中，我才發覺他比外表給人的印象更精明。他的法語說得極差，帶著濃重的俄國腔，不過他立刻提出疑問，納悶著杜林猶太區的拉比怎麼會用法文來做會議記錄。我跟他說在那個時代，在皮埃蒙凡是讀書識字的人都用法語交談，他相信了。之後，我開始思考我筆下那些墓園集會的拉比說的該是希伯來語還是意第緒語，反正，這些文獻都是用法文書寫的，現在想這個問題已經沒有任何意義了。

「您知道，」我對他說，「例如這一頁，他們強調要如何散佈無神論哲學思想，企圖打擊善良百姓的士氣。聽聽這裡寫的：『我們必須連根拔除基督教的精神，甚至連上帝這個觀念都不能留，然後用算術和物質需求取而代之。』」

我假設沒有人喜歡數學。我還記得屠蒙對那些淫穢媒體的抱怨，我認為，最起碼在正統派思想人士的眼裡，散播隨處可得的乏味娛樂給一般大眾無異是一樁陰謀。聽聽這個，我對果羅明斯基說：「為了避免人民受到某個新政治路線的影響，我們必須用各種娛樂來分散他們的注意力：體力鍛鍊活動、打發時間的娛樂、不同性質的愛好、供客人跳舞的小咖啡館，並廣邀民眾參與藝術和體育競賽……我們鼓勵人民無節制的追求奢華，調高薪資，此舉其實不能減輕工人的負擔，因為，同時間，我們也藉口收成差，順勢提高基本生活物資的價格。我們還打算在工人之間散播無政府主義的混亂因子，吹捧他們對酒精的品味，藉以破壞工業生產的基礎。我們操縱公眾輿論，民意流向，引導他們相信各式各樣看似進步或自由的無稽理論。」

「好，好，」果羅明斯基說。「可是，除了這段關於數學的文字之外，有什麼能討大學生歡心的東西嗎？在俄國，大學生可是非常重要的一群，都是些需要嚴格監控的熱血分子。」

「這裡有一段：『當我們掌權時，我們的教育課程綱領將取消所有混淆年輕人思想的科目；我們要把他們教成聽話的孩子，愛戴他們的領袖。那些壞榜樣比好榜樣多的經典研究和古代歷史科目，則由研究未來的科目取代之。我們要把一切對我們不利的歷史從人民的記憶中刪除。透過系統化的教育，消滅這些我們在某段時間裡，為了達成目標，大加利用的獨立思考理論餘孽……頁數少於三百頁的書，需多繳一倍的稅，這些措施能強迫作家出版大部頭的作品，頁數多到沒有多少人會想要去看。我們自己則出版一些便宜的書，以便教育和導正大眾的觀念。課重稅能減少純消遣性的文藝出版品的量，想拿筆抨擊我們的人因而找不到出版商。』至於報紙，希伯來人計畫擬訂一種虛有的言論自由，反而非常有利於控制輿論。我們的拉比說必須盡可能的攬下極多數的期刊，然後利用他們表達表面上看似百家爭鳴的輿論意見，藉以製造各家思想能自由傳遞的假象，事實上，它們反映的是猶太支配者的意見。猶太人觀察得出，收買記者其實不難，因為他們自成一個團體，沒有任何編輯有勇氣揭發他們沆瀣一氣、互相勾結的醜事，因為無論是誰，如果私生活沒有什麼見不得光的地方，他是絕對打不進這個媒體圈裡的。『當然我們必須嚴禁媒體刊登任何犯罪新聞，要讓人民相信新政權上台後，連一般的違法犯紀小案件都不復見。不過，我們也不需要過分擔心箝制媒體的問題，因為媒體是否自由，那些被工作和貧窮囚困住的平民老百姓根本察覺不出來。這些垂涎巴望著擁有所謂的言論自由的無產階級工人，他們有什麼樣的需要呢？』」

「這段，很不錯，」果羅明斯基評論道，「因為我們國家的那批熱血青年總是不停的感慨抱怨政府有所謂的審查制度。一定要讓他們了解，若是猶太人掌權，情況會更糟。」

「若是為了這個，我還有更棒的：『必須一直讓民眾的意志薄弱，沉不住氣，莽撞行事。群眾的力量是盲目的，缺乏深思熟慮的理性；他們一會兒聽這邊的，一會兒聽那邊的。一大群人可能冷靜地作出判斷，不帶怨妒地處理不該和自身利益混為一談的國家事務嗎？他們能抵禦外侮嗎？不可能，因為一項計畫，在群眾各有不同想法而意見分歧的狀況下，必然失去原先價值，最後變得四不像，無法付諸實施。唯有專制政府能夠規劃大型計畫，在政府機器的機制下，逐項分派任務，各司其職……若沒有絕對的專制，就不可能有文明出現，因為文明唯有在單一領袖的庇護之下才可能向前邁進，這個領袖任何人都可以，只要政權別落在群眾手裡就行了。』所此，來看看另一份文件，既然歷史上從來沒見過有哪一部憲法是基於人民的旨意而立，所以治國大計必是從單獨一個腦袋裡跳出來的。讀讀這段：『就像一位千手毗濕奴[355]主宰我們的一切。我們甚至無須再求助警察之力：我們的子民當中，有三分之一的人會監視另外的三分之二。』」

「非常好。」

「還有呢，『種種情況，在在證明群眾是野蠻的。想想看，那些被酒精麻木的粗魯醉漢，自由讓他們得以無節制的暢飲！我們，以及跟我們有同樣想法的人，是否應該予以限制呢？基督徒過度飲酒，個個火爆粗魯，年輕人則因過早放縱情色而精神出毛病，這些都是我方特務鼓動下的成果……只有純粹的力量是勝利的和政治的；暴力當為主軸；詭計和口是心非則為守則。罪惡是通往善美的唯一途徑。所以不要讓我們停在貪腐、詐欺和背叛之前，不敢逾越，要知道，為達目的，不擇手段。』」

「我們國家有很多人在談共產主義，布拉格的那群拉比對此有何高見？」

「看看這個：『政治上，財產收歸國有，如果這樣做可以取得人民的順從和權力的話，別猶豫。我們希望繼續被視為工人的解放者，假裝基於我們工會宣稱的兄弟義氣原則，繼續愛護他們。我們會建議他們加入我們的社會主義、無政府主義或共產主義的軍隊行列，說我們是為了將他們從迫害中解放而來。但是，剝削勞動階層的貴族把他們餵得飽飽的，養得健康又強壯，對自己是有利的。相反的，對我們的有利的卻是鄉紳貴族的衰亡。我們的當務之急就是想辦法讓工人永遠處在他們永遠無力滿足的需求壓力下，因為這麼一來，我們就能對他們予取予求，叫他們乖乖聽話；更要讓他們周遭絕對出不了一個有能力，有力氣可以挺身對抗我們的人。』再補充這一段：『我們將透過虧空所有可能資產，以及借助完全掌控在我們手中的黃金，製造一次全球性的經濟危機，同時一舉把全歐洲數不清的工人全扔到街上。到時候，這群烏合之眾會很高興的到我們這邊，這些人早在小時候就嫉妒我們了，只是不自知罷了：他們將打包細軟，為我們拋頭顱灑熱血。我們呢，我們不會受到傷害，因為我們知道何時發動攻擊，我們會採取必要措施保護我們的利益。』」

「您難道沒有關於猶太人和共濟會的東西嗎？」

「當然有！這裡就是，語意極其清楚的一段文字：『只要我們一日不得政權，我們將持續努力地在世界各個角落設立共濟會會所，開枝散葉。這些會所將成為我們蒐集情資的主要基地，同時也是文宣攻勢的中心。在這些會所裡，我們要強化該社會裡社會主義派所有階級和革命派之間的關係。盡可能讓國際警察和秘密警察的每位幹員都成為我們會所的一分子。加入秘密社團的分子大多都是些愛冒險，不喜嚴肅思考的人，只要隨便找個理由，便能說動他們另闢人生蹊徑。有了這樣的人加入，我們就能輕鬆地繼續朝目標邁進。我們也就理所當然地成為領導共濟會事業的唯一民族。』」

「太棒了！」

「您應當還記得有錢的猶太人饒富興味的在一旁，冷眼旁觀放任反猶太主義被導向猶太貧困的一群，因為這樣的反猶太主義能激起基督徒，也就是心腸最軟的那一群，對整個猶太民族產生憐憫之情。您看，這裡：『反猶太行動對那些猶太籍的小領導人也有益處，因為這些行動會喚醒某些異教徒內心的同理之心，憐憫那些表面看來像是遭到迫害的民族。也有助於他們之後獨攬眾多異教徒對錫安主義理想的同情。以猶太民族遭受迫害的形象出現的反猶太主義有助於領導人控制最貧困的階層，奴役這些階層的人民。他們默許政府迫害猶太人，因為他們在等待適當的時機，屆時他們將加入戰局，拯救這批與他們有著相同信仰的人。要注意的是，在這連串的反猶太主義騷動中，這群猶太領導人，無論是在他們往上爬，或者是已經身居公家管理要職之時，從來都沒吃過苦頭。同樣是這一批領導人派〈基督看門狗〉對付最底層的猶太人。這群看門狗維持了他們那個圈子的秩序，所以他們協助鞏固了錫安的穩定。』」

我回收再利用了非常多頁超誇張的技術性文字，這都是若利的貢獻，關於借貸和利息稅的運作機制。我是有看沒有懂，而且我也不確定從若利分析之後到現在，稅制是否已經修改，不過，我相信我的資料來源無誤，所以一股腦全塞給果羅明斯基，這些東西或許可以在負債累累，甚至根本已經深陷高利貸漩渦的商人或工匠中，找到一個願意看下去的讀者。

最後，這些日子裡，我看著《自由論壇報》針對即將在巴黎市建造的地鐵軌道展開討論。這已經不是新聞了，早在十二年前就已經在談了，然而一直到一八九七年七月才正式通過該建設計畫，並且到最近才開始開挖文森門-馬佑門線。還算不上什麼大進展，不過一個地鐵公司成立了。最近一年左右，《自由論壇報》掀起一場論戰，抨擊該公司有為數眾多的猶太籍股東。所以我覺得可以把猶太人的陰謀跟地鐵工程連在一塊，因此我試著寫了：「那個時候，每座城市將擁有地鐵和地下道：從這些地底隧道，我們可以把全世界的每座城市炸飛，一道毀了它們的機構和文獻。」

「可是，」果羅明斯基問，「布拉格集會是發生在那麼久遠之前的事了，這些拉比怎麼知道會有地鐵呢？」

「首先，如果您看過十幾年前刊登在《當代雜誌》上，最後一版本的拉比發言內容，您就會知道布拉格墓園集會發生在一八八〇年，那時候，我依稀記得，倫敦已經有地鐵了。再說，只需要讓這計畫帶上先知預卜的口吻就行了。」

果羅明斯基非常欣賞這一段，他覺得充滿無限的可能。他接著說：「您不覺得這批文獻中有許多想法是互相牴觸的嗎？例如，一方面想禁止奢華和膚淺的樂趣，懲罰酒醉，另一方面卻又大力推廣運動和娛樂活動，還讓工人飲酒成癮……」

「猶太人一直都是一下說這樣，一下又改口，他們是天生的騙子。不過，如果您發行的是一本很厚的書，人們是不可能一口氣讀完的。我的目標應該是鎖定在引發一些排斥心態，一次一樣，而且當人因為今天讀了某些印證內心想法的文字而覺得氣憤難當時，通常他早已不記得昨天他看了什麼也讓他氣憤難平。再說，如果您用心細看的話，您會知道布拉格的拉比們，當下，想的是利用奢華、娛樂和酒精把老百姓變成奴隸，不過，等他們獲得政權後，他們會規範百姓遵守善良風俗。」

「說得對，對不起。」

「嗯，是說這些文件，是我花了十幾年工夫，打從我小時候就開始構思彙編得來的，再細微的末節我都瞭若指掌。」我自認可以自負地做出結論。

「您說得有道理。但是我希望能用一些強而有力的明確說法來總結，一些能迴盪腦海不散的東西，來象徵猶太人的黑暗。好比說：『我們的野心無邊無際，貪婪得不放過任何利益，還有殘酷的復仇欲望，以及深切的仇恨。』」

「以連載小說的水準來看，還算不錯。不過，您覺得這些精明得像什麼似的猶太人會說出這樣直接足以定他們罪的話來嗎？」

「就我來說，這方面的問題，我一點都不擔心。這些拉比在他們的墓園裡交談，當然不擔心有異教外人會聽到他們在說什麼。他們沒有羞恥心。不管怎樣，一定要能讓群眾覺得氣憤才行。」

…… 但是我希望能用一些強而有力的明確說法來總結，一些能迴盪腦海不散的東西，來象徵猶太人的黑暗。好比說：「我們的野心無邊無際，貪婪得不放過任何利益，還有殘酷的復仇欲望，以及深切的仇恨。」……

果羅明斯基是個很棒的合作夥伴。他真的把這些文獻當成真的，或許是裝出來的也不一定，不過，需要的時候，他也毫不猶豫地大筆修改。拉奇科夫斯基挑了一個非常適任的人選。

「我想，」果羅明斯基最後做了結論，「我已經有足夠的資料弄一份名為布拉格墓園拉比會議議定書的文件了。」

布拉格墓園已經從我的手中溜走了，不過，我大概正參與企劃將它推向成功。鬆了一口氣後，我邀請果羅明斯基一起到穌樹達丹路和義大利人大道轉角上的巴亞餐廳晚餐。很貴，但料理精緻又美味。果羅明斯基表現出一副非常欣賞那道王子雞和榨血鴨的樣子。不過，一個來自大草原的莊稼漢，香腸酸菜說不定也同樣吃得津津有味。我本來可以不用忍受，避開服務生朝大聲吞嚼的客人拋過來的狐疑眼光。

但是他吃得很開心，不知是葡萄酒作祟還是出於內心的熱情，一股宗教還是政治的熱情，誰知道，他的眼睛閃爍著興奮的光芒。

「一篇文章即將問世，」他說，「讓他們深沉的民族和宗教仇恨浮上檯面。這些頁裡，憎恨翻滾，就像要從裝滿苦澀膽汁的湯鍋裡滾溢出來一樣……將會有很多人領悟到，我們已經走到提出最終解決方案的時刻了。」

「我從歐斯曼．貝伊那裡聽過這個詞，您認識他嗎？」

「只聞其名。不過，這是一定的，務須不計任何代價，連根拔除這個受詛咒的民族。」

「拉奇科夫斯基似乎不這麼想；他說留猶太人一個活口，正好當個不錯的標靶。」

「無聊。好的標靶，到處都有。千萬別以為，因為我在拉奇科夫斯基的底下做事，我的看法就得跟他的一樣。是他教我的：替今天的上司做事之時，也必得做好服務明天上司的準備。拉奇科夫斯基不會永遠待在這個位子上。在神聖俄羅斯境內，有許多人比他更激進。西歐國家政府太怕事所以遲遲無法歸結出一個最終解決方案。相反地，俄羅斯是個充滿幹勁和夢想希望的國家，始終企盼著一場完全革命。我們期盼的決定性指示一定是來自我們那裡的高層，而不是這些嘴裡老是嘟囔著什麼平等、博愛的法國人，或者是那些幹不了大事的粗魯德國人……」

早在我跟歐斯曼．貝伊的那次夜間對談中，我就已經有這樣的直覺了。巴輝埃爾教士看過爺爺的信後，因為害怕引發全面性的大屠殺，所以對爺爺信中的指控沒有採取任何後續的動作，不過，爺爺的想法很可能正是歐斯曼．貝伊和拉奇科夫斯基預料下的狀況。爺爺大概老早就相中我，代他承繼並實現他的夢想。喔，上帝，不一定非得要我親自下手殺光這整個民族，真好，儘管貢獻微薄，我還是盡了一份心力。

事實上，這份志業也算利潤豐厚。猶太人絕對不會付錢叫我殲滅所有的基督徒，我心裡想，因為基督徒人數太多了，而且，就算此事有可能辦得到，猶太人也會自己動手。相反的，悉數消滅猶太人，仔細想想，好像是可以辦到的。

我沒辦法親手將他們滅絕，我（一般而言）痛恨使用暴力，但我當然知道該怎麼做才對，因為我經歷過公社的那段日子。你帶領著灌輸了正確思想，訓練精良的憲兵隊，然後只要遇上一個長著鷹鉤鼻兼一頭鬈髮的人，立刻強壓靠牆。這些人當中可能會有幾個基督徒，不過，那位即刻將進攻遭阿爾比吉人佔領的貝濟耶城的主教說得好：寧可錯殺一百，不可縱放一人。反正，上帝一定分辨得出誰是祂的子民。

他們的議定書中不也這麼寫著，為達目的，不擇手段。

［譯註］

347. Marie-George Picquart：一八五四—一九一四，法國軍事將領，是崔里弗斯事件中的重要人物。

348. Raoul de Boisdeffre：一八三九—一九一九，法國軍事將領。

349. Charels-Arthur Gonse：一八三八—一九一七，法國軍官，崔里弗斯事件調查時，在 Boisdeffre 將軍手下辦事，崔里弗斯判刑定讞後，他負責監視艾司特海茲（Esterhazy），他不承認崔里弗斯是清白的。

350. Anatole France：一八四四—一九二四，法國小說家，一九二一年諾貝爾文學獎得主。

351. Georges Sorel：一八四七—一九二二，法國哲學家，創立革命社會主義，倡議組工會，認為這是可以動員工人摧毀資本主義的方法。

352. Jules Renard：一八六四—一九一〇，法國作家。

353. Emile Durkheim：一八五八—一九一七，法國社會學家，與馬克思、韋伯並列為社會學三大奠基人。

354. Matevei Golovinski：一八六五—一九二〇，俄國秘密警察單位幹員，一九九九年俄國歷史學家來普金（Lepekhine）發現他是《錫安議定書》的作者。

355. Vishnou：印度教神祇，相傳祂有十種化身，佛教創始者釋迦牟尼是祂的第九個化身。

27——日記中斷

一八九八年十二月二十日

　　當我把手上所有尚存的墓園會議議定書資料交給果羅明斯基之後，我覺得整個人好像空了一樣。就像年輕時，拿到大學法律系文憑的我 心想：「那，現在呢？」而且，自從我的人格分裂症痊癒後，我甚至連個可以傾訴的人都沒有了。

　　我為自己一生的志業畫上了句點。打從我躲在杜林老家閣樓上偷讀大仲馬的《巴爾薩摩》就開始萌芽的志業。我想到爺爺，想到他回想默德凱鬼魂時，那雙凝望空無的眼睛。多虧了我嘔心瀝血之作，全世界的默德凱都將奔赴恐怖的火刑場了。可是，我呢？有一種使命完成後的愁緒，這愁比隻身在郵輪旅行感受到哀傷更無邊際，更無以名狀。

　　我仍繼續幫人偽造個人預立的遺囑，每週也賣幾十個聖體餅，艾布特尼沒再找我，他八成覺得我年紀太大了，而軍方的那些傢伙就別提了，我的名字應該已經從那些仍記得我這個人的腦袋裡刪除得一乾二淨了——山德赫癱瘓被送進醫院，而艾司特海茲遠在倫敦某家高級妓院賭牌玩樂，想必是沒有人記得了。

　　我並非真的需要錢，我已經攢了足夠的積蓄，我只是覺得無聊。我的胃不好，甚至無法再以美食來撫慰自己。我在家裡自己煲湯，只要上餐廳外食，那天晚上我一定無法成眠。

有時候，我還會嘔吐。而且小便的頻率也比平時高。

我依然常常往《自由論壇報》報社跑，只是屠蒙的反猶太怒火已經無法激起我的興趣。而布拉格墓園的事，現在已經是俄國人的工作了。

崔里弗斯事件依舊餘波蕩漾：今日大家議論紛紛，某位支持崔里弗斯的天主教人士出人意表地在一份類似《十字報》（啊，想當初《十字報》奮力支持狄安娜，那時候多美好！）這樣始終堅定反崔里弗斯的報章上發聲。昨天，報紙頭條則是被在協和廣場上舉行的反猶太示威活動爆發的流血事件所佔據。卡恆．達契[356]在一份幽默小報發表了一幅兩格漫畫：第一格畫了一大家子和樂融融的圍著餐桌團團坐著，家裡的大家長警告大家不要談論崔里弗斯事件；第二幅畫的下頭則寫著，他們還是談了，最後是怒氣沖沖的互相叫罵。

根據這裡、那裡，還有世界其他各地的報導，法國人對此事，意見相當分歧。他們會重啟調查嗎？不過此時，崔里弗斯人仍遠在圭亞那蹲苦牢。罪有應得。

我到貝加瑪奇神父家找他，我發覺他老了，而且很疲憊。這是必然，我都六十八了，他現在少說也有八十五了。

「我剛好想跟你打聲招呼，西莫尼尼，」他對我說。「我要回義大利了，在我那邊的一間房子裡度過餘下的日子。我認真工作，彰顯我們天主的榮耀，甚至做得太多了。你呢，其實，你還沒見識過人人各懷鬼胎的環境吧？現在，我恨死明爭暗鬥了。你爺爺的那個時代，一切都明明白白的，一眼就可以看穿，一邊是燒炭黨，而我們是另一邊，我們知道敵人是誰，敵人在哪裡。我已經不是過去的我了。」

如今他已神志不清，我憐愛的擁抱他後離開。

……我到貝加瑪奇神父家找他，我發覺他老了，
而且很疲憊……

昨天晚上，我行經清貧聖朱利安教堂。大門邊上坐著一個人，幾乎不成人形，雙腿殘缺，兩眼失明，光禿禿的腦袋佈滿青紫色的疤痕，他努力吹響插在一個鼻孔上的小笛子，吹出旋律，另一個鼻孔則呼出悶悶的哨音，因此只能像快溺斃的人一樣張嘴呼吸。

我不知道為什麼，可是我好怕。彷彿活著成了一件齷齪的事。

我無法入睡，常被惡夢驚醒，夢裡，狄安娜蓬頭亂髮，臉色青白。

我常常清晨就出門，看著那些撿菸屁股的人在做什麼。他們一直很令我著迷。往往天一亮，你就能看到他們四處晃，腰間用繩子綁了一個臭袋子，手拿一根尖端包鐵的棍子，用來叉香菸頭，就算菸頭躺在桌底下也躲不過。觀察他們很有意思，好比在露天咖啡座，服務生會拿腳踹他們，趕他們走，有時候還拿蘇打水的虹吸瓶朝他們身上灑水。

他們當中有許多人夜裡是躺在塞納河河岸過夜，所以早上可以看見他們坐在河畔拍掉被口水弄濕還未乾透的菸芯上面的煙灰，或者清洗沾染了菸草汁的襯衫，然後一邊等陽光曬乾菸芯，一邊繼續挑揀。膽子最大的不僅撿拾雪茄菸頭，他們還撿香菸，剝開濕透的紙捲，分離菸絲的工序更是噁心。

接著就能看到他們散至莫伯特廣場和周邊區域，販售他們的商品，才剛有幾個錢入袋，便見他們走進小酒館喝茶毒人命的酒。

我藉由觀察別人來打發時間。我退休啦，或者該說退役了。

真奇怪，可是，我好像懷念起猶太人了。我想念他們。打從年少輕狂歲月起，我埋首建造，我的意思是一塊墓碑一塊墓碑的慢慢堆砌我的布拉格墓園，只是現在，像是果羅明斯基從我手中偷走了一樣。天知道他們在莫斯科把我的心血變成了什麼樣。他們很可能把我寫的議定書全部融匯成單一一件官僚無趣文件，去除掉該文原有的懷古風。變得沒有人想要讀它，我豈不是浪費了一生的時間去製作一份無用的真實紀錄。或許就是要這樣，我的拉比們（他們永遠，而且確確實實是我的拉比），他們的想法才能夠，隨著這個最後的解決方案，散播流傳至全世界。

我曾經讀過，佛朗德大街的某處，某座古老中庭院子的最裡邊，有一座猶太裔葡萄牙人的墓園。十七世紀末，有一座宅邸坐落於此，屋主是名叫枷莫，他允許猶太人，其中大多數屬德國籍，在此地埋葬他們去世的親人，成人收費五十法郎，孩童二十。後來，宅子易手，屋主換成姓馬塔的皮貨商，他把扒了皮的馬和牛的殘骸埋在猶太人墳場旁邊，猶太人不滿抗議；葡萄牙人買了鄰近的空地埋葬親人，而北方的猶太人則在蒙魯日找了另一塊地。

墓園在本世紀初關閉，不過，還是能夠入內。裡頭有大約二十多塊墓碑，有些刻了希伯來文的墓誌銘，有些寫的是法文。我看到一篇相當奇特的銘文，這麼寫著：「蒙至高上帝在我生命的第二十三個年頭召喚我回去。我寧可選擇我受奴役的狀態。這裡安息的是喜樂的山謬爾．費南岱．帕托（Samuel Fernandez Patto），卒於唯一的一統法蘭西共和第二年四月二十八日」。不消說，裡頭躺著的一定是共和派分子、無神論者和猶太人。

這裡鬼影幢幢，卻能幫我進入狀況，想像出我只看過幾張圖片的布拉格墓園該有的模樣。我是個說故事高手，我本來大有機會成為一名藝術家：靠著稀少的三兩樣線索，創造出一個魔幻舞台，全球陰謀的黑暗玄秘中心。我怎麼會讓我的心血創作就這麼溜走呢？我大可以墓園為背景，再添加許許多多別的奇幻情節……

拉奇科夫斯基再度上門。他對我說他還需要我。我火了，「您沒有遵守約定。我以為我們已經互不相欠了，」我對他說。「我給您提供了非凡的資料，而您，您不得再用我的下水道做文章。再說，要有其他期待的人應該是我。您不會以為這麼珍貴的資料是免費的吧。」

「不遵守約定的是您。文獻是用來支付我保持沉默的代價。現在，您還敢想要錢。好，我不想多費唇舌，就算文獻得花錢買好了。您仍然欠我一些東西，好塞住我的嘴。再說了，西莫尼尼，我們也別再討價還價了，惹惱了我對您沒有好處。我跟您說過，站在法國的立場，清冊必須是真的，此事關係重大，但是就俄國的立場來說，卻不是如此。我一點都不在意讓您曝光，讓您成為媒體人人喊打的過街老鼠。到時候，您剩下的日子大概都得往法院跑了。啊，我忘了。為了徹底了解您的過去，我找過那位貝加瑪奇神父，還有艾布特尼，我也跟他談過了，他們告訴我，您跟他們提過一位達拉．皮科拉教士的事，他負責策劃塔克西爾事件。我想盡了辦法找尋這位教士，據說他就這麼平空消失了，跟著一起消失的還有在奧特伊的某間房子以及與他合作規劃塔克西爾事件的每一個人，除了塔克西爾還在巴黎四處亂晃，尋找，他也在找這位消失得無影無蹤的教士。我可以指控您就是兇手。」

「沒有屍體。」

「地底下有四具呢。把四具屍體扔到下水道的人，很可能也處理掉了另一具。」

我被這個該死的傢伙掐得死死。「好，」我退讓了，「您要我幹什麼？」

「您交給果羅明斯基的資料裡，有一段讓我印象非常深刻。利用地鐵摧毀大城市的計畫。為了讓人們能夠相信，我們需要在地底引爆炸彈。」

「在哪兒，倫敦嗎？這裡還沒有地鐵。」

「不過，地底工程已經開挖，沿著塞納河，已經有好幾個鑿開的孔洞。我不需要把巴黎炸成灰，我只要炸斷兩、三根支撐隧道的樑柱就行了，若能炸坍一塊地面公路那就更好了。小小的爆炸，但得要能被視為一大威脅，讓人認定危險存在著。」

「我明白了。不過，這跟我有什麼關係呢？」

「據我所知，您曾經在接觸過炸藥，而且手底下也有一些專家。往好的方面想。我認為這件小事應該會很順利，因為這批首先挖開的洞並沒有人看守。不過，我們必須承認，萬一運氣不好，事與願違，破壞分子還是有可能被人發現。如果滋事的人是法國人，大不了吃幾年牢飯；如果是俄國人，可能會導致俄法戰爭。所以不能由我們這邊的人出面。」

我預備強力反擊；他不能把我拖進這麼瘋狂的行動中，我是個與世無爭的人，也有了歲數。後來，我克制住了。這幾個星期，我內心那種空蕩蕩的感覺所為何來，難道不是因為我不再是主角的緣故嗎？

接受這項任務，等於重回第一線。我可以藉此強化我的布拉格墓園故事的可信度，讓它顯得更逼真，變得比以往任何時刻更真實。又一次地，我單槍匹馬，打垮一個民族。

「我得找到我需要的人，跟他談一談。」我回答，「幾天後我會給您答覆。」

我找到了嘉維埃里。他重操拾荒舊業，不過，多虧了我的幫忙，他有了合法身分文件和一點積蓄。唉，還不到五年呢，他已經是老態龍鍾——圭亞那的日子遺留不少痕跡。他雙手顫抖，得費好一番力氣才能拿起我大方地替他斟滿好幾回的酒杯。他行動不便，幾乎無法彎腰，我不禁納悶，他要如何撿拾垃圾。

他對我的提議反應非常熱烈，「如今可不比從前，以前某些炸藥你沒辦法用，因為沒有時間讓你遠離現場。現在，全都是用定時裝置了。」

「怎麼運作？」

「簡單。隨便拿個小鬧鐘，調到想要的時間。到了那個鐘點，小鬧鐘的指針啟動的可不是鬧鈴，如果連接得好的話，它啟動的將會是一個引爆器。引爆器引爆火藥，然後『砰』。那時候您人已經在百里之外了。」

第二天，他拿著一個看起來簡單得可怕的玩意兒到我家：簡直無法想像這束電線外加一個修院院長才會戴的老式凸蒙懷錶能引爆炸彈？然而，事實卻是如此，嘉維埃里驕傲的說。

兩天後，我親自走了一趟正在進行開挖的工地，帶著好奇的神色，甚至還問了工人幾個問題。我發現其中一個孔可以很容易的從離地面不深的走道通到有許多柱子支撐的隧道。我並不想知道隧道會通往哪裡，如果它打通的話：只要在隧道口裝上炸彈，就大功告成了。

我開門見山直接告訴嘉維埃里：「我對您的手藝非常敬佩，但是您雙手抖個不停，兩腳也發顫，您不可能下得去，而且誰知道您用那個您跟我提過的滴答鬧鐘在下面搞什麼鬼。」

他的雙眼變得濕潤，「的確，我沒用了。」

……我並不想知道隧道會通往哪裡，如果它打通的話：
只要在隧道口裝上炸彈，就大功告成了……

「誰能替您完成這項工作呢?」

「我已經沒有認識的人了,別忘了,我最好的同志還在圭亞那,還是您把他們送去的。所以負起您該承擔的責任吧。您不是想引爆炸彈嗎?您就自己去裝。」

「鬼扯,我不是這方面的專家。」

「您不需要是專家,只要有個專家指導就行了。仔細看看我放在桌上的東西,都是好的定時炸彈能順利運作的必備材料。隨便哪一種鬧鐘,好比這個,只要懂得在設定好的時間啟動鬧鈴的內部構造機制就行了。然後是一顆電池,鬧鐘啟動後,一併啟動引爆器。我呢,我是個老派的人,我用的是這種人稱丹尼爾電池的鋅銅電池。這種電池,跟伏打電池[357]不同特別之處在於用的是液態元素。將硫化銅注入小容器的半邊,另外半邊注入硫化鋅。在銅那邊插入一個小銅皿,在鋅那邊則放入一只鋅製的小皿。兩個小皿的一端當然就是電池的兩極了。懂了嗎?」

「到目前為止,懂。」

「好。丹尼爾電池唯一的問題就是搬運時要特別小心,不過,只要它沒連接上引爆器和火藥,不管發生什麼事都沒什麼大不了的,一旦連接上炸彈,電池得安置在表面平坦的地方,我希望如此,要不然那個操作的人就是個大笨蛋。至於引爆器,無論哪一種的少量火藥都行。最後,就來到主要的部分炸藥了。過去,您還記得吧,我對黑色火藥頗為讚賞。那已經是大約十年前的事了,如今,有了新發明,巴里斯泰特無煙火藥百分之十的樟腦,等量的硝化甘油和火棉膠。一開始,這種炸藥的問題在於樟腦實在太不穩定,因而導致整個混合物也不穩定。不過,自從義大利人在阿維利亞納[358]研製這種火藥之後,似乎變得穩定許多。我還沒決定要用它,因為英國發明了柯達火藥,他們以濃度百分之五十的凡士林取代樟腦,至於其他，有濃度百分之五十的硝化甘油和百分之三十七的火棉，以丙酮溶解，然後全部拉成絲，像是一根根粗麵條。現在，我還在考慮選擇哪種，不管哪一種，差異都很小。所以，重點是先把指針調到設定的時間點上，然後鬧鐘先接上電池，電池再接上引爆器，最後把引爆器接到炸藥上，再啟動鬧鐘計時。我的建議：連接的順序千萬不能反過來；想當然耳，如果那個傢伙把東西都接好了，然後啟動，然後再轉動指針……砰！了解了嗎？完了之後，可以回家，上劇院，或上館子。剩下的事，炸彈會自行完成。清楚嗎？」

「清楚了。」

「上尉，我不敢說連小孩子都會，不過，一個堂堂加里波底軍退伍的上尉一定是沒問題的。您手很穩，眼睛銳利，您只要完成我交代的幾個簡單程序，只要您依照正確的步驟一一完成就行了。」

我同意了。如果我辦到了，我將瞬間再變年輕，叫世界上所有的默德凱蹲伏在我的腳下。還有杜林猶太區的那個小婊子。小子，是嗎？我要讓你瞧瞧我的厲害。

我需要擺脫發情的狄安娜身上散發的那股氣味，在那些夏日的夜晚，這味道已經折磨我一年半之久了。我明白我的存在並不單純只是為了毀滅這個受上天詛咒的民族。拉奇科夫斯基說得對，唯有憎恨能溫熱人的心。

我必須全套正式大禮服，莊敬地完成我的使命。我穿上我的燕尾服，貼上出入茱麗葉·亞當家的鬍子。湊巧我在衣櫥的裡邊找到了一小包我找來給佛洛依德醫生的剩餘古柯鹼。天知道這包東西怎麼還留在這裡。我從來沒試過，不過，如果醫生是對的話，這東西應該可以助我一臂之力。另外，我還灌了三杯干邑。此刻，我覺得精力充沛得像頭獅子。

嘉維埃里本想跟我一起去，但我沒答應，他的動作實在太慢了，他可能會拖累我。

我非常清楚事情該怎麼進行。我要裝配一顆創造歷史的炸彈。

嘉維埃里絮絮叨叨地給我臨行的建議這邊要小心，還有那邊要注意。去你的，我還沒老呢。

【譯註】

356. Caran d'Ache：一八五八—一九〇九，法國幽默漫畫家。

357. Pile voltaique：一八〇〇年由義大利物理學家伏打伯爵發明，是最早的化學電池。

358. Avigliana：義大利皮埃蒙區度林省下的市鎮。

老學究的多餘解釋

歷史

本書主角，西蒙．西莫尼尼是書中唯一的虛構人物——但他的爺爺，西莫尼尼上尉卻是真有其人，雖然正史對他的記載只有一條，但一般咸認他就是致奧古斯丁．巴輝埃爾教士那封信的神秘作者。

其他所有出場人物（除了幾個串場的配角之外，例如公證人雷布鄧高或倪奴佐）都是真實的歷史人物，而且也的確說了書中安排他們說的話，做了書中記錄的事。這項原則不僅限於在書中以真實姓名出現的真人，（儘管有許多真人，好比說里歐．塔克西爾看起來像是虛擬的角色，但確實是真有其人）同樣的，掛假名出現的人物也是真有其人，真有其事，用假名的理由只有一個，為了敘事的方便，讓一個（虛構）角色代替兩位（歷史人物）真人，演繹他們說的話和做的事。

儘管西莫尼尼是拼貼出來的人物，理由是我把事實上由許多不同人士完成的事蹟全掛到他名下，因而，若仔細想想，就某種程度而言，連西蒙．西莫尼尼也可以算是真實歷史上的人物。乾脆，全跟您們說了吧，這種人，還在我們之中。

歷史和書中情節

敘述者明白，書中轉載的私人日記，裡頭的敘事脈絡相當混亂（眾多的來回倒敘，也就是電影人所謂的瞬間插敘），因此讀者可能無法順利地串連事件發生的時間序，從小西蒙出生開始，一直到他的日記結束為止。這要命的不良因子就梗在，套用央格魯薩克遜民族的語言story（故事）和plot（情節）當中，或者用更繁雜的說法，也就是俄國形式主義人士（清一色猶太裔）所謂的fabula和sjuzet，亦即情節（intrigue）之間。老實說，敘述者也經常要花好一番工夫才能尋回情節發生的先後時間順序，但是他認為一位好的讀者應該能夠衝破這些細枝末節障礙，不受影響的享受通篇故事的發展。儘管如此，有鑑於某些讀者可能個性極端執拗，或是理解力驚人地駑鈍等情況，特此附上圖表，清楚條列這兩個層面（事實上，這在小說裡很常見——人們以前常說——那種組織嚴密的小說）之間的關係。

情節一欄是按照日記的頁數逐一登錄，所以跟章節的次序完全相符，也就是讀者閱讀的順序。相反的，故事一欄，我們將真實事件發生的順序予以搬動，放上西莫尼尼，或是達拉．皮科拉，回想和重新拼湊出的往事發生的真正時間順序。

章節	情節	故事
1. 陰霾晨光中的路人	敘述者開始看西莫尼尼的私人日記	
2. 我是誰？	日記日期：一八九七年三月二十四日	
3. 馬涅小館	日記日期：一八九七年三月二十五日（回想一八八五－一八八六年間，在馬涅小館吃飯時發生的事）	
4. 爺爺的那個年代	日記日期：一八九七年三月二十六日	一八三〇－一八五五年，爺爺家度過的童年，青少年時期，直到爺爺去世
5. 燒炭黨人小西蒙	日記日期：一八九七年三月二十七日	一八五五－一八五九年，在公證人雷布鄧高處工作，與情治單位有了接觸
6. 轉戰情治單位	日記日期：一八九七三月二十八日	一八六〇年 與皮埃蒙情治單位的頭子會晤
7. 混入千人遠征軍	日記日期：一八九七年三月二十九日	一八六〇年 與大仲馬乘艾瑪號抵達巴勒摩 與尼耶佛碰面 首次回到杜林
8. 海格力斯號	日記日期：一八九七年三月三十日－四月一日	一八六一年 尼耶佛失蹤 二度回到杜林，逃亡至巴黎
9. 巴黎	日記日期：一八九七年四月二日	一八六一年…… 初到巴黎的幾年

10. 達拉·皮科拉的困惑	日記日期：一八九七年四月三日	
11. 若利	日記日期：一八九七年四月三日，深夜	一八六五年 為了監視若利而入獄 設計陷害燒炭黨員
12. 布拉格之夜	日記日期：一八九七年四月四日	一八六五—一八六六年 布拉格墓園故事的第一個版本 與布拉夫曼和古格諾見面
13. 達拉·皮科拉說他不是達拉·皮科拉	日記日期：一八九七年四月五日	
14. 《比亞里茨》	日記日期：一八九七年四月五日，臨午	一八六七—一八六八年 在慕尼黑與高德契碰面 達拉·皮科拉遇害
15. 達拉·皮科拉還魂	日記日期：一八九七年四月六日和七日	一八六九年 拉格朗日談布朗
16. 布朗	日記日期：一八九七年四月八日	一八六九年 達拉·皮科拉 在布朗處
17. 公社的日子	日記日期：一八九七年四月九日	一八七〇年 公社統治的日子
18. 議定書	日記日期：一八九七年四月十日和十一日	一八七一—一八七九年 貝加瑪奇神父再次出現 補充布拉格墓園故事內容 若利遭謀殺
19. 歐斯曼·貝伊	日記日期：一八九七年四月十一日	一八八一年 與歐斯曼·貝伊會面

20. 俄國人？	日記日期：一八九七年四月十二日	
21. 塔克西爾	日記日期：一八九七年四月十三日	一八八四年 西莫尼尼與塔克西爾碰面
22. 十九世紀的魔鬼	日記日期：一八九七年四月十四日	一八八四—一八九六年 塔克西爾反共濟會始末
23. 妥善運用的十二年	日記日期：一八九七年四月十五日和十六日	一八八四—一八九六年 同段時間從西莫尼尼的角度敘述事件始末（西莫尼尼也是在這個時候常跟一群神經科醫師在馬涅小館裡閒聊，參見第三章）
24. 彌撒夜	日記日期：一八九七年四月十七日（直到十八日凌晨才停筆）	一八九六—一八九七年 一八九七年三月二十一日，塔克西爾騙局崩解 黑彌撒
25. 真相大白	日記日期：一八九七年四月十八日和十九日	一八九七年 西莫尼尼恍然大悟，於是除掉達拉·皮科拉
26. 最後解決方案	日記日期：一八九八年十一月十日	一八九八年 最後解決方案
27. 日記中斷	日記日期：一八九八年十二月二十日	一八九八年 破壞行動的行前準備

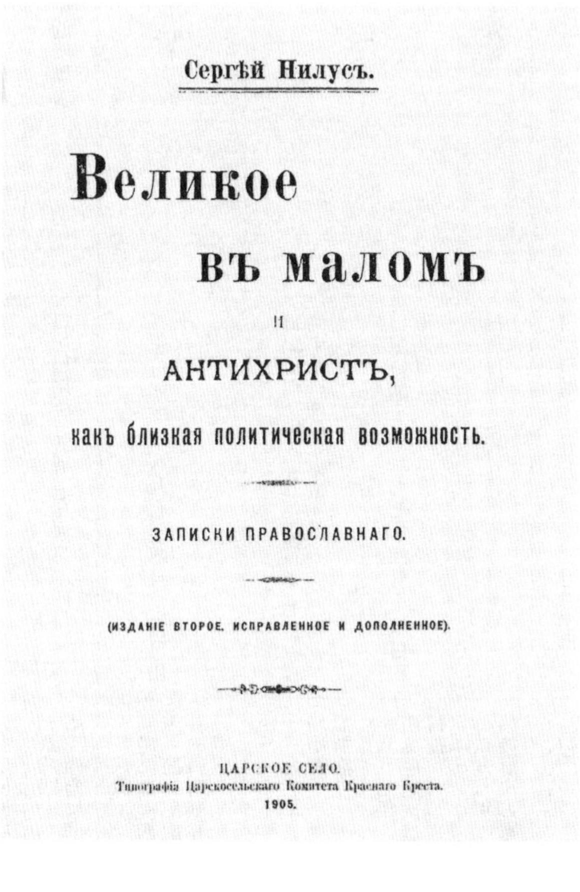

Сергѣй Нилусъ.

Великое

въ маломъ

и

АНТИХРИСТЪ,

какъ близкая политическая возможность.

ЗАПИСКИ ПРАВОСЛАВНАГО.

(ИЗДАНІЕ ВТОРОЕ, ИСПРАВЛЕННОЕ И ДОПОЛНЕННОЕ).

ЦАРСКОЕ СЕЛО.
Типографія Царскосельскаго Комитета Краснаго Креста.
1905.

首版《猶太人賢士議定書》出現在塞吉．倪樂斯[359]所著的《見微知著》一書

年代	後續發展
一九〇五年	在俄國出版的塞吉·倪樂斯的《見微知著》裡面有這麼一段話：「這是一位已經過世的好友交到我手上的，一份手寫的文稿，上面清楚，而且鉅細靡遺地描述了一件恐怖的全球性陰謀計畫和實施進程…… 大約四年前這份文件就到了我手上，我可以百分百保證這是譯自（原始）文件的認證翻譯本，該文件是位女性從共濟會內某位高權重，且極熟知內情的最高領導那裡偷來的……一次由『熟知內情者』在法國——『希伯來共濟會陰謀』的大本營——召開了秘密會議後，遭人夾帶出來的文件。想看或想聽的讀者，請容我大膽的揭開這名之為《猶太人賢士議定書》的文稿的神秘面紗。」 《議定書》隨即被譯成多國文字。
一九二一年	《倫敦時報》發現它與若利的書之間存有諸多關聯，乃檢舉《議定書》是出於偽造。但從此，《議定書》始終被認為是真實的歷史文件，不斷的被轉載。
一九二五年	希特勒在《我的奮鬥》中說：「這個民族的存續如何奠基在一個長久不息的謊言之上，從著名的《猶太人賢士議定書》便可看出箇中玄虛。」「它們是奠基在偽造文獻的基礎上」，《法蘭克福報》[360]每週泣訴：「這是最能證明文件為真的證據……等該書成為全體人類的共同遺產時，我們方能認為希伯來人的威脅已經消滅殆盡。」
一九三九年	亨利·羅藍[361]的《當代啟示錄》直指：「這些可謂是僅次於聖經之後，全球傳印最廣的文稿了。」

插畫出處

- 一六四頁：卡拉塔非密勝利，智慧財產屬於瑪麗・伊凡斯圖像圖書館／亞利納里檔案室所有。
- 二〇七頁：奧諾雷・杜米埃：《不用付錢的一天……》（沙龍觀眾，10，刊登於《夏里伐里畫報》，一八五二年，智慧財產屬於ＢＮＦ所有。
- 四一〇頁：奧諾雷・杜米埃，我們這樣一個生產好酒的國家，居然還有人喝水！（巴黎速寫刊登於《趣味週報》，一八六四，智慧財產屬於ＢＮＦ所有。
- 四三二頁：《小日報》，一八九五年一月十三日，智慧財產屬於亞利納里檔案室所有。

其他所有插圖均出自作者本身收藏的畫冊文獻

【譯註】

359. Serguei Nilus：一八六二—一九二九，俄國作家、出版商。
360. Frankfurter Zeitung：一八五六年到一九四三年間出刊的德文報紙，在納粹期間，被認為當時是最不受納粹宣傳控制的大眾媒體，一九四三年遭納粹宣傳部頭子戈培爾禁刊。
361. Henri Rollin：一八八五—一九五五，法國評論作家，史學家。堅決對抗反猶太主義，因此他也是第一批駁斥《議定書》真實性的人士。他的《當代啟示錄》（Apocalypse de notre temps）於一九三九年在巴黎出版，是第一本針對著名的《猶太人賢士議定書》發表的研究專論。法國被納粹佔領之後，此書被禁。納粹下台後，此書被遺忘了好一陣子，一直到一九六七年起才又被史學家引用，此後一直是研究《猶太人賢士議定書》的重要參考書。

Il Pendolo di Foucault

傅科擺

艾可——著

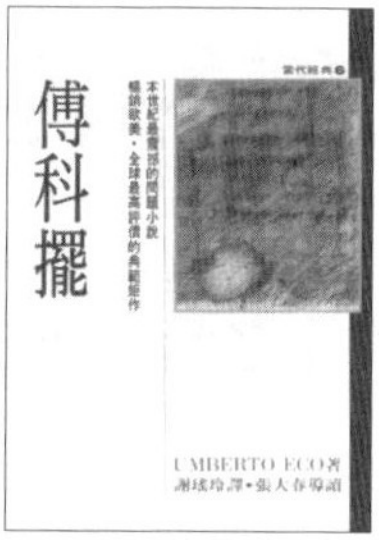

三個米蘭出版社的編輯，偶然間得到一則類似密碼的訊息，
是有關於幾世紀前聖堂武士的一項秘密計畫。
三個人平常受夠了各種怪力亂神的編務工作，一時興起，突發奇想，
便決定自己來編造這個超級計畫。

他們把各種各樣的資料輸入一台小名「阿布」的電腦中，
然後把歷史上每一樁無法解釋的神秘事件都歸因於聖堂武士的「計畫」。
從遠古的巨石到深奧的植物智慧，從永生不死的聖日耳曼伯爵、
隱秘的薔薇十字社到巴西的巫毒教，
反正每一件事都跟聖堂武士脫不了關係。
他們並得意地預言聖堂武士「計畫」的最終實現－－
即征服整個世界，已經迫在眉睫了！

他們樂此不疲地大開歷史玩笑，直到原本的遊戲竟似乎「弄假成真」，
直到神秘莫測的他們突然出現爭奪「計畫」的細節，
直到開始有人一個接一個莫名地失蹤……

La memoria vegetale e altri scritti di bibliofilia

植物的記憶與藏書樂

艾可——著

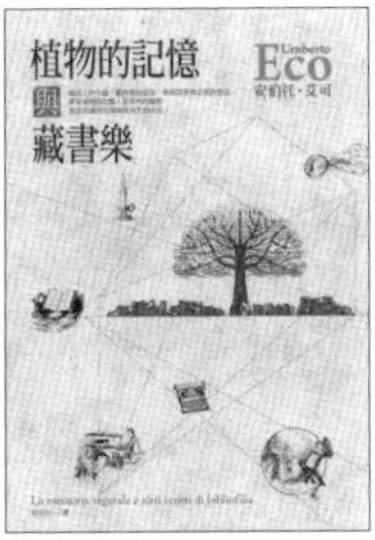

很久以前，人們在植物做成的紙頁上寫字，
而後紙頁成書，人類的記憶因而得以復刻、傳承、變造、討論。
擁有超過三萬冊藏書的艾可大師，認為「書」就是「植物的記憶」，
當你翻閱一本書，那些所有可能被時間遺忘的都再度被記起……

記得一個時代的細節，就像電影紀錄片一般，
「書」把當時的生活故事與美學品味說給你聽。
記得文藝狂人們百無禁忌的靈感，從棒擊功能到腸胃蠕動頻率，
無所不能成書。記得納博科夫等文學名家初出茅廬的低潮期，
他們的作品也曾經被評論家貶得一文不值：這個故事……
建議埋在地下一千年！

艾可大師橫跨歷史、文學、美學與科學的多元向度，暢談奇書軼事，
關於書的意義與價值，關於閱讀的必要，關於愛書人無可自拔的執迷。
而因著這些書的記憶，我們不厭其煩地蒐書、讀書、愛書、藏書，
並從中獲得了無可取代的樂趣！

A PASSO DI GAMBERO

倒退的年代

跟著大師艾可看世界

艾可——著

新戰爭崛起，和熱戰、冷戰有何不同？
為什麼我們再也無法確知誰才是敵人？
大量移民正悄悄改變我們的未來！你的孩子將和什麼樣的人做同學？
義大利總理輪值擔任歐盟主席，為什麼老百姓就要擔心荷包大縮水？
大眾傳媒深入客廳，在娛樂之餘還能左右你的選票流向？
民意真的能被任意操弄嗎？不信，可以看看義大利活生生的例子！
恐怖主義還分成紅色或黑色？哪一種對我們的影響更直接、更巨大？

金融風暴、油價飆漲、政權轉移、宗教紛爭……
在全球化和區域整合的浪潮下，
世界其他角落的風吹草動其實都將會影響我們的生活！
只有站在艾可大師的肩膀上，透過他的宏觀視野解讀分析，
我們才得以理解這些事件背後的歷史連結和前因後果，
並看清楚這個時代所發出的警訊！

N'esperez pas vous debarrasser des livres

別想擺脫書

艾可——著

多年來，艾可深深地思索自己和書本的關係，並發覺書的種種影響：
書籍紙張單純的香氣滋養，竟然能讓人定心安神。
一個書櫃就像是一群活生生的朋友，孤單沮喪時總能在它們身上得到溫暖。
而夜晚在圖書館工作的氛圍，
更讓他有了《玫瑰的名字》裡圖書館謀殺案的想法⋯⋯

不過，身為愛書人也是有煩惱的：
電子書會改變我們的閱讀習慣嗎？紙本書的未來將會如何呢？
那些被人們遺忘的書，隔了幾個世代之後還有重新出頭的機會嗎？
有了網路上天下地豐富的資料之後，還需要看書嗎？
該如何決定書櫃的秩序，把某一本書放在另一本書的旁邊？
當人死了之後，那些心愛的藏書又該何去何從呢？

為了要討論書的過去、現在和未來，
文壇大師艾可於是和影壇大師卡里耶爾有了跨界的閱讀交流，
而他們兩位作為愛書人、收藏家和研究者的獨到觀點，
也讓這本書成為所有「讀者」都絕對不能錯過、
穿越古今書史的精采即興演出！

國家圖書館出版品預行編目資料

布拉格墓園 / 安伯托．艾可作；蔡孟貞譯．-- 初版．
-- 臺北市：皇冠，2013.11
面； 公分．--（皇冠叢書；第 4350 種）
(CLASSIC;085)
譯自：IL CIMITERO DI PRAGA
ISBN 978-957-33-3030-1 （平裝）

877.57 102020700

皇冠叢書第 4350 種

CLASSIC 085

布拉格墓園

IL CIMITERO DI PRAGA

作　者—安伯托．艾可
譯　者—蔡孟貞
發 行 人—平雲
出版發行—皇冠文化出版有限公司
台北市敦化北路120巷50號
電話◎02-27168888
郵撥帳號◎15261516號
皇冠出版社(香港)有限公司
香港上環文咸東街50號寶恒商業中心
23樓2301-3室
電話◎2529-1778　傳真◎2527-0904
責任編輯—許婷婷
美術設計—王瓊瑤
著作完成日期— 2010 年
初版一刷日期— 2013 年 11 月
初版三刷日期— 2015 年 11 月
法律顧問—王惠光律師

讀者服務傳真專線◎ 02-27150507
電腦編號◎ 044085
ISBN ◎ 978-957-33-3030-1
Printed in Taiwan
本書定價◎新台幣 480 元 / 港幣 160 元